Les Éditions du Boréal
4447, rue Saint-Denis
Montréal (Québec) H2J 2L2
www.editionsboreal.qc.ca

REVENIR DE LOIN

Œuvres de Marie Laberge

Romans
Aux Éditions du Boréal

Juillet, 1989 (collection « Boréal compact », 1993) ; Paris, Anne Carrière, 2005

Quelques Adieux, 1992 (collection « Boréal compact », 1997) ; Paris, Anne Carrière, 2006

Le Poids des ombres, 1994 (collection « Boréal compact », 1999)

Annabelle, 1996 (collection « Boréal compact », 2001)

La Cérémonie des anges, 1998 (collection « Boréal compact », 2004)

Gabrielle. Le Goût du bonheur I, 2000 (édition poche, 2006) ; Paris, Anne Carrière, 2003

Adélaïde. Le Goût du bonheur II, 2001 (édition poche, 2006) ; Paris, Anne Carrière, 2003

Florent. Le Goût du bonheur III, 2001 (édition poche, 2006) ; Paris, Anne Carrière, 2003

Sans rien ni personne, 2007

Théâtre

C'était avant la guerre à l'Anse-à-Gilles, VLB éditeur, 1981 ; Boréal, 1995

Ils étaient venus pour…, VLB éditeur, 1981 ; Boréal, 1997

Avec l'hiver qui s'en vient, VLB éditeur, 1982

Jocelyne Trudelle trouvée morte dans ses larmes, VLB éditeur, 1983 ; Boréal, 1992

Deux Tangos pour toute une vie, VLB éditeur, 1985 ; Boréal, 1993

L'Homme gris suivi de Éva et Évelyne, VLB éditeur, 1986 ; Boréal, 1995

Le Night Cap Bar, VLB éditeur, 1987 ; Boréal, 1997

Oublier, VLB éditeur, 1987 ; Boréal, 1993

Aurélie, ma soeur, VLB éditeur, 1988 ; Boréal, 1992

Le Banc, VLB éditeur, 1989 ; Boréal, 1994

Le Faucon, Boréal, 1991

Pierre ou la Consolation, Boréal, 1992

Charlotte, ma soeur, Boréal, 2005

Pour en savoir plus : www.marielaberge.com

Marie Laberge

REVENIR DE LOIN

roman

Boréal

Dépôt légal : 4ᵉ trimestre 2010
Bibliothèque et Archives nationales du Québec

Diffusion au Canada : Dimedia

Catalogage avant publication de Bibliothèque et Archives nationales du Québec et de Bibliothèque et Archives Canada

Laberge, Marie

    Revenir de loin

    ISBN 978-2-7646-2071-7

    I. Titre.

PS8573.A168R48   2010   C843'.54   C2010-941584-1

PS9573.A168R48   2010

À mon amie, Micheline Bernard,
pour tous ces rires que nous avons partagés,
pour tous ces moments de peine
que l'amitié nous a permis de traverser.

Remerciements

Ces pages contiennent certains aspects techniques que je ne pouvais traiter à la lumière de mes seules connaissances. Je fais référence au coma, à ses conséquences si variables et à ses effets à long terme, tout aussi surprenants. Je pense également aux problèmes liés à l'amputation. Sans le docteur Lucie Opatrny et les précieux conseils d'Anabelle Dulude, infirmière, j'aurais fort probablement erré. Je tiens à les remercier chaleureusement.

Merci aussi à Johanne de Montigny qui m'a éclairée plus d'une fois, et à ma nièce, Catherine Laberge, qui m'a offert sa science du divorce.

Je veux souligner la patience des employés de l'état civil (Directeur de l'état civil) qui ont bien voulu étudier avec moi le cas particulier illustré dans mon roman. En particulier, mesdames Louise Brochu et Ghislaine Parent.

Enfin, depuis plus de quinze ans, Jean-Pierre Leroux révise la plupart de mes romans avec un soin exemplaire. Sans son souci de l'exactitude, sans sa connaissance approfondie de la langue, mes romans ne seraient pas ce qu'ils sont. Je veux le remercier de me pousser sans relâche dans la voie de la précision et du travail bien fait. Je lui dois des doutes ravageurs quant à la qualité de mon style et de longues heures d'hésitations et d'inévitables recommencements. Et je lui en suis reconnaissante.

S'il subsiste des erreurs, ce ne sera certainement pas attribuable aux personnes qui m'ont généreusement conseillée, mais bien à un besoin généré par la fiction ou par mon entêtement.

M.L.

Qu'est-ce qu'on peut pour notre ami
au loin là-bas
à longueur de notre bras

Qu'est-ce qu'on peut pour notre ami
Qui souffre une douleur infinie.

Qu'est-ce qu'on peut pour notre cœur
Qui se tourmente et se lamente

Qu'est-ce qu'on peut pour notre cœur
Qui nous quitte en voyage tout seul

Que l'on regarde d'où l'on est
Comme un enfant qui part en mer

De sur la falaise où l'on est
Comme un enfant qu'un vaisseau prend

Comme un bateau que prend la mer
Pour un voyage au bout du vent

Pour un voyage en plein soleil
Mais la mer sonne déjà sourd

Et le ressac s'abat plus lourd
Et le voyage est à l'orage

REVENIR DE LOIN

Et lorsque toute la mer tonne
Et que le vent se lamente aux cordages

Le vaisseau n'est plus qu'une plainte
Et l'enfant n'est plus qu'un tourment

Et de la falaise où l'on est
Notre regard est sur la mer

Et nos bras sont à nos côtés
Comme des rames inutiles

Nos regards souffrent sur la mer
Comme de grandes mains de pitié

Deux pauvres mains qui ne font rien
Qui savent tout et ne peuvent rien

Qu'est-ce qu'on peut pour notre cœur
Enfant en voyage tout seul
Que la mer à nos yeux déchira.

Hector de Saint-Denys Garneau
Poésies

Chapitre un

Ouvrir les yeux

Jour 1

« Ouvrez les yeux ! »

Jamais de la vie ! Laissez-moi tranquille !

« Vous êtes hors de danger, vous m'entendez ? Ça prendra le temps que ça prendra, mais vous êtes sur la bonne voie. Je vais faire prévenir votre famille. Madame Mailloux… Essayez d'ouvrir les yeux ou de serrer ma main, même un peu. Vous m'entendez ? »

Évidemment que je vous entends ! Vous me terrorisez avec vos bonnes nouvelles, et y faudrait en plus que j'agite la queue comme un bon chien ? Lâchez ma main ! Lâchez-moi !

« Bon ! Ce n'est pas franc ni très net, mais je prends ça pour un bonjour. Vous revenez de loin, vous savez. Vos forces vont se refaire petit à petit. J'ai bon espoir que presque tout va revenir en état. On ne vous laisse pas, on s'occupe de vous. À partir de maintenant, on sait mieux où on va. On va se battre ! »

Presque tout… ben oui ! Presque… ça fait rêver, y a pas à dire !

« Madame Mailloux, on essaie encore, voulez-vous ? Ouvrez les yeux. Un petit effort. Après, vous pourrez vous reposer. Non ? Alors, un peu plus tard, en fin de journée, je repasserai. C'est déjà très encourageant, vous savez. Bonne journée… Ah oui : je suis le docteur Therrien, votre médecin. Vous êtes à l'hôpital et nous sommes le 18 janvier 2008. À plus tard ! »

Elle est seule, maintenant, elle le jurerait. La qualité du silence. Le ronronnement d'un appareil tout près de sa tête, l'air qui se dépose, qui cesse de s'agiter.

Donc, elle n'est pas morte. Le docteur Therrien n'est pas le concierge du paradis — avec un nom pareil, ce serait un comble — et ouvrir les yeux n'est pas une étape pour accéder à l'au-delà.

Elle vit. Elle respire. Elle est là, étendue dans un lit anonyme, sans mémoire, sans espoir, sans douleur. Comme une roche.

Elle vit, et tout ce qu'elle sait, c'est qu'elle aimerait mieux pas.

Elle s'appelle madame Mailloux, elle doit avoir un corps, même si elle ne le sent pas. Une famille aussi, puisque le médecin a parlé de la prévenir.

Tout le monde a une famille. On vient de quelque part, on a des racines, des liens avec des gens qui nous importent ou qui devraient nous importer.

Si elle pouvait, elle sourirait… « Prévenir sa famille » ! Et où sont-ils donc, ces gens concernés par sa santé ? Elle reconnaît le concept, ce que le mot famille évoque, mais aucun visage, personne ne s'impose à sa mémoire.

Depuis combien de temps est-elle là, à faire la planche sur l'océan du néant ? À n'être rien ? Janvier 2008. Ça ne lui dit rien. Ça pourrait tout aussi bien être 2022 que 1926, quelle importance ? Le temps l'indiffère. Celui qu'il fait, celui qui passe.

Rien. Voilà ce qu'elle sent, comment elle se sent. Il a beau dire qu'elle revient de loin, le docteur Therrien, elle est revenue vide. Vide et fâchée d'entendre cette agitation autour d'elle, de percevoir cette attente, de se savoir couchée là, au point mort, mais quand même vivante.

Si elle a une volonté, si un désir l'habite, c'est celui de reculer dans l'état ouaté, sourd, aveugle d'où elle vient. Retourner dans le rien et redevenir en harmonie. Elle veut flotter et ne pas être. L'inconscience béate et bienheureuse. L'esprit fermé, le cœur gelé et le corps absent. Sans lien avec quiconque, même pas avec elle-même. Surtout pas…

Le filet de conscience qui la traverse, elle voudrait le tordre et le faire reculer jusqu'à hier, jusqu'aux limbes qui libèrent. Elle ignore si elle a jamais été acharnée, mais là, maintenant, elle ne possède en tout et pour tout que cette volonté : demeurer absente.

Dans le tumulte que cet homme a soulevé autour d'elle, elle s'accroche au frêle radeau qui est le sien, celui de l'indifférence. Elle s'y agrippe avec une détermination rageuse.

Elle s'endort, les mains crispées sur le drap de flanelle qui a bouloché à force d'être lavé.

* * *

« Maman ? »

Oh ! Mon dieu ! C'est pas vrai ! Quel mot terrible !

Elle ne veut pas entendre ça, elle ne veut pas le savoir. Est-ce que quelqu'un pourrait éloigner cette personne ? Ces mains qui se posent sur son front, qui font des allers-retours sur ses cheveux, ses joues, ses mains, est-ce qu'on ne pourrait pas les obliger à arrêter ?

« Maman, ils disent que tu es revenue, que tu es sortie du coma. M'entends-tu ? Maman, je suis tellement contente, tu peux pas savoir. J'ai tellement, tellement attendu que ça arrive, qu'on puisse se parler encore… »

Qu'est-ce qu'elle redoutait le plus d'entendre : « Maman »

ou « Mon amour » ? Elle se doutait que ça viendrait, que quelque chose du genre surviendrait, mais pas si vite. Pas en courant. Maman… voilà probablement le seul mot qui menotte. Elle ne sait pas qui lui parle, elle ne sait pas qui elle est, de qui elle est la fille, mais déjà, elle est condamnée au dévouement, à la responsabilité, à l'aliénation sous toutes ses formes les plus raffinées.

J'espère qu'elle est assez grande pour se débrouiller toute seule. De toute façon, jusqu'à maintenant, il y a bien quelqu'un qui s'en est occupé !

Quelle sensation désagréable : la fille s'agrippe à elle, la caresse en insistant tellement que sa peau brûle, picote. Il y a quelque chose de compulsif dans cette personne, comme si elle vivait un drame continuel. Quelqu'un pourrait-il la calmer, la faire taire ou, mieux, la faire sortir ? Est-ce qu'elle est obligée d'endurer ça ? C'est ça, sa famille ? Cette furie qui se jette sur elle et la tient comme si elle lui appartenait ? Enfin, elle la lâche. Elle s'éloigne. « Excuse-moi ! »

Oui, certain : excuse-toi !

Un bruit étrange suit. Puis, les mains reprennent leur poste : une sur le front, une dans sa main. Le répit a été de courte durée.
« C'est de joie. Je pleure de joie. Je regrette tellement de pas avoir été là quand c'est arrivé, quand tu t'es réveillée. J'ai passé je sais pas combien de temps à côté de toi à guetter le plus petit signe. Mais non. Il fallait que ça arrive quand t'étais toute seule, sans personne à reconnaître… »
Et ça continue. Elle en a long à expliquer. Elle a l'air de se comprendre. Une personne bien volubile, sa fille. Si elle l'est vraiment… Parce que, finalement, elle doute beaucoup de la véracité de ces déclarations. Est-ce qu'elle ne devrait pas avoir un petit quelque chose, un élan, une ébauche de plaisir à identifier sa

propre enfant ? Autant de perdu pour l'instinct maternel. À part un agacement qui prend le chemin de l'exaspération, elle ne sent rien. Rien du tout.

Peut-être… peut-être un léger étonnement de se percevoir si étrangère, si peu concernée. Elle n'a plus de corps, enfin rien qui lui donne une image nette d'elle-même, alors pourquoi pourrait-elle concevoir une extension de ce corps, un rejeton ? Elle ne sent plus son ventre, pourquoi sentirait-elle quelqu'un qui en est sorti ? Il y a longtemps, en plus. Toutes ces histoires sur le lien inaliénable, toutes ces théories qui se bousculent dans sa tête sous forme de haut commandement : c'est ta fille, tu dois le sentir et le savoir dans ta chair ! *Bullshit* ! Rien du tout.

Voilà quelqu'un qui ne m'est rien et pour qui je représente beaucoup, semble-t-il. Enfin, à l'en croire. À supposer qu'elle dise vrai.

Ce qu'elle découvre en n'écoutant plus les mots bousculés de sa supposée fille, c'est un magma de théories, une sorte de savoir indistinct qui encombre son esprit et l'empêche de formuler librement sa pensée. Elle ne sait plus qui elle est, à quel monde elle appartient et quelle famille dépend d'elle, mais elle sait qu'une mère doit aimer son enfant, le reconnaître entre mille et se soucier de ce qui lui arrive de façon prioritaire. Elle ne peut pas dire d'où elle tient cette masse d'informations, elle sait seulement que ce n'est pas son cas. Mère indigne, elle est une mère indigne qui n'a pas honte de l'être. La légèreté du constat lui fait ressentir un titillement de plaisir : sans honte, voilà probablement le plus formidable de l'affaire. Sans honte, donc sans vanité et sans orgueil.

Je suis sans honte, je peux bien avoir l'impression de flotter ! Ça donne des ailes, ça !

Cette fille, cette enfant qui lui dit « maman », elle ne lui est rien. Peu importe pourquoi ou comment elle en est arrivée là, c'est ça et c'est tout. Voilà d'où elle part. Si elle revient, comme ils disent tous, aussi bien savoir à quoi s'en tenir. Cette personne qui s'agite, s'explique et la triture sans arrêt, cette personne n'a ni prénom ni fonction pour elle. Elle est peut-être accessoirement sa fille, mais intimement, elle ne le sent pas. Et elle n'a aucune raison de ne pas faire confiance à ce qu'elle sent.

Ce qui lui arrive, c'est comme venir au monde une seconde fois. Libre de toute attache, de tout devoir, de toute forme de responsabilité. Plus libre qu'à la naissance, en fait. A-t-elle une maman, elle ? Quelqu'un qui attend tout d'elle, et dont elle attend beaucoup ? Maman, comme dit cette enfant de façon éperdue. Maman… Non, rien ne surgit. Ni visage ni sensation. Encore moins une émotion. Un vide délicat, cette fois, un vide artificiel, temporaire. Le mot garde quelque chose de vacillant… mais peut-être est-ce la façon dont cette fille, son enfant, l'utilise ?

Tiens, la voilà qui parle d'autre chose que d'elle-même. Sa voix est précipitée, gorgée d'inquiétude. C'est une voix qui force l'attention tout à coup. « Il va venir, c'est sûr, il a été tellement surpris de l'apprendre. On nous avait pas donné beaucoup d'espoir, tu sais. Et puis, il fallait vraiment qu'il se remette au travail. Tout dépend de lui, comme tu sais. Faut pas que tu t'inquiètes. Demain, en fin de journée, il me l'a promis. »

Donc, y a un papa qui va avec cette fille-là. Un papa qui promet à sa fille d'aller voir maman. Je ne pense pas qu'elle parle d'un mari ou d'un frère… Non, ça doit être le papa et, c'est fou, ça m'emballe pas du tout !

« Après-demain, au plus tard… »

Hou !… pressé, le chéri ! Y a l'air aussi content que moi de me voir revenir ! Je me demande si on vivait encore ensemble…

« Tu t'inquiètes pas, O.K. ? Essaye de pas t'en faire avec rien. Ça sert à rien de s'inquiéter. Faut prendre les choses une par une, au jour le jour. Essayer de pas s'en faire d'avance, de pas angoisser avec ce qui n'est pas arrivé... »

Mmm !... ça sent l'harmonie familiale à plein nez ! Double négation, ne pas t'en faire avec rien, oui ! Comment ne pas être heureuse d'être toute là pour savourer ma joie ?...

Tiens, un silence. Enfin, un répit. Si elle pouvait cesser de me triturer, ce serait presque enfin supportable. Et ça recommence ! Qu'est-ce qu'il a bien pu lui faire pour la mettre dans un état pareil ? Si elle savait comme je m'en fous ! Je ne me souviens de rien, inutile de se désoler. Toute cette compassion inutile... Finalement, c'est elle qui est déçue et angoissée. Elle me prête généreusement ses sentiments.

Hé ! Mademoiselle ma fille, je m'en fiche ! De lui, de toi, de sa visite, de son travail et de toutes les bonnes intentions du monde entier. O.K. ? Maintenant, est-ce que ce serait possible de me lâcher ?

Elle a l'impression d'être un baklava laissé en pâture à un essaim de mouches. C'est si irritant qu'elle se prend à rêver au grand rien, qu'elle s'efforce d'y glisser subrepticement, sans que cette fille s'en aperçoive, sans même l'alerter. S'échapper, se concentrer sur le bruit constant, merveilleusement froid des appareils médicaux qui l'entourent et qui prennent vraiment soin de la tranquillité de son corps.

* * *

Elle connaît ces mains, cette manière.
Elle connaît ce silence respectueux.
Voilà la première chose de sa nouvelle vie qui trouve un

écho en elle : cette femme qui la lave sans précipitation et sans mollesse.

Cette femme qui la sèche, la tourne, frotte son dos. Elle ne commente aucun de ses gestes, ne ponctue pas chaque étape d'un « Bon ! Ça, c'est fait ! », comme la plupart des infirmières.

Elle ne dit pas « on » comme si elles étaient deux dans ce lit, dans cette situation.

Elle fait ce qu'elle-même ne peut pas faire et elle le fait posément, sans enrober chaque mouvement d'une sorte de sympathie affectée.

Elle est jeune. Elle n'exhale pas un parfum quelconque, même son déodorant est sans odeur. Quand elle respire près de son visage, un léger souffle de pomme flotte dans l'air.

Quand c'est elle qui fait sa toilette, le moment passe rapidement, sans heurt. C'est même la première sensation de plaisir de la journée pourtant avancée, elle le jurerait.

La main fraîche se pose sur son front, un instant, comme pour l'effleurer. Presque tout de suite après, une débarbouillette d'eau froide la remplace. La voix de l'infirmière est calme : « Il est cinq heures et demie du soir. Le docteur Therrien est retenu en salle d'opération pour une urgence. Il ne reviendra pas aujourd'hui. Vous pouvez vous reposer tranquille. »

En voilà une qui sait exactement comment la soulager.

La débarbouillette est retirée. L'odeur de pomme l'enveloppe pendant qu'elle chuchote :

« Nous savons que vous êtes là. Le reste, c'est à vous de juger. Prenez votre temps. »

Sa voix est un peu grave, texturée, rauque. Une voix pleine, sûre... fin trentaine, pas moins. Peut-être plus. Moins jeune qu'elle ne le croyait, finalement.

Étonnée, elle se rend compte qu'elle ne sait pas son âge. Elle a... une fille d'au moins vingt ans. Elle ne peut que l'estimer à partir de ces maigres indices, et encore... Elle a sûrement quarante ans, peut-être même cinquante. S'il faut qu'elle ait derrière elle cinquante ans à retrouver bribe par bribe comme on fait un casse-tête de 10 000 pièces!

Dans le fond, qu'est-ce que ça peut faire de savoir précisément d'où elle vient et depuis combien de temps elle est là? Encrasser sa vie de réminiscences. Se créer des obligations envers des gens qui, surgis de nulle part, ne lui disent rien, comme cette fille angoissée qu'elle ne saura jamais apaiser? Pourquoi s'encombrerait-elle d'impasses qui l'ont fuie avec tant d'aisance?

Elle ne s'intéresse pas.

Elle n'a pas envie de savoir si elle est endommagée, si c'est irréversible ou pas, si elle a un avenir ou pas et d'où vient qu'elle en est là. Confusément, elle devine qu'elle apprendra tout ça bien assez vite et probablement de la bouche de ceux «qui lui veulent du bien», ces dangereux inconscients lâchés dans sa chambre et déterminés à faire partie de sa guérison.

L'infirmière s'éloigne, la chambre redevient un refuge fermé sur elle. Les bruits familiers près de sa tête, les bruits plus confus au loin, comme pour témoigner de la pérennité des choses, de la continuité du monde au-delà de son lit, au-delà de sa vie.

Elle voudrait bien retourner au néant.

Mais c'est impossible à faire volontairement.

Le seul néant accessible est le sommeil. Elle s'y laisse glisser voluptueusement.

* * *

«Y disent que t'es revenue. Que t'es pus coma. T'as l'air aussi morte qu'hier, mais si y le disent... T'es-tu là ou ben t'es pas là? L'as-tu vue, la lumière blanche? L'affaire qu'y disent qu'on voit quand qu'on passe de l'aut' bord... le tunnel pis la lumière. Les as-tu vus? Ça a de l'air que c'est ben *smooth*, pas de panique, rien. Peux-tu me dire si c'est ben ça, si c'est de même ça se passe? Yolande, crisse, si t'es là, tu pourrais p'tête me répondre?»

C'est qui, celui-là? Le père de la fille? Mon mari? Il me semble pourtant que c'est la nuit… à entendre parler la fille, il n'avait pas l'air pressé de passer. Et puis, comment il s'exprime? Je ne peux pas croire que je me suis associée à quelqu'un qui parle si mal. « T'as l'air aussi morte qu'hier… », donc, il était là hier. À mon chevet. Yolande. Est-ce que ça se pourrait que ce soit mon prénom? C'est assez ennuyant pour ça. Pas de quoi se forcer pour s'en souvenir.

« Moi, ça me dérange pas de te parler pis que tu me répondes pas. J'aime mieux ça, même. Mais si t'es là, t'es là. Tu pourrais le dire. Genre, comme pour faire que je serais quequ'un qu'on y répond. »

Misère! C'est pas surveillé, cet hôpital-là? N'importe qui peut entrer ici?

« Ouain, ça brasse pas mal de ce temps-là… Le vieux crisse qui était dans ma chambre est mort la nuitte passée. J'ai rien vu, crisse! J'dormais. Ça s'peut-tu? Je passe mon temps icitte à te tchéquer pour voir si tu meurs, pis c'est le bonhomme qui est à côté de moi qui passe. Y dormait, lui aussi. Ben… y dormait pis après, y a arrêté de respirer. Ça a pas paru, pas rien. Y dormait. Pis après, y dormait pus. Pas gros de différence. Toi? Tu te sens-tu revenue? Ou ben pas de différence? »

Le silence est si impeccable qu'il pourrait être parti, découragé par son manque de collaboration. Elle n'éprouve aucune inquiétude, cette présence saugrenue ne la menace pas du tout. Étrangement, la fille censée être sa fille l'irritait beaucoup plus. Cet homme, elle est certaine de ne pas le connaître, mais elle est aussi certaine qu'il est inoffensif.

« D'après moi, t'es t'encore coma. Y se sont fourrés. Crisse! Y peuvent même pas me dire si l'affaire de la lumière c'est vrai ou ben c'pas vrai! Quand y ont sorti le mort à matin, sais-tu c'que j'ai faite ? Je leu-z-ai demandé de te mettre dans ma chambre avec moi. On s'entend ben, toué deux ? Tu fais pas de bruit, t'as presque jamais de visite, comme moi, pis t'as l'air morte sans l'être. Ça a pas marché. Y ont pas voulu. Pas à cause que t'es t'une femme, non, non, y regardent pus ça asteure, non, c't'à cause qu'y faut te tchéquer pis aussi à cause de ton gros crisse. Lui qui paye pour ta chambre. Est privée. Pas semi-privée. Ça veut dire qu'y paye pour toi. Savais-tu ça ? Y vient pas souvent, mais y paye. Au début, y te lâchait pas. Yolande par-ci, Yoyo par-là… Y t'a même appelée ma Youmine, imagine ! Y est *straight* en crisse, lui ! J'sais pas si c'est à cause qu'on se parle depuis un bout de temps, mais me semble que t'es moins *straight* que ça. En té cas, y paye. Y a le bras cassé, mais c'est moins pire que toi, han ? Fa que… c'est ça… chus tu-seul, j'attends le prochain client… C'est vraiment plate qu'on soye pas dans même chambre. J'dis ça… c'est comme si on le serait quand même : j'viens à chaque nuitte. C'est ton gros crisse qui serait pas content : y paye le privé, pis chus t'icitte tant que je veux. Bon, c'est sûr qu'au début j'parlais pas… je voulais te donner un *break*… pis l'air de rien, à force de venir, me sus comme dégêné. J'en ai pas l'air de même, mais chus gêné, moi. Je le sais que je parle pauvre pis c'est enrageant de se le faire dire. Toi, j'peux te donner ça, tu m'as jamais repris, tu m'as jamais dit : "On dit pas ça de même !" La crisse de paix ! C'est ça qu'j'aime avec toi : t'es pas sus mon cas. J'sais pas si t'es sus le cas de quequ'un… Penses-tu que tu vas revenir comme avant ? Avant qu'on se connaisse ? C'est comment, pus être coma ? »

Le pire, c'est qu'elle a envie de lui répondre. Ça doit venir de leur longue fréquentation. Elle suppose que quelqu'un ne vient pas s'asseoir comme ça près d'elle, toutes les nuits, sans que cela crée une sorte de lien. Il lui a peut-être refilé un peu de sa brutalité de langage. Depuis ce matin, depuis qu'elle a pris conscience du monde autour d'elle, elle est habitée d'une rage monumentale. Elle ne veut pas revenir. Elle ne veut pas reprendre sa vie. Elle voudrait se retourner et s'endormir à jamais, comme ce compagnon de chambre qu'elle estime chanceux. Elle ne veut pas de fille, pas de mari, pas de neurologue et pas de vie. Elle n'était plus là et ça lui convenait. Elle ne veut pas qu'on lui distribue d'autres cartes. La partie est finie en ce qui la concerne. Et s'ils veulent la faire jouer de force, elle va leur donner du fil à retordre. Elle ne sait pas quel âge elle a et quelle était la vie qu'elle menait, mais vraiment, elle ne possède plus un gramme de curiosité ou d'envie. Ça ne l'intéresse pas: ni de savoir qui elle était ni de poursuivre une vie qui ne vaut plus rien à ses yeux.

Un doigt dur et ferme se pose entre ses sourcils.

«Depuis quand tu fais ça? T'as un gros pli, ça te donne l'air pas contente. C'est ça que ça te fait, pus être coma?»

S'il faut que quelqu'un l'entende même quand elle ne parle pas...

Jour 2

Au petit matin, à une heure imprécise, il se produit un changement subtil dans le rythme de l'hôpital. C'est comme un bourdonnement qui cesse, comme une béatitude engourdie qui se secoue et se met à vibrer, chargée de tremblements, d'expectatives. Une fois qu'il s'est produit, le changement est inaltérable. Une sorte de trépidation gagne tout le monde, comme une escalade d'angoisse qui mène à un sommet jamais atteint.

Étendue dans son lit, elle se dit que ce sera la même chose le jour où elle cédera à leur demande et ouvrira les yeux : ce jour-là, elle ne pourra plus retourner en arrière, dans le non-être, la non-existence. Ces gens qui se prétendent près d'elle, soucieux d'elle, il faudra les considérer comme des proches, même si elle s'en éloignerait sans en ressentir la moindre perte.

Pour elle, cette absence d'attachement constitue un exploit. Elle ne se souvient de rien de ce qu'elle était, mais elle sait qu'elle était rivée à l'attente, crucifiée à l'attente, et que sa vie brûlait en espérances de toutes sortes, tout aussi inutiles et insignifiantes les unes que les autres. L'attente devait tellement la définir qu'elle se retrouve sans contours, sans couleurs, comme une épave échouée sur un rivage inconnu. Sans raison d'être, puisque sans raison d'espérer.

Yolande Mailloux… elle n'en revient pas. Si ça fait un bout de temps qu'elle est dans le coma, comment se peut-il qu'il ait fallu deux personnes — chacune placée à une extrémité de la journée — pour lui apprendre son nom en entier? On la soigne, on lui évite les plaies de lit, on la tient propre, à l'abri des bactéries, des maladies, mais on n'est pas foutu de lui dire qui elle est.

Est-ce qu'ils ne savent pas qu'on ne réintègre pas sa vie comme ça, en passant les manches d'un manteau? Il doit pourtant y avoir une science du coma qui leur donne quelques indices, non? Le manteau ne me va plus. Ce manteau que vous appelez ma vie ne me concerne pas. Je n'en veux plus, merci.

À l'orée du jour, étendue au centre du chaos hospitalier, entourée de maniaques de l'attente qui ne définissent le verbe «vivre» que par son synonyme «vouloir», elle se doute qu'elle devra livrer une chaude lutte à ces envahisseurs.

Et puis, pourquoi lutterait-elle? Pourquoi consentirait-elle à entrer dans la spirale étouffante de l'attente?

Qu'ils se battent, eux, qu'ils espèrent et attendent tant qu'ils peuvent. C'est de leur âge, c'est de leurs affaires.

Je m'appelle Yolande Mailloux, et rien que ça, rien que cette parcelle de connaissance me jette dans un puissant abattement: la personne que j'imagine derrière ce nom ne peut être qu'une erreur — je suis une erreur. Je n'ai pas envie de m'excuser. J'ai envie de m'effacer. Un nom destiné à l'effacement, voilà ce que je suis.

La seule chose qui m'importe, c'est cette profonde et puissante conviction: je suis au bon endroit, dans le bon état — rien ni personne ne me fera endosser la vie de cette femme appelée Yolande! Montrez-moi où je dois signer et laissez-moi m'enfuir au fin fond du néant qui me convient et qui convient plutôt bien merci à ce nom que vous prétendez être le mien.

* * *

Quelle odeur épouvantable ! Chimique, chargée de sucre et d'acide, de musc… une odeur lourde, obsédante — je croyais que les parfums étaient prohibés dans cet endroit. Ils ne peuvent pas aller discuter ailleurs ? Ces deux-là font un vacarme insensé. La voix de cet homme est tellement instable : elle monte, elle descend, des montagnes russes. Il a l'air pas mal hystérique. Allez ! Circulez, laissez faire la démonstration virile de vos capacités intellectuelles ! Faites de l'air et ouvrez la fenêtre en partant.

Tiens ! Celui-là, c'est Therrien… il parle bas, il murmure… Il essaie de ramener l'autre, de lui faire baisser le ton en restant dans les notes graves. Pauvre innocent, c'est peine perdue, l'autre le coupe sans arrêt, il n'écoute pas un mot, il s'impose comme il impose son odeur.

Therrien s'impatiente, il gronde, on dirait — en tout cas, il s'éloigne, c'est déjà ça, il va entraîner l'odeur avec lui.

Et moi, je resterai avec le silence, enfin.

Dieu du ciel ! L'odeur s'approche ! Non ! Il va me contaminer, je vais sentir le putois ! Dégoûtant. De quel droit fait-il cela ? Garde ? Docteur ? Quelqu'un ! Il m'a touchée ! Il a posé quelque chose de mou et d'humide sur mon front — l'odeur est insupportable, elle colle à moi, même s'il m'a lâchée.

Il reste là, je ne peux pas le rater. Maintenant qu'il a marqué son territoire, il m'observe. Il respire mal. Hachuré. Comment peut-il supporter cette odeur qu'il dégage ? Il doit avoir le nez bouché — c'est pour ça qu'il s'asperge de jus musqué. Quel imbécile ! Encore un qui prend la mesure des autres à même l'étalon étroit de ses impuissances.

« Chérie… »

Évidemment ! Ça ne pouvait pas être une erreur. Est-ce qu'il va y aller de sa Yoyo ? L'odeur me suffit. Inutile d'épiloguer, sortez !

« On m'a dit la bonne nouvelle… Tu m'entends, c'est ça ? C'est ce qu'y disent, tu entends, tu vas pouvoir parler bientôt… »

Il fait un bruit de gorge entre le raclement et le renâclement, un son répété qui cherche à déloger le graillon pris dans le fond de son œsophage. Elle opterait pour un tic nerveux plutôt que pour un soulagement physique. Elle est certaine qu'il doit roter sans vergogne et sans s'excuser. Elle est certaine de ne pas le reconnaître. Elle est certaine qu'il va s'incruster.

« On peut pas savoir comment seront tes… tes facultés. Faut attendre. C'est pas sûr que ta mémoire revienne. Ça se peut que tu sois mêlée… pas mal mêlée. Tu… tu m'entends, là ? Je vois aucune différence, mais d'après les médecins, y en a une bonne. »

Oui, y en a une bonne, mon coco, et elle n'est pas en ta faveur.

Qu'est-ce qu'il veut ? Il est tellement mal… sa voix est comme trop haute, trop poussée. On dirait une voix d'ado qui n'a pas fini de muer. La voix d'un homme inachevé.

« Pour… pour ce qui nous est arrivé… j'espère que tu vas attendre qu'on se parle avant de tirer des conclusions. Ça se peut que ta mémoire te joue des tours. Ça serait normal, le docteur a dit. »

Ah oui ? T'en perds ta syntaxe… Je sens que ta version des faits va être avantageuse pour ta petite et puante personne. Je ne sais pas de quoi tu t'inquiètes, mais y a pas de raison d'avoir peur : le plus vite et le plus loin tu t'en vas, et le mieux je serai.

« Therrien parle de te faire voir par un psy-quelque-chose. D'après lui, ça t'aiderait… Je le trouve bien pressé, tout à coup. Tu parles pas encore, pourquoi ils veulent consulter un psy ? C'est pas comme si on avait eu des problèmes… »

Je ne sais pas s'il éprouve toujours ce genre de malaise, mais garanti qu'on va en avoir, des problèmes, s'il veut rester autour de moi !

« Chérie… Peux-tu me montrer que tu m'entends ? Peux-tu faire un signe, même petit ? Parce que, comme c'est là, c'est assez décourageant de continuer… On a des choses à discuter. »

Le silence tendu, imprégné d'angoisse qui suit ne l'étonne pas. Ce puant dont elle ignore le nom a de quoi se ronger, c'est clair. Elle est devant une conscience troublée. Qu'est-ce qu'il a bien pu lui faire ? Probablement qu'il est responsable de son état — le « petit crisse » (elle ne voit pas comment l'appeler autrement) de la nuit passée a parlé d'un bras dans le plâtre.

« Chérie… »

Il étire le « i », il devient implorant, presque pleurnicheur. Le ton, associé à l'odeur, produit un effet navrant. Elle ne sait pas si c'est censé l'attendrir, mais rien de ce qu'émet cet homme ne l'intéresse. Pour elle, il s'agit d'un minable doublé d'un menteur. Pas un mot de ce qu'il a dit n'est vrai. Il a peur et il est venu vérifier quelque chose. Il veut qu'elle se taise, qu'elle ne dévoile pas ce qu'elle est en mesure de savoir sur lui. Fort bien, aucun risque ! Elle ne cherchera certainement pas à en savoir davantage sur un être aussi peu digne d'intérêt. Voilà, c'est réglé, marché conclu, vous pouvez partir.

Il s'agite, il marche de long en large. Le mouvement produit un déplacement d'air qui approche et éloigne l'odeur alternativement. Un peu comme sa voix quand il parlait. Il rôde, attend quelque chose qui ne vient pas. Elle sait parfaitement qu'il était prêt à contrer sa colère et ses reproches, qu'il s'était préparé à tout un match. Il ne sait plus quoi faire de ses arguments, maintenant qu'il la voit encore muette et plutôt inoffensive. Mais vraiment, même si elle en avait le pouvoir, lui répondre serait lui donner beaucoup d'importance.

Sa chambre doit être petite parce que le mouvement est

rapide — il n'a pas long de corde! Il se racle encore la gorge en poussant un grognement disgracieux.

Hé! Un peu de respect! C'est pas parce que je ne parle pas que je n'entends pas!

Mais cet homme était absent quand le respect est passé dans son secteur. De toute évidence, il ne se soucie que de lui-même.

Elle s'éloigne, essaie de prendre ses distances avec cet importun qui lui pourrit l'air. Elle allait y arriver quand une main pesante s'empare de la sienne. De mieux en mieux! Elle est moite et trop grasse.

« Faut que j'y aille. Je veux que tu saches que je... que je reste avec toi... Que je suis avec toi... »

Dieu merci, il est tellement mal d'avoir prononcé des paroles aussi lourdes de sens qu'il s'enfuit sans remouiller son front.

Si cet homme est le reflet d'une fraction de qui elle était, s'il est le compagnon de vie qu'il prétend être, alors les surprises que lui réserve sa mémoire lui apparaissent des cauchemars. Et dire qu'elle trouvait son prénom insignifiant!

Pour la première fois depuis qu'elle est réveillée, elle se surprend à désirer quelque chose: elle attend impatiemment qu'on vienne enfin la laver et la débarrasser des relents que cet homme a laissés sur sa peau.

* * *

« Toi, personnellement, ça te tannerait-tu ben gros de baiser un amputé? Ben, pas de partout, là, mais d'une jambe pis d'un pied? Ça fait dur, han? Ah, j'ai pas l'intention de te toucher, là, t'es trop vieille, mais je pense à la p'tite crisse qui veut m'équiper d'un chien. Tu sais ben, là, ceux qui veulent te comprendre pis t'aider? C'pas un chien que je veux, c'est elle! Je sais pas trop si a pense que chus le genre à m'en passer un... est *cute* en crisse!

Des fois, elle s'asseye de me faire parler de cul. C'est un docteur, est ben compliquée. Faut parler avec elle. Moi, chus moins jasant quand on écoute trop. Ton idée, elle me fait-tu parler de cul parce qu'a n'a envie? A joue avec le feu, elle, parce que si a sait pas c'est quoi un gars qui en a envie, a va l'savoir dans pas longtemps! Crisse! A va voir que ce boutte-là, y l'ont pas touché! Toi, y t'en ont-tu offert un, chien? Des fois, c'est des chats aussi, ou ben un serin. Moi, y était pas question d'un serin… mais toi, une perruche, une affaire de même, ça te tente pas? Ça serait mieux que ton gros crisse… Je l'ai vu aujourd'hui! J'me pratiquais à faire des *spins* avec ma chaise roulante quand y est sorti d'icitte. Rouge tomate, qu'y était. Beau bonhomme… ben, quand t'aimes ça gros! J'sais pas comment tu fais. Moi, les grosses, chus pas capable. Dodue, j'dis pas, mais grosse, *wo*! Ça me la coupe ben raide! Paraît qu'y en a de collé? Les femmes aiment ça, l'argent. Moi avec, mais c'pas pareil. Moi, si je pourrais, je ferais de l'argent pis je les baiserais toutes! En ligne. Une après l'autre. Envoye par là! Avec de l'argent, j'pourrais même m'assayer sur ma p'tite crisse de docteur. On gage combien qu'a dirait oui? A l'arrête pas de dire que l'apparence, ça compte pas tant que ça! M'a te la coincer, moi, a va voir c'est quoi se peinturer dans le coin… Fa que ça me travaille… ça fait de quoi à faire, han? J'ai pas mal le plan en tête… comment je m'y prendrais, pis toute. Me sus t'essayé, tu penses ben. D'un bord, y ont coupé le pied, pis de l'autre y ont coupé jusse au-dessus du genou… là, c'est encore un peu sensible… mais ça tient, en mettant plus de poids sur mon genou droit, j'peux tenir. J'fais des *push-ups* dans mon lit. Aie pas peur, je m'écraserai pas sur elle… Non, le pire, c'est pas tellement de le faire comme de pogner la fille. Bon, c'est sûr que se mette tout nu, ça peut y donner un choc… Mais une fois qu'a s'est habituée, tu passes à l'action pis bingo!… Pas envie de me crosser toute ma vie, moi. Pis est pas à veille de me passer, l'envie de cul… Toi? Ça t'a-tu passé? C'est sûr qu'avec ton gros crisse ça devait pas être terrible… C'est le genre à bander mou, ça, à faire le coude…

C'est-tu parce qu'y a de l'argent que t'es t'avec? T'allais-tu en voir d'autres pour te donner une vraie *go* de temps en temps? Ça doit, han? Faut ben!

« Moi, c'est de même j'ai commencé. J'étais livreur, pis laisse-moi te dire que je livrais plus que la commande! Ça m'a pas pris de temps à comprendre la *business*: la bonne femme rouvre la porte pis tu sais ce que t'as à livrer. Les pires, c'est celles qui sont mariées à un gros plein trop vieux. Crisse! Quand y te tombent dessus, c'est pas rien qu'un peu! Y en a une, ça finissait pas: deux pis trois fois pis reviens quand tu vas avoir fini ta *run*. Les femmes de même, plus y aiment l'argent, plus y veulent te payer. Crisse! Chus pas une danseuse, j'fais pas ça pour du *cash*. Penses-tu que j'aurais dû prendre son *cash*, toi?... Mon *bike*, tu sais le *bike* que j'ai eu mon accident avec, ben c'tait un héritage. *Weird*, han? Une vieille de même que j'y livrais sa commande toué jeudis — a s'tait mis dans tête qu'a m'aimait. Un peu comme ma grand-mère, tu sais, elle voulait que je lâche mes *chums*, que j'étudisse, que je devienne un gros crisse de plein. A me tannait avec ça! Mon bien! Je m'en crissais-tu de mon bien, dans ce temps-là? Asteure aussi, je m'en crisse. En té cas, est morte pis y sont venus me porter un chèque qu'elle avait faite à mon nom. Imagine: pour mes études! C'tait comme une pension pour que j'arrête de livrer pis que je retourne à l'école. J'ai arrêté de livrer pis je me sus t'acheté le *bike* que je voulais pis chus parti sur un *nowhere*. J'tais ben... J'aurais jamais dû revenir. C'est fuckant, revenir. J'me sus gelé la face pis... c'est ça! C'est pas dit que j'en aurai pas un autre, *bike*. Mais là, j'y pense pas trop. J'fais des *push-ups*...»

Avec lui, le silence n'est jamais lourd. Il est enveloppant, presque aussi moelleux que le néant. Elle se demande s'il faut être muet pour entendre aussi bien le silence. Quel soulagement de n'avoir rien à dire... rien à ajouter. Avec lui, elle a l'impression d'avoir accès à un monde aussi inconnu que celui du coma.

Il ne sait pas à qui il parle. Et moi non plus, je ne le sais pas. Ce qu'il vient de dire a plus de réalité pour moi que ma propre vie.

Depuis quand vient-il ici, la nuit? Depuis quand la nourrit-il de ses introspections? Est-ce la rage de cet homme qui l'habite et qui la fait employer des mots si choquants envers les gens qui viennent la visiter? Envers le médecin? Est-ce qu'on peut profiter d'un coma pour vider un cerveau de sa substance, vider une vie de son essence et remplacer le tout par... par quoi? Comment ça s'appelle, cette envie du rien? Elle est là, étendue sans même savoir si elle a tous ses morceaux, à la fois consciente et absente, sans aucune autre sensation que celle d'être exaspérée par certaines personnes. Elle a donc encore une personnalité, un caractère. Il y a en elle une indifférence extraordinaire à son sort, et un détachement qu'elle redoute bien temporaire. Les couleurs, les sensations se sont affadies, et la brutalité du noir et blanc règne. Ça se résume à: pas lui, elle, pas elle, mais lui, oui.

Cet homme dit qu'elle est vieille! Il a sans doute raison, mais la hargne, le refus et la violence qu'elle ressent sont dignes de l'adolescence.

Les autres émotions, celles qu'on dit positives, où sont-elles?

Quelqu'un lui dit: «Maman», quelqu'un lui dit: «Chérie», et elle est envahie de dégoût.

Ce jeune homme qui lui raconte ses désirs sexuels les plus crus sans aucun ménagement ne suscite qu'une attention bienveillante, il l'amuse.

Est-ce parce qu'elle n'aimait pas sa vie avant de tomber dans cet accueillant coma? Pourquoi y restait-elle, alors, dans cette vie insuffisante? Pourquoi ne pas la changer, si elle ne lui convenait plus? On ne s'offre pas un coma comme on prend une sabbatique, pour remettre les compteurs à zéro! Ce qui est certain, c'est qu'elle n'a pas beaucoup de sympathie pour son «gros crisse». Et sa fille... elle se rend compte qu'elle ne la croit pas. Ce jeune homme a plus de réalité à ses yeux que sa propre fille. L'étonnant réside sûrement dans le fait d'accepter cette vérité sans discuter et sans même en être dérangée. Ce qui l'agace, par contre, c'est qu'il faudra bien un jour leur demander de ne plus se montrer. Elle est certaine qu'ils vont refuser. Comme elle est certaine qu'elle va refuser de demeurer en leur compagnie.

Tant qu'elle est l'otage de son impuissance physique, elle les endure, mais sitôt qu'elle pourra agir de son propre chef... elle ne voit aucune raison de rester polie. Ces gens-là ne lui sont rien.

«Chus là à te parler de cul pis t'es même pas capable de dire un mot! T'es-tu encore dans le tunnel? T'es-tu comme pognée entre la lumière blanche pis icitte? Crisse! J'espère pour toi qu'y faut pas que tu choisisses!... Reviens pas. Si t'as le choix, reviens pas!»

Je voudrais bien savoir comment rebrousser chemin, je te jure que je le ferais en courant. Flotter est infiniment mieux que marcher. Mais je ne vois aucune issue de secours.

«Regarde... Si t'as une chance, si ça t'en demande pas trop, pourrais-tu t'arranger pour me dire de quoi ça a l'air exactement? J't'ai ben regardée depuis que chus t'icitte, chus venu tous les jours, pis la face t'a pas changé. Je veux dire... ça avait l'air *cool*, pas dur pantoute. T'avais l'air morte, sauf que tu respirais. À part de la nuit passée que tu faisais une drôle de grimace, tout avait l'air *smooth*... Y a juste ceux qui en reviennent comme toi qui peuvent nous dire pour de vrai de quoi que ça a l'air... mourir, je veux dire.»

Le silence se réinstalle. Le jeune homme est là, seulement là, présent avec elle. Ils occupent la nuit ensemble, sans la fuir, sans la nier, sans essayer de la faire passer. Comment il a dit ça, déjà, son mari, avant de partir en courant? «Je suis avec toi»... Dieu merci, si c'est vrai pour lui, ça ne l'est pas pour elle.

Elle a probablement dû beaucoup apprécier ce genre de formules dans sa vie d'avant.

Elle ne sait pas qui elle était, mais elle constate que ce genre de déclarations a maintenant tout pour l'effrayer. Voilà ce que ça fait d'aller voir la lumière du bout du tunnel : les formules toutes faites et gratuites s'effondrent d'elles-mêmes. Sans aide.

Jour 3

«Vous récupérez, madame Mailloux, vos signes vitaux parlent pour vous. Il y a des étapes, bien sûr, il y a encore du chemin à faire, mais vous êtes hors de danger. Ces jours-ci seront cruciaux, déterminants. Vous êtes restée dix-huit jours dans le coma, ce qui peut faire pas mal de dégâts, mais je vous rassure : le scan qu'on a fait hier montre que tout est normal dans votre tête. La machine est prête à fonctionner, reste l'énergie, l'électricité, et ça, c'est un autre rayon. Le coma est aussi mystérieux que le cerveau d'une personne : on peut le décortiquer en périodes, on a des statistiques, mais au fond, on en sait très peu sur les mécanismes déclencheurs. Il ne faudra pas vous étonner que ça prenne du temps, le cerveau est encore plus délicat qu'un muscle. Alors, le docteur Cantin, un neuropsychologue renommé, va venir vous voir et il va essayer de vous aider. Pour l'évaluation, la récupération de la mémoire, pour la parole, tout ! Réapprendre à fonctionner avec les spécialistes formés pour ça. Mon boulot à moi, c'est de vous garantir que neurologiquement, tout est en ordre, l'appareil est en état. S'il y a des trous, des fossés entre certaines parties de votre vie et maintenant, c'est normal. Faut pas s'affoler, tout va reprendre sa place. Il faut seulement huiler les mécanismes et les remettre en fonction doucement. Le docteur Cantin va vous aider et votre mari m'a assuré qu'il engagerait quelqu'un pour vous assister. Comme ça, vous pourrez faire votre réadaptation en étant chez vous, dans vos affaires. C'est un grand avantage, vous savez. Mais on n'en est pas encore là. Pour l'instant, c'est sortir complètement du coma qui est l'étape. Le docteur Cantin fera le suivi. Bonne chance. »

Pas trop nerveux, le docteur Therrien. On n'ouvre pas les yeux ? Pas grave, un examen et on sait quand même ce qui en est. Essayez pas de bluffer, mâme Chose, on a de quoi savoir le fin mot de l'histoire. Il est mieux équipé que moi, pas de doute. Il a ses statistiques, ses instruments de mesure, il a même la précieuse collaboration de mon mari. Ai-je vraiment besoin d'être là ? Vous avez l'air capable de vous débrouiller tout seul. Je les vois d'ici, vos étapes : on va me lever, me mettre debout et me tendre les bras pour me faire marcher. Je suppose que je porterai une couche et que je serai entre les mains du personnel que mon merveilleux mari engagera pour mon bien-être. On va me laver, me bichonner et je me baverai dessus en essayant d'apprendre à avaler ma potée. Réadaptation. Me remettre en état de fonctionner. Faire du neuf avec du vieux. Repasser du règne végétal au règne animal pour aboutir au règne humain. Non, ça, il n'y en a pas. Le règne humanitaire, je suis certaine qu'il n'existe pas. Minéral, végétal, animal. Par quel mystère je sais ça ? C'est pour dire que le par cœur de notre petite école qu'on déteste tant, ça a une fonction, finalement. Même au fin fond du règne végétal, le par cœur surgit comme une bulle de connaissance prête à servir.

Qu'est-ce que j'étais avant ? Une épouse, une mère, ça, je sais cette partie, mais après ? Est-ce que j'ai une formation, un métier, une profession ? Est-ce que je servais à quelque chose ? Qu'est-ce que je savais faire quand j'étais du règne animal ? Si j'avais été un médecin ou une spécialiste de la réadaptation, est-ce que le docteur Therrien m'aurait parlé autrement ? Si j'avais été une chercheuse ou une sommité dans une branche scientifique quelconque, est-ce que je comprendrais mieux ou plus vite ce qui m'arrive ou ce que je n'arrive plus à faire ? Je suis convaincue de n'être aucune sommité. Tout ce que je perçois me catalogue dans la petite moyenne — bonne épouse, bonne mère, bonne travailleuse, esprit d'équipe, sans plus. Ils ne sont pas des dizaines à se bousculer à mon chevet, on ne me parle pas avec un respect ou des égards particuliers, je suis une petite personne ordinaire qui ne s'est pas illustrée autrement qu'en tombant dans le coma. Alors, docteur Therrien, ne vous étonnez pas de me voir si peu pressée de retourner à ma médiocrité. Quand un être aussi intéressant trouve le moyen d'échapper au moule étroit et débilitant de sa vie, il ne lâche pas facilement sa chance — il essaie de s'y accrocher.

Je ne sais pas si j'ai jamais été une femme pugnace, mais il me semble que je vais me découvrir des dispositions au combat.

Et ce ne sera pas celui de la survie telle que vous l'entendez, docteur Therrien.

* * *

« Papa est venu te voir, hier ? Il m'a appelée pour me dire ça. Il t'a trouvée mieux. Ben… tu sais comment il est ? Je lui ai demandé s'il avait noté des changements, il a répondu oui. J'ai demandé : comme quoi ? Et là, plus rien, y savait plus trop quoi dire. Je te dis que lui… C'est vraiment pas le genre à savoir faire la conversation. Oui pis non, pis encore… ça, c'est quand il entend ta question ! Je te jure ! Je t'ai apporté un dessin de Corinne… Je me disais que quand tu vas ouvrir les yeux, ce serait bien que tu aies quelque chose de personnel à regarder. Ben là, c'est si y a personne à côté de toi quand ça va arriver. Y nous l'ont reproché… de pas avoir été là assez. C'est papa qui m'a dit ça. Paraît que t'as pas mal plus de chances de revenir vite si on te parle, si on est là à te tenir compagnie, à te rappeler ta vie. Même si t'as pas l'air d'entendre, y disent que tu entends. Ça fait que me taire, comme je faisais avant quand je le savais pas, c'était pas bon. C'était pas une bonne chose pour toi. C'est difficile de savoir. Déjà que c'est pas facile de parler aux médecins. Ils sont vraiment débordés. Je veux pas déranger non plus... Quand ils me parlent, ça me prend tout mon petit change pour pas paniquer, tellement je suis sûre que je ne comprendrai pas. Comme à l'école, quand on arrivait aux maths. Tellement sûre et certaine de jamais comprendre que j'écoutais plus rien! Alors, ben sûr, je comprenais pas. C'est fou comme avoir peur, ça empêche des affaires. J'essaye de faire attention avec Corinne. Mais je pense pas qu'elle ait des problèmes : est tellement sûre d'elle!...

« Ils nous ont demandé de faire des efforts, de venir plus souvent, avec assiduité. Ils nous ont dit de demander à tes amis de venir aussi. Que c'était important. C'est supposé faire une grosse différence pour toi. J'en ai parlé à Madeleine, mais... je sais pas trop pourquoi, elle préfère ne pas venir. Pas tout de suite, qu'elle m'a dit. Elle s'informe tous les jours, elle parle à papa, comme de raison. Elle l'aide beaucoup. Elle est extraordinaire depuis l'accident, je sais pas ce qu'il ferait sans elle. Mais elle dit que c'est pas sa place ici. Je pensais pas qu'elle manquait autant de confiance en elle. On dirait pas, à la voir. Elle est tellement énergique, tellement efficace. "Une maîtresse femme", comme dit papa. Y se trouve ben drôle. Y me fait penser à Yvon, là-dessus. Je devrais plutôt dire qu'Yvon me fait penser à lui. Mais j'aime pas ça. Je veux dire... je trouve pas ça agréable qu'Yvon lui ressemble. C'est pas qu'y y ressemble, c'est juste l'humour, le sens de l'humour qui est le même. Ils s'entendent bien. Ils se trouvent drôles! »

Est-ce qu'elle tricote? Elle bouge un peu, je pense, mais sur place. Comme si elle tricotait. Ça donne de la régularité, une sorte de rythme à ce qu'elle dit. Madeleine, Yvon, je ne sais pas du tout de qui elle parle. Corinne, si c'est sa fille, ça doit être ma petite-fille. Je suis donc en âge d'être grand-mère. Personne ne vous a suggéré de faire une petite révision de temps en temps? Question de rappeler les faits principaux : âge, profession, membres existants de la famille, circonstances qui ont amené la patiente ici à supporter de longs monologues que je ne qualifierais pas de passionnants? Un accident. J'ai fait quoi? Je suis tombée dans un escalier, j'ai été renversée par une voiture, j'ai oublié le frein à main et me suis plantée dans un mur? Est-ce qu'il y a eu des morts? Est-ce que je suis la seule amochée? Non, le bras cassé de mon mari. Nous étions au moins deux. Ensemble. Qui conduisait? Est-ce que je sais conduire? Je ne dois pas être une «maîtresse femme», moi. Ça devait être lui qui conduisait.

Bon! Qu'est-ce qu'elle fait, maintenant? Pourquoi elle s'acharne comme ça sur ma tête? J'aurais dû écouter ce qu'elle disait, mais…

«Excuse-moi, je vais regarder avant si le volume est correct. Je ne voudrais pas te surprendre avec un volume trop fort… Je pense que c'est bon. J'aime mieux moins fort que trop fort. Si j'avais su lire ça comme du monde, je l'aurais fait, mais t'as jamais aimé ça quand je t'en lisais, je vois pas pourquoi je me serais améliorée. Me semble que tu vas l'aimer, celui-là.»

Dans ses oreilles, une voix grave et tranquille, une voix troublante… les mots forment des images qui se posent sur son cerveau brûlant. De la neige qui tombe sur un champ écrasé de soleil. De la neige qui met en relief la moindre anfractuosité du champ sombre. Il n'y a que cette voix sans musique. Cette voix et les mots qui se lient. Elle entend, des couleurs vibrent sous ses paupières, sa mâchoire, elle sent sa mâchoire comme une crispation au bout de son cou, un tremblement. La voix continue, le souffle est profond. La voix égrène les mots sans précipitation comme pour les placer sur sa langue et les lui faire goûter. Il y a de la salive dans sa bouche, elle en prend conscience soudainement. Tellement de salive qu'elle doit déglutir — les mots sont comme des fruits juteux et sucrés. Elle a du mal à avaler… trop! Elle est submergée, elle étouffe sous la beauté caressante.

Abruptement, on lui retire les écouteurs des oreilles, des mains fébriles passent sur ses joues. Qu'est-ce que c'est que cette frénésie? Pourquoi la tapoter comme ça? Qui a décidé d'arrêter la voix?

« Tu pleures? Maman… tu pleures? T'es là? Tu entends, c'est ça? Ça te fait pleurer? On aurait dit que t'étouffais. Mais c'est des larmes, han, maman? C'est des larmes? »

Enfuie, la voix, fondue, la neige — une agitation extrême suit cet intermède. Une infirmière, puis une autre. On écoute sa fille qui répète nerveusement, précipitamment. À mesure que l'excitation s'amplifie autour d'elle, elle se calme et prend ses distances avec le branle-bas. Elle retourne à sa torpeur, ébranlée, le cœur battant. Et quand elle entend de loin quelqu'un poser la question, elle répond pour elle-même.

Neruda. Pablo Neruda.

* * *

Le rituel de la friction du soir lui plaît particulièrement. Surtout quand c'est cette infirmière, celle qui sait se taire. Enfin… habituellement. Cette fois, elle parle, donne des détails précis, l'informe de ce qu'elle fait. Comme pour un enfant. Ça ne l'étonnerait pas du tout qu'à la fin de l'exercice, elle lui demande: « Il est où, le nez? Le mollet? Le pied droit? »

Il n'y a pas à dire, il doit y avoir de nouveaux ordres au dossier!

Mais celle-ci, malgré l'ineptie du protocole, réussit à être à la fois directe et peu envahissante.

« Nous sommes le 20 janvier 2008, un dimanche. Ça fait trois semaines que vous êtes ici. Vous avez eu un accident de voiture… et de la chance. On vous a sortie de l'auto et, deux minutes plus tard, elle était en feu. Vous êtes à Montréal. Vous récupérez très bien. Vous n'avez aucun soutien respiratoire, le cœur est bon et la tête est solide. Dans les jours qui viennent, vous allez être perdue, vous mélangerez pas mal de choses et votre mémoire va vous jouer des tours. Tout ça est normal. Dites-vous que c'est l'accident et soyez patiente. Votre corps, comme votre esprit, est en train de se réhabiter. Un peu comme si on vous avait gelé tout le corps chez le dentiste. Vous dégelez. Tout doucement, vous dégelez. »

Les mains habiles la retournent, massent son dos courbaturé.

Je voudrais bien que ce coma revienne. Est-ce possible ? Je voudrais le coma d'avant plutôt que ma vie d'avant. Irréversible. C'est comme ça qu'on dit, je crois, un coma irréversible. Être témoin de mon corps sans l'habiter. Est-ce qu'on peut refuser de réintégrer son corps ? Je voudrais déménager dans un autre corps, une autre vie. Et ce n'est pas parce que ma mémoire me joue des tours, elle est bien tranquille. Non, c'est une certitude que j'ai eue en entendant mon mari et ma fille : je suis persuadée d'être une personne ennuyante, une femme insignifiante et sans valeur qui vit... vait, qui vivait une vie insipide. Si j'étais bien honnête, je vous suggérerais de jeter ce corps bien loin pour que jamais personne ne le réhabite, comme vous dites si joliment, alors que c'est un néologisme. Voilà ma position : ce qui vous paraît une chance m'apparaît une calamité. Ouch !

« Vous voyez ? On dirait que vos jambes sont plus sensibles... je vais l'inscrire au dossier. On devrait commencer la physio plus intensive bientôt. Je m'appelle Élisabeth. Je travaille de quatre à minuit et il est... huit heures trente. Vous avez eu une grosse journée, reposez-vous. »

Elle s'éloigne, elle bouge avec légèreté — le corps de cette Élisabeth doit être habité parce qu'il en émane une certaine grâce. Tiens, elle revient, elle a oublié quelque chose.

«Madame Mailloux… Je sais que Steve va venir vous voir tantôt. C'est un amputé qui a beaucoup de problèmes, mais on s'est aperçus que ça le calmait pas mal de vous fréquenter. Il ne parle pas. Il reste là à vous regarder et on surveille quand même de loin pour ne pas qu'il ait des gestes déplacés. La psy pense que vous êtes une figure maternelle réparatrice. Je ne sais pas si vous sentez sa présence… en tout cas, c'est ça, si jamais vous vous demandez ce que c'est.»

Il ne parle pas, non! Veux-tu me dire comment il se place pour donner l'impression d'être silencieux? La figure maternelle réparatrice vous remercie beaucoup de l'informer de son rôle. Ce qui est bien, c'est votre certitude que rien de déplacé ne peut advenir entre nous. De quoi j'ai l'air, voulez-vous me dire? D'un pichou, d'une vieille mémé? Vous avez oublié de me parler de ma tête. De quoi il a l'air, mon corps déshabité? Il doit être tentant c'est effrayant pour que ça n'inquiète personne de voir Steve fréquenter ma chambre tous les soirs!

* * *

«Paraît que t'es réveillée *all right*? Y sont toutes venues folles aujourd'hui avec ça! Qué-cé que t'as faite? T'as parlé ou ben quoi? Tu peux me le dire à moi, je te stoolerai pas. Tu peux te fier en crisse, chus pas le genre à répéter, moi. Es-tu en train de t'arranger pour te faire clairer d'icitte? Crisse! Me sus t'habitué, moi, cé que je vas faire si tu pars d'icitte? Je pensais qu'on était *chums*… Crisse, Yo, tu peux pas faire ça, cé que je vas faire, moi? Je pensais qu'on avait un *deal*: si tu reviens, tu me dis comment c'est. En détail. Pas jusse c'est blanc, c'est le tunnel, là, ça, je le sais déjà, tu peux laisser faire. J'veux savoir ce que ça fait. J'veux savoir si on le sait qu'on est de l'aut' bord, si on voit les autres se mette à paniquer pis à vouloir nous ramener. C'tu vrai, ça? Que t'es comme juste au-dessus de toi, pis que tu vois toute, pis que t'entends toute? Tu vois les niaiseries que les autres font pendant que toi, t'es t'en train de passer? Crisse, ça doit être flyé! Bon, tu sauras pas comment de temps tu flottes au-dessus avant de mourir pour de bon, vu que t'es pas morte, mais tu pourrais me donner une idée. Jusse si c'est vrai, ça serait déjà ça. C'est pas la fin du monde, ça, Yo? T'es capable de faire ça pour moi? Aimes-tu ça que je t'appelle Yo? *Cool*, han? Yo. J'ai pensé à ça hier au soir. Me sus dit m'a l'appeler Yo, ça va être *cool* en crisse. Moi, c'est Steve. En partant, c'tait Stéphane, mais c'est vite viré en Steve. Ma mère m'a jamais appelé Steve. Toujours Stéphane. A l'a jamais compris. Crisse qu'a l'avait pas, elle! A me regardait comme si je serais un Esquimau ou ben un E.T., là... a n'en revenait pas de m'avoir dans face. Son métier dans vie, c'tait d'avoir peur. A barrait les portes pis a regardait ses programmes à T.V. De temps en temps, je la pognais en train de me regarder. A me fixait en ouvrant la bouche... crisse! Je faisais rien, là, je disais rien pantoute, pis on aurait dit qu'a s'attendait que... je sais pas, que je sorte un *gun* pis que je la clenche. Je sais pas trop. A regardait trop la T.V., je pense. Y y manquait de quoi. C'est sûr que c'tait pas un génie, mais y y manquait comme une case dans tête. A était pas là. Pas toute là. Ma *luck* dans vie, c'est qu'est morte vite. J'en connais des gars, y font pas ce qu'y veulent, han? Leur mère les lâche pas: fais ci, fais ça, où est-ce que t'étais, conte-moi pas de menteries, enwoye, marche par là, explique-toi! Crisse! La pression, toi! Y s'en occupent, leurs mères. Moi, la paix. Ben, une sorte de paix. J'sais pas trop si quequ'un lui avait sacré une volée, mais a faisait comme si ça s'en venait. Comprends-tu ça? T'arrives, pis a se rentre la tête dins épaules, pis a recule. Toi, t'es de bonne humeur, tu penses pas à mal, pis elle, a fait ça, a recule comme si t'étais quelqu'un d'autre, quelqu'un de freakant. Méchant numéro, ma mère, han? A était folle, j'cré ben. Pas dangereuse, mais pas toute là. J'te conte ça... C'est pas ben ben important... C'est pour parler, dire de quoi... La p'tite crisse, a l'a-tu essayé d'en apprendre sur ma mère, tu penses? Crisse...

Y capotent là-dessus, eux autres! Toutes ceux payés pour te comprendre, ceux qui veulent te dire quoi faire, là, ben, y veulent jusse savoir une affaire : comment qu'y étaient, tes parents? C'est plate pour eux autres, mais y accrochent là-dessus pas à peu près. Ça doit être à cause que leur mère à eux autres les faisait capoter. J'sais pas trop... Pis essaye pas de changer de sujet, han? Y a pas une histoire de cul qui les intéresse autant qu'une histoire de parents. Moi, personnellement, j'invente. Je le dis pas ce que je viens d'te dire là. Pas que ça me dérange, mais c'est pour elle, pour ma mère. Elle aimerait mieux pas avoir l'air d'avoir été *crackpot*. Fa que c'est ça... m'en sus mis une autre dans tête, m'en sus t'arrangé une, mère. Y aiment ça, entendre parler des mères? Pas de trouble, tout est prête icitte dans ma tête : a s'appelle Thérèse pis a l'était ben sexy. En petite jaquette transparente toute la journée. Crisse qu'y rushent! Twink! La petite lumière s'allume, toi! Tu dis jaquette, y a rien là, tu dis transparente, y viennent fous. Pis c'pas d'hier, han? J'avais douze ans, pis c'tait pareil. M'a t'dire de quoi, y l'avaient pas regardée ma mère pour croire c'que je racontais. Moi, j'dis qu'y s'ennuient... les psy. Y doivent venir tellement écœurés des histoires plates de gars fuckés... Y doivent avoir hâte que ça devienne *crunchy*, avec du cul pis toute. As-tu remarqué ça, toi? C'est peut-être pas pareil avec les femmes... En té cas, j'ai toujours arrangé ça pour pas gêner ma mère... Y a jusse un affaire : c'est que t'es mieux de t'en souvenir de ta menterie, parce qu'eux autres, y sont grandes gueules en crisse. C't'une gang, ça. Y se tiennent entre eux autres. Y se disent toute. Laisse-moi te dire qu'a te suit, ta menterie. Si tu t'en souviens pas, eux autres vont s'en souvenir. Pis plus tu dis : "J'ai dit ça de même, c'tait pas vrai", plus y sont sûrs de tenir le boutte *crunchy*. Faut-tu être pété dans tête! Fa que, pour les contenter, ma mère a fini pas mal *kinky*... M'a te dire de quoi : quand j'oubliais un détail dans mon affaire, le psy me le disait. Y faisait comme si que j'en cachais des bouttes exprès. La p'tite crisse aujourd'hui, est arrivée avec un affaire... me souvenais même pus! A était fière d'elle. A l'avait déterré ça dans un vieux dossier… Un bon chien qui avait réussi à déterrer un vieux crisse d'os toute rongé, c'est de ça qu'a l'avait l'air… Crisse! Ça doit être pour ça qu'a veut que j'aye un chien! Est fatigante avec ça… Penses-tu que ça la désappointerait ben gros que je dise non? On s'entend ben, je voudrais pas la choquer ni rien, mais le chien… ça serait comme de ravoir ma mère. Si y faut qu'y recule quand j'rentre… crisse! C'est sûr qu'on peut faire tuer ça, un chien, mais si je le sais que ça me tente pas? Pourquoi se donner du mal? D'un autre côté, les femmes aiment ben ça, nous sortir du trou. Ça les rend chaudes… Y deviennent faciles en crisse quand on les laisse nous aider. J'espère qu'est à veille d'oublier ça, son histoire de chien. Toi? Si jamais j'y dealais un oiseau, une sorte de perruche, ça te tenterait pas?… *Anyway*, une perruche, ça devrait être content de vivre dehors comme un moineau ordinaire. Si t'a veux pas, j'aurai jusse à la crisser dehors…»

Bon, qu'est-ce qui se passe? Pourquoi il se tait, tout à coup? J'ai pas dit la bonne réponse, peut-être? Qu'est-ce que… qu'est-ce qu'il me veut, là?

«Ça te dérange-tu que je fasse ça?»

Quoi? On dirait qu'il souffle sur mon avant-bras… Seigneur! J'espère que…

«T'es douce. À te voir de même, on dirait pas. On dirait, c'est plissé, ça doit être accrochant. Pis non, quand j'te flatte de même, c'est doux en crisse… Tes mains sont fripées, mais pas tes bras. Y sont doux. Le pire, c'est ici, dans le creux où ça plie. Là, c'est doux, *man*… J'sais pas pour l'autre bras parce qu'y est piqué pour les tubes pis que j'y touche pas… mais lui, là… y est vraiment rushant. Ça te chatouille-tu?»

Non, je ne sens pas vraiment.

« C'est une des premières affaires que j'ai vues de toi. Chus jusse à bonne hauteur. Pour te voir la face, faut que je m'étire un peu. Mon *bike* est plus bas qu'ton litte. Mon *bike*, c'est ma chaise roulante, je te le dis, au cas… Ton bras, je l'ai jusse en dessous du nez. Des fois, au début, je m'endormais, la face sur ton litte. À force de te fixer pour voir si tu passerais, j'tombais endormi. Ben raide. Une nuit, j'me sus réveillé le nez sus ton bras. Tu sens… presque pas. Tu sens pas la vieille. Tu sens pas le sexe… pas la ma-tante non plus. Crisse ! C'pas facile à trouver ! C'est pas le manger, pas le propre. C'est la première fois que je sens c't'odeur-là… Tu sens doux. Ça se dit pas, han ? Mais c'est ça pareil. Admettons que doux, ça aurait une senteur, là, ben ça serait celle-là. Fuckant, les mots, trouves-tu ? Rien que pour t'expliquer ça, ça m'a pris une heure ! »

C'est ça, exagère donc un petit peu !

« Bon ! Disons une demi-heure ! »

Qu'est-ce que tu fais dans ma tête, toi ?

« Yo… Ça me tente pas que tu te réveilles. Ça va toute fucker notre affaire. J'haïs pas ça de même, moi. J'haïs pas ça pantoute. T'as pas l'air mal non plus. J'en ai encore pour un boutte icitte, moi. L'infection veut pas lâcher. Y me surveillent. Pis après, ça va être la physio, les patentes artificielles, les opérations pour la quincaillerie, pis toute. Ça te dérangerait-tu ben gros de pas te réveiller tu-suite ? Laisse ça de même… C'est sûr que si ça te fait chier, tu le dis, pis on arrête ça là. Viens pas me faire accroire que tu te meurs de retrouver ton gros crisse, j'te croirai pas ! On est ben, là, non ? Tranquilles, toué deux… »

Sauf que c'est pas totalement en mon pouvoir. Si c'était rien que de moi, je laisserais ça de même, comme tu dis. Pas de passé, pas d'avenir. Mais j'entends, je perçois, ça bouge en dedans, même si je ne veux pas, même si je ne collabore pas. Dans le coma, le libre arbitre n'existe pas — c'est un état animal. Et on dirait bien que l'animal en moi a décidé de revenir sans me consulter. Profite de ta nuit, Steve, parce que je ne sais pas combien on en a devant nous. Tu ne dis plus rien ? Ta respiration a changé… tu dors. Tu viens de t'endormir. Ben raide, comme tu dirais. Dors-tu sur mon bras, en plus ? Je sens comme une pression… C'est peut-être ta tête. Dors, Steve. Je suis pas encore dégelée, profites-en !

* * *

C'est une cuisine. Propre — impeccable, même. La sienne, mais elle ne la reconnaît pas. Il y a tout ce qu'il faut pour cuisiner, une lumière forte l'éclaire. Tellement que ça fait un peu laboratoire. Elle ouvre les armoires : tout est parfaitement rangé. Le frigo est rempli de mets, d'aliments, comme sur les photos publicitaires. Elle sait que c'est elle qui a tout fait, tout acheté, tout cuisiné. La table est dressée pour un repas en famille, un repas ordinaire. Il y a des napperons et des verres à eau. Pas de chandeliers, pas de verres à vin. Un repas de semaine, sans fla-fla.

Elle se promène dans la cuisine, attend.

Les convives n'arrivent pas. Elle rectifie l'ordre d'un couvert. Quatre. Ils seront quatre. Une sensation de malaise l'envahit : quelque chose cloche, quelque chose qu'elle devrait avoir vu et qu'elle n'arrive pas à voir. Elle est là, immobile au milieu de la cuisine déserte, inutile au milieu de toute cette efficacité. Elle s'approche de la porte. Elle ne s'ouvre pas, pour la bonne raison qu'il n'y a pas de poignée. La porte est seulement dessinée sur le mur. C'est un trompe-l'œil.

Affolée, elle se retourne, cherche une issue, se précipite sur la fenêtre, écarte les rideaux : derrière les carreaux dessinés, un mur de briques.

Elle suffoque, cherche à fuir, ouvre les armoires en panique : des insectes en sortent, des centaines de bestioles noires qui, à la queue leu leu, remontent sur ses pieds, ses chevilles — elle se secoue, gigote, rien à faire, elles s'accrochent et gagnent ses cuisses. Dans un dernier effort, elle inspire et se penche en repoussant la horde des deux mains sur ses cuisses.

Elle se réveille brusquement, mouillée de sueur, les mains sur ses cuisses. Elle sent ses cuisses. Ses pieds, ses mollets la picotent, c'est à la fois chatouillant et énervant. Dès que le soulagement de se réveiller et d'échapper au cauchemar est passé, elle se rend compte qu'elle a bougé ses mains, qu'elles reposent maintenant sur son ventre.

Il n'y a personne près d'elle. L'hôpital est encore en mode de nuit.

Un cauchemar, elle a seulement fait un cauchemar parce que ses membres se raniment et qu'elle est engourdie.

Précautionneusement, elle essaie de bouger ses orteils, ou enfin, ce qu'elle sent comme l'extrémité de sa jambe — une violente douleur l'arrête.

Quoi ? Est-ce qu'ils ont oublié de regarder si j'avais quelque chose de cassé ?

Elle se calme, essaie de respirer profondément. Ses mains sont en plomb, elles pèsent des tonnes sur son ventre. Elle voudrait les remettre le long de son corps, mais l'effort nécessaire est trop grand. Elle est faible comme une vieille, ses muscles tirent et pèsent, ils n'ont aucune souplesse.

La panique remonte dans sa poitrine et, cette fois, ce n'est pas le cauchemar qui en est la cause, c'est l'animal qui rugit vers la sortie. La bête tapie au fond d'elle et dont elle éprouve la furieuse envie de vivre.

Jour 4

« Avez-vous déjà fait un jeûne ? Quand on en sort, on ne court pas s'empiffrer. À la limite, on n'a même pas faim. On est dans un état particulier, au ralenti, mais avec une sensation de clarté d'esprit peu commune. C'est un peu similaire… sauf qu'il faut remettre votre esprit en état — cette impression de clarté est faussée par l'absence d'affect. Le coma produit cet état d'insensibilité à la fois physique et affective. La première est prise en charge par la physiothérapie et la seconde, c'est moi. »

Non, monsieur, pas vous, par la psychiatrie. Ce que vous venez de faire, ça s'appelle une métonymie, mais pour vous, je dirais que c'est une forme d'égocentrisme. Comme ça, vous voulez me sauver l'esprit ? Bonne chance ! Je fais probablement partie de ceux qui se considèrent comme mieux dans la maladie que dans la guérison. Voyez-vous, docteur Cantin, l'absence d'affect, comme vous dites, c'est une bénédiction pour quelqu'un comme moi ! Et ne me demandez pas de me définir, je n'ai aucune espèce d'idée de qui je suis. Mais je sais que réveiller l'affect va me faire chier pas à peu près. Excusez mon langage, je le tiens d'un voisin d'étage avec qui je passe mes nuits. Bon, ce n'est pas exactement ce que ça a l'air d'être à l'énoncé, mais on ne chipotera pas sur les détails, voulez-vous ?

« On m'a dit que vous appréciez la poésie ? Pablo Neruda, m'a-t-on rapporté. C'est un bon choix, un très bon choix… »

Il ne va pas me dégoûter de la poésie, maintenant ? Un bon choix ! Pour qui tu te prends ? La cote de Neruda vient de monter, c'est ça ? On vient de le faire entrer au Panthéon ? Et si j'avais tressailli à la lecture d'une boîte de céréales, quelles félicitations choisiriez-vous de me faire ? Savez-vous où je me le mets, votre bon choix ? C'est ça, dans le vase d'argent ! Espèce de snob illettré, tu n'as jamais lu une ligne de Neruda, alors tais-toi !

« … Les pertes mnésiques, les absences de mémoire si vous voulez, devraient s'espacer. En principe, vous devriez peu à peu retrouver votre passé. Là encore, les émotions joueront un rôle : ce que vous savez sans émotion reviendra probablement plus vite. Mais il n'y a pas de règle fixe — chaque personne réagit différemment. Cela dépend de tellement de facteurs, les études sur le sujet démontrent une telle variété… »

Tais-toi donc, si tu sais rien ! Fais de l'air avec tes théories variées. *Oh boy* ! Voilà mon mari rasé de frais ! Il doit être inquiet pour se montrer avant d'aller au bureau. Ça, ça doit être une connaissance dénuée d'affect parce qu'elle est revenue d'un seul coup : mon mari a une passion prioritaire et passablement exclusive, et c'est le bureau. Son travail. Je le sais, c'est effrayant comme je le sais. Demandez-moi pas pourquoi. Le plus drôle, c'est que je suis absolument incapable de le décrire, de dire s'il est grand ou petit, avec ou sans cheveux. Impossible de me rappeler son visage, mais le travail, l'amour effréné, excessif de son travail, pas de problème. Ça devait faire mon affaire si je m'en souviens. C'est une réalité qui ne « m'affectait pas », n'est-ce pas, docteur ? Que dites-vous de mon analyse si fine ? Mais ils se comprennent, tous les deux ! Ça chuchote, ça papote, ça se plaît… vous le dites, si je dérange !

53

Et ils s'éloignent… c'est parfait : deux dans un. Il va pourtant y en avoir un des deux qui va se rendre compte qu'en principe il est préférable de faire semblant que le corps dans le lit, c'est une personne à qui on s'adresse avec une apparente bienveillance. Pas tellement pour la personne en question, mais surtout pour se poser comme un être exceptionnellement préoccupé par autrui. Bravo, docteur Cantin, vous venez d'obtenir votre médaille ! C'est ça, laissez-nous donc. Vous reviendrez, comme vous dites, je n'ai, là-dessus, aucune inquiétude.

Mon chéri, si on pouvait sauter les effusions physiques, ça m'arrangerait. Comme ma toilette est faite, il faudrait que j'attende jusqu'à ce soir pour me débarrasser de ton parfum. Ça va pas ? Le morceau est encore pogné dans ton arrière-gorge ? C'est quoi ? Ai-je perdu quelque chose que je ne me souviens pas d'avoir eu ? T'es pénible…

« Yolande… »

Tu t'es pas gratté la gorge pendant dix minutes pour me sortir ça ? Envoye, accouche ! Tu me déranges avec tes soucis.

« J'ai probablement pas été clair, hier. Je veux te dire que… que je m'excuse. Je te demande pardon pour tout. C'est ça. Cantin dit que tu te souviens seulement en partie, mais peu importe : je veux que tu saches que rien de ce que j'ai dit avant l'accident est encore valable maintenant. Je m'excuse de t'avoir inquiétée et je veux te dire que c'est oublié. Que tout est comme avant. En tout cas, en ce qui me concerne. J'attends ta décision. Ta décision et ton pardon, O.K. ? »

Ben oui ! Pas de problème, c'est tellement plus clair, dit comme ça ! Une petite amnistie générale et on n'en parle plus ? Y a juste un détail qui cloche : je ne sais pas comment c'était avant cet aveu qui exige tant d'humilité de ta part, mais personnellement, comme dirait Steve, la tentation de te fréquenter est moins forte, pour ne pas dire carrément inexistante. Est-ce que je t'en veux? Je peux à peine m'imaginer que tu aies eu de l'importance à mes yeux. En tout cas, suffisamment pour que je t'en veuille. Si tu m'as déjà inquiétée, ça va, c'est vraiment oublié. Cantin a dû t'expliquer que mon amnésie serait temporaire, si tu te dépêches tant que ça de te faire pardonner. Amnistie/amnésie… c'est proche en maudit, ça doit pourtant pas avoir la même racine. Peut-être, après tout, celle de la mémoire, ou plutôt, de l'oubli. Racine grecque, ça, j'en suis certaine. Amnésie, j'ai oublié; amnistie, c'est oublié. Tu veux profiter de la première pour obtenir la seconde? Rusé… et grossier. Tu me prends vraiment pour une imbécile finie! Je ne sais pas qui j'étais, mais tu ne m'auras pas avec ta contrition empêtrée de fausse humilité. Est-ce que j'ai déjà marché dans tes combines? Oui? Alors, laisse-moi te dire que l'affect fait plus de tort que de bien! Han, mon gros? T'es peut-être plein aux as, mais la seule chose qui me frappe présentement, c'est ta pauvreté intellectuelle. Malheureusement, l'unique référence que ma mémoire m'accorde, c'est celle des mots, pas celle des faits. Et honnêtement, ce que tu racontes, c'est loin d'être assez pour être crédible. Je suis sûre que tu veux que je te pardonne, mais tu le demandes trop mal pour que je croie ton repentir. Recalé. Allez! Tu peux faire mieux! Tu te reprendras plus tard. Mon pardon peut certainement attendre.

Quant à moi, tu n'as pas failli me perdre, tu m'as perdue. Et ce n'est pas ton discours d'avant l'accident qui en est responsable — quelle qu'en soit la nullité — c'est l'indulgence infinie du coma qui a fait de moi quelqu'un de lucide. *Bye*! Bonne journée! Ne te sens pas obligé de repasser aujourd'hui.

✳ ✳ ✳

Ils ne vous apprennent pas que ces jambes-là sont attachées

à un corps ? Ayoye ! C'est de la torture… C'est pas vrai ! Dites-lui que je sens, que c'est fini le temps où on pouvait s'asseoir sur moi sans que je dise un mot. Comment ça se fait qu'il n'y a pas un son qui me sort de la bouche ? Aïe ! Aïe ! Non, pitié ! Non ! Non ! J'avoue, j'abdique, j'apostasie, je me rends. Mon oncle ! Je crie mon oncle ! Ma tante, chut ! ce que vous voulez ! Ça suffit, on arrête, c'est plus drôle ! Ah ! Merci, merci ! Je ne peux pas vous dire comme ça soulage.

« On va avoir du travail à faire !… C'est rouillé, ces muscles-là… c'est pas long, han ? J'en reviens pas comme ça s'atrophie vite — trois semaines et il faut tout recommencer à neuf. Y a l'âge aussi, c'est sûr. Je pense pas que vous étiez une grande sportive non plus. Va falloir changer ces habitudes de vie là. L'ostéoporose, ça guette les sédentaires dans votre genre… »

Est-ce qu'on peut en finir avec cette histoire d'âge là ? Est-ce que quelqu'un va avoir la délicatesse de me dire quel âge j'ai ? Est-ce que je suis tellement vieille qu'on peut juste l'évoquer sans apporter de précision ? Mon mari n'est pas à la retraite ? Comme c'est pas le genre à combattre les préjugés, je ne dois pas être beaucoup plus vieille que lui.

Ah non ! Pas les bras ! C'est une épaule que vous venez de me démettre. Pourquoi me pincer ? Êtes-vous sadique ? Ça vous fait du bien, ça vous soulage de me faire mal ? Mais arrêtez ! Arrêtez, vous allez m'achever ! Non… Nooo-on !

« Pardon ? Madame Mailloux ? Vous avez fait un drôle de son… comme un grognement. C'est peut-être un rot, une sorte de gaz, en vous manipulant… »

Je n'ai pas roté, j'ai dit non de toutes mes forces ! Tu parles d'une sourde ! Allez me chercher Élisabeth, elle, elle comprend. Dieu du ciel ! Allez-vous arrêter ?

56

« Et voilà ! J'ai l'impression que vous commencez à sentir quelque chose au niveau des jambes. C'est subtil, mais on dirait qu'il y a une légère réponse musculaire qui dépasse le réflexe. C'est moins amorphe qu'avant. Étonnez-vous pas si vous sentez des picotements : ça veut dire que la sensation revient. On est sur la bonne voie. On ne se décourage pas. On va vous remettre sur pied, aussi incroyable que ça puisse vous sembler. Ne perdez pas courage. Je reviens après-demain. Bonne journée ! »

La résurrection des morts, si c'est vrai, ça va être quelque chose ! Quand tous ces cadavres-là vont essayer de se relever… j'entends d'ici le son que ça va donner ! Ne revenez pas me chercher, personne, j'aime autant passer mon tour et rester morte. Cette expérience-ci me suffit amplement. La prochaine fois que je meurs, laissez-moi morte, ne revenez surtout pas me ressusciter.

Si jamais je peux prendre un stylo et écrire, ça va être la première chose que je vais faire : avertir tout le monde de me laisser crever. Ressusciter, c'est vraiment l'enfer !

* * *

« Si Annie avait pas tant insisté, j'aurais attendu encore un peu avant de venir. Pas que je ne m'en fais pas pour toi : y a pas un jour qui passe sans que je pense à toi. Et plus qu'une fois. Gaston me tient au courant, bien sûr… Je veux dire au bureau, quand on se voit au bureau… En fait, il m'a demandé de faire un effort, de surmonter mes craintes, si tu veux, et de venir te dire que ton amie est près de toi. Je sais pas trop comment te dire ça, mais j'ai essayé de t'aider indirectement, en supportant Gaston et Annie… »

« Soutenant », parce que « supporter » est un anglicisme dans le sens de « soutenir ». Si tu les endures, c'est correct, si tu les soutiens, c'est fautif. Tu me suis ? Ça m'a toujours tombé sur les nerfs, cette erreur-là. Ça fait que tu les as soutenus, c'est ça? Gaston, c'est bien le nom de mon mari, ça? Je ne perds rien à le gager. Et Annie… ça doit être ma fille. Annie… Bon, à côté de Yolande et de Gaston, ça s'appelle une amélioration. Alors? Qu'est-ce que mon amie qui n'était pas prête à venir et qui est venue malgré ses craintes veut me dire?

« … surtout que je me sentais responsable, tu comprends? Pas directement, mais indirectement… C'est quand même de chez nous que vous êtes partis! »

Attends un peu, j'en ai manqué un bout: on a eu un accident en revenant de chez toi, c'est ça?

« C'te pauvre Gaston! Je t'apprendrai rien en te disant qu'y se rongeait. Ça a pas été facile, Yolande, je sais que j'ai mes torts là-dedans, mais Gaston… On en reparlera plus tard, veux-tu? Quand on sera seule à seule… »

Quoi? Il y a quelqu'un d'autre, ici? Le tensiomètre fait trop de bruit pour que tu t'enfonces dans les détails? Pourquoi on attendrait plus tard pour les bouts *crunchy*?

« Annie a été extraordinaire avec lui. Qu'est dévouée, cette enfant-là! Elle t'aime tellement! C'est beau de la voir. Elle a rien su de… des circonstances, tu penses bien. Je sais pas comment elle a fait pour réussir à s'occuper de tout le monde de même. Elle m'a même appelée pour me dire le bon coup qu'elle avait fait en te faisant écouter tes poètes, là… Vous êtes chanceux de l'avoir. Ça doit tellement te faire du bien, te rassurer de la voir aussi proche, aussi attachée à toi. »

Qu'est-ce qui cloche? Qu'est-ce qui ne marche pas dans son affaire? C'est bien compliqué, donc! Autant l'autre est faux jeton, autant elle est mielleuse. Bon, elle dit plus rien ! J'ai manqué sa chute. Je me tais, vas-y ! J'écoute.

« Ça fait longtemps, ça fait vraiment longtemps qu'on n'a pas eu une vraie conversation, toutes les deux. Maintenant que tu sais pourquoi, j'espère que tu comprends que c'était l'enfer pour moi, une sorte de déchirement… Je pouvais pas t'en parler et tu es la seule à qui j'ai jamais parlé. La seule amie que j'ai jamais eue. Et y a fallu que ça tombe sur toi ! Eh que la vie est mal faite ! Malgré tout, Yolande, malgré tout ce qui doit te traverser l'esprit, dis-toi que j'ai jamais cessé d'être ton amie, jamais !… Mon Dieu, que ça me fait du bien de te parler ! Tu peux pas savoir. Te retrouver, même amoindrie, même malade, c'est un cadeau incroyable. Je dis pas que je suis contente que ce soit arrivé, mais ça remet les choses en place, crois-moi. Ça fait réfléchir. Et je t'ai toujours aimée. »

Pfft ! Pourquoi les gens qui parlent tout seuls ont-ils l'impression d'avoir une « vraie » conversation ? Parce qu'on ne les contredit pas ? Parce qu'ils peuvent se convaincre de leur honnêteté en se livrant sans risque d'être démentis ? Celle-là est aussi peu crédible que mon puant de mari. Ils auraient une histoire ensemble que ça ne m'étonnerait pas. Ils se méritent, tiens ! Est-ce que c'est censé me faire quelque chose ? Un petit frisson de dégoût pour le côté prévisible de l'affaire, mais vraiment — merci, l'affect en vacances — je serais humiliée d'y attacher de l'importance. Qu'ils se trouvent, qu'ils s'aiment s'ils réussissent à se croire détachés d'eux-mêmes à ce point, mais qu'ils cessent de me demander de les trouver autre chose que sordides et pathétiques !

Bon ! Une petite séance de flattage de toutou ! Est-ce que j'ai l'air de le demander ? Ça doit encore être un de leurs besoins qu'ils me prêtent généreusement.

« Mon Dieu, Yolande ! La cicatrice que t'as sur le front, en dessous du toupet, c'est-tu supposé partir avec le temps ? »

* * *

C'est drôle, plus mon corps est faible, plus mon esprit s'aiguise. Une tête en acier et un corps flasque. C'est mieux que l'inverse — un corps en béton et un esprit mollasson. C'est mieux... ça dépend pour qui. Pas pour mon mari, ma fille ou ma si bonne amie. Ces trois-là s'accommoderaient sans doute d'un esprit moins persifleur que le mien. Les écouter parler, c'est de l'incitation au suicide. Si, à eux trois, ils me donnent une image de la personne que j'étais... c'est pas reluisant ! C'est même assez lamentable.

C'était ma vie, ces gens-là ? Ça me contentait ? Ça me comblait ? Eh bien ! Je ne sais pas ce qu'il avait, mon affect, mais il m'obscurcissait le jugement. On dirait bien que ça ne sert qu'à ça, l'affect, à fausser le jugement. À partir du moment où on s'en fout, on gagne une certaine lucidité, y a pas à dire. Ces trois-là, les membres de mon entourage, ils seraient probablement surpris de m'entendre leur dire que je ne les crois pas. Et pas par mauvaise volonté, non, par le simple fait de les écouter objectivement. C'est fou comme l'attente d'un regard, d'une reconnaissance, d'une affection nous incite à manipuler le discours de l'autre. On n'écoute plus rien, on interprète à la faveur de nos attentes. On est tellement tendus vers ce qu'on espère entendre qu'on en vient à l'entendre. Et on sait qu'on se ment. Alors, après, on s'inquiète de voir surgir la vérité qu'on a camouflée. Et tout ça pour le même prix ! Ce n'est pas eux, pas les autres, c'est soi-même. Et chacun y va de son envie. Toute une cacophonie !

Je devais être assez pitoyable, avant. Une pauvre petite chose qui pleure pour un rien, qui se mine pour un silence et qui n'ose jamais demander aux autres de s'expliquer, de peur de les bousculer ou de les déranger. Tiens ! Le portrait de ma fille, on dirait.

Cette Annie qui s'émeut tant à s'asseoir près de moi! Un petit coma ne lui ferait pas de tort, à elle. Ça l'immuniserait contre l'apitoiement et autres indulgences personnelles. Ça lui permettrait de se recentrer.

À les entendre, ils veulent tous que j'ouvre les yeux. Ils n'aimeront pas mon regard, ça c'est sûr. Ils risquent de beaucoup regretter le temps béni où j'étais une larve démunie au fond d'un lit. Cette petite chose à qui ils pouvaient donner leur version édulcorée des faits. Celle qui leur donnait l'occasion de faire bonne figure. Je ne pense pas qu'ils revoient jamais la Yolande de leur passé. Moi, je ne veux plus la voir. Et ce n'est ni une envie ni une décision, c'est un fait: la Yolande altérée par l'affect a péri dans un accident de la route causé en partie par son mari Gaston et de façon indirecte — parce qu'elle le prétend orgueilleusement — par sa bonne et chère amie… c'est quoi, déjà, son nom?… Madeleine.

Le tram 33, les frites chez Eugène, les lilas… *Ce soir, j'attends Madeleine…* voilà ce qu'est pour moi Madeleine. Une chanson de Brel, Jacques Brel. Elle serait bien déçue, la prétentieuse Madeleine, de constater que toutes nos belles années d'amitié si vraie et d'échanges si profonds se résument à cette chanson. Mais c'est tout ce que ma mémoire m'offre: son prénom, c'est une chanson de Brel. Tant pis pour ses efforts sincères, ou plutôt, tant mieux, parce que j'ai l'impression que ce n'était pas aussi sincère qu'elle l'affectait.

Encore une fantaisie de la langue: «affecter» et «être affecté». «Faire semblant» et «être touché». Le même mot et tout le contraire pour ce qui est du sens. Sans affect, on peut discerner ce que les autres affectent — l'affection et l'affectation. Hou! Je sens que je délirerais volontiers! Une seule racine — latine, j'en suis presque sûre — et tant de sens disparates. Mes dictionnaires me manquent. Je suis une femme de dictionnaires, j'en suis persuadée. Ce n'est pas possible que ce soit un effet du coma. Ça doit m'appartenir en propre, cette fascination pour le sens réel, précis, des mots. Ça ne s'affecte pas après coup, à la seule écoute des gens qui viennent s'exprimer au chevet du cadavre! Quelque part, dans un endroit qui est ma maison — et qui ne me ressemble pas, j'en jurerais — il y a des dictionnaires parfaitement usés et rangés, des dictionnaires rendus pelucheux à force d'avoir été consultés, ouverts et fermés, des dictionnaires qui contiennent la vérité des mots, la variété des appellations, des contradictions, des dictionnaires qui sont sans doute mes vrais amis, puisque, d'eux, je me rappelle. Il me semble que si je pouvais en ouvrir un, m'y absorber et m'y perdre, je saurais un peu mieux qui je suis. Ils me définissent donc aussi... Chercher la définition me définit... Cout donc, ils m'ont peut-être droguée, ce soir?

* * *

« As-tu déjà été dans un centre, toi? Pas un centre de vieux, là, d'accueil, c'est de même y appellent ça! Toute s'appelle d'accueil. Y te mettent là en attendant qu'une famille aye envie de faire de l'argent avec toi. En te gardant. Y veulent pas de trouble, y veulent collecter pis avoir la paix. Y sont méfiants en crisse. Si t'as faite deux familles, ta cote baisse tu-suite, y se doutent que t'es du trouble. Moi personnellement, j'en ai faite pas mal... J'tais pas de trouble, ben correct, ben tranquille, mais eux autres y me trouvaient du trouble. Dans ces places-là, y capotent sur deux affaires: l'école pis la dope. En partant, y sont sûrs que tu seras pas bon pis que tu vas essayer de droguer toutes les autres enfants. Crisse, au prix qu'a coûte, t'a donnes pas, ta dope! Qu'y aillent s'en chercher tu-seuls pis qu'y se la payent! Un cave... Au début, tu connais pas la *gig*, tu sais pas trop... Tu t'assis avec tout le monde autour de la table pis t'attends de voir si t'es comme eux autres. J'avais jamais mangé assis à table, moi, j'savais pas. Avec ma mère, on mangeait devant la T.V., pas question de manger à côté du poêle. Ben, elle a mangeait devant la

T.V., moi j'mangeais deboutte entre le poêle pis la porte. Dans famille d'accueil, quand je me suis levé avec mon assiette, t'as pas vu le bonhomme, toi : le poing sur la table : "Assis-toi, mon p'tit crisse, pis vite !" Crisse ! Personne m'avait jamais parlé de même, moi. Sauf à l'école, mais là, j'tais pas à l'école. Pis pas moyen de rien dire : tu t'assis pis tu manges. J'ai mis mon assiette sur la table pis j'ai crissé mon camp. Sais-tu quoi ? Y ont mis la police après moi ! J'en revenais pas. J'étais à tabagie, pis je vois les bœufs arriver... J'tais sûr que c'était pas pour moi, j'me sus même pas poussé. Y m'ont ramené pis tu le croiras pas : y étaient toutes encore assis à table, pis mon assiette m'attendait. Le bon-homme appelait ça me casser. "M'as t'casser, toi, m'as t'casser !" J'ai jamais su c'qu'y voulait. Y avait de quoi qui marchait pas dans c'te place-là. Les enfants étaient *cool*, sauf la petite téteuse à son père, Charlène... Elle, fallait pas y parler, ça tombait direct dans l'oreille du bonhomme. Charlène, ça s'appelait : ta gueule, pis décrisse, parce qu'a va te mette dans marde. Une sorte de... Je sais pas trop, quand a s'approchait de toi, la marde pognait pis c'tait de ta faute. Une belle tite blonde. Toutes les autres étaient foncés, pis elle... son père bandait ben raide quand y a regardait. Crisse, les yeux y reviraient à l'envers, la soupe y coulait sus le menton, y s'pouvait pus ! Mais y l'a pas eue. Crisse qu'y l'a pas eue ! Charlène, a faisait sa *business* pis elle avait c'qu'a voulait, mais a donnait jamais rien. Jusse : "Si t'es fin, tu vas l'avoir." Pis ça s'adonnait que t'étais jamais assez fin. *Bitch*. Une crisse de *bitch*... Eux autres, y en avaient un, chien. Sais-tu quoi ? Y payaient pour du manger spécial de chien ! Y avaient des can-nages jusse pour lui. Je pense qu'y me gardaient rien que pour pouvoir payer le manger du chien. Té cas. Me semble j'aurais payé pour une plus grosse T.V., queque chose du genre... eux autres, c'tait le chien. Beauty, qu'y s'appelait. Butché, moi, je l'appelais. Charlène l'aimait pas. C'est sûr... un chien, ça croit ce que ça voit, ça fait que "si t'es fin, tu vas l'avoir", ça marchait pas avec lui ! Y s'en crissait-tu de Charlène, lui ! Y avait compris, pis

y se tenait loin. Non, lui, c'tait le frère de Charlène qu'y suivait.
On avait la même chambre pis je peux te garantir que Butché, y a
jamais dormi dans cave. C'était dans le lit d'Andy. Andy, bizarre
de nom pour du monde qui parlait pas anglais. Charlène, Andy
pis Sandra. On avait le même âge, lui pis moi. Exactement pareil.
Sauf que lui, y était gêné pis petit. J'pense qu'y m'ont pris pour
y montrer comment grandir. C'tait le contraire de moi : y était
bon à l'école pis y se laissait écœurer par tout le monde. Ça a pas
pris de temps qu'on a faite un *deal* : y me donnait les réponses,
pis moi je cassais la gueule à ceux qui l'écœuraient. Pas long que
mes notes ont monté pis qu'Andy a eu la paix. Ouain, on faisait
un bon *team*, lui pis moi. Y parlait pas. Moi avec. Butché nous
suivait partout. C'tait *cool*... »

Pourquoi t'arrêtes ? Tu vas pas me sauter la fin de l'histoire ?
Qu'est-ce qui est arrivé ? Pourquoi t'as changé de famille ? Steve,
arrête de réfléchir, ça te donne rien. Continue. Lâche-moi le bras,
c'est pas le temps de t'endormir !

« Je l'ai revue, Charlène, y a deux, trois ans. A dansait... pis
c'tait pas chez Parée. Une place *cheap*. Est vieille pour danser...
trois ans de plus que moi. Je l'ai reconnue. Pas elle. Est venue
se tortiller devant moi pis quand a vu qu'a gagnerait pas un dix
avec moi, est partie voir un autre gars. A l'avait pas tellement
changé, à commencer par "si tu payes, tu vas l'avoir" ! J'paye pas,
moi. Jamais payé... Je me demande si le bonhomme est allé la
voir danser ? Aye, faire payer son père, ça doit être pété en crisse !
J'sais pas c'qu'y pense de ça, voir son beau trésor se faire aller sus
l'poteau ? Té cas, a gagne plus que Sandra, ça c'est sûr. C'est pas
trop dur à toper, a travaille chez Walmart ! Crisse de job plate !
Travailles-tu, toi ? Qu'est-ce que tu faisais avant d'être coma ?
T'avais peut-être fini de travailler ? La retraite, c'est ça ? Crisse, tu
refais l'affaire des sourcils, ça doit être non. O.K., tu travaillais...
Tu vendais du linge ? Maîtresse d'école ? Ben non, chus sûr que

ton gros plein te faisait vivre. Une chambre privée, toi ! On te mettra pas à côté de n'importe qui… c'est sûr tu travaillais pas. Qu'est-ce que tu faisais de tes journées ? Dis-moi pas que t'écoutais la T.V. ! Crisse, décourage-moi pas ! Qu'est-ce que tu pouvais ben faire ? »

Justement, je me le demandais. La femme au foyer me semble aussi incroyable qu'à toi, mais comment savoir ? Si je considère l'entourage qui était le mien, si j'additionne les bribes que j'entends à mon sujet, je suis obligée d'admettre que l'hypothèse est plausible. Pour la télévision, par contre, je suis presque sûre que non, je ne passais pas mes grandes journées à la regarder. Peut-être quand mon délicieux mari rentrait… là, je ne dis pas qu'une petite distraction devait s'avérer nécessaire. Te dire comme je suis incapable de m'imaginer dans un cadre comme celui-là ! J'ai peur de n'être pas au bout de mes surprises.

« J't'en train de t'conter ma vie, moi, crisse ! Ça doit être parce que tu dis pas un mot. La p'tite crisse, a donnerait cher pour savoir ça. Pour faire avancer le dossier, comme a dit. Mais a pose trop de questions, a veut trop… M'as te donner un truc, Yo : quand tu vas parler, quand y vont vouloir t'expliquer qui que t'es pis pourquoi que t'es de même, dis pas un mot. Laisse-les faire. Y se calent tu-seuls pis y ont l'impression d'être payés pour de quoi. Tu les laisses parler, ça t'enlève rien pis y gagnent leur vie. Une fois que t'as payé le *cover charge*, pas obligé de donner un dix à personne. La pognes-tu ? Tu les laisses aller, pas un mot, tout le monde est content. Tu te fais pas écœurer parce que tu t'en crisses. Y a du monde qui m'ont trouvé fou dans ma vie, mais ça me faisait rien parce que je les trouvais pas terribles non plus. Si tu rouvrirais les yeux pour me dire que chus t'un crisse de fou, là, ça me ferait de quoi, vu que dans ma tête, t'as de l'allure, tu penses. Pis tu penses droite, O.K. ? Pas fucké pantoute. »

Ça, tu vois, je mettrais pas un sou là-dessus. Quelque chose me dit que ta petite personne qui me paraît de loin la plus intéressante à écouter, je ne l'aurais pas considérée comme ça avant d'être coma, comme tu dis. J'essaie d'imaginer la tête de Gaston, d'Annie ou de Madeleine s'ils nous voyaient ensemble et, c'est fou, ça provoque toujours un non-sens. Je pense qu'ils appelleraient la police ! Quand je prononce leurs noms dans ma tête, je ne vois pas de visage… leur rythme, leur odeur, l'intensité ou la fadeur de leur présence, ça oui, mais aucun trait, aucun visage. Toi… ta bouche est généreuse, je suis sûre de ça à cause de ta diction, tu prononces avec largeur. La sortie n'est pas mince ou petite, ça s'entend. Tu es jeune, même si tu te trouves vieux. Tu ne tiens pas en place et tu t'arranges pour avoir ce que tu veux. C'est tout ce que je sais. Moi… J'ai une balafre sur le front et je suis vieille, molle et douce… C'est drôle de ne pas avoir de souvenirs. Je pourrais m'inventer une mère, moi aussi. Pourquoi pas une Thérèse, comme toi ? Et un père. Tu n'en as pas parlé, de ton père. Rien. Tu en avais un ou tu l'as inventé ? T'as décidé d'oublier, comme moi ? Tu sais que n'importe qui peut se présenter devant moi et prétendre qu'il est mon père, mon frère ou un ex ? Je n'ai aucun moyen de vérifier. Gaston, à la limite, je pourrais lui dire : « Je ne vous crois pas. Je n'ai jamais été votre femme, je n'ai jamais partagé votre lit, eu un enfant avec vous, fait votre lavage. Allez voir dans la chambre d'à côté, votre femme est probablement là. »

Il est là avec ses excuses, ses promesses, son pardon — j'espère qu'il ne s'imagine pas que ça me dérange, ce qu'il a pu faire. M'en fous. Je ne lui en veux que d'une chose, c'est de ne pas avoir fait le travail à fond, de m'avoir ratée de peu et de ne pas m'avoir tuée. Ça, ça se pardonne plus difficilement. Mais, jusqu'à maintenant, on ne peut pas dire que Gaston a l'air d'un homme très entier. Il fait demi-portion, exactement mon genre !

« Yo… des fois la nuit, tu les rouvres-tu, tes yeux ? Quand y a pus personne, pour voir de quoi ça a l'air autour, tu les rouvres-tu ? »

Tu parles comme si j'étais curieuse. T'oublies qu'avec la mémoire j'ai perdu quelque chose qui s'appelle l'intérêt. À part tes histoires de fou, y a pas grand-chose dont je suis curieuse. Et ce que je sais de moi-même et des miens suffit à calmer toute envie d'en apprendre davantage. M'en fous, Steve, si tu savais comme je m'en fous, tu partirais en courant. Bon… peut-être pas en courant arrangé comme tu l'es, mais vite.

« Sur ta table, y a une boule… comme une décoration, tu sais, jusse pour faire beau. C'est une boule en vitre pis dans le milieu, y a de quoi. C'est *weird* un peu parce que c'est pas beau, l'affaire en dedans. Je veux dire, c'est de quoi qu'on jette. Comme un papier de commissions qui a traîné dans ta poche longtemps pis que t'aurais mis dans laveuse en plus. Ça doit être d'autre chose que ça, parce que ça ferait trop dur — mais ça a l'air de ça. Ça doit être à toi. Des fois, je le prends, je joue avec. C'est pesant pis toute. Tu t'en souviens-tu que t'as ça ? »

Non. Un presse-papiers que ça s'appelle. Un sulfure, peut-être ? Oui, s'il y a quelque chose dedans, c'est un sulfure. Si c'est un rond de verre bien dodu qui renferme quelque chose, ce serait ça. Un papier chiffonné, c'est ce qu'il y a dedans ? Alors là…

« Tiens, je le mets dans ta main. Oups ! T'es pas forte, han ? Failli l'échapper. On voit même un mot ou deux sus le papier. C'est spécial en crisse ! Tu dois l'aimer s'ils l'ont apporté ici. Y ont dû se dire : quand qu'a va rouvrir les yeux, a va être contente de la voir, sa liste d'épicerie dans boule. Fa que, c'est ça, est là, est à côté de toi. À part ça, y a jusse des livres dans le tiroir. Tes lunettes, des petits livres, pis un walkman, non, un CD. Pourquoi t'as pas d'iPod ? Y a pus personne qu'y a ça, ces bebelles-là ! Ça doit être ton gros crisse qui sait pas qu'ça existe. Y avait de l'argent aussi, pas gros : trente piasses, mais je te le garde. On sait jamais, tant que t'as les yeux fermés, je te garde ton *cash*. Icitte, quand tu sors de ta chambre, tu caches tes affaires. Y a pas meilleur *spot* pour voler. Si je voulais, là… tu peux te faire un motton dans jusse un avant-midi. Fait que tu l'as pas perdu, ton *cash*, y est jusse à l'abri. Sont p'tits en crisse, tes livres, on dirait des livres d'enfants. Y a des petits dessins avec. Tu dois pas lire gros, han ? Un peu comme moi. Le plus gros, y a cent vingt pages. J'sais pas pourquoi y t'ont apporté ça, c'est pas ben utile. La boule non plus. Y te connais-sent p'tête mal. Y ont regardé tes affaires, y ont guessé pis y t'ont apporté ça. Sus l'bord de la fenêtre, y t'ont mis un pot avec une plante… ça non plus, je connais pas ça. C'est jusse vert, pas de fleur, rien. C'est pas du "pot" en tout cas. C'est vert, c'est toute. J'espère que tu vas être contente de voir ça. Moi, je trouve ça ben ordinaire… comme les dessins niaiseux qu'y ont collé dans ta fenêtre. J'espère que c'pas toi qui as faite ça parce que tu devrais changer de branche. Attends… *Co-rinne, 5 ans.* Crisse ! J'ai eu peur, j'avais lu Yo-rinne au début ! Bon, ben, Corinne, va falloir qu'a travaille en crisse si a veut te faire rouvrir les yeux ! À date, fends-toi pas pour les dessins, c'est des soleils. J'peux t'en faire des pareils, si tu veux. Ah oui : là, t'es t'habillée en hôpital, la jaquette qui te laisse les fesses tout nues, mais t'en as une belle rose douce, douce, jusse icitte. Pis des pantoufles roses avec. J'espère que c'pas toi qui as choisi ça, parce que si c'est ça, tu dois avoir hâte en crisse que j'fasse de l'air ! J'fitte pas tellement avec ton *kit* rose. Ça fait que, si tu ressembles à ton *kit*, tu dois pus te pouvoir de m'avoir autour depuis trois semaines. Crisse… c'est capoté, han ? Peut-être que tout ce temps-là, j't'énarve pis que tu peux pas le dire ! T'es pognée dans le donjon avec le capoté à Steve Ouellet. Crisse… »

Ça t'en bouche un coin, han ? T'avais jamais vu ça de même ? C'est vrai que t'aurais pu me tomber sur les nerfs facilement.

C'est un miracle que le coma m'ait changée autant. Imagine-toi donc que si je « fittais » avec le gros plein, y avait pas grand-chance que je m'entende avec toi.

« Tes lunettes sont spéciales. Là, je trouve que ça fitte, que t'es probablement ben contente de m'avoir dans les alentours. Pis si y a une affaire que les autres choisissent pas, ça doit ben être des lunettes, han ? Montre donc, voir… »

Qu'est-ce que tu fais là ? Mets-les pas si haut, c'est des lunettes de lecture ! Bon, aucun commentaire, ça doit être assez catastrophique. C'est ça, doucement, arrache-moi pas l'oreille.

« Y a-tu de quoi de plus poche que des lunettes sur des yeux fermés ? Ça fait mort en crisse ! Bon, j'vas aller me coucher, moi. *Bye !* »

T'as vu quoi, exactement, pour avoir le caquet bas comme ça ? Le fantôme de ta mère ? De quoi elle est morte, d'ailleurs ? T'as le don de pas finir tes histoires, toi. Quoi ? Qu'est-ce qui se passe, t'as oublié quelque chose ?

« Yo… excuse-moi, mais… si tu pouvais, tu les rouvrirais, tes yeux, han ? Tu fais pas ça jusse pour me faire chier ? T'es comme pas capable, c'est ça ? »

Veux-tu me dire ce qui te prend, toi ? C'est quoi, l'angoisse tout à coup ?

« Je l'sais que t'es pas morte parce que les morts, y sont ouverts, leurs yeux. Ouverts sur rien. Ouverts pis fixes. Tu sais pas si y ont peur ou si y veulent te faire peur. Les deux, j'cré ben. »

Est-ce que j'ai déjà vu un mort, moi, dans ma vie ? Ça a l'air d'être assez éprouvant pour s'en souvenir, en tout cas. Steve a dû en voir plus qu'un. J'ai pas dû voir grand-chose, moi, même si je l'avais en dessous du nez. Mes lunettes n'étaient pas assez fortes. En fait, j'étais sûrement morte et je ne m'en suis pas aperçue. Comment ils font, ces morts qui redeviennent vivants tout à coup ? Ça doit donner un choc à ceux qui se sont habitués à les voir morts ? Ça doit leur donner un choc, point. Est-ce que c'est une chance qui m'arrive ? Pas de passé, pas de regrets. Pas de liens avec quiconque… sauf si je désire en créer. Toute une vie neuve… avec un corps vieux qui n'a aucune autonomie. Avec un passé, même s'il m'échappe, avec des albums de photos remplis à ras bord, même si ça ne provoque aucun écho en moi. Faux départ. Recommencer avec du vieux, c'est pas mal moins intéressant qu'on l'imagine, parce que les réflexes, les anciens fonds de réflexes restent les mêmes, j'en suis sûre. La seule vraie nouveauté, c'est le détachement suprême. Ça, c'est vivifiant.

Le reste… ne m'est rien. Gagner en indépendance d'esprit au prix d'une solitude et d'un isolement qui ne me feront même pas souffrir, tellement je me fiche de tout — être à l'image même de ce néant d'où j'émerge sans aucun contrôle, livrée à des gens qui savent pour moi, pensent pour moi… Non merci. Où est la sortie ? Où sera ma sortie ?

Un donjon. La vengeance de la vie mal vécue. Depuis quand la vie attend-elle quelque chose de nous ? Je croyais qu'il n'y avait que nous pour agir comme ça. Nous, les vivants empêtrés dans nos lâchetés, toujours à accuser la vie, les autres, les circonstances pour nos impuissances dérisoires qu'on appelle malheurs. Nous, les limaces tranquilles, qui avons l'impression de courir et qui nous étonnons de ne pas voir le paysage changer. Toujours étonnée, han, Yo, toujours la première à trouver que ça manque de sens, d'allure, de plausibilité. Depuis quand te prends-tu pour un être d'exception ? Depuis quand es-tu persuadée que les gens si ordinaires qui t'entourent sont une erreur de casting ? Tu sais pourtant bien que la robe de nuit rose vient sans doute de tes tiroirs. Les pantoufles aussi. Rien que ce concept a dû naître chez toi : des pantoufles, des chaussures pour aller nulle part, des enveloppements de pieds posés sur un pouf. L'emblème de celui qui ne fait rien !

Tu t'appelles Yolande Mailloux, ton corps est ancien et ta mémoire est vide, ça ne veut pas dire que tu as surmonté les pires malheurs pour t'empresser ensuite de les oublier. Tu n'es rien. Tu n'as rien à dire et, franchement, si ceux qui se rassemblent se ressemblent, dis merci à Steve d'avoir arrêté sa chaise roulante à côté de ton lit. Voilà le seul témoin qui peut te faire croire à une soudaine substance qui te serait tombée dessus en même temps que le coma.

La seule chose qui permet à Steve de s'approcher de toi et d'y rester sans être dégoûté, c'est ton silence. Ton non-être qui permet à chacun de projeter ce qu'il veut sur toi. Mais quand ce paquet de muscles avachis va bouger, craquer et se plaindre, il restera la médiocrité pour te tenir compagnie. La médiocrité et la conscience aiguë de celle-ci. Ça, ça va être une nouveauté dans ta vie !

Tu vas vraiment t'amuser ferme, ma Yolande ! T'as intérêt à te préparer, la rééducation sera longue… et la rage, constante.

Pas si inconfortable, le donjon, finalement.

Jour 5

« La rage du poète ». Elle s'est réveillée avec ça. Un titre, sans doute. Le titre d'un des livres placés sur sa table de nuit. Pendant qu'on la lave et l'essuie, tout ce qui l'obsède est cette phrase qui subsiste à sa nuit. Pas de rêve, pas de cauchemar de cuisine impeccable, seulement cela : la rage du poète. Il y a des contacts qui essaient de se raccorder dans son cerveau, ça c'est sûr. Elle ne peut pas dire en quoi, mais son état change, la marche de son corps vers le réel, vers l'éveil, est amorcée depuis plus longtemps qu'elle ne le sait. Il y a toujours la bonne vieille possibilité de laisser faire, de se livrer au *fatum* sans argumenter ni s'en mêler, mais pour cette fois, elle a envie de cocher la case conscience. Il sera toujours temps de fermer les yeux et de s'évader de soi.

La rage du poète ou la sienne ? Est-elle poète ? Ça l'étonnerait, ça l'étonnerait beaucoup. Pas avec ses pantoufles roses. Emily Dickinson avait-elle des pantoufles roses ? Drôle comme ces noms-là lui reviennent aisément… Brel, Dickinson, Neruda, aucun problème à les nommer, à les associer à leur œuvre. Quand elle se dit Yolande Mailloux, plus rien — page blanche. Poète à ses heures : il ne doit pas exister de pire formule pour décrire quelqu'un. C'est une façon délicate et édulcorée de dire : elle n'a jamais réussi à écrire un seul poème valable, même si elle a essayé toute sa vie.

Poète à ses heures… voilà quelqu'un qui porte une jaquette

rose et des pantoufles harmonisées. Poète à ses heures, voilà ce qu'on écrit dans la notice nécrologique d'un raté. La rage du poète à ses heures, c'est probablement ça, la vraie phrase qui lui revient, celle qui la décrit dans le détail.

La rage d'être enfermée dans son manque de talent, dans l'étroitesse de l'impuissance poétique. Pouvoir jouir d'un poème sublime, s'essayer à en produire un et se casser les dents sur la dure absence de capacité artistique. Et pourquoi ne pas se contenter de cette disposition à jouir de la poésie ? Il y a donc une hiérarchie, là encore ? Et un désir orgueilleux d'être au sommet ? En quoi celui qui émet est-il plus important que celui qui reçoit ? Décoder est aussi essentiel que créer le code. Sans personne pour se projeter dans un poème, la poésie meurt. Quelle que soit la brillance d'un sonnet, si personne ne le lit, ne s'y reconnaît, le sonnet s'effondre. Son créateur peut bien le tenir à bout de bras, à bout de force, le jour où il le lâchera, si personne ne s'en saisit, le poème s'effritera, se réduira en poussière de mots. Les mots du poète ne vivent pas tout seuls, ils ne supportent pas la solitude qui a présidé à leur création — sans personne pour l'accompagner, le dire, l'apprendre et le répéter, le poème meurt. Les parois de ses mots l'étouffent. L'être humain tolère mieux le vide que le poème. Le poète à ses heures s'amuse à aligner des mots, comme on fait des colliers de pacotille avec des perles de verre, mais personne n'habite ces mots-là, personne ne retrouve son âme dans cet alignement. La nacre de la vraie perle est vivante — tout est là.

On peut donc être un fantôme dans sa propre vie et apprécier la poésie ? L'apprécier ou affecter de l'apprécier... était-elle du genre à ponctuer son discours d'une ligne poétique empruntée ? Avait-elle l'insignifiance de se croire supérieure parce qu'elle était en mesure de nommer ensuite l'auteur ? Pauvres poètes ! Comme ils sont utilisés à mauvais escient. « On se croit mèche, on n'est que suif ».

Ah! Monsieur Brel, vous aviez tort de ne pas appeler vos chansons des poèmes, vous aviez tort. Je vous expliquerai ça, un jour.

La rage du poète, par contre — impossible de rattacher ce titre à une œuvre ou à un auteur. « Ça va venir, ça va venir, découragez-vous pas! » Ça, c'est La Bolduc. Quelle culture éclectique! C'est Steve qui aimerait ce mot-là!…

« Allô, maman! Comment ça va, ce matin? »

Elle a le nez froid et les joues fraîches… elle est hors d'haleine. Pourquoi se presser autant? Suis-je entrée en agonie sans le savoir?

« J'ai pris congé. Pour la semaine. J'ai décidé de venir te voir tous les jours. Je te dis qu'Yvon était pas content… Mais j'y ai dit que ça me regardait et que c'était fait. »

Yvon… c'est exprès ou c'est un hasard, cette jolie rime avec ton père, Gaston? Yvon, c'est le mari, bien sûr, le père de Corinne. Alors, on se résume : Annie a épousé Yvon avec qui elle a eu Corinne, cinq ans, qui dessine… Hou, là! Ça rime comme Yvon et Gaston! Je suis dans une forme splendide, ma fille. T'aurais pas dû prendre congé pour moi.

« Quand le médecin nous a répété, à papa pis moi, qu'on devait venir plus souvent et que les gens à qui on parlait pas pendant leur coma, ils se rétablissaient beaucoup moins vite, j'ai été gênée, tu peux pas savoir! On avait l'air de quoi? Je pensais jamais que ça faisait une différence à tes yeux… en tout cas, le temps que le coma dure. »

Si tu savais comme ça en fait une, ma fille, tu n'en reviendrais pas. J'en reviens pas moi-même…

« Ça a l'air que c'est crucial. C'est ce qu'y a dit. Crucial et déterminant. J'ai pas fait ni un ni deux, j'ai pris ma semaine. Je te dois ben ça. Je me suis trouvée assez sans-cœur. T'as été là, toi, quand j'ai eu besoin de toi? Ben, je suis là. Yvon pensera ce qu'il veut, y était pas là, lui, y peut pas savoir. Je ne te toucherai pas, j'ai les mains gelées. J'ai pris l'autobus, c'est presque direct, mais le dernier bout à pied avec le vent, j'ai eu froid. Yvon a pas pu venir me reconduire, y était pressé. On sait bien que c'est pas vrai. Y a décidé d'être pressé parce qu'y était pas d'accord avec ma décision. Quand j'ai parlé de garder l'auto à matin, les yeux y ont rapetissé tellement y était pas content. C'était rien pour moi d'aller le reconduire et de garder l'auto. Je laissais Corinne à la maternelle, je le déposais, et après, je venais ici. En plus, y a le stationnement à la journée : pas besoin de sortir aux deux heures pour le parcomètre. Tu connais Yvon? Je pense qu'y connaît les prix de toutes les parkings de la ville ! Y a une vignette au bureau, toi ! Il l'a payée, on ira pas payer un autre stationnement, tu penses bien. Je le regardais avaler sa toast pis me répéter tout ça… je peux pas te dire, maman, des fois y me décourage ! C'est pas généreux de ma part, mais… »

Ça s'appelle de la lucidité, ma fille, profites-en ! Ça passe pas si souvent, dans la vie. Ces petites occasions-là qui n'ont l'air de rien, c'est là qu'on doit être attentif — c'est pas toi qui manques de générosité, c'est lui qui est mesquin. Tu le sais très bien. C'est gênant, je te l'accorde, mais c'est ça pareil. T'as épousé un pauvre type, tu vas le savoir toute ta vie, même si tu ne le reconnaîtras jamais, ou alors seulement le jour de ton divorce.

« Finalement, cette auto-là, on la paye tous les deux, c'est à nous deux, mais dans son esprit, c'est à lui ! Y voulait même pas m'emmener chez le concessionnaire quand on l'a achetée ! Son argument, c'était que j'achetais ses pantalons sans lui. J'y ai pas dit, mais j'étais certaine que lui, y retournerait pas au magasin avec l'auto sous prétexte que je l'aimais pas. C'est pratique pas mal de pas aimer magasiner : Annie y va, pis lui, y choisit ! En té cas, je sais pas pourquoi je te raconte ça, c'est ridicule. Y m'a pompée, lui, avec sa mauvaise humeur ! »

Gêne-toi pas, j'apprends à me connaître. T'as pas été élevée par la voisine, je suppose ? Alors, tes démêlés conjugaux, tes « j'y ai pas dit, mais » sont instructifs au-delà de mes espérances.

« Pis ? Comment ça va ? C'est fou, mais depuis que je te parle en venant te voir, j'ai l'impression que tu vas mieux. La première fois, tout de suite après l'accident, j'ai fait une folle de moi ! Je pense que j'ai même pas approché du lit. Je t'ai regardée de loin, j'ai rien dit, pis en sortant, j'ai braillé, là, tu peux pas savoir. Y avait rien pour m'arrêter. La crise, toi ! Me souviens pas d'avoir déjà pleuré de même. Papa savait plus quoi dire. C'est lui qui était avec moi. Ben… j'étais venue le chercher à l'urgence. Ils le gardaient pas. Je veux dire que je suis venue chercher papa aux urgences de l'hôpital sans savoir que toi aussi, t'étais blessée. Y m'a juste dit que l'auto était au garage, qu'y avait eu un accident, de venir le chercher. J'en savais pas plus, pis déjà, ça m'énervait pas mal. Quand je l'ai vu avec son bras dans le plâtre, j'ai pensé que t'étais au garage. C'est niaiseux, c'est ça que j'ai pensé. Dans ma tête, t'étais au garage. T'attendais l'auto, pis lui trouvait ça trop long de t'attendre. »

Très édifiant comme dynamique conjugale ! Remarquable effacement des femmes devant l'auto. J'avais vraiment besoin d'une démonstration aussi nette de mes talents d'éducatrice.

« C'est quand y m'a dit que c'était grave, qu'on savait pas si tu t'en remettrais ! Je le croyais pas. Je pense que je l'entendais même pas ! Je disais : "Quoi ?" Pis lui, y répétait, mais y commençait à me trouver tarte pas mal. Y m'a pris par le bras, pis y m'a emmenée aux soins intensifs. J'ai figé. Le choc, je pense. J'ai bloqué là. Y avait rien à faire avec moi. J'avançais pas, je reculais pas — je te fixais. C'est papa qui m'a sortie, demande-moi pas comment, tout ce que je sais, c'est que je pleurais comme une Madeleine. Tu connais papa? C'est le genre de choses qu'y supporte pas... »

Alors quoi? Il t'a dévissé la tête? Tu vas pas m'apprendre que ton père te bat?

« Faut dire qu'y était blessé, lui aussi — y avait eu le choc et tout... Sans compter la police. Parce que, c'est pas tout de s'en sortir, y faut expliquer ce qui s'est passé. Et comme papa avait pris un p'tit verre... »

Tiens! Tiens! Monsieur boit...

« Par chance, y a pas eu d'autres blessés. Je veux dire, c'est dans un arbre que l'auto est rentrée. Perte totale. C'est toi qui as reçu l'impact. J'ai pas vu la carcasse, mais Yvon dit que c'est un miracle que tu sois pas morte sur le coup. Toute l'auto était écrasée sur toi. Ça a pris plus qu'une heure, te sortir de là. Encore heureux que les téléphones cellulaires existent! Si y avait fallu attendre que papa sorte pour appeler à l'aide... À trois heures du matin, y passe pas grand monde. »

Et c'est lui qui conduisait? Soûl comme une botte! Il peut bien me demander pardon, l'écœurant!

« Papa a acheté une Volvo. Ça a l'air que c'est ce qu'il y a de mieux pour pas que ça se reproduise. La structure est trois fois plus solide que celle de l'autre auto. »

Il serait mieux d'arrêter de boire, si tu veux mon avis. Quand même il aurait une Volvo, si ton père s'amuse à se tirer dans les arbres à chaque fois qu'il prend un coup…

« Il l'a pris automatique, même si y aime moins ça. À cause de son plâtre, y pouvait pas changer les vitesses, tu comprends ? »

Est-ce qu'on est encore en train de parler de voitures ? Est-ce que j'entends ce que j'entends ? J'échappe de justesse à un accident qui est à coup sûr causé par l'ivresse de mon mari et on parle de sa nouvelle auto ? Est-ce que quelqu'un peut intervenir ? Remettre les choses à leur place ? Y a failli me tuer, le gros crisse, et il est déjà assis dans sa Volvo neuve qui sent le vrai cuir ? J'hallucine ! Et l'autre tapon qui va voir la carcasse de l'auto ! Je mets un vingt, non, un cent, qu'y est pas encore venu me voir !

« C'est ça… Je pense que je l'aurais jamais su qu'y avait trop bu si j'avais pas tant pleuré. À un moment donné, je m'en souviens pas, c'est lui qui me l'a raconté, ça a l'air que je me suis jetée sur lui en sanglotant pis en criant : "Fais de quoi ! Sauve-la ! Va la chercher !" Il m'a secouée pour me calmer, il me parlait à deux pouces du visage : il sentait la tonne, maman ! Y sentait vraiment, vraiment fort ! J'ai rien dit, j'ai juste pleuré encore plus fort. Mais l'odeur, pis ce que ça voulait dire, je l'ai pas oublié. »

Ben oui ! Ça a bien l'air d'être ça, le réflexe, dans cette famille : on ne dit rien, et on pleure un peu plus. Je suppose que monter dans la voiture d'un homme complètement soûl sans rouspéter faisait partie de ma routine ? Très instructif ! Demande-toi pardon à toi aussi, ma Yoyo.

« Quand j'ai repensé à ça, le lendemain, quand j'ai réussi à arrêter de pleurer, j'ai appelé Madeleine. Pis j'y ai demandé. J'y ai demandé si papa était soûl quand vous êtes partis de chez elle. Bon, c'est sûr que je devais pas avoir l'air très ouverte

— je veux dire que j'ai dû prendre mon petit ton de maîtresse d'école, comme dit Yvon — mais c'est ton amie! Elle s'est mis à le défendre! À m'expliquer que c'était pas si pire, qu'y avait eu des précipitations de neige fondante, qu'avec ou sans boisson, ça aurait rien changé. Quand elle a ajouté que de toute façon, t'aurais pas pu faire mieux que lui, que toi aussi, t'avais bu, je me suis tellement fâchée! Je me reconnaissais plus. T'as jamais bu, maman! Jamais plus qu'un verre! T'aimes pas ça! J'veux dire te soûler, boire trop, t'as jamais aimé ça! Qu'elle vienne pas me dire que ce soir-là, pour la première fois de ta vie, t'avais bu! Pousse, mais pousse égal! Quand elle m'a dit qu'y avait bien des choses que j'ignorais, que c'était regrettable, mais inévitable, j'ai fait de quoi que j'avais jamais fait: j'ai raccroché. Pas un mot. Je lui ai raccroché au nez!»

Bon! Ça fait du bien, non? As-tu réussi à pas te sentir coupable, impolie, mal élevée? T'es-tu sentie tenue de lui donner sa chance sans prendre la tienne? Si tu me dis que tu l'as rappelée pour t'excuser, je ne te parle plus jamais!

«Dix secondes plus tard, elle rappelait. Par chance que j'ai un afficheur! Je voyais son nom dessus, je regardais le téléphone pis je criais: ma mère a jamais bu!... Une vraie folle! Cinq minutes après, c'est papa qui appelait. Elle avait dû y faire son rapport. Je le sais pas, parce que j'y ai pas répondu à lui non plus. Ça m'a coûté, mais j'ai pas décroché. Yvon était parti chez sa mère avec la petite. J'ai pris mon manteau, je suis sortie et j'ai marché une heure pour me calmer. Pis après, je suis revenue ici... ben, aux soins intensifs. Pour te voir, pour te regarder vraiment, pour te dire que j'étais là, que j'étais de ton bord.»

Sens-toi pas obligée, tu sais. Ça ne me dérange plus vraiment. Je peux détester ton père toute seule — sans aide, sans justification — gratuitement même. Je ne me sens absolument pas obligée de former une équipe. Fais ta vie et essaie de ne pas monter gentiment dans les voitures des gens soûls qui t'assurent qu'ils sont en mesure de conduire. Remarque, je ne sais pas du tout s'il m'a dit ça ou non, mais il me semble que ça fait réaliste : les gars soûls prétendent toujours qu'ils ont un contrôle parfait, non ? C'est pas un souvenir personnel, c'est un préjugé... personnel !

« À part de ça, elle pouvait bien dire que je jugeais mon père, elle ! Te traiter d'alco, c'est pas te juger, ça ? On aurait dit qu'il fallait que ça soit un peu de ta faute ! En plus, c'est ton amie à toi, j'en revenais pas ! »

Ça te donne une bonne idée de ta mère, ça : si je la considérais comme mon amie et si ton père a pu conduire, voilà un portrait assez fidèle de ma piètre personne. Mais tu sais, je ne les fréquente plus tellement : quand ils passent ici, je ne leur dis rien. Pas un mot. Et moi aussi, je vais raccrocher quand ils vont m'appeler, rassure-toi, j'ai fini par comprendre quelque chose.

« C'est lui, l'alco, on le sait très bien. On fait comme si c'était normal, comme si c'était pas vraiment un problème... Mais ça fait longtemps que je le sais pis que tu le sais. On n'en a jamais parlé. Même là, j'y en ai pas parlé. Y sait que je le sais, mais pas un mot. On fait comme si de rien n'était. Pire : il savait très bien que je m'étais chicanée avec Madeleine et il m'a demandé de l'appeler pour lui donner de tes nouvelles. J'ai même pas été capable de lui dire de l'appeler lui-même ! C'est pas comme si y venait pas te voir. Il les sait, les nouvelles. Je lui en donnais, les fois où il ne venait pas. Mais il voulait que moi, je lui montre que je ne lui en voulais pas en me demandant d'appeler Madeleine. Et tu sais quoi ? Je l'ai fait, maman. Je l'ai fait et je lui ai parlé de toi sans jamais aborder le sujet du party chez elle. Sans jamais reparler de la chicane. »

Ben oui, ben oui! Et tu t'es dit que tu le faisais pour moi, que Madeleine était mon amie, après tout. Bien sûr, je connais le chapelet par cœur. Pas besoin de continuer. T'as failli voir clair, et c'est tout. Meilleure chance la prochaine fois.

« Maman… Je veux pas que tu penses que c'est pas important pour moi… C'est pas que je leur donne raison, c'est pas que je trouve ça moins grave de la part de papa… mais tu te souviens de ce que tu me disais quand j'étais petite? »

Ma pauvre enfant! Je ne me souviens pas de ce que je te disais une fois grande! Je ne me souviens même pas que tu aies été petite.

« Tu me disais d'entreprendre ce que je me sentais en mesure de faire. Tu me disais que la meilleure façon de se décevoir, c'est de s'en demander plus qu'on est capable. Là, je pense que je m'en suis souvenue avant de partir dans une guerre inutile. Je me sens capable d'affronter la mauvaise humeur d'Yvon parce que j'ai pris quatre jours. Je me sens capable de parler à Madeleine, sauf s'il faut que je m'explique sur mon comportement, et papa… ben, qu'il s'arrange avec ses troubles pis sa conscience! Je le dénoncerai pas, mais je l'aiderai pas certain à trouver que c'est pas grave ou ben qu'y a rien à voir là-dedans! »

Pas si mal! Comme je ne peux pas garantir que tu as l'estime de soi suffisamment solide pour affronter un pro de la justification comme Gaston, fais tes gammes avec Yvon. Dommage quand même que ça prenne tant d'énergie pour cesser de ressembler à sa mère dans ce qu'elle a de plus déplorable!

« T'as jamais aimé ça que je le dise, mais je te dois beaucoup. Je le sais. Je te dois presque tout ce que j'ai. J'te l'ai jamais dit, mais quand j'avais quinze, seize ans, je le sais que t'avais envie de quitter papa. Je sais aussi que c'est à cause de moi que t'es restée. Je voulais te dire d'y aller, que c'était correct, que je me sentais capable de vivre toute seule avec lui, mais j'y arrivais pas. Faut croire que c'tait trop me demander. Y a de quoi que j'ai fait… de pas très beau! Je l'ai fait exprès, je veux dire consciemment. Y a pas l'excuse de l'âge ni de rien. Je l'ai fait pour que tu restes, parce que j'étais trop lâche pour t'en parler directement. Je me suis servie de ça, parce que je savais que ça te ferait paniquer. J'me suis demandé pourquoi j'avais eu une telle réaction quand je t'avais vue à l'hôpital la première fois. Pis, c'est effrayant à dire, mais je pouvais pas croire que tu mourrais sans que je te demande de me l'pardonner. J'aurais étouffé avec ça. »

L'ennui, ma petite fille, c'est que je ne sais pas du tout de quoi tu parles. Pour être franche, je trouve ton introduction un peu longuette. Faudrait couper.

« J'ai pris un coup. J'ai vidé le scotch de papa dans le sous-sol. J'ai pas pris de chance, comme tu vois, j'ai tout fait ça à la maison pour être sûre que tu me trouves ben soûle. Je savais très bien que ça t'inquiéterait assez pour t'empêcher de partir. Ça a marché. T'es restée. »

C'est tout? Tu t'es soûlée et tu penses que c'est ce qui m'a attachée à la maison? À ton délicieux père? Est-ce que, vraiment, j'ai été une mère aussi contrôlante, aussi peu raisonnable? Seigneur! Qu'une fille de seize ans se soûle la gueule une fois, me semble qu'on peut survivre à un drame aussi imposant! Encore une fois, j'ai bien peur que tu ne me voies mieux que ce que je suis. Tu devrais te référer à mes prétentieux aphorismes : je n'ai pas quitté ton père parce que ça devait représenter quelque chose que je ne me sentais pas en mesure de faire, point. C'est pas ta soûlerie, c'est ma niaiserie qui est responsable de mes choix conjugaux. Je comprends que j'aie jamais aimé t'en entendre parler! C'est à croire que je te détenais en otage de ma générosité. J'avais renoncé à mon projet pour toi, pour ton bien! Quel beau profil ça me faisait: l'héroïne, toi! Ta reconnaissance devait beaucoup me réconforter. Présentement, ça me dégoûte. Change de sujet, veux-tu?

« J'aurais peut-être dû attendre que tu parles pour te le dire. Je me surprends toujours en train d'essayer de me rendre ça plus facile. C'est pas mieux, ce que je fais là. Je te le dis, mais tu ne peux pas parler. Je te demande pardon, mais t'es pas capable de me le dire si tu me pardonnes pas. L'air de rien, c'est encore moi que je ménage… C'est encore de moi que je parle. »

T'as une fille de cinq ans, tu dois bien être partie de la maison depuis six ans au moins. Aux dernières nouvelles, je passais la soirée chez Madeleine en compagnie de mon mari qui s'y soûlait la gueule. Est-ce que cette équation pourrait allumer la petite lumière dans ta tête? Ou as-tu absolument besoin d'une héroïne comme mère? Ou de te sentir coupable à tout prix? Parce que, sans vouloir te contredire, j'avais le champ libre depuis six ans, minimum.

« Je l'ai revue… »

Oups! J'en ai manqué un bout… j'argumentais, vois-tu. C'est tout? C'est quoi, ce silence? Tu l'as revue et puis… rien! Coma!

« Ma mère… Quand j'étais enceinte, je sais pas trop, ça m'a pris — je suppose que c'est normal. Je devais avoir peur de mettre au monde quelqu'un qui lui ressemblait. Je peux pas croire que Corinne a mon âge… je veux dire l'âge que j'avais quand elle est partie. Des fois, je la regarde, pis je me dis que j'avais cet âge-là, cette face-là, cette naïveté-là quand est partie. C'est petit, cinq ans, c'est vraiment petit. »

Attends un peu, là, tu racontes mal — n'oublie pas que je suis un peu perdue.

« Je ne te l'ai pas dit. J'avais peur que ça te fasse de la peine. On sait pas. Elle... Elle m'a pas reconnue. Elle le sait pas. J'ai pris une chance, j'ai cherché dans l'annuaire, pis j'suis allée sonner à sa porte. Comme dans un film. Dans le fond, je sais pas ce que j'ai pensé. Elle aurait très bien pu me reconnaître. J'ai pris une excuse stupide, le coup des assurances. J'ai ramassé des dépliants au bureau et je suis partie. Ça te surprendra pas si je te dis qu'elle était soûle. Ben raide. Elle ne s'accotait pas sur la porte, elle se tenait après. Il était onze heures et quart du matin. Elle m'a regardée, elle a regardé les dépliants, pis elle a dit : "Où c'qu'a l'est, la bière ?" Elle attendait le livreur. J'ai pas eu le temps d'y répondre, j'ai vu ses yeux fixer quelque chose en arrière de moi : le livreur arrivait. Je suis partie. »

C'est mieux dans les films, trouves-tu ? Même un mauvais Lelouch a plus de punch que ça ! J'espère pour toi que la déception valait le déplacement.

« Je l'ai dit à personne, tu penses bien. Je me suis trouvée tellement nulle avec mes dépliants. Une chance que ça s'est passé de même ! Me vois-tu obligée de m'expliquer ? Ou, je sais pas... obligée de m'identifier. Je l'ai pas dit à Yvon, évidemment. Il le sait même pas pour elle... Je lui ai caché ça : mes origines ! On se fait des drames, trouves-tu ? On se fait accroire que c'est important, notre drame. Franchement ! Tant que je l'avais pas revue, je pensais que c'était très important. Pis non. J'ai été gênée. C'est tout. Gênée d'avoir essayé de la revoir et gênée de la retrouver pareille comme avant : paquetée à l'os. »

Pourquoi elle rit, tout à coup ? C'est bien la première fois que je l'entends rire.

« Excuse-moi, c'est niaiseux, mais je pense que je vais te le dire : j'étais tellement énervée, ce matin-là, que les dépliants que j'ai pris, c'étaient ceux d'une agence de voyages. Les Barbades. Quand j'ai vu ça, une fois assise dans l'auto, je me suis mise à rire, pas capable de m'arrêter. Pis après, ben sûr, j'ai pleuré. Tu me connais... »

Ben oui. Bien sûr.

∗ ∗ ∗

Avec Élisabeth arrive enfin le bon « shift » de la journée. Celui du soir qui descend, des gens qui s'éloignent, des bruits qui se feutrent. L'activité ralentit vers six heures, une fois les plateaux ramassés, l'engourdissement commence. Le médecin qui devait passer ne passera plus, l'attente, quelle qu'elle soit, peut enfin se calmer. Avec le soir, chacun réintègre sa vie et sa personne : l'éparpillement que créent les autres et l'espoir s'apaisent enfin. C'est l'heure de rentrer en soi et de constater si la journée a vu l'effacement total ou partiel de sa personne.

Pas étonnant que les bars se remplissent à cinq heures : quelle heure pénible pour ceux qui font profession de fuir. Deux pour un... ce serait le double du prix et tu ne reculerais pas, han, Gaston ?

« On m'a dit que votre fille vous a fait une longue visite, aujourd'hui ? Qu'elle a retrouvé sa langue ? C'est tout ou rien dans votre famille, on dirait bien. Vous êtes fatiguée, le sentez-vous ? Je le vois ici... et là. »

Si je le sens! J'aurais voulu vous y voir, vous autres! Qu'est-ce que vous diriez de vous asseoir dans un autobus et d'apprendre de votre voisine de voyage tout un pan de votre vie? Et ça se peut! Sauf que ce serait une tout autre histoire et l'effet serait le même. À la limite, Élisabeth, j'aurais très bien pu être la mère d'origine et ça n'aurait pas été moins plausible. Gaston pourrait m'arriver demain et m'exhiber un passé de bête de sexe, et ça demeurerait plausible. Quoique... Si je l'ai été, j'aimerais bien qu'on m'apporte des preuves. Pour Steve, évidemment, parce que c'est le genre de choses qui va lui faire plaisir.

« Vos cheveux sont sales. Je vais mettre une note au dossier qu'on demande à votre fille de vous offrir la coiffeuse. Avant, on le faisait, on lavait la tête des patients. C'est fini. Il faut que les patients payent pour la coiffeuse ambulante. C'est-tu assez fou? Comme si avoir la tête propre était du luxe. Comme si ça faisait pas partie du fameux confort du patient! Si demain c'est pas fait, je vais vous la laver. On le dira pas au syndicat, O.K.? »

Ils sont comment, mes cheveux? Courts, mi-longs? Est-ce qu'ils sont blancs ou est-ce qu'on voit une vilaine repousse?

« Il faudrait couper vos ongles de pieds, aussi. C'est fou comme les gens font peu attention aux détails... Les gens les plus proches de nous ne voient pas ce qui est évident. Vos ongles vous rentrent dans les orteils et ils nous demandent si vous allez avoir des séquelles psychologiques. Ils sont tellement pressés de passer par-dessus le corps... Oh! Pensez pas que votre fille a demandé une chose pareille! Ma remarque était générale. Je réfléchissais à voix haute. »

Je le sais bien qu'elle n'a pas demandé ça: elle-même est une séquelle. Non, ça, c'est Gaston qui va s'en inquiéter. Pour savoir s'il va devoir se préoccuper de moi. Pour avoir l'air d'un bon mari. En fait, la question qu'il ne posera pas et dont il va constamment chercher la réponse, c'est : combien ? Combien tout ça va coûter ? En argent, en temps, en efforts. Faites-moi donc un devis, une sorte de soumission, avec les estimations de coûts maximums. Et il va ajouter le prix de la Volvo, le tarif de la coiffeuse et la franchise de l'assurance. Il va payer, je n'ai aucun doute là-dessus, mais ce sera quelque chose que je lui devrai ou qui compensera le tort causé par sa soûlerie. Voilà pourquoi il prendra bien soin de tout additionner : pour évaluer strictement s'il a ou non une dette. Faut pas croire que boire lui enlève tout sens pratique ! Non, c'est le genre d'homme à savoir toujours exactement où il en est avec ses dettes. Et ce n'est pas un souvenir ou la mémoire qui me revient : je le sais déjà. Je le sais sans l'apprendre, sans me le rappeler. Comme je sais que le temps passé avec vous ou avec Steve sera un temps agréable, libre de mauvaises surprises, et léger. J'ai changé de camp, j'ai adopté de nouveaux comportements. Me voilà délinquante par rapport aux normes de ma famille. Ma famille ! Quel concept, quand même ! Hé !

« Quoi ? Ça chatouille ? Je vous chatouille ? On le refait, juste pour voir... »

Évidemment que ça chatouille ! Je suis là, vous savez, je n'ai pas déserté. Je suis délinquante, pas absente. C'est sûr que l'envie de déserter mon corps est puissante — surtout que je viens d'y goûter avec plaisir pendant trois semaines ! Mais la réintégration du domaine est — ayoye ! — plutôt pénible. Ayoye ! Ouch ! Pas sûre que le jeu en vaut la chandelle... Élisabeth, arrêtez de me malmener !... Merci. *Quand vous serez bien vieille, au soir à la chandelle...* Ronsard, voilà Ronsard qui me revient. Je ne remercierai jamais assez la poésie d'être venue s'installer dans ma vie. J'ai vu trente-six chandelles et c'est celle de Ronsard qui me revient. Un sonnet — avec des rimes embrassées — une perfection de sonnet. Imaginez la tête de Steve s'il fallait que je lui explique ça!

« Vous souriez? Vous souriez et je sais que ce n'est pas un réflexe de coma. Ni une grimace. C'est un vrai sourire, madame Mailloux. Bienvenue. Nous sommes au soir du 22 janvier, un petit mardi un peu froid, et vous venez de m'offrir un sourire. Le premier… »

Oui, bon, on ne fera pas une histoire avec ça! N'allez surtout pas appeler mon mari, il serait capable de se précipiter ici pour me dire quoi penser de ce qui m'est arrivé! Il y a eu un temps où ça marchait. Je l'écoutais sans discuter, paraît-il. En silence. Je discutais en silence. Que celui qui ne s'est jamais tu me lance la première pierre!

* * *

« Ça a l'air que c'est ta fille, la grande ennuyante qui a passé la journée ici? Pas belle tu-suite… Je l'ai suivie quand est descendue aux machines. Jusse pour voir c'qu'a ferait. A s'est pris du yogourt! Ça part mal! Du yogourt pis une sandwich aux œufs. Tu l'as ben élevée. Pas de chips, pas de cochonneries au chocolat, rien! Est pas grosse, ça, c'est sûr, mais est pas tentante. Premièrement, a l'a pas de seins. Pis après, est habillée pour pas qu'on voye le reste. Genre, comme on sait pas trop où son cul commence pis où y finit… C'est sûr que, pognée comme t'es là, pas moyen de savoir comment tu t'habilles… »

N'oublie pas la jaquette rose, Steve!

« Est pas *top shape*, ta fille! Est peureuse en crisse! J'y ai demandé de mettre ma piasse dans *slote* de la machine — c'est pas pensé hôpital, ici, c'est pas faite pour les chaises roulantes!

Té cas. J'tais là, avec ma piasse en l'air, pis elle, a regardait partout alentour comme… Crisse! A l'avait peur de quoi? Que j'y saute dessus? A pensait-tu que c'tait un hold-up? J'y ai dit: "E-1". Je te mens pas, a m'a fixé pis a comprenait pas pantoute. "E-1", j'y ai redit. Rien, toi! Zéro. A me lâchait pas le *tatoo* des yeux. Ouain, c'est vrai, tu l'as pas vu, mon *tatoo*. Y est *cool* en crisse! C't'un serpent. Y est dans le coin de mon front pis y se tortille dans le fond de ma tête. Si je me laisse pousser les cheveux, on le voit presque pas. Pis si j'me rase, tu l'vois toute! Sauf que c'était prévu pour un gars deboutte, pas assis! Là, c'est sûr que tu le vois *all right*! J'pense que c'est la première fois qu'a voyait un *tatoo* de même. A l'a pris ma piasse comme si a serait pleine de la bebite d'hôpital que tout le monde a peur de pogner. Est bonne en crisse: a l'a réussi à pas m'toucher. Quand a s'est penchée pour ramasser mon chip, j'y ai dit de laisser faire, que ça, j'tais encore capable. Crisse! Y me tombait dans face! A était pas capable de voir ça? Est pas restée pour qu'on mange ensemble. Ça te surprend-tu?»

Elle me l'a même pas dit. Elle a eu peur… Tu connais ça, pourtant, la peur.

«Ça écœure, han? Ça écœure en crisse! Le monde se rendent pas compte comment c'que ça fait de se faire regarder de même. Le zoo, crisse! T'as l'impression d'être au zoo. Pis y viennent t'achaler avec leu pop-corn au caramel. T'en veux-tu? Monte la patte! Envoye, roule sus l'dos! Pis toé, c'est pas du pop-corn que tu veux, c'est de la viande! Sont ben surpris quand tu leu-z-arraches la main. Tu le sais qu'est de même, ta fille? Ça t'écœure pas que je te dise ça? On jase, là, on fait jusse jaser…»

Qu'est-ce qui se passe, Steve? Traverses-tu une petite crise d'angoisse? Pourquoi tu te «crisses» un serpent sur le front, si tu veux faire peur à personne? Tu ne vas pas me faire le coup du monde cruel et injuste à tous égards? De la brebis qu'on traite en loup? Pas toi, Steve?

« C'est comme si a l'aurait pas passé le test, ta fille. A voit le *tatoo*, a l'a peur, *bye*! Pas de deuxième chance. Mais moi, c'est comme au vidéopoker: jusse comme tu perds la *game*, tu te dis, la prochaine, ça s'peut pas, tu vas l'avoir! Est à toi, la prochaine! Est pas au crisse d'épais qui va venir sus ta machine après toi. T'en remets-tu du *cash* dans *slote*? Mets-en que t'en remets! »

T'as raison, Steve, c'est exactement la même chose… sauf que les gens comme ma fille, ils ne t'ont rien demandé! Ils sont prêts à tout pour ne pas savoir que tu existes. Et c'est ça qui t'énerve. Ils sont pas au courant, eux autres, que leur indifférence, c'est de la provocation pour toi. Ta *game*, c'est pas une vraie *game*, parce qu'y en a pas d'attitude qui te convienne. Qu'Annie t'ignore, qu'elle prenne ton argent, ou bien qu'elle mange son yogourt avec toi, la *game* ne lui rapportera jamais rien! T'as déjà décidé qu'elle t'intéressait pas. Tu fais juste confirmer ça en la terrorisant. Alors, le coup du bon gars mal jugé à cause d'un malencontreux tatouage — à d'autres, Steve! T'es pas de sa race et tu veux qu'elle le sache? Ça y est, elle le sait. Trente partout, comme on dit au tennis — je le dis sans même savoir comment je sais ça!

« Pourquoi tu me serres la main de même? T'es-tu en crisse? On dirait un crochet. T'es plus forte que t'as l'air… »

Excuse-moi, c'est nerveux. Un réflexe nerveux. Ça me dérange pas mal ton numéro avec ma fille qui n'est pas ma fille. J'aimais mieux quand on gardait les deux mondes séparés. Sauf pour le « gros crisse »… parce que ça me fait plaisir de t'entendre sur lui.

« O.K., O.K., on va switcher, je t'écœurerai pus avec elle…

On va rire de moi à place. Ils m'ont essayé la fausse jambe, aujourd'hui… la prothèse, qu'y appellent. As-tu déjà vu ça ? C'est couleur mal de cœur. Un beige pas disable… »

Bon ! Arrache pas le drap, là. Arrête un peu, tu vas le déchirer à force de tirer dessus !

« Y doivent penser que ça se rapproche de la peau. Y ont jamais vu ça, de la peau ! C'est jamais dégueu de même. J'la mettrai pas, leu crisse de patte en plastique ! *Anyway*, si y pensent que j'vas me promener ben longtemps de même, y s'trompent en crisse. Qu'y s'trouvent un autre *sucker*… Pas vu l'autre pied. Y y vont par étapes, qu'y disent. Y attendent que l'infection soye toute partie. Je sais pas si y s'trouvent encourageants… Pas mal sexy, le moignon avec le *net* blanc pis la grosse crisse de patte beige avec ses vis oùsque ça plie. Vraiment *sharp* ! Y se sont mis à deux pour l'ôter. Comment on fait quand on veut baiser ? On se met à quatre pis cinq ? Moi, personnellement, j'ai jamais aimé ça, baiser en gang. Une à fois, c'est de même j'vois ça. »

Ça doit bien se tatouer, ça, une jambe artificielle. Si j'étais toi, je ne m'en ferais pas trop pour la couleur. Tu vas trouver comment faire passer le beige ennuyant. C'est juste que ça ne t'est pas venu sur le coup. Tout un choc que t'as eu là… Tu peux bien taper sur la tête de ma fille !

« J'trouve que le *step* est moins gros si tu cruises la fille en chaise roulante. A sait à qui a l'a d'affaire, est au courant qu'y a comme un problème. Toi, personnellement, irais-tu plus avec le moignon direct ou ben la patente beige ? Je veux dire, pour baiser, là ! Mettons que tu me regardes comme un *prospect*… avec ou pas avec ? »

Tu me demandes ça à moi ? Sérieusement ? La testostérone

va te rendre fou, Steve. Fais attention, les hormones vont te brûler le cerveau.

« La bonne nouvelle pour la fille, c'est qu'en haut des cuisses me sus rien faite couper. Non, mais y en a une gang, y sont pognés dans une chaise roulante, y bandent dans leur tête, mais en bas, y se passe rien. Y en a un, en physio, paraplégique, là… Y a des bras, toi, y peut lever n'importe quelle poupoune, mais sa troisième jambe, y l'a pus. En bas du nombril, y a pus parsonne. Des tubes pis des petits sacs, comme toi! Aye! Un para, ça vient-tu encore? Bander pis venir, c'pas pareil… Penses-tu que de temps en temps, ça coule blanc dans le sac jaune? Je niaise pas, là, j'y ai jusse jamais pensé… C'est-tu comme, je sais pas, moi, la salive, là, ça continue-tu à se faire dans ton corps, même si y a pas de sortie? Lui, en bas, en physio, y a une blonde. A vient avec lui, des fois. Y doit ben sucer en crisse, parce qu'est *cute*!… Au moins, je me serai pas faite crisser là par une blonde pas capable de dealer avec une patte en plastique! »

Je sens que c'est d'un grand réconfort, cette pensée… Steve, sans vouloir tout ramener à moi, les petits sacs en question… tu les as vus ou c'est quelque chose que tu sais? Parce que j'ai peut-être le système hormonal à zéro, mais pas l'amour-propre. Ça ne m'avait pas encore traversé l'esprit, vois-tu. Cette possibilité extrêmement vraisemblable, probable même… Seigneur! La vision est horriblement précise. Tu comprendras que, pour quelqu'un qui aime se voir fréquenter les poètes, pour quelqu'un qui se croit tellement supérieure, tellement cultivée — tout ce que t'aimes! — tu comprendras que cet aspect de la réalité avait été relégué au second plan. Bref, avant que tu en parles, ça ne m'avait pas effleurée. Ce bon vieux corps, tout de même, quel point d'ancrage! « On se croit mèche, on n'est que suif », oui, monsieur Brel, vous l'avez déjà dit. On ne va pas s'obséder avec une seule phrase, alors que les possibilités sont si multiples!

Tu ne dis plus rien? Tu médites sur la triste condition humaine? On en commet des bassesses pour ne pas l'avoir sous le nez, celle-là!

« C'est *weird...* »

Comme tu dis.

« Avant, quand j'tais toute d'un boutte, j'haïssais le monde comme ça se peut pus. Ça gueulait tout le temps dans ma tête. C't'hostie-là! C'te crisse-là! J'voulais tuer. J'voulais tout le temps tuer! Asteure que chus tchoppé, on dirait... »

Oui? Quoi? On dirait quoi?

« On dirait que je ressemble pus à c'que chus. Y m'en manque des bouttes... j'veux dire dans ma manière, ben, dans comment que chus. Pis là... c'est comme... moins beau... J'veux pas dire que j'tais beau, là, mais... crisse! C'est ben compliqué à expliquer, ça! Avant, j'tais toute d'un boutte, mais y m'en manquait des bouttes dans tête, pis là qu'y m'en manque dans le corps, j'ai l'air de qui que chus: un hestie de poqué! »

Bon! Je ne l'aurais pas formulé comme ça, mais ça a le mérite d'être clair.

« As-tu déjà eu des Prismacolor, toi? Des crayons de couleur, là... »

Quel esprit incroyablement vif! Alerte n'est pas le mot, ce serait trop lent...

« Quand j'tais p'tit, j'dessinais comme un malade. J'avais la boîte de quarante-huit Prismacolor. La grosse. Tout un cadeau, ça ! Y avait une sorte de beigeasse rose qui était supposé faire la peau quand on coloriait. C'est là que j'ai commencé à haïr c'te couleur-là. J'ai jamais faite une peau avec c'te crayon-là. Je dessinais toutes sortes de bebites estropiées. Avec jusse un œil, pas d'antennes, les ailes fuckées ou ben les pattes arrachées. Y en avait une qui faisait peur à ma mère plus que les autres. Pis plus peur que d'habitude. Un monstre avec des dents pointues — la gueule ouverte avec des pattes de femme qui gigotent dans le fond du gargoton, comme dans les *comics*. Capoté, han ? Quand on est petit, penses-tu qu'on le sait ce qui va nous arriver ? On le sait, mais on le croit pas. Comme un peu quand on rêve. On le sait que c'pas vrai, mais y a de quoi de vrai pareil. Y a de quoi de vrai en crisse… Me demande c'qu'y en ont faite de mes Prismacolor. La boîte était tellement belle, pis j'y ai faite tellement attention qu'y ont dû penser que c'tait à ma mère. A m'a pas suivi, en té cas. La boîte. Ma mère, c'est sûr qu'a m'a pas suivi : a était morte. Me semble y auraient pu prendre une chance pis les mette dans mon sac, les crayons ? Qué-cé qu'ça changeait pour eux autres, ça ? Tu vois, j'aurais pu tuer pour ravoir ces crayons-là. Personne aurait jamais rien compris là-dedans ! Un tit-cul de huit ans qui sort son *gun* pour quarante-huit Prismacolor ! Dans la boîte, pis dans l'ordre de couleurs, crisse ! »

Tu m'as jamais dit de quoi elle était morte, ta mère. C'est elle qui t'avait donné les crayons ?

« À la famille d'accueil, celle que je te parlais l'autre fois, le bonhomme voulait pas qu'on prenne des crayons pour dessiner. Gaspillage ! Sais-tu ce que je faisais ? J'allais dans sa poche de *coat* d'habit, j'prenais ses beaux stylos à lui, pis je les vidais en noircissant des pages. Toute la crisse de page bleue pis noire ! Pas un coin avec pas d'encre ! Y venait en crisse ! Y arrivait avec les feuilles toutes gondolées à force d'être frottées, pis y disait : "Qui qui a faite ça ? Qui a pris mes stylos pour barbouiller ?" C'est des dessins, pas des barbots, que j'y disais. "Ah ouain ? Ça doit être ton portrait, d'abord." Pis là, la punition suivait. Pis tu peux être sûre qu'y fallait rembourser. Le papier pis les crayons. Crisse de *cheap* ! J'ai arrêté de l'écœurer de même parce qu'y mettait tout le temps Andy dans punition, même si jamais Andy aurait faite ça ! Mais y était de même, le bonhomme : si y avait envie de donner une claque, c'tait Andy qui la ramassait. Y m'en a jamais sacré une parce qu'y savait que ça m'aurait pas dérangé de fesser. Ça m'aurait même faite plaisir. Pis du bien. Dans le fond, j'attendais rien que ça : qu'y s'essaye pis que j'y en crisse toute une ! Pas fou, le bonhomme, y a jamais essayé ! »

Il y en a comme ça qui connaissent leurs limites sans jamais les dépasser.

« Es-tu poquée, toi ? Es-tu aussi croche que moi, dans tête ? »

À ma manière, oui. Mais je manque de mémoire pour être vraiment honnête. D'après ce que je peux constater, il y a de bonnes chances pour que tu ne sois pas tout seul.

« Depuis que chus icitte, j'y pense pas mal à Andy. Y m'a jamais manqué de même. Mais ici… J'sais pas trop, ça me passe souvent par la tête. Y était pas poqué, Andy, y était *cool*, c'est pas pareil. Pis silencieux. Tu savais jamais avec lui. Fallait faire attention. Yo… Quand tu vas les ouvrir, tes yeux, tu feras pas le saut d'me voir, han ? Tu le sais, là, pour la jambe pis le pied ? Fais-moi pas le coup de la fille qui avait pas compris ça de même ! »

Ce que j'aime avec toi, c'est ta propension à nous investir de missions sacrées pour lesquelles on ne s'est pas portés volontaires. J'étais libre, moi, avant que tu me choisisses comme confidente. Libre de tout passé, libre comme on devrait l'être à la naissance. Mais je te donne raison : il y a dans l'origine une partie inévitable de notre avenir. Tu ne l'as pas dit comme ça, mais on se comprend.

J'ai appris aujourd'hui que la fille qui ne m'était rien n'est finalement pas ma fille. Paradoxalement, ça me rapproche d'elle. Bref, pour la première fois, j'ai soupçonné ce que j'ai pu être pour elle. Et disons que mon soupçon ne me dégoûtait pas. Bon, j'ai pas sauté de joie, mais ça se supporte. Sur une échelle de 10, ça fait de moi quelqu'un de dégelé à combien ? 8 ? 6 ? J'aimerais beaucoup le savoir. Ça me permettrait de me préparer. Un peu comme toi avec ta jambe... T'es lourd, Steve, on ne s'endort pas comme ça sur ma main. C'est la meilleure façon pour que je m'engourdisse et que je me réveille en panique. Steve... Oh ! Non, pitié ! Aide-moi ! Pousse-toi un peu. Dors à côté, mais pas sur moi !

Elle fait un effort intense pour diriger ses forces vers sa main, pour la bouger, la glisser de sous la tête lourde et s'en libérer. Étrangement, comme si le manque d'habitude avait agi sur son sens de l'orientation et sur l'effort, ce sont ses yeux qui s'ouvrent. Elle ne sait pas si ce sont ses yeux qui perçoivent mal ou si une telle pénombre règne dans la chambre. Comme ses yeux mettent du temps à s'habituer, l'éblouissement est progressif. Là, devant elle, sur elle, la jeunesse est endormie. Elle distingue de plus en plus le haut du corps de Steve, son torse incliné sur le matelas et sa tête, lourdement appuyée sur sa main. Fascinée, elle le contemple. L'arcade sourcilière dessinée avec perfection, les cils longs, la bouche charnue, aussi généreuse qu'elle l'avait imaginée. Les cheveux sombres, ultra-courts, à peine un petit duvet qui veut boucler. Le tatouage est invisible, il est couché dessus. Un enfant. Un enfant endormi en toute confiance. La main qui est abandonnée près de son coude est solide, les ongles sont rongés — il est musclé sans être massif, il ne doit pas être très grand. Sa présence est si dévorante qu'elle l'observe sans se rendre compte qu'elle a franchi une étape supplémentaire.

Ce n'est que plus tard, en relevant les yeux, qu'elle le comprend. Tout ce qu'il lui a décrit est bien là, précisément, rigoureusement là. Son regard fait le tour de la chambre, elle ne parvient pas à tourner la tête. Ses yeux terminent le cercle en se posant de nouveau sur le visage de Steve. Les yeux grand ouverts, c'est à son tour de l'observer. Sans un mot, il se redresse et sourit : « Salut, Yo ! » Il se penche vers son oreille et chuchote : « Je l'savais ben que tu les ouvrais la nuit ! », avant de repartir à toute vitesse, non sans avoir effectué une rotation d'une extrême virtuosité avec sa chaise. Il ne se retourne pas.

Jour 6

Sa fille parle. Elle déroule pour elle le long ruban d'un passé insipide et sans surprise. Pas question d'ouvrir les yeux devant elle. Devant qui que ce soit, d'ailleurs. S'il y a une chose dont elle peut être certaine, c'est de la discrétion de Steve. C'est pas un *stool*! Et même s'il s'avisait de la proclamer plus avancée qu'elle ne l'est, ce n'est pas Annie qui le croirait.

Quelle femme étrange! Mélange d'hésitation et de détermination, de peur et de courage. Elle avance à tâtons dans son discours, en se reprenant sans cesse pour être plus précise. Précise, mais pas concise. À côté de la rafale de mitraillette qu'est le discours de Steve, sa fille a des allures d'escargot. Elle parle, et rien ne fait image, comme si elle feuilletait le livre de souvenirs de quelqu'un d'autre.

Où est ma boîte de Prismacolor à moi? Où est mon passé, mon enfance? Ai-je déjà été jeune et folle? Pourquoi ai-je cette triste impression de ratage intégral? Ma vie peut-elle vraiment se résumer à ce triste cercle: Gaston, Annie et Madeleine?

Elle fait un effort, essaie de reculer dans le passé. Elle n'arrive même pas à deviner de quoi a l'air son mari! Comme si son odeur masquait ses traits. «Moi-même...» Sa fille dit «moi-même», elle attrape ce fragment de discours et tout ce que cela évoque, c'est une phrase perdue — un lambeau de poème probablement.

Moi qui moi-même me trahis… Aragon, elle le sait sans pouvoir cibler le poème dont ce vers est issu. C'est stupéfiant, cette rapidité d'identification réservée uniquement à la poésie, à ce qui n'est pas elle-même, mais à ce qui la définit tout de même assez bien. Fréquenter les poètes n'est pas sans danger. Ils offrent un écho à nos vies et, soudain, nos vies n'ont de vérité qu'à travers leurs phrases. *Est-ce ainsi que les hommes vivent? Et leurs baisers au loin les suivent.*

Où sont mes baisers lointains? Pourquoi ne me suivent-ils pas? Où est l'obsession d'une bouche, d'un corps, d'un regard? Ai-je déjà supplié pour un baiser? Ai-je déjà habité ce corps au point de le faire trembler? Pourquoi ai-je la conviction intime que me rappeler sera me décourager pour le reste de mes jours? Que rien depuis ma naissance n'a jamais franchi la barrière du verbe «vivre»? Je suis là où j'ai toujours été, dans le coma. L'étonnant est bien que j'en aie conscience tout à coup.

Coma… étrange qu'en anglais, en doublant le «m», cela fasse *comma* et se traduise par «virgule». Le coma n'est pas une parenthèse, pas une vie entre guillemets, non, c'est un petit temps, un soupir en musique, une virgule.

Quand on est dedans, c'est pas mal plus lourd qu'une virgule. C'est plus imposant que toute la ponctuation du monde. Le coma est un discours muet, une photo sans image, alors *fuck* la ponctuation, comme dirait Steve!

Elle laisse sa fille exposer l'importance de mettre encore des crochets aux armoires pour que sa Corinne n'aille pas jouer dans leur contenu. Elle se laisse bercer par son ton monocorde… elle se dit qu'elle écoutera mieux quand ce sera plus intéressant.

La texture est suave — douce, onctueuse — ça coule dans sa bouche, elle déglutit avec précipitation, elle ne veut rien manquer, c'est trop doux, trop bon, trop sucré. En voilà encore, la source semble inépuisable, infinie. De l'amour! Le goût l'envahit, le goût subtil, chaud, de l'amour. À partir de sa bouche, en gagnant ses papilles, le goût réveille toute sa tête, tout son corps. Le contentement est total… jusqu'à ce qu'il se double d'une pointe d'inquiétude : y en a-t-il encore? À peine vidée, sa bouche s'ouvre précipitamment. Encore! Déjà, elle est dans la crainte de manquer plutôt que dans le plaisir de savourer. Déjà… Quelqu'un rit — elle voit les dents blanches, les lèvres rouges — quelqu'un qu'elle va rater si elle n'ouvre pas les yeux!

En inspirant bruyamment, elle ouvre les yeux. Comme sous le coup d'une terreur soudaine, alors que le rêve était si doux.

Annie sursaute. Elle se lève, se penche vers elle. Trop près. Elle ne la voit plus. Pourquoi se tient-elle si près? Est-ce qu'elle ne sait pas que, sans lunettes, elle ne voit plus rien de près?

Annie recule, mais c'est pour lui tourner le dos et partir en courant.

Yolande ferme les yeux — c'est ça, va avertir la paroisse! Va dire aux autorités concernées que la comateuse s'est manifestée. Quel dommage! Je n'aurais pas pu me retenir, non? Maintenant, ils vont tous me tomber dessus et vouloir me faire avancer.

Avant que la horde n'envahisse sa chambre, elle essaie de retrouver ce rire gai, léger. Est-ce possible qu'une telle félicité ait appartenu à sa mère?

Les voilà… Non, je ne les ouvrirai pas. Vous avez manqué le spectacle et l'heure de la prochaine représentation n'a pas encore été fixée. Tu vois, ma fille, ça aurait été si simple de rester ici et de profiter de mes yeux ouverts.

Pour bien faire, oui… je crois que tu t'appelles «pour bien faire».

Et je crois que j'ai faim.

Je parie que la potée d'hôpital qui va remplacer le soluté n'aura jamais le goût divin de celle de mon rêve.

Annie se rassoit. Un calme approximatif regagne la chambre. Elle est désolée, elle ne savait pas quoi faire, elle a eu peur que ce soit une attaque, le bruit soudain, ses yeux…

Ben oui, ben oui! Je sais, c'est terrible quand les choses déraillent et changent. C'est le drame de tant de gens, ma fille. Rassure-toi, je me tiens tranquille. Reprends ton chapelet.

Des pêches… Oui, c'est bien ça, un goût de pêches. Elle voit le fruit, les couleurs qui se fondent du jaune au rouge, elle sait le velouté — est-ce que c'est poilu, des pêches? Le rire. Elle entend le rire et ne voit plus le sourire.

Le rire de sa mère — lointain, allègre — les cloches de Pâques et le rire de sa mère. Ça doit aller de pair, mais elle ne sait pas pourquoi. Elle s'en fout. Elle entend le rire, et ça goûte les pêches.

«Tu souris? Tu souris, maman? Oh! Mon Dieu! Tu peux pas savoir comme ça fait du bien de te voir comme ça! J'ai appelé papa pour lui dire… tes yeux et tout. Tes progrès. Il va venir, tu penses bien. Il va venir en fin de journée, c'est sûr.»

Est-ce ainsi que les hommes vivent? Et leurs baisers au loin les suivent. Voilà pourquoi il faut être extrêmement prudente et ne pas embrasser n'importe qui, ma fille.

* * *

Gaston! Gaston! Ai-je déjà murmuré ce prénom avec langueur? Je ne peux pas le croire. C'est tellement impossible à imaginer que ça ne doit tout simplement pas être envisageable. Hou!

Qu'il est lâche! Il crève de peur et il prétend être en mesure de tout contrôler. Quel travail de titan! S'il savait comme je m'indiffère, est-ce qu'il arrêterait un peu son numéro? J'ai bien l'impression que ce n'est pas pour mon bénéfice personnel qu'il s'y livre avec tant d'ardeur. Même endormi, il doit poursuivre son but et essayer de donner le change. Même dans le coma, il le ferait! Qu'est-ce qu'il a à répéter comme ça? C'est énervant ce radotage! Je ne suis pas sourde, Gaston. J'avais compris: tu n'en peux plus d'angoisse et tu penses à moi constamment. Merci. Merci beaucoup, tu peux te détendre. Si tu dis encore une seule fois que tu as hâte de pouvoir me parler, je vais ouvrir les yeux et te terroriser!

Tu as hâte de savoir ce que je sais. Pour organiser ton système de menteries. Les classer, les aligner et me les servir dans l'ordre optimal. Y a rien comme une bonne menterie bien placée, n'est-ce pas, Gaston? Ah! mon ami… le mensonge dans la structure conjugale, ce n'est pas peu de chose!

T'ai-je déjà menti? Sans doute. Le seul fait de te voir avec moi, marié, c'est un énorme mensonge. Une imposture sans nom. Tu sais, Gaston, ce que tu prendras pour de la cruauté soudaine de ma part, cette délicieuse indifférence qui m'habite, c'est le fondement de mon être. Quelles que soient les raisons qui m'ont amenée à te fréquenter, elles n'ont plus cours, elles sont obsolètes et je suis à des années-lumière de ta petite et très odorante personne. L'esclave s'est affranchie. Mes ailes ont repoussé et je vais te quitter. Même pas. Je n'aurai aucun besoin de te quitter, puisque je ne suis pas avec toi. Et ma mémoire n'est pas en état de me restituer l'ensemble de mon œuvre. Effectivement, ça ne me semble pas triste du tout.

J'ai retrouvé un rire aujourd'hui et, c'est fou, mais il a envie de régner sur ma journée. Si jamais je retrouve un seul frisson et qu'il t'appartienne, je t'en rendrai grâce, sois sans crainte. Pourrais-tu lâcher ma main?

« Qu'est-ce que tu fais là, toi ? C'est pas ta chambre. T'as pas d'affaire ici !

— Pis toé ? Cé qu'tu fais icitte ? Pas ta chambre non plus ! »

Ah, Seigneur ! Steve a décidé d'avoir du fun ! Je vais avoir droit au combat des coqs.

« Regarde, mon garçon, veux-tu que j'appelle quelqu'un pour t'aider à retrouver ta chambre ?

— J't'ai-tu demandé de quoi ? Chus là oùsque j'ai envie d'être. C'est ma *chum*, Yo !

— Yo ? Tu l'appelles Yo ? »

Merci ! C'est déjà ça : il m'a lâché la main !

« Ouain. Je l'appelle Yo. On jase, toué deux. On se fait du fun.

— Du fun ?

— T'as l'air surpris en crisse. Tu t'en souviens p'tête pas, mais ça existe, le fun !

— T'es ben baveux, toi ! Ma femme a pas de fun, elle est dans le coma. Tu t'en es pas encore aperçu ?

— Pis toi ? T'as pas vu qu'a était sortie du coma ? »

Bon, il hésite. Tu l'as eu, Steve. Un à zéro. Maintenant, laisse-le tranquille, il déteste avoir l'air fou, c'est exactement la chose avec laquelle il n'a aucune souplesse. Tu peux voir ça, non ?

« Je vais avertir le personnel et je vais m'arranger pour te couper ton fun, espèce de *bum* ! Si y faut, je vais engager un *bodyguard*.

— C'est moé, son *bodyguard* !

— Si ça te fait rien, on va en engager un vrai, un gars deboutte sur ses deux jambes.

— Va donc chier, gros crisse!

— C'est pas moi qui a commencé. C'est juste pour te montrer que t'es pas de taille, O.K.? Fais de l'air!»

Steve! Fais pas de niaiseries, pousse-toi! Laisse-le faire le matamore, oblige-moi pas à ouvrir les yeux. Qu'est-ce que vous faites, là? J'aime pas ça, ce silence-là…

Elle entrouvre les yeux au moment où Steve, le visage haineux, fait basculer totalement sa chaise sur les roues arrière et fonce sur Gaston. Celui-ci recule jusqu'à la fenêtre. Elle n'est plus en mesure de le voir. Elle n'aperçoit plus que Steve qui, le rictus amusé, l'œil moqueur, se balance sur place et jauge la peur dans l'immobilité de Gaston. L'espace d'un quart de seconde, l'œil sombre lâche sa proie et *double-check* vers elle. Immédiatement, il replace sa chaise sur les quatre roues et ricane: «Mets-en, des *bodyguards* — tant que tu veux! Ça l'empêchera jamais de me parler. Sais-tu pourquoi? A l'aime ça, mon gros crisse, a l'aime ça! Salut, Yo! À tantôt.»

Elle a refermé les yeux et ne tient pas du tout au «*close-up* que son gros crisse» s'apprête à lui offrir.

Mon dieu! Il sent la sueur additionnée d'after-shave et de relent d'alcool! Suffocant.

«Je vais aller m'occuper de ça au poste, Yolande. Fais-toi-z-en pas, je m'en occupe. Y est pas près de revenir, je t'en passe un papier!»

C'est ça, va t'en occuper. Va te rendre utile et ridicule. Va déguiser ta couillonnerie en bravade. Tu m'épuises, Gaston. Et Steve aussi. Allez vous affronter et faire vos preuves de mâles ailleurs que sur mon dos.

* * *

« Je l'sais. C'tait poche… mais y est venu m'charcher… Crisse d'épais!… Es-tu fâchée, Yo? Babounes-tu? »

Babouner, ça fait longtemps que j'ai pas entendu ça.

« Tu ris! Essaye pas, t'es pas fâchée, je viens de te voir rire! »

C'est ça! T'as gagné…

« Steve, tu peux pas rester ici. Faut que tu ailles dans ta chambre ou dans le corridor. Pas ici.

— Élisabeth, crisse! Prends-tu pour lui? Tu l'sais ben que j'viens icitte!

— Oui. Mais son mari a raison: on ne peut pas savoir si ça la dérange ou non. Quand madame Mailloux pourra parler, on suivra ses instructions. En attendant… ta chambre!

— Wo! Wo! Attends! Demande-z-y! »

Steve… Tu ne vas pas faire ça? On a nos secrets. J'étais persuadée que tu ne dirais rien. Même à Élisabeth.

« Quand elle va parler, je vais lui demander, tu peux être sûr!

— Non. Tu-suite. Demande-z-y tu-suite! On va ben voir c'qu'a veut. »

Mon dieu! As-tu tellement besoin d'avoir raison? T'es ben bébé!

« Steve, même si elle sait ce qu'elle veut, elle n'est pas en mesure de nous le communiquer.

— Je l'sais! Mais on peut essayer… pas plus cher. Mettons qu'a cligne des yeux, ça pourrait vouloir dire oui.

— Ça pourrait dire non aussi.

— Élisabeth, crisse… »

Steve, t'es pas *cool*. Tu me donnes envie de te faire défaut. On dirait un cheval. Un cheval de trait qui veut me tirer de force hors du coma.

J'avance en poésie comme un cheval de trait — Miron, maintenant, Miron le magnifique qui vient me tirer à son tour… La main d'Élisabeth sur mon front. *Les frais matins d'été dans les mondes brumeux.*

« Madame Mailloux… »

C'est bien ce que je pensais, elle est jolie, Élisabeth. Fraîche. Elle n'a pas l'air de prêter attention aux commentaires victorieux de Steve qui s'excite à côté. Elle m'écoute, m'observe. Ses yeux n'ont aucune espèce de fuite. Des yeux d'un bleu pâle qui doivent être gris parfois.

Ça me fait plaisir de vous prouver que ma fille avait bien vu, Élisabeth. Ravie de vous rencontrer. Vous pouvez dire à Steve de se calmer — je pense que je vais prendre ma nuit pour me reposer.

« Elle est épuisée, Steve. T'as pas idée comme une chicane de même peut fatiguer quelqu'un qui entend, mais qui ne peut pas intervenir.

— Mais t'as vu ? T'as vu ? Est *chum* avec moi. A veut que je resse. A veut en crisse !

— Madame Mailloux… C'est vrai que vous appréciez Steve ? C'est vrai aussi que vous êtes fatiguée ? Il pourra venir demain, c'est ça ? »

Ça te rentre pas dans tête, Steve ? On est deux à se fendre en quatre pour ta vanité. Ça suffit. Va te coucher. J'ai un rire à retrouver, moi.

Elle n'ouvre même pas les yeux pour les voir s'éloigner.

« Je suis juste venue vérifier que vous êtes bien, que vous n'avez besoin de rien. »

Pour être honnête, Élisabeth, je reprendrais bien un peu de coma. Le chemin que je vois se dessiner me semble extrêmement pénible. Aride.

« On ne sait presque rien du coma, mais une chose est constante, votre mémoire va vous faire défaut. Vous avez eu un accident de voiture, vous avez percuté un arbre. En fait, c'est plutôt votre mari qui a eu l'accident — Gaston Belzile. Celui qui était près de vous tout à l'heure et qui s'est… disons obstiné avec Steve qui ne laisse pas sa place non plus. »

Belzile ? Alors, Mailloux, c'est mon nom à moi ?… C'est bien pour dire… Gaston Mailloux, ça convenait aussi. Avec Gaston, qu'est-ce qui peut clocher ?

« Je sais que c'est difficile à faire, mais il faut essayer de ne pas vous inquiéter. Les questions vont trouver leurs réponses peu à peu. Vous avez besoin de paix et de repos. Maintenant que vous êtes sortie du coma, je peux vous assurer que vous n'êtes pas blessée physiquement. Vous êtes rouillée par l'immobilité, mais ça va s'arranger. Avec du repos et des exercices. On va commencer par le repos. Vos mains sont froides… Avez-vous froid ? Non ?… Si je mets vos bras sous les couvertures, est-ce que c'est mieux ? Au moins, elles vont se réchauffer. Bonne nuit, madame Mailloux. Dormez. Demain, on verra pour le reste. Tout le reste. »

J'aime bien la regarder. Elle soutient le regard. Elle le lit. Elle sait. Elle sait que je ne suis pas encore décidée à rester. Que plus mon libre arbitre m'est rendu, plus ma réflexion s'aiguise. Si tout ce qui résume ma vie tient en si peu de gens et de souvenirs, je ne vois pas de raison de m'y incruster. Je ne suis ni malheureuse ni déprimée, je suis bêtement dépourvue de propos. Je ne parle pas de projets. De propos. On ne s'attarde quand même pas sur terre pour quelques vers, même bien tournés ! Allez, Élisabeth ! Allez savourer cette jeunesse qui vous fait un halo de douceur. Je ferme docilement les yeux, j'espère ce rire qui sucrait ma vie — ce rire perdu que j'entends encore, après toutes ces années passées à l'oublier. Vous voyez, j'espère toujours quelque chose, tout n'est pas perdu.

* * *

C'est un regard — mais il l'enveloppe, la happe. Une brûlure exigeante, incessante. Elle s'accroche à ses yeux. Comme si tout son corps pouvait être soulevé par la seule force du regard vissé au sien. Elle n'a plus de corps. Aucune partie de corps. Elle est une unité aspirée par ces yeux, une totalité qui se dresse vers lui, qui lévite vers lui. Elle est en lui. À seulement s'y noyer, à seulement le laisser la prendre, la manger des yeux. Dévore-moi ! Qu'il ne reste rien de moi. Aspire-moi, engloutis-moi, arrache-moi du monde, hors de tout.

Sa bouche est pleine, prise par l'autre bouche, fondue dans l'autre qui devient sienne, lui fait tourner la tête, lui met le corps en orbite. Est-ce la pulsation de son cœur ou celle de son corps ? Elle roule, elle déboule contre lui, trouve sa peau avant de prendre conscience de la brûlure de la sienne, furieuse peau qui se jette sur l'autre, s'y colle, se l'approprie férocement. Elle glisse, s'enfonce dans un gouffre de volupté. Elle se résume à cette cavité qui appelle, qui supplie. Qu'il la gorge de lui, qu'il la vrille à la volupté ! Secouée de spasmes, aussi tendue vers le plaisir que cette queue plantée au fond d'elle, à la limite du supportable. Elle explose enfin, se rue dans l'extase en grondant, s'y abandonne sans scrupules, tout entière livrée à la jouissance.

Bleus. Les yeux posés sur elle sont bleus. Débordants d'amour. Rieurs. Séduits — gagnés — elle inspire profondément, elle a mal partout, son corps craque, se désintègre, son squelette n'a pas tenu le coup et, comme les perles d'un collier cassé, elle s'éparpille, se disloque au fond du lit.

Dieu du ciel! J'ai joui? J'ai vraiment joui?

Encore une fois, elle s'extirpe de son rêve difficilement, trempée de sueur, confuse, ébranlée.

Elle ne connaît pas cet homme. Elle n'a jamais vu ce bleu ni cet amour avoué dans un seul battement de cils. Elle peut le jurer.

Désolée, Gaston, mais je ne pense pas que tu puisses postuler pour le rôle. Je ne t'ai pas vraiment vu, mais je sais que ce serait un contre-emploi pour toi.

Est-ce que j'ai vraiment joui? J'espère que ce n'est pas un effet pervers de ma sonde urinaire. Ce serait gênant, si c'était le cas. M'étonnerait que ça puisse provoquer le moindre contentement sexuel. Chose certaine, je n'irai pas le vérifier en posant des questions. De toutes les révélations que mon amnésie pouvait me faire, voilà bien la plus surprenante à mes yeux. Je peux donc produire une telle félicité avec mon corps? Incroyable… Pourquoi me définir hors d'atteinte du plaisir sexuel? Est-ce Gaston qui m'incitait à croire que cet aspect de la vie était pour le moins révolu? C'est sûr qu'il n'a pas le discours fondant ou confondant. Il serait même plutôt débandant. Sans compter que sa forte fréquentation de la bouteille doit lui scier ses maigres ressources, si ressources il y a, parce qu'il doit avoir la galipette bien terne, mon Gaston!

Alors quoi? Je fantasme en compagnie de Steve qui ne laisse passer aucune occasion de clamer sa virilité? Ou j'en ai carrément envie? Allez… avoue, Yo! Si t'en as envie, t'en as envie, tu le dis et ça reste entre nous. Les yeux de Steve sont si bruns, si brûlants, si peu proches de ceux du rêve. Oui, bon, évidemment, j'ai pu ruser et trafiquer la couleur pour libérer mon inconscient. Ça doit se faire, ce genre de choses…

Elle a encore chaud. Elle se sent comme une momie empaquetée dans ses draps. Bon! Voilà, c'est mieux!

C'est la douleur provoquée par le geste qui lui permet de se rendre compte de l'inusité de la situation: elle a bougé, toute seule, avec effort mais bon, elle y est arrivée. Elle a sorti les bras de dessous les draps et elle les a reposés par-dessus.

La vie a une de ces façons de reprendre ses droits! Comme si elle la giflait, la houspillait: « Allez! Bouge-toi! Cesse de te plaindre. On t'en donne encore, tu ne vas pas chipoter sur les détails? »

Non, bien sûr… Mais ça vous dérangerait beaucoup d'aller dans l'ordre et de préciser pour moi certains évènements? Surtout les plus éphémères — ceux qui ont l'air de ne pas passer souvent. Et, nommément, le regard bleu baiser de mon rêve. Et, quant à y être, je prendrais aussi un soupçon d'inattendu du même ordre… mais en vrai. Pas en rêve. Dans cette vie qu'on me rend si généreusement et sans me demander mon avis.

Et si le vrai de ma vie était dans mes rêves et que les pantins qui fréquentent ma chambre et se disent de ma famille immédiate n'étaient que des imposteurs? Ce serait bien tentant d'y croire.

N'oublie pas que tu t'appelles vraiment Yolande Mailloux et que tu as vraiment épousé Gaston Belzile.

Mais tu n'es pas tenue de demeurer la femme d'un monsieur qui t'invite à le tromper en rêve… Mais peut-être l'ai-je vraiment trompé? Ce serait plausible.

Dans ce cas, il est où, l'amant? Il attend paisiblement que la mémoire te revienne et que tu lui fasses signe?

Es-tu sûre qu'il ne s'appelle pas Gaston, finalement?

Jour 7

L'Air du Temps de Nina Ricci règne dans la chambre. Elle en a mis beaucoup. La fragrance est sucrée, un peu lourde pour l'heure du jour.

Quelle idée stupide de s'asperger de parfum! Celui-là, Yolande le jurerait, doit s'allier les mères et les grands-mères. Pas les petites jeunesses.

La fidélité n'est pas toujours une bonne idée, Madeleine, tu dois pourtant en savoir quelque chose.

Comme ça, tu es venue vérifier mes progrès par toi-même? Y a-t-il quelque difficulté dont Gaston t'a chargée? Ce pauvre Gaston! Comment est-ce que je sais sans m'en souvenir que c'est comme ça qu'on dit? Ce pauvre Gaston! Comme s'il était affligé d'un handicap depuis l'enfance et qu'on n'arrivait pas à penser à autre chose qu'à son manque dès qu'on évoque son nom. Ce pauvre, pauvre Gaston!... N'est-ce pas étonnant, ma chère amie, qu'à peine sortie du coma toute ma compassion aille vers mon mari et la terrible angoisse qui doit être la sienne? Ses craintes à lui ont plus de réalité que moi, qui suis pourtant la cause du dérangement.

Et tu travailles pour lui? Bien! Nous sommes tous très liés, à ce que je vois. Annie m'a expliqué que tu étais ma meilleure amie. Ce genre de choses met du temps à se construire. On ne se proclame pas meilleure amie du jour au lendemain ! Je ne dois pas avoir une nature très généreuse, Madeleine, parce que ton parfum — et je m'en excuse auprès de son créateur — me remplit de suspicion. Comme s'il était lié à quelque trahison.

Pourquoi faire confiance à une sensation aussi futile, n'est-ce pas ?

Tu as raison, bien sûr, tu as raison, mais quand on est cloué au vide de sa mémoire, la moindre étincelle fait office de lumière. Voilà : je suis mes étincelles. Je m'y fie et je les suis.

Si tu es mon amie, comment se fait-il que tu ne me parles jamais de moi ? Ou de toi et moi ? Tu me parles de ma famille, des angoisses de ce pauvre Gaston, du travail exigeant, incessant, de tes propres sentiments à l'égard de ce qui m'arrive… Où en sommes-nous ? Nous, les meilleures amies de la terre ?

C'est un peu surfait le terme d'amitié entre nous, non ? Sans vouloir me montrer aussi brutale et insensible que je le suis, j'aimerais que tu t'en ailles, Madeleine. Qu'on ouvre la fenêtre, que j'aie froid, le temps que tes effluves s'évanouissent et que je sois laissée à moi-même — ce moi-même qui ne représente pas beaucoup. Pas encore.

Je ne t'écoute plus, Madeleine, et tu m'ennuies. Imagine si je t'écoutais !

« Ah ! Madeleine ! T'es là ? »

Ben oui, Annie, elle est là. Elle ne t'avait pas dit que ton père l'enverrait ? Tu aurais pu prendre ton temps et avaler ton café tranquillement si quelqu'un te l'avait dit, n'est-ce pas ? Et tu n'es pas fâchée, bonne pâte, tu es juste inquiète.

« Est-ce qu'il est arrivé quelque chose ? Les progrès continuent ? Ça s'arrête pas ? »

Non, non, on n'arrête pas le progrès ! Tu sens bon, Annie.

Tu sens le savon et le froid vivifiant. Aussi injuste que cela puisse paraître, je crois que j'ai une sorte d'indulgence pour toi parce que tu as la délicatesse de ne pas t'imposer par l'odeur. Comme vous le savez toutes deux, j'en suis réduite à un instinct qu'on dit animal — les principes de base, quoi! Il semble bien que l'odorat soit ma base à moi. Le nord de ma boussole.

Mon dieu, Madeleine! Te voilà bien obséquieuse! Tu t'en donnes du mal pour convaincre ma fille que tu la comprends, que tu sais ce qu'elle traverse, et à quel point elle se décarcasse pour que je ne me sente pas seule. Tu ne vois pas que tu gênes Annie? Que trop, c'est aussi déplaisant que pas assez?

Est-ce que quelqu'un peut me sortir d'ici? On s'est trompé, on m'a vraiment installée dans le mauvais environnement. Au secours! Quelqu'un! Je suis piégée, traquée au fond d'un lit!

« Je vais te laisser avec maman, Madeleine. Je pense que c'est pas reposant pour elle quand on est trop... Je veux dire, ça doit être difficile de suivre une conversation qui se passe devant elle, mais sans elle. Je sais pas... C'est une impression. Je vais aller me chercher un café. Tu veux que je t'en rapporte un? »

Allez-y donc ensemble, je vais m'arranger.

« Pas du tout. Je dois y aller, Gaston m'attend au bureau. Je suis venue tôt pour lui rapporter des nouvelles fraîches. Mais elle a bien dormi, semble-t-il, malgré ce qui s'est passé hier soir.

— Quoi? Qu'est-ce qui s'est passé?

— Ton père te l'a pas dit? Il était bouleversé, le pauvre. Ta mère a reçu la visite d'un autre patient. Un petit jeune, pas recommandable... Un violent en chaise roulante.

— Qu'est-ce qu'y voulait?

— Mettre ton père dehors de la chambre, je pense bien. »

C'est ça! Inquiète-la! Pas facile à réussir, d'abord! Ça fait du bien, Madeleine, de montrer à Annie à quel point tu es essentielle pour ce pauvre Gaston? Et comme elle compte pour rien avec son dévouement de chien fidèle. Pourquoi se donner la peine de l'appeler pour lui raconter les incidents de la journée, n'est-ce pas? Elle le saura en temps et lieu. Ça suffit, maintenant! Sortez, toutes les deux! L'affligeant spectacle de l'agneau battu me lève le cœur! Dehors! J'ai dit: dehors!

« T'as entendu ça? C'est quoi? Ça lui fait mal? »

Quoi? J'ai réussi à me faire entendre, c'est ça? En tout cas, j'ai réussi à vous la fermer.

« Elle grogne… Peut-être qu'elle tousse… qu'elle a quelque chose de pris dans la gorge. »

Ben oui, Madeleine, mon muffin de ce matin!

« On devrait peut-être appeler l'infirmière — aller au poste. C'est peut-être un appel à l'aide? »

Vas-y pas toi-même, han? Laisse Annie faire le message. Ne te dérange surtout pas, Madeleine. Reste avec moi, tu es tellement compétente. C'est sûr que si quelque chose arrive, tu veux être aux premières loges… pour pouvoir l'annoncer à Gaston. Avec ménagement!
Énerve-toi pas de même, Annie, c'est rien! Évidemment que les infirmières sont occupées: elles, elles le gagnent, leur salaire de misère!

« Comment ça, t'es pas capable de trouver de l'aide, donc? Je vais y aller, moi! »

C'est ça: suis-la maintenant, lâche pas ton maître, ma fille!

Je m'énerve vraiment pour rien. On dirait que je cherche le moyen de m'exaspérer. Ou peut-être le moyen de sortir un peu de mon exaspération. Je suis quoi, moi? Je tiens le fouet ou je le reçois? À première vue, je le tiens. Si je considère Gaston et Madeleine et leur tendance naturelle… ils vont la trouver saumâtre, la nouvelle Yolande… La Youmine à Gaston, elle ne sera pas facile à reconnaître!

Hou! Quelle autorité! Elles se ramènent avec le général en chef des armées, l'infirmière Bisaillon en personne.

Bien sûr que c'est rien — évidemment que je vais bien! Si j'osais, pendant que vous me tâtez avec tant de précision, je soulèverais ma paupière pour vous faire un clin d'œil. Vous connaissant, elles seraient dehors dans un temps record! Mais j'économise mes munitions pour des situations de réelle urgence, vous comprenez?

C'est ça, Madeleine: au plaisir! Et n'essaie pas d'extorquer des renseignements à l'infirmière Bisaillon, elle est extrêmement respectueuse du règlement. Ce serait le genre à informer Annie avant quiconque, et cela, pour la simple raison qu'elle a démontré une certaine constance dans le souci de ma personne.

«Bon! Enfin, un peu de calme!… Maman, est-ce que ça te dérangerait beaucoup que j'ouvre un peu la fenêtre? Juste un peu. Ça se peut pas, mais on dirait le printemps, ce matin. Tu sais, quand l'air change, quand y fait presque chaud, tout à coup? L'envie d'enlever nos gants quand on marche dehors, même si on sait que c'est encore l'hiver? Ça durera pas, mais ça donne envie de déboutonner son manteau. Me semble que ça te ferait du bien si tu pouvais sentir ça…»

Ce soir, quelque chose dans l'air a passé
qui fait pencher la tête;

Nous ne sommes pas le soir, monsieur Rilke, mais elle a

raison, n'est-ce pas? Quelque chose charge l'air… un relent de printemps. Un relent de jardin à faire, à nettoyer des résidus de l'hiver, à biner. Un espace qui semble inhabité et qui, peu à peu, se piquera de fleurs, de fougères et d'espoir. Oui, l'espoir est une plante. Un buisson qui fleurit tous les trois ans. Très rare, ce type de floraison. Tant de soins exigés pour si peu de fleurs. La rareté a son prix, monsieur Rilke, vous le saviez, vous qui aviez tant de respect pour les jardins.

Mais nous sommes encore bien loin du printemps.

Tu es fatiguée, Annie? Tu ne dis plus rien. Tu n'as pas eu ton café, en fin de compte. Je trouve que tu devrais faire preuve d'un peu plus d'égoïsme. Enfin, tu appellerais cela comme ça. Pour moi, ce serait du respect de soi. Je ne t'ai rien appris, c'est ça? Ta reconnaissance est-elle la preuve que je ne t'ai transmis aucune estime de toi? À l'exception de te gâcher l'existence en questions inutiles, qu'est-ce que tu viens faire à mon chevet? Espérais-tu ma mort? Sourdement, au fin fond de toi, même si la chose t'effraie assez pour ne jamais la considérer, espérais-tu que je meure et qu'enfin ton devoir de reconnaissance infinie expire? Je le comprendrais, tu sais. Ça doit peser plus qu'un hiver, cette dette morale que tu ne cesses de nourrir à mon égard. Et je ne vois pas très bien le moyen de t'en libérer. À part mourir. Comme tu sais, en dehors du Christ, on n'est pas très nombreux à le faire pour les autres. On meurt pour soi. Face à soi-même et pour soi. En dépit de soi, pour plusieurs. On meurt seul. Sais-tu que, finalement, c'est mieux comme ça? Plus simple. Parce que, dès que les autres s'en mêlent, on perd son point de vue. En tout cas, toi, tu le perdrais. Avant, moi aussi, je l'aurais probablement perdu. Maintenant, on dirait bien que rien au monde ne réussira à le faire pâlir, mon point de vue. Tu trouverais cela bien horrible de m'entendre, je le sais. Parce que c'est possible. Parce que c'est bien sûr inavouable: «Je voudrais que ma mère meure.» La phrase vaut son pesant d'or. Et ça se paye longtemps. Longtemps après que le souhait s'est réalisé, j'en suis certaine. On le dit quand on est très jeune, très fâché. On la crie, la phrase assassine qui ne tue personne. Heureusement. On se surprend à l'intégrer loin, très loin dans soi, à ne plus l'entendre, presque. Mais elle est là. « Je voudrais que ma mère meure. » Quand on n'en peut plus, quand le poids se fait trop lourd sur notre dos, quand on étouffe, scié par la puissance de cette présence, par son exigence tyrannique, quand on a le cœur écrasé de ne pas arriver à offrir à sa mère ce qu'elle nous jure qu'on possède : sa joie. Comment peut-on être si inapte à lui donner un peu de bonheur et arriver à vivre quand même ? On n'y parvient pas, Annie. On trébuche sur le premier obstacle, on prête foi à la première critique et adieu, le plaisir et la joie ont fait leurs valises ! Reste la solide, l'indécrottable culpabilité. Et le bonheur n'est plus que l'instant où celle-ci relâche légèrement son emprise. Quand on est très malheureux, Annie, la dernière idée qui nous passe par la tête, c'est que ça puisse être notre faute. On a été élevé par des mères qui attendent de nous le tribut du bonheur, des mères qui nous confiaient cette mission en la sachant empoisonnée. Comment ne pas faire fructifier un tel enseignement et ne pas remettre notre félicité entre les mains de nos enfants ou des autres ? Il ne faut pas s'étonner que, de temps en temps, abattu par l'ampleur de la tâche, on souhaite la disparition du despote. J'essaie de te dire que, bien que légitime, ton souhait n'arrangera rien. Si tu ne fais rien pour toi, ce n'est pas le hasard ou le destin qui va arranger les choses. Tu es seule, Annie. Et beaucoup trop dévouée. Je n'ai pas besoin de toi, et tu n'as plus besoin de moi. Le compte entre nous est à zéro. Tu ne me dois rien. Je ne t'ai pas sauvée. Je ne t'ai pas arrachée à un sort effroyable. Si ce n'avait pas été moi, quelqu'un d'autre — tiens ! Madeleine, pourquoi pas ? — quelqu'un d'autre aurait pris cette place. Ton père ne doit pas être capable de regarder sa solitude en face. Et il n'était certainement pas en mesure de prendre soin tout seul d'un enfant. Alors, disons que s'il ignorait sa première incapacité, il connaissait parfaitement la seconde. Et il a agi en conséquence. Rendons grâce à Dieu. Fin du discours. Cout donc, dors-tu ?

Au risque d'être vue de sa fille, elle ouvre les yeux. Devant elle, le pauvre oiseau qui l'appelle « maman » grignote un muffin. Du bout des doigts, elle en détache de minuscules morceaux qu'elle porte à sa bouche rêveusement, l'air ailleurs, sans appétit presque.

Ce n'est pas une goulue, sa fille. Maigre. Comme si la nourriture ne s'accrochait pas à son corps. Ou alors, elle se contente de pignocher comme ça depuis qu'elle est née. Son visage est ingrat. Le teint plutôt terne, le nez un peu trop large à sa base, rien pour démolir une façade, mais une sorte d'absence qui rend la tête inintéressante. Elle a probablement l'air plus vieille que son âge. En fait, on la dirait sans âge.

Tu as apporté ton lunch ? Tu ne veux plus prendre de risques et descendre le chercher ? Steve t'a fait peur, à toi aussi. Né pour terroriser la famille. Je l'apprécie, moi. Pas pour cette raison. Quoique… c'est agréable de voir quelqu'un agir comme on n'ose pas le faire. Aimerais-tu faire peur à ton père une fois dans ta vie, Annie ? L'affronter ? Le provoquer ? Ça te ressemble si peu. Qu'est-ce qui te ferait plaisir ? Vraiment plaisir ? Qu'est-ce qui allumerait la petite lumière au fond de tes yeux et qui soulèverait le voile d'absence qui couvre ton visage ?

Que je fasse tes devoirs avec toi. Voilà ce qui te plaît. Que je m'assoie près de toi et que, pendant une heure, on fasse ensemble les leçons et les devoirs.

Pourquoi en suis-je certaine ?

Est-ce que j'étais une maîtresse d'école ? Est-ce que j'enseignais à des petits bouts plus ou moins affamés d'apprendre ? Pourquoi ai-je la certitude que les devoirs étaient ma grande spécialité ? Tu peux me le dire ?

Bon ! Enfin, tu me regardes ! Non, non, tu n'as pas la berlue, je suis là. Hou… la tentation d'aller chercher de l'aide — difficile de savoir quoi faire, n'est-ce pas? Ne regarde pas la porte de la chambre, regarde-moi! C'est ça… Viens près de moi. Veux-tu laisser faire les graines de muffin pour une fois dans ta vie! Que tu es de l'ouvrage, ma fille! Bon, vas-tu finir de ramasser? L'envie va me passer, j'aurai fermé les yeux et t'auras perdu l'occasion. Tu remarqueras que je ne dis pas le «momentum», qui est un anglicisme dont on use avec fierté, croyant sans doute parler latin!

Sans vouloir t'insulter, tu es tout à fait le genre à rater le moment propice. La jouissance synchronisée, tu n'as jamais dû voir ça, toi! C'est bon pour les films où la fille n'est de toute façon pas crédible, n'est-ce pas?

Alors, tes yeux sont bruns? Arrête de pleurer! On ne s'est encore rien dit et moi non plus, je ne crois pas en savoir bien long sur la jouissance synchronisée. Alors? Me reconnais-tu? Parce que de mon côté, c'est non. Ton visage ne me surprend pas, mais je ne le rattache à rien. Est-ce que tu aimais faire tes devoirs avec moi? Annie, mouche-toi et parle pour qu'on te comprenne!

«Tu me regardes? Tu me regardes vraiment? As-tu besoin de quelque chose? As-tu mal? As-tu froid? Veux-tu que je ferme la fenêtre?»

Bon sang! On n'est pas sorties du bois! Respire un bon coup et baisse tes épaules, pour l'amour! Tu dois pourtant le voir que je te regarde tranquillement… j'ai vraiment l'air si souffrante? Excuse-moi, c'est ta réaction qui me désole.

«Ah! Mon Dieu, maman! qu'est-ce que je suis supposée faire?»

La question, toi! C'est pas la première fois que tu te la poses, celle-là! On va jouer aux charades, Annie. Je peux juste répondre par oui ou non. Pas de développement, pas d'explication, on se comprend?

« Es-tu vraiment là, ou c'est une sorte de réflexe ? »

T'as bien compris, y a pas à dire !

« Maman, tu peux pas savoir comme ça me soulage de te voir les yeux ouverts ! »

On laisse tomber la charade, d'accord ?

« Es-tu bien ? »

Ah bon ! Y a comme un petit délai, à ce que je vois ! On s'y met, alors ? Bien est un grand mot, mais je ne souffre pas.

« T'as répondu, là, c'est ça ? Tu me réponds ? »

Je confirme, Annie, mais je ne le ferai pas à tous les coups.

« Oh ! Mon Dieu ! Tu réponds ! Tu parles ! »

D'après moi, c'est une exclamation, un commentaire qui ne demande aucune réponse. Je passe.

« Veux-tu que j'appelle papa ? »

Certainement pas !

« Ou Madeleine ? Elle était ici tantôt. »

Pourquoi tu penses que je faisais semblant de dormir ?

« Ça veut-tu dire non quand tu fais rien, maman ? »

Oui ! Voilà, tu y es ! Pas si compliqué, finalement !

« Te souviens-tu de l'accident ? »

Tu veux vraiment parler de ça ?

« Y a-tu des choses que tu veux savoir ? »

Oui, mais ça va être du sport, les devinettes.

« Sur l'accident ? »

C'est du passé. Ça ne m'intéresse plus.

« Sur ton état ? »

Pas vraiment, non. Je reçois l'information à mesure que j'arrive à la digérer, je pense.

« Sur papa ? »

Quelle obsession ! Étais-je si accro ?

« As-tu peur, maman ? »

Peur ? Quelle idée saugrenue… J'arrive de l'autre bord, j'ai fréquenté le grand rien pendant des semaines, de quoi veux-tu que j'aie peur ? De la mort ? De la vie ? De l'ennui ? Je suis probablement la mieux placée pour ne plus avoir peur. Quand on ne dépasse pas le cadre strict de l'instant, on ne peut pas tellement avoir peur. Et puis, tu sais, les choses m'atteignent moins qu'avant. Les priorités ont changé… tiens ! Voilà une phrase empruntée. À ton père, non ?

« Es-tu bien installée ? Tes oreillers ? »

Oui, oui. Fais pas ça avec moi !

« Tu peux pas savoir le soulagement que c'est d'avoir une réponse ! »

J'en ai une petite idée, oui.

« Pourquoi tu fermes les yeux ? T'es fatiguée ? Déjà ? Tu veux te reposer ? »

On va dire ça comme ça, Annie. Je suis à peu près certaine que ce n'est pas aujourd'hui que tu vas me dire si tu aimais faire tes devoirs avec moi.

* * *

« C'est rendu qu'y faut prendre un numéro pour venir te voir ! Crisse, sont toutes après toi ! Es-tu sus l'bord d'être guérie ? Fais pas la folle, Yo, crisse-moi pas là ! On a du fun, toué deux, on se comprend ! »

Tu parles ! Tant que je ne dis pas un mot, on s'entend comme larrons en foire. Rien que l'expression, si je te la disais, susciterait un malentendu. C'est pour dire comme on s'entend.

« Finalement, ta fille est plus *cool* qu'a n'a l'air. Est pas plus belle, mais est plus *cool*. »

Tu te meurs d'envie que je pose des questions, toi ? Mais encore ?

« Rouvre tes yeux, si tu veux le savoir ! Bon ! Là, tu jases ! On s'est parlé, elle pis moi. Après-midi, quand tu ronflais. Ben non, tu ronfles pas, j'voulais voir si t'écoutais. Chus rentré, pas de bruit, rien. A l'a faite un maudit saut quand qu'a m'a vu. J'ai mis mon doigt sur mes lèvres pour faire "chut", pis je t'ai montrée. Tu sais ben, pour dire : réveille-la pas ! A l'avait peur, mais a voulait pas te réveiller. J'y ai dit qu'on s'entendait ben toué deux, que tu m'aimais ben, que j'te prenais soin — des affaires de même. Jusse c'qu'y faut pour qu'a capote pas comme ton gros crisse. C'est sûr que c'pas le genre à faire des farces. Est stressée en crisse ! Je sais pas ce qu'y y ont dit au poste, mais elle a l'air de penser que tu vas crever dans pas longtemps. J'y ai dit d'arrêter de capoter avec ça, que t'étais comme du béton : pleine de craques, mais encore bonne pour un boutte. »

Merci. C'est exactement comme ça que je m'imaginais. C'est une confirmation très réconfortante. Annie a dû apprécier.

« Sais-tu quoi, Yo ? Ta fille… a ressemble à ma mère. A fait pareil qu'elle. Tu sais ben : la tête qui rentre dins épaules. Ouain… même affaire ! A l'a peur tout le temps. On dirait qu'y a rien pour la rassurer. Comme si y étaient parties de même avec la peur de toute, pis qu'un coup parti, c'est pas arrêtable. A devait pas être malcommode, han ? T'en as pas arraché avec elle, c'est sûr. A l'écoutait-tu la T.V. ? Même pas, je gage. Crisse de vie plate ! T'as peur, pis t'as peur. Pis après, quand t'as une minute, t'as peur. *That's it* ! »

Ce que j'aime avec toi, Steve, c'est ton sens de la formule.

« Faudrait qu'a relaxe un peu. Faudrait que tu y parles, Yo… »

Pardon ? C'est quoi, ça ? Une tentation à la mère Teresa ? Où tu vas comme ça, Steve ? Je ne te suis pas très bien…

« Déjà qu'est pas grosse… »

C'est quoi le rapport, exactement?

« Ben quoi! Regarde-moi pas de même! À force d'avoir peur, y ont pus envie de rien. Le jour où a voudra pus regarder la T.V., tu sauras pus quoi faire. M'a t'dire de quoi: y va être trop tard! Tu l'auras pas vue venir! Pantoute!»

Mais de quoi tu parles, Steve? Hé! Tu vas où, là? Ton message est livré, tu te sauves? Qu'est-ce que toi, t'as pas vu venir? La mort de ta mère? Elle est morte de peur, c'est ça? Elle ne regardait plus la télé, elle ne mangeait plus, elle était maigre comme Annie? Elle s'est laissée mourir et tu ne l'as pas vu? Steve, arrête de rouler ta chaise comme ça, c'est étourdissant! Tu restes ou tu t'en vas? Mais tu es furieux! Tu fulmines! Qu'est-ce que tu veux que je fasse? Tu oublies que je suis du béton coulé dans un lit. Viens ici. Arrête un peu!

« On se la gèlerait-tu, la bette, à soir? Crisse! J'vas leur dire que j'dors pas ou ben que ça m'fait mal. Une petite Vicodin ou deux, pis t'es t'en *business*. Crisse! On est chez le *dealer*, on va pas se priver, certain!»

Elle est morte. Arrête de t'en faire avec ça. T'es comme Annie, tiens! Pas si relax que ça, Steve. Tu tournes autour de ta mère comme une mouche autour d'un cadavre. C'est fini. Lâche-la un peu. Arrête de brasser ta vieille soupe. Ça ne donne strictement rien. Je veux pas avoir l'air insensible, mais ça m'ennuie un peu ce genre de discussion. Je l'ai eue ce matin même avec Annie. Tout ça juste parce que t'avais envie que ta mère meure… et qu'elle l'a fait. C'est surprenant, je te l'accorde, mais c'est tout. Regarde plutôt comme le soleil se couche dans la chambre. Regarde: c'est d'un rouge profond, incroyable!

« C'pas parce que j'sais pas lire, c'est parce que c'tait pas lisable, son crisse de mot ! Y était trempé ! Même pas capable de tasser le mot ! Qué-cé que ça y coûtait de faire ça de l'aut'bord du lit ? Si a l'avait pris la peine de l'écrire, c'tait toujours ben pas pour que je le jette ! Qu'est-ce que tu voulais que je fasse, crisse ? Y était comme une *napkin* salie : on voyait rien. Même la police voyait rien. J'leu-z-ai dit, moi, crisse : ça devait être écrit *J'ai peur. Bye ! Maman.* Pas de danger qu'a fasse ça de l'aut'bord du lit… »

Il est tellement beau dans le soleil couchant. Un animal aux abois. Fou, éperdu de douleur, tout en tension musculaire et sans aucune larme. Rien que la violence foudroyante du regard qui fait écho à la violence de la morte. Elle s'étonne de ne ressentir rien. De pouvoir lire la douleur, de la recevoir et de ne pas la ressentir. D'y décoder même la beauté. Rien — le béton tient la route, Steve. J'assiste à ta mise à mort. C'est toi, le taureau. Et je comprends bien que c'est de torture qu'il s'agit. Mais mon cœur ne bronche pas, mon cœur est tranquille. Je constate que toute la douleur du monde t'étreint sans m'atteindre. Sous mes yeux, dans ce couchant fabuleux qui barbouille tout de rouge, je demeure calme.

Le soleil s'est noyé dans son sang qui se fige…

Tu sais comment Baudelaire a intitulé ce poème ? « Harmonie du soir ».

* * *

La nuit est inhospitalière. Surtout sans Steve pour la distraire avec ses pirouettes et ses acrobaties verbales. Elle ne dort pas. Elle écoute les bruits feutrés, les gémissements lointains des malades, elle écoute l'humanité en marche et elle essaie de faire le point.

Il a raison, Steve, de plus en plus de gens fréquentent cette chambre et il est bien difficile d'avoir un peu de paix.

Il n'y a pas si longtemps, le coma la tenait dans une bulle

étanche que personne n'arrivait à percer. Ni le son ni la lumière. Les malheurs de l'humanité coulaient sur la bulle et rien n'en traversait les parois.

Le petit noyau dur de son lit : âpre à l'extérieur, velouté à l'intérieur. Pourquoi serait-elle pressée d'en sortir ? Pour aller faire la queue avec tout le monde dans la file de l'espoir ? L'espoir de quoi ? D'un peu de quiétude — d'un peu de coma bienfaisant. Comme le dit si bien Steve : on habite chez le *dealer*, on ne va pas se priver.

Elle ouvre les yeux et observe sa chambre. La lumière est si tamisée qu'au-delà du cercle de son lit les contours de la chambre disparaissent. Elle soulève sa main gauche — celle qui n'a pas de perfusion — vers son visage.

Elle est droitière, elle le jurerait. Ce n'est pas sa main habile. À moins qu'elle n'ait perdu toute dextérité, ce qui est bien possible. Usée. La main est usée, pas encore plissée, mais déjà abîmée par le temps. Les ongles sont coupés — merci, Élisabeth — les doigts sont longs, minces, et les jointures ne forment pas de nœuds disgracieux.

Quel âge a-t-elle ?

À l'intérieur, les lignes se croisent, la paume est légèrement dodue, pas encore tassée comme pour les mains décidément vieilles où la chair a fondu et où ne subsistent que la peau et les os. Les lignes de sa vie. Elle ne peut rien y lire, voilà un alphabet qu'elle n'a pas appris. De toute façon, même quand on sait lire, on apprend peu. Que saurait-elle conclure de la connaissance de sa vie ? Aussi peu que ceux qui la fréquentent ? Que saurait-elle de plus, si la mémoire lui était rendue ? Probablement comment se perdre un peu mieux dans le dédale des insignifiances qui l'occuperaient et la préoccuperaient.

Sa main retombe sur le drap. Pourrait-elle le repousser et regarder le bas de son corps ? Même cette curiosité la fuit. Maintenant qu'elle sait que la routine physique est assurée par les tubes, elle n'a aucune tentation de constat visuel.

Savoir suffit, inutile de voir en plus!

La voilà bien humaine, ce soir. Prête à fuir, à fermer les yeux.

Combien de temps encore avant que sa souveraine indifférence ne s'altère et ne s'abîme dans le labyrinthe des émotions?

Elle revoit la valse affolée de Steve dans la chambre rougie de couchant — son visage où les yeux cherchent désespérément une issue. Comme si toute la douleur du monde écrasait les os du visage et que les yeux cherchaient à fuir leur orbite.

Combien de temps encore avant que la torture d'être et de vivre ne la rattrape?

Elle est comme une amibe au fond d'un lit. Une masse respirante qui frétille sans frissons. Une masse dont l'esprit erre d'un indice à l'autre sans faire le lien lumineux qui résoudrait l'énigme.

Elle non plus n'a aucune aptitude pour les charades. Comme Annie.

Dans son univers étroit que peu de gens traversent, elle sait déjà qu'Annie et Steve demeureront et que Gaston et Madeleine n'ont aucune chance.

En admettant que la fréquenter soit une chance… Ce sur quoi elle se permet de nourrir un doute.

Qu'est-ce que le spasme de vivre

Nelligan, bien sûr. L'homme des grands moments désespérés où tout vacille avant de s'abîmer.

Vue de son lit, de ce radeau encore intouché par les intempéries, la vie prend des allures de spasme, en effet. Douloureux, inquiet, satisfait ou vaniteux, selon qui le respire, mais spasme tout de même.

Elle sent bien que les sauveteurs sont au large, prêts à la forcer à monter sur leur navire performant. La science la sauvera et l'humanité l'achèvera. Comme tout le monde.

Est-elle censée crier de joie à la vue des sauveteurs? Elle se mettrait à faire des gestes pour leur signifier de s'éloigner qu'ils la croiraient en train de les appeler. Voilà une contrée où mourir en paix n'est pas de mise. La vie est une excursion qu'on ne doit pas quitter en souriant. Cela met tout le monde mal à l'aise.

Dommage! Parce que cette disposition d'esprit où mourir lui semble léger et simple ne durera pas. Après, quand elle aura le fil à la patte et l'espoir chevillé au cœur, on pourra lui annoncer la fin du voyage et obtenir la satisfaction de la voir s'en désespérer.

Cruauté? Sadisme?... Non, simplement, terriblement humain. Humain à faire peur.

La lumière change, le jour va se lever. Une nuit blanche. Ce qui est nouveau pour elle, c'est la conscience que sa nuit n'a pas servi à dormir.

Qu'est-ce que le spasme de vivre

Lentement, elle tourne la tête vers la fenêtre — le jour sera gris. Et neigeux.

Pour demeurer avec Nelligan, sans doute. *Jardin de givre...* Encore un jardin. Rilke, Nelligan, Saint-Denys Garneau...

Alors, qu'est-ce qui lui prend de vivre
Et pourquoi ne s'être pas en allé?

La question est parfaite, monsieur de Saint-Denys Garneau.

Elle s'endort avant de voir les premiers flocons se poser sur la vitre.

Jour 8

«Vous faites des pas importants, ces jours-ci. Tout se passe fort bien. Je vois que vous comprenez parfaitement ce que je vous dis. Pour la suite, on va accélérer la physiothérapie, on va vous faire voir par l'orthophoniste, et le docteur Cantin, votre neuropsychologue, reviendra bientôt. Tout se passe bien, ne vous inquiétez de rien. D'après moi, vous allez commencer à vous alimenter dans une couple de jours. Et vous allez voir que tout va se précipiter. C'est comme les premiers pas, une fois qu'ils sont faits, le reste suit très rapidement.»

Sauf que je n'ai pas treize mois et que mon champ d'expérimentation n'est pas neuf.

«La mémoire? Ça bouge? Par bribes? Oui, c'est ça, par bribes. Normal, tout est normal. La mémoire, vous savez, c'est l'aspect le plus fluctuant de la rémission. Ça dépend vraiment de chaque personne. Il y en a qui retrouvent tout, et d'autres qui gardent des trous, des absences. C'est variable et la seule règle, c'est qu'il n'y en a pas!»

Vous vous trouvez comique, vous? Je vais vous la donner, la règle. Et ça ne sera pas plus cher: ça dépend du passé. Ce n'est pas une réticence que j'ai, c'est du refus. Pour une fois qu'on m'offre la chance d'effacer le récit de ma vie, je ne vais pas la rater! Plus le passé du patient est terne, plat, sans accident, et plus la mémoire peine à le retrouver. Normal, comme vous dites. Considérant la platitude de ma vie et de mes choix, tout se passe très bien.

« Voilà la physiothérapeute. Je vous laisse à vos efforts, madame Mailloux. En dehors des souffrances que cette jeune dame va vous infliger — pour votre bien — vous n'avez pas mal? Bon! Je vous laisse. Remettez-nous-la sur pied, Julie. »

C'est qu'il est taquin, le docteur… Plein d'esprit et d'amabilité, n'est-ce pas, Julie? Il vous apprécie beaucoup, vous savez. Il ne sait pas le nom de tous les physiothérapeutes par cœur. Le mien, il baisse toujours les yeux sur le dossier avant de le prononcer, vous avez remarqué? Une vérification nécessaire. À force de vouloir personnaliser le rapport, il arrive qu'on oublie qu'on a changé de chambre. Normal, tout est normal. Hé! Doucement, ma belle Julie, j'ai pas dormi cette nuit, moi!

* * *

Ce qu'il y a de bien avec sa « reprise musculaire », c'est qu'elle peut maintenant dégager sa main de l'emprise de celle de Gaston. « Décolle! » serait la formule qu'elle choisirait si la parole était récupérée. Comme le lui a expliqué l'orthophoniste: cette partie de l'échange sera pour plus tard. Il faut tout reprendre à la base.
« T'aimes mieux pas, c'est ça? J'ai peut-être les mains froides… On y pense pas, c'est fou. Pour toi, ça doit être très important. Le froid, ça saisit. »

Exactement, mon Gaston. C'est habituellement comme ça que ça se passe: ce qui est important pour moi, tu n'y penses pas. Pas par négligence, par ignorance, Gaston. Le démon de

l'ignorance, mère de toute violence. Enfin, on y reviendra peut-
être un jour. Qu'est-ce que tu me racontes?

« … veux pas que tu penses que ça l'a le moindre risque de
reprendre un jour. C'est fini et bien fini. Tu ne peux pas savoir
comme la possibilité de te perdre m'a remis la pendule à l'heure! »

Tu as dit: « Ça l'a »? Tu ne m'épargneras vraiment rien, c'est
bien ça? « Ça l'a », oui… Ça l'a tellement plus de classe que « ça
a ». Ça l'a pas de bons sens comme tu me tombes sur les nerfs,
Gaston! Ça l'a quelque chose de… pardon? Quoi? Es-tu en
pleine séance de confessionnal, toi?

« … J'ai décidé de tout te dire quand le docteur Therrien m'a
expliqué qu'un choc physique à la suite d'un choc psychologique,
ça… ça l'aide pas, si tu veux. À retrouver sa mémoire. À cause de
ce qu'on retrouve, tu comprends? »

Laisse-moi pas te dire ce que je comprends, Gaston, parce
que ça l'aura pas d'allure comme tu vas haïr ça!

« On peut pas dire que je t'ai ménagée, ce soir-là. C'est niaiseux, je sais même pas pourquoi je t'ai dit ça, j'avais pris un verre,
j'étais fâché, pis Madeleine poussait de son bord… tirait, je veux
dire. Ça te donne une idée comment j'étais pas décidé vraiment:
Madeleine arrêtait pas de me demander de te parler. De te le dire.
C'est pas pour rien que je voulais pas t'en parler: ce qu'on sait
pas fait pas mal, han? J'étais presque décidé à rester, à pas m'em-
barquer plus loin avec Madeleine. Elle m'a mis de la pression
parce qu'elle sentait bien que je lui échappais. Que, finalement,
j'hésitais trop pour que… j'hésitais trop pour qu'elle… voyons,
comment je pourrais bien dire ça?… C'est pas mal bizarre de te
parler sans avoir de réponse. Pas facile de savoir si tu suis, si tu as
besoin du contexte et tout… »

Pour ce qui est du contexte, Gaston, inquiète-toi pas. C'est tellement convenu, tellement horriblement ordinaire et ennuyant, tes aveux, que même sans contexte, n'importe quel imbécile fini suivrait. Alors, résumons-nous : le soir de l'accident, tu m'as donc annoncé que tu me quittais pour Madeleine — je saisis bien ? — et là, aujourd'hui, tu m'annonces que tu me gardes. Eh bien ! j'ai des petites nouvelles à t'annoncer, moi aussi : quels que soient tes sentiments et leur grandeur, quelles que soient tes décisions et tes réflexions, le demi-cadavre, qui l'est par tes soins, ne fréquentera plus jamais le même espace que toi. Pas parce que tu m'as trompée avec Madeleine, pas parce que tu as parlé de me quitter, non, parce que tu es nul, Gaston, parce que c'est gênant de penser que j'ai quelque chose à faire avec toi. Gênant, humiliant, si tu veux. Parce que les bouts de vie que j'ai en commun avec toi, je payerais pour qu'ils ne me reviennent jamais en mémoire. C'est te dire comme tu ne fais pas partie de mes projets d'avenir. Je ne peux même pas imaginer me soucier d'une chose aussi tarte que tes infidélités. Quand je te regarde, Gaston, je vois l'incarnation de la médiocrité. Il y a une distance immédiate qui se crée entre toi et moi. Et plus tu t'approches, et plus la focale recule — *zoom out*, Gaston ! C'est devenu un automatisme : tu ne peux plus être autre chose qu'éloigné pour moi. Et, éloigné, si tu savais comme tu deviens petit ! Si petit, si dérisoire, tu ne le croirais pas toi-même !…

« Quoi ? Pourquoi tu me regardes de même ? Tu m'en veux ? Tu es triste ? J'ai jamais arrêté de t'aimer, Yolande, jamais. Y faut que tu me croies… »

Seigneur ! Pitié, quelqu'un ! Faites-le sortir d'ici ! Il me salit, il me couvre de clichés, il veut que je sache quelle pitoyable imbécile j'étais ! Ne m'apprenez pas que je m'accrochais à lui. Pas lui ! Pas cette caricature d'homme. La honte va me tomber dessus. Ça y est, je suis écrasée de honte.

« … je t'aime et personne… Qu'est-ce qu'il veut, lui ? Excuse-moi, Yolande, mais c'est le fou d'hier qui vient de se stationner devant l'entrée de ta chambre. Laisse-moi juste fermer la porte… Il viendra pas nous déranger, certain ! »

Non ! Steve, viens ! Entre, je t'en prie ! Empêche-le de continuer, libère-moi de son insignifiance !

« Salut !

— Excuse-moi, mais c'est pas ta chambre, ici. Veux-tu, s'il te plaît, dégager l'entrée ? Je veux fermer la porte.

— Salut, Yo. Ça va ?

— Tu vois pas que tu déranges ? Si tu sors pas tu-suite, je vais te sortir, moi !

— Ouain ! Sors-moi donc !… Pousse donc sus ma chaise, est bloquée, comme. »

Elle voit Gaston hésiter et Steve le regarder avec des yeux pétillants de plaisir anticipé.

Gaston, déstabilisé, inquiet de paraître insensible, lui adresse un petit signe pour lui demander d'attendre la seconde que prendra la manœuvre.

Il saisit les poignées de la chaise et pousse pour la faire pivoter vers la sortie. Steve tient fermement les roues et empêche tout mouvement. Gaston n'est pas dupe et il inspire bruyamment en poussant une deuxième fois de toutes ses forces.

Steve, hilare, ravi, le fixe : « Ben, voyons ! T'es ben moumoune ! Y est moumoune, han, Yo ? »

Le rire prend son élan au fond de son ventre, il monte à mesure que le rouge gagne la tête dégarnie de Gaston qui pousse maintenant furieusement, ahanant, crispé, humilié. Elle voudrait éclater de rire, mais ça ne sort pas : le son reste aussi coincé en elle que la chaise dans les mains de Gaston. Elle est secouée de tremblements, seule manière dont son plaisir s'extériorise. Elle rit tellement que les larmes lui montent aux yeux, coulent sur ses joues.

Quand Steve lâche brusquement sa résistance, la chaise est projetée en avant jusqu'à son lit et Gaston s'étale de tout son long, face contre le plancher. Elle n'en peut plus, elle ouvre la bouche et le son rauque de renvoi de lavabo qu'elle émet réjouit Steve qui hurle en riant : « Crisse ! Tu ris-tu ou ben tu rotes ? »

Gaston se relève, il charge vers la chaise : « Toi, mon… ! »

Elle fait signe à Steve de déguerpir en exhibant un pouce relevé : son numéro est une réussite totale.

Steve sort à toute vitesse en clamant : « A rit ! Je l'ai faite rire, crisse ! »

Gaston ferme la porte, il s'approche, l'œil inquiet, la mine soucieuse : « Mais ! Tu pleures… Ma Youmine, tu pleures ? »

* * *

C'est une toute petite main, une main de poupée en plastique qui émerge du sable. Comme pour dire au revoir avant de s'y enfoncer à jamais. Ou alors, pour demander de l'aide. Elle ne sait pas. Autour d'elle, l'infini du désert blond, chaud, sablonneux. Devant elle, cette minuscule main. Elle se penche et la saisit. La main lui reste entre les doigts. Effrayée, elle recule et trébuche. Elle tombe dans le sable. Sous ses mains, quelque chose bouge. De partout autour d'elle, les mains surgissent, toutes aussi petites que la première. Elles sont maintenant des centaines, comme autant de minuscules drapeaux piqués dans le sable.

Elle décide d'aller y voir de plus près, s'empare d'une main : le bras de poupée est court, courbé et détaché. Elle constate qu'il y a une partie en relief, une sorte de piston qui devrait s'accrocher au trou laissé dans le tronc de la poupée. Pas de corps en vue.

Que des bras et des mains qu'elle rejette dès qu'elle les a extirpés du sable. Rien n'est normal. Comment peut-on avoir enfoui autant de membres sans jamais avoir ajouté le corps ? Où sont les poupées ? Où sont leurs corps ?

Elle s'épuise à courir d'un côté et de l'autre, elle s'épuise en impatience, en incrédulité. Elle est de plus en plus fâchée. Quelqu'un se moque d'elle. Quelqu'un lui a tendu ce piège. Elle est furieuse, maintenant. Les bras forment un amoncellement hétéroclite. Elle donne un coup de pied dedans et est étonnée de ressentir la mollesse de la chair, sa chaleur. Ce sont de vrais bras, en chair et en os. Des bras humains empilés là pour la terroriser. Des bras qui rampent pour reformer la masse épouvantable. On dirait un bûcher. Elle sait que l'horrible va se produire et elle recule, elle recule, pour se mettre en sécurité — jusque dans le réveil.

Chapitre deux

Se mouvoir

«Annie, je vais te demander une chose que tu ne comprendras peut-être pas. Mais elle est importante à mes yeux : ne me parle plus ni de ton père ni de Madeleine. Et ne crois surtout pas que c'est parce que ça me fait souffrir. Je me fiche complètement de ce qui peut leur arriver ou de ce qu'ils ressentent. Et s'il t'était possible de ne pas leur donner de mes nouvelles, j'apprécierais.»

Annie la fixe en silence, atterrée.

Depuis que sa mère a franchi l'étape où toute parole se réduisait à ânonner, depuis que sa pensée s'exprime et ne permet aucun doute quant à sa clarté, Annie est de plus en plus muette.

Elle s'attendait à ce que sa mère soit changée, altérée par le coma et la longue convalescence, mais rien ne la préparait à cette transformation radicale où tout ce qui subsiste de la femme qu'elle a connue est l'enveloppe charnelle. Et encore… Yolande a fait couper ses cheveux qu'elle ne teint plus, et la gymnastique quotidienne a redressé son corps. Ses cheveux sont nettement gris, mais elle paraît plus énergique, plus tonique que jamais.

«Je ne comprends pas, maman, ils sont très malheureux de ce qui s'est passé… Tu ne peux pas leur pardonner?

— Leur pardonner, Annie? Jamais de la vie! Je les remercie à genoux. Rien de mieux ne pouvait m'arriver. Pourrais-tu m'appeler Yolande?»

Encore une des lubies de sa mère! Sous prétexte que le rôle

était d'adoption, sous prétexte que le poste est devenu caduc, Yolande veut maintenant être appelée Yolande.

« C'est difficile pour moi et ça me fait de la peine, maman. »

Yolande la considère d'un œil agacé. Combien de fois ce regard a-t-il glacé Annie depuis quelques mois ? La douche a été brutale pour elle : sa mère est passée du statut de mourante comateuse à celui de femme rebelle en l'espace de trois mois. Ne pas avoir retrouvé la mémoire a scellé son sort : puisqu'elle n'avait plus aucune référence, elle a préféré suivre son penchant dominant qui, depuis, est celui de la révolte. De tempérament plus conciliant — sa mère dirait plus servile — Annie essaie maladroitement de suivre et de protéger Yolande, qui est devenue une furie. Elle s'est vite aperçue que, pour capter l'attention de sa mère, elle avait intérêt à éviter les détours et autres ménagements. La vérité, même crue, surtout crue, était tout ce qui importait à cette femme amaigrie et diminuée. Et la vérité n'était pas simple pour Annie. Les débats intérieurs dans lesquels les exigences de sa mère la plongeaient duraient beaucoup plus longtemps que les rencontres où ils prenaient naissance.

Annie se surprenait à malmener Yvon et Corinne, à refuser de répéter constamment ce qui avait été entendu et, surtout, elle écoutait de plus en plus le discours de son père avec la grille d'analyse de sa mère en tête. Le résultat était navrant pour celui-ci. La technique avait malheureusement tendance à contaminer ses rapports conjugaux. Cette partie-là des effets de la maladie de Yolande, Annie les dissimulait soigneusement. Après une seule rencontre avec Yvon, sa mère avait déclaré qu'il ne l'intéressait pas et que, ne l'ayant pas épousé, la séparation se ferait sans déclaration de sa part. Aux yeux d'Annie, il s'agissait d'un rejet pur et simple de sa personne. Yvon, pour sa part, croyait encore que les absences de rencontres tenaient aux hasards de la vie et de la rééducation de sa belle-mère. Annie ne désirait pas que sa mère analyse ses relations conjugales en deux phrases expéditives assenées comme des balles de squash. Elle soustrayait tout ce qu'elle pouvait au regard aigu de Yolande, espérant que les contours finiraient par s'arrondir. Tout, sauf sa personne.

Elle voit sa mère peser le pour et le contre silencieusement. Elle sait déjà que Yolande a des arguments indiscutablement justes pour exiger que cesse la «comédie du maman». Mais si elle ne peut plus l'appeler maman, elle craint de ne plus pouvoir lui rendre visite. Pour elle, ce mot représente la raison principale de sa constance et de sa persévérance à aider une femme aussi peu reconnaissante. Il fut un temps — dont sa mère ne se souvient pas — où Annie avait bénéficié d'une mère de remplacement. Cette mère avait récupéré les fragments éparpillés de sa personne et elle les avait recollés un à un, jusqu'à ce qu'elle soit en mesure de fonctionner à nouveau.

Cette deuxième mère, la bonne, la vraie, elle s'appelle maman et non pas Yolande. Cette deuxième mère, Annie la trouve aussi dispersée intérieurement qu'elle-même l'était à cinq ans, et elle estime que sa dette d'affection va à maman. Pas à Yolande.

Le silence l'épuise. C'est pire que parler, pour elle. Elle soupire : « Tu m'en demandes beaucoup.

— Bien sûr… Tu fais comme tu veux, Annie. Tu peux espacer tes visites. »

Annie se dit que ce doit être un truc que sa mère a appris à l'hôpital : elle lui remet sur les épaules la responsabilité de ses visites et elle fait comme si elle n'en avait pas besoin. Mais qui l'aiderait à faire ses courses, à préparer ses repas ?

« Est-ce qu'on peut revenir à la première question ? » Yolande précise, devant l'air perdu d'Annie : « Ton père… »

Accablée, Annie ouvre les bras : « Comment je vais faire quand il va me demander comment tu vas ?

— Tu vas dire : Yolande ne veut plus que je te parle d'elle. C'est facile ! Il va être tellement insulté que ça me surprendrait qu'il te pose d'autres questions.

— Blessé, tu veux dire. Ça va le blesser terriblement. »

Yolande la regarde encore en silence. Après mûre réflexion,

elle lui dit : « Tu as raison, Annie, c'est comme ça qu'il va le voir. Tu n'auras rien à dire. Je vais lui écrire une lettre et je vais la poster moi-même ! Ça te va, comme ça ? »

Voilà exactement le genre d'impasse dans laquelle sa mère la précipite depuis son rétablissement. Alors qu'elle croit qu'elle s'est fait comprendre, Annie reçoit une réponse qui annule ce qu'elle disait et lui retire la raison qu'elle avait de se plaindre.

Sa mère sourit : « Ça te va ? »

Elle aime bien la précision. Ce n'est pas qu'elle soit devenue sadique, c'est une propension à la clarté qui s'est amplifiée sur son lit d'hôpital.

Défaite, Annie hoche la tête : évidemment, si c'est Yolande qui lui dit de la fermer, son père va obtempérer. Mais c'est elle qui va subir ses commentaires humiliés.

Elle a l'impression désagréable de s'embourber quand elle formule intérieurement le commentaire que lui servirait sa mère : tu n'es pas obligée de le laisser te raconter tout ça.

C'est rendu que, même en sa présence, Annie est hantée par le nouveau style lapidaire de Yolande.

* * *

Une fois Annie partie, l'appartement redevient un endroit calme, apaisant. Appartement est un bien grand terme pour cette chambre-living dont la plus grande qualité est la vue sur la rivière des Prairies.

Yolande reprend sa place dans le fauteuil près de la fenêtre. C'est pour cette vue qu'elle a loué l'endroit, ou plutôt, qu'elle a demandé à Annie de le louer pour elle. Pour cette vue sur un peu de terre et d'eau. D'ici, de cette fenêtre, elle ne sait presque plus qu'elle habite Montréal. C'est comme un rectangle épargné : assise à la fenêtre, elle ne devine même pas que ses voisins sont à deux mètres et que la ville s'énerve et bourdonne dès qu'on franchit la porte avant de l'immeuble.

C'est une ancienne maison cossue qui a été transformée en appartements. Le sien est le plus petit. Le divan-lit fait face à la table qui est à deux pas du comptoir unique de la cuisinette. Il n'y a que la salle de bains qui soit séparée du reste. Deux fenêtres et voilà où le monde intime de Yolande Mailloux se termine.

« C'est bien assez pour moi. Je préfère. » Voilà ce qu'elle avait dit à Annie qui ne voyait que des raisons de s'éloigner d'un endroit aussi étriqué.

Il lui avait fallu se battre pour l'empêcher de tout repeindre et de décorer. Pour Annie, le vide des murs et l'espace dégagé de tout superflu, austère, n'évoquaient que la pauvreté, le manque. Tenter de la convaincre que cet espace lui convenait pour les raisons mêmes qui répugnaient tant à Annie aurait été un combat inutile. Yolande avait insisté et Annie s'était portée garante pour elle auprès de toutes les instances susceptibles de vouloir la protéger.

Annie y avait vu une autre de ses défaites.

Quand, début mai, Annie avait stationné sa voiture devant un bungalow de la banlieue ouest de Montréal en lui demandant si elle reconnaissait sa maison, Yolande avait fermé les yeux : pourvu que ce soit un de ses mauvais rêves.

Tout dans cette maison appelait quelqu'un qu'elle n'était pas. C'était tellement apprêté, tellement horriblement joli, ces petits rideaux, le paillasson, la boîte aux lettres… tant d'efforts pour ne rien dire.

Gaston avait consenti à ne pas être présent. Comme il s'imaginait encore qu'elle changerait d'idée, il s'était montré plutôt compréhensif.

Dès le seuil de la porte, l'envahissante odeur d'after-shave l'avait giflée. Annie, certaine que ce moment déterminant raviverait la mémoire de sa mère, la précédait en se retournant constamment, en quête d'un indice de guérison.

Plus Yolande avançait dans le corridor, plus l'air lui

manquait. Dans la chambre trop coquette, elle s'était assise là où Annie avait affirmé qu'elle adorait s'asseoir. Pour échapper au regard inquisiteur d'Annie, elle avait prétendu vouloir être seule un instant.

Au milieu de ce qui avait été sa vie, au milieu de l'harmonie rose et grise, elle s'était relevée à l'aide de sa canne et elle avait ouvert les portes de la garde-robe : l'odeur y était un peu plus dense et ses vêtements pendaient sans aucune grâce, tissus en attente de chair à habiter. Rien ne lui irait plus, maintenant. Heureusement.

Libérée, soulagée, elle avait rejoint Annie à la cuisine : « Viens ! On s'en va.

— Mais !… Tes affaires ! J'ai sorti tes valises pour les mettre.

— On s'en va, Annie. Je ne suis pas bien ici. »

Et c'était la stricte vérité, même si sa fille n'y avait vu que l'aspect médical. Quelle entreprise surhumaine de faire entendre la vérité à Annie ! Le combat de tous les instants que cela supposait, Yolande s'en étonnait souvent. Mais c'est à travers les réticences d'Annie qu'elle apprenait le plus sur elle-même.

Réussir à sortir de là ne s'était gagné qu'au prix de la visite complète de la maison. L'espoir d'Annie n'était pas un mince adversaire. C'est dans son visage excité, frétillant d'expectatives, que Yolande avait saisi qu'elle venait d'atteindre le point culminant de la visite : ce petit bureau entouré de bibliothèques débordantes de livres devait être son sanctuaire. L'ordinateur trônait sur le bureau où une photo d'Annie et de Corinne était placée contre des sulfures.

Comment dire à Annie que la seule reconnaissance qui l'avait effleurée était qu'au moins la photo que l'ancienne Yolande avait choisie excluait Yvon et Gaston ? Elle y voyait l'indice d'une aversion qui l'habitait maintenant sans aucun doute.

Sans toucher à quoi que ce soit, elle s'était éloignée.

« Maman ! Attends ! Tu ne veux pas qu'on prenne au moins ton ordinateur et tes dictionnaires ?

— Pour quoi faire, Annie ? Je ne travaillerai pas de sitôt.

— Mais ! pour… pour… »

Elle allait dire : pour être toi. Cette femme calme, dure et lointaine qui lui parlait quand même d'une voix douce et posée lui faisait de plus en plus peur. Cette femme voulait les quitter, s'éloigner d'eux, s'en aller. Peu importait à Annie que sa mère n'ait pas de plaisir en sa présence, sa bataille consistait à revendiquer sa place légitime, son passé à elle dont elle se souvenait parfaitement. Pourquoi l'amnésie permettait-elle à sa mère de lui échapper, de l'abandonner, comme si le manque de mémoire l'affublait, elle, d'une nouvelle identité : celle d'une pauvre fille sans intérêt et beaucoup trop émotive ?

Le combat acharné qu'Annie menait contre l'amnésie, c'était aussi un combat pour le bien-fondé de ses choix, de ses critères de vie que sa mère remettait constamment en question. Avec succès, d'ailleurs, elle devait le reconnaître. Sa mère soulevait sans cesse la même question sans jamais la formuler. Une question qui ne l'avait jamais dérangée avant l'accident et qui maintenant hantait chacun de ses gestes : est-ce vraiment ce que tu veux ?

Annie se surprenait en train d'argumenter avec elle-même, de débattre des raisons qu'elle avait d'agir comme elle le faisait sans que quiconque ait soulevé la question. L'idée de perdre sa mère, de la laisser partir refaire sa vie sans elle, loin d'elle, la jetait dans une angoisse abyssale. C'est avec Yolande qu'elle s'était reconstruite ! Qui l'aiderait, si elle perdait son pilier ? Certainement pas Yvon ! Peut-être sa fille… Confusément, Annie savait que la direction n'était pas bonne. Elle s'accrochait donc furieusement à cette ombre de mère en espérant que la mémoire ramènerait un jour la fonction.

Malgré toute la panique qui l'aveuglait, elle sentait néanmoins que cet accident changerait sa vie pour toujours. Sans une seule égratignure apparente, son monde s'effondrait.

« Qu'est-ce qu'il y a, maman ? Tu ne te sens pas bien ?

— Le tapis… Je t'attends dehors. »

Elle regarde sa mère s'éloigner à pas chancelants, hésitants, sans pouvoir lui crier qu'à son avis les souvenirs sont presque là, prêts à se manifester, et que cet étouffement soudain n'est pas du tout de l'allergie, mais une dernière défense. Comme Yolande la mépriserait de penser de pareils clichés ! Même ce mépris lui semble une façon de lui donner raison.

* * *

Si elle suivait son inclination, Yolande ne bougerait pas après le souper. Mais elle sait que tout relâchement de la discipline physique se paye en courbatures et en raideurs. Elle passe une veste de laine et sort marcher le long de la rivière. Le centre du quartier, là où la vie est la plus visible, c'est au bord de la rivière que ça se trouve. Des promeneurs, des joggeurs, une bande de jeunes désœuvrés, des propriétaires de chiens qui ont l'air d'être à la remorque de l'animal et qui ont tous des sacs de plastique dans la poche arrière de leur pantalon.

Le mois de mai est plus froid que frais. L'été refuse de s'installer. Les arbres exhibent leurs branches aux feuilles chétives, à peine développées. L'effervescence propre au printemps ne se manifeste pas encore : les passants ont les mains fourrées dans leurs poches, et l'air maussade et pressé.

Peu lui importe la météo : elle ne marche pas vite et a donc appris à subir les intempéries sans tenter d'y échapper. Et cette seule disposition d'esprit, ce consentement à ce qui est, lui donne l'impression d'être libre. Quand les rares personnes qui essaient d'engager la conversation avec elle le font sur le sujet si inépuisable de la température, elle se dit qu'il y a là un soulagement facile à atteindre : on l'accepte, point final.

Oui, le mois de mai est frais, mais il y a aussi dans l'air piquant ce parfum de bois brûlé qui provient des cheminées des maisons où l'on fait encore du feu dans l'âtre. Il y a dans cette senteur une proximité avec une certaine émotion. Elle ne saurait la nommer, c'est juste une vague évocation, rien d'assez précis pour l'alarmer, juste assez présent pour l'intriguer. Mélancolie? Nostalgie? Comment décrire ce que l'odeur suscite… À ses yeux, la mélancolie est une forme de tristesse, et la nostalgie, une disposition de l'esprit qui sert à éviter de vivre. Ni l'un ni l'autre ne lui paraît une tentation. L'odeur du bois qui brûle peut-elle être mélancolique? À proprement parler, non, poétiquement, oui.

Il n'y a pas si longtemps, elle se serait demandé si cela lui rappelait quelque chose. Si le monde ancien de sa vie passée trouvait un écho dans cette odeur. Elle est si bien, si heureuse d'avoir renoncé à retracer ce qui la fuit. Sa vie en a été totalement changée. De celle qui a perdu quelque chose, elle est passée à celle qui vient de gagner le gros lot. Elle ne s'inquiète plus vraiment de ce que recèle le présent, son passé ne cherche plus à infiltrer chaque sensation. Depuis qu'elle s'accorde enfin le droit d'être une femme sans passé identifié, elle regarde sa vie avec des yeux neufs qui ne quémandent rien à ce qu'ils voient. Cesser de se demander pourquoi est en soi un plaisir immense. L'odeur lui plaît? Parfait! Aucune raison de sonder le plaisir jusqu'à la torture du déplaisir. Même réflexe quand quelque chose ne lui plaît pas: elle s'en éloigne rapidement, sans état d'âme particulier.

De toute sa vie passée, elle n'a conservé que deux éléments: Annie et le sulfure qui était à son chevet à l'hôpital. Le reste, il est scellé quelque part dans son cerveau et peu lui importe que le sceau se brise ou non. Elle est persuadée que l'espérer ou le redouter ne sert à rien. Elle en a surtout persuadé le docteur Cantin, qui prétend n'avoir jamais traité d'amnésique aussi consentante.

Est-elle moins entière pour autant? Oui et non. Elle est certaine que son passé la paralyserait et mettrait en jeu des émotions qui, en s'absentant ou en disparaissant à jamais, lui ont permis de se refaire une santé mentale. Ce qui ne l'empêche pas d'être d'accord avec Cantin: l'être humain sans émotions n'est pas un être en pleine santé mentale. C'est une forme de handicap qui lui convient. Elle a lu quelque part que les sourds considèrent parfois les entendants comme des individus à qui il manque quelque chose. Elle n'est pas loin du même constat quand elle observe les méfaits des émotions sur Annie. Si au moins tant de souffrances conduisaient à une prise de conscience! Mais non! Annie est tenaillée par un mal qu'elle vénère. Pas étonnant que le mutisme émotif de sa deuxième mère l'angoisse autant. Et qu'elle fasse tant d'efforts pour y remédier.

« Vous mangez et vous dormez bien, voilà quand même de bons signes! » Ce sont les paroles mêmes du docteur Cantin qu'elle répète régulièrement à Annie pour calmer son affolement.

Pourquoi ne parle-t-elle pas de ses rêves au psy? C'est son secret. Sa vie souterraine, ses fantômes et ses hantises. Ses rêves sont sa poésie. Une vision éclatée de ce qui est scellé, une vision qui dépasse son objet. Elle ne rêve pas pour réduire l'image à son sens pratique. Elle n'a aucune, mais aucune envie d'interpréter ces visions et de les attacher à de petits rapports quotidiens avec elle-même ou avec ce qui l'a déjà affectée.

Si les étoiles sont des agrégats de matières mortes qui reflètent encore une lumière disparue depuis longtemps, alors ses rêves sont ses étoiles à elle. Inutile de ressusciter le monde d'où elles viennent. Leur lumière lui suffit amplement.

L'homme qui marche vers elle la regarde toujours comme si elle était le rendez-vous qu'il attendait. Sans lui, sa promenade n'aurait pas le même goût. Elle ne pourrait dire depuis combien de temps elle le croise. Elle aimerait seulement qu'il continue à la regarder sans passer à la parole. Sans chercher autre chose que cette reconnaissance furtive, ce « bonsoir » murmuré en passant, si poliment.

Depuis qu'elle est sortie du coma, le temps ne s'est pas accéléré. Elle a l'impression que le temps n'a pas la même valeur pour elle que pour le reste du monde. Elle se sent étrangère à la frénésie, à la précipitation qui règnent sur chacun. Quand elle franchit le seuil de son un et demi, elle perçoit combien sa lenteur agresse les autres, les provoque. À l'hôpital, quand elle y passe pour ses rendez-vous, le mot « urgence » prend tout son sens et il ne se limite pas au service du même nom. L'air y est haletant, saturé d'angoisse. Les gens y sont soit pressés, soit inquiets à hurler.

Cet homme qui marche seul, qui n'a pas l'air de se hâter ou d'avoir l'esprit ailleurs, cet homme est la seule personne en qui elle reconnaît une certaine lenteur. Un art de prendre son temps. De le savourer.

Du moment où il l'aperçoit jusqu'à celui où ils se croisent, ses yeux restent attachés à sa personne, sans détours et sans insistance déplacée. Elle aime ses yeux, leur honnêteté, elle ne distingue pas leur couleur. Il a les mains dans les poches la plupart du temps. Et elle est sûre qu'une fois la rencontre passée il ne se retourne pas. Très important cela, dans son code personnel. Savoir ne pas se retourner est essentiel à la vie d'une amnésique.

Elle ne l'attend pas, elle n'espère rien de lui, et c'est parfait comme ça. Il anime sa promenade sans l'abîmer. Si elle le pouvait, elle donnerait cet exemple à Annie pour qu'elle comprenne enfin en quoi ses attentes lui pourrissent la vie. Mais la violence des « mécanismes de l'espoir » ne ferait qu'une bouchée de son exemple.

Savoir qu'Annie n'est pas prête à l'entendre est l'apprentissage le plus ardu de sa convalescence. Autant la sensibilité des gens l'indiffère, autant celle de sa fille adoptive l'agace. Dans sa vie de rescapée du coma, il y a un équilibre entre ce qu'elle sait sans le ressentir et ce qu'elle sent sans pouvoir l'identifier qui est plus que délicat. Pourquoi Annie mérite-t-elle tant d'attention? Elle ne le sait pas. Probablement que la pugnacité de celle qui s'entête à l'appeler maman y est pour beaucoup. De toute façon, les pourquoi appartiennent à Annie. Pour sa part, elle se contente d'obéir à ses propres désirs. Dans la mesure du possible.

En rentrant, elle s'assoit à sa table et rédige une très courte lettre qui tient sur un tiers de page pour demander à Gaston de cesser de harceler Annie avec ses problèmes. En se relisant, elle constate la froideur de son ton et elle se doute que cette froideur masquera la vérité toute nue qu'elle essaie de communiquer. Gaston pourra se réfugier derrière le ton pour éviter de comprendre le propos. Il faudrait ruser, user de formules prétendument touchantes ou sensibles et le manipuler, alors qu'elle a uniquement envie qu'il disparaisse de sa vie, même sous forme d'écho lointain.

Elle froisse la page et reprend sa lettre. Elle sèche, le regard perdu sur la nuit qu'elle aperçoit par la fenêtre. Une brise légère entre dans la pièce, chargée de l'odeur sucrée du lilas qui peine à fleurir sous sa fenêtre.

Les sons et les parfums tournent dans l'air du soir ;
Valse mélancolique et langoureux vertige !

En froissant la deuxième feuille où ne figure que « Gaston », elle décide d'endurer les allusions d'Annie plutôt que de gaspiller les mots pour expliquer à son ex ce qu'il n'est absolument pas en mesure de comprendre de toute façon.

Allez ! Une épreuve de moins pour Annie. Et une corvée de moins pour elle !

Elle fait sa toilette, ouvre le divan et se met au lit avec un livre. Elle a posé le téléphone près d'elle. Cet appareil, c'est Steve qui le lui a fait acheter. Si elle avait suivi son envie, le téléphone aurait été banni de son environnement au même titre que la télévision. Mais Steve s'y était opposé énergiquement : déjà qu'il ne pouvait plus surgir à son chevet selon ses désirs, il n'était pas question qu'il ne puisse pas la joindre ! Impossible. Impensable. Dramatique. La démonstration complète — et hilarante — de la détresse et des angoisses qu'une privation pareille provoquerait avait eu raison de Yolande. En riant, elle avait promis qu'elle ne serait pas responsable de la dépression de Steve et elle lui avait donné son numéro de téléphone. Elle avait quand même tenu bon pour le cellulaire : pas question qu'il puisse l'atteindre n'importe quand.

Il en abusait, bien sûr. Le sens de la mesure et Steve, ça n'allait pas ensemble.

Pour Steve, leur complicité était plus essentielle que ses membres perdus.

« Pas de farce, Yo : tu me dis : décrisse ! pis je capote ben raide ! Genre, y a pus rien à faire avec moi. Avant d'te rencontrer, j'pensais qu'y avait jusse mon *bike*, la dope pis le cul dans vie ! »

Comme elle n'ignorait pas l'importance de ces trois éléments dans ce que Steve aurait pu appeler son art de vivre, elle estimait la valeur du compliment qui lui était fait.

Si, aujourd'hui, Steve marchait avec ses prothèses, la détermination de Yolande y était pour beaucoup.

Ils avaient réappris à marcher ensemble. Le sens de la compétition de Steve avait compensé la différence entre les deux types d'efforts demandés. Pour elle, la réadaptation était beaucoup plus simple, c'était une question de remise en marche. Pour Steve, il fallait créer totalement un nouveau rapport entre les deux intrus et son corps, un rapport qui deviendrait une nouvelle façon de marcher.

Il prétendait que c'était pareil « à cause qu'elle était vieille » ! Et il riait, le monstre ! Il adorait préciser l'écart d'âge entre eux deux.

Appuyés des deux mains aux barres parallèles de la salle de physio, ils avaient avancé l'un vers l'autre, en partant de leur extrémité respective. Steve avait hurlé en arrivant face à elle : « J'ai gagné ! Mesure, Sylvie ! J'ai marché plus long qu'elle. Han, Yo ? J'ai marché plus que toi ? »

Elle n'avait pas eu besoin de ralentir son pas, il avait gagné honnêtement, fouetté par l'ambition. Sylvie, la physiothérapeute qui avait tant peiné pour le remettre sur pied, en avait les yeux pleins d'eau. Une mère oiseau qui regarde son petit voler pour la première fois.

Et lui, tonitruant, qui fait le jars, pavoise, s'agite et s'assoit enfin sur sa chaise, vert de fatigue et de douleur.

« Celui-là, il brise votre indifférence. Il vous atteint », avait dit Cantin.

Elle l'avait admis sans hésiter : Steve était la seule fenêtre de la forteresse derrière laquelle elle se sentait à l'abri. Même Annie ne pouvait prétendre au statut de Steve, celui du danger. Danger joyeux, mais danger quand même.

« N'y a-t-il donc que du danger dans l'émotion ? »

Voilà le genre de questions qui la rendaient encore plus lointaine. Elle ne pouvait s'empêcher de voir le psy appliquer scolairement sa technique.

« Docteur, si ma froideur m'est agréable, ce n'est certainement pas parce que je considère les émotions comme des alliées. »

Les émotions de Steve avaient au moins la fraîcheur de son ardeur. Jamais rien du côté des lamentations avec lui. Rien pour le couronnement du martyr comme chez sa fille.

Ce n'est pas le téléphone, mais des coups frappés à la porte qui la tirent d'un profond sommeil. Steve entre comme s'il était poursuivi. Il se jette dans le fauteuil et tire sur la prothèse de sa jambe en grimaçant. Ses cannes barrent le chemin. Yolande se penche et les place en sécurité. Elle va remplir la bouilloire. Le visage de Steve annonce un long combat. Il rejette la prothèse qu'il a enfin libérée de ses harnais : « Crisse de cochonnerie ! »

Yolande l'observe sans un mot. Avec Steve, les questions sont superflues.

Il ne retire pas la prothèse droite, celle du pied.

Elle verse l'eau sur les feuilles de verveine : il va l'envoyer promener avec sa tisane... et il va la boire quand même.

« Tu dormais ? C'est ça ? »

Comme si c'était incongru à trois heures du matin ! Elle sourit, lui tend la tasse fumante. Il ne fait aucun commentaire sur ce qu'il aimerait vraiment boire, ce qui suffit à lui faire comprendre son état d'esprit.

« À ce que je vois, toi, tu dormais pas.

— Pfft! Dormir! Y est pas tard. Faut faire une crisse de vie plate pour être couché à c't'heure-là!»

Yolande s'assoit sur son lit et se contente de souffler sur le liquide brûlant. Elle se dit qu'il faudrait aussi souffler sur Steve pour apaiser la brûlure qu'elle voit dans ses yeux et dans le rythme saccadé de sa respiration. «Elle est comment?»

La bouche pulpeuse fait une moue dédaigneuse:«Pas si belle qu'a pense…»

La quête effrénée de satisfaction sexuelle prend des allures de croisade pour Steve. Depuis sa sortie de l'hôpital, mettre une fille dans son lit constitue son unique ambition. Il a compté les jours qui le séparaient de sa «sortie de prison», comme il disait, et depuis, il compte les jours qui le séparent de son ultime réussite.

Yolande avait sa petite idée du milieu social de Steve, grâce à son niveau de langage. Ce qu'elle ignorait cependant, c'est que dans ce milieu, le petit canard très boiteux qu'était Steve ne pouvait espérer séduire autrement qu'avec de l'argent. Et Steve a beau en parler constamment, il n'en a pas.

«Je l'ai emmenée jusque chez nous!»

Il n'a pas besoin d'ajouter quoi que ce soit, il a la défaite cuisante. Vingt-quatre ans, une séduction sauvage, un côté animal qui effrayerait n'importe quelle biche, Yolande se dit qu'il ne cherche pas au bon endroit celle qui pourrait affronter tous ses appétits et ses défaillances.

«Crisse que c'est minable quand tu t'accotes sua fille rien que pour y ôter son manteau!

— Elle a pensé que t'étais soûl?

— Crisse, non! A l'a pensé que j'tais un crisse d'épais qui y sautait dessus!

— Grosse erreur de sa part… Tu y pensais même pas, c'est ça?»

Enfin, un sourire. À l'arraché, mais quand même. Les yeux se plissent:«Méchant beau morceau… P'tite taille, grosses boules, toute c'que j'aime. Je l'ai même pas embrassée dans le taxi, Yo. J'aurais dû… Mais j'voulais avoir l'air relax… les filles aiment ça, jaser avant. »

Elle ne sait pas si toutes les théories de Steve sont empiriques, mais quand il se met à disserter sur les plans les plus efficaces pour emmener quelqu'un dans son lit, elle s'amuse beaucoup. La tête de Steve est tellement remplie d'idées préconçues qu'elle se demande s'il a déjà cherché à percer le mystère de celles qu'il « emmenait dans le *roller coaster* du cul ».

Comment un esprit aussi fiévreux, aussi excessif a-t-il réussi à ne jamais tomber amoureux, elle ne sait pas. Mais elle le trouve bien novice de penser demander ce qu'il appelle « du cul », alors qu'il cherche une telle adhésion. Embrasser une fille, l'entraîner dans son lit, retirer ses prothèses, s'exhiber dans toute l'humilité de son corps mutilé, et baiser, c'est beaucoup demander.

« T'as quand même réussi la moitié de ton plan, Steve…

— La moitié, c'est jusse bander.

— Mais baiser, ce serait te montrer. Peut-être que toi non plus, t'aimeras pas ça. Surtout si t'avertis pas avant.

— Crisse! Je l'avertis pis a sacre son camp! L'avertir… t'es bonne, toi! J'en veux pas de pitié.

— Pour l'instant, Steve, si n'importe quelle fille restait avec toi, tu penserais que c'est par pitié. J'ai pas dit que ça le serait, mais toi, tu verrais pas ça autrement.

— Es-tu en train de dire que chus faite, crisse?

— Je suis en train de te dire que ce que tu demandais à une fille avant ton accident et ce que tu lui demandes maintenant, c'est pas pareil. Et je ne parle pas seulement de la fille. À tes yeux non plus, c'est plus pareil. Alors, arrête de faire semblant que c'est rien, que c'est presque comme avant, à part une petite faille ici et là… Il te manque une jambe et l'autre pied. La fille qui va rester, Steve, elle va rester pour autre chose que pour tes performances sexuelles. C'est pas possible autrement.

— J'en veux pas de sa crisse de pitié!

— Penses-tu que j'ai pitié de toi?

— Ben non !

— Comment t'appelles ça ?

— Je l'sais-tu, moi ! C'est toi qui sais parler… On est des *chums*… des *chums* d'hôpital.

— On est surtout au courant de qui on est et de qui est l'autre. Pas de *bullshit*. Si t'avais le visage brûlé, Steve, tu serais le même gars en arrière des cicatrices, mais tu n'embrasserais personne.

— J'peux me compter chanceux d'avoir encore ma face, c'est ça que tu veux dire ? Genre : contente-toi d'embrasser ?

— Non, c'est plus long de faire voir ton vrai visage quand t'as l'air de ne plus en avoir. Si tu demandes à une fille de faire comme si t'avais encore tes jambes pour être ben sûr qu'elle a pas pitié, tu vas être le premier à la traiter de folle si elle le fait.

— Crisse ! Mets-en !

— Et si elle reste malgré tout, tu vas penser qu'elle te prend en pitié.

— Chus baisé, c'est ça ?

— Tant que tu te trouves pitoyable, t'es baisé, effectivement. »

Steve prend une gorgée de tisane — il réfléchit sérieusement. Elle le voit mettre son orgueil de côté, chercher une issue : « Même si je finis par me trouver correque, y a pas une crisse de fille qui va trouver ça.

— Avant, tu baisais en premier et tu t'attachais ensuite. Faudrait que ce soit le contraire aujourd'hui.

— Jamais ! Yo ! J'me sus jamais laissé attacher. Par personne ! »

Même le mot lui répugne ! Comment pourrait-elle lui vanter les avantages d'une chose qu'elle ne sait plus faire ? Une chose à laquelle elle ne tient pas ? Il ne conçoit même pas qu'on puisse s'attacher soi-même, de son plein gré. Pour lui, on est attaché. On subit.

« Je ne sais pas, Steve, mais si la fille est amoureuse, elle risque de dépasser les apparences. Par attachement, pas par pitié.

— Y a jusse une affaire, Yo : les filles sont amoureuses quand qu'y sont ben baisées. Pas avant de l'être !

— Tu penses ? Alors, là… si c'est la seule façon et la seule raison d'être amoureuse… tu as un vrai problème.

— Un crisse de problème ! »

Elle se tait. On peut donc ignorer à ce point la nature de ce qu'on cherche ? Frénétiquement. Aveuglément. Désespérément.

Quel étrange duo ils forment — si éloignés l'un de l'autre. Deux infirmes quand même. Elle revoit Steve accroché aux barres parallèles, elle se revoit, essayant de faire ses premiers pas. Chacun marchant vers l'autre. Deux pantins disloqués qui peinent à essayer de marcher. Deux vies éclatées, pertes totales, comme disent les assureurs. Deux passés aussi inutiles l'un que l'autre. Quel est le sort le plus enviable ? Le passé enfui dans l'oubli ou celui qui ne nous a rien appris ?

Steve observe le fond de sa tasse : « Si tu me disais que je baiserai plus jamais quelqu'un, je finirais ça tu-suite ! »

Encore une belle solution dramatique ! Ça lui ressemble tellement qu'elle sourit.

« Ça t'fait rire ? Crisse ! T'es ben sans-cœur !

— Toi, Steve, aurais-tu déjà pensé que tu viendrais voir une femme comme moi pour jaser à trois heures du matin ? »

Il hésite, cherche l'embrouille, le truc qu'il n'a pas saisi et qui va lui faire marquer ou perdre un point dans leur joute.

Yolande se lève, courbaturée, elle range les tasses : « Moi, Steve, si on m'avait montré ta photo quand t'étais en pleine forme avec ton *bike* en me disant qu'un jour je t'écouterais non seulement attentivement, mais avec plaisir, j'aurais hurlé de rire.

— Ouain… Pis ?

— Si ça, c'est arrivé, n'importe quoi peut arriver.

— Genre, le miracle ? »

Évidemment, le miracle qu'il espère ne ressemble pas à celui qu'elle lui souhaite, mais comme ils n'en sont pas à une incompatibilité près, elle ne discute pas : « Genre... Si tu dors ici, tu prends ta douche. Tu sens le *last call,* comme tu dis.

— J'aime ça quand tu parles mal.

— N'espère surtout pas que je m'encanaille au-delà du glossaire.

— Quoi ? Quesse t'as dit, là ?

— Je parle latin ! Ta douche... »

À peine étendu près d'elle, sa respiration se calme, et il murmure, presque endormi : « Réveille-moi si t'as des cauchemars. »

Ce qu'il y a de bien avec Steve, c'est qu'il trouve toujours le tour de se donner bonne conscience.

* * *

C'est une Annie nerveuse, à bout de patience, qu'elle trouve sur le seuil de sa porte en rentrant de sa promenade. La soirée est si douce, Yolande ne peut pas croire que cette humeur est due à un coup de froid.

Annie pose ses provisions sur le comptoir. Elle se met en devoir de les sortir des sacs, de les ranger au congélateur. Yolande pose une main apaisante sur le bras d'Annie : « Je vais le faire. Qu'est-ce qui se passe ? »

Ce n'est pas suffisant pour modérer l'humeur belliqueuse de la jeune femme qui continue comme si Yolande n'avait rien dit et qui ajoute qu'attendre à la porte de chez sa mère n'avait rien d'agréable, surtout après une journée comme celle qu'elle venait de subir.

Elle est mécontente, plaintive, ses gestes sont saccadés, et, pas une seule fois, elle n'a regardé la personne pour qui elle se donne tant de mal.

Sans éprouver quoi que ce soit d'autre qu'un agacement détaché, Yolande s'apprête à livrer encore un combat pour la protection de sa vie privée.

« Annie, tu sais très bien que si tu es débordée, tu peux

remettre ta visite à plus tard. Je ne suis pas mourante, comme tu vois.

— Non, mais qu'est-ce qui me dit que tu n'es pas perdue ? Quand je ne te trouve pas chez toi, je peux m'imaginer plein de choses. Y compris que t'es sans connaissance sur ton plancher sans que j'aie le moyen de t'atteindre ! »

Yolande sourit : l'imagination dramatique de sa fille est une grande source de distraction pour elle. Annie ne supporte pas le refus en général, elle y voit un déni de ses compétences. Parmi tous les « non » qu'elle a essuyés depuis l'accident, celui de ne pas pouvoir héberger Yolande chez elle et celui de ne pas pouvoir obtenir un double de la clé de son appartement font partie des offenses dont elle ne se remet pas.

Inutile d'argumenter, Annie n'est pas en état de comprendre quoi que ce soit d'autre que sa position. Yolande s'assoit en se disant qu'elle peut bien la laisser aller un peu et lui permettre de soulager son stress en déversant le trop-plein.

« C'est sûr que c'est pas si grave, je le sais. En soi, c'est presque rien et si ça avait été un autre soir, j'aurais rien dit. Mais Corinne a encore attrapé le rhume, c'est le quatrième, et j'ai toujours peur à ses oreilles. Si elle me fait encore une otite, ça veut dire les antibiotiques, et c'est pas bon pour une enfant ! Y a Ginette, la mère d'Yvon, qui nous annonce qu'elle va se faire opérer pour sa deuxième cataracte en juin et qu'elle s'en vient chez nous pour un mois. C'est pas quelqu'un de difficile, je dis pas, mais elle a sa manière de faire, et c'est pas tout à fait la mienne. La dernière fois, il a fallu qu'on vive comme elle pendant cinq semaines. Je sais pas si tu le sais, mais après l'hiver que je viens de passer, j'avais pas besoin de ça ! »

Yolande se demande si offrir une solution à sa fille adoptive la choquerait beaucoup. Annie fait partie des gens qui aiment bien exposer l'ampleur écrasante de leurs responsabilités, mais qui détestent qu'on leur donne un moyen de diminuer leur fardeau.

Elle envoie un léger coup de sonde : « Tu pourrais ralentir avec moi — je peux très bien me faire à manger toute seule. Je n'ai vraiment plus besoin que tu cuisines pour moi. »

Oups ! Mauvais coup. La voilà démontée. « T'aimes mieux pas, c'est ça ? T'aimes pas ma cuisine ? Je pensais pourtant…

— Annie, ça suffit ! Assieds-toi et calme-toi ! »

Au grand étonnement de Yolande, la jeune femme s'exécute.

« Qu'est-ce qui ne va pas, Annie ? Tu sais bien que ce n'est pas ta journée ou ton attente de ce soir…

— Je me suis chicanée avec Yvon. »

Bon ! Au moins, elles vont pouvoir se concentrer sur l'évènement essentiel et non sur les effets secondaires : « À quel sujet ?

— Sa mère, Corinne, toi, papa… une vraie grosse chicane. C'est pas compliqué, on s'entend sur rien. Il en avait pour des heures de reproches.

— Et toi ?

— Moi, quoi ?

— Des reproches… est-ce que t'en as à lui faire ? Les as-tu formulés ?

— C'était pas vraiment le moment… Je le sais pas si j'en ai tant que ça. Y fait pas ça pour mal faire, tu sais. En plus, c'est vrai que je suis moins là pour lui. Mais c'est temporaire ! Ça va s'arranger quand tu vas aller mieux.

— Je vais mieux, Annie. Qu'est-ce qui doit encore s'arranger ? »

Annie regarde ses mains, mal à l'aise, soudain. Seigneur ! on dirait qu'elle a quinze ans !

« Annie, si je te disais que l'accident a eu des bons côtés pour moi et que je n'ai aucun regret en ce qui concerne ton père, me croirais-tu ? Renoncerais-tu à espérer qu'on se réconcilie ? Peux-tu faire une croix là-dessus ?

— Mais papa pourra pas, lui ! Il est tellement malheu…

— Je te parle de toi. Je parle de ton espoir à toi. Laisse faire ton père.

— Tu redeviendras jamais comme avant, c'est ça?

— Pour autant que je puisse deviner de qui ou de quoi tu parles, j'espère que non.

— Et tu vas finir par t'éloigner de moi aussi… J'aurais jamais dû te dire que t'étais pas ma vraie mère, tu l'aurais jamais su! Tu l'aurais oublié comme le reste et tu m'aimerais autant qu'avant.

— Dis-moi une chose, Annie: à quoi tu sentais que je t'aimais tant que ça, avant? Qu'est-ce que je faisais ou te disais qui te permettait de t'en convaincre?

— Ben… Tu parlais pas comme maintenant. Tu te fichais jamais des autres. C'était important pour toi.

— Quels autres? Ton père?

— Tes amis aussi… pas juste Madeleine, je veux dire. Les autres…

— Et où sont-ils, ces gens-là?

— Ben… y ont su pour ta mémoire, y attendent peut-être que tu la retrouves. »

Yolande sourit: très pratique, le coup de la mémoire. « Et toi? Pourquoi tu n'attends pas que je me souvienne de toi?

— Je suis ta fille! Adoptive, mais ta fille pareil.

— Je ne peux pas faire grand-chose pour toi, Annie. Je ne pense pas que c'est une question de mémoire, je pense que je ne peux pas t'aimer comme tu voudrais l'être. Le fait que je l'accepte aussi facilement m'a bien l'air d'être aussi terrible pour toi que si je ne t'aimais pas du tout. Tu vas encore me trouver dure, mais les quelque vingt-six ans passés avec ton père, je les considère comme une erreur qui a eu de bons effets sur toi. Peux-tu te contenter de ça? »

Comme elle pleure avec abandon, cette jeune femme, comme elle a confiance, malgré tout ce qu'elle prétend! Yolande n'en revient pas. Annie sanglote et, entre chaque respiration syncopée, elle répète: « Tu vas t'en aller! Je le sais. Tu vas refuser de me voir, comme pour papa. Tu vas t'en aller, je te verrai plus jamais ! Pourquoi tu penses que je t'achale tant ? J'ai peur que tu te sauves. J'ai peur que tu partes !

— Tout ce que je peux te dire, Annie, c'est que je suis là, maintenant. Je suis là. Si tu préfères croire tes peurs plutôt que de me croire, c'est ta décision. »

Yolande la regarde partir comme une furie. Elle soupire : évidemment que la vérité est dure ! Dure et solide. Et elle court plus vite que toi, Annie, elle finira bien par t'attraper. Ce n'est pas de la méchanceté de le dire, c'est de la lucidité.

Elle finit de ranger les petits contenants dûment étiquetés, datés, identifiés. Tout ce soin… voilà ce qu'est l'amour, pour Annie.

Accepter le fardeau de l'amour… voilà sans doute le peu qu'elle a réussi à lui transmettre. C'est sûr qu'Annie ne peut être une telle victime sans l'avoir appris quelque part. Yolande essaie de se persuader qu'elle a bien dû être une de ces femmes accablées qui peinent à prouver tout l'amour qui les habite et qui finalement édifient, lentement mais sûrement, les contraintes de l'attachement qui vont empêcher quiconque de les fuir. Tout cela se résume à une peur viscérale de l'abandon. Retour à soi, à son nombril et fin du verbe « aimer ». Elle se remémore le dégoût de Steve à la seule idée de s'attacher. Pas étonnant que sa compagnie lui plaise tant ! Avec lui, l'ingratitude est une vertu.

La servitude de l'amour, voilà ce dont rêve cette Annie déterminée à rester sourde à tout ce qui n'est pas sa terreur.

Pour souffrir, elle va souffrir, là-dessus, Yolande n'a aucun doute.

Il y a une lettre au fond du sac. Gaston. À en juger par l'épaisseur, il s'est longuement épanché. Elle résiste à l'envie de la jeter sans l'ouvrir : Gaston a l'habitude d'accompagner ses lamentations d'un chèque dont elle a grand besoin. Ses revenus sont réduits à ce que le gouvernement daigne lui donner et, comme elle était pigiste, elle n'a droit à aucune compensation du côté de l'employeur ou du chômage.

Elle devrait reprendre de petits contrats, peu à peu. Pas qu'elle ait perdu le moindrement son savoir-faire… s'il y a une chose qui ne s'est jamais altérée dans son esprit, c'est bien cette connaissance de la langue. Réviseure et correctrice. Quand Annie lui a dit qu'elle était correctrice d'épreuves pour différents éditeurs, elle avait immédiatement trouvé cela vraisemblable. C'était même la première chose vraisemblable qu'on lui annonçait. Sa profession lui collait à la peau.

Gaston avait pour principe de lui verser une pension et de refuser toute discussion concernant un éventuel divorce tant et aussi longtemps que les effets de l'accident perdureraient. L'arrangement leur convenait à tous deux. D'un côté, Yolande n'était pas prête à reprendre le travail et, de l'autre, Gaston voulait avant tout se montrer beau joueur. Yolande estimait que cela lui offrait l'occasion de libérer sa conscience et de bien paraître. Ce qui n'était pas négligeable pour celui qui avait été son mari. Cela, elle le savait sans s'en souvenir.

Mon amour,

À peine croyable comme le verbe « aimer » est galvaudé ! N'importe quoi ! Comment peut-il espérer qu'elle poursuive sa lecture ? Ridicule et probablement grandiloquent, voilà le contenu de la lettre qu'elle ne lira pas. Elle prend le chèque, jette la lettre et hésite… qu'est-ce qu'elle souhaiterait pouvoir lui renvoyer son argent ! Elle a beau se persuader qu'il s'agit d'une sorte de dédommagement pour l'avoir esquintée en conduisant en état d'ivresse, c'est quand même un revenu qui lui semble indigne.

Mais, pour l'heure, « nécessité fait loi » !

Annie se trompe-t-elle en craignant de la voir s'éloigner d'eux tous à jamais ? Elle ne sait plus. Elle croyait pouvoir l'aider un peu, lui servir de mentor pour s'échapper du guêpier de sa vie, un guêpier si tristement semblable à celui qu'elle-même avait édifié avec Gaston. Et puis, devant son impuissance à ébranler les convictions d'Annie, devant cette détermination à s'aveugler sur ses désirs et ses sentiments, que peut-elle faire d'autre que reculer ?

Et attendre. Attendre que le malaise devienne souffrance et que la souffrance, comme une épaisse fumée, la fasse sortir de son trou. Parce que la vie a ses ruses et nous conduit — avec ou sans notre collaboration — au pied du mur qu'on s'est construit.

Elle ouvre son lit et se couche avec son livre — sans l'ouvrir.

Elle devrait se trouver devant son mur. Avec son passé qui se dérobe, avec sa propension à éviter tout remous de l'âme, elle devrait trembler.

Elle ne sait pas si elle est dure. Elle ne se ressent pas telle, mais elle ne croit pas être bon juge en la matière.

Elle perçoit son insensibilité à la manigance habituelle des êtres humains. Ce qui la met à l'abri d'une certaine manipulation.

Elle se sent infiniment seule et libre.

Elle se sait seule et libre. Et elle est convaincue — expérience ou pas — que ces deux épithètes vont de pair et que, quand on les sépare, on se ment.

* * *

C'est en refermant son lit pour qu'il redevienne divan qu'elle trouve la photo. Elle doit provenir de la lettre de Gaston, ou alors du sac d'Annie. Yolande ne l'a pas vue glisser, la veille au soir. Elle l'aurait sans doute jetée alors, comme la lettre. Elle a toujours refusé de se livrer à cet exercice de l'album qu'on feuillette pour trouver des indices du passé. Encore une des scènes pénibles avec Annie qui insistait, y voyant l'occasion de lui narrer toute leur vie commune. S'il y a une chose dont elle n'a pas besoin, c'est bien d'un interprète. Si on lui tendait aujourd'hui le roman de sa vie, elle ne l'ouvrirait pas. Et ce n'est pas la crainte d'y trouver son personnage peu sympathique qui en serait la cause, non, c'est le peu d'intérêt qu'elle éprouve à son égard.

«Une femme décevante à mes propres yeux, imaginez aux yeux des autres! Jusqu'ici, je ne vois dans ma vie que des gens que j'estime peu — et je suis polie — qui me vouent un culte que je trouve très, très suspect », voilà comment elle s'était définie à Cantin. Que pouvait-il dire, le pauvre ? Qu'elle était extraordinaire, une sorte d'agent double en mission pendant vingt-six ans dans une famille reconstituée de la banlieue montréalaise ?

C'est un mariage. Il doit y avoir une bonne vingtaine de personnes qui s'agglutinent autour des mariés qui, eux, ne sont plus très jeunes. La mariée n'est pas en blanc, mais elle porte un grand chapeau plutôt rigolo. Le marié, parce qu'il la regarde, parce qu'il ne détache pas son regard de cette femme, offre un profil net au photographe — un nez présent, un sourire éclatant, et cette courbe du haut du dos, parce qu'il s'incline vers elle. Tout ce grand corps parle de ce qu'il ressent pour cette femme. Et elle, le bras levé pour maintenir son chapeau menacé par le coup de vent qui gonfle sa jupe longue, elle rit aux éclats : ses dents et son menton sont ce qu'il y a de plus défini dans son visage. Elle est plutôt petite, elle arrive aux épaules du marié et elle le tient par le bras, tout contre elle.

Autour d'eux, l'éventail habituel des invités plus ou moins ravis, plus ou moins à leur avantage. À l'extrémité gauche de la première rangée, elle se trouve sans se chercher. C'est elle, au tout début de la vingtaine, ou pas loin. Elle est seule. Elle fixe l'objectif sans sourire. Elle porte une de ces tenues d'inspiration ethnique, vaguement africaine, qui était à la mode au début des années 70. Elle n'est pas accompagnée. Elle doit être proche parente pour figurer si près des mariés. Sa mère ou son père ? Pas sa sœur ni son frère… elle en est certaine, ils sont trop vieux. Elle ne saurait dire si l'un des deux lui ressemble. Elle étudie la photo, sort une loupe et y regarde de plus près. Aucun des visages ne lui semble familier — même le sien a l'air de sortir de nulle part. Elle s'examine : sérieuse, l'arcade sourcilière est nettement caractérisée, la rondeur du visage, le pulpeux de la bouche qu'elle a maintenant perdus, et ce corps mince, élancé… qui était-elle, à vingt ans ?

Était-elle mécontente d'assister à ce mariage ? Elle ne peut même pas le dire. La photo lui tend une image d'elle-même plutôt mystérieuse… À vingt ans, elle était jeune et peu expansive, voilà ce qu'elle décode. Toute une découverte! Difficile de ne pas trépigner d'impatience à l'idée d'en savoir plus!

Elle pose la photo sur la table et ouvre la fenêtre: ce matin, c'est un ciel de Grèce qui clame que l'été est bien là.

Qui est-elle pour se croire en mesure de servir de mentor à qui que ce soit? Qui était-elle et qu'est-elle devenue? Est-ce qu'on change? Comment a-t-elle pu penser qu'Annie aurait avantage à la suivre, à la fréquenter? Elle se rappelle qu'hier soir seulement elle se donnait des airs de sagesse en voulant aider Annie. Elle est risible! Vraiment, comment peut-elle perdre son temps à analyser l'orgueil de Steve, alors qu'elle se fuit constamment.

Une colère solide comme un caillou lui serre la gorge. Elle fixe la rivière au loin, le corps raidi de rage rentrée, impassible.

Elle se revoit en train de courir dans l'herbe, courir pour ne pas tuer, ne pas crever de rage. Elle voit l'herbe défiler en accéléré, elle s'entend haleter sous l'effort, haleter pour ne pas hurler — l'herbe est si verte, le terrain si inégal et sa fuite si dérisoire!

Elle pose une main sur le bord de la fenêtre, étourdie tout à coup. Son cœur bat très fort comme si elle avait effectivement couru.

Un souvenir.

C'était un souvenir. Elle se contient donc, finalement. Elle sait que ce n'est pas sa première fuite. Qu'elle a couru, dans sa vie, qu'elle a eu le cœur fou à force de fuir.

À vingt ans, est-ce qu'on fuit la même chose qu'à près de soixante ans? Pourquoi attache-t-elle cette course effrénée à ses vingt ans? À cause de la photo, sans doute. Un morceau de papier glacé aux couleurs altérées qui scanne sa mémoire.

Que s'est-elle prétendue, hier? Une femme libre. Mon cul, oui! Une femme orgueilleuse qui appelle liberté une forme d'ignorance. Pour s'affranchir de son passé, il faut y faire face, et non pas se contenter de l'éluder. Elle n'a rien appris et elle trébuche sur une photo comme Steve ou comme Annie se cassent les dents sur leur impuissance. Sauf qu'elle, elle n'a ni leur âge ni leur inexpérience pour se conduire de façon aussi inconsciente.

Elle s'assoit à la table, écarte la photo et sort son cahier noir, celui dans lequel l'analphabète qu'elle est réapprend à lire sa vie.

Sans se poser de questions, seule règle imposée de l'exercice, elle écrit :

J'ai cueilli ce brin de bruyère
L'automne est morte souviens-t'en,
Nous ne nous verrons plus sur terre
Odeur du temps brin de bruyère
Et souviens-toi que je t'attends

Elle pose son stylo, considère les quelques lignes… Apollinaire. Elle est encore stupéfaite de se voir capable de restituer des lambeaux de poésie pareils sur son chemin. Les cailloux du Petit Poucet. Les vers, les sonnets sont ses cailloux à elle, le chemin vers son cœur déserté.

Dans ces quelques lignes, deux fois le verbe «se souvenir» — souviens-t'en, souviens-toi — l'impératif, ce temps de verbe si peu aimable, si parent avec elle. Comme sa mémoire est fidèle, finalement, comme elle sait lui parler !

Et souviens-toi que je t'attends

C'est donc vrai, on attend nos morts, on les guette le soir sur le pas de la porte, un lainage serré autour de l'angoisse, on les attend, cou tendu, oreille à l'affût du moindre bruit de pas. Où es-tu ? Où es-tu ? Le cœur brisé par l'espérance, on rentre quand on ne sent plus son corps, tellement il est battu d'attente.

Seigneur dieu ! épargnez-moi de savoir que j'attends autant !

Elle reprend la photo, la scrute : il y a quelqu'un là-dedans qu'elle a attendu désespérément. Quelqu'un qui n'est pas venu vers elle. Quelqu'un qui l'a abandonnée à tant de vide qu'étourdie, épuisée, elle s'est détournée d'elle-même pour marcher vers le néant absolu.

Dis, qu'as-tu fait, toi que voilà,

De ta jeunesse ?

J'ai erré, monsieur Verlaine, je ne voyais rien, tellement les larmes m'aveuglaient, je marchais par temps clair et je croyais qu'il pleuvait. Je marchais vers quelqu'un que j'ai tant espéré que je l'ai oublié. J'ai immolé ma jeunesse sur l'autel de l'attente. Me voilà à presque cinquante-sept ans, lavée par la vie, la jeunesse bien évanouie, et je n'ai pas l'intention de laisser ce fantôme infâme me voler quoi que ce soit encore.

D'un geste brusque, elle retourne la photo pour ne plus voir ces gens qui ne lui sont rien et qui la torturent quand même.

Au dos de la photo, d'une écriture qui est la sienne, elle lit : *Août 1969, mariage de maman.*

Étourdie, elle ferme les yeux et s'appuie au dossier de sa chaise.

Vaincue, elle sent la pointe du couteau qui se pose délicatement sur la membrane de sa mémoire.

* * *

Cantin a ceci d'agréable qu'il n'insiste jamais. Il se contente de suivre son rythme à elle, et il n'interprète pas ses refus, il les accepte. Il a l'habitude de dire qu'il ne souhaite pas sortir le bulldozer pour explorer son subconscient : « C'est votre mémoire. On va y aller à votre façon, avec vos instruments à vous. Avant vous, vous savez, je n'avais jamais apprécié la poésie. Je me croyais imperméable à ce langage.

— Pourtant, vous procédez par analogies — vous travaillez avec les mots.

— Vous parlez des associations d'idées ? Je ne le fais pas systématiquement. Vous savez, je suis de la vieille école, je crois à l'improvisation, à l'instinct et à ce qui se passe ici entre nous. Je ne me réfère plus tellement aux manuels. Je suis un scientifique bien imprécis et ma science est la plus humaine de toutes, donc la plus aléatoire. »

Ce qu'il y a de bien avec cet homme, c'est qu'il l'aide surtout à régler les problèmes pratiques de ses relations avec les autres.

L'excavation des fantômes peut attendre avec lui. Ou alors, mais Yolande ne le craint pas tellement, il s'agit d'une ruse pour la mettre en confiance. Même accordée, sa confiance est parcimonieuse, ce qui ne l'éloigne pas beaucoup de la méfiance.

En sortant du bureau du psy, elle aperçoit Élisa, une des physiothérapeutes de l'équipe, qui se dirige vers l'ascenseur. Spontanément, elle s'avance vers elle pour la saluer. Ce n'est qu'une fois qu'elle est devant elle qu'elle se rend compte du changement qui vient de se produire : non seulement a-t-elle vu la jeune femme, mais elle a éprouvé assez de plaisir pour aller à sa rencontre.

La forteresse vacille, comme dirait Cantin.

Élisa est ravie de la voir si en forme : Yolande se déplace sans canne, maintenant. Pour quelqu'un qui n'y regarderait pas de trop près, elle marche même normalement. À peine un léger manque de fluidité que l'exercice va finir par effacer.

À mesure qu'elle répond aux questions enthousiastes d'Élisa, Yolande s'aperçoit qu'elle ne peut offrir aucune réciprocité. Elle ne sait presque rien de la jeune femme, alors que celle-ci sait tout d'elle. Quand Élisa apprend que Yolande voit toujours Steve, elle éclate de rire : « J'étais pas inquiète ! Il avait décidé de vous adopter quand vous étiez encore dans le coma. Vous avez vu qu'on s'oppose pas longtemps aux envies de Steve Ouellet ? Comment il va ? »

Son intérêt n'est pas feint. Elle prend vraiment plaisir à la conversation et les questions qu'elle pose démontrent une connaissance approfondie du caractère fantasque de Steve. Que cette fille est animée et allumée ! Quand Élisa l'invite à monter la voir à sa prochaine visite chez Cantin, Yolande accepte en s'étonnant même d'en avoir envie.

* * *

« J'ai vu Élisa aujourd'hui, à l'hôpital. Tu te souviens d'elle?

— Quesse tu faisais à l'hôpital? T'es malade?»

Steve est de plus en plus ombrageux. La conséquence directe de son état d'esprit est un abandon des exercices prescrits. Et étant donné que moins il bouge, plus il lui est difficile de bouger, il finit par s'enfoncer dans son fauteuil comme dans sa mauvaise foi. Il végète en paix, selon sa formule.

Yolande n'est pas dupe et, surtout, elle connaît ce sentier : rien de bienfaisant ne peut résulter de l'inaction, surtout pour un vif-argent comme Steve.

Elle ramasse son assiette, la rince et va se rasseoir devant Steve qui a englouti le souper sans commenter. S'il pense qu'elle va le desservir, il va être surpris. Il s'étire, regarde sa montre : « Pourquoi t'as pas la T.V.?

— Parce que je suis pas ta mère.»

L'effet est spectaculaire — il ouvre la bouche, la referme et grince un : « Crisse… » Elle le regarde manœuvrer pour prendre une de ses cannes, se lever et, cahin-caha, porter son assiette à l'évier. Une fois cet héroïque déplacement effectué, il se laisse tomber dans le fauteuil et rejette sa canne avec brusquerie : « Crisse d'infirmité!»

Elle fait comme s'il avait émis un compliment sur le repas et prend ses clés. Elle ramasse les deux cannes et les lui tend : « Allez, l'infirme! Viens marcher.

— M'tente pas!

— Ça te gêne pas trop d'agir comme si t'avais douze ans?

— M'en crisse!»

Elle pose ses cannes sur le bord du fauteuil et sort.

Marcher est maintenant un vrai plaisir. Finie l'obligation ou la cœrcition, elle fait sa promenade uniquement pour son plaisir. Le bénéfice physique est gracieusement ajouté.

Son rendez-vous muet se profile à l'horizon. Comme elle est en retard, elle se demande s'il n'a pas attendu quelque part pour arriver à la croiser. C'est s'accorder bien de l'importance, elle le sait, mais quand même, ce synchronisme dans le retard, c'est un peu beaucoup à ses yeux!

Ils se regardent, petit sourire, bonsoir — et voilà! L'instant est passé. Quand elle est avec Steve, le manège est similaire, sauf qu'ensuite il l'épuise de questions. Tout ce mystère excite follement l'imagination de Steve, qui ne comprend absolument pas qu'elle ne cherche pas davantage à percer la nature de cet homme, ses intentions, ses désirs. Pour Steve, que quelqu'un semble intéressé suffit à mettre en branle son principe de base: en profiter.

Quand il se met à fantasmer sur tout ce qu'ils pourraient entreprendre, l'inconnu et elle, Yolande peut mesurer l'ampleur de sa détresse. Avoir vingt-quatre ans et se battre contre la défaite quotidienne de ses aspirations sexuelles est un vrai supplice. Si elle ne le sait pas, elle le voit chez Steve. Pour lui, le souci est constant et confine à l'obsession. Il place tous ses espoirs de guérison dans la seule baise. À l'écouter, il suffirait qu'une femme lui cède pour qu'il s'estime réintégré dans la race humaine normale, celle dont il désire le plus faire partie.

Yolande nourrit ses doutes sans lui en faire part: inutile de l'accabler, il en a plein les bras pour le moment.

Elle est étonnée de le trouver encore là. Souvent, quand il est de cette humeur, il s'en va finir la soirée dans un bar. Pour s'achever, se dit Yolande. Pour se distraire, affirme Steve.

« As-tu manqué ta *date*?

— Non, on s'est croisés.

— Crisse!… Comment y fait? T'es même pas à l'heure! Y a-tu mis une caméra vidéo dans l'appart? »

Elle rit… et note qu'il a fait la vaisselle.

Elle s'assoit sur le divan, tend la main vers son livre.

Steve sursaute, insulté: « Tu vas pas lire? »

Comme si elle s'apprêtait à lui dormir dans la face!

« Quesse qu'a contait, Élisa? »

Ou comment ferrer son saumon, se dit Yolande. Elle est certaine de n'avoir jamais été très sportive et de ne rien connaître à la pêche, mais elle trouve la métaphore adéquate. Il faut savoir se taire avec Steve, ne rien demander, doser le renseignement, le titiller sans l'attraper et puis, doucement, doucement, l'amener à s'intéresser sans qu'il ait la sensation de se rendre.

Elle passe l'heure qui suit à parler avec Steve qui montre un entrain qu'elle ne lui a pas vu depuis des semaines. Elle n'est pas peu fière d'elle.

* * *

Annie la boude. Depuis sa crise de larmes et sa sortie précipitée, rien. Ni appel ni visite. Peut-être Corinne lui a-t-elle facilité l'éloignement en développant cette otite tant redoutée, Yolande n'a aucun scrupule à voir les choses de cette façon qu'Annie qualifierait encore de « dure ». Le dilemme de Yolande n'est pas facile à résoudre et écouter son soulagement ne semble pas de bon conseil. Elle connaît trop Annie pour profiter d'un répit qui est sûrement un drame aux yeux de sa fille d'adoption.

Sans se ronger d'angoisse — ce dont elle est bien incapable ! — elle octroie une bonne réflexion au problème. Dans l'esprit d'Annie, son départ et l'état d'agitation dans lequel elle s'est mise méritent une attention inquiète de la part de Yolande. Sans vouloir lui concéder autant, Yolande sait bien que son silence est un calvaire pour la jeune femme. Elle cherche comment lui témoigner une certaine sympathie sans l'encourager dans son vice — ou ce qu'elle considère comme tel. Qu'Annie dépende d'elle à ce point, alors qu'elle est mariée et mère d'une enfant, confirme aux yeux de Yolande un énorme échec. Comment cette Annie peut-elle être aussi peu solide ? C'est un mystère. Évidemment, elle comprend que sans références au passé, il est bien difficile de percer ce genre d'anxiété. *Que serais-je sans toi qui vins à ma rencontre.* Finalement, elle n'aime pas tellement ce vers d'Aragon, elle lui préfère nettement son *Moi qui moi-même me trahis...* Question de résonances, sans doute.

Annie lui en apprend tellement sur l'aveuglement volontaire. Malgré toutes ses réticences, elle sait bien qu'Annie ne lui ment pas, qu'elle est sincèrement, éperdument attachée à elle et qu'elle ne supporte pas ce qu'elle interprète comme du rejet.

La peur de l'abandon. Même sans jamais ressentir la plus infime fraction de cette peur, elle en connaît la teneur. Encore une fois, elle sait sans sentir. Encore une fois, elle se demande pourquoi elle s'acharne à demeurer près d'Annie, même si cette fréquentation semble stérile pour l'une comme pour l'autre.

Elle ne sait pas. Elle peut se détourner sans peine de Gaston, de Madeleine, de ceux dont elle ne connaît même plus l'existence, mais pas d'Annie. Et ce n'est pas le besoin exprimé par Annie qui dicte son comportement. De toute sa vie jusqu'à maintenant, ou plutôt jusqu'à il y a un peu plus de quatre mois, Annie est l'unique témoin qu'elle ait conservé. Et qu'elle tient à conserver. Pour combien de temps, pour quelles raisons, elle l'ignore. À quel prix pour Annie, voilà la seule question qu'elle s'oblige à considérer. Parce qu'elle estime que ce n'est pas parce qu'elle est personnellement délivrée du fardeau de la sensibilité qu'elle doit doubler celui des autres.

Comme elle se plaît à le répéter à Cantin : faute d'avoir le moindre affect, elle se doit d'avoir une morale.

Elle aimerait épargner à Annie la sensation désagréable et humiliante de revenir vers elle sans autre raison que son besoin maladif de validation.

La balle est donc dans son camp. Il lui revient d'atténuer l'angoisse créée par le silence et l'absence. Sans mentir et sans édulcorer la réalité : dure, ça, elle l'est. Changée aussi, mais pas aussi indifférente au sort de cette enfant — qui n'est pas la sienne, mais qu'elle a bien mal éduquée — qu'elle en a l'air.

* * *

C'est en allant rendre un livre à la bibliothèque que Yolande l'aperçoit. La surprise est mutuelle. Il est à peine onze heures. Il termine la lecture d'une pile de quotidiens, alors qu'elle se dirige vers la section peu garnie de la poésie.

Dans un geste ample, il venait de replier le journal pour continuer sa lecture. Son vague coup d'œil qui balayait le secteur s'est arrêté net sur elle.

Son élan aussi est stoppé.

Démunis, sans le soutien de la pénombre qui leur est habituelle, ils restent face à face, à la fois mal à l'aise et contents de se voir.

Au moment où elle se dit que c'est ridicule et qu'elle n'a qu'à s'éloigner, il se lève, pose le journal, retire ses lunettes de lecture et tend la main :« Jean-Louis Sirois.

— Yolande Mailloux. »

Ça s'arrête là. Leurs mains se détachent et ils se regardent sans rien ajouter. Elle a envie de lui dire « à ce soir » et de continuer vers le but qu'elle avait avant de le voir.

« Bon ! Bien… à ce soir ! »

Le fait que ça vienne de lui, que ce soit si parfaitement en accord avec ce qu'elle pensait la fait rire doucement. Un rire tout en souffle, feutré, sans éclat.

« À ce soir. »

C'est Steve qui n'en reviendra pas ! C'est dans ma tête qu'il a installé sa caméra, Steve ! Dans ma tête.

Ses yeux sont verts, presque kaki, et ce seul élément lui plaît beaucoup. Sa voix est posée, grave, et pour le peu qu'elle en sait, sans précipitation.

Quel travail peut faire un homme mûr qui lit son journal dans une bibliothèque publique à onze heures du matin ? Et pourquoi ne reçoit-il pas le journal chez lui ? Probablement par souci écologique. Pourquoi ne pas le lire sur Internet, alors ?

Est-il intéressant ? Tentant ? Elle ne sait pas. Il pique sa curiosité et il n'a pas l'air pressé.

C'est déjà beaucoup à ses yeux.

Yolande Mailloux... elle s'étonne encore d'avoir un nom qui sonne si mou. Qui lui semble si peu elle. Quel était le prénom de son père, elle se le demande. Et sa mère? Cette femme sur la photo et... non, pas cet homme, cet homme sur la photo n'est pas son père et encore moins un Mailloux.

Sont-ils tous morts? Est-elle le dernier maillon de la chaîne? Le maillon qui oublie, qui se détache de la chaîne. Maillon-Mailloux-maille... le tricot de sa vie formait quoi, à l'origine?

Comment le seul fait de dire son nom à un inconnu peut-il provoquer un tel retour sur un passé qu'elle ne tient pas à connaître?

Dire son nom. Se dire. Se nommer. Comme il s'amuserait avec cela, monsieur Cantin!

Du gâteau pour lui.

Elle n'est pas du tout certaine qu'elle va en parler.

* * *

Vers six heures, alors qu'elle rentre de ses courses, Yolande trouve Annie à sa porte.

Bon chien. Elle a vraiment l'air d'un bon chien. Tout juste si elle n'agite pas la queue. Elle se rue vers elle, la soulage de ses paquets comme si elle risquait de crouler sous la charge. Déjà agacée, Yolande hoche la tête: ce besoin de se rendre utile, indispensable.

Elle doit presque se battre pour avoir le droit de ranger elle-même ses courses. Fermement, sans brusquerie, elle conduit Annie au divan et lui demande de raconter comment va Corinne pendant qu'elle s'affaire.

Annie s'exécute avec plaisir, elle multiplie les détails, les anecdotes. Son discours donne d'elle l'image d'une femme aimante et débordée qui se sacrifie sans cesse et sans plaintes aux exigences d'autrui. Sa présence sur le divan donne plutôt l'image d'une jeune femme tendue, absolument terrifiée à l'idée de ne pas compter pour Yolande. C'est tellement criant que Yolande vient s'asseoir près d'elle, pose sa main sur la sienne : « Qu'est-ce qu'on peut faire pour que tu t'inquiètes moins, Annie ? »

La voilà qui recule, se raidit, contrariée, déjà en train de se demander ce qu'elle doit répondre qui plairait à sa mère, ce qui ferait durer ce « bon moment ».

« C'est sûr que quand tu vas bien comme aujourd'hui, ça me rassure !

— Et toi ? Vas-tu bien ? Maintenant que Corinne a repris la maternelle, vas-tu mieux ?

— Beaucoup ! Beaucoup mieux. »

Yolande se tait, attend la suite. Rien. Annie hésite, elle a peur de ressusciter la discorde entre elles deux.

« Ça s'arrange un peu... avec Yvon. »

Yolande s'aperçoit qu'elle l'avait totalement oublié, celui-là ! Elle doit être très prudente, parce qu'elle a toujours cette confusion entre les deux hommes qui l'incite à appeler Yvon Gaston. Aucun mystère là-dedans, pour elle, c'est du pareil au même. Annie a assurément épousé le portrait de son père. Ce qui semble être une tendance généralisée chez les humains.

Yolande se demande si elle a cédé à cette règle, elle aussi. S'est-elle mariée deux fois ? Comme sa mère ? Elle sait qu'elle était mariée avec Gaston. Civile, une union civile. Mais qui n'était pas civilisée, ajoute-t-elle mentalement. Un jour, elle le craint, elle saura en quoi un tel mariage lui convenait. Pour l'instant, le mystère peut s'épaissir, elle s'en fout complètement.

Elle écoute Annie lui faire le récit de la « passation des pouvoirs » — comme elle qualifie cette joute muette qui permet de prendre le pouvoir quand l'autre voit ses torts confirmés. Aujourd'hui, c'est Annie qui tient les guides parce que Ginette vient d'arriver et que c'est une concession qu'Yvon doit payer... en soumission. Filer doux ou faire à sa tête, voilà les deux possibilités de la vie conjugale dans l'esprit d'Annie. Et encore ! Pour elle, faire à sa tête n'est jamais totalement accessible, elle se sentirait trop coupable.

Yolande est surprise en pleine réflexion par l'hésitation qui teinte le discours d'Annie… et qui force son attention. « … il va vraiment pas bien. Il s'inquiète de toi, c'est effrayant.

— Yvon ?

— Non ! Papa. Papa s'inquiète. Il va se rendre malade avec toi.

— Quand il va comprendre que je vais vraiment bien, ça va le rendre encore plus malade !

— Oh !

— Tu ne vois pas que tout le drame qu'il se construit avec moi, c'est pour éviter de regarder sa vie ?

— Dis pas ça !

— Pourquoi pas ? C'est ce que je pense, Annie. Ton père ne sait pas encore ce qui s'est passé. Il boit au cas où il s'en rendrait compte.

— C'est parce qu'il s'en veut tellement, maman. »

Yolande soupire. Ce genre de discussion l'exaspère. Rien de nouveau ne peut en sortir, mais Annie a l'air d'y accorder tellement d'importance.

« Il ne s'en veut pas de ce qu'il a fait, Annie, il s'en veut d'avoir mal calculé son coup et de m'avoir perdue. Ton père n'est pas défait parce qu'il m'aimait, il est défait parce qu'il est humilié. Parce qu'on sait toutes les deux qu'il me trompait, qu'il allait me quitter et qu'il a pris le volant alors qu'il était soûl mort. Et moi, probablement parce que j'étais une victime ravie de l'être, je me suis assise gentiment à ses côtés sans rouspéter. Il n'y a pas de quoi être fière. Mais ton père ne s'en veut pas, Annie. Il compte ses souffrances comme on compte ses économies. Souffrir, c'est sa monnaie d'échange !

— Tu y pardonnes pas ? »

Comment peut-elle être entendue par quelqu'un qui fait strictement la même chose qu'elle faisait ? Elle n'a pas besoin de retrouver sa mémoire pour terminer le triste portrait de sa vie conjugale : elle a perdu bien assez de temps comme ça !

« Annie, aussi difficile que ça puisse être pour toi, je te le redemande : arrête de t'en faire avec ton père et moi. On est bien assez grands pour se débrouiller tout seuls. Plus vite tu vas accepter ma décision, plus vite ton père va s'en remettre. C'est fini. Tellement fini que tu pourrais à peine le croire. Je vais bien, je ne reviendrai plus jamais avec lui, et ce n'est pas un drame, c'est une bonne nouvelle. Je m'en réjouis. Et ça, c'est la base de nos futurs rapports : je te demande de respecter ma décision et de ne plus venir me voir si c'est dans l'espoir de nous raccorder, ton père et moi. Et là, Annie, je veux ta promesse. Je veux que tu t'y engages formellement. »

Elle attend. Annie se mord les lèvres, piteuse et mal à l'aise. Yolande est prête à passer la soirée sur ce divan s'il le faut, mais elle est décidée à obtenir sa réponse.

Annie relève la tête et plonge : « Il y a quelque chose que… je voudrais te demander. Est-ce que c'est Steve qui te rend si sûre de ton coup ? Est-ce que tu es amoureuse de lui ? »

Alors là, Yolande n'en revient pas ! Annie est vraiment convaincue qu'elle est une pauvre chose qui ne peut quitter un homme que sous l'influence d'un autre homme. Elle ne se laisse pas prendre par la ruse : « Annie, j'attends ta réponse.

— C'est ça que papa pense, tu comprends ? Et ça le rend fou… »

Silencieuse, Yolande regarde la jeune femme qui persiste, s'enfonce dans sa démonstration.

Yolande soupire, se lève, prend le sac à main d'Annie et le lui tend.

« Non, mais écoute-moi, maman, écoute au moins ce que j'ai à dire…

— J'ai entendu, Annie. Tu peux revenir quand tu seras prête à respecter ma décision.

— Mais c'est pas une façon de se laisser, ça! Tu me mets dehors!

— Annie, tu peux venir me voir quand tu veux, à la condition de ne plus discuter de ma séparation d'avec ton père.

— Mais qu'est-ce que je vais lui dire? Penses-tu qu'y m'appelle pas? Qu'y s'inquiète pas?»

Pour Yolande, la voir se débattre avec autant de faux problèmes devient gênant. Annie prend enfin son sac, affolée, dépassée, au comble de l'incompréhension: «Si tu savais comme il l'haït, ton Steve! Y dit que tout est de sa faute! Que c'est une influence épouvantable que tu subis. Maman, dis-moi-le si t'es amoureuse de lui…»

Pour la première fois depuis l'accident, Yolande tend la main vers le visage d'Annie qu'elle effleure avec douceur.

La pitié. C'est donc la pitié qui revient en premier. Elle ne sait pas si c'est une émotion, mais elle ressent de la pitié. Elle ne peut rien pour Annie. Annie a besoin de sa souffrance. Annie a besoin de ses drames et de ses déchirements. La vie doit être un enchevêtrement de douleurs et de problèmes. Sinon, aucune noblesse ne peut en émaner. Voilà comment on en arrive à se convaincre d'exister. Selon Annie, du moins. Elle est là, bouche bée, elle ne comprend rien à ce qui se passe, Yolande le voit bien.

Dans le silence, Annie perçoit la force tranquille de sa mère. Elle a l'impression d'avoir raté quelque chose d'essentiel, de s'être égarée en chemin. Sa mère fait une chose incroyable, bouleversante: elle la prend dans ses bras sans l'étreindre, en passant une main réconfortante dans son dos, comme si elles n'étaient pas en désaccord. Elle murmure:«Prends soin de toi, veux-tu?»

Annie se retrouve sur le pas de la porte, en état de choc.

Elle ne sait plus ce qui s'est passé. Elle ne sait pas vraiment pourquoi, mais elle a paniqué, et elle n'a pas le droit de revenir dans ce minuscule appartement qu'elle trouve si étriqué.

Elle se met à marcher sans regagner sa voiture — elle se sent aussi perdue que le jour où elle est allée voir sa mère. Sa vraie mère. La soûle qui attendait le livreur.

Un manège infernal tourne dans sa tête. Un manège où les gens surgissent et la houspillent. Régulièrement, le manège est bloqué par cette image d'une infinie douceur : Yolande qui caresse sa joue, qui la prend délicatement dans ses bras et lui demande de prendre soin d'elle-même.

Annie ne sait pas exactement pourquoi elle sanglote, assise à l'arrêt d'autobus, les clés de sa voiture dans les mains.

* * *

Comme elle n'a pas les moyens de se payer un afficheur, Yolande attend toujours que la personne s'identifie sur son répondeur avant de prendre la communication. Elle ne sait plus combien de fois elle a échappé à Gaston, grâce à cette manœuvre.

C'est un Steve léger, très au-dessus de ses affaires, qui parle comme si elle avait décroché.

« Yo ? Es-tu là ? Déjà dehors à courir après ta *date* ? Crisse ! T'es vite à soir ! M'a t'rappeler t'à l'heure ! »

Cette belle confiance qu'elle sera là pour lui répondre. Et il a raison, elle sera là.

Elle n'a pas encore mangé. Elle prépare une salade en se demandant si, effectivement, elle ira marcher. Après sa conversation — ou plutôt ce qu'elle considère comme son échec de conversation — avec Annie, elle a bien besoin de paix. Marcher, oui. Rencontrer Jean-Louis Sirois, elle n'en est pas certaine. Elle n'a plus aucune disponibilité d'esprit ce soir.

Elle n'a même pas envie de croiser ses yeux.

Elle pignoche dans sa salade en revoyant sa rencontre avec Annie. C'est si épuisant et si stérile d'essayer d'être entendue quand l'autre hurle, les deux mains sur les oreilles. Elle ne sait pas quand elle va revoir Annie, mais elle a intérêt à s'armer de patience.

Repoussant d'un hochement de tête l'idée contrariante d'une éventuelle rencontre avec Jean-Louis Sirois, elle prend ses clés et sort.

Le crépuscule n'a pas encore basculé dans la nuit. La rivière est nimbée de rose fuchsia. Elle aime le mot «crépuscule» et le mouvement de lumière qu'il désigne : l'heure bleue, la brunante, la noirceur. Tous ces mots pour dire le jour qui s'évanouit.

Des canards se posent sur l'eau. La chaleur du jour est encore enveloppante, les bienfaits de la nuit ne se feront pas sentir avant quelques heures. La beauté du moment achève de disperser son inutile préoccupation. À quoi sert de se tourmenter ? Pour l'instant, ça ne donne rien à Annie ou à quiconque. Elle fixe les eaux tranquilles de la rivière, y dépose son souci, comme si c'était un petit bateau de papier plié, et elle l'imagine descendre doucement le courant paresseux.

Quand elle lève les yeux de sa rêverie, il est là.

Elle ne l'a pas entendu arriver, ce qui n'est pas étonnant. Mais comme elle s'est éloignée du chemin pour s'approcher du bord de l'eau, sa présence est plus surprenante.

Elle le regarde en silence. Ouvert, souriant, l'air avenant, il fait de même. Pourquoi est-ce que ça l'embête ? Elle détourne les yeux et essaie de revoir son petit bateau imaginaire. Rien. Elle parle comme si elle s'adressait à l'eau : «Je ne sais pas si j'ai envie de changer nos habitudes.

— Moi non plus. J'ai failli me priver de promenade, ce soir. »

Elle sourit. Elle ne pouvait espérer meilleure nouvelle : «Alors, bonne nuit ?

— Bonne nuit, oui. »

Mais le regard n'est déjà plus le même.

Dire qu'on préfère ne pas parler, c'est quand même se parler. Surtout quand on est d'accord.

* * *

C'est toujours avec une légère appréhension que Yolande refait des parcours dont elle n'a aucun souvenir, mais dont elle sait qu'elle avait l'habitude.

Le cœur serré, elle franchit les portes de l'immeuble d'un de ses anciens employeurs, celui pour lequel elle a le plus travaillé, selon ses feuilles de déclaration d'impôts.

La réception ne lui dit rien, pas plus que la jeune fille qui lui sourit, tout d'abord mécaniquement, pour ensuite se lever et venir vers elle, stupéfaite : « Yolande ? Ah ben ! Ça, c'est une bonne nouvelle ! Comment ça va ?

— Bien. Très bien. Je suis venue voir…

— Lili ? Ça sera pas long, je l'appelle. »

Elle la regarde amicalement en composant un numéro. Yolande est dans l'impasse totale. Aucune idée de son nom. Comme toujours depuis que l'amnésie règne sur sa vie, elle sent que c'est une personne bien qui lui convenait, sans plus.

Quand la jeune fille raccroche et lui indique l'escalier, elle semble ne s'être aperçue de rien : « Elle vous attend ! Vous connaissez le chemin ? »

Non, justement. Mais ce doit être au bout de ces marches. Par bonheur, Lili a eu la bonne idée de sortir de son bureau pour venir l'accueillir.

La quarantaine brune et pétillante, Lili est habillée de couleurs vives, aussi éclatantes que son humeur.

Elle ferme la porte et indique un siège à Yolande. Le fouillis de ce bureau est impressionnant. Des piles et des piles de papiers encombrent chaque millimètre. Pour Yolande, ce chaos représente l'enfer. Elle serait incapable de travailler là-dedans.

Lili l'observe, l'air bienveillant : « Alors ? Rien ? »

Yolande hoche la tête. Elle l'avait avertie quand elle avait pris rendez-vous : il n'y avait vraiment que très peu de chances qu'un déclic se produise.

« Je ne sais même pas si on se disait vous ou tu.

— Tu. Et ça peut continuer de même si tu veux. Mais on peut recommencer à neuf, si tu préfères.

— Non, non. C'est correct.

— C'est fou, quand même : si on avait eu une grosse chicane, tu t'en souviendrais pas ?

— Non. Pas de conflit, pas de dette, pas de malentendu qui résiste. Tout est effacé.

— Je pourrais te faire accroire n'importe quoi ? Je sais pas, moi, qu'on a eu une liaison ?

— Je suppose que oui... Mais j'ai encore ma perception. Je sais tout de suite si la personne me plaît, me déplaît, m'attire ou non. Je sais ce que je sens là, maintenant. J'ai pas de mémoire, mais j'ai un présent.

— D'un certain côté, c'est tentant. Ça doit faire du bien, un raz-de-marée qui balaye toutes les niaiseries qui prennent tant d'importance. Repartir à zéro, c'est pas si mal.

— Sauf que c'est à zéro juste pour toi. Les autres gardent leurs souvenirs, eux.

— Moins drôle...

— C'est un décalage : tu sais ce que tu penses de moi, je ne sais pas encore ce que je pense de toi.

— Oui et non : je trouve que tu as changé. Tu n'es plus tout à fait la même, Yolande.

— Non.

— Et tu es prête à recommencer à travailler ?

— J'en ai besoin. Je sais pas si je peux travailler de longues heures. J'en doute.

— Cette partie-là de ta mémoire, t'as rien perdu ?

— Non. Je te dirais même que c'est très net. Quand je suis sortie du coma et que je ne pouvais rien dire, je notais les fautes de syntaxe des gens qui parlaient près de moi. »

Lili part à rire et s'étire vers une pile de papier qu'elle dégage précautionneusement : « J'ai réfléchi après ton appel et j'ai pensé que ceci serait un bon test. »

Elle lui tend la liasse de papier retenue par un élastique : sur la page couverture, un titre et le nom d'un auteur. Un essai.

Il y a de l'expectative dans l'œil de Lili.

« Je devrais réagir ? Je connais ce Robert Delage ?

— Gros, gros ego… le style d'auteur qui perd beaucoup de temps à corriger le réviseur. Si je te disais qu'il estime que la maison ne fait aucun travail littéraire à proprement parler, qu'il doit tout fournir lui-même… monsieur je-sais-tout et je-fais-tout… non ?

— Non.

— C'est peut-être une épreuve terrible pour toi, mais crois-moi, ne pas te souvenir de Delage et de ses interminables réflexions sur ce que devrait être notre travail d'éditeur, c'est une bénédiction. »

Yolande feuillette le manuscrit : « Il sait écrire, au moins ?

— Oui. On le prend pas facilement en flagrant délit d'anglicisme. C'est sec, mais correct.

— C'est au moins ça ! »

Le silence s'installe. Sans malaise. Il y a même une certaine complicité qui passe entre elles deux. Yolande sourit : « J'aimais mon travail, je pense…

— Maniaque. T'étais maniaque. D'une exigence absolue. Je ne t'ai jamais donné de nouvel auteur. Les débutants, tu les aurais découragés ben raide.

— Combien de temps tu me donnes pour celui-ci ?

— C'est pas pressé. Delage est en avance sur le programme d'édition. Ça part pas sous presse avant la troisième d'août. On a du temps. C'est pour ça que je te l'offre.

— Mais encore ?

— Un mois ? »

Yolande sourit : pour deux cents pages à peine ! « J'ai perdu la mémoire, Lili, pas le bon sens !

— Fais-le comme tu veux, à ton rythme. Disons que je

m'attends à un rythme convalescent. T'as besoin d'une avance plus substantielle que d'habitude?

— C'est habituel, ça?

— T'as dit que tu avais besoin de travailler et tu n'es plus à la même adresse… j'en conclus que tu as de nouvelles dépenses.

— Tu peux bien porter du rouge, toi!

— Es-tu sûre que tu te souviens de rien? Tu me disais ça mot pour mot, avant.

— Y a plus d'avant, Lili. Mais je vais prendre l'avance.»

* * *

Elle aime son travail. Elle aime l'ordonnance de ses crayons, les codes de correction qui lui reviennent immédiatement en mémoire, l'agencement de ses dictionnaires disposés en couronne sur la table, comme un rempart.

Elle apprécie la concentration, la discipline qu'exige sa tâche. Y aller posément, graduellement, phrase après phrase, sans précipitation et sans délai. Elle trouve un équilibre immédiat dans cette lecture critique qui cherche toujours à optimiser la phrase sans jamais la ternir ou la ramener à la simple et souvent ennuyeuse norme. Elle s'absorbe complètement, l'esprit net, tranchant, sans éprouver le moindre doute à chaque correction ou suggestion qu'elle écrit en lettres carrées. Après deux heures de travail intense, elle relève la tête, étonnée d'avoir glissé si facilement dans son ancien moi. Ce n'est pas que l'œuvre de monsieur Delage soit fascinante, elle a noté des contradictions et elle n'est pas vraiment d'accord avec deux de ses affirmations, non, son plaisir est sans réel rapport avec ce qui est écrit, c'est la manière d'écrire, c'est la langue dans toute sa splendeur qui lui procure cette satisfaction. Que ce soit de l'écrit lui suffit. Le reste, ce que le monsieur a à dire, à débattre, à argumenter, cela lui appartient à lui et, ultimement, elle s'en fout un peu.

Aurait-elle une autre attitude devant un roman ou toute œuvre d'imagination? Elle ne le croit pas. La question ne lui semble même pas intéressante.

Elle se lève, s'étire, le corps déjà courbaturé. Les épaules raidies par la position inclinée. Elle doit avoir engrangé de vieux comportements physiques qui ont rouillé son corps pendant toutes ces années passées penchée sur des feuilles. Ça tiraille déjà dans son cou.

Même si le souvenir est absent, le plaisir qu'elle éprouve à retrouver son travail est libérateur. De tous ses choix passés, enfin, de ceux dont elle s'est souvenue jusqu'à présent, celui de son métier est de loin le plus satisfaisant et le plus facile à reprendre. Jusque-là, tout ce dont elle s'était souvenue de son passé lui semblait bon à jeter. S'apercevoir qu'elle n'était pas étrangère à elle-même sur toute la ligne la rassérène un peu. Ça devenait épuisant et déprimant de toujours se considérer comme inapte et déplacée. Il était grand temps que quelque chose de son passé lui convienne.

Elle décide d'aller se dégourdir les jambes avant de préparer son repas. Elle a beau se convaincre que son corps a un urgent besoin de bouger après sa première journée de travail, elle n'est pas dupe d'elle-même.

La voilà bel et bien en train de fuir monsieur Sirois et cette conversation qu'ils finiront bien par avoir. Après sa rencontre avec Lili, Yolande estime que la confrontation avec autrui a eu sa large part aujourd'hui. Même un sourire-bonsoir lui semble trop exigeant.

Quand le ciel bas et lourd pèse comme un couvercle

Il est bien gris et lourd, ce ciel, il va encore pleuvoir pour la sortie des bureaux. Ce qui est bien avec son métier, c'est la solitude et la liberté qu'il permet. Yolande se dit qu'elle détesterait être enfermée dans un édifice à bureaux, encerclée de toute part, obéissant à un horaire immuable. Elle sourit à la vie qui lui offre un si beau cadeau et se promet de faire encore quelques pages ce soir.

En le voyant, elle s'arrête net : quoi ? Il passe ses journées à se promener ? Qu'est-ce qu'il fait là ?

« Alors là, je ne comprends pas comment vous faites… »

Et c'est lui qui dit ça ? Yolande est abasourdie : « Je viens de me passer la même réflexion ! »

Il hoche la tête, il sourit, visiblement dépassé.

Ses dents sont très régulières et d'une blancheur qui illumine son visage. C'est pour continuer à les admirer qu'elle parle : « On a un don, c'est clair !

— On a un don, c'est sûr. On s'assoit ou on continue notre route ? »

Il semble penser que l'un ou l'autre se fera ensemble, de concert. Elle n'en revient pas qu'il soit aussi innocent qu'elle dans ces rencontres.

« Assoyons-nous. »

* * *

Les mains pas très propres de Steve tripotent les feuilles qu'elle vient de corriger.

« T'es presque rendue normale, Yo ! »

Presque, oui ! Dans son esprit, il ne doit pas en manquer beaucoup pour qu'elle soit devenue carrément ennuyante. Il se laisse tomber dans le sofa : « Pourquoi tu fais ça ? T'es pas obligée…

— Aimer ce qu'on fait, Steve, tu penses pas que ça se peut ?

— Ça s'peut pas ! Tu peux pas tripper à corriger des phrases ! »

Elle sourit, range son travail : « Non seulement j'aime ça, mais ça va me permettre de refuser les chèques de mon ancien mari. Ça devrait te plaire, ce bout-là…

— Le gros crisse ? Qu'y paye ! Pourquoi tu y redonnerais l'argent ? C't'un écœurant ! Qu'y paye !

— Steve, change de cible, c'est trop facile de toujours taper sur lui. Tu sais que j'étais pas menottée quand j'ai dit oui ?

— Non, mais t'étais capotée. Tu vas mieux. »

Yolande se dit qu'elle ne pourrait pas lui retourner le compliment. Steve s'enfonce, son moral dégringole depuis des semaines et le physique, dont il ne s'occupe plus, régresse à vue d'œil.

« Qu'est-ce que tu sais le mieux faire, Steve ?

— Conduire une chaise roulante. »

Il a raison, en plus. Quand il était en chaise roulante, il allait où il voulait, il donnait l'impression de conduire un engin ultra-rapide, conçu pour lui. Avec les cannes et les prothèses qui devraient en principe l'affranchir davantage, il fait figure non seulement de handicapé, mais de mésadapté. « Pourquoi tu t'essayes pas à vivre avec ta chaise ? »

Il la regarde sans répondre, furieux.

« Quoi ? Tu peux pas me dire ça ?

— J'en ai pus, de chaise, tu vois ben !

— Et la récupérer, c'est pas possible ? »

Il fait un signe d'argent de la main : « J'corrige pas, moi !

— As-tu au moins demandé si tu y avais droit ? Steve, en physio, leur as-tu parlé de continuer avec ta chaise ? »

Il grogne une réponse et regarde ailleurs.

Ça sent la mauvaise foi à plein nez et Yolande n'apprécie pas du tout le rôle de psy qu'il lui donne : « Steve, si tu veux qu'on parle d'autre chose, dis-le !

— J'y vas pus en physio, crisse ! Ça donne rien ! »

Yolande sait qu'elle n'a pas une grande marge de manœuvre quand Steve est comme ça : « Ah ? Ah bon ! O.K. — J'ai fait un pain de viande, tu vas en prendre ? »

Elle s'affaire, le laisse mijoter dans son jus. Du coin de l'œil, elle le voit s'extirper du divan à grand-peine. Sans les exercices, tout son corps lui fait mal, et comme il ne s'est jamais adapté à la prothèse droite, il en demande beaucoup trop à son côté gauche, qui commence à se manifester, lui aussi. Qui ne serait pas déprimé d'avoir à vivre à cloche-pied sur un pied rapporté ? La douleur est un puissant anxiogène, elle le sait.

Elle ignore si c'est l'effet des fraises, mais c'est seulement au dessert qu'il marmonne : « Y vont m'en donner une crisse de vieille. Le genre de chaise que tu peux pas faire spinner. Quand tu payes pas, t'as les vieilles crisses de chaises pesantes ! »

Si c'est pas une prédisposition au plaisir, ça ! Elle ne le contrarie pas.

* * *

C'est à Cantin qu'elle parle de Steve et de la dépression dans laquelle il est en voie de sombrer. Cantin estime que le problème dépasse largement les compétences et les forces de Yolande : « D'après ce que vous me dites, c'est quelqu'un de très amoché, et pas seulement par son handicap. Il a besoin d'aide professionnelle. Qu'est-ce que vous allez faire s'il en vient à dépendre totalement de vous ? Avez-vous vraiment la santé de porter quelqu'un comme ça sur vos épaules ?

— Je ne le porte pas.

— Pas encore, non. Pas totalement.

— Il m'a aidée, vous le savez. Je me suis attachée à lui. La seule personne qui ait réussi cet exploit ! Je ne peux pas le lâcher maintenant. Il a tellement de talent. Ce serait un tel gaspillage s'il ne s'en sortait pas.

— Est-ce qu'il a des amis ? Des proches ? Avez-vous des alliés dans votre entreprise ? Si vous continuez toute seule, vous risquez d'épuiser vos maigres forces. Dommage que la seule personne qui vous touche soit si mal en point.

— Dommage ou normal, docteur Cantin ? »

* * *

Parce que Cantin a raison et qu'elle le sait, Yolande se dirige vers le centre de physiothérapie après sa consultation. Retrouver ce lieu la chamboule : s'il y a un endroit au monde où l'effort de vivre et l'espoir sont à l'honneur, c'est bien là. Peu importe de quelle indigence on part, ici, dans le temple de l'effort, on lutte pied à pied avec les déficiences et on se reconstruit. La ténacité, le courage, l'entêtement même, exigent leur part de sueur.

Sylvie, la physiothérapeute qui s'occupait d'elle, est en pleine session de travail — elle lui fait un léger signe de reconnaissance et lève une main pour lui demander d'attendre cinq minutes.

Yolande s'assoit, ses yeux font le tour de la salle où presque chaque appareil est occupé. Ici, il n'y a pas d'âge, il n'y a que des corps abîmés qui doivent être remis en état. Des vieux, des jeunes, ça n'a plus d'importance, ce sont des vies qui connaîtront à jamais le prix d'être debout et actives, ce que la plupart des êtres humains ignorent.

« J'aime ça quand des patients complètement remis viennent me rappeler que ça vaut la peine d'insister. Comment ça va, Yolande ? »

Elle est tout essoufflée, les joues un peu rosies — Sylvie prend son travail à cœur. Comme elle a beaucoup d'humour, elle arrive à dédramatiser les pires pronostics.

Ce que Yolande lui raconte à propos de Steve ne l'étonne pas beaucoup. Elle ne cache pas que, d'après elle, Steve est un candidat à la récidive.

« Récidive ? Tu veux dire, au sens strict ? Excuse-moi, mais je veux être certaine de comprendre…

— Au sens de refaire une bêtise, un mauvais coup, oui. On n'a jamais su si l'accident de Steve était un accident ou autre chose… Pas besoin de vous dire que le soutien psychologique et Steve, ça fait deux ? Même chose que le soutien physique, d'ailleurs. Le problème de Steve, c'est qu'il est trop intelligent pour le peu qu'il sait faire et qu'il a trop de force physique pour ce que son corps lui permet de faire. Son énergie ne sait plus par où sortir ! »

Yolande trouve l'analyse assez juste, mais déprimante. Elle expose à Sylvie son projet de remettre Steve en chaise roulante et de l'envoyer s'entraîner dans un gym régulier. Un gym où il pourra exprimer son agressivité, et surtout un endroit où son handicap ne sera pas du tout camouflé et où chaque personne qui l'approchera le fera en sachant à qui elle s'adresse. Surtout les filles. «Il n'a pas de famille, pas d'amis. Il ne veut pas parler de ses connaissances… il faudrait briser son isolement, non?

— Il est chanceux de vous avoir, Yolande. J'en ai tellement vu qui sont pas capables d'aller vers les autres après leur accident. S'apitoyer sur son sort est le premier réflexe, mais ils ont intérêt à passer à autre chose, sinon…

— Il est tellement jeune, Sylvie, la route va être très longue s'il la prend à reculons.

— Vous souvenez-vous, Yolande, quand je demandais: sur une échelle de 10, ça fait mal à combien? Je peux pas vous dire tout ce qu'on apprend sur les êtres humains avec leurs réponses. Avec Steve, j'avais jamais le chiffre réel. Ça faisait jamais mal. Deux, 3, ça voulait dire qu'il était au bout de sa corde. Je l'ai jamais entendu dire plus que 4. Probablement parce que, à 5, il aurait plus été capable de parler, il aurait perdu connaissance.»

Elle se lève, son patient vient d'arriver. Un enfant dans une chaise roulante poussée par une femme plus jeune que Yolande — la mère, sans doute. Sylvie murmure: «Pour la chaise, on peut arranger ça. Revenez me voir.»

Yolande remercie et reste encore un peu, le temps de voir Sylvie accueillir son jeune patient et le diriger vers «les instruments de torture», comme disait Steve.

Elle sort, et même si la journée est fraîche et maussade, elle marche en ressentant que chaque parcelle de son corps est vivante et alerte. Cette joie du corps qui fait docilement ce qu'il est conçu pour faire: bouger en souplesse. Il y a cinq mois, elle n'aurait jamais parié qu'elle serait si heureuse, si pleinement vivante, malgré son passé enfui.

Il y a cinq mois, la seule voix qui la tirait hors du précipice de l'apitoiement était celle du jeune *bum* mal embouché qui s'y enfonce maintenant.

* * *

En rentrant chez elle, trempée par la pluie, elle se change rapidement et prend une serviette pour sécher ses cheveux.

Ébouriffée, elle surprend sa silhouette dans le miroir et suspend son geste : elle n'a jamais beaucoup aimé se regarder. Depuis son accident, les miroirs lui renvoient l'image surprenante d'une femme plus vieille qu'elle ne se conçoit. Elle s'approche du miroir, s'essaie à l'objectivité : a-t-elle été belle dans sa jeunesse ? Peut-être. Les proportions du visage et même celles du corps sont plutôt harmonieuses. Son visage est flétri, mais pas encore plissé. Un léger abattement dans le coin de l'œil, une bouche plus sèche, à peine moins généreuse… non, ce n'est pas si mal. Pas trop mal.

Elle sourit. Elle n'est pas dupe. Si elle s'examine comme ça, c'est parce que les yeux de Jean-Louis Sirois la regardent. Il n'est pas séduit, il est curieux d'elle. Il est calme, elle le qualifierait de serein, et elle est certaine que ça le ferait rire beaucoup, sans dire en quoi ça lui paraîtrait drôle. Elle ne sait pas vraiment pourquoi, mais ils n'ont aucune tendance à s'expliquer quoi que ce soit l'un à l'autre. Ils ne s'expliquent pas, c'est tout.

La curiosité de Jean-Louis ne concerne pas sa vie, son passé ou son présent. Il est curieux d'elle, de comment le jour se passe pour elle, de ce qu'elle apprécie dans l'heure où ils sont ensemble.

Il connaît chaque oiseau par son nom et par son chant. S'il en passe un pendant qu'il lui parle, il se tait et toute son attention se porte sur ce qu'il voit.

Il est attentif, pas très sérieux et il maintient une bonne distance entre elle et lui. Une distance totale. Elle ne le sent pas en train de « l'entreprendre », de venir vers elle, de forcer ses défenses. C'est cette distance précisément qui lui plaît. Elle n'a pas envie qu'il se passe autre chose entre eux que cet accompagnement léger, sans engagement, sans récit épuisant de la vie passée. Comment pourrait-elle espérer autre chose, puisque son récit à elle est perdu ?

Elle ne veut pas savoir s'il a quelqu'un dans sa vie, s'il cherche autre chose, s'il la considère comme une éventuelle partenaire. Dès qu'elle sera fixée, elle sait qu'elle s'éloignera. La possibilité du désir est encore inconcevable pour elle. Son corps en éprouve, mais aveuglément, sans personne de précis sur qui le projeter ou l'exalter. Elle n'éprouve aucun scrupule à se masturber, mais l'idée d'aller avec quelqu'un et de s'abandonner physiquement jusqu'à la jouissance lui semble infiniment périlleuse.

Elle est certaine de n'être pas une femme très sexuelle. Elle doute d'avoir jamais joui avec un partenaire. Elle ne sait pas si c'est le fait de réduire tout ce chapitre de sa vie à Gaston, mais elle se dit que tout cela devait être d'un morne effarant. Et plutôt que de recommencer ce genre d'échange inutile, elle se voit très bien rester seule encore et pour longtemps si ce n'est pour toujours. Elle n'éprouve pas l'urgence de Steve — et elle ne saurait absolument pas quoi faire d'une telle urgence si elle surgissait. Fuir. Oui, fuir serait la solution.

Quand elle pense à Gaston qui s'invente un psychodrame avec Steve — un enfant ! Steve est tellement jeune et fou et ardent, comment seulement croire qu'une telle liaison soit possible ? Il faut être détraqué comme Gaston et la connaître bien mal. Là-dessus, elle lui donne quand même une longueur d'avance, il en sait sans doute plus qu'elle sur ses habitudes passées, mais sûrement pas sur ses envies actuelles !

« Et j'ai envie de ce que j'ai », conclut-elle en s'assoyant devant l'essai de monsieur Delage.

Je marche à côté d'une joie
D'une joie qui n'est pas à moi
D'une joie à moi que je ne puis pas prendre

Avant — elle en est persuadée — elle trouvait toute son

essence dans ces vers de Saint-Denys Garneau. Tout ce qu'elle était devait « marcher à côté d'une joie ». « Cage d'oiseau »… Non, ce n'est pas le même poème, elle se trompe.

Je suis une cage d'oiseau
Une cage d'os
Avec un oiseau

C'est si difficile et si simple d'accorder ses pas avec la joie, de placer ses pieds dans les traces de la joie. Même en se sachant une cage d'oiseau.

Si Steve pouvait aimer la poésie, elle lui dirait du Saint-Denys Garneau, cet homme qui parlait si doucement, si délicatement du désespoir qui fane les couleurs d'un jardin.

* * *

Ce soir, ils ont marché plus loin qu'à l'accoutumée. Comme ça, sans seulement se consulter ou en parler. Ils n'ont rien dit de tout le parcours. Pour conclure, avant de partir de son côté, Jean-Louis pousse un soupir, hoche la tête d'un air entendu avant d'ajouter : « Mmm ! Je trouve que vous avez raison sur toute la ligne !

— Ravie de vous l'entendre dire. Comme ça, le sujet est clos ?

— Absolument. Bonne nuit !

— Bonne nuit ! »

Il la regarde s'éloigner dans la nuit, légère et apparemment sans souci. Il rentre lentement chez lui.

Ce soir, s'il s'écoutait, il referait le parcours. Il n'a pas envie de ses murs. Il a envie d'être ailleurs, dans les yeux de quelqu'un d'autre. Dans un nouvel environnement et non pas dans cette maison qui lui dit, à chaque fois qu'il entre dans une pièce : ce n'est plus ce que c'était.

Il rentre et regarde son intérieur avec les yeux de Yolande. Qu'y verrait-elle ? Une décoration soignée, feutrée, sans éclat et tout en confort. Des meubles qui ont du vécu, des murs garnis de photos, de souvenirs, une cuisine efficace et extrêmement plaisante à vivre. Surtout le matin, quand le soleil y règne en maître.

Il devrait déménager et il le sait. Il n'ouvrira jamais la porte de cette maison à qui que ce soit qui risque de prendre de l'importance à ses yeux. À ceux et celles qui ne comptent pas, cela ne le dérange pas du tout.

Cette femme, cette Yolande qu'il a croisée si régulièrement qu'il a fini par croire qu'elle le poursuivait, elle pourrait être importante. Parce qu'elle n'y tient pas. Parce qu'elle n'est pas pressée ni affamée d'un homme. Parce qu'elle s'en fout.

Il a envie d'une présence, mais il se méfie des appétits féminins, des plans de carrière conjugale, des plans tout court. Il déteste l'idée de raconter sa vie à qui que ce soit. Et cette phrase que tant de femmes coulantes de compréhension lui ont murmurée, ce « j'aimerais ça mieux te connaître », il ne veut plus l'entendre.

Au moins, celle-ci se tient loin des lieux communs et elle a l'air assez bien avec sa vie pour ne pas venir squatter la sienne.

« C'est toi qui l'as mise sur ma route ? T'as décidé que c'était assez, le personnage du misanthrope désagréable ? Même si c'est toi, Françoise, même si t'as décidé de me pousser ailleurs, je n'y consentirai pas nécessairement. »

Bon ! Il recommence à lui parler ! Il se refait le coup de l'aimable fantôme.

Agacé, il se verse un doigt de scotch, juste ce qu'il faut pour faire danser la lumière tamisée de son bureau dans le liquide ambré. Au moins, cette pièce est la sienne. Cette pièce est tellement comme lui que le fantôme de Françoise ne vient pas s'y promener sans invitation. Et il ne l'a pas invitée, ce soir.

Il fait rouler le scotch contre la paroi du verre. L'odeur à elle seule le satisfait. C'est une odeur divine qui l'envahit quand il savoure une première gorgée — c'est chaud comme un baiser. Un baiser long, suave, jouissif. Un baiser qui se suffit à lui-même, qui ne cherche pas à s'égarer, à descendre, à s'emparer d'une autre bouche. Un baiser goûté pour ce qu'il est. Bouche contre bouche et vertige absolu.

La tête renversée contre le cuir usé du fauteuil, il se demande combien de fois on doit dire adieu avant de quitter vraiment. Avant d'accepter de quitter ce qui nous a quitté.

Si Françoise n'était pas morte dans cette maison, la leur, dans ce lit où, finalement, il ne dort plus, si sa frêle carcasse de mourante ne pesait pas d'un poids indicible sur chaque jour, hantant son souvenir d'une vision d'Auschwitz, serait-ce plus simple? Ou plus facile?

Quand, il y a plus d'un an, il suivait sur son corps le trajet du cancer, quand, de semaine en semaine, cette femme défiait les plus sombres pronostics et s'acharnait à tenir et à respirer malgré tout, il se disait qu'il faudrait bien la convaincre d'abandonner l'injuste combat. Et voilà: il a fait la même chose qu'elle, une fois qu'elle a été morte. Il la tenait à bout de bras, incapable de la laisser s'évanouir dans le temps, mourir pour de bon, incapable de la laisser. Il a entendu mille histoires sur des gens qui meurent du cancer. La sienne est la sienne, et il la garde jalousement, possessivement.

Quand ses amis, sa famille se sont mis en tête de l'aider à « le sortir de là », il les a gentiment raccompagnés à la porte de sa vie en jurant de les rappeler quand il s'y sentirait prêt. Il n'en pouvait plus de les entendre répéter que c'était normal, tout en essayant de le faire changer d'attitude. C'est normal, oui, bien sûr… Et où avaient-ils pris qu'être normal constituait le rêve de sa vie? Normal ou pas, il avait mérité de s'accorder à lui ce qu'il avait offert sans mesure aux derniers mois de Françoise: du temps. Le sien. Celui que ça lui prendrait. Point. Il avait prolongé son congé sans solde et il s'était dit que les dix-huit mois pour Françoise seraient doublés de dix-huit mois pour lui. Trois ans pour perdre une femme et accepter de l'avoir perdue. Après vingt et un ans de vie et d'amour, ce n'est pas trop. Pas à ses yeux, en tout cas.

Le mois prochain, il doit décider s'il recommence à travailler ou s'il prend une retraite anticipée.

Il a tellement changé qu'il ne se voit pas retourner travailler au même endroit.

Ni revenir dans cette maison, le soir.

Ni faire quoi que ce soit qui ressemble à la vie passée avec Françoise.

Il termine son scotch d'un trait, pour le plaisir de la brûlure qui surgit après coup. Un frisson le traverse. Il se lève, observe la nuit par la fenêtre.

S'il quitte cette maison, ce ne sera pas avec un camion qui trimballera ses souvenirs.

Pas question de réinstaller le même décor.

* * *

On dirait bien que Steve s'est mis en tête de donner raison à Cantin et de faire peur à Yolande. Depuis qu'elle a organisé l'accès à une chaise roulante « qui spinne », elle n'a même pas pu le lui annoncer. Il l'appelle pour lui dire qu'il ne viendra pas, et la seule fois où il vient, il est tellement soûl et gelé qu'elle le renvoie chez lui. Il le sait pourtant : s'il est soûl, elle ne le laisse pas dormir chez elle. Et depuis deux semaines, il ne dessoûle pas.

Yolande prend le taureau par les cornes, elle va chercher la chaise et demande à Steve de passer en fin de journée. Il essaie bien de se défiler, mais elle est excédée et elle le lui fait comprendre.

Quand il voit la chaise, il est comme un enfant. Il lui fait une démonstration complète des possibilités, des trucs, il s'exclame sans arrêt et ponctue son discours de : « Crisse ! Comment t'as faite, Yo ? Ça coûte un bras ! »

Le discours qui accompagne le cadeau lui plaît beaucoup moins. S'entraîner ne lui paraît absolument pas utile, étudier le dégoûte et il se trouve parfait comme il est.

« À faire quoi, Steve ? À te soûler tous les soirs ? Avec qui ? Des gens que tu ne voudrais pas que je rencontre, j'en suis sûre. C'est quoi, ta vie ? Tu y penses jamais ?

— De toute façon, crisse… »

Le regard la fuit, devient vague.

Elle saisit son menton, le force à la regarder : « De toute façon, quoi ? »

Il se dégage sèchement : « Lâche-moi, Yo, t'es pas *cool* !

— O.K., Steve. Je vais mettre cartes sur table. J'ai pensé à plein de choses pour t'aider, ça allait de la boîte de Prismacolor à la chaise. J'ai finalement pensé que, pour vivre, il fallait que tu puisses bouger à ton goût. Je ne peux pas te faire avancer malgré toi, je ne peux pas vivre pour toi, je ne peux pas régler tes problèmes, t'en as trop. Mais je ne peux pas non plus te regarder te tuer à petit feu. Ça me dérange, tu comprends ?

— Ben, regarde ailleurs !

— C'est ça que tu veux ? T'en as combien d'amis, Steve ? Je ne parle pas de ceux qui se soûlent sur ton chèque, des amis. Andy, tiens, tu le vois plus ? Le gars que t'aimais bien… »

Il l'interrompt brutalement : « Crisse ! Pour une fille pas capable de savoir où a restait, t'as de la mémoire pour les autres ! Andy, c'est fini. Fait un crisse de bout de temps !

— Qu'est-ce qu'y dirait de te voir, aujourd'hui ? »

Rien. Il regarde par terre — buté, fermé.

« Steve… t'as vingt-quatre ans…

— Pis j'en aurai pas vingt-cinq, garanti ! »

Le regard est sombre. Il est désespéré avec tant de fougue qu'elle se dit que, cette fois-là, il ne se ratera pas. Bravement, elle fait face : « C'est quand, ta fête ? »

Ce qui force quand même un peu l'admiration de Steve, qui part à rire : « Crisse ! T'es capable ! Le 27 octobre.

— J'aimerais ça qu'on fasse une entente, Steve. »

Il pâlit. Elle ne sait pas à quoi il s'attend, mais il n'aime pas ça du tout et il a peur. Elle continue : « Je pense que t'as pas le droit de te tuer si t'as pas refait l'amour... au moins deux fois.

— "Faire l'amour" !... Yo ! T'es ben... Tant que je me serai pas mis, tu veux dire ? C'est *cool* ! » Puis, comme s'il venait d'avouer inconsidérément, il se reprend. « Qu'est-ce qui te dit que c'pas faite ?

— T'en parles assez que le jour où tu vas le faire, j'espère que tu vas me le dire.

— Ça te donne le goût, c'est ça ? Quand t'étais jeune, t'étais-tu pas mal cochonne ?

— Pas mal, oui. »

Il hoche la tête, l'air de la prendre en pitié : « Tu t'en souviens même pas ! Moi, j'pense que j'pourrais t'en montrer pas mal sus l'cul. Tu dois être pas mal poche. Chus sûr que tu l'as jamais faite à plus qu'un !

— Ah oui ? Je t'ai jamais dit que Gaston était bisexuel et qu'on s'envoyait en l'air à cinq ?

— Ça doit, oui ! Yo, dans l'entente, on met-tu que toi aussi faut qu'tu l'fasses avant le 27 ? »

Il se trouve tellement brillant d'y avoir pensé, il est tellement certain de l'improbabilité de la chose qu'elle sourit sans rien dire.

« Quoi ? Crisse ! Dis-moi pas qu'y a bougé ? Genre, y t'a-tu parlé ?

— Ben non, Steve, je te niaise... »

Elle le laisse partir « essayer sa chaise » et range en se demandant si la possibilité de quelque chose de physique avec Jean-Louis est réelle. La réponse est oui. La tentation est encore vague, imprécise.

Elle prend son livre. La photo du mariage lui sert de signet. Elle fixe les visages, s'attarde au sien.

Pourquoi est-ce que se regarder après des années donne presque toujours l'impression de s'être mal estimé ? Ce n'est pas l'absence de mémoire qui en est responsable — elle se doute que ce corps et ce visage, leur fraîcheur, elle ne les a jamais aimés.

Steve ne se trouve pas beau. Il sait peut-être qu'il a du charme, mais il ne sent pas l'authenticité de ce don.

Sur cette photo, dans son attitude, dans ce visage à la fois présent et fermé, elle devine un effort, un contrôle pour paraître au-dessus de tout. Qui voulait-elle convaincre qu'elle acceptait d'être là sans y trouver le moindre plaisir ? Sa mère, sans doute. Elle pourrait facilement imaginer qu'il y avait un conflit avec elle au sujet de son remariage. Elle ne devait pas être d'accord. Elle était peut-être jalouse de l'exclusivité des sentiments envers le beau-père… À près de vingt ans, était-il possible qu'elle ait été encore possessive, ombrageuse et trop fière pour l'avouer ? L'argumentation a dû être musclée, parce qu'une orgueilleuse qui déguise sa jalousie en raisonnement… Elle n'a pas dû être un bonheur à fréquenter, si c'est le cas.

Elle soupire, pose la photo — « si c'est le cas » — toute sa vie qui se réduit en hypothèses suivies d'un « si ». C'est tellement étrange. Et cette apathie, cette lenteur poussive qu'elle ressent chaque fois qu'elle essaie de creuser dans le blanc de son passé. Comme si elle n'y mettait pas vraiment du sien. Exactement comme cette jeune femme sur la photo qui est là sans plaisir et avec une volonté mitigée, qui clame qu'on a gagné une manche en forçant sa présence, mais qu'elle tient sa victoire personnelle en demeurant déterminée à ne pas se réjouir.

« Gros bébé ! » Elle a des affinités avec Steve, tiens !

Dire qu'il y a eu un temps où elle pouvait mettre un nom sur chaque visage. Un nom et une opinion. Maintenant, plus elle observe les visages, plus ils gardent leurs mystères en titillant son imagination. Elle inventerait n'importe quoi, et ce serait plausible. Peut-être a-t-elle eu une vie tranquille et heureuse, une vie simple, sans drames. Peut-être que le photographe a saisi un court moment où elle n'était pas à son meilleur ? Peut-être était-elle tracassée par un accroc dans le déroulement de la cérémonie ? Ou alors, le traiteur qui ne faisait pas les choses comme prévu… il peut y avoir tant de raisons à sa gueule contrariée. Un vrai drame ou une vétille. Pourquoi aller tout de suite au drame ? Ses souliers lui faisaient peut-être mal aux pieds et ceci explique cela !

Où sont-ils tous, les témoins du passé ? Disparus ? Sont-ils morts ou se sont-ils éloignés d'elle au point de n'avoir pas su pour l'accident ? C'est quand même étrange que personne ne soit venu la visiter à l'hôpital. Où sont-ils, ces mariés extatiques ? Son vrai père était-il mort ou sa mère et lui étaient-ils divorcés ? A-t-elle revu son père ?

Elle va prendre son cahier noir et y inscrit l'année de sa naissance — 1951 — suivie de 1969, l'année de ce mariage. Beaucoup plus bas, elle écrit 1982-déc. 2007 : Gaston. Le grand point d'interrogation se place entre 1969 et 1982, ces treize ans de vie adulte où elle est devenue une femme capable de vivre mariée à Gaston Belzile… Annie, elle en est convaincue, Annie est une des clés de ce mariage improbable, de cette erreur. Elle avait… huit ans ? Oui, huit ans en 1982.

Dans son esprit, on ne sauve ou n'aide les autres que dans la mesure où l'on reconnaît une souffrance personnelle dans la leur. C'est un mécanisme d'égoisme qu'elle qualifie de naturel. Annie a sûrement excité en elle l'envie de sauver son enfance d'une solitude accablante. Donc… ces premières années, celles entre sa naissance et ses dix-huit ans peu glorieux qu'elle affiche sur la photo, seraient les années charnières ?

Il faudrait qu'elle récupère les albums de photos de ces années. Elle trouve ridicule de fouiller sa vie et d'en écrire l'histoire à partir de clichés qu'elle animera de sentiments supposés. Bien risqué, ce genre de narration. Elle suivra son penchant pour le drame ou pour le déni, et elle ne saura rien de certain. Ce n'est pas pour rien qu'elle a refusé de le faire jusqu'ici.

Entre des images du passé qui reflètent une ambiance et des bribes de poésie, qu'est-ce qui est le plus risqué pour la vérité ? C'est elle, le plus risqué, elle, l'interprète subjective des mots ou des images des autres. On est toujours tellement tributaires de nos refus et de nos élans, on en éclabousse tout ce que les autres nous tendent. On lit le monde avec des lunettes correctrices qui changent toute la perspective. Même avec une mémoire vivante, intacte, on sonde difficilement l'opacité du passé. Les vrais mobiles de nos actes, de nos décisions, on se garde bien de les connaître, on reste en retrait et on se drape dans la dignité des grands sentiments. Elle est convaincue d'avoir incarné l'héroïne de sa vie en épousant Gaston et en laissant Annie l'appeler « maman » — combien de mensonges aimables soutiennent la structure de fuite qu'on se construit? Retrouver son passé, est-ce retrouver cet échafaudage complexe de mensonges ou retrouver les mobiles profonds qui ont provoqué sa fuite?

On est si seuls contre la nuit

Langevin a d'autant plus raison que, souvent, on camoufle le moindre rayon de lune — pour être bien seuls contre la nuit bien noire.

Ce n'est pas tant que la vie soit hostile;
mais on lui ment

Toute sa vie, elle en est aussi certaine qu'elle est vivante, toute sa vie ces vers de Rilke ont incarné sa vérité. Elle sait ce soir, seule contre la nuit de son passé, que le « on lui ment » de Rilke était toujours destiné aux autres dans son esprit. Ce soir, alors qu'un faible, un bien faible rayon de lune balaie sa nuit, elle devine que Rilke était beaucoup plus lucide qu'elle et que, toutes ces années, il espérait être entendu pour ce qu'il avait dit. « On », Yolande, c'est aussi toi — quoi que prétendent ceux qui n'ont pas ouvert le Grevisse, « on » n'exclut pas la personne qui parle. Ce « on » inclusif qui ne s'entend qu'à mesure que l'humilité entre dans la vie. Comme la lune dans la nuit.

* * *

Il neige. Une neige légère et folle. Réjouissante. Elle se tient debout devant un lac gelé et elle reçoit la neige avec plaisir sur son visage. Puis, il fait de plus en plus gris et la neige s'amoncelle sur elle. On n'y voit plus rien. C'est un rideau blanc qui l'empêche de discerner même la rive du lac. La crainte la gagne, elle respire mal, elle veut rentrer. Quand elle essaie de pivoter pour rebrousser chemin, elle se rend compte que ses pieds sont pris dans la glace du lac, qu'ils font bloc avec lui.

Elle se jette par terre, tente de briser la glace à coups de poing, la neige la couvre, forme une chape lourde, ralentit ses gestes, son souffle, elle s'engourdit, la tentation de ne pas se débattre, de laisser tomber, grandit en elle — elle cesse de s'agiter, tout devient lointain, ouaté, indolore. Elle entend au loin, très loin, quelqu'un crier son nom. Une voix d'homme qu'elle reconnaît vaguement. Pourquoi crie-t-il? Pourquoi la dérange-t-il? Son cœur cogne durement maintenant, alors qu'elle avait presque réussi à l'oublier.

Elle se réveille en sursaut: on frappe sourdement à sa porte. C'est Steve qui «chuchote» assez fort ses «Yo!».

Quatre heures du matin! Elle passe une robe de chambre et va ouvrir. Steve se propulse dans la pièce: «Tu sais pas quoi, crisse? Ma chaise rentre pas chez nous! C'pas faite pour ça: y a pas de rampe. Maudite gang d'épais qu'ont construit le bloc. Mes cannes sont icitte.»

Il la fixe, fronce les sourcils:«J'te réveille-tu? S'cuse, j'avais pas regardé l'heure!»

* * *

Lili feuillette rapidement le travail de Yolande. Elle porte aujourd'hui un ensemble d'un vert pomme saisissant, agrémenté de bijoux jaunes. Yolande se passe la remarque qu'il faut être dans une forme exceptionnelle pour arborer de telles couleurs.

«Franchement, Yolande, je te retrouve intacte: précision, clarté, suggestions, tout est net, tout a l'air parfait! *Welcome back*!

— Attends de lire : peut-être que je suis devenue gaga et que je me trompe sur toute la ligne. »

Lili la considère, un grand sourire aux lèvres : « Le crois-tu vraiment ou t'as envie d'un petit remontant d'ego ? »

Yolande affirme que ses doutes sont légitimes et qu'elle préférerait être révisée pour cette fois. « Considère-moi comme une débutante, ça me rassurerait. J'ai fait le travail à fond et à l'instinct. Mais si tu ne vérifies pas, je ne saurai jamais si j'ai vraiment conservé la totalité de mes compétences… si on peut dire !

— On peut dire. O.K., je vais le regarder attentivement. »

Elle croise les mains sous son menton : « Alors ? T'en dis quoi, de la pensée de monsieur Delage ?

— C'est intéressant… Je dirais, entre nous bien sûr, que les quinze premières pages sont remarquables et que ça va en s'embrouillant ensuite jusqu'à la conclusion qui, elle, me semble déraper. Carrément. Est-ce que je suis trop sévère ?

— Je pense exactement la même chose. Alors, si tu es sévère, je le suis autant que toi. Pas moyen de lui faire comprendre ça, par exemple !

— Écoute, c'est lui qui signe son essai. S'il ne veut pas profiter de ton avis, c'est son affaire.

— En tout cas, là-dessus non plus, t'as pas changé : t'as toujours prétendu ça. On fait ce qu'on peut pour améliorer leur travail, mais si les auteurs tiennent à signer leurs erreurs, c'est leur droit le plus strict.

— C'est pas sans risques, comme métier. Je trouve le mien vraiment plus tranquille. Mon nom n'est pas en jeu.

— Comment t'as trouvé ça, reprendre le collier ? Dur ? Épuisant ? Agréable ?

— Des pantoufles, Lili, je me suis glissée dans de bonnes vieilles pantoufles. Je n'en revenais pas moi-même de la facilité que je ressentais.

— Alors, t'es prête à en prendre un autre ? La rentrée va être assez occupée. On prépare deux ou trois mastodontes, dont une bio de six cents pages…

— Avec des notes en bas de page, une table des matières et un index des noms propres?

— Exactement! La totale… Et tout ça va arriver à la dernière minute, comme de bien entendu. Mais je ne veux pas te lancer là-dedans tout de suite, c'est même pas prêt. Non, je pensais à un roman… »

Elle fouille dans une pile par terre et Yolande, avec un instinct sûr, flaire le test. Lili n'a pas réussi à camoufler une certaine excitation. Elle brandit le manuscrit, le lui tend: « Trois cent trente pages, avec des niveaux de langage assez sautés! »

Yolande feuillette sous l'œil beaucoup trop attentif de Lili. Hervé Callières, *Un matin divin*.

« Le titre est pas mal… Ça va avec le livre?

— Oui… Oui, ça, c'est bon. »

Tiens, elle est déçue, Lili. Ce n'est pas vraiment la phrase qu'elle attendait. Yolande pose les feuilles sur le bureau: « Ça devrait me toucher, m'intéresser particulièrement, ce matin divin?

— Qu'est-ce qui te fait dire ça?

— Change pas de métier, Lili, psy, ça te convient pas du tout. C'est quoi? C'est le livre ou c'est l'auteur qui devrait me dire quelque chose?

— Les deux. »

Dépitée, elle se rassoit, hésite: « Je suis censée faire quoi? Te le dire? Attendre que tu le trouves… Quoi? »

Yolande soupire, pose un doigt sur les feuilles: « Le roman ne me concerne pas?

— J'en sais rien. »

Yolande fronce les sourcils et écarte les mains: « De quoi on parle, là?

— D'une rumeur. D'un peut-être. D'une sorte de sous-entendu que l'auteur a laissé planer ici, en déposant son manuscrit et en demandant de tes nouvelles. Hervé t'a toujours beaucoup appréciée.

— Un auteur qui apprécie un réviseur? Non. Impossible!

— Ça existe parfois. Entre adultes…

— On a… — elle joint les deux bouts de ses majeurs — "connecté" entre adultes?

— Si la réponse est oui, c'est pas à moi que tu l'as dit! J'ai essayé de m'informer discrètement dans la maison… y a pas de consensus.

— Je sens que c'est pas l'aspect du milieu que je trouve le plus sympathique… Comment je le connaîtrais, cet auteur? Je ne les vois jamais. C'est avec toi que je travaille.

— Les lancements, les cocktails de saison… y a quand même un petit côté mondain à notre entreprise.»

Yolande considère le roman et elle hoche la tête: «Non. Ça m'intéresse pas de faire une double tâche. J'ai du plaisir à travailler, j'en ai beaucoup moins à creuser ma mémoire vide. As-tu autre chose?»

Lili a l'air plutôt décontenancée.

«Quoi? Ça t'embête?

— Il a expressément demandé de t'avoir comme réviseure. Il a même remis son manuscrit très tôt pour ça, sachant que tu étais en convalescence.

— Dis-lui pas. On signe quand même pas notre travail.

— Tu veux rire? Y a personne qui travaille comme toi. C'est signé.

— Mon dieu! Il va s'en remettre! C'est quoi, ces façons-là? Il me drague en écrivant?

— Tu te souviens pas du tout de lui? C'est un bel homme, un universitaire sérieux et séduisant. Je lui dirais pas non, moi!»

Elle se lève, tire un livre de la bibliothèque, lui indique la petite photo sur la quatrième de couverture.

Beau, c'est sûr, dans le genre homme mûr d'expérience. La lèvre bien près du méprisant, par contre. Yolande sourit:

« Imagine s'il a été mon amant et que je ne le replace pas du tout! Le coup pour son orgueil! »

Elle lui redonne le livre: « J'ai pas l'impression que je trompais mon mari… »

L'éclat de rire de Lili est si franc et si peu mystérieux qu'elle en reste bouche bée. Lili retire ses lunettes et s'essuie les yeux: « Écoute! Si tu as envie d'avoir des détails, je peux témoigner de quelques "matins divins" pas ordinaires et qui m'ont été racontés par toi, ici même! Je ne peux rien affirmer pour Callières, parce qu'un auteur, c'est pas à moi que tu t'en serais vantée, je pense… Pour ce qui est des autres, sans vouloir te décevoir, ta fidélité conjugale est sujette à caution.

— Ah bon…

— Tu l'as pas quitté? C'est pas fini avec ton mari?

— On n'est plus ensemble, non… C'est pas ça, c'est… je sais pas, la gêne de ne pas savoir ce que j'ai fait. Tu sais, l'impression d'avoir commis des gestes scandaleux à un party de bureau, alors qu'on était soûl mort et qu'on se rappelle rien du tout. Sauf quand on voit comment les gens nous regardent le lendemain.

— Rassure-toi: on était plutôt comme des amies qui se racontent leurs mauvais coups. Tout le bureau ne l'a pas su.

— Mais tout le monde sait que j'étais infidèle?

— Tout le monde se demandait plutôt ce que tu faisais avec ton mari, si tu veux mon avis.

— Oui… Moi aussi, d'ailleurs. »

Elle se lève, prend ses affaires: « Tu vas m'appeler si tu as autre chose?

— C'est non? Positivement non?

— Avec ce que tu viens de m'apprendre, c'est encore plus non. Si tu savais comme j'ai le "matin divin" loin! »

Lili l'arrête avant qu'elle n'ouvre la porte et elle lui confie le roman d'une jeune Italienne: « C'est son deuxième. On vient de la voler aux éditions Basquaises. Bonne histoire, mais beaucoup,

beaucoup de constructions fautives. Et elle, sois bien tranquille, t'as rien eu avec elle. »

Très rassurant, se dit Yolande en quittant l'immeuble, ébranlée.

* * *

Ce soir-là, elle considère Jean-Louis d'un œil différent. Et si elle était une bête de sexe, sans le savoir ? Une mangeuse d'hommes insatiable, sorte d'obsédée sexuelle qui ne le sait même pas ? Comment pourrait-elle ignorer une disposition d'esprit qui produit quand même des réactions épidermiques qui se traduisent par des comportements notables ?

Est-elle attirée ? A-t-elle envie de le toucher, de l'embrasser ? Non. Tout est calme en elle, serein. Au contraire, elle apprécie davantage sa présence parce qu'il ne la trouble pas. C'est quand même frustrant, ce doute qui a été semé dans son esprit, jusque-là tranquille. Elle se sent empruntée tout à coup, incertaine de ses mobiles profonds, incertaine de son but réel.

Que c'est dérangeant, cette découverte ! Alors que cette amicale promenade n'apportait qu'un plaisir léger et sans danger, la voici troublée, agacée, incapable de retrouver son aisance.

« Quelque chose vous embête ? »

Bon ! Elle est transparente, en plus ! Ou alors, il est particulièrement attentif.

« Il y a un morceau de ma journée qui veut empoisonner ma soirée.

— Ne vous laissez pas faire. Résistez !

— J'essaie… »

Ils font quelques pas en silence. Jean-Louis sourit : « Ça vous tracasse quand même. »

Ce qu'elle aime, c'est qu'il n'a pas l'air d'être curieux. Elle pourrait en parler, mais ça ne le dérangera pas qu'elle se taise.

Elle s'essaie vaguement à la métaphore : « Ça vous est déjà

arrivé, cette impression que des fantômes viennent brouiller le présent?… Je dirais pas gaspiller, mais…

— Envahir et ne pas se laisser oublier?

— Merci!

— C'est un fantôme empoisonnant?

— Oh!… ce serait long à expliquer. Je pense que c'est moi, le fantôme. »

Alors là, elle l'a intrigué. Il ne la suit plus très bien, il en a même arrêté d'avancer. Elle hoche la tête, reprend la marche: « Trop compliqué. On efface. »

Ce qui ne s'avère pas si facile à faire.

Quand ils s'assoient sur un banc, face à la rivière, elle se risque une deuxième fois: « Si je vous apprenais quelque chose sur vous que vous ne reconnaissez pas du tout, quelque chose qui vous semble très étrange, invraisemblable presque… quelle serait votre réaction? Vous penseriez quoi?

— Que vous vous trompez sur moi. »

Évidemment! Quelle question idiote! Il a raison, quand on sait qui on est, pourquoi laisser les autres nous définir? Il toussote pour attirer son attention. Ses yeux sont pleins d'amitié rieuse: « Vous manquez de confiance à ce point? Ça, voyez-vous, je ne l'aurais jamais pensé. »

Elle hésite, elle se trouve bien compliquée avec ses exemples tirés par les cheveux.

« Il y a six mois, j'ai perdu la mémoire dans un accident de voiture. »

Voilà, elle l'a dit. L'aveu lui semblait terrible à faire. Finalement, c'est assez simple.

Elle l'observe: le regard perdu, il a l'air de réfléchir gravement à ce qu'elle lui a dit.

Le silence dure tellement qu'elle en conclut qu'au bout du compte c'est un aveu lourd de conséquences.

Finalement, il se détourne de la rivière et la regarde

franchement dans les yeux : « Il y a dix-huit mois, j'ai perdu ma femme d'un cancer. »

* * *

« C'est sûr que votre mémoire, ou plutôt son absence, peut forcer une partie de votre être à s'effacer, à se faire toute petite. Je vous l'ai dit : il y a des mécanismes de défense, là-dedans. Et puis, la sexualité est généralement un excellent baromètre de notre santé mentale. On va mal, le désir disparaît, on va bien et il réapparaît. Mais attention : l'inverse peut être tout aussi vrai. »

Il s'amuse bien, le docteur Cantin !

« Ça vous choque de vous découvrir moins chaste que vous imaginiez ?

— Ce qui me choque, c'est de ne pas avoir quitté mon mari, si je voulais le tromper. Pourquoi rester ? Est-ce que j'étais si... si, je sais pas, si pognée ?

— Non : vous le trompiez. Vous ne vous êtes pas contentée de fantasmer : passage à l'acte. Satisfaisant, non ?

— Ça dépend du point de vue.

— En tout cas, une fois sans mémoire, vous n'avez pas hésité une seconde, vous l'avez quitté. Il n'avait plus une seule chance.

— Avouez qu'apprendre qu'il me trompait avec une femme censée être ma meilleure amie — ce qui donne un aperçu de mes exigences en amitié — avouez que ça donne une image assez lamentable de ce qu'était mon mariage, ou de ce que moi, j'étais.

— Vous vous jugez bien sévèrement. Vous ne savez pas ce qui vous poussait à rester. Vous aviez sans doute vos raisons. De bonnes raisons. »

Dubitative, elle fait le tour de ce qu'elle connaît : « La seule bonne raison, ce serait Annie. Et elle n'était plus là. Et encore, c'est la raison que je me suis inventée.

— Six mois. Ça fait six mois que vous êtes sortie du coma.

C'est encore tellement fragile… Pouvez-vous vous accorder du temps? Ce n'est pas dramatique de se chercher, c'est normal dans votre cas. Les choses vont revenir doucement. Ça ne se fera pas d'un coup, comme au cinéma. Ce sera partiel, hésitant… Comme un casse-tête dont vous n'avez pas l'image de référence. C'est plus long à faire. Qu'est-ce qui vous énerve comme ça?

— L'idée de ne pas me convenir! De retrouver un passé qui ne me ressemble pas. Une ancienne Yolande que je n'aime pas, que je ne reconnais pas. Que je ne veux pas être!

— Vous la refuserez, et c'est tout! Rien ne vous empêche de changer. Un accident comme le vôtre est une occasion en or pour le faire. Vous serez une des rares personnes pour qui ce sera la stricte vérité: tant de gens prétendent changer sans le faire! Profitez-en.»

* * *

Ils ont établi un code, Jean-Louis et elle. Si l'un ou l'autre préfère continuer seul sa promenade, il n'a qu'à saluer de la tête sans engager la conversation avec le rituel «bonsoir». L'autre comprend alors que la solitude est requise pour cette fois.

Depuis que Yolande a avoué qu'elle était sans mémoire, elle n'a plus ouvert la bouche et elle a marché toute seule. Cela satisfait pleinement Jean-Louis qui n'a aucune envie d'épiloguer sur son aveu. Il peut évaluer leur mutuel besoin d'anonymat au temps qu'ils mettent tous deux à réadmettre l'autre près de lui, maintenant qu'ils savent. En fait, Jean-Louis considère qu'il a fait une erreur — il n'aime pas qu'elle sache. Ce qu'il appréciait était son ignorance, la virginité du regard posé sur lui. Il s'en veut d'avoir franchi la frontière qui brise sa liberté. Il s'aperçoit qu'il ne veut plus être regardé comme quelqu'un qui a perdu, mais comme quelqu'un qui a gagné quelque chose. La mort, quand on n'en meurt pas, est un grand maître. Un maître de vie. Son passage tangible ébranle toute l'existence, fait crier les jointures faibles, et balaie toutes les hypocrisies. Il n'est pas un bois mort rejeté par la marée violente. Il est un arbre vivant, planté profondément dans la terre, et il abrite une multitude d'oiseaux.

Il ne sait pas si c'est une éventuelle sympathie qu'il fuit en évitant Yolande, mais il n'a plus envie d'être défini par la mort d'une femme aimée. Et il l'a fait. Il s'est présenté comme ça.

Son erreur. À lui de la réparer.

S'il en a encore envie… Arrivé là, sa réflexion ralentit. Il est hésitant, incertain de ce qu'il veut. Tant qu'il ne la savait pas amnésique, il appréciait la sûreté, l'indépendance de cette femme. Depuis qu'il sait, il essaie de s'imaginer sans mémoire, comme quand on ferme les yeux pour comprendre ce qu'est la vie d'un aveugle. Sauf qu'on peut ouvrir les yeux et que cette seule possibilité fausse tout. Sa mémoire est là, disponible, toute prête à servir, même s'il en fait abstraction, le temps de concevoir le trou noir. Il ne sait pas, il ne peut pas savoir ce qu'est l'amnésie. Tout comme ceux qui n'ont jamais ressenti la mort ou ressenti son passage brutal dans leur vie ne peuvent savoir à quel point c'est définitif. On peut l'imaginer, la redouter, tenter de deviner ce que ça produit… le vrai visage de la mort et le couperet du « plus jamais » ne viennent qu'avec sa réalité physique.

Ce qui le trouble le plus, c'est l'apparente tranquillité de Yolande. Il ne l'a jamais perçue comme quelqu'un de torturé. Quelqu'un qui court désespérément après son passé. Il se répète que sa perception devrait faire taire ses préjugés, mais maintenant qu'il sait, il redoute Yolande. Il redoute son éventuel besoin, qu'il soit d'affection, de soutien ou d'accompagnement. Il ne veut pas aller vers une femme qui a besoin de lui. Il veut clamer dès le départ qu'il ne faut pas lui faire confiance, qu'il fuira si le besoin surgit. Que cet apparent égoïsme soit contraire à l'esprit de l'amour, il s'en fout. Il ne regrette rien de ce qu'il a offert à Françoise pendant les longs mois de sa maladie, mais il a épuisé ses ressources de compassion. Le détachement que cette femme affichait l'attirait. Il ne veut pas de ses chaînes. Il ne peut

pas prétendre à une humanité qu'il n'éprouve pas. Aussi difficile à accepter que ce soit, il préfère ne pas s'approcher des gens
qui risquent de trop exiger de lui. Le grand maître lui a enseigné
ses limites. Françoise a bien l'air d'avoir absorbé la totalité de la
nappe phréatique de sa bonté. Voilà, il est sans bonté. Il n'a plus
de générosité à partager.

En arriver là dans sa réflexion lui prend plus de dix jours.
Juillet est largement entamé quand, du jour au lendemain, il avise
l'université qu'il prend sa retraite et il demande à une agente
immobilière de planter sa pancarte sur sa pelouse. Comme si
faire le point sur sa relation éventuelle avec cette femme avait
réglé les autres aspects de sa vie.

« Bonsoir, Jean-Louis. »

Seigneur ! Il ne l'avait même pas vue arriver ! Il s'arrête, surpris, dérangé. Et il se tait, parce qu'il ne sait pas s'il veut engager
la conversation. Elle le devine très bien et sourit avec beaucoup
d'humour dans l'œil : « J'aimerais vous dire au revoir. »

Il se demande si elle a l'intuition des décisions qu'il a prises.

Confus, il se rend compte soudain qu'il n'a pas été le seul à
réfléchir dernièrement. Elle a l'air si tranquille, si sûre d'elle…
a-t-elle retrouvé la mémoire ?

« Alors ? Oui ?… Non ?… Vous préférez continuer seul ? »

Même leur code, il est en train de l'oublier. C'est lui,
l'amnésique !

« Oui ! Oui, excusez-moi ! »

Ils reprennent la marche d'un pas parfaitement accordé. En
silence. Il pourrait l'entretenir de beaucoup de choses, les derniers jours ayant été fertiles en évènements d'importance, mais la
vie et les soucis quotidiens n'ont jamais été leur affaire.

Depuis son entrée en matière qui le soulage du moindre
effort de décision, il éprouve un plaisir à marcher près d'elle. Un
plaisir qu'il croyait avoir perdu depuis leurs aveux. Dès que l'harmonie se réinstalle, il respire à fond et goûte le moment comme
un scotch âgé — avec gourmandise.

Quand ils s'assoient au bout d'une heure, il laisse sa pensée s'exprimer sans la retenir, sans crainte : « Ça va me manquer. »

Elle fait un oui pensif en l'observant. Aimable, ce regard est aimable, voilà ce qu'il y lit. Et déjà, il se demande où il a été chercher toutes ses craintes des derniers jours. « Vous partez ?

— D'une certaine façon… je vais m'éloigner, changer de quartier.

— Tiens ! Moi aussi… Enfin, bientôt. »

Elle a l'air de se demander s'il se moque d'elle. « J'ai mis ma maison en vente. »

Cette fois, il peut suivre dans ses yeux tout ce que cette phrase recèle de sens. Son sourire est si compréhensif, si doux quand elle lui dit : « Chanceux… »

C'est absurde, il n'a pas tant évolué, il voudrait la détromper, ne pas la laisser croire que sa paix est acquise, gagnée. Il voudrait pouvoir lui dire que c'est aussi une lâcheté. Une sorte de fuite. Mais il se tait. Il hoche la tête, navré pour lui-même de se découvrir si couillon.

Elle se lève, lui tend la main : « Merci. Ces rencontres étaient toujours de bons moments. »

Est-ce parce qu'elle n'a pas dit que les rencontres l'avaient aidée ? Il ne sait pas. Il se lève, prend sa main. Chaude et sèche. Franche. Il la laisse parce qu'il a envie de la garder dans la sienne.

« On aurait dû se taire l'autre soir, non ? » Il sait que c'est enfantin, mais il a très envie de savoir si elle partage ce regret. Elle fait une moue, comme si c'était bien peu important : « Tôt ou tard, il faut finir par parler. C'est comme ça, c'est tout. »

Du coup, il s'aperçoit que ses peurs avaient masqué cette femme, qu'il ne la voyait plus aussi clairement que maintenant : « Si je vous donne mon numéro, est-ce qu'on pourrait se revoir ? »

C'est à son tour de la surprendre. Elle recule d'un pas. Hésite. Cette hésitation, ce petit vacillement réveille en lui il ne sait quel instinct de chasseur. Comme une flambée de désir. Il s'étonne de l'anxiété qu'il éprouve à attendre sa réponse.

« Je suis certaine qu'avec ou sans votre numéro on va se revoir. Et peut-être que ce jour-là, j'aurai retrouvé ma maison à moi. »

Elle s'éloigne — il ne la quitte pas des yeux. Encore cette sensation d'erreur. C'est une femme libre qui s'éloigne… et qu'il laisse s'éloigner.

Dépité, il se rassoit sur le banc. Elle a oublié un livre. Il se relève, se retourne. Le temps d'effectuer ces mouvements, il sait qu'elle n'a rien oublié. Elle a laissé un livre pour lui. Saint-Denys Garneau, *Poésies*. Il l'ouvre, dans l'espoir d'y trouver un mot.

Y. Mailloux — *1972*. Elle ne devait pas aimer son prénom en 1972. Y. Il ne déteste pas l'idée d'appeler quelqu'un Y.

Il referme le livre usé — il n'a jamais apprécié la poésie. Mais avec ce livre, il sait qu'à ses yeux à elle, elle lui a laissé un ami.

∗ ∗ ∗

Même si sa décision est prise, même si l'appartement est loué, le docteur Cantin continue de s'opposer à son projet. D'où lui vient cet irrépressible besoin de s'occuper des autres au lieu de s'occuper d'elle-même? Après Annie, Steve!

« Et si c'était dans ma nature? Si c'était ma façon à moi de m'occuper de moi? Pourquoi ce serait si condamnable, si peu normal? Vous voulez que je m'intéresse à moi? C'est très risqué. Aussi bien m'inviter à faire une dépression. Vous voulez me réconcilier avec moi-même? Je viens d'avoir cinquante-sept ans, docteur, ayez l'amabilité de croire que j'ai déjà essayé et que je fais avec ce que j'ai et avec qui je suis. »

Il la laisse aller, mais elle semble arrivée au bout de sa pensée. Après un moment de silence, il murmure: « Vous savez ce que je pense des sauveurs? C'est la pire engeance qui soit. Une forme achevée d'égoïsme déguisé en altruisme.

— J'ai jamais prétendu aider quelqu'un d'autre que moi. J'ai jamais prétendu vouloir m'oublier avec Steve. C'est votre crainte à vous. Pourquoi demander à un traîneau de voler ? Vous voulez me voir vivre et réagir selon vos codes ? Espèce de sauveur, vous-même !

— Moi, je suis payé pour le faire.

— C'est ça : Steve me paiera en temps et lieu.

— Vous attendez quoi, justement ? Quel salaire pour votre effort ? »

La question ne lui semblait pas mériter une telle réflexion. C'est très long avant que Yolande ne réponde : « D'après moi, il y a deux manières de considérer l'autre : comme une menace ou comme un allié. Quand on perd le système de références qu'est le passé, je pense qu'on garde l'instinct de décoder très vite à quel autre on s'adresse : le menaçant ou l'allié. Dans le doute, c'est : "Menace et passe ta route !" Depuis l'accident, beaucoup de gens sont passés dans mon décodeur : ceux qui sont des alliés, à des degrés divers, mais des alliés quand même, je ne m'en suis pas approchée. Je ne sais plus approcher autrui. Je les supporte. Je les subis. Annie, je savais que je l'aimais en théorie, mais en pratique, non, je n'avais pas d'élan pour elle. Seulement de la pitié. C'est un début, mais c'est pas de l'amour. Les autres… Par exemple, je ne vous aime pas. Je pense que je vous estime, mais si je ne reviens plus ici demain, tout ce que ça change, c'est qu'il va me falloir trouver quelqu'un d'autre avec qui faire le ménage dans ma tête. Et c'est comme ça avec Lili, Élisa, Sylvie… Je ne parle pas des anciens, comme Gaston et Madeleine. Qui me manquerait si je venais à les perdre ? Personne. Même moi, à la limite… je me suis perdue sans peine.

— Et Steve ? C'est différent ?

— Oui. Steve est le seul avec qui c'est différent. Une petite différence entre "avec" et "sans". Je ne sais pas si je me suis tant souciée des autres dans ma vie. J'en doute. Et c'était probablement ce que vous dites : une façon de me préoccuper de moi-même. Steve est peut-être aujourd'hui ma façon d'échapper à moi-même. Mais… je sais que c'est ridicule, mais je vais le dire quand même : si Steve meurt, c'est un échec pour toute la société, pas seulement pour moi. Ça fait pompeux, grandiloquent, ce que vous voulez, mais c'est quelque chose que je sens sauvagement : on l'a laissé tomber trop de fois, on n'a plus le droit d'être négligent avec lui.

— On... C'est vous ?

— Nous, monsieur le sauveur, nous, les sauveurs patentés, les pleins de caca qui jouent dans le caca des autres !

— C'est tellement plus simple !

— N'est-ce pas ? »

* * *

. Il y a des règles strictes qui régissent leur aménagement commun. Yolande les a mises par écrit et les a affichées sur le frigo en très gros caractères.

1. Chacun son domaine privé. Interdiction absolue d'entrer chez l'autre sans permission.
2. Pour se geler la gueule, on va ailleurs.
3. Chacun ramasse ses affaires.
4. Steve est obligé d'aller en physio et de faire ses exercices.

Le dernier point a fait l'objet d'âpres discussions, mais Yolande a tenu son bout : les exercices rendent Steve supportable, ils structurent son moral autant que son physique et, sans cela, Yolande est incapable d'envisager de vivre avec lui. Comme le gym n'est pas conçu pour des handicapés, l'encadrement de la physio s'avère le seul entraînement logique et fructueux pour Steve. Après s'être indigné, après avoir fait semblant de ne pas comprendre, et même après avoir affecté d'y aller sans le faire, Steve a conclu que l'idée était correcte parce que, de cette façon, il pouvait revoir Élisa.

Sur le coup, Yolande y avait vu une parade pour ménager

son orgueil, mais à force d'entendre Steve lui parler de ses rencontres absolument trippantes avec Élisa, elle avait fini par demander des détails.

Là-dessus, Steve s'était montré plus que généreux. À tel point qu'il en devenait impossible de savoir s'il fantasmait à voix haute ou s'il y avait un fondement dans l'intérêt de la jeune femme.

Yolande a profité d'un passage chez Cantin pour monter voir Élisa. Celle-ci se montre ravie de la revoir, et c'est sans mystère qu'elle commente les progrès de Steve, qu'elle attribue en grande partie à la présence de Yolande. Rien de réticent ou de tendancieux chez la physiothérapeute. Un intérêt professionnel évident, une sympathie, mais vraiment, rien d'autre.

C'est Steve qui lui donne l'occasion d'aborder le sujet. À deux mois de la date fatidique, le soir du 27 août, comme il ramène leur pari sur la table et qu'il prétend être « à moins d'une semaine de le gagner », elle lui demande avec qui.

Il lui fait le coup de Superman, il rigole en entretenant le mystère et en posant au séducteur fini. Elle sourit : il est bien difficile de résister à tout ce charme blagueur.

« Toi ? T'es rendue où avec ton vieux ? Y as-tu donné ton itinéraire ? Yo ? J'te parle ! »

Elle l'assure que, sans vouloir se montrer mauvaise joueuse, il va gagner son pari haut la main.

« Tu l'vois pus ? Yo ? Tu y as pas dit que tu t'en venais dans l'coin, c'est ça ? T'as-tu faite ça ?

— Du calme, Steve, c'était pas l'homme de ma vie !

— Ben non : pas avec Gaston qui est passé avant ! Mais disons, comme deuxième *best*, y était pas si pire.

— Pas si pire… je suis sûre qu'il aimerait beaucoup ta façon de voir.

— Pas obligée d'y dire ! Tu y as dit pour toi pis moi ? Que c'tait *cool* ? Qu'y avait rien là ?

— Y s'est pas inquiété, Steve.

— Crisse!… Y m'connaît pas! Si j'voulais… »

Ça y est, le clown fait son deuxième tour de piste. Le sujet de la séduction et du sexe est inépuisable pour Steve. Il ne s'en lasse pas. Elle se demande s'il réussit à y dépenser un peu de son trop-plein hormonal. C'est quand même souffrant, le désir sexuel exacerbé de la vingtaine. C'est incessant, cette énergie volcanique. A-t-elle été comme ça? Est-ce cela qui la séduit chez Steve? Un rappel inconscient de qui elle était?… Déjà que Lili lui a servi un portrait d'elle plutôt paillard, s'il faut qu'elle se découvre une obsédée du sexe à vingt ans! En tout cas, ce n'est pas son visage sévère sur la photo de mariage de sa mère qui peut l'inciter à se croire jouisseuse en quoi que ce soit.

« Pas de farce, Yo, tu l'vois-tu encore? »

Elle hoche la tête sans donner de détails.

« Ben là!… Y a qui?

— Tu t'inquiètes encore de ma vie sexuelle, Steve?

— Certain! C't'important! M'a dire comme tu dis: faut s'forcer des fois dans vie!

— Sauf que moi, je parle de l'exercice.

— C't'une sorte d'exercice, essaye pas! Faut pas qu'ça rouille, ça, à ton âge… »

Elle le laisse délirer et ramasse son assiette. En fermant les robinets, le silence soudain la fait se retourner vers lui: il la regarde attentivement, comme s'il attendait une réponse cruciale à une question non moins cruciale qu'elle n'aurait pas entendue. Il y a dans ses yeux cette soif de vérité aux abois, cette vulnérabilité presque insupportable. « Quoi?

— Je te demande si ça te manque, toi, des fois, de te coller pour t'endormir. Que ça sente quequ'un d'autre… pas jusse le sexe. Jusse… quequ'un d'autre que ta crisse d'odeur. »

Elle ne sait pas si c'est la référence à l'odorat qui est devenu son sens le plus aiguisé depuis l'accident ou si c'est la sincérité de la question. Dans une fulgurance, elle revoit un homme de dos, assis à un bureau. Un homme penché sur la tâche qui l'occupe

— ignorant d'elle, ignorant de son désir aigu, exaspéré. Elle ressent la violence absolue du désir muet qui la submerge, âcre comme de la bile. Sa gorge se serre, elle va hurler ou pleurer.

«Yo!... Aye! Yo!»

Elle tremble. Elle s'assoit, hoche la tête pour calmer l'inquiétude de Steve qui l'observe et attend. Elle est perdue. Égarée. Le souvenir est reparti vers le néant d'où il venait. Elle ne le cherche pas, elle en a assez. Si c'est ça, son passé, si c'est cette sensation physique d'abîme dans lequel elle chute sans fin, elle n'en veut pas.

«Pis? C'tait quoi?

— Rien... C'était rien.

— Tu t'es souvenu pis c'tait rien? Crisse! Tu t'es pas vu la face! R'garde-toi, tu vas voir si c'est rien!

— O.K., Steve, arrête!

— C'tait quand? T'avais quel âge?»

Surprise par l'incongruité de la question, elle répond ce qu'elle sait, sans réfléchir: «Ton âge.»

En prononçant les mots, elle sait que c'est vrai: le début de la vingtaine.

«Où? T'étais où, Yo?

— Je l'sais pas, Steve. Laisse-moi tranquille, O.K.?

— T'aimes pas ça, c'est ça? T'aimes pas ça te souvenir?»

Elle fait non de la tête. Vraiment, non.

Tu es mon amour dans l'empan de ma vie

Ces vers, venus du «Labyrinthe», lui ont toujours paru le comble de l'abandon au sentiment amoureux.

lentement je m'affale de tout mon long dans l'âme.

Finalement, peut-être est-ce le titre qui lui donne cette impression — «La marche à l'amour» — cette longue, épuisante, exténuante marche vers quelqu'un d'autre qui nous ravit notre âme à jamais. Un seul amour. Un seul chant. Marcher de son plein gré vers celui qui va nous écrabouiller le cœur à jamais. Comment disait-elle cela, George Sand? *Mais au moins j'aurai aimé.*

Non, pas à ce prix — non, merci. Ni au prix de Miron — *je bois à la gourde vide du sens de la vie* — dont le chant a cessé avant que son cœur ne cesse de battre.

Yolande sourit tristement à Steve. Il hausse les sourcils, étonné, déconcerté : « Pas si facile, les *push-ups*, han Yo ? »

* * *

La rivière lui manque. Ça fait un mois qu'elle cherche un trajet qui lui apporterait autant de calme que le bord de la rivière des Prairies. Rien. La montagne toute proche, les parcs, même les rues tranquilles d'Outremont — rien ne l'apaise et elle trouve beaucoup moins de plaisir à sa promenade quotidienne.

Peut-être que sa *date* lui manque aussi, après tout ? C'était bien, ces rencontres, le parcours presque toujours muet et les quelques réflexions qui suivaient. Jean-Louis et sa science des oiseaux… chose certaine, ce ne devait pas être son genre d'homme parce qu'il n'avait pas incendié son imaginaire. La seule réminiscence de tout à l'heure lui permet de voir de quel feu elle peut se consumer. C'était il y a longtemps, dans sa jeunesse. Gaston n'a probablement pas eu droit à tant d'ardeur… Elle l'espère, en tout cas.

Et les autres ? Les fantômes évoqués par Lili ? En a-t-elle aimé un seul ? Elle l'ignore. Elle qui s'inquiète tant de Steve et de sa totale inaptitude à aimer, a-t-elle seulement aimé ?

Il a raison, Cantin, s'inquiéter du cœur de Steve, est-ce pour s'inquiéter du sien ? Elle laisse les questions inutiles se dissoudre à mesure que ses pas l'entraînent.

La nuit est douce, presque moite, enveloppante. En s'enfonçant dans un quartier résidentiel, les lumières se tamisent, les bruits s'estompent. Elle entend ses pas et le bruissement des insectes nocturnes. Étrange comme, au mois d'août, on entend beaucoup de grillons. Ce sont les mâles qui chantent. Comme ce sont les mâles qui portent les plus belles couleurs chez les oiseaux.

Mais pas chez les humains. Chez les humains, ils tournent le dos et ignorent qu'une femme se désespère de désirs.

Une amère pensée traverse son esprit, une pensée qui paraphrase celle de George Sand : *Mais au moins, moi, je l'aurai oublié.*

Elle ne sait plus pour qui la punition a été la plus dure. En passant près de la clôture d'un jardin, elle entend un murmure suivi d'un rire ravi. Elle est à un cheveu de croire que cet homme qui ne s'est pas tourné vers elle dans son souvenir, cet homme savoure ce soir le rire d'une autre femme et le boit avidement.

Pour ne pas en apprendre davantage sur la violente envie de tuer qui la saisit, elle fait demi-tour et rentre chez elle.

* * *

Depuis qu'ils habitent ensemble, Steve est beaucoup plus calme et sa vie nocturne de patachon n'a pas repris. Il sacre même moins ! Il s'avère un colocataire parfait : de bonne humeur, de bonne compagnie, il s'épanouit en sa présence, comme une plante qui a enfin suffisamment d'eau.

Sans l'épier, il l'observe, découvre une autre façon de vivre. Le plus grand changement, outre les exercices réguliers, c'est sa curiosité pour son métier. À force de poser des questions, Steve a saisi tous les aspects de son travail, toutes les nuances et tous les raffinements d'une langue qui n'était pour lui auparavant qu'un outil rudimentaire. Il n'en revient pas du nombre de dictionnaires qu'elle utilise. Souvent, quand elle rentre de sa promenade vespérale, elle le trouve assis à la table de cuisine en train de feuilleter un dictionnaire et de s'y absorber totalement. Ce garçon qui a vécu un échec scolaire intégral est pourtant doué d'une intelligence peu commune et d'aptitudes pour le dessin. Devant sa curiosité, Yolande lui a acheté un livre ou deux, mais il n'a pas accroché. C'est vraiment le dictionnaire, ses définitions, les synonymes, les antonymes qui le fascinent.

Avec elle, il a aussi découvert les post-it. Il en fait une

consommation considérable. C'est là-dessus qu'il aime dessiner, gribouiller. Souvent, quand elle consulte ses dictionnaires, elle trouve des dessins collés sous des mots. Dès qu'un mot frappe son imagination, Steve griffonne sur un post-it. Il en colle partout où le mot aurait sa place ! Dans les armoires, dans la salle de bains, sur le sol. Bientôt, il y aura des œuvres d'art jusqu'au plafond de l'appartement.

Il dessine avec la même énergie qu'il fantasme — avec passion, intensément. Yolande ne pensait pas pouvoir canaliser l'énergie de Steve aussi facilement. Rien ne le rebute. Une fois qu'elle lui a fait connaître le dictionnaire historique, celui où l'on « déshabille les mots à l'os », les soirées de Steve servent à « se renseigner », comme il dit.

Mais là s'arrêtent les succès de Yolande. Dès qu'elle cherche à le faire parler d'éventuelles études, dès qu'elle aborde les possibilités pour lui de retourner à l'école et d'apprendre à fond quelque chose qui pourrait lui servir à gagner sa vie, il se ferme et l'envoie promener. Le délinquant taillé à même l'échec de l'enseignement ne donnera pas une autre chance au système d'éducation. Personne ne va le démolir une nouvelle fois. Steve entretient une haine profonde pour « l'écœurant d'en avant » qui cherche à l'humilier. C'est sa vision des enseignants, et Yolande a beau faire, l'opinion de Steve est inébranlable. Comme il n'est plus un enfant, il n'ira jamais s'asseoir avec des *kids* qui vont le regarder au mieux comme un handicapé retardé et au pire comme un « malade dans tête ». Sans obéir à son « oublie ça, Yo », elle cherche une autre issue pour lui, quelque autre forme d'éducation qui mettrait fin au gaspillage honteux de dispositions aussi prometteuses. En le fréquentant au quotidien, Yolande constate à quel point l'ignorance est une prison implacable pour un esprit brillant. Elle se répète aussi que son ambition pour Steve doit se mettre en veilleuse tant qu'il n'en démontrera pas pour lui-même. L'ambition est une locomotive qui ne peut pas être conduite par l'autre. Comme sa mémoire, il faut lui laisser une chance de poindre d'elle-même, à son rythme. Yolande est en mesure de saisir cet aspect des choses.

Elle met un bémol à ses inquiétudes concernant l'avenir professionnel de Steve et se contente de s'amuser avec les mots : cela, au moins, a l'avantage de piquer la curiosité de Steve.

Quand elle lui montre à jouer au *Boggle* et qu'il perd avec rage, elle lui explique que c'est sa piètre connaissance de l'orthographe et de la conjugaison qui est responsable de sa défaite. Parce que, pour ce qui est de trouver les mots, il est un peu là.

En rentrant de sa promenade, elle le trouve installé à la table, le nez dans le dictionnaire.

« Yo, déréliction et délectation, tu le savais que c'était pas parent ?

— Devine…

— C'est proche en crisse !… Personne dit ça, déréliction ! »

Elle s'approche de lui, se penche au-dessus de son épaule en lui gratouillant le crâne qu'il a presque rasé. Il est comme un chat, il se laisse faire sans manifester le plaisir qu'il y prend. Quelquefois, l'œil égrillard, il lui lance un : « Ouain… Flatte mon serpent ! », mais c'est de la frime et elle n'en est pas dupe.

Sa soif de caresses est aussi vertigineuse que son désir de la nier. Il peut bien avoir trouvé « déréliction », cet enfant qu'on a laissé seul avec une suicidaire.

* * *

En dépliant sa serviette et en ouvrant le menu, Yolande se rend compte qu'elle est nerveuse et mécontente. Elle n'avait pas envie de cette sortie, mais après trois refus, Lili aurait fini par se fâcher. Et comme son gagne-pain dépend en grande partie de Lili, elle avait dit oui.

Elle déteste cette situation — elle ne supporte que difficilement d'être en présence de quelqu'un qui possède son passé, ou même une partie de celui-ci. Avec Cantin, avec Steve, elle est à égalité. Pas avec Lili. D'autant moins qu'elle sait avoir partagé certains aspects de sa vie privée avec elle. Elle ne redoute pas que Lili en profite ou qu'elle en tire parti, c'est une femme chaleureuse, ouverte, déterminée et, finalement, Yolande comprend très bien en quoi elle l'avait jugée digne de confiance. Mais la donne n'est plus la même... et elle voudrait tellement lui demander d'effacer à son tour sa mémoire.

Lili maugrée, se penche, sort ses lunettes de son sac : « J'vois plus rien, moi ! À force de décrypter les grandes phrases de mes grands auteurs ! »

Elle s'absorbe dans la lecture du menu. Elles ont quoi ? Dix, quinze ans de différence ? Yolande se dit que si elle avait à se choisir une sœur, celle-là ferait l'affaire.

Lili ferme le menu, retire ses lunettes et fixe Yolande en souriant.

« Je sais que je t'ai forcé la main, Yolande, que tu n'avais pas du tout envie de venir ici. Mais je l'ai fait parce que moi, j'en ai besoin. Attends ! Laisse-moi te dire pourquoi. Je ne suis pas psy, mais j'imagine facilement la bizarre de position dans laquelle tu es. Je veux passer une entente avec toi, je veux qu'on établisse ensemble des balises... Où est-ce que je peux aller ? Quand je dois m'arrêter, qu'est-ce que je peux ou non évoquer... Tu comprends, je n'ai pas envie de te mettre mal à l'aise, comme la fois avec Callières. Mon travail avec toi est agréable et efficace. On n'a pas besoin d'aller plus loin si tu n'en as plus envie. L'ennui, c'est que tu en as déjà eu envie. On s'est raconté beaucoup de choses. Toi comme moi. C'était réciproque, notre confiance. Tu ne peux pas savoir comme c'est étrange pour moi de constater que tu ne sais plus toutes les histoires que j'ai eues... même avec mon conjoint, Bertrand, que tu ne saches plus toutes les fois où on en a parlé ensemble. C'est hallucinant, tu comprends ? Et pas juste pour toi. Pour moi aussi. »

Le serveur l'interrompt. Dès qu'il s'éloigne, Lili reprend : « Qu'on ne soit plus amies comme avant, ça peut se faire. Mais que tu me regardes comme une grenade dégoupillée qui va te péter dans face... ça m'énerve. Ça me donne le trac.

— Moi aussi.

— Bon! Alors? On fait comment?

— Je sais pas vraiment. Tu es la seule personne qui m'a connue avant et que je revois. Il y avait bien Annie... mais c'est un autre problème. Pour l'instant, je ne la vois plus, mais c'est son choix à elle plutôt que le mien. » Elle lève les yeux, la regarde. «Tu sais de qui je parle?

— Oui, oui: ta fille adoptive... la fille de Gaston.

— T'en sais beaucoup? Les détails, les pourquoi, tu sais tout ça?

— J'en sais des bons bouts, ça c'est sûr... »

Yolande lève les deux mains pour la supplier de se taire: «Tout devrait me revenir... dans le désordre. Quoique... Mon médecin est très étonné que mon travail n'ait pas été touché par l'amnésie. Comme si c'était dans une case à part. Une case épargnée par l'accident. Toutes mes facultés de réviseure sont restées intactes et me sont revenues sur demande et en ordre. Ça a l'air d'être très rare.

— Une chance pour moi!

— Pour moi aussi. Ce qui fait que personne ne peut prédire la façon dont le reste de ma mémoire va surgir. Par exemple, conduire une voiture. On a fait un test, il y a un mois, et je peux conduire. Je ne suis pas un danger public. Et ça, c'est un des points de référence de rétablissement. Ça compte dans mes bonnes notes, si tu veux. Mais moi, je sais que je ne peux pas conduire. Pas comme ça, pas maintenant.

— Pourquoi?

— Parce que j'ai peur. C'est confus, pas vraiment raisonnable, mais quand j'étais assise au volant, j'avais peur que quelque chose d'effrayant survienne.

— L'accident? T'avais peur que ça se reproduise?

— C'est ce qu'ils ont pensé, oui... »

Yolande sait qu'elle les a laissés penser cela, parce que c'était plus simple et qu'elle ne pouvait pas expliquer davantage ce qu'elle redoutait, assise au volant. Lili attend la suite, l'œil allumé.

Devant le silence de Yolande, elle risque : « Mais c'est pas ça ? C'est pas l'accident ?

— Est-ce que tu sais c'est quoi ?

— Comment veux-tu ?

— Tu vois, c'est ça, le problème : tu as des clés, certaines clés, et je ne sais pas lesquelles. Quand je suis devant toi, j'ai la même impression que j'avais, assise derrière le volant. Quelque chose va arriver, c'est menaçant et dangereux.

— Cout donc, toi, es-tu en train de me dire que tu ne veux pas retrouver la mémoire ?

— C'est toi qui sais ce qu'elle contient. C'est toi qui peux me dire si j'ai raison d'avoir peur. »

Stupéfaite, Lili hoche la tête : c'est évident qu'une telle pensée ne l'avait jamais effleurée. Le serveur dépose l'entrée devant elles. Yolande sourit en prenant sa fourchette : « Ben oui ! C'est pas une grenade, c'est une bombe dont la minuterie est déclenchée que j'ai devant moi. Je l'entends faire tic, tic, tic, tic ! Mange ! »

Quand elles ont terminé l'entrée, Yolande fait un geste discret à Lili, en touchant du bout de l'ongle l'interstice entre ses incisives. Immédiatement, Lili l'imite et déloge la particule de persil qui s'y est logée. « Tu vois ? Ça, ton geste, c'est comme avant. T'as toujours fait ça. C'est tellement habituel que, pour moi, c'est impossible que ça ne te revienne pas, que tu ne te souviennes pas. »

Yolande hoche la tête : elle reconnaît que le geste révèle une aisance, un rapport assez simple à l'autre, mais elle n'y voit aucun code lié à son amie. Ce qui déçoit beaucoup Lili.

Pour alléger l'atmosphère, Yolande parle d'autre chose : « C'est comme la poésie... Tu savais ça, toi, que j'aimais la poésie ? »

Lili se fige, tout son corps se raidit, toute sa posture indique

que le danger est là, palpable. Yolande déglutit péniblement : « Quoi ? C'est important ?

— Pas mal, oui…

— Non ! Je ne veux pas savoir si je suis poète, si j'ai aimé désespérément un poète ou si je me prends pour la réincarnation de Villon. Ça va tout changer, tout abîmer si je sais pourquoi… Mais toi, tu sais que ce n'est pas une passion anodine ?

— Pas vraiment anodine, non.

— Ça remonte à loin… J'écris les dates dans les livres que j'achète… Ça remonte à loin… et à quelqu'un, c'est ça ? »

Lili, mal à l'aise, ne sait plus si elle doit parler ou se taire : « Tu vois ? Comment je suis censée savoir quoi dire ? C'est de ça qu'il faut parler. Ça me rend folle, l'idée de t'apprendre quelque chose sur toi !

— Quelque chose qui va me décevoir ?

— Comment je peux savoir ? Tu m'en demandes trop ! Je ne peux pas deviner ce qui est devenu important à tes yeux. »

Elle a raison, elles le savent toutes deux. Ce n'est pas et ce ne devrait pas être de son ressort. Le passé de Yolande n'est pas son affaire, et Yolande le comprend très bien.

Elles essaient de délimiter les secteurs dangereux et, surtout, d'établir un code indiquant de part et d'autre les dangers qu'il y aurait à poursuivre une conversation. Après avoir essayé une multitude de possibilités, elles s'entendent sur un « cela ne me concerne pas » qui indiquera à l'autre de clore le sujet au plus vite.

Elles passent le reste du repas à rire et à parler de choses et d'autres. Une fois dépouillée de ses dangers potentiels, leur conversation se libère, et elles retrouvent la connivence qui les avait rapprochées, il y a de cela plusieurs années. Ce qui étonne beaucoup Yolande.

« Pourquoi ? Tu as toujours été fidèle en amitié.

— Contrairement à ma fidélité amoureuse, tu veux dire ?

— Cela ne me concerne pas !

— D'accord. Mais tu m'en as donné un aperçu avec le Callières, là… Laisse-moi te dire que tu m'as eue ! Rien ne me laissait supposer que j'aie pu… je ne sais pas, moi, être une femme aux mœurs légères !

— Tu veux dire que depuis l'accident… rien ? Pas même un beau petit docteur ou ton psy ?

— Du tout ! Rien de rien. Le calme plat.

— Eh ben !…

— C'est pour dire comme ça vous change une femme !

— Attends ! T'as pas encore retrouvé la totalité de ta personnalité.

— Quoi ? Tu penses que la mémoire altère la nature de quelqu'un ? Que je vais redevenir un être sexuel parce que je retrouve le nom de mes amants ?

— C'est un bon problème à soumettre à ton psy, en tout cas ! Moi, je pense que l'amnésie t'a mise au neutre. Y a quelqu'un qui attend au fond de toi. T'es sonnée, c'est tout.

— Ah oui ? Tu penses ? »

C'est déconcertant d'envisager qu'un jour elle pourrait se réveiller avec des envies dont elle ne soupçonne même pas l'existence. « Tu penses que le désir, c'est une émotion, Lili ? D'après toi, ça fait partie de mon état affectif élémentaire, pour ne pas dire primaire ? J'ai les affects qui dégèlent lentement, y paraît.

— Ah oui ? En tout cas, je peux te dire que tu n'en étais pas dépourvue. Je ne t'ai jamais connue indifférente. Et tu n'indifférais personne non plus.

— Ah non ? Cela ne me concerne pas. »

C'est dans une bonne humeur totale qu'elles adoptent leur formule.

En repassant par le bureau pour prendre la brique de six cents pages qui l'attend, Yolande demande si l'auteur est un de ses intimes ou pas. Cette fois, la question ne déclenche aucun malaise. L'auteur est un homosexuel assumé et, en dehors des qualités professionnelles qu'il reconnaît à Yolande, il n'a rien eu avec elle.

Avant de quitter le bureau, Yolande s'informe de la réaction de Callières à son refus.

«Pas content, Hervé, pas content du tout! Il voulait t'appeler. Je lui ai dit de me remettre tout message t'étant destiné. Disons que ça a fait des vagues et que le bateau a eu du mal à tenir le cap. Il a essayé de savoir si t'avais le même courriel… Il a dû t'atteindre comme ça, non?

— J'avais une adresse courriel, moi? C'était dans mon autre vie… Je n'ai plus l'abonnement, c'était sans doute à la maison. C'est bien de penser que Gaston profite de la prose d'Hervé!»

Leur complicité est parfaite. Toute la journée de Yolande en est allégée. Elle se met à l'ouvrage avec enthousiasme et elle a même du mal à s'arracher de sa table de travail pour aller marcher.

* * *

Cette maison est la sienne, même si elle ne la reconnaît pas. Elle le sait. Elle entre dans des pièces qu'elle n'a jamais vues auparavant, dont elle n'a jamais soupçonné l'existence. C'est plus vaste, plus luxueux qu'elle n'en avait gardé le souvenir. Plus vide aussi. Les pièces sont chichement meublées, presque dénudées. Elle circule dans les différentes pièces, très étonnée de trouver toujours une autre porte qui mène à un autre dédale. Elle s'inquiète, se demande si elle est vraiment chez elle. Un doute s'insinue, la tenaille. Elle avance moins vite, mal à l'aise, certaine d'usurper le bien d'autrui. Quand elle atteint le grenier, c'est un chaos indescriptible. Elle ne peut pas avancer, la pagaille faisant barrage. Contrairement au reste de la maison, il fait sombre et c'est poussiéreux. Elle déplace une lampe et un tabouret — l'équilibre précaire est brisé et tout un pan d'objets dégringolent sur ses pieds. Elle se met à courir, certaine que des vipères ou d'atroces bêtes sont terrées sous le fouillis. Elle court, elle court, elle est dehors maintenant, et il n'y a aucune trace de la maison. Elle s'enfuit quand même avec la certitude qu'un danger la poursuit et va la rattraper.

Elle se réveille en sursaut, suffoquée d'angoisse. Une fois passée l'intense sensation de soulagement qui accompagne le réveil, elle allume. Elle ne tient pas à se rendormir. Elle a trop peur de poursuivre le même rêve.

Elle prend son cahier noir dans la table de nuit et se met à écrire fébrilement le rêve encore si vivant. Elle inscrit à la suite *Suffit-il donc que tu paraisses* et demeure songeuse. Aragon encore. Ce n'est pourtant pas son préféré — en tout cas, ça ne l'est plus s'il l'a été. Cette phrase l'habite depuis quelques jours. Cette phrase a rapport à Elsa, mais malgré sa connaissance approfondie du poème, le reste se refuse. Il y a, lui semble-t-il, *ce geste très doux* dans ce qui suit.

Non... *Tes cheveux ce geste touchant...* des parcelles du poème collent à sa mémoire... les post-it de sa connaissance poétique.

Elle se lève, fouille dans sa bibliothèque. Elle ne trouve pas Aragon. Il est trop tard ou elle s'en fout, finalement. Elle ne sait pas. Elle aimerait bien dormir.

Mais le moment est passé. Il faut attendre, maintenant. Le sommeil est comme un métro, si elle en rate un, il faut attendre le prochain. Elle va se verser un verre d'eau. À la table de la cuisine, elle surprend Steve qui glisse une feuille par-dessus celle qui l'occupait. Il n'est pas content de la voir surgir : « Quesse tu fais là ? Tu dors pas ?

— Non. Toi non plus ?

— Pas tard. »

Deux heures du matin ! Pour elle, c'est très tard. Elle prend bien garde de ne pas l'interroger sur ce qu'il faisait. « Aimerais-tu ça que j'achète une télévision, Steve ?

— Pour quoi faire ? »

Cette question ! Elle le fixe sans répondre. Il hausse les épaules : « Fais ce que tu veux, moi je l'écouterai pas ! C'est bon pour les épais, ça ! »

Devant un esprit aussi enjoué, elle se rabat rapidement sur sa chambre et ses cauchemars. C'est quand même un peu de sa mère qu'il parlait! Elle le trouve bien changeant, son Steve.

* * *

En réaction à sa crainte de voir Yolande envahir son espace privé, Jean-Louis ne peut s'empêcher de se jeter dans une sorte de frénésie sexuelle. Lui qui jamais, de toute sa vie, n'a été sensible aux invites plus ou moins discrètes des femmes qu'il a fréquentées, lui qui a été d'une irréprochable fidélité avec Françoise se voit saisi de ce qu'il appelle «le démon du deuil». Cette disposition insatiable pour la conquête se révèle dans les jours qui suivent sa dernière conversation avec Yolande. Il n'est pas dupe, il constate que la peur de s'approcher de Yolande l'a littéralement livré au stupre, mais le savoir ne l'arrête même pas. Toutes les femmes qui lui ont fait signe durant les dix-huit derniers mois sont rappelées, convaincues de leur importance, sorties au cinéma ou au restaurant, et elles aboutissent presque toutes dans ses bras.

Ce qui surprend le plus Jean-Louis, c'est la facilité avec laquelle elles cèdent. Il croyait que la séduction devait se faire en douceur, franchir des étapes, petit à petit, et il est confondu devant l'incroyable facilité avec laquelle il arrive à ses fins. Les choses se font sans effort, le défi est quasi inexistant. Il est stupéfait de découvrir autant de femmes seules et disponibles. Mais où sont donc passés les hommes? Parce qu'elles ne sont ni laides ni dépourvues d'esprit. Ce sont des femmes affirmées, indépendantes de fortune, souvent au sommet d'une carrière gratifiante. Le récit qu'elles font de leurs histoires sentimentales est, à peu de chose près, toujours le même: la peur des hommes devant leur autonomie est paralysante… pour eux. Une femme qui a du pouvoir semble bien destinée à ronger son frein le soir venu. Ou alors, c'est le récit mille fois recommencé de l'inégal combat avec la jeune beauté qui ne pose pas de questions et qui minaude assez pour ne pas menacer le frêle ego mâle. Ces femmes mûres, dont la taille s'entoure d'une chair veloutée qu'elles n'apprécient pas du tout, ne peuvent rivaliser physiquement avec les jeunes beautés effilées qui rôdent autour des hommes de cinquante ans.

En un mois, l'apprentissage de Jean-Louis s'est enrichi notablement. Il ne sait pas si c'est ce qu'il cherchait, mais les promenades le long de la rivière sont remplacées par un autre type d'exercices qui comporte ses avantages.

La seule note discordante au tableau de sa nouvelle vie, c'est qu'il est incapable d'emmener qui que ce soit chez lui. Il a tellement hâte de déménager et de repartir à neuf qu'il déclare à l'agente immobilière qu'il ne s'opposera pas à une baisse de prix. Ce qui provoque une réaction outrée de celle-ci : le prix demandé est tout à fait justifié et la maison n'est sur le marché que depuis peu de temps. Qu'est-ce qu'il espérait ? Est-il aux abois ? A-t-il besoin d'un prêt ?

Ces questions calment temporairement sa hâte, mais maintenant qu'il est sorti de son isolement, il est bien décidé à en profiter. Quelquefois, à deux ou trois reprises, il se désole de ne pouvoir contacter Yolande. Elle demeure un mystère à ses yeux, et il aimerait pousser plus loin leurs conversations. En fait, il aimerait la séduire. Et ce, surtout parce qu'elle ne le souhaitait pas et n'était apparemment pas du tout attirée par lui. Il estime ses raisons dignes de l'adolescent qu'il a été et bien peu défendables aux yeux de l'homme qu'il se prétend devenu. Il ne sait pas pourquoi il s'imagine qu'elle rirait de son comportement. Avec une joyeuse indifférence.

Pourtant, quand il feuillette le livre qu'elle lui a laissé, ce n'est pas l'impression qui s'en dégage. Fortement réticent au langage poétique, il s'applique tout de même à passer au travers du livre… qu'il trouve obscur, difficile à comprendre. En fait, il s'est aperçu que c'est au retour de ses nuits les plus exaltantes qu'il lit le mieux. Au hasard, avant de sombrer dans un lourd sommeil, en goûtant un doigt de scotch, il lit un poème et il est souvent estomaqué de la pertinence de chaque mot, de chaque évocation. Satisfait, le corps amorti par ses excès, il s'endort alors avec la conviction qu'il s'est amélioré sur toute la ligne.

À la fin août, il se met en quête d'un condo ou d'un duplex à acheter dans un quartier près du centre-ville. Il ne sait pas si Françoise verrait d'un bon œil les changements apportés à sa vie, mais en trois jours, il trouve ce qu'il cherche et, le lendemain, l'agente immobilière lui propose un acheteur qui offre le prix espéré. Il en conclut que Françoise le soutient toujours, d'où qu'elle soit. Il y trouve assez de réconfort pour tourner la page avec allégresse.

* * *

Depuis qu'elle a perdu sa mère adoptive — c'est comme ça qu'elle pose le problème — Annie ne va pas bien. Elle se dévore d'inquiétude, elle s'angoisse et craint qu'un malheur s'abatte sur elle ou sur les siens. Cette prédisposition au drame n'est pas nouvelle, mais son incapacité à contrer la panique qu'elle génère devient de plus en plus embarrassante. Comme elle ne peut raconter ce qui l'a éloignée de Yolande, et comme elle-même s'emploie à l'oublier au point de croire maintenant que c'est pour une autre raison, elle fait dévier son malaise sur tout ce qui l'entoure. Chaque évènement se double d'une éventualité de catastrophe. Si Corinne fait de la fièvre, cela devient une méningite. Si Yvon arrive en retard, c'est parce qu'il la trompe, si son père n'appelle pas, c'est qu'il s'est suicidé, si un collègue ne la salue pas avec entrain, c'est qu'il lui cache un problème dont elle est responsable ou qu'il lui en veut. Son esprit cavale de drame en drame, c'est incessant. La sonnerie du téléphone qui s'arrête avant qu'elle n'ait le temps de répondre déclenche dans son esprit une série noire impossible à endiguer.

Affolée, sans cesse en train de sursauter, de guetter, elle dort de moins en moins et traverse son enfer en silence.

L'été qui s'achève a été le pire de sa vie. Elle a perdu dix livres — dont elle aurait bien besoin — elle s'enferme aux toilettes pour pleurer, et elle ne voit pas d'issue à tant d'angoisse.

À la fin de son séjour parmi eux, sa belle-mère Ginette lui a lancé un peu aimable : « Va falloir te reprendre en main, ma pauvre enfant, parce que c'est vraiment pénible de vivre à côté de quelqu'un comme toi ! Tu penses pas que ta famille mérite un petit effort ? Si c'est pas pour ton mari, fais-le pour ta fille. Prends des pilules, fais de quoi ! C'est fini, le 11 septembre, les terroristes ont pas promis de revenir dans ta cour ! Profite de c'que t'as pis arrête d'avoir peur de tout perdre ! »

Comment Ginette savait-elle ça, Annie l'ignore. Mais bien sûr, cette gentillesse était sa façon de ne pas avoir à dire merci.

Fin juillet, après le départ de Ginette, Yvon les a emmenées en Gaspésie, Corinne et elle, et les choses ont pris du mieux. Elle est revenue plus en forme, Yvon et elle se sont rapprochés — enfin, elle a fait semblant d'avoir envie de sexe autant que lui — ce qui a créé une harmonie familiale soulageante qui a déteint sur Corinne. Annie avait l'impression de reprendre le dessus quand son père lui a annoncé que Yolande déménageait.

Son maigre acquis s'est effondré. Elle a touché le fond quand elle a reçu une brève lettre de sa mère qui lui donnait aimablement ses nouvelles coordonnées. Une lettre trop froide, trop factuelle pour être prise pour ce qu'elle était : Annie s'est mise en tête d'y déchiffrer des messages cachés, d'échafauder des sous-entendus compliqués. Elle a été voir en cachette où habitait maintenant Yolande et elle a vite découvert que Steve partageait sa vie. Comme un vice auquel on consent parcimonieusement, Annie s'accordait le droit d'aller espionner sa mère de temps en temps, quand l'anxiété prenait des proportions ingérables. Mais comme un vice aussi, Annie subissait l'escalade du besoin maladif. Elle ne pensait qu'à ça : retourner constater que c'était bien ça, que sa mère en était rendue là. Sa mère couchait avec un bandit de vingt-quatre ans! Un garçon incapable de s'exprimer autrement que par la violence.

Effarée, dépassée, Annie veille avant tout à ce que son père ne l'apprenne pas. Elle est persuadée que cette catastrophe le pousserait à boire encore plus et à éventuellement se muer en épave, comme sa première femme. Annie trouve que perdre Yolande est bien suffisant: l'idée de voir son père devenir un ivrogne la terrorise.

Elle resserre sa surveillance et, parce que l'un est lié à l'autre dans son esprit, elle va visiter son père encore plus souvent. Quand celui-ci l'entretient des «femmes de sa vie», elle le laisse déblatérer contre toutes, sauf Yolande. Elle met une énergie folle à sauver Yolande du naufrage. Gaston ayant énormément à se plaindre de Madeleine — qui a non seulement refusé de poursuivre leur liaison, mais aussi démissionné de son emploi dans l'entreprise — il s'intéresse un peu moins à Yolande et à ses actes. En fait, comme Yolande ne lui coûte plus rien depuis deux mois, il la considère avec indulgence. Ce qui nourrit l'espoir de sa fille de les voir un jour réconciliés.

Entre ce qu'elle redoute et ce qu'elle imagine, Annie épuise toute sa capacité à négocier avec le réel. Les combats qu'elle livre âprement sont imaginaires. Elle cache à son père ce qu'elle sait de Steve, elle cache à Yvon tout ce qui concerne Yolande, et elle se débat contre l'irrépressible montée du malheur. Traquée, minée d'angoisses, elle réduit la lecture de sa vie à son obsession: empêcher Yolande de s'éloigner, empêcher son père de s'enfoncer. Murée dans sa solitude, elle ne peut faire appel à personne pour l'aider dans sa mission.

Elle est persuadée que si Yolande retrouvait sa mémoire, elle quitterait Steve sur-le-champ, un peu honteuse. Elle reviendrait vers elle. Le doute subsistant en ce qui concerne son père serait la seule note discordante de ce portrait: elle estime que Yolande a quand même un peu raison de lui en vouloir et qu'il lui faudrait puiser dans ses réserves de générosité pour arriver à lui pardonner son faux-pas.

Si seulement Yolande pouvait retomber sur ses pieds et redevenir celle qu'elle était, Annie se sentirait mieux et pourrait enfin respirer !

Début septembre, Annie surprend Yolande et Steve en train de rire aux éclats en rentrant dans l'immeuble. Assise en retrait dans sa voiture, anonyme dans le trafic, elle sent la nausée la gagner. Ils ont trente-trois ans de différence, est-ce que le monde est devenu complètement fou ? Personne ne voit à quel point c'est ignoble, indécent ?

Son téléphone cellulaire sonne — encore Yvon qui la dérange, qui lui demande ce qu'elle fait. Exaspérée, elle lui crie qu'il n'a qu'à mettre le repas dans le micro-ondes et à suivre ses instructions : tout est écrit sur le plat !

Quand il veut encore autre chose, quand il demande s'il l'attend, elle s'empresse de raccrocher avant de hurler.

Parce qu'elle a dit qu'elle allait chez son père, elle s'exécute. Pour Annie, mentir aurait été de ne pas s'obliger à le faire, puisqu'elle s'en était servi comme excuse.

Elle le trouve fin soûl, écrasé dans une chaise longue dans la cour, à déplorer les talents horticulteurs de Yolande et le peu d'aide que la remplaçante de Madeleine au bureau est en mesure de lui offrir. Ce spectacle affligeant achève Annie qui se lève et annonce qu'elle rentre chez elle.

Comme un hanneton qui rame pour se remettre sur ses pattes, son père s'extrait laborieusement de sa chaise : « Tu veux que j'aille te reconduire ? »

La proposition la laisse sans voix. Le regard de Gaston est interrogatif et hagard. Rien, il ne voit rien. Pas plus maintenant qu'avant. Il pourrait la tuer sans remords. Quelle importance ? Il le fait pour lui rendre service, de toute façon. « Et ce serait me rendre vraiment service », conclut Annie en s'éloignant.

Peut-elle espérer voir Yolande retourner dans cette maison,

vers cet homme indigne d'elle ? Assise au volant de sa voiture, elle cherche la fameuse phrase que Yolande lui a dite avant de la renvoyer à sa vie. Une règle. C'était une sorte d'obligation qui la choquait beaucoup. Elle n'arrive pas à se souvenir. Il faudrait qu'elle le lui répète. Il faudrait que quelqu'un l'aide à comprendre ce qui se passe. Elle ne comprend pas. Elle ne comprend plus. Tout lui échappe, la fuit. Toute sa vie s'en va en miettes et elle semble être la seule à s'en apercevoir, à vouloir agir, faire quelque chose ! Elle voit le feu rouge à la dernière minute et freine brusquement. Ils vont faire d'elle un assassin, maintenant ! À force de l'inquiéter, ils vont la rendre dangereuse. Un comble ! Le cœur battant la chamade, elle se range contre le trottoir et vomit.

Quand elle relève la tête, ses yeux pleins d'eau vérifient prestement si quelqu'un l'a vue.

Morte de honte, elle s'essuie la bouche et repart. Elle préférerait se rendre chez Yolande pour régler la question des conditions, mais elle soupçonne que ce n'est pas une bonne idée.

Ce n'est qu'en sortant de son bain, en s'essuyant, que la lumière se fait dans son esprit. Affolée, elle essaie de se souvenir de la date de ses dernières menstruations. Avec tous ces évènements, elle n'a pas fait attention, elle s'est probablement trompée… Elle se laisse tomber sur le siège des toilettes : enceinte, elle est enceinte.

Accablée, elle considère ses yeux cernés, sa bouche amère, elle n'arrive pas à comprendre comment une si bonne nouvelle lui donne un tel sentiment d'échec.

* * *

Il y a des moments où Steve et Yolande rient tellement qu'ils en perdent l'appétit. L'heure du souper est sacrée. Depuis que Steve s'est mis à cuisiner, c'est lui qui décide des plats et du menu. Souvent, il prépare tout, et Yolande, parce que la cuisine n'est pas adaptée à la hauteur de la chaise roulante, se charge de faire cuire, rissoler, griller, saisir, pocher, selon le bon vouloir du grand chef. Comme en tout, Steve s'investit totalement dans sa nouvelle passion. Il se vante d'avoir dévoré le Larousse gastronomique. Ensuite, systématiquement, il a lu tous les livres de cuisine de Yolande. Pour lui, ce n'est ni apprendre ni étudier, c'est aller chercher des idées. Peu à peu, il devient très fort en diététique et il se met en devoir de lui expliquer l'intérêt des protéines, des vitamines et l'interaction des différents aliments.

Yolande ne se plaint pas de cette nouvelle lubie, au contraire, cela lui permet de s'absorber à plein dans son travail. Quand elle relève la tête et sort de sa chambre-bureau, Steve est toujours fier de lui annoncer ses dernières trouvailles.

« Des bok choy, crisse ! Connaissais-tu ça ? On mangeait des patates, moi, quand j'tais petit. Des bok choy… pas méchant, trouves-tu ? C'est chinois. On s'en vient pas pire, han ? »

Yolande précise quand même que tout le mérite lui revient : « Je ne sais pas faire la moitié de ce que tu nous prépares !

— T'as pas mon expérience, non plus !

— C'est sûr… T'as été cuistot sur le *Queen Elizabeth*, c'est ça ?

— Ma mère, crisse ! Qui tu penses qui la nourrissait ? Pas elle, çartain !

— Tu faisais à manger ?

— Ben… pas des bok choy, là… mais c'est moi qui faisais les *grill cheese* pis aussi le macaroni Kraft. R'garde, c'tait pas compliqué, on avait trois menus : la soupe Lipton, les *grill cheese* pis le *macaKraft*. Asteure que je connais ça, on mangeait rien, jusse de la cochonnerie.

— Devant la T.V.

— *Yes sir*, madame ! C'tait pas à mode de parler dans ce temps-là… Toi, t'es bonne dans le parlage, mais t'es moins bonne dans cuisine.

— J'ai jamais été attirée par les chaudrons, je pense.

— Non, toi, c'est les livres pis les fautes ! Ta mère, elle… Ah ben, crisse ! J'allais oublier que tu te rappelles de rien !

— Ma mère quoi?

— J'sais pas. J'sais pus ce que j'allais dire. *Anyway*, ça sert à rien.

— L'autre fois, t'as fait un bouillon. Tu sais, jeudi passé?…

— Un fond de veau! Pas un bouillon! Crisse! C'est rendu que c'est moi qui te corrige. C'est *hot*! Ouain, pis?

— L'odeur m'a rappelé… ma mère, je pense. C'est comme passé vite, vite dans ma tête.

— C'est toute? Rien d'autre que ça?

— Pas terrible. Je sais.

— Moi, si je m'en souvenais pas de ma mère, sûr que ça me dérangerait pas. Tu vas t'habituer à pas te souvenir. Ça te fera pus rien. Moi, crisse, si je serais comme toi, j'en profiterais pis je chercherais pus rien. »

Yolande apprécie l'optimisme de Steve à son juste prix. Et elle est certaine que Cantin trouverait ce point de vue très intéressant.

« Tu vas où?

— Travailler.

— Tu vas pus marcher? Tu peux ben m'obliger à faire mes exercices! Tu y vas de moins en moins. Ta *date* te manque en crisse! »

Il a raison. Elle espace ses promenades au profit de son travail. Et elle sent les résultats de son inaction dans son dos et son cou qui s'ankylosent après cinq pages. Elle hoche la tête: « Le monde à l'envers, Steve. T'es rendu que tu me maternes.

— Yo… »

Il ne l'a pas entendue, il a l'esprit ailleurs. Elle trouve l'amorce bien calme. Elle attend la suite et trouve que Steve fait une drôle de bouille. Il prend des airs de quelqu'un qui parle d'une idée, comme ça, en passant, sans y attacher d'importance. « On pourrait inviter du monde à manger, des fois — tu trouves-tu? J'sais pas, moi… des amis, nos amis…

— Comme qui, par exemple?

— Ben… Sylvie… Élisa… »

Si elle l'osait, elle applaudirait. Si elle s'écoutait, elle danse-rait sur la table. Elle fait comme si c'était un sujet qu'ils avaient abordé à maintes reprises: «Oui, je pense qu'un repas à quatre, ça serait bien. Pas plus, on a juste quatre chaises. Mais faudrait que tu décides de tout le menu… Vendredi, ça me tenterait. Mais c'est peut-être un peu vite pour toi?»

Steve trouve que c'est parfait. Extrêmement parfait. «Tu leur demandes pis moi je fais le reste, O.K.?»

Yolande décide d'aller marcher, finalement. Elle se demande depuis combien de temps il prépare son coup.

* * *

Yolande en apprend beaucoup plus sur Steve pendant ce souper que pendant les huit mois et demi qui ont précédé. Timide. Timide et vulnérable. Inquiet et fébrile, attentif et concentré. Son intensité habituelle est doublée d'une crainte de rater quelque chose. Mais tout se passe en harmonie, et les filles ont vraiment du plaisir. Sylvie est la plus exubérante. À l'entendre blaguer avec Steve et l'agacer, Yolande se demande si ce n'est pas elle que Steve devrait essayer de fréquenter. Élisa est plus grave, moins moqueuse, mais peut-être est-elle intimidée, elle aussi, Yolande ne saurait dire.

La conversation roule sur leur travail, sur les projets des «deux anciens patients», sur certains autres patients qui fréquen-tent la clinique de réadaptation. Steve les connaît tous et il a une opinion — et même un pronostic — sur chacun. Sylvie conteste certaines de ses remarques avec un humour qui provoque des réparties encore plus drôles. Il n'y a qu'un patient sur lequel il ne dit rien. Quand Sylvie le nomme, le visage de Steve s'assombrit, il hausse les épaules et dit sèchement: «Je l'sais-tu!»

Sylvie n'en revient pas de sa mauvaise foi: «Ben voyons, Steve! Tu l'as même aidé, l'autre fois, quand sa mère était pas là. Julien Barette… un petit blond avec…

— J'sais c'est qui. Pas besoin de détails!»

Yolande se demande bien pourquoi ce patient rend Steve si agressif: «Il a quoi?»

À peine Sylvie a-t-elle le temps d'expliquer la paralysie des jambes due à un saut dans la piscine familiale que Steve change de sujet en se tournant vers Élisa. Sylvie comprend le message. «O.K., Steve, je savais pas qu'il te tombait sur les nerfs. Ça adonne mal, il te trouve super. Si t'étais pas si vieux, il m'a dit qu'il aurait aimé être ton ami.

— Vieux?» Yolande n'en revient pas. «Il a quel âge, lui?

— Quatorze ans. Vous l'avez vu une fois…

— Élisa, tu veux-tu m'aider à changer les assiettes? Y a du dessert…»

Sylvie ne s'en laisse pas imposer aussi facilement: «C'est même pas vrai que tu t'en fiches. Je sais pas pourquoi tu nous fais ce numéro-là, on jase…

— Sylvie, crisse! Lâche un peu. On était pas obligés de passer toutes les dossiers!»

Cette réponse paraît un miracle de diplomatie aux oreilles de Yolande. Elle s'empresse de fournir une diversion en proposant la visite du reste de l'appartement. Sa chambre double, son bureau et son travail étalé fournissent amplement de quoi exciter la curiosité des invitées et dissiper le malaise.

Quand la soirée se termine, l'humeur des convives est au beau fixe, et quand Sylvie leur offre de les inviter à son tour dans son minuscule appartement pour leur préparer une brandade de morue comme sa mère faisait, Steve est le premier à s'enthousiasmer: «Jamais mangé ça, moi, de la morue branlée!

— Tu vas être ébranlé, mon Steve! Mais je t'avertis: tu pourras même pas faire tourner ta chaise tellement c'est petit chez moi.

— J'vas la faire spinner! J'te gage que j'vas la faire spinner.»

* * *

« Yo ! Tu dors-tu, Yo ? »

Bien sûr qu'elle dort ! À trois heures du matin, c'est le genre d'activité à laquelle elle se livre volontiers ! Dès qu'elle l'y autorise, il ouvre la porte et fait glisser sa chaise vers elle. Il aboutit exactement à la hauteur de son nez. Il est inquiet, préoccupé. Elle repense à l'hôpital, quand il venait lui faire de longs monologues, la nuit. Elle a l'impression que ça remonte à une autre vie.

Elle se redresse un peu, tend la main vers la lampe de chevet — il l'arrête : « Pas besoin.

— Qu'est-ce qui se passe ? Tu dors pas ?

— Avant, quand on restait pas ensemble, je dormais avec toi des fois. As-tu remarqué ? »

Que c'est alambiqué ! Pas toujours transparent, son coloc : « Tu veux quoi ? Coucher ici ?

— Ben ! Si ça te dérange pas ! »

Il est tellement drôle avec son air de ne pas y toucher. Elle ouvre les draps : « Va fermer la porte, je veux pas que mon coloc le sache. Il est très à cheval sur les principes. »

Si elle pensait pouvoir se rendormir en acceptant sa proposition, elle doit se raviser.

« J'ai cherché dans le *Gastronomique* pour la brandade. Ça devrait être bon.

— C'est pas ça qui t'empêche de dormir, Steve ?

— Y a rien qui m'empêche de dormir ! Cé qu'tu fais là, crisse ? J'avais jusse envie d'être avec toi. »

Ben oui ! C'est sûr… Elle se risque : « C'est Élisa, ta préférée ?

— C'est celle qui va dire oui, ma préférée ! Chus tanné d'me crosser, moi !… Pas toi ? »

Toute une conversation ! Il ne se rend même pas compte à quel point c'est osé. Pour lui, tout besoin trouve un assouvissement.

« Tu penses que je l'sais pas ? T'es comme tout le monde, Yo ! M'dérange pas moi, *man* !

— Ben oui, Steve, je suis comme tout le monde. On dort-tu ?

— Si y en a une des deux qui veut, tu vas faire quoi ? »

Intriguée, elle se retourne vers lui, cherche à voir ses yeux dans le noir : « Quoi ? Comment ça, je vais faire quoi ? De quoi tu parles ?

— Tu seras pas jalouse ?

— Bien sûr que non ! Tu penses que je suis amoureuse de toi, Steve ?

— Ben non… mais un peu comme que… genre, j'te dois de quoi… comprends-tu ?

— Non. Tu me devrais quoi, au juste ? Je t'ai pas sauvé. Je t'ai pas rescapé. Pour une fois qu'on est à égalité… Veux-tu me dire ce qui te prend ? On est libres, Steve. Toi, comme moi. Et si t'as envie d'aller vivre avec une fille, on s'en parle et ça finit là. La seule obligation qu'on a, c'est celle de se dire les choses.

— On dit ça… »

Pour le coup, elle allume. Il plisse les yeux, lève sa main pour contrer la violence de la lumière : « Aye !

— Steve, on dit ça parce qu'on pense ça et qu'on vit comme ça. C'est quoi, exactement, le problème ?

— La lumière ! C'est la lumière qui me dérange ! »

Il grimace en riant. Faire le pitre parce qu'il a compris et qu'il est content, voilà exactement la spécialité de Steve ! Il rit ! Elle éteint.

Le silence s'installe enfin. Elle allait glisser dans le sommeil quand il murmure : « Élisa… ou ben les deux en même temps ! Ben non, je niaise. J'pense que Sylvie est plus sexy, qu'a l'aime ça pour vrai… C'est dur de savoir si une fille a l'goût pour vrai, trouves-tu ? Toi, c'parce que j'te connais que je le sais.

— Tu sais rien pantoute, Steve. Si moi je le sais pas, c'est pas toi qui le sais, certain ! On a-tu le droit de dormir, ici ?

— O.K., crisse, O.K. !… Fait longtemps, han, Yo ? Fait longtemps en crisse… »

Il s'endort, le traître ! Il s'endort et la laisse réfléchir à ce qui le troublait tant. Elle se demande si c'est un attribut de la jeunesse de venir déposer ses problèmes dans ses bras et de se trouver ensuite disposé à dormir... la jeunesse ou la masculinité? Entre les deux, elle hésite... et s'endort.

* * *

Étendue immobile près d'Yvon qui dort profondément et bruyamment, Annie a l'impression que sa tête va exploser.

Entre les comment, les pourquoi, les si et les peut-être, son esprit tourne à une vitesse folle.

Rien au monde ne pouvait survenir à un aussi mauvais moment. Personne ne pourra se réjouir d'une telle nouvelle. Elle ne voit pas comment elle va arriver à ajouter ce fardeau à celui qu'elle porte déjà. Dès qu'elle prend conscience d'une pensée aussi négative, elle se ronge de culpabilité : s'il fallait que le fœtus ressente son état d'esprit et en soit marqué !

Si au moins Yolande pouvait l'aider. Depuis l'accident, Yolande est repliée sur elle-même et — Annie doit se l'avouer — sa fille Corinne ne l'a jamais beaucoup fascinée.

En proie à l'indécision la plus totale, elle se lève.

Elle se surprend à réorganiser l'aménagement de la maison en fonction d'un bébé et en conclut qu'elle s'y fait, qu'elle accepte sa grossesse.

Il faut absolument que Yolande guérisse et qu'elle revienne. Elle n'aura pas cet enfant sans elle. Elle ne peut pas. Dans neuf mois... non, moins : dans six, sept, en avril, il faut qu'elle soit sur pied, solide, prête à la seconder.

Elle se rend compte que, à quelques jours près, ça fait huit mois qu'ils savent que Yolande a perdu la mémoire. Huit mois ! Presque le temps de mettre un enfant au monde ! Annie y voit un signe pour l'inciter à aller la chercher, la sortir de là. Après tout, c'est elle la plus informée sur le passé de Yolande. Surtout depuis que Madeleine a été écartée. Oui, il ne lui reste plus qu'elle.

Et c'est réciproque. Annie ne voit que Yolande pour la tirer du pétrin, de cette panique gluante qui embourbe sa vie.

Elle s'assoit et commence à rédiger une lettre pour Yolande. Une lettre où elle lui offre de l'aider à retrouver sa mémoire, à guérir totalement et à revenir vers elle. Elle hésite un peu à aborder le sujet de l'enfant à venir. Elle ne veut pas tout mélanger ou avoir l'air de faire pression sur elle pour qu'elle témoigne d'une joie qu'elle n'est peut-être pas en mesure de ressentir. Annie se trouve très altruiste de penser à ça, alors qu'il est quatre heures du matin, qu'elle n'a pas dormi encore et que les nausées la reprennent.

Elle range la longue lettre dans un tiroir au sous-sol, et monte se coucher. En entrant dans la chambre, elle a le plaisir de constater qu'Yvon dort sans aucun bruit maintenant.

Elle lui en est si reconnaissante qu'elle se dit qu'elle va lui annoncer la bonne nouvelle dès le lendemain. Non, elle va plutôt attendre de voir ce que Yolande en pensera. Une bouffée d'émotion lui gonfle le cœur à la seule idée qu'enfin elle va pouvoir lui parler de nouveau. Ne serait-ce que pour ça, cet enfant est une bénédiction.

* * *

« Pensez-vous qu'il faut du passé pour arriver à rêver ? Rêver dans le sens de se projeter dans l'avenir. Avant, quand je suis sortie du coma, je ne pouvais absolument pas avoir de projets ou de rêves. Sans passé voulait dire sans avenir. Un peu comme sans élan, c'est pas possible de sauter loin. Maintenant que j'ai un passé de quelques mois, la machine repart… Bizarre, non ?

— Non. C'est plutôt une bonne nouvelle. Parlez-moi de vos rêves, de vos projets… »

Elle rit, un peu mal à l'aise : « Voir Steve tomber amoureux. Vous savez bien : aller au-delà de la baise et rencontrer quelqu'un. Se lier. Faire ce qu'il ne sait pas faire, quoi ! Je sais, je sais, ce n'est pas de moi directement qu'il s'agit, mais quand même… Et puis, je ne détesterais pas moi-même rencontrer quelqu'un…

— C'est bien : avant, on ne parlait que de Steve sans jamais parler de vous. On y arrive ! Qu'est-ce qui vous a chatouillé la sexualité dernièrement ?

— Celle de Steve ! Je ne sais pas comment j'étais là-dessus. Lili prétend que j'étais très active. Mais la franchise un peu macho — très macho — de Steve me plaît. C'est sûr, il a des formules qui me font sursauter, mais la vérité, le côté cru, j'aime assez.

— Pour en revenir à vos rêves, est-ce qu'il y a quelqu'un sur qui projeter cette sexualité qui vous revient ? »

À sa grande surprise, alors qu'elle ne le croise plus depuis deux mois, Yolande fait le récit de sa rencontre avec Jean-Louis. L'heure est presque achevée quand le docteur Cantin lui demande si Jean-Louis serait son candidat pour un projet sexuel.

Elle réfléchit un peu avant d'avouer que sa qualité principale est d'être le seul homme disponible qu'elle connaît.

« Ce n'est pas tellement mon genre d'homme, je pense.

— Alors, trouvez-moi votre genre d'homme pour notre prochaine rencontre. Un acteur, un chanteur qui vous donne des idées, qui vous fait fantasmer. »

* * *

Le soir du 30 septembre, quand Yolande constate que son coloc n'est pas rentré, elle se met au lit en se félicitant de s'être décommandée à la dernière minute pour le souper chez Sylvie. La révision de la biographie exige plus de temps qu'elle ne le prévoyait et elle doit mettre les bouchées doubles si elle veut la rendre à temps.

Elle n'écarte pas la possibilité que Steve soit sorti dans un bar ensuite, mais elle n'y croit pas vraiment. À la dernière soirée qu'ils ont passée chez Élisa, l'intérêt de Sylvie est devenu clair. Comme le dit Steve : les avances avançaient pas mal ! Et comme

Steve n'est pas du genre à en laisser passer une… Tant mieux! En voilà un de satisfait. Un sur deux, se dit-elle en souriant.

Elle pose son livre, retire ses lunettes: ses yeux sont trop fatigués pour lire.

Qui aimerait-elle voir entrer dans sa chambre et se tenir au pied du lit en la déshabillant du regard? Qui? Brad Pitt? Clive Owen? C'est ridicule!… Elle a même acheté un magazine très populaire qui offrait un palmarès des hommes les plus sexy au monde. Seigneur! Elle ne lui dirait pas oui, à ce supposé *sexiest man*. Même pas peut-être. Cantin n'en aura pas pour son appétit.

Elle éteint.

Il est là. Il ne la regarde pas: il la brûle, il la consume. Ce regard qui la possède sauvagement, cette bouche qui va la prendre dans un instant, il est oppressé de désirs, il est si sombre, si ténébreux! Les épaules carrées, les bras solides, longs et musclés, un homme qui s'approche sans bruit, un félin sans câlineries, un prédateur venu s'emparer de ce qu'elle offre volontiers. Cet homme — son homme — ne sourit pas, il ne parle pas, elle ne sait rien de sa voix quand elle est feutrée de désir. Ses yeux seulement, l'impérieux regard qui précède la dévoration. Comme s'il fallait contempler attentivement avant de prendre une décision irrévocable qui enfouira tout le reste, tout ce qui n'est pas leurs deux corps qui se saisissent dans un silence hachuré de respirations qui bataillent.

Elle s'accroche à ces yeux, les fixe dans la noirceur, sa vie entière tient à la lueur sauvage qui brille dans le regard de cet homme. Toute sa vie dans cette bouche qui, en se posant sur son corps, la suffoque et met en marche la machine de destruction absolue.

Fébrile, Yolande tâtonne, cherche l'interrupteur de la lampe. Un halo ambré nimbe la pièce. Personne, bien sûr, comme elle le redoutait. Il n'y a personne. Elle n'a pas rêvé, elle a vu quelqu'un.

Elle l'a revu, probablement.

Un souvenir? Elle le croit. Parce que sa peau est électrisée, parce que son souffle est court, elle connaît ce visage, cette peau, cette densité de désir. Un souvenir précis qui a traversé la brume de l'amnésie. Le désir a donc un visage, un corps. Le désir a donc un port. Cet homme qu'elle a connu, désiré, consommé. Aimé? L'a-t-elle aimé? Toute sa tête hurle oui parce qu'il lui semble inconcevable de tant désirer sans aimer. Mais c'est peut-être un vernis qu'elle a appliqué sur la brutalité du désir pour l'adoucir, l'édulcorer. Comment savoir?

Elle a déjà rêvé à cet homme. Il y a longtemps. Avant son cahier noir. Avant… Il appartient à il y a longtemps. Son premier amour, peut-être? Celui qui marque, celui qui met au monde en nommant l'innommable, la bestialité qui ne connaît aucune loi — que celle de l'assouvissement. Assouvir, elle n'a jamais aimé le mot. Ni inassouvi. Ces mots sentent le sang et l'excès. Mon dieu! A-t-elle été violée? Est-ce cela, cette vague réminiscence de violence liée à la sexualité, ce goût ferreux, ce goût extrême?

Elle sort le cahier, y écrit sa vision, inscrit « viol? » sans y croire. Elle trouve si facile de confondre sa propre violence avec celle de l'autre dans l'échange sexuel. De la lui prêter parce qu'elle a du mal à l'accepter. Un viol? Peut-être… Mais au fin fond de sa mémoire vide, elle sait que quelqu'un attend, quelqu'un qui est certainement autre chose que seulement tortionnaire.

Elle se lève, marche dans sa chambre silencieuse. En soi, l'amour peut être une torture, pas seulement celui qui en est l'objet.

Elle est surprise de se voir excuser quelqu'un qu'elle ne replace même pas, dont elle ignore s'il vient du passé ou s'il se projette sur l'avenir.

Elle va à la cuisine se préparer une tisane.

Quand elle revient dans sa chambre, elle a l'impression fugitive que le fantôme est encore là, qu'il l'attend, vibrant, dépité, défait.

Elle s'immobilise, aux aguets, elle inspire et s'arrête *in extremis* avant de prononcer à voix haute le prénom qui lui est venu: Francis.

Chapitre trois

S'émouvoir

« Lili ? C'est Yolande. Excuse-moi de te déranger… tu dormais pas ?… Non, c'est pas ça, c'est en tant que dépositaire de mon passé que je t'appelle. Écoute, c'est un peu niaiseux, mais y a personne d'autre à qui je peux le demander… C'est juste un oui ou un non que je veux… Je sais, moi-même, ça m'intrigue. Bon, si je te dis "Francis", est-ce que ça sonne une cloche ?… Lili ?… O.K. Non, non, je veux pas, je voulais savoir si je l'avais inventé, c'est tout… Alors, si je pense que c'est un morceau important de mon passé, je ne suis pas complètement à côté de la plaque ?… O.K., merci… Non, non, c'est tout, c'est juste un prénom qui me semblait familier, c'était pour vérifier… Merci. »

Elle a beaucoup de mal à se calmer, à se concentrer sur son travail. Dieu du ciel ! Un seul prénom et tant de remous, qu'est-ce que ce sera quand tout le passé va ressurgir ? Un raz-de-marée bon pour la noyer.

L'appartement lui semble désert sans Steve. On dirait bien que sa nuit aussi a été agitée et qu'elle se prolonge. Tant mieux pour lui, c'est parfait, se dit Yolande qui estime que sa nuit à elle a été bien courte. Elle n'est pas parvenue à s'endormir vraiment, elle a dormi par à-coups et s'est réveillée constamment, en proie à une inquiétude fébrile.

Pour mettre fin à l'incertitude, pour en finir avec l'obsession du prénom, elle a eu cette idée d'appeler Lili. Et maintenant qu'elle l'a fait, elle n'est pas plus tranquille… La bombe fait tic, tic, tic, de plus en plus fort.

Vers quinze heures, alors qu'elle est plongée dans un passage bizarrement construit, on sonne à la porte.

Yolande va ouvrir en espérant que la nuit de Steve ne l'a pas frappé d'une amnésie soudaine.

Annie, hébétée, semble aussi surprise qu'elle. Il y a quelque chose de négligé dans sa tenue, on dirait qu'elle est sortie de chez elle précipitamment.

« Entre, Annie. »

Elle hoche la tête pour refuser, ses yeux sont emplis d'eau. Elle lui tend une grande enveloppe : « Je t'ai écrit… Je ne suis pas capable de te parler. Mais je t'ai écrit. »

Inquiète, Yolande tend la main, prend l'enveloppe. Il y a quelque chose d'égaré chez Annie, la laisser partir dans cet état ne lui semble pas raisonnable : « Entre ! J'allais me faire du thé.

— Je veux pas le voir.

— Steve ? C'est de Steve que tu parles ? Annie ! Qu'est-ce que t'as ?

— Je suis enceinte, maman ! J'ai peur de te perdre ! J'en peux pus ! »

Les chutes du Niagara lui tombent dans les bras. Yolande l'entraîne dans la cuisine, ferme la porte, branche la bouilloire et s'apprête à tenir un long siège. Elle pose la boîte de mouchoirs sur la table et attend patiemment qu'Annie se calme. Encore une fois, Yolande est étonnée de se découvrir aussi distante, aussi peu touchée par la détresse évidente de sa fille adoptive. Elle soupire intérieurement en se disant que son travail attend et qu'elle aimerait bien y retourner. Mais, même si elle ne s'en souvient pas, elle est certaine que le sens du drame d'Annie va engloutir de précieuses heures en toute inutilité.

Elle ne l'a pas vue depuis trois mois, elle doit rester polie. Elle lui montre les lettres qui gonflent la grande enveloppe : « Tu préfères que je les lise ou tu veux me parler ?

— Parler… »

Et la revoilà submergée par les larmes! Yolande est déjà énervée. Elle se tait et attend: puisque Annie est venue jusqu'à elle, c'est à elle de donner le ton et d'ouvrir la discussion. Pâle, cernée, les yeux bouffis, Annie n'en mène pas large. Yolande se demande pourquoi elle n'a pas eu d'enfant. D'enfant à elle. Elle a la conviction qu'être enceinte est un espoir qui ne l'a jamais effleurée. En regardant Annie, elle se dit que ce n'est pas cette enfant imposée par la vie qui risque de la détromper. Son «instinct maternel» n'est sûrement pas très développé.

«J'ai essayé d'attendre, d'être patiente, de ne pas m'inquiéter… C'est trop dur de me passer de toi! Je pense à toi tout le temps, je suis moins efficace partout. J'ai tellement l'impression d'être en punition sans l'avoir mérité!

— Je ne t'ai jamais interdit de me voir, Annie.

— Non, mais il y a une condition. Une sorte d'obligation.

— Ben oui! C'est comme ça, et ça changera pas.

— C'est quoi?

— Pardon?

— C'est quoi, la condition? Je m'en souviens plus.»

À force d'avoir pleuré, Annie a le visage tout boursouflé et sa bouche a presque perdu son tracé. Ça lui fait une moue boudeuse, floue. Yolande ne croit pas un instant à la perte de mémoire d'Annie. Elle la trouve passablement effrontée de venir lui brandir cette défense. Elle connaît la tactique et ne se prête pas au jeu: «Tu m'as dit que tu étais enceinte… C'est un accident? C'est heureux ou malheureux?

— Quoi? J'ai pas dit ça! Pourquoi on change de sujet?

— Bon, Annie, ça suffit! Tu sais très bien de quelle condition j'avais parlé. Si tu t'en souviens pas, ça veut juste dire que t'es pas prête à y consentir. Maintenant, si tu viens me voir, il va bien falloir que tu te fasses à l'idée que je ne suis plus comme avant. Arrête de t'accrocher à une mère dont tu n'as pas besoin. Arrête de me demander de l'être. T'es enceinte, Annie, c'est toi, la mère. Arrête de faire l'enfant.

— Tu comprends rien !

— Alors, explique-toi ! Qu'est-ce que tu veux ? Qu'est-ce que t'as ? »

Muette. Elle est comme un poisson hors de l'aquarium. Elle a l'air en proie à l'agitation la plus chaotique. Ses mains s'ouvrent et se ferment spasmodiquement, ses yeux cherchent une solution, une sorte de fuite, en se posant partout sur les murs.

Yolande sent la boule d'impatience monter dans sa gorge. Annie l'irrite à un point tel qu'elle va la planter là, et ça n'arrangera pas les choses, c'est certain.

« Écoute, Annie, je vais lire tes lettres attentivement et je vais te répondre. Peut-être qu'à distance, calmées, on va pouvoir se parler.

— Je me laisserai pas faire ! Je te laisserai pas me faire ça !

— Mais te faire quoi ?

— Ce que t'as faite aux autres ! »

C'est comme une alarme de feu stridente qui se déclenche. Un bruit assourdissant qui pulse dans sa tête. Lumière rouge, alerte, sauve-qui-peut ! Yolande se lève, les mains en appui sur la table, les épaules courbées, elle va frapper Annie, elle va la tuer pour la faire taire. Cette femme est venue la tuer.

« Dehors ! »

Le son est rauque et lui arrache la gorge. Son bras est tellement tendu vers la porte qu'il provoque une douleur aiguë à l'épaule. Annie la fixe, stupéfaite. Yolande gronde un second « De-hors ! »

Annie se précipite vers la sortie. Yolande ferme violemment la porte derrière elle.

Le cœur fou, elle ouvre la fenêtre, s'asperge le visage d'eau froide. De quel droit ? De quel droit cette fille vient-elle ici ?

Elle prend les lettres, les jette à la poubelle : « Comprends-toi toute seule ! Ça vient de s'éteindre ! »

Elle saisit les tasses, jette le thé, lave tout, fait place nette. Elle ne veut plus jamais avoir affaire à cette femme. Elle marche de long en large dans la cuisine, incapable de se calmer, incapable de se maîtriser.

Quand la porte s'ouvre dans son dos, elle se retourne d'un bloc, prête à frapper.

Le sourire de Steve fige net : « Quoi ? Quesse j'ai faite ? »

Court-circuité, tout son élan vengeur reste en suspens et l'énergie de tuer stoppe sur le visage de Steve. Déstabilisée, elle émet un hoquet de surprise et éclate de rire. Elle rit et s'excuse en même temps.

Steve est sonné : « Crisse, Yo ! Ça t'fait pas quand chus pas là ! »

* * *

Humiliée, Annie sort en trombe. Elle saute dans sa voiture et roule sans se demander où elle va. Toute la peine, tout le désespoir se sont enfuis. Ne reste qu'une rage froide, amère, une rage qu'elle juge légitime après avoir subi l'affront de se faire montrer la porte. Elle n'est pas vindicative, loin s'en faut, mais elle va se défendre si on l'attaque. Que Yolande la laisse tomber comme une vieille chaussette si elle le veut, mais qu'elle n'espère pas s'en tirer sans savoir au moins ce qu'elle fait ! Le mot « vengeance » ne lui vient pas à l'esprit. La vengeance ne fait pas partie de son artillerie, ce n'est pas comme cela qu'elle s'explique son envie de vaincre à mort. C'est de la légitime défense, un merveilleux réflexe de survie qui mettra fin à son statut de victime, de celle qu'on peut écraser sans vergogne, sous prétexte qu'il lui reste un peu de cœur et beaucoup d'humanité. Eh bien ! c'est fini, ce temps-là !

Elle roule et construit une argumentation haineuse dans sa tête, se voyant comme la seule personne qui a fait preuve de sentiments et de compassion. Elle revoit tous les évènements de sa vie à la lumière de cette dernière humiliation, et elle n'a aucun mal à se convaincre de s'endurcir et de se défendre. Assez de patience, assez de compréhension! Si elle veut survivre, elle doit se mettre à l'abri. Et démontrer à Yolande qu'elle n'a pas tout pouvoir. Qu'elle a un passé passablement honteux, en tout cas peu reluisant. Assez déplorable pour lui retirer tout droit de la juger ou de la condamner, elle qui a fait preuve de tant de patience et d'affection. La patience aura une fin. Quand elle pense que Yolande l'a traitée d'enfant! Elle! Alors qu'elle a été privée d'enfance, privée de protection, du moindre réconfort. Alors qu'on l'a laissée avec une femme ignoble, incapable de prendre soin d'elle, de lui apprendre à parler seulement. Une outre pleine de bière qui puait, titubait et s'endormait sur elle. «Wueux pas!», voilà comment elle parlait à trois ans, ayant appris le verbe «vouloir» avec la diction molle et soûle de sa mère. Si Yolande pense qu'elle peut venir la rabaisser et la traiter comme une hystérique, elle va voir c'est quoi, une adulte déterminée à ne plus se faire marcher dessus par des gens qui prétendent l'aimer, ou pire, la protéger!

Mais pour qui se prend-elle? Pour quelle héroïne? Est-ce que quelqu'un va enfin lui dire qui elle est? Est-ce qu'on va enfin cesser de la mettre à l'abri et de la préserver comme si elle n'était pas la pire des sans-cœur?

Hargneuse, Annie donne un coup de volant qui la jette en bordure de la route. Elle redresse rapidement, affolée à l'idée de se retrouver dans le décor. Ce serait bien le restant! Ce serait encore elle qui endurerait. Dans un accès de mauvaise foi, elle se dit même que son père a dû être obligé de provoquer un accident pour faire taire Yolande. Si elle a argumenté dans la voiture, ce n'est plus certain du tout qu'elle n'a pas contribué à l'accident. En insultant son père, en s'acharnant sur lui! C'est tout ce qu'elle sait faire, de toute façon: détruire, tuer, et passer ensuite pour la victime!

Annie s'enfonce dans un discours imaginaire destiné à faire comprendre à Yolande tout ce qu'elle lui doit. Quand les rôles lui semblent enfin inversés, quand le procès se termine, à court d'arguments et à son avantage, elle se range sur le bord de la route, inspire un bon coup. Et, forte de sa nouvelle détermination, elle rentre chez elle.

* * *

Le calme est revenu dans l'appartement depuis que Steve, après avoir raconté sa nuit en détails extrêmement précis et joyeux, a décidé d'aller récupérer dans sa chambre.

Yolande se réjouit pour lui : cette nuit-là est une victoire importante et elle l'estime à sa juste valeur. Il a beau fanfaronner, réduire l'exploit à ses paramètres sexuels, elle sait bien que l'étape franchie représente à elle seule une dose massive d'antidépresseurs. Steve ne pourra plus jamais prétendre que tout plaisir est exclu de sa vie. Il pourra se plaindre de bien des choses, incluant sans doute la fin d'une possibilité d'orgie — et encore — mais pas de l'impossibilité de trouver une partenaire consentante. Et Sylvie semble avoir été au diapason de Steve. Il n'avait pas tort, le bougre, quand il avait dit : « Pis elle, tu comprends, elle l'avait vu, mon moignon ! C'tait pas, genre, t'es mal amanché, *man* ! C'est la première affaire qu'a l'avait vue de moi : pas de surprise, pas de j'te-crisse-là. *Cool* ! Fallait y penser, Yo, c'est toute ! »

Il irradiait de victoire, de contentement. Il était l'incarnation même des mots de Brel : *Je volais je le jure Je jure que je volais.* Il était si beau, si intensément vibrant, que l'histoire avec Annie en devenait sordide. Quand Steve lui avait demandé de raconter ce qui la fâchait tant à son arrivée, elle avait haussé les épaules : « La médiocrité, Steve, et Annie… qui est venue se répandre ici et m'enrager. Pas important. Pas mal moins important que le plaisir que t'as eu. »

Ça fait deux pages qu'elle révise sans rien annoter. De deux choses l'une, ou l'auteur est devenu très fort ou sa concentration à elle est en cause. Elle revient trois pages en arrière pour faire bonne mesure et s'applique. Mais tout interfère dans son travail : elle est dérangée par la sortie d'Annie, par sa nuit au sommeil capricieux, par le récit de Steve qui met en lumière sa solitude, par le calme même de l'appartement.

Elle vient de décider de sortir marcher quand le téléphone sonne. C'est une rareté et Yolande se dit que Sylvie est peut-être déjà en manque.

Mais c'est Lili. Sa voix est très amicale, affectueuse même. Yolande est saisie par cette douceur insolite : « Comment ça va ? »

Étonnée, elle répond que ce n'est pas sa meilleure journée et qu'elle sortait se changer les idées.

« Je peux venir ? On se rejoint au coin de Jeanne-Mance et Saint-Joseph, O.K. ? »

Et elle raccroche sans lui laisser le temps de seulement répondre.

La deuxième surprise, c'est que Lili marche avec elle sans parler. Alors qu'elle s'attendait à la voir révéler pourquoi elle l'avait appelée, rien !

En passant devant un café, rue Bernard, Lili propose d'y entrer. Elle a presque l'air gênée : « Je me suis un peu inquiétée ce matin, après ton appel. »

Yolande ne dit rien, elle ne voit pas pourquoi Lili s'inquiéterait.

« En fait, je me suis demandé d'où tu sortais ton Francis…

— Lili, non ! Toi, tu sais d'où il sort. Pas moi.

— Mais si tu te souviens de lui…

— Non. Pas de lui. Pas de la personne. Le prénom m'est revenu.

— C'est tout ?

— C'est tout. »

Elle n'a vraiment aucune envie de faire un Steve d'elle-même et d'étaler les rêveries salaces qui ont l'air d'accompagner le prénom en question.

« Ça te trouble ? Ça te fait quoi ?

— Qu'est-ce qui t'inquiète, Lili ? Tu le connais ? Il te parle ? Il veut de mes nouvelles, lui aussi ? Comme l'autre ?… Callières ? »

Devant l'air dépité de Lili, Yolande conclut : « Sais-tu quoi ? J'aurais pas dû t'appeler. Je ne veux pas que tu t'en fasses pour moi. Ça me dérange plus que de savoir si Francis est le prénom d'une vraie personne ou celui d'un fantôme. On revient à notre pacte, O.K. ? Cela ne te concerne pas. »

Il n'y a pas plus d'accord que Lili. Elles terminent leur café en parlant de la biographie et des longueurs qu'elles y trouvent. Elles concluent que cette promenade a beaucoup fait avancer leur travail. Et leur amitié, ajoute Lili pour elle-même.

* * *

En arrivant au bureau du docteur Cantin, Yolande attaque de front : « Préparez-vous, y a du nouveau ! »

Elle lui fait un récit détaillé de sa vision nocturne, de la sortie d'Annie et même de l'inquiétude exprimée par Lili. Elle garde la nuit de Steve pour la fin, pour saupoudrer le tout d'un peu de joie.

« J'ai donc : "Francis", et le "je ne te laisserai pas me faire ce que tu as fait aux autres" d'Annie. L'inquiétude de Lili après que je lui ai nommé Francis me dit que c'est important — pas une petite histoire de cul. Quelque chose de… déterminant. Annie… ce n'est pas tellement ce qu'elle m'a dit qui m'inquiète, c'est ma réaction, l'envie de la tuer. Violente. Je me suis découverte violente sur toute la ligne. Qu'est-ce que j'ai fait aux autres, vous pensez ? Et qui sont ces autres ?

— On dirait bien que le niveau de la rivière baisse et qu'on commence à voir des roches… Qu'avez-vous écrit dans le cahier noir ? Il doit bien y avoir un poème, quelque chose qui accompagne vos découvertes. »

Mais Yolande trouve que ce qui l'a hantée n'a aucun rapport avec ses découvertes. Pour une fois, elle ne sait même pas de quel poème sont extraits les vers qui lui sont revenus, des alexandrins.

Songe, songe, Céphise, à cette nuit cruelle
Qui fut pour tout un peuple une nuit éternelle.

Et elle ne sait pas davantage quel poète en est l'auteur. Le docteur Cantin ne le sait pas non plus, puisque c'est Yolande, l'initiatrice dans le domaine poétique. « Et faire rimer "nuit cruelle" avec "nuit éternelle", ça vous dit quoi?

— Ne me demandez pas si c'est la bonne idée pour moi! Je vous donne ce que je sais. Ce que j'en pense… C'est que, quand on ne dort pas, la nuit est longue, en effet!

— Ça dépend pourquoi on ne dort pas… Steve, lui…

— Ah là! C'est sûr qu'il est de bonne humeur! Pourvu que ça dure! J'ai pas tellement de relations, alors faudrait pas qu'ils aillent tous mal en même temps.

— Il y a eu un temps où ça ne vous dérangeait pas.

— Pas Steve. Steve, c'est le seul qui me dérangeait.

— Annie? »

Yolande fait longuement le point avant de parler : « C'est une instable, une affamée d'attention qui a décidé que c'était la mienne qu'il lui fallait. Une dépressive qui se sent probablement rejetée par la terre entière. Enceinte… Je ne sais pas, ça doit rendre encore plus émotif, non? Remarquez qu'avec son père et son mari, pas besoin d'être enceinte pour faire une dépression. Gaston pis Yvon, on n'a pas idée… Pensez-vous qu'elle a épousé son père? Yvon… ça fait pas mal Gaston!

— Ça fait encore mieux que ça : Yolande et Gaston, ça donne Yvon! »

Yolande porte les deux mains à sa bouche en étouffant le « Hon! » qui lui vient. Celle-là, elle ne l'a pas vue venir. Le docteur Cantin ajoute : « Ça a pas dû être facile à trouver, son Yvon. »

Yolande se demande si les gens sont toujours aussi transparents, aussi dénués de mystère. Cantin essaie de lui faire voir qu'Annie a besoin d'aide, qu'elle semble en voie de décompenser, et il explique ce que ça signifie — agir de façon illogique, être en rupture d'équilibre à la suite d'un choc nerveux. Elle est comme un presto dont la valve a sauté. Tout ce qu'elle retenait veut sortir. Et elle n'a plus de contrôle sur la sortie. « Il faut vous méfier d'elle, vous avez raison de vous considérer comme quelqu'un sur qui elle a projeté beaucoup d'attentes.

— Je ne pense pas qu'elle revienne. J'ai été assez sèche, merci.

— Violente. Vous avez dit violente. »

Violente dans le désir de cet homme, ce Francis, et violente dans le rejet d'Annie. Elle se demande si c'est par la violence qu'elle retrouvera sa mémoire. Si c'est le cas, elle n'est pas pressée.

Cantin la tire de ses réflexions : « Ce poème, il est venu avant ou après Annie ?

— Après. Dans la nuit de dimanche.

— Et la suite ? Ou ce qui précède ? »

Elle réfléchit, mais rien ne vient.

Il lui demande de le dire à voix haute, juste pour voir. Elle s'exécute et elle s'arrête net là où elle s'arrêtait avant. Tout ce qu'elle peut ajouter, c'est qu'un alexandrin a des chances d'appartenir à beaucoup de poètes : « Les vers de douze pieds sont nés au XIIe siècle. Facile à se rappeler ! Et ils s'étendent jusqu'au XIXe... et même jusqu'à maintenant. On peut dire que le champ est large. »

Pour Cantin, le point d'intérêt, c'est que, pour la première fois, sa culture poétique lui fait défaut.

Elle ne trouve pas cela très excitant, mais lui accorde que chacun prend son plaisir là où il peut !

* * *

Pour la première fois de sa vie, Annie comprend qu'on puisse avoir envie de boire. Ne plus sentir doit être un grand soulagement. Se reposer sur les autres pour qu'ils prennent les choses en mains n'a jamais été une tentation, sauf depuis dimanche. Son énergie batailleuse lui souffle des remarques acides qu'elle peine à taire. Elle a du mal à se supporter elle-même et cherche un exutoire à la colère légitime qui l'habite. Déterminée à en épargner sa famille, elle fait des efforts pour viser la personne concernée. Yolande. Elle l'a tellement déçue! Annie se demande si c'est une erreur de jugement de sa part ou s'il s'agit d'un vrai changement attribuable à l'accident. Elle a toujours eu tendance à idéaliser les gens qu'elle aimait, à les croire parfaits. Une sorte d'émulation positive pour elle : combien de fois s'est-elle cité Yolande en exemple? Combien de fois s'est-elle comparée (désavantageusement) à cette femme grossière qui ne sait que piétiner les autres? Elle aurait dû le savoir! Elle aurait dû s'en souvenir! Si, au moins, elle pouvait en parler à quelqu'un, partager sa déception. Mais son père est encore sous l'influence de l'amour, il croit encore tellement en elle. Inutile d'essayer de le convaincre de son erreur.

Un soir, alors qu'elle est assise sur le sofa à côté d'Yvon qui regarde la télé, elle trouve la solution à sa solitude : Madeleine! Évidemment, Madeleine la comprendra. Avec elle, il sera possible de discuter de sa mère et de ses trahisons. Si quelqu'un peut l'aider, c'est elle. Si quelqu'un a été traité aussi injustement et durement qu'elle, c'est bien Madeleine.

Pour la première fois depuis dimanche, Annie respire mieux. Elle descend au sous-sol et appelle Madeleine. Elles prennent rendez-vous pour le lendemain soir.

Soulagée, légère, enfin moins seule, Annie va se blottir contre Yvon et s'endort comme un bébé.

* * *

Est-ce parce que Steve est plus souvent absent, qu'il s'absorbe dans sa nouvelle félicité avec son habituel sens de la démesure? Est-ce le fantôme de Francis, cet inconnu qui lui réveille le désir? Est-ce parce qu'après neuf mois, sa mémoire dégèle et menace? Yolande l'ignore, mais quelque chose la tracasse. Elle est moins bien dans sa chambre, elle y travaille avec moins de concentration.

En se moquant d'elle-même et de son discutable penchant à accuser des murs qui ne lui ont rien fait, elle déménage ses pénates sur la table de cuisine, et s'y trouve très bien. Le changement à lui seul ravigote son élan, et elle passe enfin au travers de deux chapitres extrêmement difficiles.

Quand elle relève la tête, il est deux heures du matin, et elle a à peine mangé. Elle fricote une salade et fait cuire une omelette en entendant les commentaires que Steve ferait, mais elle ne se laisse pas malmener ; s'il a quelque chose à dire, qu'il le fasse en personne.

Il pleut violemment depuis deux jours. Les arbres sont tordus par le vent, dès qu'ils se redressent, une rafale les rabat.

Elle mange debout à la fenêtre, en regardant la nature se déchaîner. Personne dans les rues.

Elle se demande ce qu'est devenu Jean-Louis, s'il a vendu sa maison, s'il marche encore tous les soirs le long de la rivière, absorbé par son deuil. *Je suis le ténébreux, — le veuf, — l'inconsolé,* évidemment, Nerval aurait dû lui venir bien avant. Trop classique, sans doute. Et puis, ce n'est pas son poème préféré. Ténébreux, oui, veuf sans contredit, inconsolé… elle ne sait pas. Elle en doute. Jean-Louis avait cette tranquillité dans sa solitude qui lui laissait croire qu'elle ne lui était ni lourde ni pénible. Un état consenti. Pour Yolande, être inconsolé, ce serait ne pas consentir à un état. Lutter, s'y opposer et en souffrir. Jean-Louis ne luttait pas contre son deuil, il vivait avec. Ce qui excluait donc le côté inconsolable. Vivre avec son amnésie presque en paix, tout au moins en harmonie, sans la contester, sans se presser ou se fouiller constamment, produit le même effet : une sorte de paix.

Yolande constate que sa fragile paix est menacée : quand elle habitait son minuscule appartement, quand sa vie se résumait à respirer, à manger, à marcher et à dormir, la paix était plus solide. Même Jean-Louis ne la menaçait pas.

Maintenant qu'il n'est plus là, elle se surprend à y penser, à se demander même si elle aurait voulu l'embrasser. Maintenant qu'elle travaille, qu'elle a une vie plus riche, sa paix est comme les arbres : ébranlée, tordue par la violence des éléments. Elle l'a pourtant toujours su : la paix qui repose sur l'ignorance ne peut qu'être fausse et temporaire. La solidité ne viendra qu'avec la vérité. Sa vérité.

Il faudrait qu'elle embrasse quelqu'un. Jean-Louis ou quelqu'un d'autre. Peu importe. Elle est persuadée qu'au fond du baiser, au fin fond du frisson, elle saura. Elle saura si Francis est son premier homme, celui qui l'a mise au monde de la volupté. Cet enfantement qui appartient aux hommes, leur seul — mais si fondamental — enfantement. Naître au plaisir, à l'abandon total, grâce à un homme. Parce que c'est lui, et seulement lui. Le corps qui se trouve, se connaît, à mesure qu'un autre corps le nomme, le frémit et l'explose. Ce soir, elle voudrait retrouver sa mémoire pour retrouver cet homme, le premier, celui dont la perte nous laisse inconsolée à jamais.

Malgré l'heure tardive, elle s'enfonce dans un bain de mousse, et offre à son dos un peu de répit. Elle mange moins bien et elle ne bouge pas assez. Il faudrait rétablir un peu d'équilibre dans sa vie. Les six cents pages de la biographie étaient peut-être trop pour ses forces, finalement. Elle se promet une pause après ce livre. Au moins dix jours. Le temps de trouver un homme à embrasser.

Revenir dans sa chambre lui plaît. Pour dormir, ça va, pour travailler, c'est moins bien. Elle espère que ce n'est pas une sensation qui va durer.

Sur sa table de travail dénudée, le sulfure est tout ce qui demeure. Elle le prend, le pose contre sa joue. Fraîcheur contre chaleur. Un verre d'eau fraîche après l'amour.

Maintenant, elle sait pourquoi ce sulfure lui importe : le papier chiffonné à l'intérieur, ce manuscrit rejeté rageusement, c'est son métier. « La rage du poète », voilà comment l'artiste avait nommé son œuvre. La colère du poète qui ne trouve pas le bon mot, la bonne image. Le poète furieux qui froisse la page où ses mots trop pauvres n'ont pas évoqué avec suffisamment de puissance sa vision intérieure.

Elle fait tourner l'objet à la lumière de la lampe. C'est si beau, cette petite explosion de papier au creux du verre. Comment l'échec et la défaite peuvent-ils atteindre tant d'harmonie?

* * *

En entrant chez Madeleine, Annie est à la fois excitée et inquiète. Beaucoup de ses espoirs reposent entre les mains de cette femme. En même temps, Annie ne peut ignorer qu'elle ne l'a jamais appréciée, cette Madeleine qui lui volait de précieux moments avec sa mère. Elle se souvient des longs après-midis passés près de la piscine, quand sa mère la renvoyait à l'eau pour pouvoir papoter en paix et rire aux éclats.

Voilà sans doute la personne qui en sait le plus sur Yolande. Pour Annie, c'est un privilège enviable. Madeleine la reçoit avec une courtoisie froide. Évidemment, Annie comprend sa position : elle ne lui a jamais témoigné de sympathie, c'est normal qu'elle ne saute pas de joie de la voir. Pour éviter toute ambiguïté et surtout pour la mettre dans de bonnes dispositions, Annie s'excuse de ses comportements passés, admettant même avoir dépassé les bornes et fait des procès d'intention à Madeleine, à cause de son père.

Étonnée de tant d'humilité, Madeleine l'écoute avec intérêt.

Aborder le sujet de Yolande est plus délicat que s'excuser. Annie ne désire pas laisser filtrer ce qui l'anime précisément, elle veut savoir un peu mieux ce qui justifie le manque de cœur de Yolande.

Au début, Madeleine est prudente et ne dit pas grand-chose pour l'éclairer.

Annie se retrouve au point mort : elle juge que Madeleine est encore remplie d'indulgence envers sa mère, qu'elle oublie à quel point leur amitié remonte loin dans le temps et que, pour cette raison, sa mère aurait dû pardonner une liaison terminée.

« Es-tu venue me demander si c'est vraiment fini avec ton père, Annie ? Est-ce que c'est ça, l'histoire qui t'inquiète ? Je te connais. Tu ne m'as jamais beaucoup appréciée. Et depuis bien avant ton père. Alors, si tu es venue pour me poser des questions, tu vas avoir des réponses. Même si elles ne te conviennent pas. Ton père et moi, c'est fini depuis le jour de l'accident. Depuis le 31 décembre, non le 1er janvier 2008. Ça a duré un an, exactement un an, puisque ça s'est produit à la fête de fin d'année. Ça faisait longtemps que ça couvait, par exemple. Depuis que j'ai commencé à travailler pour ton père, il y a six ans. On a résisté pendant cinq ans. C'est moi qui disais non. Par fidélité. Ta mère était ma meilleure, ma seule amie. Jamais j'aurais voulu lui faire ça. Mais je pensais que… que ça ne la dérangeait pas vraiment. Il y a des choses que tu ne sais pas, Annie, et je ne veux pas être celle qui va te les apprendre. Mais disons que je n'ai jamais imaginé que ça pouvait faire du mal à ta mère. Disons que leur mariage battait de l'aile.

— Elle voulait partir, c'est ça ? Elle voulait quitter papa ?

— Tu le lui demanderas toi-même, Annie. Tout ce que je peux te dire, c'est que leur mariage était pas mal moins solide. Je connaissais la version de Yolande. En travaillant avec ton père, j'ai compris sa version à lui. On s'est rapprochés quand mon mari m'a quittée. Tu le croiras si tu veux, mais malgré tout ce que je savais de ta mère, malgré l'attirance et la sympathie que j'éprouvais pour ton père, jamais je n'ai profité de… de ma connaissance des secrets de ta mère pour justifier mes actes.

— Tu pensais que ça la dérangeait pas, c'est ça ? Qu'avec ses amants Yolande avait pas besoin de papa ? En tout cas, pas dans ce secteur-là ? »

Madeleine la considère sans confirmer quoi que ce soit. Elle ne sait pas jusqu'où Annie est informée du passé de Yolande et, côté trahison, elle estime que sa large part est faite. « En tout cas, ce que j'ai fait n'est pas facile à pardonner. S'il y a une chose dont tu peux être certaine, c'est que je ne risque pas de devenir ta belle-mère. C'est bien ce qui t'amène, n'est-ce pas? Sinon, pourquoi es-tu là?

— Maman.» Devant l'air étonné de Madeleine, elle précise: «Yolande. Elle ne va pas bien. Elle n'a pas retrouvé sa mémoire. Elle s'éloigne de plus en plus. De moi, de papa... de toi aussi. Je sais que vous ne vous parlez plus. Et elle habite avec un gars de vingt-quatre ans.

— Vingt-quatre ans plus jeune qu'elle?

— Non: il a vingt-quatre ans.

— Attends: tu veux dire qu'il a trente-trois ans de moins qu'elle? C'est...

— Oui, c'est ça! J'ai essayé de lui parler, de la ramener, mais elle se fâche. Elle est devenue plus sèche, on dirait qu'elle a pas de cœur. Qu'on peut pas l'émouvoir. Personne. À l'hôpital, au début, ils nous avaient avertis qu'elle serait froide. Mais ça devait changer, revenir comme avant. Ça fait presque un an, et c'est encore pareil.

— Qu'est-ce que tu veux que je fasse? On ne se parle plus.

— J'ai pensé... Si elle retrouve sa mémoire, elle va peut-être se retrouver comme elle était avant?

— Y a des chances, oui. Tu veux lui redonner sa mémoire? À toi toute seule?

— Non, je veux l'aider. La sortir de cette vie-là! Avec lui... le gars. J'ai pensé que si elle revoyait un des hommes qu'elle a connus... intimement. Quelqu'un qui a été important, ça pourrait lui donner une sorte de secousse. Tu les connais, toi! Y a-tu quelqu'un qui était très, très important?

— Voyons, Annie! Tu veux arriver chez elle avec une de ses anciennes flammes et tu penses que ça va suffire à la faire quitter un gars de vingt-quatre ans? Tu rêves?

— Non. Elle va se rendre compte à quel point ça a pas de bon sens!»

Le silence de Madeleine est éloquent. Annie s'entête, incapable de repartir bredouille, d'avoir encore une fois l'impression d'être rejetée : « Au moins, qu'elle agisse en connaissance de cause, en sachant qui elle est et d'où elle vient. En ayant repris le sens de ses responsabilités, non ? »

Madeleine se demande à quel dessein se livre vraiment Annie. Veut-elle en apprendre davantage sur Yolande pour son profit, pour la juger, la faire chanter ? Une fille aussi possessive ne devrait pas en savoir trop sur les aventures extraconjugales de sa mère, de cela, elle est certaine. Même s'il s'agit de sa mère adoptive.

Depuis que Yolande ne veut plus lui parler, Madeleine lui en veut beaucoup, mais elle s'en veut encore plus. Elle sait qu'elle s'est approchée de Gaston parce que Yolande s'éloignait d'elle. Leur amitié n'était plus qu'un souvenir qu'elle était seule à conserver. Déjà, quand Yolande avait demandé à son mari de prendre Madeleine comme adjointe, elles ne se racontaient plus grand-chose. En fait, Madeleine continuait de compter sur l'amitié de Yolande, mais son amie avait pris ses distances depuis longtemps. Elle se contentait de ne pas lui refuser son aide, mais aucune réciprocité n'existait plus entre elles. Et Madeleine savait que c'était à cause d'elle, à cause de son manque d'envergure. Elle se souvient, elle, du regard déçu de Yolande le jour où elle lui avait dit : « Penses-tu qu'un jour ça arrête d'être la faute des autres, Madeleine ? Si t'es aussi mal que tu le dis, pourquoi tu les laisses pas tomber ? Lâche ton mari, va ailleurs et arrête de te plaindre ! »

Madeleine sait que ce jour-là, Yolande a décidé de passer à autre chose. Ce n'est que maintenant qu'elle le comprend. Comme elle comprend qu'Annie n'est pas prête à renoncer à celle qui fait si peu son affaire : « As-tu l'impression qu'elle essaie de retrouver la mémoire ?

— Non, justement !

— Tu sais, Annie, c'est dangereux de forcer les choses. Tu pourrais lui faire du mal. Tu ne veux pas lui faire du mal ?

— C'est maintenant qu'elle se fait du mal! C'est un tatoué en chaise roulante!

— En chaise roulante? Tu veux dire l'amputé de l'hôpital? Celui qui s'est pogné avec Gaston?

— Tu vois? Un *bum*, un gars drogué, j'en suis sûre!

— Peut-être, Annie… Mais c'est possible que ce ne soit pas son amant. On n'en sait rien.

— Vas-tu m'aider? Y faut qu'a revienne! Y faut absolument qu'elle…»

Madeleine retrouve intact l'entêtement d'Annie, quand elle avait sept ans. Une fois accrochée à Yolande, cette enfant ne l'a jamais lâchée. Pas très sympathique, tout ça. Elle n'a plus rien à faire avec cette famille. Elle s'est assez torturée comme ça avec sa faute, sa responsabilité et ses trahisons. Ça suffit. Il y a six mois, quand Yolande l'a envoyée paître, elle a pris la décision de changer de vie. Elle a fermé le dossier ce jour-là. Ce n'est pas ce soir qu'elle va le rouvrir. Et elle le dit à Annie. Posément, gentiment.

L'éclair de fureur qui traverse le regard de la jeune femme est à couper le souffle. Du mépris et de la haine, voilà ce que Madeleine reçoit dans le silence glacial qui suit son refus. Annie se lève, droite comme la justice, le regard dédaigneux.

C'est si excessif comme réaction que Madeleine essaie de temporiser: «Prends-le pas comme ça, Annie. Je sais que c'est pour bien faire, mais c'est trop risqué. Pense à Yolande, mets-toi à sa place…

— Tu sais de quoi tu parles: tu t'es tellement mise à sa place que tu lui as volé son mari! Je suppose qu'a valait pas mieux et qu'a couchait avec le tien? Ça m'étonnerait pas. Y a rien qui m'étonne venant d'elle!»

Elle enfile son manteau encore imbibé de pluie, saisit son parapluie avec brusquerie. Madeleine sent une panique l'envahir. Quelque chose lui échappe, elle s'essaie avec la douceur: «T'es fâchée contre elle? Tu lui en veux, Annie? C'est ça?

— Si Yolande Mailloux veut m'oublier, j'aimerais ça qu'au moins elle s'en rende compte ! Rien que pour ça, ça vaudrait la peine qu'a retrouve sa mémoire. Si tu veux le savoir, Madeleine, je pense que je suis la seule histoire propre de toute sa vie ! Penses-tu que je les sais pas, ses petites passes sales dans le dos de papa ? C'est pas pour rien que je trouve ça dégueulasse son histoire avec le gars de vingt-quatre ans, c'est parce que je sais qu'elle a jamais pu s'en passer ! À n'importe quel prix ! C'est pas maintenant que ça va changer. Je pensais que tu la connaissais mieux que ça ! »

La porte est claquée sans que Madeleine puisse ajouter quoi que ce soit.

Atterrée, elle arpente son salon, en proie à une inquiétude sourde. Si elle le pouvait, elle appellerait Gaston, mais à cette heure avancée, il n'est plus parlable depuis longtemps. Après quinze heures, Gaston est ivre. Et dès dix-sept heures, il est soûl mort. Elle ne peut quand même pas appeler Yolande pour lui dire de se méfier de sa fille, qu'elle est décidée à lui faire retrouver la mémoire. C'est ridicule ! De toute façon, qu'est-ce qu'elle y peut, cette enfant ? Si elle avait vraiment eu ce pouvoir, ce serait fait depuis des mois. C'est seulement son impuissance qui la torture. Annie n'est pas une vraie menace. Quoique… son mépris et sa rage s'étendaient à Yolande dans son discours final.

Mais pourquoi est-elle venue ici, exactement ? Chercher quelle aide, quel secours ? Madeleine sait bien que rien de ce qu'elle est ou de ce qu'elle dit n'a la moindre chance d'influencer Yolande. C'est fini, ce temps-là, s'il a jamais existé, ce dont elle doute fortement. Elle avait la confiance de Yolande, ça oui. Et elles ont eu du plaisir à partager la vie secrète de son amie. Pas la sienne. Madeleine se contentant de déplorer, comme l'avait si bien dit Yolande. Mais la confiance a existé.

Soudain, Madeleine se fige : les lettres ! Elle a remis certaines lettres de Yolande à Annie. Mon Dieu ! Qu'a-t-elle fait ? Elle se revoit, au lendemain de l'accident, en train de fouiller dans les affaires de Yolande pour en retirer les preuves de sa vie très privée. Elle avait effacé toute trace, finalement, même si, à l'époque, c'était tromper Gaston. Quand Yolande s'était retrouvée dans le coma, l'immédiate fidélité de Madeleine était allée à son amie et non pas à son amant. Puis, quand elle avait annoncé à Yolande sa rupture avec Gaston et que celle-ci lui avait nettement signifié qu'elle ne l'intéressait pas, elle avait pris l'enveloppe scellée et l'avait remise à la seule personne digne de confiance qu'elle connaissait : Annie. Cette enveloppe, Madeleine l'avait en sa possession depuis plus de vingt ans. Ça, et une boîte d'archives qu'elle a précieusement gardée chez elle. Yolande ne voulait pas que Gaston les trouve et elle refusait de les jeter : « Tu seras mon coffre-fort, Madeleine. Un jour, j'espère que je pourrai brûler les enveloppes et ouvrir la boîte. » Elle aurait dû faire elle-même ce que son amie n'arrivait pas à faire. Surtout maintenant, avec cette mémoire enfuie… Mais elle était si furieuse, elle voulait faire place nette de Yolande, elle ne pouvait même pas attendre qu'elle sorte de l'hôpital. De toute façon, à l'époque, Yolande devait retourner chez elle. Peu importe. Les raisons lui apparaissent toutes mauvaises, ce soir. Elle a fait une erreur, point. Quelle idée d'aller confier ça à Annie ! Mais aussi, comment pouvait-elle prévoir qu'Annie mettrait fin à sa vénération et qu'elle deviendrait cette furie qui exige d'avoir son tour ? S'il fallait qu'elle ouvre l'enveloppe… S'il fallait… Il doit y avoir là-dedans tout ce qu'il faut pour offrir à Annie ce qu'elle cherche : des témoins dérangeants du passé.

Si elle n'avait pas été si pressée de rompre tout lien avec Yolande aussi ! Elle prend le téléphone et raccroche avant d'avoir composé tout le numéro : il suffit de lui faire penser à l'enveloppe pour qu'Annie l'ouvre.

Le mieux, c'est de ne pas bouger, de ne pas remuer le souvenir de l'enveloppe. Avec un peu de chance, Annie n'y pensera pas. Dieu merci, la boîte, elle, est demeurée en sa possession. Là-dessus, Yolande avait été très claire : personne d'autre que Madeleine.

Au bout d'une demi-heure, Madeleine se lève, passe un imper et sort. Si elle vient en personne, dès ce soir, réclamer l'enveloppe, Annie n'aura pas eu le temps de s'en souvenir et de l'ouvrir. De cela, elle est certaine.

Annie est bien calme, polie. Elle l'invite à entrer et à s'asseoir au salon, le temps qu'elle trouve ce que Madeleine demande. Yvon en est à son troisième commentaire sur les Canadiens de Montréal quand elle revient, les mains vides. Le cœur de Madeleine cogne durement en écoutant le mensonge à peine déguisé d'Annie, qui prétend se souvenir tout à coup qu'elle a remis l'enveloppe à sa mère après sa sortie de l'hôpital, quand elle habitait sur le boulevard Gouin.

Vaincue, Madeleine repart sous la pluie : elle n'avait pas prévu le coup. Et il est trop tard.

Cette nuit-là, Annie ouvre l'enveloppe et lit toutes les lettres qui s'y trouvent.

* * *

Début octobre, quand Yolande pose enfin son travail terminé sur le bureau de Lili, elle s'aperçoit que son absence de mémoire lui a joué un tour. Pas question de s'offrir des vacances tout de suite, il y a des ajouts de dernière heure à revoir, comme la table des matières, sans compter l'iconographie qu'il faut préparer… dès que l'auteur aura terminé ses corrections. Un vent de folie balaie la maison d'édition. Tout le monde s'active pour terminer dans la précipitation ce qui exige une énorme concentration.

Yolande travaille avec Lili, dans son bureau où une table a été débarrassée de ses piles de manuscrits. Elle n'aime pas travailler sous pression, et la fatigue commence à lui brouiller les idées.

À la fin de la journée, elle range ses lunettes et considère les feuilles étalées devant elle. Lili est absorbée au téléphone. Yolande attend qu'elle raccroche pour lui demander : « C'est pas exceptionnel, ça? C'est toujours comme ça, quand on approche de la fin d'un livre, c'est toujours rushant?»

Lili sourit: «C'est ta mémoire ou une déduction? Oui, toujours. J'ai jamais vu un livre se finir en douceur. Surtout pas une brique comme ça. On a beau se promettre de prendre le temps qu'il faudra… Tu y vas?

— Il est tard et je ne vaux plus rien. Trop fatiguée.»

Elle passe son manteau. Lili est éclairée uniquement par la lampe du bureau. On dirait une île de papier ou un radeau de papier auquel elle s'accroche.

«Pourquoi on avait cessé de se voir, Lili? On étaient amies, mais moins proches, c'est ça?

— Cela ne me concerne pas.

— C'est ça, oui… Mais à l'hôpital, je ne me trompe pas en pensant que tu n'es pas venue?

— Non. La maison t'a envoyé un très beau bouquet, mais t'as pas dû le voir, c'était au début.

— Non, j'ai rien vu. Tu restes encore longtemps?

— Une heure, pas plus. Je ne passerai pas la nuit ici. À demain!»

Dehors, ça sent l'automne — mélange de feuilles séchées, de terre grasse et d'air vif. Yolande est si épuisée que, l'espace d'un instant, elle se demande où elle habite. Près du parc Lafontaine, plus à l'est. Elle voit l'appartement, l'escalier pour arriver au troisième, et elle s'arrête net. Elle n'habite pas un troisième, mais un rez-de-chaussée. Cette adresse est une ancienne adresse. Encore un lambeau, encore un post-it du passé.

Elle prend le métro et se laisse bercer par le mouvement. Elle espère que Steve sera à l'appartement et qu'il aura préparé à souper. Ce serait bien extraordinaire si ça se produisait, parce que, depuis qu'il fréquente Sylvie, il se fait rare, son coloc.

Elle entre dans l'appartement vide où aucune lumière ne l'attend. Elle n'allume pas, elle retire son manteau et s'assoit dans le salon éclairé uniquement par le lampadaire de la rue.

Elle n'est pas seulement fatiguée de sa journée, elle est fatiguée d'être elle. Elle s'appuie au dossier de la causeuse, ferme les yeux : l'appartement du parc Lafontaine est petit, mais tellement lumineux qu'il en a l'air grand. La pièce principale donne sur le parc où le spectacle des saisons la ravit. Sa table de travail est placée devant la fenêtre qui surplombe le parc. Combien de fois a-t-elle levé la tête de ses dictionnaires pour contempler la lumière du soir qui descend ? Une forte sensation d'attente l'envahit. Espérer, attendre quelqu'un de tous les pores de sa peau. Attendre un baiser, une étreinte. Attendre le frisson sublime qui part de la nuque où les lèvres sont posées et irradient dans tout le corps. Avec le soir vient l'attente. L'attente fébrile, usante, d'un moment volé à quelqu'un d'autre. Le plaisir, barbouillé de malaise : voler et jouir quand même.

La joie venait toujours après la peine… combien de fois s'est-elle accrochée à ce vers pour apaiser la brûlure de l'attente ?

Vienne la nuit sonne l'heure

Les jours s'en vont je demeure

Apollinaire encore. Apollinaire qui va si bien avec l'automne, avec la gorge serrée, l'odeur de feuilles brûlées.

Comme la vie est lente

Et comme l'Espérance est violente

L'espérance et l'attente…

Il y a cinquante-sept automnes derrière elle dont elle ne sait rien. Cinquante-sept automnes qui brûlent, comme un tas de feuilles mortes — l'odeur mélancolique la tue. L'attente la tue. Elle n'attendra plus jamais comme elle a attendu. C'est fini.

C'est étrange, elle a l'impression d'avoir passé sa vie à se répéter qu'il ne fallait plus attendre. Elle est là, assise au creux d'un sofa, à attendre le retour de sa mémoire, le retour de ce temps dont il ne faut rien attendre. Il faut avancer, laisser les feuilles brûler et entrer dans l'hiver.

Le téléphone se met à sonner et Yolande ne bronche pas — elle n'attend plus d'appel, elle ne répondra pas.

Elle s'extirpe des coussins, va ouvrir le frigo — la lumière, même blafarde, la dérange. Elle n'a pas faim, elle n'a envie de rien. Elle n'attend plus, comme promis. Elle n'attend plus, et c'est comme si un grand malheur s'abattait sur elle, alors que c'était bien ce qu'elle voulait pourtant.

Elle s'étend sur son lit et fixe la chambre plongée dans l'obscurité. Elle appelle son fantôme, ce Francis qui la dévorait des yeux. Rien. Les fantômes ne reviennent pas sur appel. C'est dans leur nature de fuir aux moments propices. C'est pourquoi il vaut mieux négocier avec les vivants. Mais où sont les vivants? Sa vie est si déserte… est-ce elle qui l'a vidée de ses mains pour ne plus jamais attendre? *Où sont donc les vivants?* Pessoa. Cette fois elle se souvient.

* * *

Elle étouffe, elle se noie. Sa gorge va éclater à force d'être contractée. Quelqu'un la tue, lui serre la gorge. Quelqu'un la tue en lui murmurant des douceurs. Elle se débat, elle ne veut pas être tuée en douceur. Qu'on l'abatte! Qu'on l'achève, mais que finisse la torture. Elle veut fuir et on la retient. Les dents serrées sur ses sanglots, elle essaie de contenir la boule qui monte, veut sortir, exploser. Elle va crever et elle sera submergée. Elle essaie d'aspirer, de déglutir, tout bloque, tout ferme et se refuse. Et cette douceur posée sur la fureur, cette douceur, comme une nostalgie qui la tire, l'aspire.

«Yo! Hé!… Arrête! Réveille-toi! Yo! C'est moi, c'est fini: réveille-toi!»

La main de Steve, caressante sur son visage, la main de Steve qu'elle saisit en ouvrant les yeux. Il est penché vers elle, soucieux. Il parle tellement doucement, il sourit: «Salut! T'étais loin!

— Cauchemar…»

Elle referme les yeux, vaincue. La main de Steve caresse

encore son visage. Elle se calme peu à peu. Une chance qu'il l'a tirée de là! «Qu'est-ce que tu fais ici?

— J't'entendais de chez Sylvie! T'as dû réveiller tout le building… Te souviens-tu de c'que tu rêvais? C'tait *heavy* certain!»

Elle ouvre les yeux — elle est étendue tout habillée sur son lit même pas défait. «Quelle heure?

— Deux heures.

— Oui, c'était *heavy,* comme tu dis.»

Elle se redresse, laisse le réel regagner sa conscience. Steve l'observe, l'œil interrogatif. Devant son silence, il la pousse un peu: «Ben quoi? Vas-tu le dire?

— Aucune idée. Je me noyais, je pense… Comment tu vas, toi?

— Mieux que toi. Mais c'pas trop dur… Crisse, j'sais pas c'était contre qui, mais tu t'débattais!

— Mes fantômes en profitent quand je suis fatiguée… J'ai faim.

— Enfin, crisse! Queque chose que je peux arranger.»

Ils ont fini de manger quand le téléphone sonne. À trois heures du matin, Yolande trouve cela étrange: «Sylvie?»

Steve ne bouge pas, hausse les épaules d'une façon très dégagée: «Ça s'peut…»

Le regard indifférent ne lui dit rien de bon: «Steve… qu'est-ce qui se passe?

— On peut pas être toujours ensemble! Les filles comprennent pas ça.

— Les filles, oui… Elle a quand même trente-deux ans, Sylvie. Ça me surprend un peu, ce que tu dis. Vous vous êtes chicanés?

— Pas besoin. J'ai dit c'que j'avais à dire pis chus parti.

— Hier? T'as fait ça hier soir?

— Non, non… Fait un boutte de ça… Quoi? Pas signé de contrat!»

Elle l'observe en silence, essaie de déchiffrer cette belle indifférence.

Il n'apprécie pas du tout et joue l'affairé en allant porter les assiettes : « *Anyway,* j'ai gagné le pari. T'as pas encore baisé, toi ? »

Elle sait très bien pourquoi il parle comme ça, et s'il espère faire diversion, ce n'est pas elle qui va l'aider. Elle prend les assiettes qu'il a posées sur ses genoux et les rince en silence.

« Pas de farce, chus libre, j'peux t'arranger ça.

— Steve, arrête ! J'ai compris : j'en parlerai pas, mais laisse faire mon cas, O.K. ?

— O.K. »

Piteux, il a l'air d'un chiot piteux. Yolande est trop fatiguée pour discuter. Elle va se brosser les dents.

Quand elle entre dans sa chambre, elle trouve Steve stationné près de son lit, en culotte de pyjama : « Peut-être que c'est aussi ben que je dorme avec toi, han ? Si tes cauchemars te repognent. »

Elle sourit, se glisse entre les draps.

Ça fait vraiment longtemps qu'elle ne l'a pas vu, son Steve.

* * *

Annie raccroche, en furie. Comme ça, Yolande a décidé de ne plus lui parler ? Sans lui donner sa chance, elle l'a exclue de sa vie ! Comme pour son père, comme pour Madeleine. Comme tout le monde. Si elle espère la voir se laisser traiter comme ça, elle se trompe.

Annie estime avoir fait amende honorable avec la lettre qu'elle est elle-même allée porter chez l'éditeur pour lequel travaille régulièrement sa mère. Elle l'aurait bien glissée dans la boîte aux lettres de son appartement, mais elle n'y a pas accès.

Elle ne peut pas croire que Yolande reste de glace devant sa lettre. Elle y a tout mis : sa détresse, ses excuses, les raisons de sa panique — tout ! Elle demandait un signe. Même pas une explication ou une rencontre. Un signe de la fin des hostilités.

Sa lettre, c'était son drapeau blanc. Avec l'offrande du paquet de lettres auxquelles, d'après Madeleine, Yolande tenait au point de les avoir confiées à son amie. Des poèmes d'amour exaltés, pas très touchants aux yeux d'Annie, parce que le contexte n'était pas fourni. C'était difficile à déchiffrer, compliqué. *Chants*, l'auteur appelait ça des chants. Il n'y avait même pas de date, impossible de savoir si l'homme était un amant du temps de son père. De toute façon, quel intérêt cela pouvait-il avoir? Des délires d'homme accroché au sexe, rien qui dise vraiment «je t'aime», sauf peut-être celui appelé «Élégie», et encore! Annie a été bien déçue de sa lecture. Évidemment, si Yolande le souhaite, elle va les lui rendre. Pas à Madeleine, ça non! Cette pauvre Madeleine qui n'a pas su rester dans la vie de Yolande et qui lui a rapporté les lettres sans les lire. Annie a bien vu que l'enveloppe était cachetée. Sa mère avait écrit un mot dessus, une sorte de pâté approximatif dans lequel elle avait lu le mot «Français»… Peut-être que ces poèmes n'étaient que des exercices de français, le début d'une thèse, elle ne sait pas.

Annie avait jeté la grande enveloppe pour faire comme si les lettres lui étaient arrivées dans cet état: neuf enveloppes séparées avec «Félie» écrit sur chacune, d'une écriture penchée… une écriture de gaucher si difficile à lire. Félie… ridicule!

Est-ce que si Yvon l'avait appelée Annia, elle se serait sentie plus aimée? Ou plus passionnément aimée? C'est le genre de détails qui plaisent à sa mère, elle le sait, mais c'est le genre de choses qu'elle ne comprend pas et trouve insignifiantes.

Annie erre dans la maison endormie. Elle trouve de moins en moins le sommeil et ne cesse de perdre du poids. Il faudrait manger plus, faire attention à elle, annoncer à Yvon qu'ils attendent un enfant avant qu'il ne soit trop tard.

Elle constate froidement qu'elle envisage de ne pas l'avoir, cet enfant. Elle a même pensé qu'Yvon serait d'accord, alors qu'elle sait fort bien ce qu'il pense de l'avortement. C'est comme si l'enfant n'avait pas de réalité, comme si elle ne parvenait pas à se convaincre de sa présence. Est-elle vraiment enceinte ? Si Yolande avait eu l'air un peu plus réjouie, aussi ! C'est la seule qui soit au courant et elle n'est même pas foutue de l'aider. Au lieu de ça, Yolande la laisse se miner. Elle dort sûrement à l'heure qu'il est, elle !

Annie se dit que l'égoïsme de sa mère a dû exister depuis toujours, mais qu'elle ne s'en aperçoit que maintenant.

« Comme tant de choses… »

Mécontente de s'entendre parler toute seule, elle s'étend sur le sofa pour essayer de se détendre. Si elle ne dort pas plus, elle va finir par faire une fausse couche, sans même la provoquer.

Elle se demande si Yolande accourerait vers elle si elle perdait l'enfant. Elle estime que ce serait bien cher payé, elle s'en veut de jouer avec une idée si condamnable… et elle s'endort en rêvant à la main si consolante de Yolande sur son front brûlant.

* * *

« Ça y est ! »

Lili tapote d'une main experte le paquet de feuilles pour en faire un rectangle bien net qu'elle entoure d'un élastique.

« Je pensais jamais qu'on arriverait à temps. Merci, Yolande ! »

La bonne humeur, le soulagement, le côté vendredi-semaine-finie de cet instant, tout semble si familier à Yolande.

« Je vais le porter à Guylaine et je reviens. »

Yolande étudie les titres de la bibliothèque : rien qui lui dise quoi que ce soit. Pourtant, combien de ces livres ont été révisés par elle ? Scrutés, analysés, disséqués par elle ? Elle ne sait pas. Sur la couverture, il y a le nom de l'auteur, le logo et le nom de l'éditeur. Nulle part ne figurent le nom de Lili ou le sien. Elles sont les piliers invisibles, la structure tient grâce à elles, mais ça ne se voit pas. Ce quatuor qui a l'air d'un duo entre l'auteur et l'éditeur. Faux couple !

Lili revient et ferme la porte vivement : « Mauvaise nouvelle : monsieur Callières est dans la place, et je le devine à l'affût.

— Il est quand même pas en bas des marches à guetter ?

— Non. Il est assis dans le seul bureau muni d'un bar. Tu sais : un étage plus haut ? On décolle en vitesse ? »

Yolande prend son manteau, son sac et ne demande pas son reste. Quand la réceptionniste l'arrête pour s'excuser et lui remettre une lettre qu'elle a oublié de lui donner, Lili lui saisit le bras et l'entraîne vers la sortie avant que Callières n'attaque.

Dehors, elles marchent d'un pas vif pour contrer le froid piquant. Lili a presque l'air intimidée de lui offrir de prendre un verre. Yolande s'étonne : « C'est quoi ? Une sorte d'habitude qu'on a après un gros coup de travail ? »

Lili hésite. Yolande la prend par le bras : « O.K. Cela ne te concerne pas. Laisse faire !

— Tu penses que c'est Callières, la lettre ?

— On se fera pas chier avec Callières… Je regarderai ça plus tard. Dis-moi, Lili, *Songe, songe, Céphise, à cette nuit cruelle*, ça te dit quoi ?

— Rien. D'où tu sors ça ?

— C'est ce que je me demande, justement.

— Ah… T'as regardé sur Internet ? »

Devant l'air surpris de Yolande, Lili précise : « Google ! T'as juste à taper ces mots-là et, bingo, ça les identifie : auteur, œuvre et tout le tralala. Tu te souviens pas ?

— Non. J'aime mieux pas mêler Google à ça.

— T'es drôle : moi ou Google, c'est quoi, la différence ? À partir du moment où c'est pas toi ?

— T'es pas un moteur de recherche, t'es une personne. Mais bon, laisse faire, je sais que je me cale. »

Au bar, elles sont tellement fatiguées qu'elle pouffent de rire pour des riens. Des ados qui font l'école buissonnière. Yolande propose qu'elles mangent ensemble. « À moins que quelqu'un t'attende… »

Lili reste silencieuse, comme si la phrase était bien peu innocente. Yolande agite une main devant son visage : « Hou ! Cela ne me concerne pas. J'ai dit ça de même… »

Lili se secoue, sourit : « J'étais ailleurs, excuse-moi. Je pense que la maison va te payer un repas dans un resto à la mode… très branché.

— Je ne suis pas habillée très branchée.

— Pas besoin.

— Laisse-moi aller téléphoner et j'arrive. »

Lili lui tend son cellulaire : « T'es pas moderne, toi : pas de Google, pas de cell… »

Évidemment, Steve ne répond pas. Ils sont champions tous les deux, avec le téléphone. Encore heureux que le répondeur existe : « Steve, c'est moi, Yo. Je vais manger dehors, attends-moi pas. À tantôt. »

Elle tend le téléphone à Lili qui fait un « Yo » incrédule. Yolande essaie de lui décrire Steve. Lili n'en revient pas : « Y t'appelle Yo et tu le laisses faire ? Et t'aimes ça ? J'entends-tu ce que j'entends, moi là, je ne le crois pas ! »

Toute la soirée, elle l'appelle Yo.

Le cappuccino est posé devant Lili quand elle chuchote : « Ne te retourne pas tout de suite, mais il y a un très beau monsieur qui a très envie que tu le regardes.

— Un vrai beau ?

— Ma fille, si ça te dit rien, passe-le aux autres ! Il y a quelqu'un avec lui. Pas vilaine. Plutôt sage, à mon avis.

— Cout donc, ça vaut-tu la peine que j'aille aux toilettes ?

— Oui. Oups ! Non, y s'en vient.

— Oh non ! Dis-moi pas que je ne le reconnaîtrai pas ! »

Jean-Louis est devant elle, plutôt en forme, en effet, l'œil allumé, visiblement ravi de la revoir. Ce qu'elle partage.

« Bonsoir Yolande, je pensais bien vous avoir reconnue. Ça va ?

— Oui. Oui… vous ? C'est fou de vous revoir ici… »

— Vous l'aviez bien dit qu'on se reverrait. J'ai déménagé. »

Elle le regarde, elle n'a pas envie de faire les présentations, même si Lili trépigne, elle n'a pas envie de donner de ses nouvelles en vitesse — elle découvre qu'elle a envie de se taire avec lui. Il y a un léger flottement, comme si l'ambiance agitée du restaurant leur nuisait. Elle se demande comment lui dire qu'elle le reverrait volontiers, mais ailleurs et seuls. « Jean-Louis, est-ce qu'on peut s'appeler ? »

Jamais il n'aurait imaginé que cela puisse être si simple. Il sort un stylo de sa poche et écrit directement sur la paume de sa main.

Très surprise, Lili le regarde regagner sa table : « T'as pas fait semblant ? Tu le reconnaissais ?

— Bien sûr.

— Comment ça se fait ? Il a échappé à l'amnésie ? Ça se peut ?

— Énerve-toi pas : il est arrivé après l'accident.

— Tiens !… Je pensais que t'avais mis fin à tes folles années de luxure ?

— J'ai dit que je ne m'en souvenais pas. Je n'ai pas dit que ce n'était pas dans ma nature. Ça l'est, non ? C'est toi qui m'as appris ça. Est-ce que c'était vrai ?

— Cela ne me concerne pas. Je me suis mis les pieds dans les plats une fois, Yolande, je ne recommencerai pas certain. Mais la prochaine fois, quand tu te souviendras du nom du gars, présente-moi donc ! »

* * *

Il est minuit et demi quand elle rentre dans l'appartement vide. Steve a peut-être repris avec Sylvie. Il avait le moral bas toute la semaine, comme si c'était elle qui l'avait planté là. Yolande se dit que la réflexion a peut-être fait du bien à Steve.

Elle vient de se mettre au lit quand le téléphone sonne. Elle répond, sans même attendre que le répondeur lui révèle qui c'est.

C'est Jean-Louis. « Trop tard ? Vous préférez un autre moment ? »

Elle l'assure que non, que c'est très bien à cette heure de la nuit.

« Je suis incapable de dormir tellement je suis content de vous avoir retrouvée. »

Elle apprécie la simplicité avec laquelle il dit ce qu'il pense. Après ces mois de silence, la conversation coule avec encore plus d'aisance. Elle saisit que quelque chose a changé pour lui : « Je me trompe, Jean-Louis, ou vous avez fermé un chapitre ?

— C'est très bien dit.

— Vous avez l'air d'y avoir gagné en légèreté. Je vous trouve plus joyeux.

— Je le suis. J'ai… terminé un cycle.

— Mais vous avez pris le temps de bien le finir avant de passer à autre chose.

— C'est vrai. Je pense d'ailleurs que vous y êtes pour beaucoup. J'ai bougé après notre dernière conversation. Je crois que vous m'avez provoqué. Peut-être même sans le savoir.

— Choqué ou provoqué ?

— Les deux !… Votre mémoire ? Elle en est où ?

— Enfermée, bien décidée à ne pas s'ouvrir. Ce n'est pas grave.

— Ah bon ?

— Je vous expliquerai.

— Parfait. Ça veut dire qu'on va se revoir. Sans laisser faire le hasard.

— Vous habitez où, maintenant ?

— Outremont. Vous ?

— On aurait pu laisser faire le hasard : je suis, comme le disent si élégamment les agents immobiliers, "adjacente" à votre chic quartier. »

Il rit : « Je trouve quand même que le hasard a beaucoup fait pour nous. On va l'aider un peu. Est-ce que j'aurais l'air d'un affamé si je proposais demain?

— Un affamé?

— C'est le mot qui m'est venu. Un excité serait plus approprié, quoique… Demain?

— J'ai négligé certaines choses, dernièrement. J'ai eu beaucoup de travail. Après-demain?

— Très bien. Je vous laisse mon numéro, si jamais vous voulez me rejoindre sans arpenter tout Outremont. Et… Yolande? Je suis très content de vous revoir. »

Elle raccroche en trouvant qu'il y a quelque chose de soudainement dégêné et déluré chez Jean-Louis. Affamé. Oui, Jean-Louis, vous avez l'air d'un affamé et j'ai l'air d'être bien sage. C'est faux. J'ai l'intention de vous embrasser. Et plus, si affinités. Et si j'attends, c'est que j'ai l'intention de dormir tout mon soûl avant de vous entreprendre. Et aussi, de refaire une provision de préservatifs. Elle mesure à quel point elle était loin de toute sexualité à cette seule carence : jamais avant, elle n'aurait oublié ce genre d'achat.

Elle se recouche, souriante : « C'est Cantin qui va être content! »

Son corps tiraille de partout après l'effort des derniers jours. « Et Steve va arrêter de me tanner avec ça! »

Elle a déjà décidé qu'ils iraient chez Jean-Louis : pas question que Steve rôde alentour pendant qu'elle baise. Baiser. Quel joli mot, plein d'odeurs sublimes.

* * *

À quatre heures du matin, Yolande est tirée d'un profond sommeil par le bruit que fait Steve. Il parle tout seul, se cogne et sacre, bref, il est soûl. Décidée à ne pas céder à ce genre de chantage, elle se retourne et essaie de se rendormir. Le fracas d'un objet cassé la fait sursauter. Elle se lève, de très mauvaise humeur.

« Steve! Peux-tu, si ça… »

Jamais elle ne l'a vu si parti: les yeux égarés, le sourire proche du rictus, la tête qui tient difficilement droite, il fait osciller sa chaise en tournant autour de la table de cuisine. Il a l'air un peu trop réjoui de la voir: « Yo! Salut! » Et hop! c'est reparti pour un tour!

Elle saisit la chaise par les poignées et l'arrête: « Y est quatre heures du matin, Steve, je veux dormir. Viens!

— Aye! Lâche-moi, veux-tu? »

D'un coup de bras, il dégage la chaise qu'elle n'arrive pas à tenir, et il va se cogner contre le frigo.

« T'as fêté, Steve? » Elle se penche, ramasse les restes d'un plat de fruits.

Il ricane en refaisant un tour. « Mets-en! » La chaise accroche une patte de la table dans un bruit désagréable qui fait hurler Steve: « Jamais deux sans trois! Yé!

— Pas si fort, Steve… Je suis fatiguée. Va te coucher, veux-tu? On parlera demain.

— Crisse de belle journée, demain! Ça va être ma fête.

— Non, ta fête, c'est le 27, demain, c'est le 25. Viens, je vais t'aider.

— Ma fête pareil, crisse!

— O.K., Steve, si tu veux. As-tu besoin de te brosser les dents?

— Chus loadé, crisse… Loadé comme un *gun*!

— Bon. On va direct dans ta chambre.

— Pas toi qui décides!

— Je parle de t'aider, Steve, pas de décider. Je veux aller me coucher. »

Steve tourne sa chaise et part en direction de la chambre de Yolande. Elle le rejoint et l'arrête: « Non Steve! Certainement pas. Tu rentres pas dans ma chambre quand t'es soûl.

— Ou loadé. Chus loadé en crisse!

— Oui, oui: comme un *gun*! Viens.

— Avec toi. Je veux rester avec toi cette nuit. Dernière fois, O.K.? J'te l'demanderai pus. Dis oui, Yo, jusse pour à soir.

— Non. Pas question. J'endurerai pas cette odeur-là, certain!

— Quoi? J'pue? Crisse! T'es ben bête!

— Bon, là je veux aller me coucher en paix, Steve. Ou je t'aide tout de suite, ou je te laisse faire tout seul. Décide!

— Avec toi. Je veux me coller.»

Elle fait rouler la chaise jusqu'à la salle de bains, lui tend sa brosse à dents. Il trouve cela très drôle et se brosse les dents exagérément, en la regardant avec moquerie. Il se rince la bouche, s'essuie, exhibe ses dents: «C'est-tu beau? C'est-tu assez propre?» Elle tourne la chaise sans répondre, entre dans la chambre, ouvre les draps du lit pendant que Steve sème ses vêtements autour de lui.

Il ne la laisse pas l'aider à sortir de sa chaise: il se tire, tête première, vers son matelas et tombe mollement par terre. Il se hisse tout seul, même si ses bras ont perdu de leur solidité. «J'ai fêté en avance. Yo?»

Elle n'est pas du tout disposée à faire la conversation: «Dors, Steve. Demain, O.K.? On jasera demain.

— Viens icitte, Yo... Je veux te dire de quoi. Si t'attends à demain, tu l'entendras pas.»

Elle s'approche, réticente, il agrippe son bras. Il est tellement plus fort qu'elle, elle n'en revient pas. Même soûl mort.

«Je regrette rien, peux-tu te rentrer ça dans tête tu-suite? Rien, Yo. Mais toé... T'es vraiment la fille la plus spéciale que j'ai rencontrée. Pas une qui t'accote, crisse! Pas une crisse.

— O.K., merci.»

Elle se dégage. Il la retient: «Yo! J'ai brossé mes dents: embrasse-moi!»

Elle se penche pour poser sa bouche sur sa joue. Steve prend sa tête et, la tenant fermement, il pose sa bouche sur la sienne. Surprise, elle veut reculer, mais il tient bon, mains enserrant sa tête, bouche contre la sienne. Elle se débat, résiste — il la tient en place. Fâchée, elle prononce contre sa bouche : « Steve ! Non ! »

La bouche dure appuie un peu plus sur ses lèvres. Elle se tait pour pouvoir fermer la bouche, elle le repousse des deux bras, mais il semble capable de la tenir là sans peine.

« J'ai dit non, Steve ! »

Profitant de ce « non », la bouche la prend. Elle lutte férocement, elle ne veut pas de ce baiser ni de cette violence ni de cette contrainte. Elle se dégage enfin brutalement et essuie sa bouche avec le dos de sa main. Elle est à la porte et il la regarde s'éloigner avec satisfaction, comme s'il venait de faire un bon coup. Il lève une main nonchalante : « Va falloir que tu t'arranges autrement, Yo.

— Tu sais pas encore à quel point je vais m'arranger autrement ! »

Elle ferme la porte doucement, parce qu'elle est si furieuse qu'elle l'arracherait. Pour la première fois depuis qu'elle habite avec Steve, elle verrouille la porte de sa chambre. Il est probablement parti pour une dizaine d'heures, mais elle ne veut pas prendre le risque.

Elle arpente sa chambre, essaie de se calmer, de ramener les choses à leur contexte : loadé, soûl, Steve a essayé de l'embrasser. Il ne l'a quand même pas violée ! Ça l'énerve quand même, ça change beaucoup de choses à ses yeux. Jamais auparavant elle ne s'est méfiée de lui. Cette prise de pouvoir, même dans l'état où il était, la dérange. Elle fait une grosse différence entre blaguer, prétendre qu'elle se meurt d'envie de lui, et passer à l'acte. Elle suppose que dans son esprit exalté, il lui offrait enfin ce qu'elle désirait. Alors, c'est qu'il se trompe beaucoup sur elle et sur ses envies.

Elle se couche, exaspérée. Elle avait tellement besoin de sommeil et ce sera si difficile de se rendormir. La lumière éteinte, hantée par ce qui s'est passé, elle s'étonne tout de même : elle est persuadée que Steve ne cherchait pas à contenter un désir égoïste.

Il était absolument convaincu que c'est elle qui avait envie de l'embrasser. Parce que, s'il avait vraiment voulu se payer la totale, elle sait qu'elle n'aurait pas pu l'en empêcher.

Mon dieu qu'il faut être perdu pour s'imaginer qu'elle désire une chose pareille! Il faut être pas mal soûl et pas mal jeune. Demain, ils auront toute une conversation, gueule de bois ou non!

Elle tourne et se retourne dans ses draps. Elle s'efforce de ne plus y penser, de remettre ce moment à demain. Elle sait qu'elle n'y peut rien pour l'instant. Mais le sommeil la fuit.

Elle renonce et allume.

Elle prend son livre qu'elle n'ouvre pas.

Cinq heures et demie, le jour n'est pas encore là. Pourquoi se sent-elle si étrange? Ce n'est rien. C'est un incident qui mérite une mise au point, rien d'autre. Un simple baiser. Raté. Des lèvres impérieuses posées sur sa bouche. Des lèvres dures.

Songe aux cris des vainqueurs, songe aux cris des mourants, Bon, la suite du poème lui vient, maintenant! *Voilà comme Pyrrhus…*

Du coup, elle se souvient: *Andromaque* de Racine! Du théâtre, quelle idée! Quelle chose étrange. Une tragédie avec du sang, de la passion non partagée et de la trahison. Comme toujours. Un classique du déchirement. Pourquoi aurait-elle jamais appris ces vers par cœur? Ce n'est pas son style ni ses préférences. Elle n'y comprend rien. Ces histoires où l'on tue parce qu'on n'est pas aimé lui ont toujours paru excessives.

Elle éteint, résignée à ne trouver aucune issue: ni dormir ni lire. Au moins, les excès de Steve lui auront permis d'élucider le mystère du poème.

Appuyée contre les oreillers, elle regarde la lumière changer. *Cela s'appelle l'aurore.* Encore du théâtre, la fin d'une pièce de Giraudoux. Mais aussi le titre de Rezvani, non, Roblès ou même Buñuel… Peu importe, ce titre est beau et si plein d'espoir. Et son fantôme, l'homme aux yeux de braise, lui, ne viendra pas. Steve l'a bousculé hors de sa chambre. Elle le sait. Elle en est certaine. Le regard brûlant ne se posera plus sur elle. La bouche magnifique ne la prendra plus. Francis ne reviendra jamais. Et peut-être n'en saura-t-elle jamais plus sur lui. Le baiser impérieux de Steve ressemblait un peu à celui de Francis. Mais, dans son souvenir fugace, la violence et l'urgence étaient consenties.

Elle est convaincue que sa décision de faire l'amour avec Jean-Louis a beaucoup à voir avec l'idée de ressusciter Francis. Le faire revenir à travers des gestes similaires, des ébats semblables. Est-elle vraiment si naïve? Aussi perdue que Steve, finalement! Si elle veut ce Francis, elle n'a qu'à le chercher, lui. Pourquoi ajouter un simulacre par-dessus un fantôme?

Parce qu'il ne reviendra jamais. Elle ne sait pas s'il est mort, s'il est parti, s'il a fui en l'aimant ou en la détestant, elle ne sait qu'une chose: leur amour était violent et il s'est terminé violemment.

Pour la première fois depuis presque un an, sans se rappeler autre chose que l'impossible retour d'un fantôme à peine esquissé, le chagrin l'envahit. Une peine qui la dépasse. Un sentiment insupportable d'abandon, de trahison. Ce chagrin, c'est elle. Cette brisure, ce cœur boiteux qui continue en couinant, c'est elle. Elle est faite de rage, d'abandon et de chagrin. Le reste est sans importance. Des noms, des visages, des baisers enfuis à jamais. Son amour est perdu, perdu depuis longtemps. C'est la seule chose qu'elle n'a pas oubliée. Francis ne reviendra pas. Elle suppose que si sa mémoire lui permet d'oublier les détails, c'est que c'est mieux ainsi. Qui a envie de retrouver le chagrin et l'abandon? Qui la blâmerait de profiter de la pause? Francis? Elle est persuadée qu'il s'est livré à l'oubli de son côté. Il l'a rayée de son existence, de son passé même.

Ils s'aimaient rageusement, haineusement. Elle le sait. Ils se sont haïs tous deux de s'aimer. Elle peut bien se souvenir d'une figure tragique grecque! Andromaque — épouse et mère. A-t-elle jamais eu un enfant? Pourrait-elle vraiment garder le souvenir d'un homme et pas celui de l'enfant qu'il lui aurait fait? L'idée est si révoltante. Elle pressent bien ce que l'histoire avait de méprisable, mais est-ce que ça avait été jusque-là? Comment savoir? Comment savoir ce qu'elle aurait fait de cet enfant? Elle passe la main sur son ventre exempt de vergetures. Ce n'est pas une preuve, tout le monde ne fait pas de vergetures. Ses seins non plus n'en ont pas.

Qu'a-t-elle laissé derrière elle? Un homme fait, même brisé d'amour, ce ne serait pas si grave. Mais un enfant… Son enfant. Mon dieu, faites que ce ne soit pas vrai! Pourvu que ce ne soit pas vrai!

Mais elle a le cœur si serré, elle a si mal soudain, qu'elle craint que ce ne soit la stricte vérité — elle a abandonné quelqu'un, un enfant. Quelque part derrière elle, un enfant qui ne lui avait rien demandé attend encore après elle.

Elle se lève, marche fébrilement, en proie à une inquiétude dévorante. Quelqu'un doit bien savoir! Pour Francis. Pour leur enfant. C'est atroce si elle a fait une chose pareille. C'est atroce. Elle ne peut pas, elle ne veut pas être une femme pareille. Pas elle!

Oppressée, elle essaie de se souvenir, elle fouille la boîte vide de sa mémoire. Il faut qu'elle sache au moins ça. Au diable le reste! Elle se fout des adultes. Mais cet enfant… Elle a abandonné un enfant quelque part. Elle doit faire quelque chose. Maintenant.

Demain, dès l'aube…

Elle repousse la phrase empruntée qui veut scander son inquiétude. L'heure n'est pas à la poésie! Elle veut du vrai, du tangible, elle veut une preuve. De son indignité, si c'est ça, de sa folie, s'il le faut, mais elle veut du vrai. On ne met pas un enfant au monde sans que ça laisse des traces. Elle va aller au registre de l'état civil. Voilà, ça y est, elle tient sa solution.

Demain, dès l'aube, à l'heure où blanchit la campagne,

Elle s'en fout, elle ne veut pas de phrases empruntées à sa réalité. Même les plus grands poètes ne savent pas le fond de son cœur, ne savent pas comme c'est horrible de ne pas savoir.

L'année, il faut qu'elle réfléchisse à quelle année elle se réfère. Ses vingt ans? Serait-ce assez loin derrière? 1970… Oui, de dix-neuf à quarante-sept ans, entre 1970 et 1998, elle va demander entre toutes ces années puisqu'elle n'arrive pas à se souvenir. Voilà.

Demain, dès l'aube…

Elle ira et tant pis si elle se découvre aussi horrible qu'elle se soupçonne. Tant pis. Et qu'ils se taisent, ceux qui voudraient l'empêcher d'y aller. Elle partira chercher la vérité, sa vérité. Elle ne laissera pas un enfant derrière elle. Sans rien savoir, sans rien faire.

Demain, dès l'aube, à l'heure où…

Par la fenêtre, elle voit les nuages noirs cerclés de rose qui se détachent du ciel. L'aurore point. Quelle chose étrange! Un début, un verbe qui dit le début, poindre, et qui se conjugue en point.

Avant que le soleil ne paraisse, elle sanglote contre la vitre qui s'embue. Pour la première fois depuis si longtemps, les larmes coulent. Elle a si mal qu'elle hurlerait comme un animal mis à mort. Elle se répète que demain, elle ira au registre, que demain, elle saura. Les larmes coulent, brouillent sa vue, le soleil en paraît strié de lignes qui scintillent. Elle cherche des mouchoirs, et le poème, comme la lumière du jour, s'impose à elle.

Demain, dès l'aube, à l'heure où blanchit la campagne,
Je partirai. Vois-tu, je sais que tu m'attends.

Un «non» rauque sort de sa gorge. En un éclair, elle reconnaît Victor Hugo et les *Contemplations*. Léopoldine, cette enfant morte qui a hanté Hugo, celle à qui il a offert ses vers les plus éblouissants. Et elle sait. Elle sait que, à côté de la date de naissance, le tiret sera comblé par une autre date — celle de la mort de son enfant.

Elle ne saura ni son visage ni le comment, juste ce qu'elle sait déjà: son enfant est morte.

… et le jour pour moi sera comme la nuit.

* * *

« Elle s'appelait Ariane… ce que je trouve assez ridicule quand on pense que je m'appelle Mailloux. Pour l'euphonie, on repassera. Ça vaut bien la peine de se réciter de la poésie à longueur de journée ! J'ai dû vouloir absolument faire preuve de culture. Ariane, les mythes grecs… je ne sais pas. Elle est morte avant d'avoir deux ans. Le 3 juin 1972… Père non déclaré. Mais je sais que c'est Francis. Ne me demandez pas pourquoi, mais je le sais. Je n'ai aucun souvenir d'elle. Rien. C'est quelque chose d'être obligée d'aller au Directeur de l'état civil pour savoir si on a eu un enfant… Et je ne vous raconte pas le temps que j'ai mis pour qu'on effectue la recherche : une chance que mon nom n'est pas trop courant. Je dis ça, mais je le savais. Ce matin, je le savais.

— Et c'est arrivé comment, cette question de l'enfant ? Du poème d'Hugo ? D'un rêve ? »

Elle se souvient brusquement qu'elle n'a pas encore dit à Cantin ce que Steve a tenté la nuit passée.

Après le récit, elle demeure silencieuse un bon moment. « Vous pensez que j'essaie d'aider Steve parce que je n'ai pas pu empêcher ma fille de mourir ?

— Possible. On peut jouer à ce petit jeu très longtemps sans avancer.

— Ou Annie… Ça m'expliquerait pourquoi je me suis mariée avec Gaston… Ou alors, j'étais très, très sonnée par la mort de ma fille et j'ai fait n'importe quoi… Excusez-moi, je suis trop fatiguée et je dis n'importe quoi.

— Vous savez pourquoi vous êtes fatiguée ? »

Elle le regarde sans exposer toutes les raisons futiles qui causent sa fatigue. Elle le connaît assez pour savoir qu'il lui montre quelque chose. Son esprit confus peine à se concentrer. Elle s'impatiente : « Si vous savez quelque chose, dites-le donc !

— Vous avez pleuré. C'est ce que vous m'avez dit. En comprenant que votre fille était morte, avec les vers de Victor Hugo, vous avez sangloté sans pouvoir vous arrêter. Vous voilà revenue dans le monde des humains, Yolande, le monde des affects.

Pleurer en est certainement une manifestation majeure… Et c'est fatigant quand on en a perdu l'habitude.

— Mais je ne me souviens pas pour autant ! Je sais sans me souvenir. Je sais sans sentir.

— Vous voulez vous jeter à terre ? Vous épuiser ? Arrêtez un peu, ne soyez pas trop dure avec vous.

— Dure ? Je trouve que j'ai pris mon temps, moi… Ça fait trente-six ans qu'elle est morte et elle aurait trente-huit ans.

— Qu'est-ce que ça vous fait de dire ça ?

— Rien. Ce sont des chiffres, pas des émotions. Ça me fait juste… des faits secs, bêtes. Et ça m'enrage parce que, finalement, je ne sais pas si je suis sans-cœur ou seulement amnésique. »

Cantin rit doucement, sans bruit, et cela l'énerve. Il lui demande si elle sait le poème d'Hugo par cœur, finalement.

Elle commence : « *Demain, dès l'aube, à l'heure où blanchit la campagne, je partirai. Vois-tu, je sais que tu m'attends…* » sa voix se brise.

Les yeux brouillés de larmes, elle se tait. Il murmure : « Croyez-moi, Yolande, il faudrait essayer d'être moins dure envers vous. Au moins, tant que vous ne savez pas qui vous êtes. Après… on discutera. D'accord ? »

Elle fait oui sans pouvoir articuler un son.

* * *

Cette fois, elle est bien contente de rentrer dans un appartement vide. S'il y a une chose dont elle n'a pas besoin, c'est d'une explication laborieuse avec Steve. Elle va s'étendre, même si elle a les siestes en horreur. Aujourd'hui n'est pas coutume. Elle s'endort immédiatement, fourbue.

Vers quatre heures, elle est occupée à préparer une soupe aux légumes quand Steve arrive. Il s'arrête net, surpris : « T'es là ? » Le ton de sa question est plus que contrarié. Yolande le trouve quand même un peu *too much*.

« Ben oui. Bonjour, Steve. J'ai décidé de rester chez moi un peu. Ça te dérange pas trop ?

— Ben là : tu travailles pas chez ton éditeur ? Je pensais…

— Si on avait pu se parler, tu aurais su hier que j'ai fini ma bio et que je suis en congé.

— Ah ! »

Il se dirige vers sa chambre. Elle l'arrête : « Steve, je veux te parler. Je veux qu'on se parle tous les deux.

— Plus tard. »

Il essaie de la contourner, mais Yolande est plus souple que la chaise. « Non.

— Si c'est à propos d'hier soir, énarve-toi pas, c'tait la dernière fois.

— Que tu m'embrassais de force ? »

Il se redresse, fouetté, incrédule : « Tu capotes, crisse ! Jamais faite ça ! Jamais forcé personne ! »

Il est tellement indigné que ça la rassure : « T'as le choix, Steve, ou bien je l'invente ou bien tu ne t'en souviens plus à cause de ce que t'avais pris. »

Il a l'air désarçonné. Il fait aller et venir sa chaise à petits coups brefs, nerveux : « Bon ! Pis ? Même si je l'ai faite, t'es capable de te défendre.

— Ça a tout pris, Steve, et c'est pas vraiment ça, le problème.

— Bon, O.K., ça arrivera pus. Tu veux que je crisse mon camp, c'est ça ?

— Est-ce qu'on pourrait parler, tranquillement ?

— De quoi ? M'en souviens pus, crisse ! T'es pas capable de comprendre ça ? Pourtant, si y a quequ'un qui devrait… »

Y a rien à faire, et elle le sait. Elle dégage et libère la porte de la chambre. « Parfait, Steve. J'accepte tes excuses, surtout formulées comme ça. »

Elle se remet à couper les légumes. Steve n'a pas bougé. Il ne retourne pas sa chaise vers elle pour s'excuser à voix très basse.

Elle pose son couteau, se pince la racine du nez, là où un mal de tête se dessine.

« T'es t'en crisse ? Yo ? T'es-tu fâchée ? On resse pas fâchés, O.K. ? »

Comment peut-il lui accorder tant d'importance ? S'il savait… Il a quelque chose de si enfantin dans l'œil. Et il peut être si mâle et si violent.

« Yo ?

— C'est correct. Qu'est-ce que t'avais pris ?

— Cochonnerie… Même pas un bon *buzz*.

— Je sais pas comment tu fais…

— C'est le fun, rien sentir. Ou toute sentir parfait, même si c'est croche.

— Si c'est comme se souvenir de rien, merci pour moi. »

Il rit : « Ouain… ça serait genre avoir une jambe quand t'en as pus. O.K., est plate ! »

Il ne la regarde pas. Elle s'approche, prend son menton, relève sa tête : « Pourquoi tu regardes ailleurs ? T'es gêné ? »

Il se dégage, hausse les épaules et part vers sa chambre.

« Steve ? Manges-tu avec moi ? »

Il ne la regarde pas non plus pour murmurer : « Non, non, j'ai une *date*. »

La porte de sa chambre se referme. Yolande se dit que c'est bien la première fois qu'il ne se vante pas plus d'une nouvelle *date*. Normalement, la nouvelle aurait fait les manchettes.

Elle termine sa soupe en se demandant ce qui est le plus anormal aujourd'hui : elle, avec son bout de passé retrouvé, ou Steve, si peu communicatif.

Chose certaine, elle ne le croit pas un instant : on ne prend pas de *date* sur une descente de dope, il le lui a assez dit. On déprime et c'est tout.

Le soleil d'octobre descend vite et il fait presque noir dans la cuisine quand elle frappe à la porte de Steve. Il doit dormir. Elle entrouvre la porte pour laisser un post-it contre le chambranle. Le message laconique de Sylvie en disait long sur son attente.

La chambre de Steve donne sur l'ouest et le couchant rougit le mur près de son lit. Il est assis, immobile, les yeux grand ouverts.

« Tu dors pas ? Pourquoi tu réponds pas ? » Elle agite le post-it. « Sylvie. O.K. rappelle-la ? Ça fait trois messages en trois jours.

— O.K. »

Elle allait sortir quand quelque chose la retient : la chambre est rangée. Plus que ça, la chambre est vidée. Plus rien ne l'encombre, ni dessins ni vêtements, rien. Place nette. Elle regarde Steve : il n'est pas dans son état normal, c'est évident.

« Qu'est-ce qui se passe, Steve ? Tu as repris quelque chose ? »

Il hoche la tête sans parler — il a l'air de dire non. Yolande en conclut qu'il a l'intention de ramener sa *date* dans sa chambre. « À quelle heure, ta *date* ? »

Enfin, un mince sourire. Plutôt un éclat dans l'œil. « Pas tard. Pourquoi tu vas pas au cinéma ? T'as congé...

— Ben oui. Pour te laisser une chance de faire ton bruit avec ta *date* ? C'est qui ? Tu m'en as pas parlé. »

Il hausse les épaules : « Une vieille *date*... qui avait pas marché.

— D'après moi, Steve, ça marchera pas plus à soir. T'es à moitié mort. Me semblait que c'était pas du tout indiqué de sortir avec une fille le lendemain de la veille ?

— C't'une grosse crisse... A l'a pas besoin de beaucoup de gaz. »

Comme elle ne veut pas jouer à la maîtresse d'école et qu'elle n'apprécie pas du tout ce genre de langage, Yolande retourne vers la cuisine.

« Yo ? »

Le couchant est sur le visage de Steve — rouge et dramatique, il apprécierait le halo que ça lui donne. Elle se tait. Steve fait un petit geste de la main, lui demandant de s'approcher. Yolande hésite : il a beau être sobre, elle n'a pas du tout envie d'un second baiser. Le premier lui a coûté pas mal cher à son goût.

« Quoi ? »

Il refait le petit geste sans rien dire d'autre. Il a des moments de grande beauté, Steve, et celui-ci en est un. Vulnérable, les yeux remplis d'une douceur enfantine, il a l'air si accessible, si tendre. Elle s'approche, s'assoit près de lui. Quand elle était à l'hôpital, il y a eu un moment semblable à celui-là, un déjà-vu. C'était la même texture de couchant et Steve était désespéré.

Le soleil s'est noyé dans son sang qui se fige...

Il avait mal à sa mère, Yolande ne dit rien parce que sa gorge se serre encore : la journée qui a commencé dans les larmes a l'air de vouloir finir pareillement. Elle déteste la sensation.

« Steve... est-ce que tu en veux à ta mère d'avoir fait ça ? »

Horrifié, Steve se raidit : « Pourquoi tu parles d'elle ? Qu'est-ce qui te prend, crisse ? »

Elle ne pensait pas le choquer autant. Elle se rend compte qu'il ne sait rien de ses découvertes récentes. « Parce qu'aujourd'hui j'ai appris que j'ai eu un enfant... il y a trente-huit ans. Elle est morte.

— A s'est tuée ? »

Quelle évidence pour lui ! Comme s'il n'y avait que le suicide pour emporter les gens. Encore un héritage de sa mère. La porte de sortie s'appelle suicide.

« Non. Je sais pas comment. Elle avait deux ans.

— *Weird...* »

Il n'est décidément pas en forme. Le Steve qu'elle connaît aurait été plus loquace.

« C'est mieux de même. »

Yolande sursaute : « Tu penses vraiment que je vaux rien comme mère ! On le sait pas, Steve.

— Ouain, O.K., t'as raison... J'pensais pas à ta fille.

— Tu pensais à toi, c'est ça ?

— Ben non. J'disais ça de même.

— À d'autres! Me prends-tu pour une tarte?

— Si t'aurais été ma mère, chus sûr que rien serait pareil.»

Elle résiste à l'envie de le corriger et s'accroche au propos: «Peut-être que tu serais mort. J'ai pas réussi à la garder, ma fille.

— Tu t'en souviens pas?»

Elle hoche la tête négativement.

«Qui t'a dit ça? La folle? Annie? Pourquoi tu la crois?

— Arrête! C'est toi avec ton baiser d'hier... Je sais pas comment, ça m'a mis ça dans tête. J'ai vérifié à l'état civil, ce matin.

— C'est *hot*: j't'embrasse, je m'en souviens pas pis tu te souviens. Si je te baisais, tu retrouverais peut-être toute.

— Pis toi, tu perdrais toute.

— *Cool...* On fait-tu ça?»

Il l'a dit sans enthousiasme. Il a l'air vidé de sa substance, une parodie de lui-même. Comme s'il n'avait pas l'énergie de se hisser jusqu'au personnage habituel. C'est peut-être sa fatigue à elle qui déteint sur lui. Elle se lève: «Pas mal *cool*, oui. Laisse faire ma mémoire, pis occupe-toi de ta *date*.

— Yo? Pense pas ça, O.K.? Pense jamais que t'es pourrie... n'importe quoi qui arrive. Avec moi, t'as été super.

— J'ai été? Quoi? Je change? Je serai plus super à partir de maintenant?

— Ben non: écœure-moi pas avec le français! J'te dis que t'es super!

— O.K. Qu'est-ce que tu voulais me demander?»

Il a l'air bien étonné de sa question. Elle refait le petit geste qu'il avait pour l'appeler près de lui.

«J'sais pas. Je l'ai perdu... pas important... Tu regrettes-tu des fois de pas être morte dans l'accident?»

Elle prend le temps de réfléchir, d'être honnête: «D'habitude, non. Il y a eu un bout, oui, mais finalement, je tiens le coup. Toi? Tu regrettes-tu?

— Crisse, oui!

— L'avais-tu fait exprès?»

Il a un petit rire rentré, une sorte de hoquet moqueur: tout a l'air de signifier qu'il s'en fout. Yolande sait très bien que c'est ultra-faux. «Est-ce que quelqu'un t'a déjà dit que c'est pas parce que ta mère s'est tuée que c'est la seule façon de régler tes problèmes?

— Si tu savais comme j'm'en crisse d'elle, t'en reviendrais pas!

— Non, je suis sûre que j'en reviendrais pas. De qui tu te crisses pas?

— De toi. Pis ça avec, tu le sais. T'aimes ça que j'te l'dise, han?

— Oui. Et c'est pas de la vanité. Cantin m'a dit d'être moins dure avec moi: tu fais partie de ma thérapie, Steve, tu me guéris. Surtout avec ta douceur.» Ils rient, tous les deux. «Il fait noir, ici, allume quelque chose. Si tu veux de la soupe, y en reste pas mal. C'est moins bon que quand c'est toi qui cuisines, mais ça fait la *job,* comme tu dis.»

Elle referme doucement la porte en sortant. Dans la cuisine, l'odeur de mijoté lui lève le cœur. Malgré sa fatigue et son peu d'entrain, elle passe un manteau et sort marcher.

Le soir est frais, mais plus aussi glaçant que la veille au soir. Il lui semble que sa célébration avec Lili remonte à beaucoup plus loin. Est-ce qu'elle savait pour sa fille? Qui savait? Gaston? Annie? Trente-huit ans... ce n'est pas hier et elle n'en a pas nécessairement parlé. Était-elle une femme discrète? Elle ne le sait même pas. Pas tellement, puisque Lili était au courant de ses aventures... Mais peut-être qu'elle inventait pour la distraire? Un peu comme avec Steve, quand il se vante pour la faire rire.

Elle marche vers Outremont, parce que l'ordonnance des rues et des maisons la calme. C'est moins accidenté visuellement et elle a besoin d'harmonie.

Valse mélancolique et langoureux vertige!

Elle résiste au poème, elle essaie de le repousser. Depuis la nuit passée, la poésie lui paraît beaucoup moins amicale.

Un piège émotif qui peut la priver de ses défenses. Une arme dans des mains impitoyables. La poésie peut tuer. Elle l'ignorait jusqu'à ce matin, jusqu'à cette aube éblouissante. Combien de fois meurt-on avant de mourir ? Ariane n'est morte qu'une fois, elle. Ce qui, en soi, est une bénédiction. Retrouvera-t-elle un jour la texture de la joue de sa fille sous ses lèvres ? Elle a dû la respirer, la caresser, cette petite fille. Elle n'a pas vraiment envie de se souvenir. Elle sait déjà que la douceur du passé n'équilibrera jamais la douleur de la perte. Comme partout. Comme en tout. Quand on trace la ligne et qu'on fait le compte, le solde est toujours en rouge. Père non déclaré. Même elle, si petite, même sa fille était partie à cloche-pied avec un élément manquant. Pourquoi Francis avait-il fait une chose pareille ? Nier Ariane dès le départ. Elle ne peut s'empêcher de lui en vouloir de cette lâcheté, d'y trouver une raison à la mort du bébé. Elle ne sait rien. Elle suppute, elle suppose et elle se donne le beau rôle, bien sûr. Il est évident que Francis était pris ailleurs, marié, sûrement coincé. 1970. C'était le début d'un temps nouveau — la chanson à la mode lui revient — mais ce n'est pas certain que le divorce ait été si facile. L'avortement non plus, d'ailleurs.

Pourquoi l'avoir gardée ? Père inconnu… Pour avoir quelque chose de lui ? Parce qu'elle s'imaginait qu'un enfant réussirait à le lier à elle de façon définitive ? Elle ne peut pas croire qu'elle était cette sorte de femme désespérée. On dirait Annie qui exhibe sa grossesse comme une raison supérieure, une excuse suprême. La pilule existait en 1970, qu'est-ce qu'elle attendait pour la prendre ? Elle n'était pas une enfant. Sa mère était remariée depuis un an. Qu'avait-elle dit de tout ça, sa mère ? Elle s'en foutait peut-être, tout occupée à son nouveau couple, à sa nouvelle vie.

Bon ! Ça suffit ! Yolande s'arrête et fait demi-tour pour s'assurer qu'elle ne continuera pas à creuser un passé qui se refuse. Elle regarde autour d'elle : elle a marché sans faire attention et elle est un peu perdue. Elle se dirige vers l'est en espérant qu'elle s'oriente correctement.

Le nouveau quartier de Jean-Louis Sirois. Elle sourit au souvenir des projets que, la veille encore, elle nourrissait à son égard. Oh non, elle n'ira pas acheter de préservatifs ! Elle n'a plus du tout envie de Jean-Louis. Les effets du baiser de Steve lui ont tout coupé. Un baiser, et elle retrouve sa fille, elle ne veut pas savoir ce qu'un orgasme risque de lui rendre.

Demain, elle appellera Jean-Louis pour se décommander.

Demain, dès l'aube…

Non ! Surtout pas ! Elle s'applique à observer l'intérieur des maisons, à se demander qui sont ces gens qui traversent les pièces éclairées avec chaleur. Elle leur invente une vie, des envies — ce pourrait être vrai, ce pourrait être faux, la vérité tient à si peu de chose… Surtout, surtout ne pas réentendre les vers de Victor Hugo qui, malgré ses efforts, remontent à sa mémoire.

Je marcherai les yeux fixés sur mes pensées,
Sans rien voir au dehors, sans entendre aucun bruit,
Seul, inconnu, le dos courbé, les mains croisées,
Triste, et le jour pour moi sera comme la nuit.

Affolée, incapable de fuir, elle se met à courir vers chez elle. Elle court comme une perdue, pressée de se mettre à l'abri, comme si elle pouvait se mettre à l'abri de la poésie qui scande ses vers assassins au fond de sa mémoire béante.

∗ ∗ ∗

La voix plaintive d'Annie l'accueille quand elle rentre enfin. C'est si ridicule, ce long monologue sur un répondeur au milieu d'un salon vide. Saisissant l'occasion d'échapper à ses préoccupations, Yolande prend le récepteur : « Oui, Annie ?

— Maman ? »

S'il y a un mot qu'elle ne peut pas entendre en ce moment, c'est bien celui-là.

« Non, c'est Yolande. »

Le silence estomaqué à l'autre bout lui montre à quel point

la route sera longue. « J'étais inquiète, t'as pas répondu à ma lettre, t'as pas retourné mes appels. J'étais tellement inquiète, tu peux pas savoir !

— Pourquoi tu t'inquiètes autant ? Y a pas de raisons, Annie. Je suis hors de danger, tu le sais très bien.

— Oui, oui… Je pensais plus à nous deux… à notre chicane. »

C'est pourtant vrai ! Qu'avait-elle dit, encore ? Yolande se souvient de l'envie de tuer sans se souvenir du pourquoi. S'il faut que la mémoire récente lui fasse défaut, maintenant ! La voix d'Annie est comme une pluie sur une vitre : régulière, ennuyeuse. Pourquoi faut-il toujours qu'elle s'explique autant ? C'est irritant au possible. « Annie, arrête un peu, veux-tu ? Tu m'étourdis. »

Et c'est vrai qu'elle est étourdissante avec ce discours qui va dans tous les sens.

Yolande marche du salon à la cuisine. Elle allume la veilleuse au-dessus de la cuisinière. Sur le couvercle du chaudron contenant sa soupe, un post-it avec une face mitigée. *Bof !* a écrit Steve. Elle est d'accord avec sa critique : 3 sur 5, elle le trouve même généreux.

« Quoi ? Venir ici ? Ce soir ? Non, non, je ne peux pas, Annie… Quels poèmes ? De quoi tu parles ?… Mais je l'ai pas eue, ta lettre ! T'as rien qu'à me le dire ce que c'est. Pourquoi c'est si compliqué ? »

Elle va la tuer ! À chaque fois qu'elle est en contact avec cette pauvre fille, l'envie de tuer la prend. Comment pourrait-elle se souvenir de poèmes écrits dans un cours de français ?

« Annie, O.K., excuse-moi de t'interrompre, mais je voudrais te demander quelque chose. Est-ce que ce serait possible pour toi de me laisser… disons, prendre du recul ? J'en ai besoin. C'est même de ça que j'ai le plus besoin, pour l'instant. C'est ce qui pourrait m'aider le plus. Est-ce qu'on peut s'entendre pour ne pas se rappeler avant un mois ? Vraiment, j'ai besoin d'un peu de calme. Disons que… le 25 novembre, on s'appellera et on fera le point, d'accord ? Peux-tu faire ça pour moi, Annie ? »

C'est si long avant d'obtenir un oui tout simple. Elle parle encore du cours de français et de ses exercices stylistiques! C'est énervant à hurler. Bon, Madeleine, maintenant. Yolande est à deux doigts de raccrocher. «Annie, faut que j'y aille. Pas avant le 25 novembre, d'accord? Merci.»

Elle raccroche enfin et crie: «Si tu savais comme ne plus t'endurer, c'est déjà prendre soin de moi, t'en reviendrais pas, Annie!»

Dans le miroir de la salle de bains, Steve a laissé un magnifique dessin sur un grand post-it — sous le dessin, en lettres taguées, il a écrit: *me crisses pas de toi!* Elle sourit, elle n'en est pas à un «s» près.

Elle découvre qu'il a éparpillé son message rassurant un peu partout dans l'appartement. Selon le format du post-it, il a écrit *t'es super* ou *me crisse pas de toi* quelquefois correctement, quelquefois avec une faute. Elle ramasse précieusement les post-it: c'est exactement le genre de poésie dont elle a besoin présentement. Victor Hugo peut aller se rhabiller!

En ouvrant son livre, elle trouve encore un message: *Me crisse de toute sauf de toi.*

D'après elle, c'est le plus près que Steve se soit jamais approché du verbe aimer.

* * *

Quatre heures et demie au cadran lumineux: elle maugrée, il n'est pas question de voir encore le jour se lever. Elle se retourne, malmène son oreiller. Le sommeil s'est enfui. Elle essaie de reprendre le cours de son rêve, de s'imaginer sur une plage — rien. C'est comme si elle était parfaitement reposée. Aucune envie de dormir encore.

Elle se lève, va vers la salle de bains. La cuisine est encore éclairée avec la veilleuse, ce qui veut dire que Steve n'est pas rentré. Elle l'aperçoit tout à coup, dos à elle, immobile devant la table basse du salon où la pénombre règne. Elle s'approche, murmure son nom pour ne pas le surprendre. Il tourne la tête vers elle, l'air abattu.

« Ça a pas marché ? »

Il doit mal comprendre ce qu'elle dit, parce que son visage est maintenant abasourdi.

« Ta *date*… ça a pas marché ? »

Elle entend à peine le non qu'il bafouille avant de se diriger vers sa chambre.

Elle l'a déjà vu vaincu, mais jamais aussi défait.

Elle le trouve devant sa fenêtre, le dos à la porte où elle se tient, mal à l'aise de rentrer.

« Steve, tu y tenais pas tant que ça… Pourquoi tu t'en fais de même ? C'est pas Sylvie plutôt qui te manque ?

— Non. »

La partie va être ardue s'il répond par monosyllabes. Elle hésite encore entre le laisser tranquille et rester. « Tu veux que je reste, Steve ?

— Non.

— O.K…Tu veux venir dormir avec moi ?

— Non. »

Elle peut difficilement offrir mieux. Elle murmure un bonne nuit et recule. En sortant de la salle de bains, elle s'arrête de nouveau à sa porte. Il n'a pas bougé.

« Moi non plus, je me crisse pas de toi. »

Elle sait qu'il a entendu, même s'il fait comme si elle n'avait rien dit. Elle retourne dans sa chambre pour ne pas dormir.

Ça fait bien une demi-heure qu'elle est étendue quand Steve arrive : « On peut-tu pas parler ? » Elle sourit et écarte la couette côté passager en se disant qu'il y a à peine quelques heures, elle faisait la même demande à Annie.

Ce n'est qu'une fois qu'il est couché près d'elle qu'elle s'aperçoit qu'il tremble des pieds à la tête. Le lit en est secoué. Elle le prend contre elle sans un mot. Il tremble de froid, son corps est gelé, ses joues glacées. « J'ai le *shake* en crisse ! » Elle frotte son dos et ses épaules, remonte la couette et passe une main chaude sur son crâne presque rasé. Il claque des dents.

Elle se demande quel rendez-vous a pu l'exposer à tant de froid.

Il se calme lentement, sa respiration s'approfondit, ses épaules tressautent moins. Elle se dit qu'il va s'endormir et qu'il a eu très peur, cette nuit. Il a sans doute rencontré son Ariane à lui. *Vois-tu, je sais que tu m'attends.* Elle voudrait bien lui dire que, quelle que soit la fuite, le rendez-vous demeure. La peine est la femme la plus patiente au monde. Elle se tapit dans la nuit et attend son heure — pour elle, c'est à l'aurore. Pour lui aussi, semble-t-il, ou la nuit : comme toutes ces nuits à l'hôpital où il est venu près d'elle.

Elle a l'impression qu'ils font un échange : toute sa chaleur traverse vers lui et le froid la gagne peu à peu. Étrange alchimie que celle qui les rapproche. Elle tourne la tête, pose le nez sur son crâne, et le respire doucement. Est-ce elle qui l'imagine ou il sent encore l'enfant ? Est-ce elle qui en a besoin et qui l'invente ? Il ne sent pas l'homme qui revient d'un rendez-vous amoureux en tout cas. Il sent doux et froid. La première neige, voilà ce qu'il sent.

La première neige est dans son lit, blottie contre elle. Et elle tremble.

Celui-là, personne ne viendra le lui prendre. Celui-là restera où il est, à l'abri, dans ses bras. Personne ne pourra le lui arracher. Bouleversée, elle appuie son nez un peu plus fort sur la tête de Steve, son menton tremble. Les larmes encore, les larmes reviennent. Elle ne veut pas pleurer, elle a peur d'effrayer Steve, de gâcher son répit — elle essaie de contenir sa peine, mais plus elle se contraint, plus les sanglots la secouent, lui tordent la gorge. Il ne faut plus lui mettre d'enfant dans les bras — même froids, surtout gelés, raidis de mort. Elle ne peut pas tenir le coup. C'est trop dur.

C'est parce que Steve sanglote contre elle qu'elle laisse sa peine éclater.

Elle ne sait pas qui a amorcé la débâcle, elle s'en fout. Elle pleure en le berçant et il la tient si fort, le son qu'il produit est si arrachant, qu'elle pleure de plus belle.

Le soleil est franchement levé quand, à bout de larmes, à bout de froid, ils s'endorment l'un contre l'autre.

Chapitre quatre

Savoir

Jean-Louis avait tout prévu, sauf cette retraite. Elle a la voix rauque, ce pourrait être un vrai rhume, mais il n'y croit pas. Il est déçu et il n'a pas envie de croire qu'un malaise physique est à l'origine de ce ratage. Elle a changé d'idée, voilà tout.

Elle est peut-être comme lui, elle hésite à faire un pas de plus. Alors que depuis quatre mois, Jean-Louis profite des plaisirs de la chair avec allégresse, sans jamais ressentir le moindre frémissement de sentiment, dans une sorte d'anesthésie qu'il juge parfaite, cette femme et son souvenir sont les seules réminiscences qui lui piquent le cœur.

Yolande se trouve à mi-chemin entre la perte de Françoise et l'exaltation de passage des amantes. Rien de ce qui la concerne ne cadre avec le reste de son expérience. Elle est particulière en tout. Elle n'est même pas belle au sens absolu du terme, ce n'est pas une jeunesse non plus, mais elle a cette façon d'être là totalement, excessivement, qui fait vibrer l'instant comme s'il était rare. Il en devient rare.

Est-ce parce qu'elle n'émaille jamais son discours de « avant » ou de « demain », il ne sait pas. Elle pourrait n'être que dans l'avenir, puisque le passé lui fait défaut. Mais non, elle n'habite que le présent. À croire que l'amnésie lui a offert une couche d'indifférence, elle ne se préoccupe pas d'analyser le passé des autres. En tout cas, pas le sien. Il apprécie beaucoup la liberté qu'une telle disposition d'esprit apporte. Plusieurs de ses partenaires se sont montrées d'une indécente curiosité sur son passé.

Et il sait faire la différence entre s'intéresser à lui et scruter le passé pour savoir à quoi s'attendre avec lui. Il a vite appris à écarter de sa vie certaines femmes trop avides d'avenir. Les *Do we have a future ?* comme il les qualifie sans grande sympathie. Celles qui ont un prix attaché à leur étreinte, sous prétexte qu'elles ont trop souffert.

Avoir soixante ans a ses avantages sur la vingtaine, dont une certaine perte de candeur, et Jean-Louis estime qu'il y a des discours qui, même interprétés avec brio, manquent de sincérité. Et certains orgasmes sont sujets au même doute. Ceux-là, il ne s'en estime pas responsable : la sincérité d'un corps ne dépend pas toujours que de la générosité d'un partenaire. Quand il était jeune, avant de rencontrer Françoise, il croyait tout ce que les femmes lui disaient. Héritage direct de sa mère qu'il avait intérêt à croire s'il ne voulait pas être ramené dans le droit chemin avec énergie. Grâce à Françoise, il avait appris des nuances. Il avait surtout cessé de ne voir que violence dans sa sexualité et que brutalité dans sa masculinité. Un mâle assumé, un viril sans excuses, comme elle disait en riant. La liberté suprême qu'il avait goûtée à être lui-même sans honte, sans frein, c'est à Françoise qu'il la devait. La liberté supplémentaire d'accepter sa mère comme elle était, sans jamais ouvrir le procès que depuis son adolescence il fomentait intérieurement, c'était encore elle, sa femme, qui la lui avait donnée. Le seul reproche qu'il pouvait faire à Françoise, c'était d'être morte si tôt.

Il range les artichauts qui attendaient ses bons soins sur le comptoir. Trop long à manger tout seul, il trouve que c'est un « mets à deux ». Il est tellement déçu qu'il se demande s'il ne va pas la rappeler pour lui offrir un service d'infirmerie à domicile. Mais ils n'ont pas cette intimité, et la grande question de ce soir était justement de savoir s'ils l'auraient.

Il erre dans l'appartement, joue avec l'idée d'inviter quelqu'un d'autre, de ranger Yolande au rayon secondaire en faisant passer une délicieuse soirée à une femme qui aurait le bon goût d'en profiter. Il se rend compte que ça fait longtemps qu'on ne l'a pas planté là et qu'il est froissé dans sa petite vanité mâle.

Il n'est pas tard. Il se change et, muni de ses lunettes d'approche, il part marcher au cimetière où les oiseaux s'attardent encore.

Il revient de bien meilleure humeur et savoure un verre de merlot en allumant un feu : tous ces plaisirs qu'il lui préparait… Il s'en fait beaucoup moins, maintenant, il sait qu'il va la revoir. Il a attendu quatre mois avant de la retrouver, maintenant qu'il a son numéro de téléphone, il va même savoir se montrer patient.

Il sourit en pensant à cette femme médecin qu'il avait tellement questionnée sur l'amnésie qu'elle lui avait demandé s'il la fréquentait pour faire son cours de médecine. Encore une belle femme en pleine possession de ses moyens qui voyait les hommes déguerpir à la seule idée de partager le pouvoir. N'empêche que le portrait de l'amnésie qu'elle lui avait dépeint donnait à réfléchir. Pas simple de s'en sortir et de vivre normalement après. Pas simple de se récupérer. Depuis, il s'est souvent demandé ce qui lui manquerait le plus, à lui, s'il fallait que les chapitres de sa vie s'effacent. Quel souvenir ? Quelle émotion ? Ce qui lui vient toujours est si minuscule, si anodin à côté de tous les grands évènements de sa vie : c'est Françoise endormie après l'amour, les deux poings fermés entre ses seins — comme si elle voulait poser l'odeur de l'amour dans son cœur. Ce souvenir, ce qu'il réveille en lui, c'est sa totale capacité d'aimer. Il en conclut que c'est ce à quoi il tient le plus. Et il doit pourtant admettre que c'est l'aspect de sa personne qu'il n'a plus jamais testé depuis la mort de Françoise. Au moins, la lenteur de Yolande est-elle en parfait synchronisme avec la sienne.

Il mange devant le feu, en feuilletant les poèmes de Saint-Denys Garneau. Il s'arrête encore à celui qu'il s'imagine être pour lui, puisque Yolande avait corné la page.

Qu'est-ce qu'on peut pour notre ami,
au loin là-bas

* * *

Qu'est-ce qu'on peut pour notre ami
Qui souffre une douleur infinie.

Yolande a oublié la suite du poème, ou elle ne lui revient pas dans son intégralité. L'ennui, avec la poésie, c'est qu'elle exige l'exactitude. Sans elle, le poème boite, devient infirme. Elle baisse les yeux vers Steve endormi sur ses genoux. Elle caresse la tête, maintenant brûlante.

Ils sont tellement malades tous les deux, fiévreux, le nez coulant, la gorge irritée. Ils se sont réveillés courbaturés et morveux. Impossible de déterminer qui avait refilé le virus à l'autre.

Yolande avait ouvert les yeux bien avant Steve. Elle avait eu le temps de réfléchir. Même embrouillé par la grippe, son esprit lui semblait plus clair que la veille : comment a-t-elle pu ne pas voir, ne pas comprendre où Steve allait hier soir ? Le projet de suicide lui apparaît maintenant si évident, si criant. Elle ne sait pas pourquoi il est revenu, ce qui n'a pas marché, mais elle sait que c'est une chance inouïe, un cadeau rare de la vie, habituellement si mesquine.

Son souffle est rauque, il a un râle au bout de l'expiration qui pourrait indiquer une bronchite. Ils sont installés au creux du sofa, recouverts d'un plaid. Il a posé sa tête sur ses genoux avant de se rendormir sous la main caressante.

Qu'est-ce qu'on peut pour notre ami
au loin là-bas

Comme il était loin et seul, son ami. Comme il avait eu mal. Un tour en enfer.

Toute la nuit, elle en est convaincue, toute la nuit, il a couru après sa mort, il a cherché à écraser sa petite carcasse hurlante, pour revenir au petit matin — vaincu. La mort n'a pas voulu de Steve qui « se crissait de toute, sauf d'elle ».

Elle sait de quoi est faite cette obsession de mourir. Elle est certaine d'avoir traversé cet enfer, même si le souvenir exact lui fait défaut. Elle n'a qu'à contempler les dates 1970-1972 pour savoir quelle texture a l'envie de mourir. Mais lui ? Qu'est-ce qu'il a contemplé pour appeler la mort ? L'amputation ? Elle n'arrive pas à le croire. Il est tellement plus habile qu'avant avec sa chaise. Sa mère ? Est-on toujours si assujetti à ses legs ? Est-ce qu'on ne peut pas s'affranchir d'une mère quand elle ne nous convient pas ? Quand elle nous entraîne avec elle sur le chemin de l'enfer ? N'y a-t-il pas moyen de refuser, de se détourner et de fuir ? De quel néant la mère de Steve tirait-elle le sien ? La chaîne était-elle impossible à rompre ? Le mal de vivre se transmettrait dans le sang ? Où était le père de Steve ? Inconnu ? Père non déclaré… et le silence de ce blanc laissé sur l'acte de naissance, est-ce qu'il fait aussi mal que l'héritage morbide d'une mère ? En donnant le jour, elle est abandonnée par le père. L'enfant qui a provoqué l'abandon sera abandonné à son tour. C'est ça, la logique ? A-t-elle abandonné sa fille parce que Francis a refusé de la reconnaître ? A-t-elle été si aliénée à cet homme qu'elle en a tué son enfant ? C'est Médée et non Andromaque — c'est sûrement possible puisque c'est devenu un mythe.

Une figure exemplaire, emblématique… Ariane : un autre mythe, une autre histoire de perte. Mais Ariane est celle qui possédait la solution et qui l'a donnée à celui qu'elle aimait. Elle ne se souvient plus au détriment de qui. Peu importent l'histoire et le mythe, sa fille est morte.

Où est-elle enterrée ? Yolande est certaine de ne pas l'avoir fait incinérer. Elle se revoit, au bord de l'abîme. Elle se souvient parfaitement de cette sensation : au bord de l'abîme, aspirée par le vide, et seule infiniment. Personne ne peut plus l'atteindre dans sa douleur. Personne ne peut plus l'assujettir. Ni Francis. Ni aucun autre. 1972 — date à laquelle sa chaîne à elle s'est rompue.

Tant qu'on n'a pas perdu un enfant, on ignore que l'abandon d'un homme n'est pas si destructeur. C'est dur, mais ça se surmonte un jour ou l'autre. Un enfant... Le trou béant reste béant et aspire tout en son centre vide.

Elle fixe le visage de Steve endormi. *De quel amour blessée,...* Pourquoi l'amour appelle-t-il la mort? Ce devrait être le contraire. Cet enfant abandonné qui n'a pas pu lire le dernier message de sa mère parce qu'elle s'était saignée sur ses propres mots, cet enfant ne sait pas que les mots étaient trop pauvres pour l'aider. Trop pauvres pour qu'il s'y accroche. C'est donc si difficile de laisser mourir sa mère? Elle part toujours avec un fragment de nous-mêmes?

Steve ouvre les yeux, comme si sa question avait été vraiment sonore. Il la fixe sans bouger, comme s'il cherchait à savoir où ils en sont, tous les deux, exactement.

La voix de Yolande est calme, très douce: «Vois-tu, Steve, tu ne peux plus te tuer, maintenant. Parce que ça me tuerait. Et tu t'en crisses pas.»

Il referme les yeux: «Comment tu l'sais?

— Je le sais, c'est tout. Peux-tu me promettre ça? Pour le reste, on en parlera quand tu voudras.

— Promettre...»

Elle attend. Elle le connaît, il est digne de confiance. S'il promet, elle pourra être tranquille. Là-dessus, du moins.

«Non.»

Il n'a même pas ouvert les yeux pour refuser. Elle continue sa caresse en silence. Elle cherche comment le coincer. Demander pourquoi ne sert à rien: c'est exactement ce qu'il attend. Elle a l'impression de courir dans le noir. La moindre erreur et elle le perd. Les yeux de Steve s'ouvrent: au moins a-t-elle réussi à l'intriguer avec son silence.

«J'peux pas, Yo.

— O.K. Tu veux quoi? Que je t'aide?»

Les yeux la vrillent, horrifiés. Tout son corps se braque. Elle a touché une cible et elle est incapable de l'identifier.

« Fais jamais ça, crisse ! Dis jamais ça !

— O.K., O.K., je l'ai pas dit.

— Tu sais pas de quoi tu parles. »

Mais toi, tu le sais, Steve ? C'est ça ? Tu sais ce que ça fait de promettre d'aider quelqu'un ? Ta mère ne t'a quand même pas demandé de tenir la lame ? Pourquoi écrire un mot quand on se tue avec la personne qui nous aide ? L'échec ? Voilà… elle y est. Il a aidé sa mère une première fois, et ça n'a pas marché. Et elle a fini le travail toute seule. Sans lui. Abandonné. Doublement abandonné. Promesse non tenue. Indigne d'amour. Elle peut s'imaginer n'importe quoi, des pilules probablement, et lui, désespéré, qui la voit partir en ambulance avec des gens qui promettent de la lui ramener en forme. Lui qui, comme n'importe quel enfant, veut qu'elle revienne et qu'elle vive. Qu'elle essaie au moins de vivre. Pour lui, si ce n'est pour elle-même. Comme s'il avait de l'importance. Comme s'il était son enfant. Celui qu'on doit protéger et non pas celui qui doit nous protéger.

« Steve, as-tu promis de le faire ? As-tu promis de la suivre ? »

Il a l'air si perdu, si dépassé par sa question : « La suivre ? Qui ça, "la" ?

— Ta mère. »

Il referme les yeux, calmé : « Ben non, voyons ! »

Et c'est vrai. Elle ne peut que le constater. Si sa mère a à y voir, ce n'est pas directement. Ce n'est pas toujours la mère, Yolande, tu t'aveugles avec ton propre souci. Tu te fais de l'ombre. Cherche, cherche bien, c'est maintenant qu'il faut creuser, c'est maintenant ta chance d'y changer quelque chose. Une promesse à qui ? Pas à lui-même, il ne se donnerait pas la peine de la tenir. À quelqu'un d'autre… Une femme ? Non, il ne s'est attaché à personne, elle le saurait. Alors, qui ? Quoi ? Il a promis de se tuer à quelqu'un qui ne compte pas ? Impossible ! En tout cas, à elle, il ne peut pas promettre, et il devient fou si elle propose de l'aider.

« À qui t'as promis de le faire, Steve ? Qui t'a demandé une chose pareille ? »

Voilà, elle y est. La question est la bonne. Le regard inquiet, la peur qui y brûle. Ce n'est pas à elle de parler. Il faut que lui le dise, que lui le crache et qu'il s'en débarrasse à jamais, de cette horreur.

Steve a un mouvement de recul. Elle le retient fermement. Elle fait non, ne quitte pas ses yeux. Il est torturé entre l'envie de fuir et l'envie de dire — sinon, il se dégagerait, elle n'a pas à elle seule la force physique de le retenir. Elle répète son : « Qui ? » et il recule un peu plus. Il va tomber, elle le retient. « Qui ?

— Personne ! Lâche-moi ! »

Elle le laisse aller un peu, juste assez pour qu'il sache qu'elle obéit sans le laisser tomber sur le tapis : « O.K., Steve. »

Il est surpris d'une telle reddition. Du coup, il reste là, se redresse un peu et pose une main brûlante sur sa joue : « J'peux pas, Yo. »

Elle l'enlace, le serre contre elle possessivement, elle se fout de l'étouffer. Elle chuchote près de son oreille : « Écoute-moi. Écoute-moi bien ! Je suis assez vieille pour te dire qu'on en fait, des erreurs, on en fait, des promesses qui n'ont pas de bon sens, mais on n'est pas obligés de les tenir. Tu m'entends ? Personne a le droit de te demander ça. Personne peut te demander de te tuer.

— Crisse ! Tu m'étouffes ! »

Il se dégage avec brusquerie : « Arrête, O.K. ? T'es pas *cool* ! »

Ben non ! S'il y a un mot qui ne s'applique pas à son état d'esprit, c'est bien *cool*. Pourquoi s'attacher à quelqu'un d'aussi réfractaire à l'amour ? C'est tellement désespérant. Elle soupire, se dégage, repousse le plaid pour se lever.

« Où tu vas ? »

Et en plus, il le demande ! Il n'a vraiment pas peur du ridicule. « Me calmer, Steve ! Parce que t'es de l'ouvrage en maudit ! »

Son sourire est ravi. Elle revient vers lui, sérieuse : « J'ai besoin d'un *break*, Steve. Si tu peux pas promettre pour toujours, peux-tu au moins le faire pour la fin de la semaine ? »

Comme c'est étrange, cette réaction. Livide, il ne dit plus rien. Elle allait dire « jusqu'à ta fête »… Elle comprend qu'il était sérieux quand il avait dit : « J'aurai pas vingt-cinq ans ! »

« Pourquoi tu l'as fait hier ? Pourquoi pas le 27 octobre, le jour de tes vingt-cinq ans ? »

Évidemment, il ne l'aidera pas. Le 25 octobre… pourquoi ? Quel symbole ? Vingt-cinq ans, 25 octobre ? Primaire ! À quoi ça tient, quand même !… Elle peut se creuser les méninges jusqu'à sa mort, il n'y a pas de sens, ou alors, un sens si tordu qu'elle est mieux de ne pas le savoir.

Une immense colère l'envahit. Elle pourrait l'achever de ses mains !

« Je te le pardonnerai jamais, Steve ! Si tu fais ça, je te le pardonnerai jamais ! »

Elle ramasse les décongestionnants sur la table basse et va à la cuisine en prendre un. Elle a ce geste dérisoire quand elle se surprend à préparer un verre d'eau pour Steve : elle le verse dans l'évier et laisse les cachets sur le comptoir. Qu'il meure grippé, s'il veut mourir ! Elle s'enferme dans sa chambre, en espérant avoir le temps de trouver une solution.

Depuis que l'amnésie a laissé échapper une mince parcelle de son passé, Yolande se sent prise dans un tourbillon d'émotions. Pas de répit. Elle est propulsée d'une émotion à l'autre, sans pitié. Comme dans un ring de boxe, elle encaisse les coups et cherche ses gants. Jamais elle ne s'est sentie aussi seule et démunie. Comment peut-on espérer d'elle qu'elle empêche Steve de se tuer s'il l'a décidé ? Cantin pouvait bien dire que le fardeau était trop lourd ! Qu'est-ce qu'il ferait, maintenant, le psy si clairvoyant ? Comment s'y prendrait-il ? Est-elle censée laisser faire Steve sous prétexte qu'elle n'a pas la force de le convaincre du contraire ? Et puis, en quoi tout ça la concerne-t-il ? Ce n'est pas son fils. Elle a déjà adopté une fille, et le succès n'est pas tellement probant ! Au chapitre des enfants, jusque-là, son taux de réussite est passablement bas. Inexistant serait plus juste. Qu'est-ce qu'elle a à s'acharner, à s'agripper, à s'obstiner ? Que veut-elle donc se prouver ? Elle est morte, sa fille est morte et elle ne l'a pas empêchée de mourir. Inutile de se placer au pied d'un pont pour contrer tous les suicidaires de la terre, elle ne réparera jamais cette erreur. Mais elle a beau chercher à nommer l'erreur, rien ne se formule, pas le moindre indice. Elle sait que c'était son erreur à elle, mais pas la nature de l'erreur.

Tant mieux ! Elle préfère l'ignorer. Au train où vont les choses, si elle le découvre, elle risque fort d'implorer Steve de la tuer avant lui. L'impuissance qu'elle ressent l'oppresse, elle marche de long en large en se répétant que c'est un faux problème, que Steve ne recommencera jamais aussi vite. Pas après l'échec cuisant de la veille. Et elle sait que c'est faux. Elle a envie de fuir, de quitter l'appartement et de ne pas y revenir seule, de peur de le trouver pendu. Elle s'assoit sur son lit. Steve n'est pas en dépression, elle en est convaincue. Il est fragile, vulnérable, mais il n'est pas dépressif. Il fait comme s'il « devait » mourir, pas comme s'il voulait mourir.

Pour qui ? Est-ce que le savoir changerait quelque chose à sa décision ? À qui promet-on de ne jamais avoir vingt-cinq ans ? Quel âge faut-il donc avoir pour faire une telle promesse ? Il avait huit ans quand sa mère s'est tuée. Après, ça a été les foyers, les familles d'accueil. Il a pu promettre à n'importe qui. L'ennui, c'est qu'elle ne peut pas deviner qui pourrait venir vérifier qu'il a bien tenu son engagement. Il faut vraiment croire que l'amour a des exigences terribles ! Quelle idée romantique ! Le pire, c'est de voir Steve s'entêter et s'acharner à tenir parole.

Yolande soupire : elle n'est pas de taille, elle n'y arrive pas. Elle laisse un message à Cantin et lui demande de la rappeler entre deux consultations. Pour une urgence. Elle raccroche en se disant qu'il va croire qu'elle a retrouvé un autre pan de sa mémoire. Il va être déçu, Cantin.

Onze heures trente… elle espère qu'il va rappeler à midi.

À midi et demi, c'est Steve qui frappe doucement à sa porte :
« Yo ! Dors-tu ? »

Sa voix a descendu d'une octave : si ce n'est pas la bronchite,
c'est la pneumonie qui le menace ! « Non.

— J'ai faite chauffer la soupe. Tu viens-tu ? »

Encore une incohérence ! Pourquoi manger, parler, être
ensemble si c'est pour aller se jeter devant le métro dans deux
heures ?

Il a sa face d'enfant penaud. À croire qu'il a décidé de lui
briser le cœur entier ! Pas de quartier ! Elle s'assoit, face à lui.
La soupe fumante reste intouchée de part et d'autre. Il la fixe,
muet. Trop de questions, se dit Yolande, trop de questions lui
traversent l'esprit pour en poser une seule. De toute façon, ça ne
donnerait rien. Qu'est-ce qu'il veut ? Qu'est-ce que Steve attend
d'elle ? Pourquoi est-il venu la chercher ? Elle le regarde, cherche
sa réponse. Il veut qu'elle se défâche, qu'elle ne lui en veuille pas.
Voilà ce qu'il attend. La colère sera donc son alliée. Il n'obtiendra
ni ses supplications ni ses larmes. Il la veut tendre et consentante ?
Attends un peu, mon bonhomme…

« Je sais pas c'est quoi, ton raisonnement, Steve, mais je
l'achète pas. Pour moi, c'est inexcusable ce que tu fais.

— J'ai rien fait !

— Ah non ? Y a presque un an, t'es venu rôder dans ma
chambre à l'hôpital, tu m'as parlé, tu m'as encouragée, tu m'as
pas lâchée. Ben, si c'était pour venir te tuer dans ma face dix
mois plus tard, c'est de la cruauté et c'est tout. J'étais rien, moi,
j'accrochais à rien. Pas de passé. Pas de lien. Et tu viens t'attacher
à moi, et tu viens me gagner le cœur et c'est pour me dire que
c'est fini ? Que je peux bien m'arranger avec mes problèmes, que
t'as une autre promesse à tenir ? Est-ce que je suis censée te dire :
merci beaucoup, Steve ? C'est quoi, ton plan ? Voir au moins une
personne à tes funérailles ? Si tu savais que t'allais faire ça, pourquoi t'es venu me chercher ? T'es pas mieux que les autres que tu
trouves si malades dans tête !

— Je… T'as raison, j'aurais pas dû.

— Excuse-toi pas, Steve, je pourrais te défaire la face si tu t'excuses. Imagine-toi donc que je t'aimais, moi. Comme une tarte, comme une dinde, je t'aimais. Ça vaut la peine, trouves-tu, de venir me réveiller le cœur pour marcher dessus après? J'espère que ça te fait du bien… J'espère que la personne à qui t'as promis vaut la peine de me faire ça! Parce que moi, je vois pas quoi penser d'autre que ça: tout ce qu'on a eu ensemble, ça accote pas ce que tu dois à celle qui t'a fait promettre de jamais avoir vingt-cinq ans!

— C'pas ma mère! Arrête de dire "elle", crisse! »

Sa colère n'est pas feinte, elle n'a pas besoin de hausser le ton, elle n'a qu'à laisser sortir les mots calmement: «Très bien. Lui. Ou eux. Je m'en fiche. C'est pas lui qui va le faire, Steve, c'est toi. Ce que t'as fait, la nuit passée, c'est toi qui l'as fait. Juste et seulement toi. Pense deux minutes à ma face quand la police aurait sonné ici pour me dire que tu t'étais tué. Comment tu t'imagines que j'aurais réagi? Comment j'aurais fait pour croire tous tes post-it avec tes "me crisse pas de toi"? Se tuer, c'est se crisser de celle qui nous aime! Te tuer, c'est me dire que oui, tu te crisses de moi, que oui, y a rien qui t'importe. Te tuer, c'est me dire qu'il y a quelqu'un de plus important que moi à qui t'as promis de me tuer.

— De me tuer.

— Non, Steve. T'as pas remarqué que quand quelqu'un se tue, y tue toujours ceux qui l'aiment en même temps? T'as pas remarqué ça quand ta mère s'est tuée?

— Arrête avec elle! Laisse-la tranquille!

— Tu penses qu'elle a rien à voir là-dedans? Dommage que t'aies pas le projet de vivre longtemps, parce que tu t'apercevrais qu'elle compte pas mal plus que tu penses.

— C'est pas ma mère!

— Tape tant que tu voudras sur la table, Steve, enrage-toi tant que tu veux, y a rien qui m'empêche de croire ce que je veux. Si tu veux me faire changer d'idée, y va falloir que tu te débattes plus que ça. Qu'est-ce que ça te fait ce que je pense, de toute façon? Tu t'en crisses!

— Non.

— T'es même pas capable de me donner une raison pour que je comprenne.

— J'ai promis, j'te dis!

— À qui? La mafia? Quelqu'un va venir te descendre si tu le fais pas? Qui peut être assez cave pour te faire promettre une chose pareille? Assez égoïste, assez centré sur lui-même pour ça?

— Moi. »

Alors là… elle en reste bouche bée. Lui? Lui s'est promis à lui-même? « Quand? T'avais quel âge?

— Quinze.

— Changer d'idée, ça t'est pas passé par la tête? Si tout à coup t'avais plus envie…

— M'as le faire pareil.

— Par entêtement? Par orgueil? Est-ce que c'est censé me consoler, ça? Me convaincre que tu te crisses pas de moi? Ça te dérange pas de me mentir en collant des post-it en partant, mais changer d'idée, ce serait impardonnable?

— C'pas ça! Tu comprends rien!

— Explique.

— Tu comprendras pas!

— Si c'est ce que tu penses, on est coincés, en effet. »

Le prix que ça lui coûte de se lever, de replacer sa chaise et de s'en aller vers sa chambre. Le prix qu'il exige d'elle en la forçant à faire comme il le dit: comprendre qu'elle ne comprendra pas s'il parle et le prendre à son propre piège. Il crie. Dans son dos. Il crie: « Y est mort! Tu comprends, là? Y est mort, pis moi, chus pas mort! »

Elle se retourne. Il est crucifié sur sa chaise, les mains comme des ergots agrippés au bord de la table. Non, elle ne comprend pas, mais elle sait qu'elle va comprendre. Si elle ne commet pas d'erreur, si elle ne dit rien de trop. « Lui est mort et pas toi.

— J'ai pas pu ! J'ai jamais pu. As-tu une idée de c'que ça fait, crisse ? Lui, y est mort, pis toi, tes pieds touchent à terre ! Comme un crisse d'épais. Tes crisses de pieds touchent à terre. Même pas capable de calculer la longueur d'une crisse de corde. Y était p'tit. J'tais plus grand. J'y ai même pas pensé, crisse ! Faut-tu être assez épais ? »

Elle s'approche de la table : « Un pacte ? T'avais fait un pacte avec lui ?

— Yo ! Y voulait tellement mourir pis y avait tellement peur ! Je l'aimais ben plus que ma mère.

— Vous avez sauté ensemble ?

— On se tenait par la main, on a sauté… J'ai entendu rien… J'tais sur mes pieds, y était dins airs… »

Et le corps de cet enfant se balance encore entre Steve et sa vie. Elle le voit bien. Il ne pleure pas, il a les yeux fous, le nez qui coule, mais il ne craque pas, il ne casse pas. Jamais. Soudain, elle sait. Cette famille d'accueil où le père voulait casser Steve, cette famille où un enfant était le protégé de Steve… Andy !

« Andy ? C'était Andy ? »

Sa bouche se tord, son menton tremble : « Y a jamais eu quinze ans ! »

Elle ne dit rien, elle le laisse aller à son rythme, face à elle. Elle le voit se débattre avec ses fantômes : « Y en a pas un crisse qui a pleuré aux funérailles. Pas un crisse !

— Ça l'aurait pas surpris, Andy…

— Non.

— Tu l'as détaché ?

— Pas tu-suite. Pis chus revenu. J'voulais pas qu'y y touchent, parsonne. Y pesait rien… »

Non, il ne pesait pas lourd, à l'époque. Mais aujourd'hui…

« Penses-tu qu'y voulait d'autre chose que ta main dans la sienne quand y a sauté ?

— Quoi ?

— Si y avait pu, Andy, penses-tu qu'y t'aurait demandé plus

que ce qu'y a eu? Ta main pis toi qui sautes sans tricher. Avec lui à 100%.

— Non. C'est ça qu'y voulait. Pis moi avec.

— Moi, je pense que si y avait pu, y aurait souhaité exactement ce qui est arrivé. L'accident qui t'est arrivé.»

Steve la fixe en silence. L'idée fait son chemin, péniblement: «Qu'est-ce que chus supposé de faire, crisse?

— Vivre. Mais je te comprendrais de pas être content. Tu m'as vu l'humeur tantôt, quand tu m'as demandé de t'aimer même si t'allais te tuer?

— J'pensais que c'tait ça, moi, aimer!»

Le pire, c'est que la constatation est faite sans émotion, comme une évidence. Comment pourrait-il en être autrement? Sa mère, Andy… que de la violence: aime-moi que je meure, aime-moi, et tant pis pour toi!

Elle s'assoit face à lui: «Quand tu me parlais la nuit, à l'hôpital, même avant que je puisse répondre, tu le faisais pas en espérant qu'un jour j'aurais de la peine de ta mort?

— Es-tu malade? Jamais pensé ça!

— C'est ça, aimer. C'est faire de la soupe parce que la mienne est pas terrible. C'est venir me voir la nuit pour parler. Et c'est te moucher le nez quand y coule parce que tu sais que ça m'énerve de t'entendre renifler.»

Il se mouche bruyamment. Quand il la regarde, ses yeux sont pleins d'eau: «Quand je l'ai décroché, Andy, j'ai changé ses culottes parce qu'y avait pissé dedans. Ça l'aurait gêné en crisse si je l'avais pas faite.

— Mais tu l'as faite. Par chance t'étais vivant. T'as pu faire ça aussi pour lui.»

Il fait oui en regardant ses mains posées sur la table.

Soudain, il émet un son rauque, elle ne sait pas s'il étouffe ou s'il grogne.

«Hier, ça a faite dix ans.»

Les sanglots ont l'air de s'arracher de sa gorge, comme des

roches. Elle le laisse pleurer sans se lever. Elle étire sa main sur la table jusqu'à la sienne et il s'y accroche solidement, tout le temps qu'il sanglote.

* * *

Le 27 octobre, ils sont tous deux tellement malades qu'ils ne peuvent même pas manger. Yolande a au moins le soulagement de voir la date fatidique passer sans craindre le pire. Elle n'est pas dupe : une étape est franchie pour Steve, mais on n'efface pas un fantasme de mort en une crise de larmes et d'aveux. La mort ne compte pas pour rien dans l'esprit de Steve, et il possède bien peu d'acquis pour faire le poids devant elle. Il n'a jamais vécu en concevant le mot avenir, il a toujours fréquenté la vie avec insouciance, certain de la quitter avant de s'y attacher. Comme les femmes. Pourquoi les aimer, si c'est pour ne pas durer ?

Quand Cantin l'avait rappelée, Yolande s'était montrée soulagée et apaisée — lui s'était contenté de murmurer qu'ils en reparleraient. Mais cela devra attendre parce qu'elle a sauté son rendez-vous, encore trop fiévreuse pour sortir.

Ce soir-là, ils se font livrer un gâteau au chocolat trop riche, et c'est tout ce qu'ils mangent en toussant et en se mouchant. Yolande offre deux cartes à Steve : la carte qu'elle avait écrite avant leur *bad trip*, comme dit Steve, et celle qu'elle a écrite après.

Steve est tout content, ravi du propos : « J'vas les coller dans ma chambre ! »

S'il pouvait, Steve transformerait tout en post-it.

« Tu vas adorer ton cadeau. Surtout ce soir... »

Elle commence par la fin. Il déballe les DVD, s'exclame de plaisir et la regarde, un peu dépassé : « Ben là, Yo...

— Finalement, j'ai décidé de t'offrir le lecteur à Noël pis la télé pour tes vingt-six ans. Pour être certaine de te garder jusque-là.

— Me semble, oui... Est où ? »

En vingt minutes, il a tout installé et son premier *Bugs Bunny* est inséré dans le lecteur. Elle s'installe près de lui, ramène le plaid sur eux deux. « Si je te surprends à regarder la télé tout seul l'après-midi, ça voudra pas dire que tu me prends pour ta mère ?

— Ben non, Yo… c'est si toi, tu la regardes sans moi. C'est ça, le *deal*.

— Steve, j'ai un aveu à te faire… regarde-moi pas de même ! J'ai loué deux DVD, j'avais pas envie de me taper *Bugs Bunny* toute la soirée.

— Pourquoi ? C'est *hot, Bugs Bunny* ! T'as loué quoi ?

— Des films en noir et blanc. Non, je te niaise. »

Il rit déjà aux éclats devant les facéties du lapin.

Steve la réveille en lui tendant le téléphone — elle ne sait pas du tout combien de temps elle a dormi.

La voix de Lili est surprise : « Yolande ? T'as une voix de déterrée… Qu'est-ce qui se passe ?

— La grippe. T'as rien, toi ?

— Non. Ton microbe a dû frapper après notre rencontre. Ton "Yo" est malade aussi, à ce que j'ai entendu ? Ou bien il vient de muer ?

— Malade.

— Écoute, je veux pas te déranger, mais il y a ta fille qui est passée aujourd'hui…

— Annie ? Ma belle-fille, tu veux dire…

— Oui, Annie. Elle a fait une scène assez spectaculaire à Julie, la réceptionniste. Elle l'accusait de ne pas t'avoir remis une lettre… Tu sais, ce doit être la lettre qu'on pensait de Callières ?

— Attends… »

Yolande se lève, va dans sa chambre ouvrir son porte-document auquel elle n'a pas touché depuis son repas avec Lili. « Je te jure qu'elle… est pas reposante ! Pourquoi elle va vous fatiguer avec ça ?… Ben oui, je l'ai, je reconnais son écriture, maintenant. Même pas besoin de l'ouvrir. Je vais appeler Julie demain pour m'excuser. Annie a été… spectaculaire, tu dis ?

— Écoute, le pape aurait écrit une bulle sans qu'on s'en préoccupe et ça n'aurait pas été moins grave.

— Elle ne va pas bien.

— Le moins qu'on puisse dire!... Je suppose que le bel homme n'a pas encore rappelé? Excuse-moi si je suis trop curieuse...

— Le bel homme...

— Tu sais bien, au restaurant, celui qui est venu te saluer et qui a écrit ton numéro sur sa peau.

— Sa paume! Jean-Louis... Oui, oui, il a rappelé, mais j'ai décidé de garder mes microbes pour moi.

— Bel égoïsme... ça frise l'héroïsme. O.K., si tu as besoin de quelque chose, attends pas de dépérir avant d'appeler. Je ne suis pas loin, tu le sais?

— Oui. Merci. »

Yolande tapote la lettre d'Annie contre la table. Agaçant... Pourquoi cette fille qui n'est pas sa fille est-elle aussi accrochée à elle? Rien que l'idée de lire sa lettre, c'est crispant. Yolande ne voit pas comment elle est passée du deuil d'Ariane à l'adoption d'Annie. Elle sait qu'il lui manque beaucoup d'éléments de son passé, mais au fond d'elle-même, elle ne sent pas de sympathie naturelle entre cette femme et elle. Si on lui avait demandé de choisir quelqu'un dans un groupe de gens anonymes et qu'Annie s'y soit trouvée, Yolande est certaine que jamais elle ne l'aurait choisie. Pour ce qui est de Gaston, elle devait souffrir d'un immense besoin d'expiation pour s'acoquiner à un tel homme.

Yolande soupire, ouvre l'enveloppe — *Maman, ma si chère maman... Comment faire pour...*

Et c'est parti! Des pages et des pages de supplications, de déclarations, de mots qui dépassent — et de loin — la sobriété nécessaire à la clarté littéraire ou épistolaire. Quel poisson Annie veut-elle noyer dans cette logorrhée? A-t-elle oublié que sa si chère maman était impitoyable envers les pléonasmes vicieux et autres fleurs de rhétorique?

Yolande déchire la lettre et la met à la poubelle. En faisant cela, elle sait qu'elle agit à l'opposé de ses manières : l'ancienne elle répugnait à jeter la moindre lettre. C'est fugitif. L'effet passé, elle sourit : elle n'est plus totalement la même. Elle ne sera plus jamais la même, on le lui a assez répété. Pour ce qui est de l'archiviste maniaque qui sommeillait en elle, Yolande estime que c'est un changement favorable.

Le téléphone sonne de nouveau. Au début, Sylvie ne la reconnaît pas : « Pensez-vous que je peux lui souhaiter bonne fête ? Comment il va ?

— Aussi mal en point que moi, Sylvie. Ben oui, pourquoi tu ne pourrais pas lui souhaiter bonne fête ?

— Parce que... Il n'a pas rappelé... J'étais un peu inquiète, pour tout vous dire. »

Évidemment ! C'est Sylvie qui l'avait alertée en premier sur la nature probable de « l'accident » qui avait laissé Steve handicapé.

Yolande arrive dans le salon : « Il dort... Tu veux que je le réveille ? Il s'est endormi en regardant la télé.

— Non... Yolande, s'il vous avait demandé de me répondre ça... s'il ne voulait pas me parler, vous me le diriez ? C'est pas... pour me ménager ?

— Du tout, Sylvie. Il dort et il est vraiment grippé.

— O.K., merci. Voulez-vous lui dire bonne fête de ma part ? »

Yolande regarde Steve dormir dans le désordre des coussins. Celui-là, elle l'aurait choisi dans un groupe anonyme. Pas pour être son fils. Ni son amant. Ils sont seulement semblables : deux mésadaptés qui savent blesser les autres et qui n'estiment que leur propre douleur... en la niant, bien sûr. Elle a peut-être la mémoire percée, mais elle sait que ça fait beaucoup plus qu'un an que son cœur n'a pas tremblé autant pour quelqu'un. La vie de Steve lui importe. Et c'est d'autant plus étonnant que le sentiment qu'il exalte en elle n'est lié ni au sexe ni à la fibre maternelle. Comment il avait dit ça, Cantin ? Bienvenue chez les humains.

* * *

En raccrochant, Lili se sait sur une mauvaise pente. Elle a beau se tenir de longs discours, se convaincre qu'elle est immunisée, que rien ne peut se reproduire comme avant, qu'elle a eu sa leçon, elle sait pertinemment qu'elle est loin d'être guérie et que la soudaine complicité retrouvée avec Yolande s'appelle danger pour elle.

Mais c'est si tentant, si inespéré de pouvoir renouer ainsi sans le poids des erreurs passées. Quand, la première fois qu'elle a revu Yolande après son accident, elle avait lancé sa boutade concernant la liaison, la réaction placide de Yolande avait ouvert la voie royale de l'espoir. Et si c'était possible ? Si elles redevenaient les amies qu'elles avaient été ? Avant Bertrand… Maintenant que les années avaient passé et qu'elle n'était plus aussi jeune et ambitieuse, aussi affamée d'attention, maintenant que Lili estimait avoir compris certaines leçons, pouvait-elle se rapprocher de Yolande sans que tout tourne au drame ? Elle a quand même passé l'âge de se jeter à la tête des gens sous prétexte qu'elle se meurt d'amour !

C'est si étrange pour elle de parler à Yolande, de la fréquenter, sans que tout leur passé vienne brouiller le présent. Au début, Lili en trébuchait dans son discours. C'était excitant au possible de tester leurs atomes crochus, leur complicité naturelle. Elles sont faites pour s'entendre ! Ça fait vingt-huit ans qu'elles se connaissent. Oui, bon, Lili admet que ces vingt-huit ans ont subi de longues interruptions… mais elles se sont toujours retrouvées. Et, cette fois-ci, rien n'obstrue leur connivence spontanée. Quel soulagement que ce passé effacé ! Quelle bénédiction ! Ne plus avoir à se souvenir de certaines erreurs prend des allures d'amnistie aux yeux de Lili. La branche d'olivier que représente l'amnésie de Yolande, c'est un baume absolu sur une très vieille blessure. Et si elle veut être honnête, Lili doit admettre qu'elle ne souhaite pas du tout un réveil du passé ou un retour de mémoire : le répit est trop soulageant, trop bienfaisant pour vouloir qu'il cesse.

Elle a peur d'être écartée de nouveau, si Yolande retrouve la mémoire. Sans brutalité, sans sécheresse — simplement un refus net d'aller plus loin ou de lui parler davantage.

Un peu comme Yolande a fait quand Lili avait obtenu l'emploi de conseillère littéraire aux éditions Robinson. Ça fait déjà quinze ans ! Elle revoit le visage de Yolande, la première fois qu'elle était entrée dans son bureau. Polie, un rien moqueuse, absolument pas dupe. Elle l'avait félicitée et avait spécifié que, selon elle, son travail de réviseure était solitaire et qu'il n'exigeait pas de longues heures partagées avec qui que ce soit : ni l'auteur ni l'éditeur. La nomination de Lili ne lui faisait pas un pli ! Impossible pour Lili de ne pas ajouter foi à ce discours : Yolande avait l'art de la précision, et le flou artistique ne faisait pas partie de ses charmes. À l'époque, parce que depuis l'accident, c'était ce flou qui la rendait vulnérable et accessible. Yolande ne sait plus, et au lieu de lui donner l'air perdu ou égaré, cette absence amplifie son mystère. Elle parle encore moins qu'avant, elle écoute avec une distance supplémentaire… comme si elle se tenait en retrait et observait les autres s'agiter autour d'elle, réservant son opinion pour plus tard. Voilà exactement l'impression qu'elle lui avait donnée au restaurant, en présence de cet homme visiblement séduit. Elle attendait sans impatience. Éloignée, exempte de toute envie d'initiative, comme guérie de l'attaque et du combat.

Pendant ces quinze ans passés aux éditions, Lili avait toujours fourni beaucoup de travail à Yolande. Et ce n'était pas une forme de favoritisme, c'était le simple bon sens. Yolande était la meilleure. Et même si, au début, Lili avait espéré une forme de reconnaissance de sa part, l'absence de ce genre de réponse ne l'avait pas découragée de faire appel aux services de Yolande. La maison et les auteurs y trouvaient largement leur compte.

Lili ne s'était pas caché qu'entrer dans une maison d'édition risquait de la remettre en contact avec Yolande et que cet aspect avait ajouté un certain zeste à l'aventure professionnelle. Même si elle avait été responsable de leur rupture en 1981, les douze ans passés sans pouvoir lui parler avaient été pénibles. Yolande, elle, avait semblé tout à fait en mesure de vivre loin d'elle sans effets secondaires. Pendant ces dernières années, c'est Lili qui avait manœuvré pour qu'elles se rapprochent, qu'elles se racontent leur vie, leurs aventures, mais jamais Yolande n'était redevenue aussi complice que lors de leur première rencontre.

Lili avait dix-neuf ans. Elle commençait un bac en littérature à l'université. Yolande était chargée de cours. La ponctuation, Lili s'en souvient comme si c'était hier. Jamais la ponctuation ne lui avait paru si exaltante ! Lili savait profondément qu'elle était attirée par les femmes, et cela, depuis longtemps. Mais elle acceptait cet état de choses beaucoup moins profondément. Son premier baiser avait été accordé à une femme. Sa première étreinte aussi. Si les hommes avaient occupé une place importante dans sa vie, c'était parce que le refus de ses penchants sexuels était viscéral. Elle n'était pas la première à ne pas se reconnaître homosexuelle, elle en était consciente, mais sa lutte contre cette évidence avait frisé le sanguinaire. Étrange comme certains aveuglements passés deviennent limpides avec le temps. Toute honte bue, Lili pouvait bien l'admettre maintenant : elle s'était jetée sur Yolande avec une frénésie doublée de détermination. Elle en avait fait une question de vie ou de mort : Yolande devait la voir, l'aimer et la baiser. Sans elle, sa vie perdait tout son sens. À l'époque, Yolande avait vingt-huit ans et elle possédait une qualité que Lili désirait désespérément : elle se foutait de tout. Elle vivait dangereusement, apparemment sans autre principe directeur, elle abusait de « substances interdites par la loi », selon ses propres termes, et elle avait déjà à son palmarès sexuel certains des profs les plus convoités de la faculté. Mais aucune femme. Yolande n'avait jamais sauté dans ce genre de draps. Pour Lili, c'était devenu une obsession. Il lui fallait initier Yolande et la ravir. La chose s'était faite au semestre suivant, quand Yolande ne lui enseignait plus. Avec bonne humeur, mais sans éblouissement pour Yolande. Et si leur liaison avait duré, c'était en majeure partie à cause des fous rires qu'elles avaient partagés et dont Yolande appréciait la légèreté. Et, accessoirement aux yeux de Lili, parce qu'elle avait consenti à la présence de quelques compagnons mâles dans leurs étreintes. C'est Yolande qui le voulait et, pour lui plaire, par crainte de la perdre, Lili avait accepté. Vu de ses quarante-huit ans, Lili sait bien aujourd'hui que cet arrangement clamait l'échec de leur couple. Mais à l'époque, exaltée comme elle l'était, participer à ces *threesomes* ne lui semblait pas trop cher payé pour garder Yolande. Et puis, ça faisait d'elle une hétérosexuelle qui avait des fantaisies lesbiennes... et non pas l'inverse. Et pourtant... Comme elle aurait voulu posséder le je-m'en-foutisme de Yolande et sa disposition au plaisir. Lili la trouvait beaucoup plus active avec les hommes et elle jalousait les moments où le plaisir de Yolande provenait d'eux. Ce qui arrivait souvent. En fait, dès qu'il y avait un homme dans leur lit, elle voyait un couple se former et se sentait de trop. Comme un jouet sexuel qu'on met de côté quand enfin un partenaire efficace se présente.

Un soir, Lili avait imposé un *threesome* avec une autre femme. Yolande s'était effacée si discrètement que Lili avait failli ne pas la voir partir. Gentiment, Yolande lui avait fait signe de continuer et elle était partie. Ravie. Lili l'avait vu : ça l'arrangeait. Et elle, ça la désespérait. Mais le désespoir n'avait pas la cote aux yeux de Yolande : dès que Lili le montrait, Yolande devenait de glace et la plantait là, prétextant une forme achevée de générosité. « Si je te fais tant souffrir, je vais régler le problème, et partir. »

Leur histoire subsistait depuis un an quand Bertrand était arrivé. À ce moment-là, Lili ignorait que Yolande avait entamé avec lui une liaison exclusive depuis quelque temps. Mais même sans le savoir, dès la première rencontre, l'alchimie entre lui et Yolande l'avait dérangée et mise sur ses gardes. Lili avait tout fait pour l'inclure et en faire un troisième partenaire au statut d'invité seulement. La première fois que ça s'était produit, elle avait compris que ces deux-là possédaient une complicité physique qui l'excluait ou, en tout cas, qui se passait d'elle. Elle en avait conçu une profonde rancune contre Yolande : la trahison qu'elle subissait n'était pas le fait de Bertrand.

Puis, un soir où Lili s'était montrée possessive et envieuse, Yolande avait décrété que si elle tenait absolument à vivre une tragédie grecque, il lui faudrait chercher sa réplique ailleurs. Se sentant menacée par la présence de plus en plus constante de Bertrand, Lili s'était jetée sur elle, suppliante, amoureuse à en crever, prétendant préférer mourir plutôt que de la voir s'éloigner. Elle avait même cru gagner la partie devant le silence de Yolande. À vingt et un ans, Lili avait une foi déraisonnable dans le pouvoir des larmes. Yolande s'était dégagée de son étreinte en disant : « Aimer à en crever est la formule la plus dégoûtante que j'aie jamais entendue ! Je ne veux plus qu'on se voie. »

Et elle était partie. Lili était devenue odieuse, elle s'en souvient honteusement. Elle l'avait harcelée, poursuivie, harassée de déclarations… et Yolande avait simplement refusé de lui parler.

Quelques mois plus tard, Lili avait rencontré Bertrand dans un café. Seul. Oui, il était toujours avec Yolande, ils allaient tous deux très bien.

C'est alors qu'avait commencé le long plan de campagne de Lili, la stratégie de la déception amoureuse. Elle avait décidé de séduire Bertrand et de le soustraire à Yolande. Pas par amour, même si à ce moment-là elle en avait été convaincue, mais par dépit et par désir d'humilier. Que cette femme goûte à sa propre médecine. Qu'elle éprouve l'amertume d'être quittée pour une autre.

Mais le jour où elle avait emporté le morceau, Lili n'avait pas pu se délecter de sa victoire. Yolande ne s'était pas manifestée.

Il n'y avait eu que Bertrand avec ses sacs verts et ses valises sur le palier de son appartement. Bertrand n'avait jamais ouvert la bouche sur les termes de sa séparation avec Yolande. Lili en avait été pour ses frais. Et comme elle se serait dégoûtée elle-même de se découvrir aussi manipulatrice qu'elle le soupçonnait, elle avait partagé la vie de Bertrand pendant huit ans.

Huit ans pour se convaincre qu'elle avait agi de bon cœur, avec sincérité. Huit ans pour prouver qu'il n'y avait rien de malveillant dans ses approches. Et Bertrand qui n'avait rien vu, rien compris. Comme elle lui avait manqué, Yolande, pendant ces huit ans! Tout de suite après sa rupture avec Bertrand, Lili avait retrouvé Yolande pour lui parler. À ce moment-là, Yolande était mariée avec Gaston, cet homme incroyablement terne, et elle lui avait signifié que leur amitié — quoi que ce terme puisse inclure aux yeux de Lili — était terminée.

Ce n'est qu'en 1993 que Lili avait revu Yolande et que, petit à petit, elles avaient recommencé à rire ensemble. Sans plus. Depuis, Yolande avait toujours conservé une certaine réserve avec elle. Rien de rancunier, mais une distance polie. Un désintérêt… sauf en de très rares occasions où elle racontait une aventure, un plaisir partagé. Lili avait l'impression que Yolande n'aimait personne. Sauf peut-être cette enfant, cette petite Annie qui s'avérait maintenant une grande emmerdeuse.

L'accident de Yolande, Lili l'avait appris aux nouvelles à la télévision. Le présentateur faisait le bilan des accidents de la route de début d'année, et elle avait reconnu Gaston sur une image montrant la voiture écrabouillée.

Si, à l'affolement ressenti, elle devait mesurer son attachement à Yolande, elle se dit que son compte est bon et qu'elle s'apprête à souffrir. Dieu qu'elle l'avait cherchée! Tous les hôpitaux, elle les avait tous appelés en catastrophe et elle ne s'était calmée qu'une fois Yolande enfin trouvée. Coma. Ce coma qui la lui ramenait plus proche que jamais, fragilisée et humaine. Transformée, démunie et moins glaciale qu'avant.

Lili se dit que si elle parvient à retrouver la complicité de sa jeunesse avec Yolande, elle n'essaiera plus de la séduire ou de vouloir davantage. Pourtant, elle sait que Yolande a été son premier amour et que tripoter la vérité jusqu'à ce qu'elle lui convienne n'est pas le moindre des dangers de ce rapprochement. Depuis Bertrand, elle a au moins compris sa nature profonde et fréquenté des femmes. Elle se répète que tout n'est pas perdu, qu'elle apprend en vieillissant. Mais le chemin lui semble si long et si ardu.

Elle se demande si Yolande a trouvé son expérience avec elle longue et ardue. Parce qu'elle le reconnaît : elle a été une peste par moments. Malgré des attitudes expéditives, Yolande a une patience étonnante, parce que cette fille, Annie, a bien l'air déterminée à l'empoisonner, elle aussi.

Lili décide d'appeler ses amies et d'aller au cinéma. Elle se regarde dans le miroir et se répète qu'elle peut continuer à bien vivre sans l'amitié de Yolande. Elle ne se croit pas tellement. Chose certaine, ce n'est pas elle qui va pousser pour que le passé se réinstalle et les sépare encore.

* * *

Il n'est pas content, Cantin. Il la trouve encore très mal en point physiquement, et il lui fait promettre de passer une radio des poumons. Mais le récit qui suit à propos de Steve le laisse encore plus inquiet. Il essaie de l'alerter : un candidat au suicide aussi opiniâtre ne lâchera pas son projet sous prétexte qu'il s'est légèrement délesté de sa culpabilité. Le problème est profond, ancré en lui. Il est dangereux pour lui-même — et Cantin se retient d'ajouter qu'il l'est également pour Yolande.

Elle sourit et le dit elle-même. Ce qui n'a pas l'heur de lui plaire non plus : « Mais pourquoi avez-vous tant besoin qu'on ait besoin de vous ? Pouvez-vous me dire ça ? »

Elle se tait, et finit par soupirer : « Je n'ai pas vraiment de passé, voyez-vous… Je savais que vous n'apprécieriez pas, mais je ne peux pas vivre en fonction de ce qui vous plaît, n'est-ce pas ?

— Ah ça ! Vous faites preuve d'une belle indépendance.

— Maugréa-t-il ! »

Il lève les yeux, surpris.

« C'est le genre de phrase qui me fait rire dans les romans mal fichus. "Maugréa-t-il", ça fait mauvaise humeur et contre son gré, c'est le genre d'expression que plus personne n'emploie… sauf les écrivains maladroits ou vieillissants ! »

Évidemment, difficile de continuer à maugréer avec elle. « Parlez-moi de vous. De ce que Steve vous fait, s'il faut passer par là, mais de vous… »

En écrivant dans le dossier après le départ de Yolande, Cantin se dit que la séduction de cette femme plus toute jeune tient à sa prestance, mais aussi beaucoup à son esprit, à cette intelligence qui pétille, à son humour également… et qu'elle ne risque pas de perdre son charme de sitôt. Même bordés de rides, ses yeux fascinent trop pour qu'on s'égare alentour. Il se demande comment faire comprendre cela à une autre de ses patientes qui, à trente-sept ans, se met à paniquer au moindre pli jugé superflu.

* * *

Yolande ne se remet pas, et la radiographie qu'elle finit par consentir à passer montre clairement une pneumonie. Steve qui, lui, a récupéré s'occupe d'elle, la surveille, lui concocte des plats et l'empêche de se relever trop vite.

Contrairement à ce que Cantin redoutait, Steve n'est pas sujet à des variations d'humeur. Il se montre durablement soulagé, comme si la hantise avec laquelle il avait vécu, l'obligation qu'il s'était créée avaient disparu à jamais. Son attitude n'est pas du bluff, Yolande en est convaincue, parce qu'ils parlent d'Andy et du passé en toute liberté. À aucun moment, Steve n'a éludé une question ou ne s'est refermé sur lui-même. Avec elle, il est un livre ouvert. « Sais-tu quoi, Yo ? J'aurais dû te rencontrer avant… Imagine le *team*, crisse ! Tu devais être *hot* quand t'étais jeune. Si tu m'aurais adopté à place de l'autre épaisse… »

— Si je t'avais adopté, Steve, tu dirais pas "si j'aurais". »

La tête qu'il fait ! Il n'y comprend rien. Mais Yolande explique quand même. Steve hausse les épaules, agacé : « Chus pas pour me surveiller tout le temps que je parle. J'ai pas appris, Yo, chus pas allé à l'école !

— Aurais-tu aimé ça ?

— Avec Andy, j'aimais ça… à cause qu'on trichait. Mais après, j'ai jamais aimé ça. Sont poches ! Tu veux pas me faire retourner à l'école ? Crisse ! J'ai vingt-cinq ans, chus pas un *kid* !

— Je sais pas… Avec moi, juste nous deux, ici, ça te tenterait pas d'essayer ?

— Tu veux me faire l'école ? Crisse, Yo, tu capotes !

— Dis-moi pas que t'es pas capable d'apprendre, je te croirai pas. Mes dictionnaires, t'arrêtes pas de les consulter.

— J'veux apprendre l'anglais… Je parle pas anglais.

— Tu fais exprès ? Je peux absolument rien te montrer en anglais. Et pourquoi apprendre une langue seconde quand tu possèdes si mal la première ?

— Justement ! Le français fait pas, j'vas apprendre l'anglais ! En plus, tu pourras pas me corriger, tu viens d'me dire que t'es poche.

— Est-ce que je t'ai déjà corrigé, Steve ? Est-ce que je t'ai repris souvent ?

— Non. T'écœures pas.

— Devine si je me retiens ?

— Ben quoi ? Chus pas si pire…

— C'est une des premières choses que tu m'as dites, ça : j'étais dans le coma, incapable de parler, et tu me félicitais de ne pas te reprendre. T'as été prudent, t'as envoyé ton message tout de suite.

— Tu vois, ça a marché. C'est biz… avant, je pensais que toutes les vieux étaient pareils, toutes des *too late* qui écœurent… des vieux crisses qui comprennent rien.

— Ça pouvait bien te tenter de vieillir.

— Oublie ça, *man*! Les vieux, pour moi, c'étaient toutes des parents de familles d'accueil. Sauf les vieilles que je fourrais quand je livrais…

— Elles, c'était quoi?

— Sais pas trop… Y étaient pas du bord parent parce qu'y se faisaient sauter, mais y étaient pas de mon bord non plus… T'es pas de même, toi? Tu t'es pas mis à courir après les livreurs quand t'es venue vieille? Ben non, crisse, t'as failli me tuer quand je t'ai frenchée.

— Ça, c'est maintenant. On sait pas pour avant.

— Tu penses?… Crisse!

— Je te niaise! Ça me surprendrait que les livreurs m'aient jamais attirée.

— Ouain… Au début, tu sais, j'prenais mal ça: j'comprenais pas que tu baises ton gros crisse pis que tu me dises non à moi.

— C'est sûr que vu de même… pis là?»

Il cherche, il réfléchit en la fixant. Pas facile pour lui. Yolande le voit creuser la question, essayer de voir clair. Pour Steve, exclure la séduction, la consommation sexuelle, ça veut dire haïr ou ne pas considérer. Il est tout timide soudain, il chuchote presque: «Des fois… Des fois j'me dis que t'es Andy déguisé en femme… Comme si y t'aurait sauté dans tête quand t'étais coma. Genre, dans le tunnel, y aurait attendu que quequ'un passe, quequ'un qui allait revenir. Pour revenir avec pis me tchéquer. Ou ben m'parler, j'sais pas… le pognes-tu, c'que j'explique?»

Oui, oui, elle le pogne… elle le pogne même très bien. «Je sais pas trop, Steve… mais ça a du bon sens, parce qu'avant le coma je ne suis vraiment pas sûre qu'on se serait bien entendus, tous les deux.

— Ça t'a faite du bien, le coma, han Yo?»

* * *

La petite phrase de Steve lui trotte dans la tête. Assise dans son lit, incapable de dormir, déphasée par de trop nombreuses siestes, Yolande laisse tomber son livre. Il a raison, finalement. C'est une thérapie draconienne, mais efficace quand elle ne tue pas le patient.

Repartir à zéro avec des valises pleines… dont on ignore le contenu. Quand elle y pense, elle apprécie la chance inouïe qu'elle a eue en retrouvant la partie du cerveau qui lui permet de travailler et de réfléchir. S'il lui avait fallu réapprendre son métier, elle ne sait pas si elle en aurait eu le courage… ni la capacité. Réapprendre aux muscles à fonctionner n'était pas une mince tâche, mais là encore, c'était technique. Il fallait s'accrocher, s'entêter. Pour le passé… elle ne sait pas. À la vue de Gaston, tout son être se braque. Le refus est si net, si entier qu'elle ne peut pas imaginer en concevoir jamais du regret. Mais elle demeure sur ses gardes : ses valises sont quand même les siennes, et ce n'est pas parce qu'elle ignore le chemin qui l'a menée à Gaston qu'il en devient inexistant.

Si le roman qu'elle lit était le récit de sa propre vie, elle ne le saurait pas. Elle en jugerait et le commenterait, mais elle ne se sentirait pas prise à partie. Il est évident que, même inconsciente de son passé, elle agit encore et décide en fonction de celui-ci.

C'est sûr que si, ce soir, on la mettait devant l'obligation de choisir un homme pour sa vie, elle demanderait à revoir Francis. Et pourtant, elle a bien dû le laisser, ou lui l'a fait. Peu importe, c'est celui-là le sien, l'homme qu'elle a aimé. Elle en est convaincue. Elle fixe le bout de son lit. Elle voudrait tant rêver encore à lui — revoir encore cette bouche et ce regard qui la fouillent jusqu'au cœur. Elle se sent comme Heathcliff qui supplie Catherine Earnshaw de venir le hanter. Comment se fait-il que des personnages de roman lui soient plus faciles à retrouver que les membres de sa propre famille ? Où est son père ? Sa mère ? Si elle a des frères, des sœurs, où sont-ils ? Pourquoi personne ne s'est-il manifesté ? Elle ne doute pas un instant que ce silence soit le résultat de ses choix, de ses ordres même. Oui, elle a pu interdire, bannir, excommunier dans sa vie. Elle se reconnaît dans ces verbes, dans leur côté brutal, tranchant.

Elle doit être une personne redoutable, puisque les siens l'ont fuie.

N'empêche, cette étrangère au fond d'elle se tient bien tranquille. Elle voudrait revoir Francis et que ce soit lui qui lui parle de leur fille — elle veut qu'il lui explique comment elle est morte et comment leur amour s'est brisé. Il lui est très difficile de ne pas associer le « père non déclaré » avec la rupture. Ce n'est sûrement pas son choix à elle ni un de ses ordres tranchants qu'elle se prête volontiers : on ne prive pas un enfant de son identité pour se protéger ou pour protéger le mariage d'un homme infidèle. Non, elle est certaine que Francis a refusé de reconnaître leur fille. L'a-t-il connue ? Elle revoit encore cette table où il travaillait, dos à elle. Elle referme les yeux au souvenir ténu de son baiser à lui sur sa nuque penchée, alors qu'elle travaille devant le paysage du parc Lafontaine. Était-ce dans cet appartement qu'Ariane a vécu avec elle ses deux petites années ? Il faudrait qu'elle se rende au parc, qu'elle essaie de revoir le paysage. Une perdue qui essaie de remonter le fil de sa vie à l'aide d'une photo de mariage, voilà ce qu'elle est.

Elle se surprend à supplier pour qu'il vienne la hanter, la posséder encore d'une quelconque façon. Et cette femme, cette suppliante, cette agenouillée qui quémande, elle la sait sans la reconnaître. Elle a dans sa bouche un goût terrible : celui du mépris total. La femme qui cohabite avec elle, celle qui se terre dans les valises qu'elle porte, elle la hait.

* * *

C'est avec beaucoup de gêne que Jean-Louis se rend compte qu'au départ il n'a pas cru Yolande. Il se demande pourquoi il s'est empressé de réduire son malaise à une excuse non valable. A-t-il si peur d'être rejeté? Alors que son téléphone ne cesse de sonner, a-t-il tant besoin d'être désiré? Ou confirmé? Il se trouve franchement puéril. Si quelqu'un lui dit qu'il est malade, il devrait le croire et c'est tout. Pneumonie. Elle est vraiment mal en point. Peut-être parce que c'est elle qui a appelé, Jean-Louis a mauvaise conscience. Et ça lui déplaît souverainement. Il n'y a plus de place dans sa vie pour la mauvaise conscience, chose qu'il assimile à la culpabilité. Et à ce chapitre, il estime qu'il a assez donné. Il suppose que si Françoise avait succombé à une crise cardiaque après une partie de tennis, il se serait senti peu coupable — ou alors, seulement momentanément coupable. Qu'est-ce qu'il aurait pu se reprocher si ça avait été le cas? D'être le joueur adverse? Ça n'aurait pas suffi pour l'obséder.

Le cancer a quelque chose d'autrement plus insidieux... c'est le genre de maladie qui laisse un parfum de culpabilité. C'est une maladie qu'on a l'impression d'avoir provoquée, méritée même! Dès le départ, dès le diagnostic, la machine se met en marche: qu'ai-je fait pour avoir ça? Où ai-je failli? En quoi suis-je un partenaire de ce mal, un complice, un instigateur même? Mourir d'une rupture d'anévrisme, d'une jaunisse, de la malaria doit tellement être seulement mourir que ça doit être soulageant. Le cancer présente sa facture avant son effet fatal. Et sur la facture, c'est écrit: *Ceci est le résultat d'une erreur de votre part. Cherchez-la.*

Et comme il y a des cas de rémissions qui ont défié les pronostics les plus dramatiques, on cherche. On cherche avec la même vaillance que celle avec laquelle on se soumet à la torture chimique, et à celle des rayons. On cherche frénétiquement et on détruit ce qui reste de vie à force de la disséquer pour débusquer l'erreur responsable du mal.

Il se souvient du jour où Françoise s'était arrêtée en plein milieu d'une phrase. Il pensait qu'elle venait de mettre le doigt dessus, qu'elle avait trouvé la réponse et qu'elle pourrait l'inscrire sur la facture. À l'époque, elle avait perdu tous ses cheveux, ses poils, sourcils inclus, et la tête qu'elle faisait avec sa bouche en « O » formait une sorte de point d'interrogation.

Elle avait décrété que c'était fini. La recherche du ou des coupables, l'inventaire des erreurs, la course aux pourquoi du passé, ça se terminait là. Elle jugeait que ce comportement était un fardeau supplémentaire à traîner et que c'était la dernière chose dont elle avait besoin. « C'est un truc pour miner le peu de temps qui reste. Je ne marche pas. Cette maladie ne sera pas l'incarnation de mon incompétence. »

Pour autant qu'il puisse affirmer quoi que ce soit en son nom, Jean-Louis est certain que, effectivement, de ce jour, elle avait mis de côté la chasse aux indices et aux avertissements ignorés. Mais lui, il avait seulement fait semblant, incapable de vivre sans chercher. Il croyait même que cette quête était essentielle à la survie de Françoise. Beaucoup, beaucoup plus tard, il avait compris que c'était sa façon à lui de refuser le sentiment d'impuissance qui accompagnait le cancer. Il fallait que ce soit un peu de sa faute. Il ne pouvait pas n'avoir rien à y faire. Il voulait tellement avoir la possibilité de s'amender, de revenir sur ses erreurs, de les faire absoudre par quelque divinité, d'y changer quelque chose pour enfin y gagner un ou deux mois.

Quelles négociations il avait menées avec ce maudit cancer ! Combien de fois il avait discuté, argumenté avec le mal. Pour le contourner, le nier, le provoquer, le battre… elle avait raison, Françoise : temps perdu, c'était du temps gaspillé au service du déni. C'était si stupide d'agir ainsi. Une fois qu'on l'a compris, dénier semble si dérisoire, si inutile. La mort est là, c'est le statut initial de la vie qui le commande, et si l'on se demande pourquoi cette mort-là, pourquoi maintenant, comme si le contrat avait inclus une clause cachée en caractères minuscules, c'est qu'on n'a pas compris l'essence même du contrat qui est de vivre, et de vivre seulement. L'argumentation, les supputations, les subterfuges et les excuses ne seront pas pris en compte. La vie se vit et elle se termine dans un dernier souffle de vie, sans avertissement ou presque.

Il y a des gens qui ne font attention à rien, qui s'empiffrent de cochonneries, qui multiplient les comportements à risque, et ils n'ont pas le cancer. Il y a des prudents qui vivent selon le *Guide alimentaire canadien* et qui meurent d'un cancer du foie. Il le sait, mais ça ne l'empêche pas de perdre un peu de temps là-dessus à l'occasion. Quand il est contrarié…

S'il ne faisait pas tant de détours, il s'avouerait que la maladie est à ses yeux un puissant *turn-off*. Un rhume, une grippe, une pneumonie, il aime mieux que ce soit une excuse plutôt que la vérité. Ce qu'il a appris sur lui à travers la mort de Françoise, c'est qu'il n'est pas un soignant de grande envergure. L'avoir été avec elle lui a beaucoup demandé. Et il ne veut plus avoir à recommencer. C'est encore bien puéril pour un homme censé être averti que l'impondérable et l'aléatoire règnent sur la vie, mais c'est comme ça. Il peut transiger avec l'amnésie, parce que c'est une forme de virginité — enfin, il la voit ainsi — mais le moindre éternuement lui donne envie de courir. Loin.

« C'est ce qui s'appelle faire le point. »

Il s'extrait du sofa en prononçant à haute voix sa conclusion. Il griffonne quelques mots qu'il dicte ensuite au fleuriste à qui il commande un arrangement printanier pour Yolande.

* * *

Yolande se réveille en sursaut — elle s'est encore assoupie avec les lunettes sur le bout du nez! Elle les pose sur son livre qu'elle retrouve sous la couette. Sept heures du matin. Elle a dormi sans rêves, son fantôme s'est encore refusé à elle cette nuit. « Mauvais époux! » Elle prend son cahier noir, ses lunettes, et écrit le rien dont elle se souvient. En retirant ses lunettes, elle revoit précisément Francis endormi avec des lunettes de lecture, exactement comme elle tout à l'heure. Comment? C'est ça qui la fait toujours sourire? C'est ce bref souvenir qui lui rend cette habitude si sympathique? Cette vision de Francis, elle est légère, heureuse. Quotidienne. Aussi rassurante que le premier café du matin. Ils ont probablement habité ensemble… puisqu'il s'endormait avec ses lunettes sur le nez, ce n'est quand même pas après l'amour, pour une sieste volée à l'obligation de partir. Il partageait sa vie — il avait donc quitté sa femme. Pourquoi ne pas reconnaître leur fille? Pourquoi priver Ariane de son nom? Il ne savait quand même pas qu'elle allait mourir! Oui? D'une maladie génétique… peut-être transmise par lui.

Elle se secoue, sort du lit: cette escalade de suppositions est profondément ridicule. Elle peut demander à n'importe quel auteur de chez Robinson de lui pondre un roman à partir des indices de vie qu'elle possède, et ce sera plausible, mais pas nécessairement sa vie.

Elle en a assez de la pneumonie, des souvenirs chichement distribués par sa mémoire, des réminiscences embrouillées, elle n'en peut plus! Elle laisse l'eau chaude de la douche balayer son exaspération, s'habille chaudement et va déjeuner en lisant le journal dans un café. Ensuite, elle marche pendant plus d'une heure.

Quand elle rentre, Steve la chicane, prétend qu'elle n'est pas guérie, qu'il fait seulement trois degrés et que c'est sûrement dangereux de sortir aussi longtemps.

« Steve, t'as trop d'énergie pour t'occuper uniquement de moi. Trouve-toi quelque chose à faire, parce qu'on ne survivra pas. L'appartement va devenir trop petit.

— Si tu penses que c'est facile de s'occuper de toi!

— Je le sais! »

Elle essaie de ne pas claquer la porte de sa chambre.

Elle a rangé tout ce qui traînait, fait un tas avec les draps et elle s'apprête à remplir la laveuse et à sortir l'aspirateur quand Steve frappe à la porte. Elle n'a pas le temps d'adopter une stratégie pour avoir la paix qu'il entre avec un magnifique bouquet : « Y en a qui ont de la classe en crisse ! »

Intriguée, elle prend la carte, cherche encore ses lunettes. Quand elle relève les yeux, Steve attend, curieux : « Dis-moi pas que c'est Annie ! Ou ben ton gros crisse !

— Non. C'est ma *date*.

— Whoo ! *Cool* !… »

C'est ce bel enthousiasme, plus encore que son départ pour le gym, qui rassure Yolande. Toute la matinée, chaque fois qu'elle pose les yeux sur les fleurs, elle sent la santé la regagner. S'il est capable d'humour sur une carte, alors, elle a vraiment envie de ce dîner.

* * *

L'appartement lui plaît. Beaucoup. Ce n'est d'ailleurs pas à proprement parler un appartement. C'est un penthouse dont le salon offre une vue spectaculaire sur le mont Royal et sur la ville. La lumière du jour doit y être éblouissante. Yolande apprécie la hauteur des murs, la décoration recherchée, harmonieuse. Tout cela est à la fois mâle et raffiné… et elle le dit à Jean-Louis quand il revient avec un verre de merlot pour elle et un scotch pour lui.

« Mâle et raffiné ? Ça va ensemble, ça ?

— Ici, oui… Mais en général, c'est le "ou" qui relie les deux adjectifs. On est mâle ou raffiné. »

Jean-Louis lève son verre et boit au « et ». La conversation est aisée. Il trouve un peu étrange de la revoir avec autant de plaisir avoué. Elle est directe, franche. Quand elle pose une question qui risque de paraître indiscrète, elle s'empresse de spécifier que, n'ayant aucun passé à lui offrir, ils sont un peu réduits à explorer le sien et que, s'il se trouve trop mis à contribution, elle pourra changer de sujet.

Alors que les questions plus anodines de ses conquêtes l'ont irrité, celles de Yolande lui donnent des envies de confession.

Elle écoute sans aucun préjugé. Il a la certitude qu'elle ne le juge jamais. D'ailleurs, il est faux de prétendre qu'elle n'a pas de passé à lui offrir, parce que le peu qu'elle possède, elle le lui donne. «Ça sent bon ici. Et c'est pas seulement la cuisine. Ça sent le feu aussi et… le citron?

— La lime.

— Quand j'étais à l'hôpital, l'odeur des gens m'agressait. Une des premières choses que j'ai aimée chez vous, c'est votre odeur. Vous n'êtes pas de ceux qui s'enterrent sous l'after-shave. Je pense que je ne pourrais plus m'asseoir une soirée entière près de quelqu'un comme ça.»

Tout est réussi dans cette soirée: l'ambiance, la conversation, les mets et le rire.

«C'est drôle: vous me diriez qu'on s'est connus il y a vingt ans, qu'on s'est fréquentés et qu'on a eu beaucoup de plaisir, et je vous croirais.

— Tentez-moi pas! Ça se pourrait, vous pensez? Que vous soyez… je ne sais pas, vous n'avez pas l'air d'une femme naïve ou candide. Vous le croiriez sur parole si quelqu'un vous arrivait avec un discours pareil?

— Pour être très franche, Jean-Louis, l'homme qui s'est présenté à moi comme mon mari, je ne l'ai jamais cru.»

Il a l'air consterné: «Vous voulez dire qu'il ne vous plaisait plus? Du tout?

— Plaire? C'est impensable! Il est la preuve patente que l'erreur est humaine et que je suis très humaine.

— Vous l'avez quitté?

— J'ai refusé de le suivre! Je ne suis jamais allée chercher ce qui m'appartenait et qui était chez lui. Je n'ai jamais voulu m'arrêter à ce que signifie le fait de l'avoir épousé. C'est le genre de cauchemar qu'on fait, des fois: rien, absolument rien de ce qui arrive n'est possible pour nous, et ça arrive quand même. Mais dans le rêve, on finit par avoir raison… en se réveillant. Pas dans ma vie.

— Et lui? Il dit quoi?»

Yolande lui explique quand même le contexte de l'accident. Elle ne lui cache pas que Gaston entretenait une liaison et projetait de la quitter pour sa meilleure amie de l'époque qui, bien sûr, ne l'était pas demeurée. Elle fait un récit très détaché, piqué d'humour, qui interdit toute forme d'apitoiement.

«Qu'est-ce qu'il faisait? Enfin, qu'est-ce qu'il fait, parce qu'il n'est quand même pas mort!

— Pour moi, il l'est.» Elle lui montre l'appartement. «Des condos de luxe, comme celui-ci. C'est ça qu'il fait. Il fait beaucoup d'argent, il boit beaucoup et il est très malheureux. Et avant que vous me le demandiez, ce n'est pas l'argent qui m'a attirée.

— J'aurais jamais demandé une chose pareille!

— Moi, je me suis posé la question. Parce que je l'ai cherchée, la raison. Il s'appelle Gaston, en plus! Imaginez: Gaston.

— Évidemment, c'est beaucoup.

— N'est-ce pas?

— Votre conclusion? Pourquoi l'avoir épousé?

— Mystère…

— Le sexe? C'est parfois étonnant, le sexe. C'est pas toujours cohérent avec nos valeurs ou ce qu'on pense de soi.»

Là, il l'intéresse énormément et elle voudrait bien qu'il développe son idée, parce que c'est une opinion qu'elle partage sans savoir si cela tient à ses choix passés ou à la théorie. Jean-Louis ne fait pas mystère de sa vie sexuelle, il est aussi ouvert qu'elle et ils discutent jusqu'à très tard de sexualité, de désir et d'amour.

* * *

Quand Steve veut savoir si ça y est, si c'est fait, elle hoche la tête et le déçoit beaucoup. Mais Yolande n'a plus vingt ans, et porter un passé qu'on ignore n'est pas le stimulant érotique le plus efficace. Surtout quand le seul vestige tangible de ce passé est incarné par son ex-mari.

« Énerve-toi pas, Steve, ça va venir, comme dit Cantin.

— Avec lui ? Il est tentant, trouves-tu ?

— Veux-tu me dire, toi ? C'est quoi, cette insistance-là ? As-tu peur d'être pogné tout seul avec moi ?

— Yo, moi j'te l'ai dit : quand tu veux, chus ton homme ! »

Il écarte les bras pour bien montrer qu'il n'attend que sa décision.

Elle l'envoie se coucher, et elle en fait autant.

* * *

L'après-midi de novembre est si terne, si gris, que Yolande a allumé dès trois heures. Elle travaille à un court essai très mal écrit qui a pour seul mérite de traiter un sujet à la mode. Elle soupire et s'étire. On croirait le travail d'un étudiant qui a bien appris à résumer tout ce qu'il a récolté sur Internet. C'est mortel et ça n'apporte strictement rien. Si cette petite maison veut vraiment se démarquer, ses éditeurs auraient intérêt à être plus critiques dans leurs choix.

Quand le téléphone sonne, elle saute sur la diversion. C'est la voix de Jean-Louis, apparemment ravi de la trouver chez elle. « Vous travaillez depuis combien de temps ? »

Elle consulte sa montre : « Pas mal longtemps, pourquoi ?

— Il vient de commencer à neiger… On m'avait dit que ce serait très beau à regarder depuis mon salon et, si vous en avez envie, vous pourriez venir voir à quel point c'est vrai. Rien ne nous empêchera de manger ensuite devant le feu…

— Tentant… Je vais marcher. Je serai là dans… quarante-cinq minutes. »

La première neige… Elle constate que les passants sont à la fois contents et contrariés. Contents, parce que c'est quand même beau, cette danse blanche, et contrariés, parce qu'ils ont une mémoire, eux, et qu'ils savent combien ce sera long et moins esthétique dans quelques mois. Yolande marche avec un tel entrain qu'elle en conclut que l'hiver est pour elle une sorte de plaisir, un bon souvenir. C'est en arrivant chez Jean-Louis qu'elle se demande si l'entrain tient seulement à la première neige.

Un verre de cabernet sauvignon l'attend au salon où seul le feu de l'âtre projette de la lumière. Un voile gris et blanc mouvant, dansant, s'agite derrière les fenêtres. La ville s'allume dans le crépuscule, la neige a déjà créé un fond pâle qui fait paraître chaque lampadaire un peu jaune. C'est presque étourdissant à contempler, cette précipitation de flocons qui frôlent les vitres sans s'y poser.

Jean-Louis se place derrière elle pour contempler la vue. Son corps est très près du sien, mais ne la touche pas. Elle sent son souffle près de ses cheveux. Il la hume... le vertige est total et presque excessif. Elle ferme les yeux pour goûter la sensation et les rouvre précipitamment, parce que c'est abyssal. Elle se concentre sur le vertige blanc, là devant elle, et sent son corps la contredire, être attiré, aspiré par la chaleur du corps solide de Jean-Louis.

Une musique qu'elle ne connaît pas, un tango ou quelque chose d'approchant, joue en sourdine. La voix du chanteur est grave, enveloppante. Peut-être qu'il dit des sottises, elle ne sait pas, c'est en italien et, à ses oreilles, les mots sont envoûtants. Le jour qui finit, la lumière qui se grisaille, ce moment aigu de bonheur total l'envahit de mélancolie. C'est si rare de ne pas être seule à cette heure où le jour nous quitte, à cette heure où il faut se montrer brave face à la nuit qui gagne. Pourquoi a-t-elle toujours cette envie de saisir la lumière et de lui demander de rester encore un peu près d'elle? Comme on demande à sa mère de rester près du lit jusqu'à ce qu'on s'endorme. Mais le jour s'évanouit à son rythme et n'écoute jamais les supplications des pauvres humains qui ont encore des craintes d'enfants.

Il lui suffirait de pivoter et de prendre le baiser qui lui est offert pour que la nuit devienne amicale et probablement brûlante. Elle vacille, hésite. Le froid du dehors, là, devant elle, et la chaleur du corps de Jean-Louis contre son dos… duel inégal. Le désir grimpe des reins à sa nuque, c'est comme ne plus respirer tellement c'est pressant. La tranquille immobilité de Jean-Louis, cette patience active, ce corps qui profite de chaque pulsation de désir sans se précipiter, sans même saisir, la provoque, l'électrise. Elle voudrait se tourner, elle en a une envie suffocante.

« J'ai peur. »

L'a-t-elle seulement dit ? Chuchoté, articulé dans le souffle, elle n'est pas certaine qu'il l'ait entendue… jusqu'à ce qu'il murmure dans ses cheveux, puis tout près de son oreille, ce « je sais » qui la fait se tourner.

Chaude, ferme, parfumée de malt, la bouche de Jean-Louis est un royaume. Tant de douceur, une volupté lente, prenante, un baiser qui ne se presse pas, qui s'accorde avec son rythme, l'ouvre sans la prendre, et qui comble l'appétit à mesure qu'il se nomme.

La chanson est terminée quand il s'éloigne un peu en la fixant, les yeux à l'affût du plus petit désagrément, du moindre signe de malaise. Ce souci qu'elle ait peut-être eu raison de craindre, ce souci qu'elle efface d'un sourire. Son regard est tout ce qu'elle discerne dans la pénombre, et encore, elle doit reculer un peu parce qu'il est si près et que, de près, elle n'y voit pas. Il sourit, souligne sa lèvre inférieure du bout du pouce. C'est Yolande qui revient vers lui, se remet à boire à sa bouche en l'enlaçant.

Elle ne connaît rien de plus délicieux que ce baiser lent, langoureux, ce baiser qui s'achève dans un slow qui la tangue et l'attend. *Et le Léthé coule dans tes baisers.*

Ça valait bien la peine d'avoir peur ! Yolande se presse contre Jean-Louis, soulagée, légère — non, sa mémoire ne l'écrasera pas de son poids parce qu'elle a laissé le désir la traverser, parce qu'elle a cueilli la volupté sur les lèvres de cet homme. Baudelaire a raison, c'est le fleuve de l'oubli qui coule dans le baiser… ou plutôt dans lequel ils coulent. La nuit gagne l'appartement et le naufrage qui est en vue lui est infiniment désirable.

« J'allume ? »

La musique aussi s'est arrêtée, ils dansent dans le silence brisé par les craquements du bois dans le foyer. Seule la lueur incertaine du feu les éclaire. Elle hésite : pourquoi heurter la perfection de l'instant ? Elle se serre contre lui, la tête enfouie dans son épaule.

« J'ai besoin de voir tes yeux. »

En un éclair, le regard exigeant de Francis, ces yeux qui la fouillent, la scrutent, le son oppressé de leurs souffles qui se syncopent à mesure que son sexe la prend et que la volupté violente, implacable, gagne. Yolande s'immobilise, les yeux fixés derrière l'épaule de Jean-Louis, le corps fermement pressé contre le sien, tétanisée — alors qu'elle baissait la garde, alors qu'elle ne se méfiait plus ! « Regarde-moi ! Regarde-moi ! » Comme si jouir n'était pas de toute façon lui échapper, comme s'il pouvait la pénétrer jusqu'au cœur de ce moment d'absence absolue, jusqu'au fin fond du mystère.

La précision, la violence sourde du souvenir s'oppose tellement à l'indulgence du moment avec Jean-Louis qu'elle en est déchirée, suffoquée.

Jean-Louis a des antennes dans chaque pore de sa peau. Il pose une main calme sur sa nuque et il la retient contre son épaule sans demander quoi que ce soit.

Le souvenir s'estompe et la laisse tremblante, toute velléité sexuelle enfuie.

« Oui, allume. »

Il la conduit jusqu'au sofa bas, mœlleux, il l'assoit en restant debout derrière le dossier. Il prend son verre de vin sur la table en coin et il le met dans sa main, toujours derrière elle. Il pose une caresse furtive sur sa joue et s'éloigne.

Il n'allume pas dans la pièce directement, mais il s'arrange pour qu'une lumière tamisée y règne. Il allume de grosses bougies sur la table basse et s'assoit à l'autre extrémité du sofa, son scotch à la main.

Yolande ne sait plus quoi dire, même si elle est persuadée que parler serait la moindre des politesses.

« C'était ce que vous craigniez ? »

C'est drôle, le vouvoiement est revenu avec la lumière. Ils s'en rendent compte en même temps. Le rire soulage toute la tension. Yolande hoche la tête : « Je m'excuse, Jean-Louis, je ne sais pas quoi dire… »

C'est lui qui se met à parler : « Au début, après la mort de Françoise, j'ai pensé que c'était la fin du désir, la fin d'une époque, celle du corps. Un peu comme on s'imagine quand on a dix-sept ans, quand on se dit qu'après cinquante ans on ne baise plus, bien sûr, personne ne baise plus. On est tellement persuadé que c'est une activité réservée à la jeunesse et à la beauté. J'ai été… scandalisé, le mot est exact, scandalisé de me découvrir plein de désirs alors que j'avais le cœur fermé. Vite, tout de suite après sa mort, j'étais comme un animal en rut. C'était incroyable, pas moyen de me changer les idées. Les premières femmes avec qui j'ai été… je ne pourrais ni les nommer ni les décrire. C'était raté du point de vue de la rencontre, mais très soulageant pour moi physiquement. À ce moment-là, et je m'en suis rendu compte seulement après, je me jetais dans le corps des femmes pour retrouver celui de Françoise, je cherchais cet instant précis où la femme avec qui j'étais me laissait profiter d'elle pour arriver à retrouver le plaisir que j'avais connu avec Françoise. C'était extrêmement malsain et très consolant. Le corps est nettement plus puissant que l'esprit. Je le savais en voyant mourir Françoise : tout son esprit luttait contre son corps qui abandonnait. J'ai fait pareil. J'ai misé sur le corps pour nier sa mort. Mais je n'ai pas vraiment réussi. Et c'est tant mieux. C'était ça, votre peur ? Que votre corps réveillé vous réveille toute ? C'était la première fois ?

— Vous êtes… mon premier baiser consenti de ma nouvelle vie.

— Consenti ?

— On m'en a volé un, et ça a eu des conséquences… assez… ça a réveillé des choses. »

Parce qu'il ne le demande pas, parce qu'il n'est ni médecin

ni avide de lui soutirer quelque chose, elle lui raconte tout ce qu'elle sait de son passé, elle étale les quelques cartes qui lui restent d'un jeu perdu, éparpillé. Il l'écoute avec un intérêt soutenu, affectueux. Elle termine son récit, persuadée que cette écoute est bien plus qu'amicale.

Un silence tranquille s'installe. Il est à bonne distance et elle le sent infiniment proche.

« Vous me désirez ? »

Il sourit : « Absolument.

— Allez-vous pouvoir m'attendre ?

— C'est exactement ce que je vais faire. »

Il lève son verre et le termine. Il va ajouter une bûche dans le feu et revient s'asseoir tout près d'elle. Il prend sa main : « Ce soir, on va faire deux choses : on va manger ici, devant le feu, et on va apprendre à se tutoyer. »

Il tourne la tête vers elle, du rire plein les yeux : « Qu'est-ce que t'en dis ?

— Embrasse-moi encore. »

Aucun fantôme ne vient hanter ce baiser, il est entièrement, totalement le leur, tout comme ceux qui émaillent le reste de la soirée. C'est le seul territoire sexuel qu'ils explorent. Ni l'un ni l'autre n'a envie de s'aventurer plus loin et de risquer de rompre le charme. Il est très tard quand Yolande se lève pour rentrer.

Jean-Louis l'enlace, lui propose de rester dormir avec lui « en tout bien tout honneur », ce qui la fait rigoler. « J'ai peut-être la mémoire endormie, mais j'aime trop t'embrasser pour croire que je dormirais tranquillement à côté de toi. Veux-tu remettre l'Italien qui jouait quand je suis arrivée ? Un tango…

— Gianmaria Testa. »

Ils écoutent, enlacés, sans danser et sans être immobiles, portés par la voix rocailleuse, bercés par elle.

Yolande le regarde intensément : « Veux-tu me dire de quel pays tu sors, toi ? »

* * *

Il est très tard, elle sera très fatiguée demain, elle le sait, mais elle fait quand même un détour par la montagne. Elle n'est pas la seule à aller profiter de cette couche de blanc fraîchement appliquée sur le paysage. Toute la ville est assourdie, tout le strident, l'aigu est étouffé, amorti. On dirait qu'elle s'est enfin apaisée — une pause de neige. La ville s'est fait embrasser et elle se sent bien, toutes ses égratignures sont comblées de neige légère et les arbres du parc ont l'air de plants de coton.

Yolande s'endort dès qu'elle pose la tête sur l'oreiller.

Steve doute beaucoup des capacités de Jean-Louis en constatant que Yolande a couché dans son lit. Son attitude confirme en tous points ce que Jean-Louis lui disait la veille à propos des idées qu'on a à vingt ans sur la sexualité. Puisque Jean-Louis ne saute pas sur Yolande, c'est signe qu'il a « un problème », et Steve illustre sa phrase d'un geste rappelant la fleur fanée pour clarifier son euphémisme, si besoin était.

Yolande le laisse délirer sans rien ajouter : il y a dans la pulsion sexuelle de Steve une frénésie bien de son âge, et elle connaît suffisamment la chose pour ne même pas essayer de le calmer.

« T'écoutes pas ! Yo ! T'es pas amoureuse, quand même ? »

Évidemment, ce serait tragique ! « T'as jamais été amoureux, Steve ?

— Ben… un peu. » Il s'aperçoit que ce n'est pas suffisant et il ajoute : « J'ai failli l'être. Passé proche en crisse. Pourquoi ? C'est ça, t'es amoureuse de lui ?

— C'était qui ?

— Pourquoi on parlerait de moi, là ? Tu veux pas le dire, c'est ça ?

— Je le sais pas. Je pense pas… T'as raison : si c'est ça, je veux pas le dire. Je veux même pas le savoir.

— Bon ! Pas compliqué, ça !… Moi, c'tait Sylvie. »

Elle adore son côté abrupt, presque rude. Elle se garde bien de poser une seule question parce que, vraiment, que ce soit Sylvie lui semble très prometteur et elle ne veut pas toucher à ça, risquer de le mettre sur ses gardes. Elle prend son café, se lève. Déçu, Steve lui demande où elle va.

« Travailler, Steve. On parlera plus tard si tu veux. »

Steve reste à fixer sa tasse. Lui non plus n'est pas certain de vouloir le savoir : les filles amoureuses deviennent tellement étranges à ses yeux. Ça change tout, et ce n'est plus *cool* du tout.

* * *

L'oubli puissant habite sur ta bouche,
Et le Léthé coule dans tes baisers.

Yolande trouve que, pour la poésie, sa mémoire est presque parfaite. Après avoir tenu le coup et corrigé pendant trois heures sans s'autoriser la moindre défaillance, elle a fouillé dans son recueil de Baudelaire pour retrouver le vers presque intégral qui lui était revenu en « cueillant l'oubli » sur la bouche de Jean-Louis. Bouche qui s'infiltre souvent entre les lignes ennuyeuses de son travail. Bouche qui remplace avantageusement le fantôme de Francis. Parce qu'elle est réelle, tangible, palpable. Yolande voudrait demander à Cantin de sceller à jamais le passé, de le cadenasser dans l'oubli, de la libérer de la plus infime possibilité d'y retourner jamais. Alors là, délivrée, soulagée de l'invisible carcan, elle irait vers Jean-Louis.

Mais on ne se libère jamais de sa propre vie. Au fond du corps de Jean-Louis, elle trouvera les débris de sa vie et, au cœur de l'extase, elle criera un prénom qu'elle refuse, mais qui l'habite en secret.

Depuis quand ignorer serait la clé pour se libérer ? Ignorer, c'est installer la violence au centre de sa vie, et elle le sait. Elle ne s'en souvient pas, elle le sait.

Elle trépigne du désir de courir vers Jean-Louis, vers cet

appartement feutré où *tout n'est qu'ordre et beauté, Luxe, calme et volupté.*

Elle pose son livre et reprend son travail, s'exhortant à cesser de rêver et à avancer.

* * *

Le fait d'avoir secrètement désiré perdre son enfant n'aide pas du tout Annie à accepter sa fausse couche. Au contraire. Paniquée à l'idée de devoir s'avouer une chose qu'elle juge horrible, Annie plonge dans le malheur comme en eau chaude. Consentante, excitant sans cesse le remords de n'avoir pas ralenti, pris soin d'elle et de son bébé, elle se flagelle et ne laisse personne la supplanter dans la course à la culpabilité.

Yvon, qui ne s'est jamais occupé de sa fille seul et qui doit voir à tout en même temps, est débordé. Heureusement, sa mère Ginette accourt, mais il n'a aucune idée de ce qui pourrait remonter le moral de sa femme, maintenant que, hors de danger, elle se repose dans leur chambre.

Sa mère n'est pas d'une très grande utilité dans la zone des émotions : les grandes eaux d'Annie la laissent indifférente, si ce n'est agacée.

Ginette finit par avouer à son fils qu'elle ne peut rien faire pour aider Annie : « Elle veut pas être consolée, Yvon ! Elle veut pleurer et trouver que c'est effrayant ce qui lui arrive. Laisse-la faire, elle va se tanner toute seule. »

Yvon juge le conseil assez brutal, même s'il est porté à croire sa mère et à partager son opinion. Pas fou, il sait bien que ce genre de réaction ne serait pas acceptable aux yeux d'Annie. Pour avoir la paix, quoique la chose lui répugne, il appelle Yolande, seule personne au monde qu'il connaît qui soit en mesure de calmer et de ramener Annie.

Au début, Yolande n'arrive même pas à replacer Yvon. Elle était sur le point de l'informer qu'elle était amnésique quand il s'est mis à parler d'Annie. La nouvelle a l'effet d'une douche froide. Yolande est si contrariée qu'elle ose penser qu'Annie a fait exprès — un peu comme la soûlerie qui avait mis fin à ses velléités de départ, il y a tant d'années.

Sèchement, elle explique à Yvon qu'elle est débordée, qu'Annie la dépasse et qu'elle ne se sent pas en mesure de lui offrir le moindre soutien. Yvon ne le prend pas bien du tout et il s'efforce de la convaincre : une courte visite, juste pour lui remonter le moral. Il viendra la chercher et la reconduire, son heure sera la sienne.

Yolande refuse encore et encore, plus qu'agacée par l'insistance d'Yvon. Pour en finir, parce qu'elle ne veut pas lui raccrocher au nez, elle lance : « Si elle est si mal en point, faites-la voir par un psychiatre. S'il y a un rôle que je ne peux pas jouer, c'est bien celui-là ! Bon courage ! »

Cette fois, c'est la rage qui l'empêche de poursuivre son travail. Ulcérée, furieuse, elle marche de long en large dans sa chambre, fâchée d'être une proie si facile pour Annie. Quand le téléphone sonne de nouveau, elle ne répond pas. Elle s'oblige à se rasseoir et à oublier ce contretemps.

La voix d'Annie sur le répondeur est geignarde. Évidemment, elle y va de son couplet héroïque : pour rien au monde elle n'aurait brisé sa promesse, avoir su qu'Yvon appellerait, elle l'en aurait empêché. Il ne faut pas qu'elle s'inquiète, physiquement, tout est arrangé, il reste le moral… « Mais ce n'est pas à toi que je vais apprendre ce que c'est de perdre un enfant. Je sais que tu me comprends, maman, inquiète-toi pas pour moi. *Bye !* »

L'envie de tuer est nouvelle pour Yolande. Puissante, dévorante, elle lui monte à la bouche comme de la bile. Comment ose-t-elle ? Comment peut-elle venir se réclamer d'Ariane ? Comment peut-elle seulement savoir que sa fille a existé ? Comment elle, Yolande, a-t-elle pu un jour lui confier un tel secret ? Il faut être fou furieux pour le faire ! Fou à ne plus discerner une poupée d'un être humain. Quelle conne ! Mais quelle conne ! Elle se déçoit tellement d'avoir confié une chose si vraie à une personne si indigne. Elle efface le message d'un doigt rageur.

Incapable de se remettre au travail dans cet état d'exaspération, elle décide de s'activer et prépare du café. Elle claque les portes d'armoires, fait tinter la cuillère sur le comptoir, bouscule et bardasse tout ce qu'elle touche.

À la fin, alors qu'elle se dirige vers sa chambre avec sa tasse fumante, elle fait un faux mouvement et échappe la tasse en s'ébouillantant la main au passage. Elle hurle, se précipite vers l'évier, place sa main gauche sous le jet d'eau froide et attend que la douleur s'amenuise avant d'entourer sa main d'une débarbouillette mouillée.

Elle s'accroupit pour ramasser les morceaux de porcelaine épars et éponger le café sur le plancher.

Dès qu'elle est au sol, Francis est devant elle — elle voit ses jambes, ses chaussures brunes — elle relève la tête : il a l'air immense, vu d'en bas. Les bras ballants le long du corps, les épaules larges sont courbées, la tête est… cette douleur, ce regard d'homme vaincu, écrasé. Elle contemple sa mort dans les yeux de Francis. Elle contemple l'absolu de la mort. La perte totale. Il ne dit rien. Il n'a rien dit ce jour-là non plus. Le silence a hurlé, elle a essayé de bouger — pour refuser, crier non — de se relever pour recevoir la sentence debout, pour faire preuve de courage. Elle a entendu un son creux, une sorte de cri d'égorgé que le sang qui gicle étouffe, un gargouillis de noyé. Quand Francis s'est penché vers elle pour l'aider, elle n'était plus qu'une flaque sur le sol, un étalement mou qui gagne un plancher de cuisine beige étoilé de doré.

Et nos bras sont à nos côtés
Comme des rames inutiles

C'est la dernière fois qu'elle a vu Francis, le jour où il est mort de la mort de leur fille. Il était encore plus mort qu'elle. Elle l'a toujours su. C'est comme ça, elle ignore pourquoi.

Mais pourquoi, pourquoi ne pas l'avoir reconnue, dans ce

cas? Pourquoi tant de silence? Elle a perdu Francis le jour où Ariane est morte. Et c'est lui qui lui a appris cette mort. Elle revoit les cubes en plastique colorés qu'elle rangeait quand il est arrivé.

Après, il est parti pour ne plus jamais revenir. Elle a tout perdu d'un coup. L'enfant. Le père. De ce jour, dans sa cage d'os, rien de vivant n'a subsisté. Un pantin vidé de sa substance, une enveloppe dotée de vie qui s'agite, s'occupe et dissimule le vide total qui la constitue.

Le néant est une vieille connaissance. Elle lève la main pour toucher le visage livide de Francis. Cette effroyable absence de larmes chez l'homme qui pleurait d'amour — le cœur comme un caillou sec. Au-delà de l'effondrement, au-delà de tout, elle revoit Francis s'écrouler debout.

C'était le 3 juin 1972. Il était seize heures trente.

Elle peut le chercher parmi les vivants tant qu'elle le voudra, elle sait qu'elle ne trouvera qu'un homme mort.

Yolande s'éloigne de la flaque de café et s'appuie contre les armoires, assise par terre, la main gauche tenue par la main droite, posée contre sa poitrine. Est-ce possible de ne pas se sentir coupable quand son enfant meurt? Un accident. C'était un accident. Pas une maladie. Quelque chose que Francis a fait ou n'a pas fait. Une petite fille hilare sur une balançoire — plus haut! Encore! Encore! Un père qui ne fait pas la différence et qui donne une poussée trop forte pour le cou gracile. Se casser le cou... Ils apprennent à marcher, à grimper partout, et on court derrière eux comme des malades pour éviter qu'ils ne se cassent le cou. Et la fois où on la laisse partir seule au parc... paf! Un «encore!» de trop, une poussée de trop... Non, elle se trompe. C'est elle, sur la balançoire, pas sa fille! C'est elle qui est tombée au bout d'un élan trop fort. Son bras gauche s'est cassé. Elle a porté un plâtre pendant une éternité. C'est ce qui lui a semblé, en tout cas. Sa mère criait tellement après son père. Son père piteux qui regardait par terre. Son père humilié. Francis n'avait pas poussé la balançoire, c'était autre chose. Quel âge avait-elle quand son bras s'était cassé ? Elle ne sait pas. Elle se souvient avec précision de la rage de sa mère, de ses cris, du tonnerre que faisait sa colère. Et de la honte de son père.

Elle regarde le sol de la cuisine jonché de débris, elle se lève, jette un œil sur sa main : rouge, petites cloques — deuxième degré, pas plus. Ça va guérir, il suffit de faire attention à ne pas l'infecter. Les mères savent ces choses-là. Quand c'est bénin, elles font le pansement, donnent un petit baiser et envoient leur petite fille courir jouer. Sa mère s'était tellement énervée ce jour-là… Bizarre que son premier retour de mémoire la concernant soit si hurlant, si irritant. Elle a dû être douce aussi, qui sait ? Yolande se souvient de sa propre colère qui a précédé la résurgence du souvenir, et elle constate qu'elle possède des gènes solides.

Elle doit ressembler à sa mère, même si l'idée lui est désagréable parce que, jusque-là, à sa maigre connaissance, le personnage n'est pas très aimable. Et Francis ressemblait-il à son père, cet homme honteux, gêné, qui se faisait enguirlander par sa mère ? Non, c'est une posture, une façon de porter leur corps… leurs bras… *comme des rames inutiles…* leurs longs bras d'homme impuissant, désolé… Et cette vue d'en bas — en contre-plongée, voilà le terme précis — elle les regardait tous deux en contre-plongée. Pour son père, c'était normal, elle était si petite et lui si grand. Pour Francis… l'impression d'avoir été écrasée impitoyablement par son corps qui tombait comme un arbre abattu.

Elle devrait retourner travailler. Les éditions du Petit Cercle attendent cet essai pour vendredi. Elle est tellement épuisée, tellement à bout qu'elle en titube. Soûle de peine. Plus de jambes, plus de bras, plus de cœur : désertée, vidée.

L'image du poulet vide sur la table de cuisine. Les mains nerveuses de sa mère qui le tripote, le remplit d'oignons — son dégoût à elle qui n'aime pas cette chair blanche, toute plissée — Yolande hoche la tête, pitié, arrêtez la machine, tout ne va pas se mettre à revenir d'un coup ? Elle refuse de se faire balancer cinquante-sept ans à la figure. Elle ferme la porte de sa chambre, s'étend sur le lit, ramène une couverture sur ses jambes. Où a-t-elle laissé les photos d'Ariane ? Elles doivent exister. On en fait des centaines quand ils sont bébés. Chez Gaston ? Dans une boite cachée à la cave ? Ou Annie a-t-elle pris soin de ces reliques parce qu'elle s'estime la dépositaire agréée de tout ce qui la concerne ? Dieu du ciel ! Elle préférerait avoir affaire à Gaston plutôt qu'à Annie. Au moins Gaston possède-t-il l'assurance tranquille des parfaits imbéciles. Yolande constate que son fonds de pitié est épuisé et qu'il n'y a plus place en elle pour la moindre compassion. Juste avant de sombrer dans le sommeil, elle se demande pourquoi Francis est celui qui surgit en premier et avec tant de force des limbes du passé.

Est-ce que le retour des souvenirs se fait en ordre d'importance ?

* * *

Elle a tant de questions et Cantin ne lui est pas d'un grand secours. Il l'énerve en fait, il la laisse se dépatouiller avec tout ça, sans pouvoir la rassurer. « Je suis là pour vous aider, et je ne crois pas que ce que vous traversez soit très rassurant. »

Elle se calme : « Vous pensez que ce dont je me souviens maintenant, je l'avais probablement oublié avant l'accident ? Que je suis en train de déterrer au-delà de ce que je savais il y a un an ? »

Cantin a ce bon sourire du gars qui n'y peut rien : « On enfouit tellement de choses, consciemment ou non, pour se faciliter la vie, pour ne pas faire face à tous les conflits que ces souvenirs font naître… Vous n'êtes pas en position de faire un tri. Et c'est très possible que le plus souterrain, le plus violemment refoulé décide de faire surface en premier. »

Elle voudrait se prémunir contre l'assaut de ses souvenirs. Elle voudrait pouvoir planifier, classer leur retour dans un ordre qui ne la tue pas. Elle voit bien qu'elle a peur. De plus en plus peur. Peur d'embrasser, d'étreindre, de dormir, de lire même ! Peur que sous chaque geste anodin se cache une violence.

« Avant, j'étais dans un lit, incapable de bouger, paralysée par le coma, et maintenant, je voudrais retourner dans un lit, sous les couvertures, pour me mettre à l'abri de ma mémoire. Comment je vais faire ? Comment je vais m'en sortir sans crever ? »

Cantin se fait tout de même rassurant : pourquoi ce qui est venu jusque-là goutte à goutte se mettrait-il à la submerger ?

« Parce que *le voyage est à l'orage*. Ce n'est pas de moi. C'est encore un poète. Mais c'est vrai : le voyage est à l'orage. En fait, le voyage est au naufrage et j'ai peur. »

Ensemble, ils mettent au point une stratégie. Il est entendu que la boîte de souvenirs et de photos éventuelles d'Ariane — celle qu'elle est certaine d'avoir cachée quelque part depuis longtemps — ne sera ouverte que dans le bureau de Cantin. Il lui recommande d'éviter les émotions fortes, comme d'aller elle-même chez son ex-mari ou sa belle-fille. « Souvenez-vous de la colère qui a précédé votre blessure et vos souvenirs… si j'y allais avec Freud…

— N'y allez pas ! Je sais que m'ébouillanter la main était ma façon inconsciente de me rendre impuissante. Je vous l'ai dit : j'ai envie d'aller me cacher en courant ! Comment je vais récupérer la boîte sans me taper le martyre d'Annie, si c'est elle qui l'a ?

— Vous savez qu'il existe une chose extraordinaire qui s'appelle les services de messageries ? Faites livrer ici, si vous voulez. Demandez à Steve d'appeler. Enlevez-vous ces gens-là de la tête : vous avez besoin de diminuer le stress, et ils sont stressants pour vous. On ne porte pas de jugement sur eux, ils sont peut-être quelque chose de plus aimable en soi, mais pour vous, présentement…

— On en doute un peu, mais bon : c'est un bel effort ! Je vous suis, j'ai compris. »

Quand son psy lui tend son numéro de téléphone cellulaire

avant qu'elle ne quitte le bureau, un frisson la traverse : « Je suis si mal en point que ça ?

— Non. Je vous trouve très forte, très courageuse. C'est une manière de vous offrir un appui en cas d'urgence. Ce n'est pas un avertissement délicat que l'urgence est là.

— Un garde-fou… Avouez que la langue française est d'une richesse : gardez-moi de la folie. »

Yolande allait sortir quand elle se retourne brusquement vers Cantin : « Dans les émotions fortes à éviter, est-ce que vous incluez les émotions fortes agréables ? »

Cantin sourit : « Il vous tente beaucoup. Vous n'êtes pas sortie d'ici que vous êtes déjà chez lui.

— Oui, il me tente.

— Quand vous avez peur, Yolande, ralentissez.

— Vous êtes un adepte du sexe tantrique ? »

* * *

Réflexion faite, ce n'est pas à Steve que Yolande va demander d'appeler Gaston. Elle estime que terroriser son ex ne fait pas partie de sa thérapie et qu'encourager Steve à jouer aux gros bras ne serait pas l'idée du siècle. Comme elle ne sait pas où sont ses archives, elle décide de commencer par quelqu'un qui sera en mesure de fouiller chez Gaston, quelqu'un qui, selon elle, lui en doit une : Madeleine.

Cette solution lui vient alors qu'elle est en pleine correction et, encore une fois, elle reprend deux pages plus haut tellement elle doute de sa concentration. Pourquoi avoir accepté ce contrat ennuyeux ? Pour l'argent, parce qu'être pigiste comporte des risques et que se montrer disponible et efficace diminue ces risques. Allez, Yo, remets-toi à l'ouvrage !

Vers sept heures, une fois sa journée terminée, Yolande appelle Madeleine. Celle-ci se montre aussi étonnée que Yolande le prévoyait, et extrêmement mal à l'aise. Après une courte introduction, Yolande va directement au but et demande à Madeleine si elle sait pour sa fille. Sa vraie fille, Ariane. C'est un « oui » hésitant, empli de points de suspension qu'elle obtient.

« Madeleine, est-ce que c'est possible d'avoir une réponse nette ? J'ai besoin des souvenirs, des photos, des vidéos peut-être… je ne sais pas, moi, des choses qu'on range en prévision du jour où les souvenirs vont être moins durs à regarder. Tu dois bien savoir de quoi je parle ?

— Oui. Tu veux dire que tu te souviens ? Tu t'es souvenue de tout ?

— Non. Je suis loin du compte. J'ai des parcelles, des bribes. Je sais que j'ai eu une fille et qu'elle est morte. Écoute, Madeleine, je ne te demande pas de me parler, de me raconter quoi que ce soit ou de revenir sur le passé. Ce bout-là, je dois le faire seule. Je te demande si tu sais où sont ces choses ?

— Oui.

— Bon ! On avance. C'est chez Gaston ou chez Annie ? »

Madeleine ferme les yeux de soulagement : elle avait si peur que Yolande sache qu'elle avait détenu une partie des souvenirs. « Les deux. Les trois, en fait : il y a des choses ici aussi.

— J'aurais pas pu les laisser à une seule place ! Peux-tu les récupérer pour moi ? Je ne veux pas les voir ni leur parler.

— Yolande, je le ferais avec plaisir, mais je ne leur parle plus, moi non plus.

— Peux-tu le faire quand même ? M'envoyer ce que tu possèdes et aller chercher le reste ? »

Le silence à l'autre bout du fil ne lui dit rien de bon. « Madeleine ? Je sais que c'est beaucoup te demander, mais j'ai besoin de ces souvenirs.

— Je peux toujours aller chez Gaston et trouver ce qu'il y a là-bas. Peu de choses, j'en suis sûre. Pour Annie… elle est fâchée avec moi.

— M'étonne pas. Elle se fâche contre tout le monde ! Son père ? Il lui parle encore ? »

Madeleine s'attend toujours à ce que Yolande lui demande d'expliquer les faits. La vitesse avec laquelle elle passe à l'action et oriente la conversation la déconcerte beaucoup. «J'en sais rien, je peux le lui demander.

— O.K., demande-lui d'aller chercher ce qui m'appartient chez Annie, et ensuite tu m'expédieras ça avec ce que tu trouveras chez lui et ce qui est chez toi.

— Non. Tu ne veux pas que Gaston sache ce qu'Annie possède. Je veux dire…

— Ça va, Madeleine, j'ai compris: ce sont des secrets que j'ai cachés loin de Gaston.

— C'est ça, oui.

— Tu sais ce que c'est, toi?

— Oui. J'ai pas lu, mais oui, je le sais.»

Découragée, Yolande soupire: «Je te jure! On a intérêt à être franc dans la vie. C'est tellement une perte de temps, ces cachettes…

— Si tu veux, je vais commencer par ce qui est chez Gaston. Ici, j'ai les archives de ta fille. On verra après pour ce qui est chez Annie. Elle n'est pas bien. Peut-être que ce qui lui arrive va l'amadouer ou la rendre plus facile.

— Si tu veux mon idée, dès qu'Annie va comprendre que c'est important à mes yeux, elle va le marchander à prix fort.»

Madeleine n'ose pas dire à quel point elle partage cette opinion. Elle prend en note l'adresse de Cantin et essaie de bavarder: «Et toi? Ça va?»

Yolande n'a, de toute évidence, pas le même intérêt qu'elle et la conversation se termine sur un «oui» qui n'appelle pas de développement.

* * *

Enfouie dans les coussins accueillants du canapé, étendue sur Jean-Louis, Yolande se livre à un examen du visage aimable qu'elle caresse. Les sourcils sont bien dessinés, pas du tout broussailleux, avec une touche de gris. «Distingué… le gris fait distingué.»

Le nez est fin et long, la bouche — Yolande la cueille, s'y attarde. Les mains de Jean-Louis sont fermement posées sur ses reins. Elles descendent, dangereuses, tentatrices… Yolande recule, fixe les yeux qui ont seulement l'air étonné. «On devrait arrêter. On dirait des ados.

— Non.

— Non?

— Les ados… ils ne s'arrêteraient pas en chemin comme ça! C'était bon pour notre temps, ça. Maintenant, si un gars ne saute pas la fille dans les vingt-quatre heures, il est condamné. Demande à ton Steve.»

Elle éclate de rire: inutile de demander, Steve ne fait que s'étonner de la lenteur de Jean-Louis. Yolande a beau expliquer que c'est elle qui le demande, pour Steve, un homme devrait être en mesure de faire flancher n'importe quelle femme. Jean-Louis trouve qu'il a bien raison et que Yolande lui donne du fil à retordre.

Ils ont décidé d'en rire. Comme ils ont envie de se voir, de ne pas se censurer et de ne pas effrayer les fantômes de Yolande, il ne leur restait que l'humour. Et la patience. Ils ont opté pour celle-ci sans état d'âme particulier, avec une bonne humeur qui laisse Yolande songeuse. «Tu sais que ce n'est pas vraiment moi, ça? Et si au bout de ma mémoire, il y a une autre Yolande qui ne te convient pas, on va faire quoi?

— On va laisser pisser le veau et on verra. Es-tu toi, là? Es-tu conforme à ce que tu sens?

— Pas vraiment… Je te ferais un sort plus sauvage, je plongerais et baiserais avec une énergie qui te ferait peut-être même reculer…

— Si c'est tout ce que tu trouves pour me faire peur! À ce compte-là, je suis à moitié moi.»

Elle bouge ses hanches, sent son sexe dur sous elle : « Menteur…

— À cet endroit-là, c'est tout moi. Pour l'immobilité, la discipline de fer que tu exiges, c'est un aperçu de qui je suis.

— Je t'en demande pas mal…

— L'exercice a son charme… on s'explore au lieu de s'éclater.

— S'explorer au lieu de s'exploser — pas mal comme idée.

— Ce qui change tout, Yolande, c'est qu'on sait que l'appétit est là. J'oublie jamais que c'est ta confiance en ma capacité de te donner du plaisir qui te fait reculer. Pas le contraire.

— Fais pas celui qui a besoin d'être rassuré. Moi, je n'oublie pas un nom de ces femmes comblées qui n'arrêtent pas de laisser des messages. »

Il rit. C'est vrai qu'ils ont fait le tour de son jardin, puisque celui de Yolande est inaccessible. Il n'a aucune inquiétude : le jour où son passé à elle va revenir, les champions du matelas vont défiler à leur tour. Personnellement, Jean-Louis ne redoute qu'une seule de ces ombres mâles, celle de Francis. Dans son esprit, si Yolande a multiplié les aventures après lui, c'est qu'elle cherchait désespérément à combler le vide qu'il avait laissé. Si lui n'avait pas stoppé brutalement la quête sexuelle amorcée tout de suite après la mort de Françoise, il se serait condamné à la même lutte qu'elle : exiger du corps qu'il restitue en tremblant l'absolu du cœur enfui. Son deuil a été long et solitaire, mais une fois qu'il s'est décidé à le faire au lieu de s'étourdir, il l'a fait. Les femmes qui sont ensuite venues faire vibrer sa vie — et son corps — n'étaient pas de pâles substitutions de Françoise. Elles étaient la vie retrouvée, la santé retrouvée, la fin de l'hiver du deuil. Il croise ses mains derrière la nuque douce de Yolande : « Si je m'aperçois que tu te fais mal, que tu agis violemment avec toi, je vais probablement avoir de la misère à le supporter. Et je ne le dis pas seulement à cause de notre abstinence forcée qui est le prix pour te protéger présentement.

— Tiens ! Toi aussi, tu sens que la vieille Yolande n'a pas toujours été douce avec moi ?

— Le peu qu'on en sait m'a l'air assez dur.

— S'il faut que je retrouve une sadique impitoyable…

— Tu vas lui montrer la porte.

— Et pourquoi je l'aurais pas fait avant, Jean-Louis ? Quand elle me nuisait ?

— T'oublies une chose : t'avais vingt ans. Tu n'étais pas exactement celle que tu es maintenant. Regarde Steve : à vingt ans, c'est dur d'apprendre de notre expérience. On se bat, on se débat plutôt que de se calmer et réfléchir.

— Tu t'es débattu, toi ?

— Pas à vingt ans, j'ai été épargné. J'ai navigué en eau tranquille. Pas comme toi ! »

Elle se blottit contre lui, met son nez dans son cou : « Maintenant que je suis là, c'est fini, la vie tranquille ! »

Il caresse son dos avec douceur : « J'aime assez ma tempête. »

Ils sont si bien dans ce sofa, dans cet appartement. Yolande a l'impression d'y être protégée, sur un îlot, à l'abri de toutes les intempéries.

Ça fait longtemps qu'ils sont silencieux quand Jean-Louis murmure : « De toutes les choses que tu redoutes de ton passé, laquelle serait la pire si elle se révélait vraie ?

— Que Francis ait tué notre fille. »

* * *

Yolande ne sait pas si c'est l'intimité qu'elle développe avec Jean-Louis qui en est la raison, mais Steve rouspète et bougonne souvent. Ce soir, c'est l'incommodité des appareils ménagers qui l'oblige toujours à attendre après elle pour terminer ses recettes qui est la cause officielle du désagrément. Elle est arrivée tard, elle le sait. Même si ce n'est pas la première plainte que Steve émet, la tension et la mauvaise humeur, elles, sont plus aiguës que d'habitude.

Quand le plat est enfin glissé dans le four, Yolande essaie d'empêcher Steve de se réfugier dans un silence buté. «Steve, on va faire venir quelqu'un pour obtenir un devis: ça existe des cuisines adaptées.

— Pis toi? Tu vas cuisiner à genoux?

— J'en fais moins que toi. Je garderai un comptoir.

— Tu sais c'que j'en pense de tes patentes à gosses d'infirme?

— Oui. Mais je sais aussi que t'aimes pas attendre après moi pour finir une recette… une chaise roulante haute?

— Niaise pas! C'pas drôle.»

Mais il rit un peu. Yolande répète son offre et ajoute qu'il existe des subventions pour ce genre d'aménagement.

«Ben oui: dix piasses trois ans plus tard quand t'as passé toutes les contrôles! *Bullshit!*

— Tu t'es renseigné? Où ça?

— L'Internet, Yo, y a rien que toi qui se sert pas de ça! Toi pis ton flanc-mou.»

C'est le nouveau surnom de Jean-Louis que Steve trouve très drôle et très descriptif.

«Qué-cé qu'y pense, le gouvernement? Qu'on fait rien, quand on est infirme? On est supposé rester tout seul? Ou ben ta blonde fait toute pis toi tu te pognes le beigne en attendant de manger pis de t'laver?

— Y te connaissent pas encore…»

Elle commence à savoir le prendre, son *bum*. Il rit et certifie qu'il n'est pas près de lâcher: «Tant qu'à pas me tuer, je vas les faire sacrer!»

«Tant qu'à pas me tuer» est la nouvelle formule de Steve. Depuis le 27 octobre, au lieu de revenir sur ses états d'âme passés, il s'est mis à introduire des changements dans sa vie avec cette phrase qui sonne plutôt agréable aux oreilles de Yolande. Même si elle a un petit côté brutal. Cantin avait adoré quand elle lui avait répété la phrase.

Yolande avait un peu grimacé quand «tant qu'à pas se tuer», Steve avait décidé de rappeler Sylvie. Aux yeux de Yolande, la raison de l'appel manquait de noblesse ou d'égards pour Sylvie, mais comme elle estimait que cela ne la regardait pas vraiment, elle n'avait rien dit. Et Steve avait renoué avec son ancienne blonde.

«Pourquoi tu demandes pas à Sylvie ce qu'ils font, les couples où la cuisine n'est pas adaptée? C'est son métier de savoir ça.»

Steve lève les yeux au plafond: «Cé que tu penses? J'y ai demandé! Des crisses de béquilles, si je mets une des deux prothèses.

— Le temps que t'es devant la cuisinière, c'est pas si long…

— Crisse: mets-toi des béquilles en dessous des bras pis brasse, tu vas voir que c'pas long!

— Bon, Steve, on le sait que c'est pas parfait, être amputé, mais c'est de même! On essaie de trouver des solutions, collabore un peu!

— Vas-tu aller rester avec lui?»

Le voilà, le problème, évidemment. Steve prend son air détaché, celui du gars à qui on ne la fait pas. Yolande évalue l'ampleur de l'inquiétude à l'indifférence qu'il affiche.

«Tu vas trop vite, Steve. Je suis bien avec lui. Et je suis bien avec toi… sauf quand tu chiales sur une chose parce que tu t'en fais à propos d'une autre. La pognes-tu?

— Pense que oui.

— On a un vrai problème si tu crois que me rapprocher de Jean-Louis veut dire m'éloigner de toi.

— C'pas ça?

— Non. Quand t'étais avec Sylvie, tu t'es pas éloigné de moi. On a continué de parler ensemble. T'es revenu avec Sylvie et qu'est-ce qu'on fait, là, tu penses?

— On jase presque pus. Fait longtemps qu'on a pas regardé un film ensemble.

— T'es jaloux?

— Non! J'm'ennuie de toi, crisse! Chus pas amoureux de toi, c'pas ça… »

Il voit bien qu'il s'embourbe, il ne sait pas c'est quoi, ce rapport unique dans sa vie, cette forme d'affection gratuite qui a ses exigences sans faire payer de prix. Coincé, il la regarde en attendant qu'elle finisse sa phrase.

« O.K., Steve, moi je t'aime. Je t'aime et même si je me mets à aimer Jean-Louis un jour, je vais continuer de t'aimer. Et je sais que tu m'aimes. On va se promettre quelque chose : on est là l'un pour l'autre. On peut aimer d'autres personnes, mais on est là l'un pour l'autre, point final.

— Numéro un? Pour toujours? »

Elle hésite, elle ne veut pas mentir : « Imagine qu'en plus de s'aimer et de se faire confiance, on baisait…

— Tu veux pas!

— Attends… Si, par exemple, mais c'est juste un exemple, si, avec Sylvie, tu commençais à te confier, à dire des niaiseries qui vous font rire juste vous deux, à faire des choses ensemble… ça s'appelle avoir une vie amoureuse, Steve, partager une intimité. C'est comme ce qu'on a, avec en plus le désir et la sexualité. La personne qui nous donne ça, elle est numéro un.

— Pis moi, numéro deux?

— J'essaie de te dire que tu pourrais avoir une personne numéro un dans ta vie.

— Pourquoi je ferais ça? Parce que tu vas t'en aller avec lui?

— Non. Pour avoir une vie complète.

— J'en ai une… si tu pars pas.

— Sylvie?

— Je l'énarve… Pis a m'énarve. On mange-tu, c'est prêt! »

Yolande a beau tenter de revenir sur le sujet, Steve ne veut rien savoir. Muet sur les raisons qui énervent Sylvie, muet sur ce qui l'énerve, lui, elle finit par battre en retraite.

Le film qu'ils regardent ensuite est très bon. Elle est souvent émue et Steve aussi : ils se mouchent de concert et se trouvent très moumounes. Ils adorent ça.

* * *

« La bombe est là ? »

Yolande s'approche — une boîte en carton tout ce qu'il y a de plus ordinaire. L'inscription sur le côté est inscrite de sa main : *YOL. Personnel. Ne pas ouvrir.* Elle effleure les lettres d'une main incertaine. « J'avais été très claire… pour les autres comme pour moi. »

Madeleine lui avait laissé un message pour lui faire savoir que la première partie de sa mission était accomplie.

Yolande lève les yeux vers Cantin. Son bon visage aux yeux attentifs peut-il faire le poids avec cette chose carrée qui s'appelle aussi son passé ?

« Ça peut attendre que vous soyez prête. On peut l'ouvrir plus tard. Quand vous voudrez.

— J'en sais assez pour comprendre que je ne serai jamais prête. »

Sans attendre, d'un main ferme, elle écarte les rabats et regarde.

Sur le dessus, dans une pellicule plastique jaunie par le temps, une mèche de cheveux très fins et très blonds. Une mèche pas très fournie de cheveux qui ne bouclent pas.

Yolande s'assoit — elle fixe le minuscule témoin : « Quelquefois, quand ils sont encore petits, les bébés n'ont pas beaucoup de cheveux… C'est long avant qu'ils soient fournis. » Yolande lève les yeux vers Cantin : « Vous pensez que je les ai coupés quand elle était morte ? J'ai fait ça ? »

Cantin ne dit rien. Yolande pose le plastique sur le bureau : « Peut-être que quelqu'un d'autre l'a fait pour moi. Je ne peux pas m'imaginer me pencher sur elle avec des ciseaux… C'est indécent, non ? C'est… déplacé, mesquin. J'espère que c'est pas moi. Prendre un morceau pour le tout, une partie pour la totalité... c'est une figure de style...

— Vous voulez arrêter?

— Je m'égare, c'est ça? C'est elle, mais ça ne me dit rien.»

Elle se lève, regarde encore à l'intérieur de la boîte, en sort une enveloppe de grande dimension.

La première photo est celle d'un bébé hilare assis dans son bain, un canard en plastique serré dans ses mains potelées. Elle a les épaules haussées et, sur la tête, une débarbouillette qui lui fait un couvre-chef surprenant. Les yeux rieurs sont du même bleu que celui de la débarbouillette. Deux fossettes adorables percent ses joues rebondies. L'arrondi des épaules donne envie de se pencher pour les embrasser. Yolande examine avidement les moindres détails, elle s'absorbe dans sa contemplation et découvre sans rien reconnaître.

«C'est toi... C'est elle... Elle ne me ressemble pas beaucoup.»

Elle retourne la photo et y trouve ce qu'elle espérait : *Mai 1972.*

«Probablement une des dernières photos d'elle...»

Elle pose la photo, en tire une autre de l'enveloppe : Ariane assise dans sa chaise haute, très occupée à faire un dégât avec ses aliments. Elle est penchée en avant, la face barbouillée, sa bouche esquisse un baiser pour Francis qui, lui aussi, étire son visage vers le sien. Le plaisir est partagé et la complicité, totale.

«Mais!... Il n'est pas... Il n'est pas si jeune... Regardez! J'avais quoi? Vingt et un ou vingt-deux ans...» Elle tourne la photo. «Vingt et un ans. Lui? Vous diriez quel âge?»

Cantin regarde. Évidemment, ce n'est pas un jeune homme. C'est un homme dans une trentaine bien entamée.

«Les lunettes... Vous vous rappelez, ce souvenir de Francis endormi avec ses lunettes de lecture? Ça ne m'a pas frappée parce que j'en porte maintenant, mais à l'époque... Ça veut dire qu'il avait quoi? Pas loin de quarante ans... Il avait le double de mon âge?»

De toute évidence, rien de ces images ne réveille sa mémoire. Elle tire une autre photo, contrariée. C'est lui. Seul. Face à la fenêtre. Il a un livre sur les genoux, un bras replié sur la tête. Il tient ses lunettes. Le profil est magnifique. C'est un visage classique, une belle tête à la mâchoire carrée, aux lèvres dessinées.

Yolande pose une main sur le visage : « Ses yeux sont très bleus... on ne le voit pas sur cette photo. Je le trouve encore beau... C'est fou, je le reconnais, mais c'est parce qu'il ressemble à l'homme dans mes rêves... Il manque toujours un lien, une connexion. Je sais que c'est lui, mais je ne le sens pas.

— Vous voulez arrêter ?

— Non, je veux reconnaître. Voir et reconnaître ma fille. »

Mais rien ne surgit. À mesure que Yolande sort les images, quelquefois en couleurs, quelquefois en noir et blanc, elle s'attarde, scrute, mais aucune étincelle ne jaillit.

Il y a un portrait extraordinaire d'elle, en noir et blanc. Sa fille est naissante, elle est blottie contre sa poitrine, les minuscules poings fermés près de ses joues, et Yolande lève des yeux émerveillés vers la personne qui prend la photo. L'amour absolu qui l'habite la transfigure. Lumineuse, bouleversée, si jeune...

« Regardez, docteur, regardez comme je l'aimais. »

Les photos s'empilent sur le bureau de Cantin. Toute une partie de sa vie s'étale devant elle. Tous ces clichés, comme autant de témoins d'un passé disparu, enfoui dans le néant.

Un profond découragement gagne Yolande à mesure que les enveloppes sont ouvertes.

Il y a bien un petit moment de victoire quand, devant une photo où elle est en présence de deux autres personnes, Yolande s'exclame : « Celle-là, je la reconnais ! » C'est Lili avec un inconnu et elle — ils lèvent leur verre à l'objectif.

Yolande retourne la photo : « *1980*... Ça faisait huit ans. Elle, c'est Lili, une fille avec qui je travaille chez Robinson, je sais qu'on a été amies. Lui, je ne sais pas si c'est avec elle ou avec moi qu'il est. Le photographe doit faire la paire. On doit fêter quelque chose. Regardez : c'est du homard dans nos assiettes… J'ai l'air de m'ennuyer un peu. Comme toujours, sur les photos. J'ai pas l'air très facile à vivre ! »

Elle met la photo de côté : « Je vais la montrer à Lili. »

Une fois la boîte vidée, elle replace les enveloppes sans rien dire. Cantin attend qu'elle se décide à parler. Mais rien. Fermée, furieuse, Yolande se tait.

Cantin soupire : « Vous savez, Yolande, le cinéma nous fait beaucoup de tort. À cause de ces moments magiques où tout se résout, où l'amnésique se retrouve enchanté d'être ce qu'il avait été, avec un ordre parfait, une chronologie qui défie tout bon sens… Vous attendiez la grande scène finale, je sais, c'est difficile de ne pas l'espérer. Mais c'est plus long dans la vraie vie. Et plus compliqué. Parce que tout ça va travailler, maintenant. Tout ça va être absorbé par votre cerveau. Le réveil va se produire, mais progressivement. »

Elle tripote la photo de groupe avec Lili — elle est bouleversée de ce qu'elle a vu et bouleversée de ne pas y avoir vu davantage. Elle le dit à Cantin qui lui répond par une question : « Il manque quand même quelqu'un, là-dedans, vous ne trouvez pas ? »

Yolande hoche la tête, incapable de deviner de qui il parle. Mais Cantin se tait, il semble décidé à laisser planer un autre mystère.

« Dites-le ! Vous ne trouvez pas que, côté devinette, je suis assez servie ?

— Votre mère… On a vu votre père et probablement vos grands-parents… mais votre mère ? Vos photos de bébé à vous étaient prises sans personne auprès de vous. »

Il a raison, elle n'avait pas remarqué. « J'en ai une chez moi. Une photo de son remariage. Je vous l'apporterai la prochaine fois.

— Et la boîte ? Je la garde ? Vous la prenez avec vous ?

— Gardez-la. Je les ai assez vues. J'ai peur que, si je les fixe trop, je m'imagine avoir retrouvé un vrai souvenir. À vendredi.

— Vous avez toujours mon numéro de cellulaire ?

— Vous avez toujours l'impression que ça va faire mal à ce point-là ?

— Yolande, vous êtes déjà ébranlée, vous êtes très, très ébranlée par l'exercice…

— Et très frustrée, oui !

— Méfiez-vous de la colère.

— Mère de tous les excès ! »

Dehors, il fait un froid sec, la première neige a totalement disparu et le paysage est nu, d'un gris acier. « Comme ma mémoire ! » Yolande marche d'un bon pas. Elle veut secouer son impatience et sa frustration dans une dépense d'énergie physique. Boulevard Saint-Laurent, comme elle passe devant les éditions Robinson, elle entre voir Lili.

Parce que le Salon du livre de Montréal vient de se terminer, c'est un moment plutôt tranquille. Elle trouve Lili en train d'essayer de « faire de l'ordre dans le chaos » en triant des piles de manuscrits. Yolande s'assoit : « J'aime mieux ton chaos que le mien ! »

Lili relève la tête et vient s'asseoir en face d'elle : « Quoi ? Ton chaos te pèse ? »

Yolande fouille dans son sac : « Tu sais que je viens de te retracer ? J'ai une photo, attends… T'es vraiment jeune, là-dessus, ça fait longtemps qu'on se connaît. »

Lili déglutit avec difficulté — le moment est déjà là ? Déjà finie, la pause bénie ? Yolande a l'air si peu froissée, ce n'est pas possible qu'elle ait retracé leur passé commun et qu'elle reste aussi amicale. La photo qu'elle lui tend… si elle se souvient ! Son anniversaire, ses vingt ans. Avec Bertrand qui, à ce moment-là, faisait de la figuration dans leur couple… Non, Bertrand était déjà avec Yolande, il n'a jamais fait de figuration. C'était elle, la figurante qui croyait avoir le premier rôle.

« Alors ? Tu le connais ? Il était avec toi ? Qui prenait la photo ? Ton homme ou le mien ? »

La brise fraîche du soulagement permet à Lili de respirer plus à l'aise. Elle ne répond pas. Elle pense au déclenchement automatique qui les avait tous fait sacrer! Cette photo est presque un hasard, tellement ça avait été compliqué à exécuter.

« Pourquoi tu ris? C'est qui?

— Cela ne me concerne peut-être pas?

— Lili… Je viens de passer une heure à regarder des photos qui ne me disaient rien. T'es la seule personne que j'ai nettement reconnue. Tu m'en dois une: c'est qui?

— Bertrand.

— Et il allait avec…

— Toi. »

Yolande reprend la photo: « Ah oui? » Elle semble très étonnée.

« Ça te surprend? C'est pas ton genre, tu penses?

— Non. J'ai pas de genre… enfin, je ne sais pas. Est-ce que je l'aimais? »

Lili demeure silencieuse, et cette fois, ce n'est pas par discrétion ou par pudeur. Elle ne sait pas. Elle a vu Yolande avoir des coups de passion physique si intenses et, en même temps, elle ne l'a jamais entendue dire « je t'aime ». Ni à elle. Ni à Bertrand. Des « arrangements pratiques », voilà comment Yolande traitait ses liaisons. Pratiques pour elle, voilà comment, dans sa passion exclusive et déçue, Lili qualifiait la chose.

« Est-ce que je l'aimais, Lili? »

En cet instant, Yolande lui paraît si vulnérable, si anxieuse que Lili inventerait n'importe quel mensonge pour l'apaiser. « Je ne sais pas. Vraiment. Je ne peux pas le savoir… Tu ne m'as jamais dit rien de tel, en tout cas. »

Yolande examine la photo. Elle murmure, davantage pour elle-même que pour Lili: « Y avait juste Francis…

— Ça, je pense que c'est vrai…

— Tu l'as connu?

— Non. Tu m'en avais parlé. »

Lili voudrait que cette conversation s'arrête là. Elle ne veut pas être coincée et devoir donner des détails. Elle ne veut pas être celle qui ravive Francis et son cortège de drames. Yolande semble au bord de l'épuisement : « J'en parlais ? Mon dieu, Lili, je ne me connais pas ! Jamais j'aurais pensé...

— J'ai pas dit que t'en parlais tout le temps ! J'ai dit que tu m'en avais parlé. Une fois. On arrête, veux-tu ? Je ne veux pas continuer.

— Pourquoi ? J'ai été ignoble, c'est ça ? »

Pourquoi dit-elle ce mot, ce mot précisément ? Lili s'éclaircit la gorge : « S'il te plaît... »

Yolande range la photo. Ses yeux sont d'une infinie tristesse : « Je t'ai blessée à cause de Francis ? C'est ça, Lili ? T'es tellement jeune sur la photo. Est-ce que je t'ai fait du mal ? »

Cette tendresse tout amicale est le plus grand chagrin qu'elle puisse lui faire. Les yeux pleins d'eau, Lili ne la détrompe pas. Elle a tant haï cet homme, ce Francis qui n'avait rien fait pour Yolande, une fois sa vie dévastée. Rien. Sauf la détruire à petit feu. Sauf détruire toute forme d'espoir de lui échapper un jour. La seule fois où Yolande avait parlé de cet homme, c'était parce qu'elle l'avait appelé au beau milieu du plaisir. La scène que Lili avait faite ! Sa jalousie, sa possessivité qui trouvait enfin une cible. Et plus Yolande en révélait, et plus Lili l'avait haï. Ignoble. Elle l'avait qualifié d'ignoble. Et Yolande avait claqué la porte pour deux semaines. Lili sent qu'elle doit quand même ramener un peu de vérité entre elles deux : « Yolande, tu n'as pas été ignoble. Jamais. On s'est fait de la peine mutuellement. J'ai des raisons de m'en vouloir... et si tu t'en souviens un jour, j'espère que tu vas me permettre de m'expliquer.

— Toi ? Voyons donc ! T'avais quel âge, là-dessus ? J'avais quel âge ?

— T'as neuf ans de plus que moi. La photo, c'est le jour de mes vingt ans.

— Vingt ans... »

Yolande n'a même pas besoin de faire le calcul. Le jour où elle a eu vingt ans, Ariane avait tout juste un an. On est si jeune à vingt ans. « As-tu des enfants, Lili ? »

Lili hoche la tête, le cœur lourd : avec elle, elle en aurait eu un. Comme elle avait essayé de la convaincre ! Une nouvelle petite fille, une nouvelle vie. Bertrand comme père, juste le temps de concevoir cet enfant qui serait une fille, qui serait la survie de Yolande. Lili se souvient de tout avec une telle acuité.

« On arrête, Yolande, tu es vidée. T'es pâle à faire peur. Tu veux qu'on aille manger ensemble ? J'ai du temps... »

Yolande refuse et part.

Elle remonte jusque chez elle à pied.

Elle devrait appeler Jean-Louis, elle lui a promis de le faire, quels que soient les résultats de l'expérience. Elle sait très bien qu'il est inquiet. Il n'aimait pas du tout l'idée d'aller au-devant du passé. De provoquer sa mémoire. La confiance de Yolande en Cantin et en sa capacité d'aborder les tournants difficiles le rassurait à peine.

L'appartement est calme. Steve est sorti. Yolande ferme la porte de sa chambre, contente de ne pas avoir à parler.

Elle s'assoit à sa table de travail. Nue. Quelques crayons, une gomme à effacer tout arrondie, douce, réduite à la taille d'un vingt-cinq cents : comme il faut effacer pour en arriver à un format si petit ! Elle la fait rouler contre sa joue, petite boule duveteuse, comme la joue d'un bébé. L'odeur si caractéristique. Quand elle était petite, la gomme était rose — pas blanche comme celle-ci. Pourquoi les gens, leur souvenir la fuient-ils ? Il n'y a que les objets qui lui reviennent. Les cubes en plastique d'Ariane, les baisers de Francis, mais pas sa voix, sa gomme à effacer... Elle voulait regarder quelque chose en rentrant, elle a oublié quoi. Un détail à vérifier. Sa vie n'est qu'un amas de détails. Des gommes à effacer rongées par le temps, érodées, à peine utilisables.

Le téléphone sonne. Yolande ne bouge pas. Elle est trop épuisée pour parler. Jean-Louis va attendre, il va comprendre.

Pour une fois qu'elle fréquente quelqu'un qui a du bon sens ! Elle devrait d'ailleurs cesser cette comédie et faire l'amour avec lui. Après sa matinée d'archives, si sa mémoire est restée un bloc sans faille, ce n'est pas le plaisir qui va l'ébranler.

Sa tête est si lourde. Elle se lève, péniblement. Elle a cent ans, mille ans. Elle s'écroule sur son lit.

Elle se noie. Elle ne sent pas l'eau autour d'elle. Mais elle n'arrive déjà plus à respirer. L'eau a envahi sa poitrine, ses poumons. Elle halète, elle suffoque. Elle va crever. Elle se noie et elle est seule. Elle se réveille en sursaut, mais la sensation ne passe pas. Pliée en deux, elle cherche l'air, se débat : ses poumons refusent de se remplir. Un son disgracieux sort de sa gorge contractée. Paniquée, elle se lève, ouvre la fenêtre : l'air froid lui fouette le visage, mais n'aide en rien sa respiration courte, chuintante. La pièce commence à tourner autour d'elle. De l'air ! Il lui faut de l'air ! Appuyée contre la fenêtre, elle s'exhorte à se calmer, à faire entrer l'air de force dans ses poumons serrés. Crise cardiaque. Elle fait une crise cardiaque. Elle titube hors de sa chambre. Steve n'est pas là. La douleur aiguë vient du cœur, elle est certaine de mourir d'une crise cardiaque. Elle saisit le téléphone, en proie à une confusion sans nom, elle cherche le numéro à faire en cas d'urgence… Le seul qui lui vient est le 411, et la voix machinale n'est pas celle qu'elle attend. Le plancher a l'air de se soulever, de venir à sa rencontre. La douleur est violente dans sa poitrine. Le contact du sol l'extrait un instant de l'inconscience. Elle appuie sur « mémoire 1 » : la voix de Jean-Louis. Enfin ! Elle ne peut plus parler, l'air est rare, mais ça fait moins mal. Ça doit être grâce à lui. Elle perd conscience.

Dès qu'elle se réveille dans l'ambulance, dès qu'elle entend le diagnostic, Yolande demande qu'on la laisse rentrer. Il lui faut attendre d'être à l'hôpital, de voir un médecin confirmer qu'il s'agit bien d'une crise aiguë d'hyperventilation et de signer tous les papiers nécessaires à sa « mise en liberté » avant de se retrouver dans un taxi, à côté de Jean-Louis qui lui répète que ce n'est pas très prudent.

« As-tu ton cellulaire ? »

Elle compose le numéro de Cantin qui, contre toute attente, répond. Elle le met au courant de ce qui vient de lui arriver et il s'informe tout de suite : « Où êtes-vous ?

— Dans un taxi. Je retourne chez moi. Mais il y a un homme très inquiet près de moi qui voudrait que je me stresse davantage en restant à l'hôpital.

— Passez-le-moi. »

Jean-Louis ne dit presque rien d'autre que « oui » de temps à autre. Ses yeux vont de Yolande au paysage. Quand il referme le téléphone, il sourit. Yolande attend qu'il parle et, devant son silence, finit par demander : « Ça va mieux ? T'es rassuré ?

— Ça va mieux certain ! Tu t'en viens chez moi. Prescription de Cantin. »

L'idée ne la déprime pas du tout, mais elle n'est pas tellement enchantée de se trouver à charge : « T'es pas tanné de jouer à l'infirmier ? S'il y a une chose qui doit te répugner, c'est bien l'idée d'une amoureuse malade.

— C'est vrai. C'est même une chose que je me suis juré de ne plus jamais vivre.

— Une chance que je ne suis pas malade !

— C'est exactement ce que Cantin vient de me dire : étant donné les circonstances, il est normal que tu sois dans cet état. Tu es perturbée, angoissée, inquiète, mais pas cardiaque. J'ai plein de sacs en papier chez moi, au cas où ça te reprendrait.

— Que c'est rassurant ! »

Mais ils n'ont pas à recourir à la respiration dans le sac en papier : dès qu'elle a pris ses affaires et qu'elle sort de chez elle, l'étau se desserre.

* * *

Ils sont occupés à préparer une sauce à spaghetti et Yolande raconte à Jean-Louis l'échec du test des photos. Elle a la certitude que Jean-Louis a attribué sa crise de panique à la découverte d'une parcelle traumatisante du passé et elle veut remettre les faits à leur place.

« Tu as rapporté des photos ?

— Non. Sauf celle que je pouvais identifier, celle de Lili.

— Alors, c'est quand même pas un échec total.

— À cause de Lili ?

— Non. Tout le reste, si ça ne t'avait rien rappelé du tout, si ça avait été inoffensif, tu les aurais rapportées. Tu aurais montré le visage de ta fille à Steve. Peut-être aussi à moi. Au lieu de ça, tu planques tout chez Cantin et tu reviens faire une crise d'angoisse chez toi.

— Tu me fais peur. T'as raison ! »

Elle pose la branche de céleri qu'elle s'apprêtait à émincer. Jean-Louis jette l'ail et les oignons dans l'huile. L'odeur parfume toute la cuisine. Il est assez réconfortant à regarder, cet homme : « Pourquoi t'es si *cool,* comme dirait Steve ? »

Les yeux verts, moqueurs, la défient : « Tu veux pas le savoir, Yolande !

— *Try me.*

— L'expression s'applique à autre chose… un sens beaucoup plus sexuel.

— C'est ça, ton côté *cool* ?

— Je pense que je suis amoureux, Yolande. Et comme t'aimes mieux être ici que dans ton passé, tu ne peux pas savoir comme c'est une bonne nouvelle pour moi !

— Il t'a vraiment rassuré, Cantin… Combien de temps ça mijote, ta sauce ?

— Une bonne heure, au moins… T'as faim ?

— Pour te montrer à quel point t'as raison, je vais te dire une chose : en revenant chez moi, j'avais décidé de faire l'amour avec toi. D'arrêter de tout ménager. »

Il la considère, les yeux bien brillants : « Décidé ? Unilatéralement ? Le céleri… j'en ai besoin. »

Elle s'empresse de se remettre à couper. Jean-Louis éteint la cuisinière et défait son tablier en l'enlaçant : « Viens voir ce que je viens de décider unilatéralement. »

* * *

« Peut-être que je suis frigide ? »

Au moins, ça le fait rire !

« Ris pas ! T'es beau, t'es bon, tu fais tout ce qu'il faut, et zoup ! ça m'échappe. Choquant !

— Y a rien qui m'étonne là-dedans, moi.

— Tu savais que ça marcherait pas ? Pourquoi tu l'as fait ?

— Un, ça a marché quand même un peu, et deux, pour en finir avec la fameuse première fois. Sais-tu quoi, Yolande, j'ai toujours détesté la première fois. Et j'ai toujours détesté les femmes vierges.

— Ah ben là ! Pourquoi ?

— Trop de responsabilités, pas assez de légèreté. Je sais que c'est censé être un grand cadeau qu'une femme nous fait, mais… non.

— Au moins, j'étais pas vierge.

— T'étais pire que vierge : imagine si toute ta mémoire avait voulu revenir d'un coup. »

Elle pose une main vive sur sa bouche pour le faire taire. Il la mord doucement, et il intercale des mots aimables entre chaque morsure : « Monstre… T'essayes de me faire perdre mes moyens… Espèce de vierge ! »

Elle murmure : « *Monstre adoré…* comment c'était ? *Tigre adoré, monstre indolent…* Je sais plus, tu me déconcentres. »

La bouche dévorante est sur son poignet et remonte vers l'épaule pour sauter sur sa bouche. Entre deux baisers, il la fixe avec amusement : « Encore tes poètes ? On n'est jamais tout seul avec toi. »

Yolande l'embrasse et garde pour elle le vers qui lui revient encore avec une précision meurtrière : *L'oubli puissant habite sur ta bouche.*

Délibérément, presque froidement, elle saisit le désir, le cravache, le monte comme un cheval rebelle, l'éperonne, accélère la cadence pour ne pas qu'il lui échappe, pour le mener au bout de sa course, dans l'abîme du plaisir, avec un mouvement ample et rythmé qui secoue ses seins, un mouvement qui s'accélère, s'approfondit pour éclater brusquement à la crête aiguë, les reins immobilisés, le corps tendu, en suspension, agrippé à l'instant divin, l'instant parfait, juste avant de basculer et d'être terrassée par l'extase.

La main de Jean-Louis se pose sur sa nuque humide. Ils sont à bout de souffle, tous les deux. « Alors ? »

Elle ne sait plus trop à quel sujet il se réfère. « Alors, finalement, je ne suis pas frigide. »

La légèreté les recouvre.

∗ ∗ ∗

C'est Jean-Louis qui a décidé d'inviter Steve à souper. À chaque complication que soulevait Yolande, il trouvait une solution.

C'est le genre de rencontre qui fait trop officielle, selon Yolande, ça risque d'éloigner Steve. Jean-Louis insiste pour que Steve refuse lui-même. Ce qu'il ne fait pas.

Jean-Louis va le chercher et, quand Steve roule sa chaise dans le grand salon, il fait le « Wow ! » des bons jours.

Le court mot qu'elle lui avait laissé pour le rassurer « avait pas faite la job », comme il le spécifie. Il questionne, revient sur les évènements de la journée sans faire de détours. Quand Steve a une question à poser, il ne la tourne pas sept fois dans sa bouche, et Yolande ne fait pas de détours non plus dans ses réponses. Jean-Louis apprend beaucoup en observant cette dynamique. Il reçoit les félicitations de Steve pour la qualité du repas et, de fil en aiguille, ils en viennent à parler cuisine. Jean-Louis avoue avoir suivi des cours pour se dégrossir et arriver à ses fins sans jeter ses chaudrons au bout de ses bras.

Steve est très étonné, comme si c'était un aveu de non-masculinité que de suivre un cours de quoi que ce soit. Ce qui amuse Jean-Louis. « Il y avait plus d'hommes que de femmes à ces cours, et puis, pour ménager notre vanité, ça s'appelle de la gastronomie. Ça fait très masculin, Steve… et un peu snob ! »

Yolande trouve qu'ils s'entendent vraiment très bien. Elle craignait un peu la jalousie de Steve. Pas du tout, il se montre ouvert, drôle, content. Il s'initie au scotch, boisson qu'il n'a jamais testée, et estime que c'est très bon et très soûlant.

Mais là où le lien se tisse entre les deux hommes, c'est avec les oiseaux. Dès qu'il se trouve dans le bureau de Jean-Louis et qu'il voit tous les livres qui traitent des oiseaux, Steve se déchaîne et pose question sur question. Jean-Louis répond avec sa passion pour l'ornithologie et Steve rentre chez lui avec quelques livres pour l'initier, et la promesse de faire équipe avec Jean-Louis dès sa prochaine excursion.

Le « tu m'appelles demain matin ? » de Steve, son œil moqueur, allumé, quand il comprend qu'elle ne rentrera pas avec lui est un poème à la discrétion indiscrète. Surtout que Jean-Louis insiste pour aller le conduire.

Debout devant les grandes fenêtres du salon, Yolande devine que Jean-Louis devra subir un conseil ou deux. Elle est contente de cette soirée, jamais elle n'aurait imaginé que cela puisse être si simple. C'était sans compter sur la séduction de Jean-Louis, cette patience tranquille, sa façon de ne pas essayer de prouver quoi que ce soit. De tout ce qu'elle sait de Steve, jamais il n'a eu de présence mâle forte dans sa vie. Jamais autre chose que des figures autoritaires sans vraie force et, bien sûr, sans affection.

Des gens qui voulaient le dompter sans l'écouter. Des gens qui ne s'intéressaient pas à lui.

Elle entend Jean-Louis rentrer… et éteindre partout dans le salon avant de venir se placer derrière elle. Il sent le froid et il est chaud contre son corps.

« Tu n'es pas fatiguée, toi ? »

Elle fait oui et tend la main vers sa tête pour toucher ses cheveux.

« Steve m'a expliqué comment m'y prendre avec toi : t'aurais adoré.

— Comment ?

— Pour le résumer, je dirais "à la hussarde"… ce qui serait plutôt ton style, si je me rappelle bien notre sieste.

— Steve a jamais pris son temps de toute sa vie.

— C'est de son âge.

— Pas du mien. Ça a cliqué entre vous deux, ce soir.

— Arrête de t'inquiéter : ton protégé m'apprécie un peu, ce qui est beaucoup. Viens te coucher, tu vas tomber. »

Tout comme elle était réticente à s'abandonner au plaisir, elle résiste au sommeil.

J'ai peur de ma mémoire. Le poème déchirant de Marceline Desbordes-Valmore. *N'écris pas…*

Elle revoit la photo de sa fille dans le bain, le canard serré sur sa poitrine. Sa petite fille innocente qu'elle a vue sans la reconnaître. Elle se rend compte que chaque photo est restée gravée en elle et que sa mémoire défaillante a tout enregistré fidèlement.

Jean-Louis dort profondément, son souffle paisible est rassurant. Elle repasse toutes les photos sans se presser, pour les regarder de nouveau, tranquillement, sans que quiconque la surveille, épie ses réactions. Elle regrette de ne pas les avoir vraiment avec elle. Quand son esprit lui restitue cette image d'elle qui porte son nouveau-né et qui regarde le photographe avec amour, elle ne peut s'empêcher de revoir une sorte de victoire dans son œil. Il avait quand même tout quitté pour elles deux : son ancienne vie, son mariage. Yolande est convaincue qu'il était marié.

Elle ne comprend toujours pas pourquoi il a refusé de reconnaître Ariane. Dieu du ciel ! La seule chose qu'elle sait de tout ce passé, c'est qu'il est le père de cette enfant et qu'il lui a annoncé sa mort. Pourquoi ne pas l'avoir reconnue ?

Elle écarte les draps, se lève sans bruit et va s'asseoir au salon. La colère encore, cette terrible émotion qui est son danger à elle — la rage, le refus, le déni — elle essaie de forcer son esprit à revenir à sa fille, à ce petit visage plein de vie, plein de confiance et d'amour. L'absolu de l'amour dans les yeux de sa fille qui la contemple en buvant à son sein. Yolande ne sait plus si c'est la photo ou le vrai souvenir. Elle s'en fout. Elle veut voir Ariane encore, elle veut sentir la chaleur de son petit corps contre le sien, la chaleur de son bébé qu'elle nourrit, qu'elle pose contre son épaule pour qu'elle fasse son rot. Le petit bruit sec et doux du tapotement sur son dos. Le sourire qui suit toujours le rot. Son « bon ! ça fait du bien, ça ! » qui ponctuait le tout. Le baiser dans le cou de sa fille avant de la déposer dans son berceau. Cette heure de la nuit où elles sont seules toutes les deux, Ariane qui a bu son content, elle qui s'est rassasiée de baisers. Submergée par l'odeur de son bébé, Yolande se redresse, aux aguets. Ariane qui la regarde, éblouie, ravie, Ariane qu'elle prend dans ses bras, qu'elle embrasse, l'odeur délicieuse, unique, de la peau de cette minuscule petite fille, sa fille. Son amour. Sa victoire sur la vie.

Elle ne sait pas pourquoi elle pense au mot « victoire », mais c'est celui-là qui lui vient. Et pourquoi pas ? Arracher un homme de quarante ans à son mariage, à sa vie, ça n'a quand même pas dû être facile. C'est une sorte de victoire. Et elle l'a payée cher. Au prix de son enfant. Yolande se dit que les vieux réflexes de culpabilité reviennent plus vite que sa mémoire. Ça se paye, le vol de l'épouse. Ça se paye, quand on dévaste la vie d'une autre femme.

Elle se demande si elle est tombée enceinte par calcul, pour forcer Francis à quitter sa femme. À vingt ans, on peut agir de façon aussi inconsidérée, elle le sait. On peut avoir la naïveté de penser qu'un bébé fera pencher la balance. De toute évidence, si ça avait été son raisonnement, il avait été confirmé. Les photos de Francis le prouvent. Mais elle n'a pas gagné, elle le sait bien. Elle n'a jamais vraiment gagné. Ni Francis. Ni Ariane. Cette impression d'avoir usurpé, volé, demeure la plus forte. Elle plane sur sa fille, sur son homme. Pourtant, quand elle ferme les yeux, elle peut se souvenir de la sauvagerie des étreintes avec Francis, de ses yeux qui vrillaient les siens, de cette bouche dans laquelle elle se liquéfiait, se coulait avec ravissement.

Non, Ariane ne fait pas partie d'une manipulation, c'est un accident dû à la passion. Cette passion si folle, si dévastatrice qu'elle s'en est souvenue avant même de se souvenir de sa fille. Elle ne l'a pas fait exprès! Elle voudrait le crier encore aujourd'hui. Est-ce qu'il l'a crue? Il ne l'a pas crue. Encore maintenant, alors qu'elle se rappelle si peu de choses de ce passé tumultueux, elle voudrait plaider son innocence: sa fille était le résultat de leur amour, pas un instrument pour gagner, pas un levier pour arracher Francis à sa femme.

Elle soupire: encore de la violence! Encore de la colère. Quelle importance, maintenant? Pourquoi vouloir convaincre qui que ce soit? Ils sont tous morts. Même dans sa mémoire, ils sont presque morts. Alors, à qui cela servira-t-il de se tenir éveillée toute la nuit pour hurler qu'elle n'a pas mérité de perdre son enfant, parce qu'elle ne l'a pas conçue pour gagner? Yolande n'y peut rien, elle voudrait agir autrement, mais elle n'y arrive pas: quand elle pense à sa fille, on dirait qu'une armée d'accusateurs — parmi lesquels Francis se trouve — se lèvent et qu'ils ont raison d'elle. Et d'Ariane.

Oui, elle a peur que la mort de sa fille ait été causée par la malveillance, par la haine pure. Et oui, elle craint que ce soit celle de Francis. Malgré les photos qu'elle a vues et qui lui prouvent le contraire.

Jean-Louis la trouve endormie sur le divan. Il prend une

couverture douce pour l'abrier et regagne son lit : du moment qu'elle dort, il n'a pas besoin que ce soit avec lui. Puisque Françoise vient de faire irruption dans ses rêves, il se dit que la nuit appartient à leurs fantômes et que l'amour n'exige pas de les partager. À son âge, il en a trop pour commencer à en faire la nomenclature. Jean-Louis est persuadé qu'il ne faut réveiller que les fantômes qui règnent encore sur nos actes, ceux avec lesquels la paix n'est pas faite. Ou ceux qui nous manquent encore, malgré les années, malgré la vie qui nous amène ailleurs. Ceux qui constituent probablement le meilleur de nous-mêmes.

Ce qu'il redoute avec Yolande, c'est que sa mémoire lui cache le bon et ne lui rende que l'inquiétant. Comme si une vie pouvait se constituer d'un seul élément. Sous des dehors réservés, c'est une excessive, cette femme. Il l'a bien vu au lit. Elle n'a pas l'amour calme et savoir attendre est un apprentissage encore non exploré pour cette belle conquérante. Ces dispositions, qui ne lui déplaisent pas sexuellement, risquent d'entraver sa guérison. Si Yolande monte à l'assaut de ses souvenirs avec la même énergie qu'elle emploie pour le plaisir, il va y avoir des dégâts !

* * *

Après deux jours passés chez Jean-Louis, Yolande décide de mettre fin à son exil médical : « Je risque de ne pas décoller d'ici si je reste encore. Tu as une façon extrêmement généreuse d'accueillir tes invités. »

Ils sont encore au lit et il est onze heures du matin.

« Tu peux rester, je dois aller à l'université aujourd'hui. Je ne te dérangerai pas.

— Qu'est-ce qui peut te faire croire que tu me déranges ? Et puis, t'es pas à la retraite, toi ?

— Je suis invité à prononcer une conférence dans… attends… une semaine et je n'ai rien écrit. C'est à Toronto, chez les Anglais. Ça t'intéresse de m'accompagner ?

— Tu sais que moi, il faut que je travaille ? Je parle de gagner ma vie. Pas question de retraite de mon côté. Lili devrait me donner un manuscrit ces jours-ci. »

Elle se penche, l'embrasse. En deux jours, ils ont quand même réussi à poser les bases d'une sexualité assez exaltante qui prend un goût de revenez-y. Jean-Louis l'attire doucement vers lui en l'embrassant passionnément. C'est la proximité des extrêmes qui séduit Yolande. Cette lenteur hâtive. Cette âpreté goulue. À eux deux, ils créent une pulsion envoûtante à laquelle il est bien difficile d'échapper.

En mettant le pied chez elle, Yolande est saisie de crainte. Quelque chose l'agace et elle n'arrive pas à mettre le doigt dessus. Quelque chose qu'elle a oublié de faire. L'appartement est en ordre et tranquille. Pas de post-it sur la porte de sa chambre indiquant où Steve est allé. Le répondeur clignote — sans doute Lili qui a reçu le manuscrit. Yolande range ses choses, agacée par le malaise qui persiste.

Elle se rend au salon écouter les messages quand un rire sonore, franc et… double l'arrête. Ça vient de la salle de bains. Steve et sa compagne sont donc dans le bain. Elle se demande comment leur signifier discrètement qu'ils ne sont plus seuls, quand l'éclat de rire reprend. Elle entend l'eau clapoter et les voix devenir murmures. Elle retourne dans sa chambre et ferme la porte.

Elle entend Francis rire dans la salle de bains ! Il rit, et la femme aussi. L'autre. Cette femme qu'il embrasse, cette femme qui chuchote et qui rit et qui lui fait tout ce qu'elle voudrait tant lui faire ! Les rires lui tordent le cœur. C'est un supplice. Crucifiée, elle se jette sur son lit, les mains sur les oreilles : arrêtez ! Arrêtez de vous exhiber, de vous toucher, c'est intolérable !

Yolande se redresse, s'assoit au bord du lit : c'est Steve, pas Francis. Elle peut aller vérifier. Ce n'est pas autre chose qu'un souvenir pénible. Elle ne croit pas sa mémoire. Il l'aurait trompée ? Il l'aurait trompée chez elle, dans ses propres draps ?

Dans sa salle de bains? Avec Ariane tout près? Non, Ariane n'est pas là. C'était avant Ariane. Et la salle de bains… ce n'est pas l'appartement du parc Lafontaine, elle le jurerait. C'était ailleurs… Avant le parc Lafontaine… Elle voudrait entendre le rire encore, pour réveiller le souvenir qui est là, tout près, presque tangible. Elle ouvre lentement la porte — rien. Le silence, pire que le rire. Elle s'approche de la salle de bains. Les bruits de l'eau, les soupirs saccadés du plaisir qui s'impose, les cris retenus. Francis la touche, lui fait l'amour! Elle recule parce qu'elle va cogner contre cette porte jusqu'à ce qu'il sorte, mouillé, les cheveux trempés, la lèvre tuméfiée à force d'embrasser et l'œil un peu vague, le regard moins franc, altéré par le plaisir.

Yolande retourne dans sa chambre, qu'elle arpente nerveusement. Elle n'y comprend rien! Comment a-t-elle supporté qu'il la trompe ainsi? Sans se cacher presque! Elle revoit son regard de gourmand repu, satisfait. Elle le voit! Elle ne l'a pas imaginé, quand même. Faut-il être jeune et peu expérimentée pour endurer un supplice pareil! Qui était cette femme? La sienne? Celle qu'il a finalement quittée pour elle? Qu'est-ce qu'elle faisait chez elle, pour l'amour du Christ! Yolande est presque certaine que sa passion pour Francis l'a amenée à s'humilier encore au-delà de cela. Au-delà de tout ce qu'elle peut imaginer. Mais cette femme, ces rires, elle les a entendus et c'était chez elle. Et Francis ne s'est pas caché.

Elle entend l'escalade sonore du plaisir dans la salle de bains. Cette fois, c'est bien de Steve qu'il s'agit. Ce n'est pas Francis.

Malgré tout, Yolande enfile son manteau et sort: espionner l'intimité délirante des autres lui est pénible depuis toujours.

Lili a l'air très surprise de la voir arriver. «T'as pas eu mon message? Raymond n'a pas fini. Ça va aller à la semaine prochaine. Qu'est-ce que t'as?»

Yolande s'assoit, la mine basse. «Franchement, Lili, j'aimerais mieux ne jamais retrouver la mémoire.»

Lili ne peut être plus d'accord. Elle sourit sans rien dire.

«Tu trouves ça drôle? Merci pour la compassion!

— Je compatis, Yolande, je compatis… mais j'ai pas ce pouvoir-là. Crois-moi, si..

— Tu sais où elle est enterrée, ma fille?»

Lili fait non, tout sourire enfui.

«C'est quand même incroyable de ne pas pouvoir savoir seulement ça!»

Elle se lève, enroule son foulard autour de son cou: «Quand, la semaine prochaine?»

Devant le regard déconcerté de Lili, elle explique: «J'aurais une escapade torontoise mercredi et jeudi prochains… si Raymond ne remet pas son manuscrit trop vite!»

Cette fois, le sourire de Lili est nettement moqueur: «Une escapade? Dis-moi donc, toi! Y a un dossier qui avance, à ce que je vois? Est-ce que c'est le beau monsieur?

— Cela ne te concerne pas! Ça t'apprendra à garder ma vie pour toi!»

Lili est souvent saisie par la justesse des remarques innocentes de Yolande.

«Bonne escapade! Profites-en bien. Si Raymond nous remet son livre pour vendredi, ce sera déjà beau.»

* * *

Attendre jusqu'au 25 novembre pour laisser un message dans la boîte vocale de Yolande a représenté de l'héroïsme pour Annie. Sa convalescence a été rendue pénible à cause de la solitude dans laquelle elle s'est déroulée. Pour Annie, se priver de Yolande, c'est se sevrer de façon brutale et c'est empirer son état. Tout son être n'est plus que la projection de ce que fait Yolande, de ce qu'elle pense, ressent, de ce qu'elle souhaite ou refuse. Épuisée par toutes les autres activités que sa vie comporte, Annie n'a tenu que grâce à cette date qui venait éclairer sa traversée du purgatoire.

Ne pas recevoir l'appel tant attendu, s'inquiéter, contenir l'angoisse, c'est un parcours auquel Annie est habituée.

Mais entendre Madeleine, l'ennemie de Yolande, la traître parmi les traîtres, venir lui demander encore les lettres en se réclamant cette fois de sa mère, c'est une insulte qu'Annie trouve injuste et cruelle.

Le 27 novembre, comme elle n'a obtenu aucun signe de Yolande, elle décide de prendre congé et d'aller elle-même lui porter les poèmes. Et ce n'est pas le compagnon brutal de Yolande qui va la faire changer d'idée! Elle est bien déterminée à la voir, quitte à camper dans son taudis le temps qu'il faudra.

Steve l'accueille, l'air étonné, et il ne l'invite pas à entrer. Ce qui, déjà, ne surprend pas Annie. Quand il lui annonce que Yolande n'est pas là et qu'il ne sait pas si elle rentrera aujourd'hui ou demain ou la semaine prochaine, Annie ne le croit pas une seconde.

« Je vais l'attendre. Sur le palier si vous ne me faites pas entrer. »

Steve fait une drôle de tête. Il recule, la fait entrer, la regarde s'asseoir à la table.

Il lui tourne le dos et se dirige vers sa chambre. Annie n'en croit pas ses yeux.

« Vous pouvez me dire où elle est? Est-ce que son état a empiré?

— A va bien. Est sortie.

— Pour une semaine? Ça m'étonnerait.

— R'garde, a l'a une vie. Peux-tu te mette ça dans tête? A l'a pas besoin de toi. »

Annie allait répliquer quand une femme sort de la chambre où Steve se dirigeait! Une femme plutôt jeune, une femme de son âge à elle, beaucoup plus jeune que Yolande, qui la salue et qui embrasse Steve en lui disant « appelle-moi ».

Estomaquée, Annie comprend que Yolande a été écartée par cette petite brute infirme et qu'elle est probablement en détresse quelque part. Elle l'interroge sans ménagement, ce qui n'a aucun autre effet sur Steve que le faire fuir. Il claque la porte de sa chambre. Pour Annie, c'est un comble. Comment une femme aussi sensible que Yolande peut-elle endurer une personne aussi grossière, aussi mal éduquée?

Annie se rassoit et attend. Ce n'est pas très agréable, mais au moins, elle est sur place, là où elle voulait être depuis un mois. Ça fait si longtemps qu'elle attend qu'un peu plus ou un peu moins ne lui fait pas peur.

Au bout de deux heures, Steve ressort de sa chambre tout habillé, prêt à sortir: «Crisse! T'es t'encore là? T'allumes pas pantoute?

— J'ai dit que j'attendrais.

— Ça fait trois jours qu'est pas venue, la pognes-tu?

— J'ai compris.

— Bon, O.K.: fais-moi le message, j'vas l'appeler pis j'vas y dire.

— J'aime mieux l'attendre ici.

— Aye crisse! Icitte, c'est chez nous! J'ai pas d'affaire à t'endurer. Décrisse!

— Dans ce cas-là, donnez-moi le numéro de téléphone où je peux la rejoindre.

— Pour que tu l'écœures là-bas autant qu'icitte? Tu capotes en crisse!

— Où ça? Où est-ce qu'elle est partie?

— Lâche-la un peu! Tu vois pas que t'écœures?

— Ça fait un mois que j'ai pas appelé.»

Elle est au bord des larmes, paniquée à l'idée de ne plus pouvoir atteindre Yolande, incapable de supporter la détresse qui l'envahit à la seule idée de la perdre.

Steve hoche la tête, dépassé. «T'es malade dans tête, toi! Cé que t'as? C'est même pas ta mère!

— C'est plus que ma mère. Tu peux pas comprendre.

— Certain que j'peux pas ! Pis, si y a de quoi, je veux pas !
Envoye ! Viens-t'en, tu sors avec moi !

— Non.

— Ostine-toi pas avec moi : chus peut-être en chaise roulante, mais je peux te sortir quand je veux. »

Annie serre le paquet qu'elle a apporté contre sa poitrine,
comme s'il s'agissait d'un trésor : « J'ai dit que je l'attendrais ici,
et c'est ce que je vais faire ! »

C'est l'instant précis que choisit Yolande pour glisser sa clé
dans la serrure.

Étonnée, elle regarde Steve et Annie tour à tour.

Annie éclate en sanglots et se rue sur Yolande qui voit Steve
lui faire de grands signes d'impuissance.

Le temps de faire asseoir Annie, Steve a déguerpi. Yolande
enlève son manteau, prend place devant sa belle-fille, ce qui lui
donne le temps de se rappeler que la date de la pause forcée est
déjà dépassée.

Annie s'explique en long et en large, sans que Yolande ait
posé la moindre question. Elle confond tout, se justifie, déplore,
accuse, c'est assourdissant pour Yolande qui lève les deux mains
pour refréner le flot de paroles. « Arrête un peu, Annie, tu vas
trop vite, tu m'étourdis !

— Ça va pas mieux, c'est ça ? Où est-ce que t'étais ? Quand
Madeleine m'a appelée, je me suis dit que quelque chose devait
être arrivé. T'as rien demandé à Madeleine, je suis sûre de ça. Pas
à elle avant de me le demander, quand même ? J'ai parlé à papa,
tu peux pas savoir… »

Et la voilà repartie ! Yolande se demande si elle s'apercevrait
de son absence si elle allait dans sa chambre. La présence d'Annie
est un fardeau dont elle se serait bien passé. Elle aurait voulu
demander à Steve qui était avec lui dans la salle de bains. Il y avait
autre chose qui l'agaçait aussi, et ça lui échappe parce qu'Annie
rend tout confus.

« Annie, je vais devoir te demander de partir. Je ne suis pas très bien. Je voudrais m'allonger. » Ce qui est la stricte vérité. Elle a marché trop longtemps en sortant de chez Robinson, elle est épuisée.

Évidemment, Annie ne le prend pas bien du tout. Elle se lève, l'œil implorant et, n'obtenant rien de Yolande, elle dit d'une voix exagérément posée: «Oui… moi aussi, je suis fatiguée. Ça faisait longtemps que j'attendais ce moment-là… »

Devant le silence de Yolande, Annie pousse le paquet qu'elle tenait: « C'est ce que j'avais… les exercices de français et l'album de photos. J'ai mis aussi les dernières photos de Corinne, au cas où ça t'intéresserait.

— Quels exercices de français?

— Je le sais pas, moi, des poèmes. C'était écrit *Français* sur l'enveloppe! Euh… est pas là, l'enveloppe, je l'ai jetée… mais t'avais écrit *Français*.

— Ça me dit rien.

— Y sont là. J'avais tout gardé précieusement pour toi. Et, si tu me l'avais demandé, j'aurais été chercher tes affaires chez papa aussi. »

Yolande n'est pas sourde aux reproches à peine camouflés d'Annie, mais puisqu'elle choisit de les formuler à demi-mot, elle estime être en droit de les ignorer.

Elle pose la main sur le paquet bien protégé par un sac de plastique. De la dynamite, encore de la dynamite… «C'est quoi, cet album? »

Annie hésite, mal à l'aise: «C'est moi qui l'avais pris… chez papa… Je l'avais apporté pour le regarder avec toi à l'hôpital. T'as pas voulu… je t'en avais mis une, une fois, quand papa t'écrivait… dans le temps de ta chambre sur le boulevard Gouin. Tu m'en as jamais parlé. C'était une photo avec…

— Oui, oui, je me souviens. Merci, Annie. »

Mais Annie ne bouge pas. Elle se tient debout face à elle, un portrait parfait d'impuissance désespérée. Les larmes silencieuses coulent sur ses joues. Elle fait pitié à voir. Yolande ne se sent pas la force de la consoler : « Annie…

— C'est fini, c'est ça ? Maintenant que t'as tes affaires, t'appelleras plus. Sais-tu ce que ça me coûte de te les redonner ? C'est comme te perdre.

— Laisse faire le temps, veux-tu ? Quand je saurai ce qui me lie à toi, je te dirai si c'est fini ou pas.

— Ce qui nous lie, c'est vingt-huit ans de ma vie ! Comment veux-tu que je les mette de côté ?

— As-tu toujours été comme ça ? Aussi dépendante ? T'as plus que trente ans, Annie, fais ta vie.

— Dirais-tu ça à ta fille si elle vivait encore ? Fais ta vie !

— Annie, ça fait deux fois que tu me menaces avec ma fille, et j'aime pas ça. Va-t'en, maintenant, et ne dis plus rien.

— Mais je ne suis pas une vieille chaussette usée ! Tu peux pas me faire ça !

— Annie, écoute-moi bien : dis-toi que je suis morte, il y a un an. Dis-toi que ton père m'a tuée et que je ne suis plus là.

— Tu m'en veux donc ben ! Tu m'en veux de pas être elle ! Tu m'en as toujours voulu ! »

Yolande ne sait pas et, s'il y a une chose qu'elle sait, c'est qu'elle ne veut pas le savoir maintenant. Elle se lève, prend Annie par les épaules et la mène jusqu'à la porte. Annie se retourne brusquement vers elle, insultée, désespérée : « Tout ce que tu sais faire, c'est détruire ! Tuer et détruire ! J'aurais dû m'en douter ! Tu… »

Yolande la saisit et la sort avant qu'elle ne puisse continuer.

Le cœur battant, elle s'assoit, attentive à son souffle : elle n'a aucune envie de refaire une crise d'hyperventilation. Elle prend un sac en papier et le tient prêt, au cas où. Elle ne sait pas ce qu'elle a fait à cette pauvre fille, mais elle est persuadée qu'elle ne peut pas être totalement responsable de son état d'esprit. Elle se doute bien que quelques reproches d'Annie sont mérités, mais de là à se faire traiter de tueuse…

Elle pose le sac sur son bureau. Elle se rappelle qu'elle voulait regarder la photo de mariage. Pour voir sa mère, pour comprendre pourquoi elle n'a plus de souvenirs d'elle. Même pas une photo de la grand-mère avec Ariane.

Elle prend ses lunettes, sort la photo du tiroir et voit son monde s'effondrer.

Pourquoi ne l'a-t-elle pas vu avant?

L'angle? Le nombre de figurants?

Comment peut-elle ne pas l'avoir vu? Ne pas l'avoir reconnu? Est-ce à cause de toutes ces photos qu'elle a maintenant regardées?

Francis est là, devant ses yeux.

Francis, tête tournée vers sa mère, penché vers elle, souriant. Et sa mère, épanouie de bonheur, conquise, sa mère qui tient son chapeau de noces.

Francis, le marié.

Francis, son Francis, le père de sa fille.

Son homme, son amour, était le mari de sa mère.

Chapitre cinq

Voir

Il fait noir depuis longtemps quand Steve rentre. La porte de la chambre de Yolande est restée ouverte… et Yolande est toujours assise au bord du lit, la photo sur ses genoux. Un trait de lumière bave jusqu'à elle, quand Steve allume dans la cuisine.

Elle entend le «Yo?», mais ne répond pas.

Silencieusement, Steve roule vers elle. Il est exactement à sa hauteur. Il se tient face à elle, faisant écran à la lumière provenant de la cuisine.

«Yo? Qu'est-ce qu'y a? La folle t'a knockée?»

Yolande hoche la tête distraitement. Elle est très calme, presque trop calme. Steve l'observe du mieux qu'il peut. Il se tait et l'attend.

Elle finit par lui tendre la photo: «C'est arrivé, Steve, je sais qui est Francis…»

Steve prend la photo: «J'peux-tu allumer de quoi? J'vois rien, Yo.

— Non.

— O.K.»

Il lui redonne la photo et attend. Il n'y a pas si longtemps, c'est lui qu'elle avait surpris dans le noir. C'est en se basant sur cette nuit-là qu'il continue à parler: «C'est pas comme tu pensais?»

Même si les yeux de Yolande sont très tristes, au moins ils le fixent. Steve peut poursuivre prudemment: «La veilleuse, j'pourrais-tu? J'te vois pas, Yo…»

Comme elle ne dit pas non, il allume. La douce lueur ambrée l'éclaire assez pour qu'il constate qu'elle n'a pas pleuré. Il plante sa chaise devant elle, prend la photo et une de ses mains dans la sienne : « C'est lequel ? »

Steve suit le doigt de Yolande : le marié. Et, évidemment, la mariée n'est pas Yo. Il n'a pas à poser mille questions, elle parle d'une voix altérée, peinée.

« La femme qu'il est en train d'épouser, c'est ma mère. J'avais dix-huit ans. Quand ma mère m'a présenté Francis, j'en avais dix-sept. C'était un matin de juin, jamais je pensais pouvoir oublier ce matin-là. Je mangeais un bol de céréales dans la cuisine quand ma mère est sortie de sa chambre avec son kit complet : maquillée, en robe de chambre sexy, pas la vieille qu'elle portait avec moi. Celle des grands jours, celle des jours accompagnés. Elle a fait du café et elle a sorti deux tasses. Je vais te dire, Steve, j'ai toujours haï ces matins-là où elle finissait par me présenter un homme tout gêné que je ne voulais pas voir. Quand ma mère avait une aventure, j'aurais voulu habiter ailleurs. Ça m'écœurait. Ce matin-là, ma mère chantait. J'ai laissé mon bol de céréales sur la table et je suis allée m'enfermer dans les toilettes. Quand j'en suis sortie, il était là. Il attendait. Tout ce que j'ai vu, c'est ses yeux. Tellement bleus. Tellement beaux. Il m'a regardée sans parler. J'étais soufflée. Il a souri, et j'ai presque eu peur de ce que je sentais. J'ai reculé vers la salle de bains. Il a ri, il m'a prise par les épaules et m'a reconduite dans le corridor : "Permettez ?" Juste avant de fermer la porte, il a dit : "Vous êtes Yolande, moi, c'est Francis." Je suis partie en courant. Jamais de ma vie je n'avais senti quelque chose comme ça. J'avais jamais trouvé personne intéressant. Jamais. J'avais embrassé des gars, mais pour faire comme tout le monde, pour le raconter, pour essayer. En cinq minutes, même pas, en trois minutes, on aurait dit qu'il avait connecté tous les fils dans moi et que le courant était enfin passé d'un bout à l'autre. »

Steve supporte un peu de silence avant de toucher

délicatement les doigts de Yolande pour la sortir de sa rêverie: «Pis, après?

— Après… ça a été l'enfer. J'étais obsédée. Je pensais rien qu'à lui. Y me rendait folle. Évidemment, ma mère a rien vu. Elle était amoureuse, y en avait rien que pour Francis. Et lui… on se parlait jamais. Je le fixais à le rendre mal à l'aise. Au début, il pensait que je l'haïssais. Quand il essayait de me parler, je partais. La seule chose sur laquelle on s'entendait, c'était la poésie. Il avait écrit, je veux dire publié, un livre. Des poèmes. Des poèmes érotiques… Quand je les ai lus, c'était tellement étrange. Comme s'il avait mis des mots sur mes pulsions, mes désirs. Comme s'il avait parlé de tout ce que j'espérais, de tout ce que j'attendais. C'est là que j'ai décidé d'aller en littérature. Il enseignait dans un cégep. C'était nouveau dans ce temps-là. La première année des cégeps. Moi, j'étais dans un cours classique. Une des dernières. C'est Francis qui m'a initiée à la poésie… et au reste.

«En janvier, il a déménagé chez nous. Ma mère était folle de joie. Moi, j'étais… partagée. Contente qu'il soit là, inquiète et ravagée de désirs. Ma mère arrêtait pas d'essayer de me faire avouer que j'étais amoureuse. Elle voyait bien que je changeais, que je n'étais plus la même. J'ai fait semblant que quelqu'un m'intéressait. Mais ça me tuait. Qu'il soit là, qu'il soit autour de moi sans me voir, sans savoir. Les entendre rire, les voir se toucher, les entendre baiser… combien de fois je suis sortie en courant de l'appartement, les mains sur mes oreilles: il touchait ma mère, il écrivait sur elle, il lui faisait à elle ce qu'il aurait dû me faire à moi!

«Et puis, un jour, on s'est chicanés, Francis et moi. Je sais plus sur quoi ou pourquoi, on s'est affrontés. Ma mère était pas là. Je ne peux même pas te dire si on a réglé la dispute. Je sais qu'à un moment il me fixait, fâché, ses yeux lançaient des éclairs. Il portait une chemise en jeans bleu pâle, sa bouche… je regardais sa bouche qui me garrochait des arguments, c'était surréel, j'ai perdu le fil, j'étais paralysée par l'envie de lui, muette. Je me suis jetée sur lui. Je l'ai embrassé avec tellement de violence, tellement de volonté rageuse… il s'est raidi, son corps a reculé, et j'ai insisté. Longtemps après, Francis m'a dit que la surprise l'avait tenu là, immobile. Non, Steve, c'est vrai : il ne m'a pas embrassée ce jour-là. Mais tout a changé à partir de là. Il me fuyait. Il ne restait jamais seul avec moi. Il revenait tard, toujours quand ma mère était rentrée. Je le perdais. Jour après jour, je le voyais s'éloigner, devenir de plus en plus inaccessible. C'était pire que tout le reste. Il n'a plus jamais touché ma mère devant moi. Je ne les ai plus jamais entendus baiser. Le désert. C'était le désert. Il avait fermé toutes les portes, je n'avais plus accès à lui, et ça me tuait. Que j'ai regretté mon baiser ! Tu peux pas savoir. Je pensais que je le dégoûtais, et je me dégoûtais moi-même. Ma mère trouvait l'atmosphère assez étouffante, et j'ai dit que j'avais une peine d'amour. C'était vrai. Un soir, j'ai entendu Francis lui dire : "Pas ici. Pas devant Yolande." J'arrivais dans le boudoir, je venais regarder une émission avec eux. Ma mère s'est levée pour aller dans leur chambre. Elle a regardé Francis, je suppose que pour elle, c'était discret comme signal. Je me suis assise dans un fauteuil et je fixais la télé, tu peux pas savoir comme je la fixais. Mais Francis a pas bougé. Je le sentais sur ma gauche. Je le sentais en train de se demander comment me parler. J'ai dit très bas, sans le regarder : "Va-t'en ! Vas-y !" Comme il ne bougeait pas, je me suis tournée pour le regarder. J'ai été tellement… J'avais jamais imaginé tant de peine dans les yeux d'un homme. De la peine… non, une sorte de déchirement épouvantable. J'ai vu ça une seule autre fois dans ma vie. À la mort de notre fille. Il a dit mon nom, et c'était comme un appel et un adieu en même temps. C'était amoureux. J'ai pas bougé. C'est moi qui étais paralysée. C'est moi qui savais plus quoi faire. Je l'ai entendu se lever et dire : "Il faut que ça finisse." Je fixais l'écran et je pleurais. C'était la première fois de ma vie que je faisais du mal à quelqu'un. Vraiment mal. Et je l'aimais. Pour rien au monde je ne voulais lui faire ça. Je m'étais pas doutée, je te jure, j'avais jamais pensé qu'il… qu'il me voyait encore. Le lendemain, j'ai annoncé que je me cherchais un appartement. Il a eu un regard… C'était trop tard. Que je parte ou que je reste, ça lui faisait aussi mal, c'était trop tard. Je le faisais pour lui, pour le libérer de moi, pour que quelqu'un au moins s'en sorte vivant… J'étais trop jeune, je l'ai pas vu venir vers moi, je savais pas que tout le temps où il me fuyait, c'était de l'amour. J'étais tellement occupée à ne pas étouffer d'amour. Comment j'aurais pu le voir ? Donne-moi un kleenex.

— Tu veux arrêter, Yo ? Tu veux qu'on arrête ça là ? »

Elle hoche la tête. Son regard fixe le lointain. « La veille de mes dix-huit ans, j'ai trouvé une sous-location. Une vieille dame pressée de partir à l'hospice. Une affaire. J'étais soulagée. La tension entre lui et moi était trop dure à supporter. Avant, je le regardais sans qu'il le sache. Là, je le surprenais à me regarder. Triste et sauvage… comme fâché. Je ne savais pas que le désir pouvait prendre cette allure-là. Je savais tellement rien ! On a fêté mes dix-huit ans. Il m'a offert un livre de poésie… Baudelaire, *Les Fleurs du mal.* Évidemment. Dans mon lit, ce soir-là, j'ai trouvé trois lettres datées… c'était lui qui… Francis avait écrit des poèmes sur moi. Des "Chants interdits"… c'était pire que sa bouche ou que tout son corps sur moi. C'était la plus belle chose que j'avais lue de ma vie. C'était à la fois beau et… je sais pas comment expliquer ça, mais tant que je le poursuivais, tant que je l'espérais et qu'il ne voulait pas de moi, j'ai pas pensé à ma mère, à ce que ça voudrait dire pour elle. Probablement que j'ai jamais cru que ça arriverait. Mais du jour où j'ai compris que j'existais à ses yeux, qu'il me désirait… j'ai eu peur de le faire, peur de lui faire ça à elle. Comme si le déchirement de Francis devenait le mien.

— Mais tu l'as pas fait chez elle. C'est déjà ça, non ? »

Yolande le regarde avec des yeux défaits : quelle importance, l'endroit ? Quelle importance, le toit sous lequel le crime est perpétré ? Tant que l'interdit est consommé.

« J'ai pas d'excuses, Steve, même pas celle-là. Cette nuit-là, j'ai pas dormi. C'était ma dernière nuit près de lui. J'en étais persuadée. Et lui aussi. J'ai fini mes paquets. J'ai été dans la salle de bains ramasser mes affaires… il devait être trois heures du matin. Je l'ai pas entendu arriver. Quand je me suis retournée, il était là, dans la porte… Je peux même pas te dire qui a avancé ni qui a fermé la porte. »

Comment pourrait-elle expliquer à Steve, lui dire que deux corps qui se résistent aussi longtemps, avec tant de force, ne peuvent que s'attirer avec violence ? Se jeter l'un sur l'autre avec voracité, férocité ? La bouche enfin consentie de Francis, affamée… Elle se souvient avec précision de la hâte fébrile avec laquelle il l'a étendue sur les carreaux frais, de sa bouche chaude qui prenait possession de son sexe, de cette main à la fois ferme et douce qui tenait sa cuisse ouverte, du plaisir fulgurant qui l'avait fouettée au seul contact de sa bouche mouillée sur son sexe gonflé. Elle se souvient de ses yeux qui plongeaient dans les siens à l'instant de la déflorer. « Regarde-moi… » Elle avait pris son visage à deux mains, elle l'avait tiré vers sa bouche pour étouffer son gémissement, alors qu'il la pénétrait.

Comment pourrait-elle décrire la honte qui les avait submergés, une fois l'appétit assouvi ? Comme deux naufragés qui ont mangé la chair des morts. Ce sentiment d'imparable, d'inavouable, elle ne peut même pas l'avouer aujourd'hui, quarante ans après.

« Yo ? »

Steve la trouve bien silencieuse, tout à coup. Elle fait oui, regarde la photo.

« Peu de temps après, ils se mariaient. Ma mère et Francis. Et j'ai assisté au mariage parce que je ne pouvais pas faire autrement, parce que je ne voulais pas qu'elle devine. J'étais… y a pas de mot. J'étais dans le même état que Francis. Il m'a écrit. Il m'a envoyé un "chant" pour me dire ce mariage. Le "chant" quatre. Le "Chant de l'adieu". J'ai tellement pleuré. C'était… c'était ce qu'il fallait faire et, en même temps, c'était impossible. Cette photo, c'est un des pires moments de ma vie. J'ai essayé de lui dire adieu, comme il le demandait, de le laisser partir, dériver loin de moi. Je l'ai laissé aller vers elle parce que je l'aimais, lui. Parce qu'il le demandait. Je sais que je ne l'ai pas fait pour elle. Je ne me souviens pas bien d'elle. Peu importe. Ils se sont mariés et j'ai continué à vivre seule, sans les voir, sans les visiter. Je pense que, pas un instant, j'ai cru que je ne le tiendrais plus jamais dans mes bras. C'était plus fort que moi. Parce qu'il était aussi amoureux que moi.

— Pourquoi il l'a mariée, d'abord ?

— Parce qu'il l'aimait aussi. Regarde-le. Regarde son sourire. C'est pas du bluff. Il l'aimait et il espérait que ce mariage-là mettrait fin à notre folie, à nous deux. Quand il est arrivé chez moi, la première fois, c'est comme s'il avait toujours habité là. On a tenu huit semaines. Huit semaines sans se voir, sans se parler, sans s'écrire. Je lui écrivais évidemment, mais je ne lui envoyais rien. De la même façon que je lui parlais à longueur de jour… sans prononcer un mot. Au bout de ce temps-là, mes belles certitudes avaient piqué du nez et je me rongeais. Un soir, en rentrant, je l'ai trouvé devant la porte de mon immeuble. Il est monté sans un mot. J'ai fait du thé. Il tremblait. De froid, d'épuisement, de désir… on a essayé de parler. On ne pouvait pas. On n'a rien dit. »

Le silence était leur lit. Rien de ce qui les attirait n'avait jamais été dit ou même évoqué. Tout avait toujours été dans ce regard, dans le souffle précipité du désir. Elle se souvient de la furie de leurs étreintes, de cette violence qui les soulevait. Le temps, elle pensait que c'était le temps si long entre leurs rencontres qui les rendait si âpres, si intenses. Mais c'était leur nature, c'était leur feu, impossible à contrôler, à épuiser. Dès qu'ils s'approchaient, c'en était fini des élans de tendresse ou des espoirs de discussions posées : ils se sautaient dessus avec sauvagerie. Des animaux furieux qui se méprisaient de leur férocité.

Steve touche sa main pour la ramener vers lui, vers son récit.

« Ça a recommencé. Il venait de plus en plus souvent. Il

corrigeait chez moi pendant que je faisais mes travaux. Il avait dit à ma mère qu'il travaillait à un autre recueil à son bureau. Et c'était vrai. Parce qu'il l'écrivait avec moi. Il écrivait sans moi aussi, pour faire revivre les moments passés avec moi. C'est ce qu'il disait. »

Elle se souvient encore des mots murmurés dans l'apaisement d'après l'amour. Les mots de Francis, ceux des autres poètes qu'elle apprenait sur sa peau. Elle avait tout appris avec lui, les mots, l'amour, l'extase, l'abandon et la mort. Elle grimace : « Je ne sais pas comment il faisait, mais il a habité avec moi en partie — je veux dire sans quitter ma mère.

— Elle l'a su ?

— Je ne sais pas.

— Han ? Comment ça ?

— Je me souviens mal d'elle. Ma mémoire ne veut pas non plus me redonner ma fille. Je me souviens pas, Steve, ni d'être enceinte ni d'accoucher : rien.

— Spécial…

— Pas mal, oui.

— Pis lui ? Francis ? Tu sais-tu où il est, qu'est-ce qui est devenu ? »

Deux pauvres mains qui ne font rien
Qui savent tout et ne peuvent rien

Voilà ce qu'est devenu Francis. Elle se souvient de ces vers avec la même acuité qu'elle se souvient de ses baisers. Elle voudrait pouvoir pleurer. Son cœur est si lourd, son corps si brisé.

Qu'est-ce qu'on peut pour notre ami

Elle voudrait faire taire ces mots qui la déchirent, ces vers qui battent à ses tempes. Elle inspire profondément : l'angoisse est partie, le voile est levé, et il ne reste que la tristesse infinie et ce goût de défaite.

Steve ne répète pas sa question. Il ne sait plus quoi faire ou quoi dire. Yolande pose la photo près d'elle. Steve recule pour lui permettre de se lever.

« Vas-tu coucher chez Jean-Louis ? »

Pendant un bref instant, elle ne sait pas du tout de qui il parle. Puis, ça lui revient. Bien sûr que non. S'il y a quelqu'un qu'elle ne peut pas voir pour l'instant, c'est bien Jean-Louis. Pas de vivants dans son cimetière.

« Je vais coucher ici. »

Steve fait pivoter sa chaise, il hésite à la quitter : « Yo… c'est pas de ta faute… On choisit pas d'aimer quelqu'un.

— Non, on choisit pas ce bout-là. Mais le voler à sa mère, coucher avec, ça, on peut choisir de ne pas le faire.

— T'étais pas tu-seule dans *game*, y était là, lui !

— C'était ma mère, Steve. J'avais pas vingt ans. Regarde-la sur la photo et dis-moi que j'y ai pas fait de mal. Sans m'en souvenir, je peux te garantir qu'elle n'a plus jamais souri comme ça après.

— Mais tu pouvais pas faire autrement, Yo ! Tu pouvais-tu ? »

Elle ne sait pas. Elle ne croit pas, non. Peu importe, c'est fait. C'est sur ces bases qu'elle a construit sa vie d'adulte. Et la faute — qu'elle en soit partiellement ou totalement responsable — la faute, elle la porte.

« Je ne sais pas, Steve. Mais je commence à comprendre pourquoi je ne me souvenais de rien.

— T'aurais aimé mieux pas te souvenir ? »

Même en lambeaux, même mesquin, méchant, horriblement coupable, son passé est le sien : « Non, j'aime mieux savoir. »

Elle l'embrasse avec douceur, chose qu'elle n'a pas faite souvent : « Bonne nuit, Steve… Merci. »

Il lui offre de rester, mais Yolande préfère être seule.

* * *

Cantin est étonné de la trouver si calme. Elle a même dormi. Un sommeil lourd, pesant, avec des interruptions, mais de vraies périodes de sommeil. Elle lui confie le sac apporté par Annie, explique les circonstances de leur rencontre. Elle raconte posément ce qu'elle a retrouvé, Francis, sa mère. Elle prend même la peine de lui préciser qu'elle a fait l'amour avec Jean-Louis sans y voir le moindre lien avec ce retour partiel de sa mémoire.

« C'est la boîte que j'ai ouverte ici, l'origine. C'est ici que ça s'est passé. Après, en rentrant chez moi, je voulais regarder cette photo de mariage. À cause de votre question concernant ma mère. Son absence. Et j'ai pas pu… j'ai fait cette crise d'hyperventilation. C'est avec ma mère que j'ai commencé à bouger, à revenir vers ma mémoire. J'avais quelques bonnes raisons d'angoisser, trouvez-vous? Quand je pense que j'ai regardé cette photo pendant des heures sans jamais les reconnaître, sans jamais allumer. Imaginez comme elle a dû m'en vouloir. Imaginez comme ça a dû être dur pour elle!

— Et pour vous!

— Non… je crois que c'est maintenant seulement que je pense à sa peine et à ses sentiments. On dirait que Francis m'empêchait de vraiment sentir autre chose. Je pense que ma volonté d'être avec lui m'a empêchée de me sentir mal, de trouver ça dur. Dans mon esprit, ce qui était dur, insupportable, c'était d'être éloignée de lui. C'est bien ce que je lui ai fait subir à elle, non?

— C'est ce que vous pensez ou ce que vous sentez?

— Je ne le sens pas, je le sais.

— Mais vous ne vous souvenez pas des termes de la rupture entre Francis et… comment elle s'appelle, votre mère?

— Vivianne. Non, Lilianne!… Je ne sais pas. C'est fou. C'est un des deux.

— Tiens! »

Elle le connaît, elle le fixe en cherchant le morceau croquant qu'elle vient de lui tendre sans s'en apercevoir. Elle hoche la tête, subjuguée: « Ariane… Je l'ai appelée Ariane… J'ai vraiment espéré que ça la consolerait? Faut tellement être naïf pour croire une chose pareille!

— Devenir mère sans sa mère, c'est pas facile… à dix-neuf ans, en plus…

— Vous êtes comme Steve, vous essayez de me protéger. Vous refusez de voir combien j'ai été ignoble. Vous me cherchez des excuses.

— Vous êtes toujours aussi tendre à votre égard. L'appétit, le désir que vous éprouviez pour Francis, vous avez vraiment essayé de les combattre ? C'est quand vous avez compris qu'il partageait vos sentiments que vous avez perdu pied ?

— J'ai pu facilement m'arranger pour mettre le feu. On n'est pas innocent quand le désir vous habite à ce point-là. J'étais pas une enfant de chœur, vous savez.

— Mais vous étiez vierge… ou je me trompe ? »

Le regard exigeant de Francis, la brûlure de l'hymen qui se déchire, cette tête adorée qu'elle tire vers elle à mesure qu'il s'enfonce… même la fraicheur de la céramique sous ses reins… Comment sait-il qu'elle était vierge ? Même Francis ne l'a su que plus tard.

« Oui, j'étais vierge… physiquement.

— Et moralement très dévergondée, c'est ce que vous allez dire ?

— Oui. Délurée, dégourdie, ce que vous voulez. Il n'y a pas beaucoup de jeux sexuels qui me sont désagréables à imaginer ou à faire. Quand Francis m'a touchée, j'étais vierge, mais avertie, pas naïve.

— Et votre science venait d'où ? De votre mère ?

— Des poèmes érotiques de Francis. »

Cantin sourit : « Formée à même ses propres fantasmes… pas étonnant que le feu ait pris.

— Ça vous plaît bien quand c'est *kinky*… Vous êtes plus proche de Steve que vous pensez.

— Je suis de la vieille école : les fantaisies, les fantasmes sont mortels s'ils restent techniques. Mais quand ça s'appuie sur l'être profond, quand ça révèle une part de l'identité réelle, oui, ça me plaît beaucoup. Et ce n'est jamais tordu.

— C'est drôle, Jean-Louis m'a dit qu'il n'aimait pas les premières fois... la virginité.

— Vous avez beau dire, mais ça ébranle quand même la structure fondamentale de goûter à la sexualité.

— Si on se met à chercher après coup... Tout me menait à Francis. Tout risquait de me faire retrouver la mémoire : à partir des céréales jusqu'aux portes de salles de bains !

— Vous ne voulez pas mêler Jean-Louis à ça ?

— C'est vrai. Je veux qu'il reste à part. Qu'il continue de jouer le rôle de l'oasis comme il sait si bien le faire. »

Ils ajoutent des rendez-vous à leur horaire pour le « temps de la crise », comme Yolande qualifie le retour de sa mémoire. Cantin insiste sur l'aléatoire du processus, les pauses et les retours subits, déstabilisants.

Avant de partir, elle réclame deux photos d'Ariane, celle du bain et celle où Francis et Ariane sont inclinés l'un vers l'autre.

« Et celle-ci ? » Cantin lui tend la photo du mariage. Yolande se penche et reste immobile, pétrifiée. Cantin attend patiemment. Yolande finit par dire : « Lilianne... ma mère s'appelait Lilianne. » Elle pose un doigt précis sur un visage : « Vivianne, c'est ma sœur aînée. Le grand amour de ma mère. Savez-vous, je vais laisser la photo ici, finalement. »

* * *

Steve l'attend avec anxiété. Elle a beau lui répéter que tout va bien, qu'elle n'est pas en train de paniquer, il la surveille de près. Elle constate que le récit de sa passion avec Francis l'auréole aux yeux de Steve, lui confère même un statut d'héroïne. Évidemment, Steve n'a jamais eu d'histoire de cet ordre dans sa vie. Elle n'est pas sûre de le lui souhaiter.

« Jean-Louis a appelé.

— O.K. »

Elle va dans sa chambre. Steve lui crie : « Tu me parles pas plus ?

— J'arrive de chez Cantin, Steve, j'ai parlé en masse. Je vais me taire et rester tranquille.

— Et rappeler Jean-Louis. »

Elle reconnaît cette façon d'insister. Jean-Louis s'est trouvé un allié, l'autre soir.

« Tu lui as dit quoi ? »

Steve se tortille sur sa chaise, esquisse une sorte de geste évasif : « Jusse… que ça avait l'air d'être parti pour bouger de ton bord… Ta mémoire, là… »

Elle essaie de cerner l'ampleur des dégâts en silence. Mal à l'aise, Steve fait marche arrière. « Steve ! T'as dit quoi ?

— Rien d'autre que c'était spécial de retrouver sa vie par bouttes. C'est quand y a posé des questions que j'ai patiné… Y est pas fou, crisse, il l'a deviné que t'avais trouvé de quoi ! Mais j'y ai pas dit quoi, Yo. J'y ai jusse dit "de quoi". C'est large. T'as jusse à inventer de quoi avec la folle, là, y ira pas vérifier ça.

— Inventer, oui. Si y a une chose qui me dit rien de ce temps-là, Steve, c'est bien inventer.

— Penses-tu que tu vas retrouver Francis ? Que tu vas le revoir ? »

Elle reste silencieuse, évalue le temps, les chances qu'il soit vivant.

« Sais-tu quel âge il a s'il vit toujours ? Soixante-quinze ans, Steve.

— Han ? Crisse… »

Elle sourit : soixante-quinze ans, c'est presque la mort aux yeux des vingt-cinq ans de Steve. C'est beaucoup plus simple et plus proche à ses yeux. Un calcul commence à se faire dans sa tête : sa mère était plus âgée que Francis, c'est sûr. Elle a besoin de s'asseoir, de noter les âges, les dates.

Steve lui pose une question, mais elle doit faire de l'ordre dans sa tête : « Plus tard, Steve, O.K. ? Laisse-moi tranquille. »

* * *

« Viv », « Vivi », « Ma petite Vivianne », voilà comment sa mère l'appelait. Il y avait toujours un sourire dans sa voix quand elle disait ces mots-là. C'était son trésor. Yolande ne se rappelle pas avoir jamais entendu de sécheresse ou de colère dans la voix de sa mère quand elle parlait à sa sœur. Et pourtant, c'était une femme colérique, exaltée, sa mère.

Vivianne avait douze ans de plus qu'elle, et tout séparait les deux sœurs, à commencer par ces douze années où la mère et la fille avaient tissé des liens exclusifs et indestructibles. Vivianne était la fille du premier mari de sa mère. Yolande, elle, est celle d'un homme que sa mère a mis dehors, alors que Yolande avait quatre ans.

Yolande sort son cahier noir et s'installe pour écrire ses rares souvenirs.

Vivianne est née en 1939… elle a donc soixante-neuf ans si elle vit. Leur mère est sans doute morte. Yolande inscrit son prénom et sa date de naissance… qu'elle calcule à partir d'une phrase qui lui revient.

Elle entend sa mère proclamer : « Je l'ai eue à vingt ans ! Ce qui a fait le désespoir de ma mère a été mon seul espoir quand Émile est mort. Qu'est-ce que j'aurais fait si je ne l'avais pas eue ? Ma Vivianne a été ma survie ! »

Yolande reste songeuse devant les dates : elle a donc suivi les traces de sa mère en enfantant presque au même âge. Pourtant, ce n'était pas par admiration, elle est certaine que ce sentiment ne l'a jamais effleurée pour sa mère. Vivianne, elle, avait une telle vénération pour sa mère que c'était indécent. Mais Yolande sait qu'elle n'est pas honnête avec sa sœur. Elle se le répète, comme une leçon apprise depuis longtemps : « Arrête un peu avec ta sœur ! » Vivianne et elle, ça n'avait jamais cliqué.

Yolande ne se souvient presque pas de son père, mais elle se rappelle combien sa sœur le méprisait. Vivianne et sa mère s'entendaient sur tout, et le jour où le père de Yolande était parti, elles avaient rigolé en faisant du sucre à la crème et en s'installant ensuite pour le manger. Yolande était dans son lit et elle les entendait rire. À quatre ans, est-ce qu'on peut comprendre déjà qu'on ne fait pas partie d'un ensemble appelé famille ? Est-ce qu'elle se cherche encore des raisons pour se justifier d'avoir si mal agi à l'égard de sa mère ? Comment savoir, tant que toutes les pièces du tableau n'ont pas été restituées par sa mémoire ?

Mais les chiffres inscrits sur la page quadrillée lui disent qu'à seize ans sa sœur était déjà une grande fille, une intime et une indéfectible alliée de sa mère.

Elle avait choisi son camp. Sa mère aussi. Lilianne et Vivianne. Ça allait tellement ensemble dans son esprit qu'elle a cru que c'était une seule personne.

Est-ce qu'elle aimait sa mère ? Est-ce que sa mère l'aimait ? Elle n'en sait rien. Elle se dit qu'on doit toujours commencer par aimer sa mère et qu'ensuite on s'en rapproche ou on s'en détache, selon les affinités. Un enfant, même si les atomes crochus ne sont pas nombreux, un enfant a toujours besoin d'une mère et de pouvoir s'y attacher. Ça n'a rien à voir avec la capacité de la mère à aimer. Même Steve aimait cette mère incompétente et indolente. Pourquoi pas elle ? Elle ne sait pas, elle a l'impression d'une sorte de vide quand elle regarde dans la direction de sa mère. Un vide jusqu'à Francis et là, d'un coup, sa mère prend une réalité effrayante et condamnante. Sa mère l'a-t-elle haïe, reniée ? Sans doute. Yolande ne sait pas. Tout ce qu'elle arrive à se demander, c'est si elle a aimé Francis pour que sa mère la voie enfin et la considère. Mais c'est de la théorie de psy qu'elle écarte, parce qu'on peut faire dire ce qu'on veut à des évènements qui ne sont pas entiers.

C'est comme pour Vivianne. Elle se souvient d'avoir été dans le cortège nuptial de sa sœur. Elle avait quoi? Douze ans? Comme c'est étrange… elle avait douze ans le jour du mariage de Vivianne, exactement l'âge qu'avait sa sœur quand elle était née et qu'elle avait ainsi crevé la bulle sacrée qui entourait Vivianne et Lilianne.

Douze ans. Tout en bras et en jambes. Tout en trop long et en trop maigre. Elle détestait cette robe satinée crème qui lui donnait un teint verdâtre. Elle détestait la couronne de fleurs qui lui piquaient le front et elle détestait le rôle qu'on lui faisait jouer. Elle avait l'air d'une demeurée qui s'essaie à faire la poupée alors qu'elle a passé l'âge. Non, les mariages ne lui réussissaient pas. Yolande se revoit très clairement en train de souhaiter que tout finisse.

Sa mère pleurait. Comme elle avait pleuré! Tout le long de la cérémonie et au repas de noces, en faisant un petit discours avec une voix chevrotante de peine. Yolande se souvient de Vivianne qui pleure, de sa mère qui pleure… non, elles n'étaient pas faciles à séparer, ces deux-là!

Et après? Leur vie après le mariage de sa sœur? Yolande ne sait pas. Un vide de cinq ans. Une paix certaine, puisque Vivianne n'était plus là pour la pousser, la houspiller et se plaindre d'elle. Oui, probablement une paix. Mais ça demeure une hypothèse, elle ne se souvient pas.

Vivianne n'aimait pas Francis. De cela, Yolande est certaine. Le côté passionné, amoureux de leur mère agressait Vivianne. Dieu du ciel! Ça l'écœurait! Yolande se souvient d'une conversation entre Vivianne et Lilianne où sa sœur répétait: «Tu ne peux pas me faire ça!» Une des seules fois de sa vie où sa sœur avait tenté de l'associer à son projet: «Dis-lui, toi!» Comme si ça avait jamais compté! Comme si leur mère risquait de l'écouter, elle, au lieu de son trésor adoré. Fallait-il qu'elle soit folle de Francis pour décevoir Vivi. Mais elle avait tenu bon et sa sœur avait manœuvré vers elle pour arriver à séparer Francis et sa mère. Yolande se souvient que la différence d'âge entre Francis et Lilianne était la clé du problème pour Vivianne. C'est ce qu'elle disait. Mais Yolande n'était pas dupe : le côté franchement sexuel de la relation devait scandaliser sa sœur plutôt pudibonde. Malgré ses trente ans, Vivianne restait une enfant. Malgré qu'elle ait des enfants… en avait-elle ? Impossible pour Yolande de se rappeler combien ou quelle sorte, elle croit que sa sœur a eu des enfants, mais elle ne peut les imaginer. Beaux, sûrement, comme tout ce qui touchait sa sœur.

« Belle… tu es belle… entends-moi, écoute ! »

Francis… la première fois de sa vie que le terme beauté s'appliquait à elle. Belle. Jamais avant lui, jamais avant sa bouche qui baisait chaque parcelle de son corps, jamais elle n'avait rêvé que sa personne puisse être belle aux yeux de quelqu'un. Même collée à son corps, perdue, éperdue d'amour, il subsistait au fond d'elle cette certitude d'être une ingrate, une ignoble.

« L'ignominie est d'avoir permis que tu ne le saches pas. » Comme il avait pris son temps pour lui décrire en quoi l'imperfection physique devenait splendide pour les mains, la bouche et les yeux amoureux. Le « Chant de la beauté », celui-là, elle le savait presque par cœur. Le jour de ses dix-neuf ans, posé entre les dix-neuf roses, le « Chant de la beauté » pour celle qui ne se sait pas belle.

Elle est née entre ses mains, elle est venue au monde dans cette violence qu'était leur passion. Et peut-être fallait-il que ce soit contre sa mère pour que ce soit pour elle.

Yolande ne sait pas si elle a aimé sa mère, mais du jour où elle l'a trahie, elle sait qu'elle s'est choisie. Si ça, c'est de l'amour…

Elle se souvient quand Francis s'amusait aux dépens de Vivianne. « Quand Vivi va se réveiller… » était une de ses phrases clés pour résumer la pie-grièche, comme il aimait l'appeler. Il n'arrivait pas à lui donner son prénom : « Tu te rends compte que ça signifie vivante ? C'est une honte de devoir porter un prénom aussi mensonger. »

Yolande a même pris sa défense un jour : « Elle est quand même belle, tu peux pas le nier, Francis ? Elle est belle, admets-le ! »

« Une vraie belle pie-grièche », c'était le plus loin qu'il acceptait d'aller.

Un jour, en découvrant que la colombe était un oiseau beaucoup plus malveillant que sa réputation de douceur pacifique ne le laissait supposer, Francis avait déclaré que Vivianne était une vraie colombe : blanche de plumage et sanguinaire de cœur.

Il se fichait éperdument de Vivianne. Il ne la connaissait pas beaucoup et le peu qu'il en savait ne l'incitait pas à pousser davantage son analyse. Yolande se souvient du premier repas où Vivianne avait rencontré Francis. C'était peut-être un mois après le début de sa liaison avec leur mère. Vivianne était seule. Yolande ne sait plus pourquoi, mais son mari n'était pas là. Comme toujours quand elles se retrouvaient, Vivi et Lilianne parlaient, papotaient et riaient. Quand elles étaient sorties de la cuisine avec les plats, Vivianne était devenue encore plus volubile et leur mère avait posé sa main sur celle de Francis en fixant sa fille avec adoration. Yolande avait clairement constaté que le sentiment de sa mère était loin d'être partagé. Cette fois-là, Francis avait commis ce qui était aux yeux de sa mère un impair : il avait interrompu un long récit de Vivi pour se tourner vers elle et lui demander ce qu'elle en pensait. Stupéfaite, Yolande était restée sans voix, incapable de formuler le moindre commentaire. Vivianne avait repris son laïus après avoir échangé un coup d'œil de connivence avec sa mère : « Ça s'arrange pas avec l'adolescence, à ce que je vois. »

Yolande avait haussé les épaules devant le regard interrogateur de Francis. Quelle importance ce que sa sœur pouvait penser ?

Dégoûtée d'elle-même, Yolande se lève et marche dans sa chambre. Comme c'est pratique, cette mémoire qui ne lui rend que ce qui lui convient ! Qui fait d'elle un pauvre petit canard à la patte cassée. Une victime bien justifiée d'aller trahir sa mère et de s'offrir enfin un peu de contentement. Seigneur ! On croirait entendre Annie! N'a-t-elle pas un peu de mesure pour faire la part des choses? C'est quoi, cette apologie de la pitié? Depuis quand fait-elle partie de la race des ignorées et des humiliées? Faut-il absolument avoir été victime avant de devenir bourreau? C'est fortement suggéré pour avoir un peu de classe, sans doute. Si ces souvenirs constituent son passé, alors elle les renie. Elle refuse de s'identifier à celle qui n'a pas été aimée. Que sa sœur lui ait battu froid une bonne partie de sa vie, ce n'est ni stupéfiant ni effrayant.

Quand on sait combien leur mère adorait sa fille aînée, on peut comprendre que la compétition n'ait pas fait sauter de joie Vivianne. Et puis, honnêtement, Yolande ne croit pas avoir placé son cœur entre les mains de sa sœur. Elle a toujours su qu'elle ne l'intéressait pas. Elles n'ont jamais rien partagé, sauf cette mère qu'elles ont probablement aimée de façon très différente. Ce que Vivianne a vécu pendant les années où ils formaient une famille avec Émile, Yolande ne le sait pas. Et c'était sûrement une vie à laquelle il a été ardu de renoncer pour Vivianne. Devenir «le seul espoir et la survie» de sa mère n'était peut-être pas assez pour compenser la perte d'un père et d'une enfance. Qu'en sait-elle?

Et ses années à elle, seule avec sa mère, ces cinq ans qui ont précédé l'arrivée de Francis, elles étaient peut-être harmonieuses. Ne pas se souvenir ne veut pas dire que c'était nécessairement l'enfer. Cette tendance à la dramatisation, elle se soupçonne de la cultiver pour excuser son impardonnable comportement avec Francis. Elle le voulait. Elle brûlait sur place du désir de le prendre, de le séduire, de se l'approprier, finalement.

Et les souvenirs qui lui reviennent sont toujours teintés de cette violente volonté, de cet insatiable appétit de lui, de ce désir démesuré auprès duquel sa vie ne faisait pas le poids. Elle aurait tout sacrifié pour Francis. Elle aurait volé, tué, trahi. Et si elle ne l'a pas fait, c'est qu'il ne le lui a pas demandé.

Yolande sait fort bien que, malgré tous ses efforts pour voir en sa mère une femme injuste et peu aimante, elle a accepté le marché proposé par Francis — épargner Lilianne. Cacher leur liaison, ne jamais laisser sa mère se douter de quoi que ce soit. Et c'était pour protéger sa mère. Elle était d'accord avec cette position. Elle n'a aucune certitude, mais elle croit que le désir de mettre sa mère à l'abri de leur passion venait du fait que Francis l'aimait toujours. Et qu'elle l'avait compris.

Coupable? Oui, elle devait l'être… mais cela n'empêche pas que se cacher était une convention entre Francis et elle, et non pas une règle unilatérale édictée par Francis. Leur couple était bancal, immoral, probablement méprisable pour beaucoup de gens, mais c'était un couple authentique. Rien ne l'a forcée à aller vers Francis. Ni son enfance ni ses comptes à régler avec sa famille. Et que cette affolante passion lui ait révélé des vérités sur elle-même, elle ne trouve rien de surprenant là-dedans. N'est-ce pas le fondement même de la passion d'instaurer le désordre pour créer le changement?

Francis avait dix-huit ans de plus qu'elle et elle avait dix-huit ans. Quoi d'étonnant à ce qu'elle ait appris à s'aimer un peu à travers les yeux adorateurs de Francis? Ça ne veut pas dire que personne ne l'avait aimée avant. Cette manie de tout ramener au sordide, cette tendance au drame, elle l'a pourtant toujours détestée… Yolande s'immobilise. Chez qui? Découragée de se voir répondre « chez sa mère », elle passe son manteau et cale un bonnet sur sa tête : elle va aller secouer ses puces et s'aérer.

Elle fixe son visage dans le miroir : elle n'a jamais été belle, et elle le sait. Pas au sens de la norme, en tout cas. Vivante, oui. Combattive, animée et volontaire, oui. Mais belle? Ça prenait bien les yeux de poète de Francis pour le dire sans mentir.

Au moment de sortir de sa chambre, Yolande s'arrête : elle sort les deux photos d'Ariane et les dispose sur son bureau. Elle range le cahier noir. Celle-là, cette petite merveille animée et ravie, elle était belle.

Steve est devant la télé et il s'apprête à rouspéter de la voir sortir, quand elle l'interrompt : « J'ai laissé deux photos sur mon bureau. Tu peux aller les voir. Tu vas savoir tout de suite c'est qui. Je vais marcher… Je vais arrêter chez Jean-Louis, mais je reviens. *Bye!*»

La dernière partie de sa phrase, elle l'a dite pour ne pas entendre encore Steve lui demander si elle a rappelé Jean-Louis.

En marchant dans le froid cassant de décembre, elle prend le chemin d'Outremont. Ce n'est peut-être pas une mauvaise idée, finalement. Un peu d'oasis ne lui ferait pas de tort dans sa plongée de détestation.

Pour un homme alerté par Steve au sujet des derniers développements, Jean-Louis se montre très discret. Yolande n'en revient pas : il lui offre exactement ce qu'elle souhaite. La paix, du thé, et une conversation sans questions, facile à entretenir.

Il la distrait avec ses considérations sur la meilleure façon de faire une conférence sans endormir l'auditoire qui en est à la cinquième de la journée et qui, de toute façon, n'accorde aucune importance au sujet.

«Tu sais que si tu as envie d'en parler, j'arrête mes facéties et je t'écoute. »

Elle sait. Mais c'est d'autre chose qu'elle parle. «T'as besoin d'une réponse pour Toronto ? »

Il est pas mal *cool*, Jean-Louis : « Le pire qui va t'arriver, c'est de voyager à quelques rangées de mon siège. Un vol d'un heure, on devrait survivre. »

Elle le remercierait à genoux pour cette légèreté d'esprit, cette attitude qui n'exerce aucune pression sur elle. Elle le lui dit et ça le fait sourire. C'est si agréable qu'elle franchit la distance entre elle et lui et se blottit dans ses bras. Elle croit discerner un « enfin »… mais elle ne le jurerait pas.

«C'est comment ?

— Un peu comme être en contact avec l'au-delà… J'ai l'impression d'être en procès.

— C'est toi, l'accusée ?

— Plutôt moi, oui… Mais je laisse pas ma place non plus

pour ce qui est des procès. Disons que je me débats pas mal et que les trous noirs sont très noirs. »

Ils se taisent, perdus dans leurs pensées. La main de Jean-Louis caresse son cou avec nonchalance. C'est agréable et, encore une fois, gratuit, sans attente. Elle en est à préparer la façon de lui annoncer qu'elle va dormir chez elle, qu'elle n'est pas en mesure de faire l'amour avec lui, qu'il y a trop de fantômes qui se bousculent dans sa tête et que ça n'a rien à voir avec lui, quand elle l'entend lui demander : « Yolande, est-ce que je peux faire autre chose pour toi que de t'attendre ? »

Elle se soulève, le regarde avec un étonnement qui le fait sourire. Il écarte une mèche de cheveux gris qui lui barre le sourcil : « Même si tu le voulais, Yolande, même si tu le demandais, je sais très bien que l'idée de me mesurer à Francis ne m'excite pas tellement. Les fantômes gagnent toujours dans ce temps-là.

— C'est vraiment pas terrible, mon affaire : avant que je retrouve ma mémoire, on ne se touchait pas pour ne rien précipiter, et maintenant qu'elle revient, il faut attendre que mes souvenirs reculent dans le passé.

— Tant que tu ne m'en veux pas de ne pas être Francis…

— M'en as-tu déjà voulu de ne pas être Françoise ? Tiens… nos fantômes ont des prénoms approchants…

— J'en ai voulu à d'autres de ne pas l'être. Et je n'y suis pas allé de main morte. On peut dire que je n'ai pas toujours été gentleman, comme disait ma mère.

— Parle-moi d'elle, parle-moi de ta mère que j'oublie un peu la mienne. »

Elle n'aurait jamais cru si bien dire. La mère de Jean-Louis était une petite femme rigolote qui trouvait toujours quelque chose de bon à dire, quel que soit l'horrible de la situation. Et elle aimait jouer, c'était à la fois enfantin et irrépressible chez elle. Combien de fois Jean-Louis avait appris un nouveau jeu de cartes au lieu de faire ses devoirs ! Qu'elle perde ou qu'elle gagne, sa mère ne se tannait jamais. Qu'il y ait ou non quelque chose à perdre ou à gagner, d'ailleurs. Même son père y goûtait : pas de souper s'il ne faisait pas une petite partie de *Yum* avant.

« Je pense que si elle avait pu, elle lui aurait fait jouer une dernière partie sur son lit de mort. Eh que mon père sacrait ! "Émilienne, lâche-moi avec tes histoires de jouer !" Mais y finissait par jouer pareil. Quand y est mort, après le service, tu le croiras pas, elle a organisé un bingo avec toute la famille ! Trente personnes autour de la table. Je pense que j'ai hérité de mon père, j'ai jamais joué avec plaisir. À la fin de sa vie, c'est la seule chose dont ma mère se préoccupait : faire une partie de *Yum*. Elle n'avait plus beaucoup de moyens, mais elle savait compter ses points. Pis elle gagnait !

— Elle est morte de quoi ?

— Le cœur… C'est du cœur qu'elle est morte, enfin, d'une complication cardiaque.

— As-tu organisé un bingo en son honneur ?

— J'aurais dû… Mais Françoise venait de se faire opérer. C'est drôle comme, des fois, on a l'impression d'entrer dans une période néfaste. Tu sais : tout arrive en même temps, une tuile après l'autre. On ne sait pas ce qu'on a fait, mais rien ne nous réussit. Faut attendre que ça passe. Ma mère disait "c't'un nuage, ça va passer !" Pis tu sais quoi ? Elle avait raison, ça finit par passer.

— Êtes-vous une grosse famille ?

— Cinq — trois gars, deux filles.

— Moi, je viens de me découvrir une sœur.

— Vraiment ? Elle a pas été trop dérangeante jusqu'à maintenant…

— Je pense qu'avec elle le nuage a pas passé.

— J'ai un frère comme ça avec qui je parle presque jamais… C'est quand même en demander pas mal que de forcer cinq personnes à se trouver sympathiques et intéressantes pour la seule raison qu'elles partagent le même nom et les mêmes parents.

— On n'avait pas le même père, mais t'as raison : je trouve que c'est pas obligatoire d'aimer tout le monde.

— "Je vous aime toutes égal", elle l'a tellement répété, notre mère, qu'on l'a pas crue, évidemment.

— Et t'étais son préféré, non?

— Ben là… J'ai assez perdu avec elle pour mériter ça! Tu trouves pas que j'ai une gueule à être préféré?»

Elle le trouve bien satisfait de lui-même. Finalement, être beau ou se trouver beau, c'est une affaire de conviction intime.

«Quoi? Tu trouves pas? Pourtant… beau bonhomme, aimable, gentleman…»

Il l'embrasse avec fougue. Comme elle voudrait que Francis recule et la laisse en paix avec Jean-Louis. Elle lui rend son baiser avec détermination, mais Jean-Louis n'est pas dupe: «Un petit nuage…

— Ça va passer! Le temps de marcher jusque chez moi.»

* * *

«La nuit passée, pour tromper mon insomnie, comme on dit dans les romans prétentieux, j'ai rédigé une liste de questions. On n'est pas obligés d'y répondre aujourd'hui, mais c'est un point de départ.»

Yolande pose sa liste sur le bureau. Cantin fait une moue impressionnée: «Gros travail… Pas beaucoup dormi, à ce que je vois… J'aime bien la dernière.

— Je savais que ça vous plairait. Je l'ai écrite pour vous, je pense.

— *Pourquoi on n'oublie pas tout ça?* Vous trouvez que ça me ressemble, ça? Plutôt contraire à mon éthique, non?

— Sincèrement, si je pouvais, je laisserais faire pour le flash-back. J'irais même au *fast-forward* tout de suite.

— Mais…?

— Je suppose qu'une fois le passé rétabli, c'est plus facile de s'en débarrasser.

— Y a des chances, oui.

— Je veux m'en débarrasser le plus vite possible. J'ai autre chose à faire de ma vie que de la sonder ! Me trouvez-vous en bonne santé mentale, même si je n'ai pas encore récupéré toute ma mémoire ? »

Il est surpris, Cantin, il se demande où est l'astuce dans cette question : « L'amnésie n'est pas considérée comme un signe de bonne santé, mais... pourquoi ?

— Je veux divorcer. Et Gaston a posé comme condition que j'aie retrouvé la mémoire. En partie, je l'ai retrouvée, on est d'accord ?

— Ça presse ?

— Oui. »

Cantin n'obtiendra pas de détails dans l'immédiat. « Rien ne vous empêche de divorcer. En plus, ça va bientôt faire un an que vous êtes séparés. C'est plus facile, légalement. Si jamais vous retrouvez pourquoi vous l'avez marié et qu'il vous manque, vous ferez comme Elizabeth Taylor et Richard Burton, vous vous remarierez !

— Si au moins il avait quelque chose de Burton, je comprendrais un peu. Remarquez que je ne suis pas Taylor, moi non plus... Combien de temps ça prend, un divorce ?

— Vous êtes vraiment pressée !

— Chaque fois que je pense à cet homme-là, j'ai honte. J'étais couchée dans mon lit à l'hôpital et j'avais honte d'être liée à lui. On peut dire que je ne suis pas en position d'avoir des certitudes dans la vie, mais celle-là, je l'ai. Je veux écrire *Divorcée* sur mes papiers, je veux faire ce ménage-là. Je ne peux pas changer de mère, de père, de sœur, je ne peux pas renier ce que j'ai fait à Francis ni à Ariane, je peux juste assumer. Mais Gaston, ça va être un gros, gros *X* et ça va faire beaucoup de bien. Les papiers vont être déposés avant le 31 décembre. Et puis, même si vous me disiez que j'ai pas toute ma tête, je divorcerais quand même. Je n'ai aucune raison de respecter les conditions de Gaston. De l'air ! J'ai déjà attendu trop longtemps. »

* * *

La reconquête de Sylvie n'a pas été facile pour Steve : elle ne voulait pas recommencer une liaison qui l'avait blessée. Elle n'avait jamais compris les raisons de l'éloignement de Steve et elle préférait se tenir loin de ses humeurs changeantes.

Comme toujours, la difficulté de l'entreprise et le refus de Sylvie ajoutaient au plaisir de Steve. Conquérir, convaincre, le stimulait. Une des premières envies qu'il a eues « tant qu'à pas se tuer » a été Sylvie. Le charme, l'humour, la fantaisie dont il a dû faire preuve pour y arriver ! Il n'en revenait pas. Pour Steve, une fille plus âgée que lui et qui n'est pas « taillée au couteau » ne peut pas faire de manières. La résistance de Sylvie représentait à ses yeux une exigence trop élevée pour ce qu'elle offrait. Dans le mercantilisme sexuel, Steve connaissait les normes du marché, et Sylvie fixait son prix trop haut. Et pourtant, il persistait. Il l'achalait, l'invitait, l'appelait. Elle acceptait de lui parler, mais jamais de reprendre avec lui. Quand Steve s'était vu repoussé fermement et posément, il avait eu une réaction extrêmement surprenante à ses propres yeux : il n'avait ni hurlé ni couru après quelqu'un d'autre, il ne s'était pas « gelé la bette », il avait essayé de comprendre. Se mettre à la place de l'autre était une impossibilité pour lui, alors il avait considéré ce qu'il offrait vraiment à une femme. Sans s'humilier, il devait admettre que prétendre avoir tous les talents ne suffisait probablement pas à « faire la job ». Il était infirme. Il n'avait jamais étudié. Il n'était pas en mesure de promettre grand-chose. Assis dans sa chaise roulante devant le grand miroir, il s'était avoué que, comme cadeau, il avait déjà vu mille fois mieux que lui.

Et baiser comme un dieu quand on n'a qu'une jambe et qu'un pied, c'est plus ardu. Pas fou, Steve avait bien saisi que ce n'était pas sa technique qui avait ébloui Sylvie. C'était autre chose — ni la pitié ni la compassion — une sorte de rire qui tournait au sérieux quand ils s'embrassaient.

Le problème était de l'embrasser de nouveau. Ce à quoi Sylvie résistait. Ne pas «comprendre la patente», ne pas trouver le truc qui la ferait céder agaçait Steve au plus haut point. Souvent, en revenant du cinéma ou du restaurant, il rageait et se promettait de la «crisser là».

Dans ces moments de déception, il en venait à se convaincre que c'était beaucoup pour elle qu'il insistait, que lui, finalement, il n'avait pas besoin de ça. Le «ça» étant tout ce qu'incluait le mot relation. Steve faisait du surplace et cela aurait pu durer si Sylvie n'avait pas freiné subitement. C'était un soir où il avait failli l'avoir. Ils avaient tellement ri qu'il s'était penché pour cueillir le baiser sur son rire. Elle s'était laissé faire. Prudent, il n'avait pas «poussé sa *luck*», il avait attendu qu'elle avance, qu'elle fasse un pas. Elle avait bien failli le faire. Dans ces danses muettes, Steve était champion, il pouvait dire au millimètre près où en était l'autre. Alors qu'il entretenait une répulsion maladive pour comprendre et discuter des états d'âme de qui que ce soit, il se fiait à un instinct puissant et à une connaissance animale du corps de l'autre pour tout ce qui touchait la sensualité. Savoir ce que la peau de l'autre attend de sa peau, savoir quand se presser, quand ralentir, être à l'affût du moindre frémissement et s'y fier, toutes ces ruses de Sioux constituaient le plus grand talent et la seule science de Steve.

Pour Sylvie, cette aptitude à la séduire et cette capacité de dissoudre ses moindres résistances devenaient démoniaques — surtout que Steve n'avait pas l'air de comprendre qu'au-delà de son abandon physique il y avait un autre abandon qui tenait de l'amour.

Électrisée par le baiser, mourante, défaillante, elle avait senti ses bras vouloir se tendre vers Steve et elle avait contraint son élan. Pour y arriver, elle avait fait appel à sa mémoire: quand elle vacillait, lorsque Steve se faisait trop tentant, il lui suffisait de se souvenir de ce soir d'octobre où Steve s'était rhabillé avec précipitation en lui disant qu'il ne la rappellerait pas, que c'était le temps de «passer à autre chose». Il était devenu si froid, si lointain quand elle avait demandé pourquoi que, d'habitude, la vision de ce visage fermé suffisait à glacer ses appétits.

Au moment où cette vision d'horreur n'a plus suffi à arrêter son élan, Sylvie a fait volte-face et, malgré ce qu'il lui en coûtait, elle a posé ses conditions. Tant qu'elle ne saurait pas ce que signifiait pour lui « passer à autre chose », tant qu'elle n'aurait pas de certitude que ce temps n'allait pas se représenter entre eux sans raison apparente, elle ne voulait plus le voir autrement qu'en rééducation où il venait toujours faire ses exercices.

Steve avait pris son air effaré du gars qui ne comprenait pas, de celui qui a besoin d'explications, qui veut savoir, mais Sylvie n'avait pas marché : « Je t'en ai dit déjà pas mal plus que toi t'as dit quand t'es "passé à d'autre chose". Allume tout seul, Steve, ou ben reste dans le noir ! »

Elle l'avait planté là. Il avait trouvé qu'elle lui plaisait beaucoup trop pour la laisser partir. Mais pour « allumer tout seul », il n'était pas très doué. Elle voulait quoi ? Se marier ? Une promesse ? Au fond de lui, tant qu'il discutaillait de ces questions, il était malhonnête et il le savait. Le prix demandé pour jouer avec Sylvie, c'était de jouer franc-jeu, et il ne voulait pas le payer. Plus tard, quand ce serait vraiment sérieux, à son rythme, il pensait qu'il y viendrait. Il trouvait mille raisons de la fuir et il n'en croyait aucune. Vaguement, il devinait qu'il lui faudrait avouer la vraie raison. Et c'était plus fort que lui, avoir manqué son coup avec Andy et l'avoir raté encore dix ans plus tard lui faisaient honte. Ce n'était qu'avec Yolande qu'il arrivait à ne pas avoir honte. Avec elle, ce n'était plus une question de honte, d'échec ou même de courage. C'était comme ça. Tout simplement comme ça. Presque compréhensible. Triste, mais pas humiliant.

Steve ne supportait pas l'idée de devoir s'humilier pour séduire une femme. Pourquoi se couper la queue avant d'aller baiser ? On ne parle pas d'Andy quand on a envie de s'attacher à quelqu'un. C'était comme s'arranger pour que ça ne marche pas. C'était mal calculer la longueur de corde.

S'il en parlait à Yolande, elle le pousserait vers Sylvie et ne tiendrait pas compte de ses hésitations. Et puis, il trouvait que Yo se débattait avec des problèmes bien assez gros sans avoir à y ajouter ses problèmes de cul, comme il les appelait.

C'est quand même Yo qui l'avait sorti de l'impasse. En la voyant se démener avec son envie pour Jean-Louis et son malaise avec son passé, il avait « allumé » sur une façon de faire qu'il croyait bien féminine : tant qu'elles n'ont pas tout, elles ne cèdent pas une fraction. Mais Yo est capable de parler de sexe sans parler de cœur ou de sentiment. Yo n'est pas comme les « filles ». C'est en concluant que Jean-Louis était trop vieux pour sauter sur Yo et la faire changer d'avis que Steve s'était expliqué la chasteté de leurs rapports. Il croyait dur comme fer à sa théorie… jusqu'à sa rencontre avec Jean-Louis. Pour un prof, il ne faisait pas du tout *has-been* et, pour un vieux, il ne faisait pas totalement fini. Steve avait aimé parler avec lui. Jean-Louis avait de l'humour et aucun mépris. En plus, il ne se pensait pas meilleur que tout le monde.

Aussi, parce que Jean-Louis lui semblait le seul homme capable de le comprendre, Steve avait testé le terrain dans la voiture, en revenant chez lui, le soir du souper. Devant ses jugements sur les femmes et leur façon de toujours vouloir tout dealer, Jean-Louis avait ri sans partager son point de vue, mais sans pour autant le condamner.

À son grand étonnement, Jean-Louis ne se sentait pas visé par les réticences de Yo. Il les respectait. Il ne les considérait pas comme des affronts personnels. « Je suis bien avec elle, Steve, alors, je pose pas de questions. Je reste proche des gens avec qui je suis bien. »

Ça avait l'air tellement facile ! Un peu ébranlé, Steve avait quand même posé la question qui lui semblait cruciale : « Même si a veut pas baiser ? »

Jean-Louis avait l'air de trouver que ça viendrait… en son temps.

«C'est quoi le *trip* si t'a baises pas? Comment tu fais pour être bien?»

La réponse l'avait jeté à terre: «Moi, Steve, me coller, rire, niaiser et me coller encore, j'aime ça. Baiser aussi, mais je suis plus vieux que toi, j'ai eu le temps d'établir mes priorités... As-tu quelqu'un en tête?

— Genre...

— Est pas facile, comme tu dis?

— A l'a déjà été... pis ça pétait le feu.

— Pis elle veut plus?

— Non! Ça s'peut-tu, crisse?

— Peut-être qu'elle aimait moins ça que tu pensais?

— Tu veux dire faire semblant? Chus capable de voir ça, quesse tu penses!

— M'en doute, oui... Elle t'a rien dit?

— Ben... presque.

— D'après moi, ta réponse est dans "presque".

— Ouain... Tu vas y faire attention à Yo, O.K.?

— Oui, papa, je vais y faire attention.»

Ça avait beaucoup plu à Steve, cette conversation. Et surtout la petite remarque de Jean-Louis avant de le laisser: «La fille, là... peut-être qu'elle attend que tu t'en fasses pour elle autant que tu t'en fais pour Yo.»

Ce soir-là, Steve était resté devant le téléphone à hésiter. Peut-être que Sylvie attendait qu'il lui fasse confiance à elle autant qu'à Yo.

Il avait tellement hésité qu'il l'avait réveillée.

Elle avait vraiment envie de savoir ce qu'il voulait lui dire et elle était venue le rejoindre.

Il s'était montré sous son vrai jour: orgueilleux mais inquiet, frondeur mais vulnérable, et elle avait fondu devant lui.

Ce n'est qu'au petit matin, vainqueur sur toute la ligne physique, qu'il avait parlé d'Andy et de ce pacte ancien qui le liait depuis des années.

Quand Sylvie avait dit : « Je sais pas comment t'as fait pour vivre pendant dix ans avec ça dans tête et dans le cœur. J'aurais jamais été capable ! », Steve avait compris que lui non plus n'en serait plus jamais capable.

Deux semaines plus tard « tant qu'à pas se tuer », Steve avait avoué à Sylvie qu'elle avait bien fait de le crisser là sans s'expliquer davantage « parce que je serais encore en train de te niaiser ».

* * *

En décembre, la nuit tombe tôt et, dès quatre heures, la ville bleuit et le paysage s'assombrit. Yolande regarde le soir tomber sur le parc Lafontaine. Les lampadaires ramassent la lumière autour d'eux, comme une mère poule, ses poussins. La journée est froide et sans nuages. Noël scintille un peu partout et colore les arbres nus. Tant qu'une bordée de neige n'a pas exalté l'esprit des Fêtes, Yolande trouve que les décorations ont l'air orphelines. Mais elle n'aime pas Noël et sa frénésie de célébrations. Les partys de bureau n'ont jamais été son fort, et son statut de pigiste l'a longtemps forcée à se taper les cocktails des maisons d'édition. Au moins maintenant, sa réputation lui permet de sauter ces célébrations où se faire voir sert à rappeler son existence aux employeurs potentiels.

Elle s'arrête devant un immeuble gris de trois étages. C'est ici, elle en est certaine. Elle a habité au troisième pendant trois ans. De 1969 à 1972. Tout d'abord seule, ensuite avec Francis à temps partiel, et après avec Ariane. Elle n'en sait pas davantage et la proximité physique du lieu ne l'éclaire pas du tout.

Elle a froid. Elle n'a jamais tant marché. Elle se dirige vers la rue Roy et va remonter Saint-Denis.

Qu'est-ce qu'on peut pour notre cœur
Qui nous quitte en voyage tout seul

Ce n'est pas à Jean-Louis qu'elle pense, même s'il a pris l'avion tout seul pour Toronto. C'est à Francis, encore et toujours lui. Elle a la désagréable sensation d'être l'otage de son cœur qui pilote sa mémoire. Si elle n'est pas partie pour Toronto, c'est dans le but de presser un peu les choses et d'avancer. Mais sa mémoire se moque de sa volonté. Elle revient par à-coups, sans raison précise, avec une fantaisie extrêmement instable. Cantin ne cesse de la mettre en garde contre un espoir excessif. Il reste possible qu'elle ne récupère pas entièrement son passé. Elle a beau prétendre s'en ficher, elle assimile beaucoup sa personne à son passé. Qu'elle ne sache jamais ce qui l'a poussée dans les bras de Gaston l'indiffère totalement. Mais ne pas savoir ce qui est advenu d'Ariane, de Francis équivaudrait à laisser un anévrisme faire son chemin dans son corps. Elle sait que le danger pour elle réside dans cette mémoire et qu'il faut, pour l'écarter, rouvrir les albums de photos jusqu'à la reconnaissance.

En s'assoyant dans un café, elle se souvient du temps où elle allait lire dans les restaurants. Elle adorait cela, et elle finissait ses travaux dans le brouhaha. Francis n'y comprenait rien, lui qui avait une prédilection pour le silence. Elle sait qu'elle a étudié en littérature et qu'à la mort de sa fille elle a aussi enterré toute envie d'écrire. Les *Chants* de Francis, ces merveilles qui la célébraient, seraient sa seule contribution à la scène littéraire. Contribution bien indirecte, d'ailleurs. Elle se demande s'il les a publiés. Elle n'en sait rien. Probablement pas, par égard pour Lilianne. Yolande doit encore avoir son premier livre de poésie chez Gaston. En tout cas, il n'est pas chez elle, elle a fait le tour de sa bibliothèque depuis longtemps. Il faudrait demander à quelqu'un de récupérer le livre pour elle. La dernière lettre d'Annie, après leur « rupture », n'est absolument pas encourageante en ce qui concerne une éventuelle pause des hostilités. Inutile de récupérer le livre, elle doit le savoir par cœur, au même titre que tous ces vers qui l'ont hantée depuis son accident. Si elle veut retrouver la mémoire, ce n'est pas dans l'espoir de se souvenir de Francis, mais de s'en débarrasser à jamais. L'ennui, c'est qu'avec lui un divorce n'est pas possible comme avec Gaston. Elle a la sale impression que Gaston lui a permis de disparaître en paix de sa propre vie. Se tuer sans mourir ou mourir sans se tuer. Francis n'est plus là depuis longtemps, mais cela n'a rien changé pour elle. Son cœur est mort.

Et frapper à mon cœur, c'est frapper au tombeau.

C'est plutôt pour se rouvrir le cœur qu'elle veut son passé. Pour fermer à jamais le tombeau et aller vers Steve et Jean-Louis. Pour vivre. Poser ses morts, redresser son corps prostré et respirer enfin à l'aise. Elle croit qu'elle ne sera jamais libérée, mais au moins espère-t-elle devenir apte à continuer et à cesser de ramper. Ce n'est pas un triomphe qu'elle attend, c'est une indulgence — un répit pour son cœur fatigué, une vie qui lui ressemble, avec des gens qui lui ressemblent. Ça fait trop longtemps qu'elle se tient loin de sa vie, en retrait, coupable et si peu aimable.

Elle voit Steve s'ouvrir, foncer et savourer sa vie, alors que son passé n'est certainement pas plus facile à digérer que le sien, et elle a presque honte de sa lenteur. « Comment pouvez-vous juger de votre comportement sans savoir à quoi il répond ? »

Yolande sourit : s'il faut que Cantin survienne comme les vers des poètes, ça va faire du monde dans sa tête.

Elle piétine. En une semaine, elle n'a pas avancé d'un souvenir. Elle n'a même plus de cauchemars, elle dort comme une enfant. La poésie n'avance pas davantage, les mêmes vers se répètent inlassablement, sans jamais varier. Yolande a été jusqu'à chercher sa sœur dans l'annuaire... pour se rappeler que Mailloux n'était que son nom à elle, pas celui de sa sœur. Le souvenir de son nom, là aussi, lui échappait. Sa mère est sûrement morte depuis longtemps. Que reste-t-il ? Elle a analysé la photo du mariage en compagnie de Cantin. Elle a repéré des gens qui sont fort probablement tous morts depuis belle lurette.

Restait cette excursion sur les lieux où elle a vécu avec Francis.

Être bredouille. Quelle expression ! Ça l'a toujours fait

sourire, ce son de « bredouille ». Eh bien! finalement, ce n'est pas très réjouissant, c'est plus joli à lire sur une page qu'à vivre. Elle aurait dû partir avec Jean-Louis et se changer les idées, tant qu'à piétiner. Il rirait bien d'elle. Elle s'est montrée si indécise, si incapable de se brancher qu'elle s'énervait elle-même. Elle a tranché pour en finir, parce qu'elle s'insupportait. Jean-Louis avait eu une bien agréable réaction : parce qu'il tablait sur Toronto pour enfin la remettre dans son lit, il avait déclaré que sa décision de ne pas l'accompagner l'obligeait littéralement à passer au plan B... qui consistait à la faire revenir vers lui sur place.

« Un homme, ça ne s'éteint pas aussi facilement que ça s'allume. J'ai des souvenirs très précis de notre fin de semaine de luxure et je ne veux pas que ça reste des souvenirs. Tu es vivante. Je suis vivant. Viens, on va se donner du bon temps. »

Son autorité avait fait merveille et, du coup, elle s'était mise à douter de la justesse de sa décision de ne pas l'accompagner. Il lui avait écrit le nom et le numéro de téléphone de l'hôtel sur un bout de papier : « Si jamais tu oublies le nom du gars que tu viens rejoindre, je le mets aussi... Pis achale-moi plus! Tu te pointes quand tu veux, mais tu n'en parles plus. »

La nuit est tombée et il n'est que cinq heures. Son café n'est plus qu'un cerne dans la tasse. Elle a envie d'y aller. De le surprendre. De secouer cette journée au goût morne de bredouille. C'est stupide, elle n'a pas beaucoup d'argent, ce serait une folie, mais ça ne la fait pas paniquer parce que le manuscrit de Raymond va l'attendre dès vendredi.

Elle se dépêche de rentrer, de se mettre en ligne pour consulter les horaires, les prix. Elle ficelle son trajet en moins de deux, jette quelques trucs dans un sac de cuir et part en laissant à Steve le post-it à l'intitulé « Pendant votre absence » avec les coordonnées de Toronto.

Il est près de dix heures quand elle arrive à la réception de l'hôtel et elle a tellement faim qu'elle se demande si elle n'ira pas manger avant de se montrer. Peut-être n'est-il même pas encore dans sa chambre. Elle compose le numéro sur la ligne interne et, dès qu'il répond, elle raccroche. Elle prend l'ascenseur en se disant que le *room service* n'est pas réservé exclusivement aux films d'amour.

Revenir à Montréal leur déplaît à tous deux. Être ailleurs les libérait et donnait une saveur particulière à leurs rapports. Loin de Montréal signifie loin des rappels intempestifs du passé, loin de Cantin et de la quête qu'elle mène avec lui. Ça veut dire être seul avec l'autre, tant pour Yolande que pour Jean-Louis. Toronto a même l'amabilité de ne leur rappeler rien de particulier, n'étant pas une destination de voyage d'amour. « Sauf à partir de maintenant… Tant qu'à moi, Toronto est une ville extrêmement évocatrice de plaisir. » Il attache sa ceinture, prend sa main : ils ont même réussi à s'asseoir ensemble pour le voyage de retour.

« Moi, je propose une nouvelle aventure à …New York ou Boston dans quinze jours maximum. »

Yolande lui rappelle que non seulement elle n'est pas à la retraite, mais qu'elle doit payer cet avion-ci avant d'en réserver un autre.

Jean-Louis évoque alors la semaine entre Noël et le jour de l'An et il est très surpris d'apprendre que les réviseurs n'ont jamais les congés des autres. Quand tout le monde est en vacances, le correcteur d'épreuves planche : « C'est le parfait métier pour les maîtresses d'hommes mariés. Le monsieur peut prendre tous les jours fériés en famille, nous, on travaille !

— Je suppose que c'est une information qui est de source empirique ?

— J'en sais rien, Jean-Louis, et pour être très franche, Lili m'a laissé entendre que j'avais été assez libérale avec les lois du mariage. »

Il la regarde d'un autre œil : « Une infidèle… »

Elle lève un doigt victorieux : « Pas avec toi…

— Oh *boy*! On vient de commencer, ça fait pas deux mois… T'étais vraiment aussi…?

— Je ne le sais pas! Ça ne me coûte pas cher d'en parler: ce sont des ouï-dire…

— On parle pas de ça. Noël? On fait quelque chose?

— J'aime pas Noël.

— Parfait. On va se sauver.

— Attends. Y a quand même Steve. Je ne voudrais pas le laisser tout seul.

— Ça s'est pas arrangé avec sa petite amie?

— De quoi tu parles? Je t'ai jamais dit ça, Jean-Louis Sirois!

— Non, non: c'est Steve qui m'en a parlé. Alors?

— Ça s'est arrangé…»

Elle médite au sujet des conversations entre ses deux hommes, quand Jean-Louis suggère d'inclure Steve dans leurs projets d'escapade de Noël.

«Ça pourrait être dans le Nord ou vers le Bas-du-Fleuve… Une chambre pour nous, une pour le petit. La famille Citrouillard en vacances!

— Le petit est assez grand pour s'organiser tout seul. Depuis quand t'as envie de jouer au parent, toi?

— Depuis Steve.»

Et il a l'air sérieux, en plus!

* * *

Ce n'est que le lundi 11 décembre que Lili lui demande de passer chercher le manuscrit. C'est une brique qu'elle lui tend: «Je t'avais avertie que notre Raymond s'était lancé dans le copieux?»

Yolande soupèse les pages: «C'est bon? Pas loin de cinq cents pages…

— Assez surprenant. Pas mal. Je pense qu'il a trouvé un filon. Ça te dit quelque chose, son nom?

— Pour être franche, Lili, je commence à être plutôt tannée de chercher. Non : Raymond Labrie, c'est comme Ti-Cul Laframboise, c'est zéro ! Dis-moi pas que j'ai couché avec lui, je veux pas le savoir.

— Tiens ! La dernière fois, pourtant, t'avais l'air sur une piste, ça bougeait.

— Cul-de-sac.

— Pourquoi tu t'assois pas ? »

Parce qu'elle se méfie de Lili. Yolande n'a plus tellement envie de remuer les cendres. Elle a envie d'air et d'inconnu. Pas d'une ancienne amie qui la regarde avec des yeux sympathiques en attendant qu'elle se souvienne. « Non. J'ai du travail, comme tu sais. Tu le veux pour hier ?

— Le plus vite possible… mais ça peut attendre le 3 janvier. Tu viens au cocktail ?

— Devine si je me souviens que j'aime pas ça ?

— Tu vois bien que tu t'améliores. Et le beau monsieur, il est toujours là ?

— Jean-Louis ?

— Je ne sais pas, moi, tu ne me l'as pas présenté. Ça se passe bien ? »

Il y a un malaise. Et Yolande n'arrive pas à saisir pourquoi : « Je te racontais beaucoup de choses, c'est ça ? Dans le genre "secrets d'alcôves" ? »

Le rire de Lili a un dièse de trop. C'est mince, mais Yolande ne peut plus s'orienter qu'au radar de son instinct.

« Lili, excuse-moi, mais il faut que je te le demande : as-tu fréquenté Francis ? Après moi, je veux dire. Es-tu son amie ou l'as-tu été ? »

Cette fois, le rire est franc, exactement sur la note de l'authenticité. « Jamais de la vie !

— Je délire, excuse-moi. Déjà qu'il avait dix-huit ans de plus que moi ! Je sais pas à quoi j'ai pensé ! »

Lili, elle, le sait. La mince membrane qui sépare Yolande de la vérité est en train de s'amenuiser et son temps est compté. Elle cherche frénétiquement quoi faire pour rester dans les bonnes grâces de Yolande : « Si tu veux, on va aller souper ensemble et je vais te raconter ce que je sais. »

L'hésitation dans les yeux de sa vis-à-vis lui fait battre le cœur : oserait-elle mentir à Yolande si celle-ci acceptait sa proposition ? Dans quel pétrin elle est en train de se mettre !

Yolande prend l'enveloppe du manuscrit : « Non. Je ne dis pas qu'un jour je ne ferai pas appel à ta mémoire, mais ce que tu pourrais me raconter ne me donnera pas ma mémoire. Merci quand même. »

Juste avant d'ouvrir la porte, elle se retourne : « Peut-être que tu ne le sauras pas, mais j'ai cherché ma sœur dans l'annuaire avant de me rendre compte qu'elle avait un autre nom que le mien. Le connais-tu ?

— Une sœur ? Alors là, vraiment, je ne l'ai jamais su.

— Ben voyons donc ! On s'entendait pas tellement, mais quand même, de là à ne pas te le dire…

— Et je m'en souviendrais, ça, c'est certain ! »

Lili elle-même commence à douter : « Tu es sûre que c'est ta sœur ? Je veux dire… que tu en as une ?

— Aucun doute. Bon ! Joyeuses fêtes, Lili. »

Lili en profite pour s'approcher d'elle, l'embrasser sur chaque joue. Yolande se tend soudain : « Lili… Ton prénom au complet, c'est pas Lilianne ? »

Elle a l'air aussi horrifiée que la première fois qu'elle lui a posé la question, il y a de cela vingt-huit ans. Et Lili lui répond exactement la même chose qu'à cette époque : « Marilyn… mon nom au complet, c'est Marilyn, comme Monroe, celle que mon père trouvait assez sexy pour donner son prénom à sa fille. Dès que j'ai pu, j'ai fait changer mon prénom. Je suis une vraie Lili et seulement une Lili. Et je te ferai remarquer que je ne suis pas plus le duplicata de ta mère que je l'étais quand je t'ai connue. Tu m'as déjà fait le coup.

— Charmant! J'espère que je m'excuse aussi bien que je l'ai fait la dernière fois… *Bye!* »

Lili va se rasseoir à son bureau. Elle n'a jamais su ce que cette Lilianne avait fait à sa fille, mais elle ne l'avait jamais portée dans son cœur. Et voilà qu'il y a une sœur dont Yolande ne lui a jamais parlé. Un dur coup pour elle qui croyait tout savoir de Yolande.

* * *

Yolande retrouve le cadre strict, bourré d'habitudes et d'exigences, de sa vie de réviseure. Se lever très tôt, tailler ses crayons, ordonner les feuilles du manuscrit à réviser, tout lui est agréable. Elle travaille avec constance, boit trop de café et ne quitte sa table que pour aller prendre un peu d'air et soulager son dos de la position inclinée. Le roman de Labrie n'est pas du tout ennuyeux et elle se surprend à avoir envie d'en connaître la suite, ce qui est loin d'être la norme dans son métier.

Comme Steve mange très souvent avec Sylvie et reste à coucher chez elle, Yolande peut travailler jusqu'à très tard sans se faire chicaner. Il y a bien Jean-Louis qui proteste et qui exalte les bons côtés de la retraite, mais cette perspective n'est pas du tout envisageable pour Yolande. Son métier ne risque pas de la rendre riche, mais vivre sans luxe lui pèse beaucoup moins que vivre sans passion. Et ce métier est une passion, Jean-Louis le reconnaît. Il prétend que le divorce avec Gaston va lui permettre de la demander en mariage à Pâques. Cette boutade devient un gag récurrent entre eux. Yolande sait peu de choses, mais ne pas se remarier lui apparaît une des rares certitudes de sa vie. La précarité de son métier ne l'affole pas du tout et elle traite Jean-Louis d'« universitaire gâté par la sabbatique ». Ce qu'il ne conteste pas, puisque c'est du passé.

Ce qu'il conteste, par contre, c'est la disette à laquelle son métier les condamne. « Es-tu certaine que c'est la règle de s'enfermer comme ça et de réduire ta vie à quelques centaines de pages ? Ils ne mangent pas, ils ne vivent pas, les autres ? Tu sais que je suis en train de devenir jaloux de Cantin ? »

Il promène une main douce sur son dos fatigué, elle s'engourdissait dans l'absolue détente d'après l'amour. « En tout cas, si je ne mange pas, je baise ! Et Cantin n'a jamais eu cet aspect de ma personnalité. »

Il l'embrasse et elle se serre contre lui : « Cinq minutes… dodo.

— Dix ! Vingt ! Je vais même te faire à manger pendant ce temps-là ! »

Du coup, Yolande sort de sa torpeur : « J'ai pas le temps, tu le sais ! »

Quand elle était arrivée, ils s'étaient joyeusement sauté dessus et elle l'avait effectivement mis en garde : ou elle mangeait avec lui ou ils faisaient l'amour, mais c'était un des deux. Le choix n'avait pas été cornélien.

Jean-Louis la voit se rhabiller à regret : « Dis-moi que ton zèle va au moins nous permettre de partir deux jours. Dis-moi où tu veux aller que je réserve et que je m'occupe à faire quelque chose pour nous deux. »

Yolande s'arrête et revient près de lui. Elle s'assoit au bord du lit et le contemple avec, au fond des yeux, une étincelle qui ressemble beaucoup à de l'amour : « Pourquoi je fais ça, Jean-Louis ? T'es un cadeau dans ma vie, un cadeau inespéré. Et je fais comme si t'allais m'attendre, comme si c'était normal de te le demander. Il y a un an, j'ai failli me faire tuer… Je m'étais pourtant juré de ne plus jamais vivre comme une poule pas de tête.

— Elle est bien belle, pourtant, ta tête… Qu'est-ce qui te plairait vraiment, ce soir ?

— Rester… Manger avec toi… Une petite trotte de vingt minutes pour digérer, et après, ronronner devant le feu pendant que tu regardes tes nouvelles.

— Tu vois, si je faisais ce que je voulais ce soir, ce serait exactement ça… avec une légère variation. Viens… je vais te montrer. »

Avec la variation, c'est parfait.

* * *

Le 21 décembre, à l'occasion de sa dernière rencontre avec Cantin avant les vacances de Noël, Yolande prend la décision d'ouvrir le sac d'Annie dès le début de l'année suivante. Après son exploration de sa « boîte de secrets », elle n'a plus du tout eu la tentation de plonger dans son « passé imposé par l'image », comme elle appelle le procédé. Imposer les souvenirs à coups de photos lui semble inutilement violent. Elle préfère se fier à son instinct et cesser de se provoquer.

Ce que Cantin apprécie : « Ça fait assez longtemps que je vous mets en garde contre votre "inclémence" à votre égard.

— Inclémence ?

— Ne faites pas la correctrice avec moi ! Ça existe. Vous vérifierez. Et que font vos deux gardes du corps pour Noël ? »

Elle aime beaucoup le nom que Cantin donne à ses deux hommes. Elle raconte leur projet de partir à trois pour une escapade dans Charlevoix. « Steve n'est jamais sorti de Montréal, vous vous rendez compte ? »

Cantin se rend surtout compte que Steve est en train de remonter la pente.

« Si vous saviez comme il va bien ! Il veut même étudier… Son histoire avec Sylvie, c'est la meilleure chose qui pouvait lui arriver.

— Avec vous. Vous comptez quand même un peu dans cette amélioration.

— Sincèrement, je ne sais pas lequel des deux a profité le plus de l'autre.

— Passé composé : a profité… »

— C'est un temps de verbe qui peut indiquer une action passée dont l'effet dure encore.

— J'apprécie votre science.

— Je suis ici pour mon ignorance. C'est étrange, quand même : je m'aperçois que je vis comme si j'avais encore ma mémoire. Est-ce qu'on s'habitue à ne pas savoir et à faire semblant ?

— S'habituer fait partie de la survie. Vous ne faites pas semblant. Si les navets vous dégoûtaient avant de perdre la mémoire, vous allez probablement refuser d'en manger une fois amnésique. La seule différence, c'est que vous ne saurez pas si c'est la nature du navet et son goût ou le moment traumatique lié au navet qui en sera la cause.

— Ça doit être tellement important de savoir en quoi les navets nous dégoûtent !

— Si notre père est parti en plantant là son assiette de navets… ça peut être important, oui.

— Dites-moi une chose, docteur : à Noël, assis à la table en famille, est-ce que vous continuez à analyser tout le monde ou vous vous arrêtez ? »

Cantin rit de bon cœur : « Dites-moi si vous remarquez les participes passés mal accordés quand on vous parle… Les "si j'aurais" de Steve qui vous ont coûté si cher à ignorer.

— Vous savez quoi ? Jean-Louis le reprend et Steve l'écoute sans l'envoyer promener. Incroyable ! Bonnes vacances, docteur Cantin. »

Yolande ne sait pas si elle s'habitue à l'amnésie ou si elle refuse d'aller plus loin, mais elle sait que, jour après jour, elle gagne en légèreté et en enthousiasme.

Autant les derniers mois ont été tristes et inquiets, autant ce mois de décembre — qu'elle est certaine de n'avoir jamais aimé dans le passé — lui semble agréable et rempli de promesses. Cet état d'esprit ne tient pas qu'à la présence de Jean-Louis, pas uniquement. Ne plus rêver au passé, ne plus traverser des moments de déjà-vu, ne plus se souvenir de poésies qui trimballent leur poids d'émotions, tout lui fait un bien fou. Elle se répète, comme Cantin le fait, que c'est probablement temporaire, et elle apprécie la pause à sa juste valeur.

Elle rentre chez elle, pressée de se remettre au travail, pressée d'arriver à la page où elle s'est autorisée à arrêter pour prendre de vraies vacances de Noël. Le départ est prévu le 24. Steve est tellement content qu'on dirait un enfant. Il y a eu des tiraillements avec Sylvie et l'excursion a failli tourner au drame, mais Jean-Louis n'avait aucun problème à transformer le voyage à trois en voyage à quatre. Sauf que Sylvie, qui voit toujours sa famille avec plaisir et qui se réjouissait de présenter Steve, a déchanté en constatant que son amoureux n'avait pas du tout envie de passer Noël en famille.

« Crisse, Yo, c'est facile à comprendre, j'haïs ça, Noël! Les cadeaux, les bebelles dins arbres, le monde pas contents qui font comme si y étaient contents, la dinde, les atacas: Noël, c'était le pire boutte des familles d'accueil. Je veux pus jamais ça. Pas dur à comprendre, me semble? Tellement *cool* de sacrer son camp, pourquoi a veut pas venir? »

C'est franchement inconcevable pour lui que Noël puisse être une vraie réunion désirée et agréable. Yolande ne sait vraiment pas comment le convaincre, n'étant pas elle-même une adepte de la chose. Jean-Louis — que Steve a invité à souper « pour pas que ça soye rien que son tour à cuisiner » — résout le problème en invitant Sylvie. Steve est déjà très dubitatif: « A voudra jamais!

— Lui as-tu expliqué, au moins, que tes souvenirs de familles d'accueil ne sont pas des plus agréables?

— J'y ai toute dit ça… Quand a l'a queque chose dans tête, elle… »

Ce n'est qu'au dessert que Jean-Louis s'essaie de nouveau: « Toi… ça te tente pas plus que ça d'être présenté officiellement?

— Crisse! M'as-tu vu? A l'a pas dû se vanter d'avoir pogné un infirme. Imagine la face à son père quand qu'y va me voir. »

Yolande n'en revient pas: « Steve, franchement! Sylvie t'a jamais traité de même!

— Son père, crisse! Y est pas en amour avec moi, lui! Y va le voir, ce qui manque. J'vas pas là, çartain!

— L'affaire, Steve, c'est qu'à un moment donné, y va falloir que tu les rencontres parce que Sylvie va trouver ça important.

— Regarde: j'casserai si y faut, mais j'vas pas là! »

Cette solution expéditive amuse beaucoup Jean-Louis: « Avant de casser, demande donc à ta blonde si c'est une condition indispensable. Quand elle va connaître tes portes de sortie, ça se pourrait qu'elle ait envie de négocier.

— Ça négocie pas, les filles!

— J'en connais une, ici, avec qui j'ai négocié deux jours et demi de congé. Sauter l'année sans Sylvie, ça doit pas te tenter...

— Crisse! Toute allait ben! Pas de farce, c'est super avec elle.

— Négocie! »

Finalement, la solution trouvée par Sylvie a été de recevoir ses parents à souper en compagnie de Steve. Juste ses parents, pas son frère ni sa sœur. Ce qui, pour Steve, représentait déjà une montagne.

Comme il a promis d'aider Sylvie et que c'est ce soir le grand soir, Yolande trouve son colocataire en train de se préparer. Il est furieux, inquiet et beau comme un cœur. Sa chemise noire lui donne l'air d'un beau bandit, très sombre.

« Quesse t'en penses?

— Parfait.

— J'aurais dû me laisser pousser les cheveux. Y vont voir mon serpent.

— Pis? Y est beau, ton serpent.

— Sont *straight*, eux autres, Yo! Pense "Gaston", genre...

444

— Non ! Sont sûrement moins pires… T'en souviens-tu quand tu l'avais fait tomber en pleine face ? Je pensais mourir de rire.

— J'pensais ben que tu mourais aussi ! Ça sonnait pas rire pantoute.

— Lâche le miroir un peu, Steve. Viens ici… Si ses parents sont pas à ton goût, ça changera rien pour toi et Sylvie.

— C'est si moi chus pas à leur goût que ça va changer de quoi !

— Pas pour Sylvie. Essaye donc de la croire, un peu. Cette fille-là t'aime, Steve, ses parents changeront rien à ça.

— Première fois d'ma vie que je me rends jusqu'aux parents de la fille. M'en serais passé. »

Yolande le regarde partir et elle croise les doigts : pourvu que ces gens-là soient un peu ouverts d'esprit et qu'ils ne s'arrêtent ni aux « crisse » ni au serpent tatoué.

Elle travaille tout l'après-midi avec une concentration exemplaire. Vers quatre heures, elle se lève pour allumer les lampes dans la pièce. Par la fenêtre, le couchant est dramatique et grandiose.

Entrez, mes souvenirs, ouvrez ma solitude

Yolande se demande s'il suffit de se réjouir d'une chose pour qu'elle cesse. En plus, ce vers ne lui dit rien du tout ! Elle n'identifie pas le poète. Encore un alexandrin. Mais ce n'est pas *Andromaque*, elle le parierait.

Elle frissonne, s'éloigne de la fenêtre, va préparer du thé. Elle est sûre de ne pas avoir envie de dire « entrez » à ses souvenirs. Mais de cela, elle est certaine : elle connaît intimement la solitude. Même si elle a eu plusieurs amants. Pour l'heure, il n'y en a qu'un seul qui l'intéresse et, pour bien fermer la porte aux souvenirs, elle l'appelle et convient de venir le voir vers huit heures.

En rentrant chez elle le lendemain matin, Yolande trouve le facteur à sa porte. Il lui tend une enveloppe ainsi qu'un registre à signer. En voyant le nom de l'expéditeur, elle pose l'enveloppe sur la table et renonce à l'ouvrir : les doléances ou les multiples refus de divorcer de Gaston ne l'intéressent pas du tout.

Elle se remet à l'ouvrage jusqu'au retour de Steve, qui lui fait un récit enthousiaste de la soirée. À l'entendre, Yolande comprend qu'il avait prévu toutes les éventualités, sauf celle de plaire. Il est fou de joie et ne tient pas en place. Elle lui demande s'il est en train de regretter le réveillon en famille.

« Es-tu folle, toi ? C'est *cool,* mais je déménage pas chez eux demain ! T'as une lettre sua table.

— Gaston. Ça peut attendre. »

Elle se replie vers son bureau et s'applique à ne rien laisser passer des impropriétés dont Labrie est friand : à croire qu'il pense épicer son style avec ses « effets spéciaux » ! La simplicité est tellement plus payante. À son âge, Raymond Labrie devrait le savoir.

Quand Steve frappe à la porte et lui montre le téléphone en articulant sans prononcer « Gas-ton », elle fait non précipitamment et écoute Steve mentir presque poliment, tellement la situation lui plaît.

« Pas content, Gaston, pas content du tout !

— J'ai même pas entendu le téléphone sonner. »

Steve pose l'enveloppe devant elle, sur le bureau : « Profites-en pendant que chus là, on va fêter notre succès à soir, Sylvie pis moi. »

Yolande décachette l'enveloppe et y trouve une lettre d'une page, écrite de la main incertaine de Gaston, et un chèque qui la laisse sans voix. Les yeux écarquillés, elle tend le chèque à Steve qui, lui, a toute sa voix : « *Wow* ! Cent mille tomates ! Crisse… jamais vu un chèque aussi gros de ma vie. Cent mille, Yo ! Qué-cé qu'y y prend ? Qué-cé qu'y dit ? *Cool* ! Pas si pire, le gros crisse. C'est ton cadeau de Noël, ça ? Comprends que tu restais avec lui : crisse de père Noël !

— Steve, tais-toi un peu ! Je suis pas capable de lire… »

La lettre est tellement remplie de fautes qu'elle a du mal à en saisir le sens. Gaston en arrache avec le niveau écrit autant qu'avec l'oral. Elle pose la feuille. Steve est à la veille d'éclater de curiosité.

« Je sais pas trop, Steve… Il s'excuse, me dit merci. Il prétend que c'est une partie de ce qu'il me doit. Il me demande d'y repenser pour le divorce et m'annonce qu'Annie est en dépression, qu'on la suit de près parce qu'elle est suicidaire.

— Tu vas pas y aller ? Genre, la soigner. Y veut que tu y ailles, c'est ça ? Tu vas prendre le chèque, han, fais pas la folle, Yo ! Renvoyes-y pas ! »

Cent mille dollars. Yo a beau savoir que Gaston en a les moyens, elle se demande s'il était ivre quand il a rédigé le chèque… Ce qu'une bonne dose de culpabilité peut faire, quand même ! « Qu'est-ce qu'il disait, au téléphone ?

— As-tu une idée que chus pas le genre à qui y parle ?

— Peut-être qu'y regrette ? Qu'y était soûl pis qu'y regrette ?

— Tant pis pour lui ! Tu redonnes pas ça, Yo.

— Passe-moi le téléphone. »

La conversation est brève et n'éclaire pas beaucoup Yolande. Tout ce qu'elle peut dire, c'est que Gaston est terriblement secoué par la dépression de sa fille et qu'il est sans doute très déstabilisé par sa sobriété, fraîche de trois semaines. Elle tempère son refus de le rencontrer avec un « pour l'instant », et réaffirme que le divorce est non négociable et qu'elle n'en fait pas une question d'argent.

Elle raccroche, plutôt songeuse : « Il n'a pas bu depuis trois semaines…

— Ah ouain ? Ça y fait de l'effet !

— Veux-tu me dire pourquoi il refuse de divorcer ?

— Parce qu'y t'aime !

— Non. Si Gaston aime quelqu'un — et c'est un gros si — c'est sa fille. »

La question reste sans réponse. Jean-Louis se montre aussi étonné que Steve devant tant de générosité.

Agissant à l'opposé des avis de Steve, Yolande range le chèque et considère la possibilité de le retourner. Steve ajoute à sa panoplie de formules l'amorce de « Avec ton *cash*, tu pourrais… » qui illustre toutes les options qui s'offrent à Yolande, maintenant qu'elle est riche.

En montant dans la voiture de Jean-Louis, il s'écrie : « Avec ton *cash*, tu pourrais t'acheter une auto ! » La veille encore, en la voyant retourner corriger : « Avec ton *cash*, tu pourrais travailler moins… »

Tout devenait possible grâce au *cash* de Gaston… jusqu'à ce que Yolande, excédée, lui dise que cent mille n'est pas un million et qu'un changement de sujet serait très bienvenu. La remarque amuse Steve, qui n'a aucune difficulté à trouver de quoi parler : tout l'enthousiasme. La route, les paysages, Québec, le fleuve, l'île d'Orléans… tout est neuf et extraordinaire. Il écoute Jean-Louis lui parler des oies blanches du printemps au cap Tourmente. Il pose mille questions et lui fait promettre de l'emmener les voir.

Yolande se rend compte qu'il est ivre de bonheur, que c'est son premier voyage et qu'il est en compagnie des rares personnes qu'il aime. Pour Steve, ce non-Noël est le plus beau Noël de sa vie, d'autant plus qu'il a laissé une Sylvie amoureuse et ravie derrière lui. Il n'est pas loin de l'extase.

Assise derrière pour laisser le panorama à Steve, elle croise le regard de Jean-Louis dans le rétroviseur et se trouve d'accord avec Steve : c'est pas mal parfait, comme *trip*.

De l'autre côté de Baie-Saint-Paul, sur le belvédère qui surplombe le fleuve et l'île aux Coudres, Jean-Louis sort la chaise roulante, afin que Steve puisse « aller voir pour de vrai ». Le vent est puissant, le soleil oblique d'hiver descend vite, éclairant les champs blanchis et la baie de ses derniers rayons.

Tendu vers le paysage, hissé sur sa chaise, Steve contemple l'immensité devant lui, muet d'émerveillement. La marée est fine haute, et ils assistent à l'un de ces couchers de soleil délirants qui annoncent une nuit glaciale.

Quand elle s'approche de Steve pour l'aider à rebrousser chemin dans la neige, Yolande le voit essuyer des larmes. Il marmonne un vague sacre contre le vent et finit par dire : « J'avais jamais vu ça en vrai, la mer. Jusse à T.V. »

Rien que pour ce moment, ça valait le déplacement : pour Yolande, personne ne devrait avoir le droit de mourir sans avoir contemplé une fois la mer. C'est ce qu'elle dit à Jean-Louis, ce soir-là.

« Alors, on va l'emmener voir la mer. La vraie mer, pas le fleuve qui se prend des airs de mer.

— L'été prochain ?

— Non. Cet hiver. »

Pas très pratique, l'hiver, les bancs de neige et la chaise roulante. Elle garde ses réserves pour elle : « Espèce de retraité qui a du temps !

— Pas du tout : ça, c'est le veuf. Ce que je peux faire maintenant, surtout si c'est agréable, je le fais maintenant. »

Elle ne peut vraiment pas se plaindre de ces principes qui les gardent éveillés très tard.

Elle reprenait son souffle sur ses lèvres quand il murmure son prénom. Elle chuchote très bas, pour ne pas s'entendre elle-même tellement ces mots lui semblent lourds de sens : je t'aime. Jean-Louis comprend que c'est Noël.

L'excursion est un succès intégral — Steve ne se peut plus de joie, Yolande oublie ses corrections et même Cantin ! À partir de Drummondville, Jean-Louis se met à chanter avec Steve qui fait le disc-jockey et « teste son anglais ».

* * *

« Mais entrez, voyons ! Entrons… », le thème des *Joyeux Troubadours* joue quelque part. Elle ne sait pas où elle est, seulement que cette chanson est trop ancienne. C'est fini, cette émission. Elle veut partir, ne trouve pas la porte. Elle fait comme si ce n'était pas grave du tout et elle sent l'angoisse monter, lui serrer la gorge. Elle force un peu son sourire, en espérant donner le change, et elle fait le tour de la pièce avec des yeux inquiets. Si elle est entrée, elle peut sortir. Cet endroit est étouffant, et elle a des problèmes respiratoires. Voilà, elle est enfin sortie, elle ne sait pas comment, mais elle doit se hâter, courir avant que ça n'arrive. Elle ne sait pas quoi, elle doit seulement partir, se dépêcher. Elle court et le vent la maintient sur place, un vent féroce qui l'oblige à s'arc-bouter, à essayer de le contrer pour avancer, y aller au plus vite avant que…

Yolande inspire goulûment en se redressant: un cauchemar. Ce n'est qu'un cauchemar. Elle prend le sac en papier sur sa table de nuit, le dépose sur ses genoux: non, ce n'est pas de l'hyperventilation, c'est un mauvais rêve. Une impasse encore. Elle qui croyait avoir dépassé cette phase!

Elle allume: quatre heures du matin. Elle n'a aucune envie de se rendormir. Elle se lève. Steve n'est pas là, il doit dormir chez Sylvie. Elle prend un verre de jus. Ça fait du bien de ne pas s'inquiéter pour Steve, de savoir qu'il est amoureux et que ça marche bien.

Elle s'étonne presque de son cauchemar: depuis quelque temps, l'angoisse la laissait tranquille, elle avait même l'impression nette que sa mémoire et ses lacunes ne l'agaçaient plus du tout.

Elle s'assoit à son bureau: aussi bien s'avancer si elle ne dort pas.

«Je ne veux pas mal aller!» Elle prend son crayon, effectue le changement et reste la main en suspens au-dessus de la page: «Je ne veux pas aller mal» n'est pas du tout la même chose, et elle le sait. «Mal aller» est déjà, dans sa structure même, un aveu de glissement, de malaise à la fois syntaxique et physique. Si elle corrige l'auteur, il aura raison de lui dire qu'elle n'a pas compris.

Elle prend son calepin, y écrit les deux phrases. Est-ce incorrect de dire « mal aller » ? Inusité, surprenant, ça dit ce que ça veut dire. Mal faire et faire mal sont deux choses différentes. Mal aller et aller mal, même problème, mais pas même contrôle de celui-ci. Mal aller indique déjà que le mal est fait, que la personne est condamnée, qu'elle n'y peut plus rien.

Le cauchemar la rend franchement indécise. Ou alors, c'est l'heure de la nuit. Elle inscrit un point d'interrogation sur son calepin, marque la page et poursuit sa lecture.

La formulation l'agace tellement qu'elle en perd sa concentration. Elle prononce les deux phrases à voix haute.

« Mais, maman, tu ne vas pas bien. » « Je ne veux pas mal aller ! » Ce n'est pas le roman de Raymond Labrie, c'est sa propre mère qui disait ça. Sa mère, Lilianne. Le trou noir de la dépression, l'horrible, insupportable traversée du désert — toute seule pour la porter, pour faire taire les horreurs qu'elle invente, qu'elle ne se gêne pas pour proférer. Sa mort qui sera bienvenue, ses griefs contre tout le monde et spécialement contre elle, Yolande, son délire sur l'argent qui manque pour finir le mois, sa Vivianne si exemplaire à côté de la constante déception qu'est Yolande… « Tu serais bien contente que je disparaisse, t'es comme ton père. Un insensible qui pense rien qu'à lui ! Voir si y a jamais payé une cenne pour toi ! Penses-tu ! Je t'ai élevée avec l'argent de ta sœur, l'assurance-vie qu'Émile m'a laissée. Voleuse ! »

C'est comme un interminable chapelet dans sa mémoire retrouvée. Sa mère, le visage bouffi de larmes et de rancœur envers tous ceux qu'elle a fréquentés et qui se sont montrés si indignes de son affection. Yolande incluse. Tous ces gens qui ont contribué à la détruire, à la réduire à ce chagrin haineux, colérique, ce fond des fonds où elle s'étiole et se disloque. C'est à peine croyable, Yolande n'en revient pas d'avoir oublié cela : après le mariage de sa sœur, après le départ de Vivianne, sa mère s'était littéralement effondrée. Les médecins avaient diagnostiqué une grave dépression, celle qu'elle n'avait pas faite à la mort d'Émile pour pouvoir élever Vivianne, celle qui dormait sournoisement en elle depuis son veuvage.

Yolande se souvient de tout très nettement : l'alternance des crises de larmes, de la reprise en mains, suivie du découragement total. Chaque retour de l'école était une surprise : sa mère pouvait aussi bien être en forme que morte. Aussi bien taquine que l'écume à la bouche.

Son adolescence a été ballottée entre les extrêmes dans lesquels sa mère tombait. La dépression s'éternisait, comme si les années où la maladie avait patienté, attendu l'âge adulte de Vivianne, en avaient multiplié d'autant la durée. Et Vivianne qui ne la croyait pas ! Vivianne à qui sa mère faisait la fête à chacune de ses visites. Comment aurait-elle pu le croire ? Sa mère attendait que l'adorée se soit bien éloignée pour se mettre à pleurer et à hoqueter : « Je ne veux pas mal aller ! » Mais vouloir était loin de pouvoir, et Yolande perdait tout espoir d'arriver un jour à extraire sa mère du trou.

Dépressive… non, Yolande pencherait plutôt pour cette maladie qu'on connaît mieux maintenant : maniacodépression ou trouble bipolaire. Oui, c'était sûrement cela. Mais, à sa connaissance, sa mère n'avait jamais été diagnostiquée autrement que dépressive. 1963. Trop tôt, sans doute, le mal n'était pas encore assez connu. Ce n'était pas du lithium qu'on donnait à sa mère. Yolande ferme les yeux. Les Valium de sa mère dans de petites boîtes roses en carton qu'elle cachait, de peur que Lilianne mette ses menaces à exécution et les avale toutes. Quand elle se déchaînait, sa mère la terrorisait. Yolande se souvient de lui avoir tenu tête, sans avoir éprouvé l'assurance qu'elle affichait. Dieu que ces années lui avaient paru longues ! L'école, le retour à la maison, et cette solitude effroyable dans laquelle elle se débattait. Parler à qui ? Dire quoi ? Que les couteaux de cuisine étaient dans sa chambre, la nuit ? Qu'elle les avait déjà mis dans son sac d'école, tellement sa mère allait mal ? Que les lames de rasoir étaient prohibées dans la maison ? Si au moins Vivianne avait pu être témoin d'un seul de ces accès de rage! L'unique fois où sa sœur l'avait regardée avec un peu de compréhension, c'était le jour où elle était venue annoncer à leur mère qu'elle attendait un enfant. Lilianne s'était mise à pleurer en disant: «Ma pauvre enfant! Fais pas ça! Fais jamais ça… C'est tellement dur, si tu savais! Vivi, viens ici, promets-moi de jamais faire une chose pareille.»

Aujourd'hui, Yolande ne saurait même pas dire si sa sœur avait eu ou non cet enfant. Probablement. Mais ce jour-là, le sauvetage avait bien failli se produire.

Il faut expliquer les symptômes de sa mère à Cantin, lui faire confirmer le diagnostic. Malgré cette idée, Yolande est persuadée d'avoir passé les cinq années de son adolescence avec une mère gravement malade, et ce, dans l'ignorance totale de son entourage. Peut-elle avoir été si dépressive une seule fois dans toute sa vie? Est-ce que c'était déjà arrivé avant? Yolande n'arrive pas à se souvenir. Peut-être quand son père à elle était parti? Elle n'avait que quatre ans, comment savoir ce que sa mère avait fait alors? Vivianne saurait. Peut-être. Mais Yolande n'y croit pas. Elle sait que sa mère lui réservait à elle les mauvais côtés de sa personnalité. Sa mère considérait la possibilité de traiter durement sa cadette comme un des rares avantages de sa présence dans sa vie. Son moyen de soulager la pression. Vivianne pour la joie, Yolande pour la peine. La scission a dû se faire très tôt dans l'esprit fragile de Lilianne, sans avoir à l'organiser ou même à y penser. Émile, le bon père; son père à elle — dont elle ne sait pas encore le prénom — le minable. Et l'enfant suit le modèle du père. Et le comportement de la mère s'impose selon l'enfant en présence.

Yolande se dit que c'est trop simple et sans doute réducteur, mais à cinq heures du matin, avec le peu d'éléments dont elle dispose, c'est la conclusion à laquelle elle parvient: sa mère était gravement dépressive et, tant qu'elle a pu tenir pour élever sa fille bien-aimée, elle a tenu. Dès que l'adorée est partie vivre sa vie, la séparation a été impossible et elle a sombré.

Sombré — comme Nelligan — pourquoi associer la folie à l'océan? L'eau, les larmes, sans doute.

Elle retire ses lunettes, elle est très fatiguée. Ce n'est rendre service à personne que de travailler quand on est épuisé.

Yolande se promène dans l'appartement, elle essaie de revoir le visage de sa mère — rien. Le seul visage disponible dans sa mémoire est celui du profil joyeux levé vers Francis. Ce visage renversé, heureux, et ce chapeau tenu dans un geste élégant.

Sa mère avait cinquante ans et elle épousait un homme que sa fille lui avait déjà pris. Volé. Ravi. Encore un mot à double sens. Ravir: contenter et enlever; enchanter et retirer. Est-ce qu'on vole toujours quelqu'un quand on accède enfin à la joie?

Ces cinq années de dépression représentaient cinq ans de torture pour elle, cinq ans à ramer pour que le naufrage ne se produise pas. La fin de la dépression, le rétablissement profond de sa mère s'était amorcé avec l'arrivée de Francis. Pourquoi jeter son dévolu sur l'amant de sa mère? Pourquoi lui enlever sa chance de revivre? Par dépit? Pour garder sa position de sauveteur, la seule qui lui ait été offerte dans cette famille malade? A-t-elle vraiment pu être attirée par Francis pour répliquer à sa mère? Pour lui faire mal? Une passion a tellement l'air de nous dépasser! A-t-elle pu, pour la blesser, pour la détruire, tout faire pour lui ôter le soutien de l'amour qui enfin survenait dans sa vie de peine?

Comment sait-on pourquoi on aime? Comment analyser la passion qui dévaste et saccage? Yolande se rappelle avec précision l'urgence, la violence de son désir pour Francis… n'était-ce que la violence du désir d'être aimée de sa mère? Enfin aimée? Reconnue. Ou a-t-elle hérité de cette rage fielleuse qui habitait sa mère et s'est-elle vengée de l'absence d'amour maternel en lui volant son homme? En se faisant aimer de lui.

Dieu! Que ces pensées sont désagréables! Comme elles suscitent de culpabilité. Est-elle si coupable ou est-ce encore le regard rancunier de sa mère qu'elle emprunte pour analyser ses gestes et ses sentiments? Avec sa mère, impossible d'être quelqu'un de bien ou quelqu'un qui agit bien. Elle n'a jamais entendu autre chose que «tu n'es pas assez». Et Francis, dépassé, submergé de désir, lui murmurait: «Trop!» A-t-elle inventé cette passion pour Francis dans le seul but d'atteindre sa mère, de la tuer?

«Elle n'est pas solide, ça pourrait la tuer.» Elle revoit Francis la supplier de cacher leur amour, elle sait qu'elle comprenait de quoi il parlait. Comment aurait-elle pu ne pas le savoir? Elle avait tellement subi cette fragilité. Et voilà que c'était Francis qui écopait! Francis qui bataillait pour éviter le naufrage. Ce naufrage qui n'aurait pas été son fait à elle, mais celui de l'adoré, du merveilleux Francis. Aurait-elle pu désirer être une seule fois dans sa vie l'objet de l'attention de sa mère? Qu'elle la voie enfin, ne serait-ce que pour la haïr?

Tout cela est tellement tordu, malade. Est-ce vrai?

Yolande se sent si froide, si peu émue. Un peu comme au sortir du coma. Sa mère ne provoque pas un ouragan d'émotions. C'est le cœur serré de se découvrir malsaine et malveillante qu'elle va à la pêche aux souvenirs. Pas le cœur égratigné d'avoir heurté sa mère volontairement. Est-ce qu'elle s'en fout? A-t-elle été siphonnée par cette insatisfaite chronique au point qu'il ne reste plus d'amour en elle? Peut-on aimer une mère dépressive qui menace constamment de nous entraîner avec elle au fond du trou?

«J'espère que non!»

Surprise, Yolande s'arrête: la voilà qui parle toute seule! Comme sa mère. Où en est-elle? Elle a perdu le fil… comme elle aurait besoin de Cantin et de son attitude calme et bienveillante! Comme elle aimerait pouvoir aller dans ce bureau pour décortiquer ces cinq années passées à être ballotée par la tempête nommée Lilianne. Cantin lui permettrait-il d'aimer Francis sans que cet amour soit une réplique à sa mère? Et puis, pourquoi aurait-elle besoin d'une approbation? Si cet amour lui a permis de couper les ponts et de se séparer de cette morbidité sur deux pattes qu'était sa mère, tant mieux! Tant pis pour Freud! Qui n'est pas tributaire de l'amour qu'il a ou non reçu ? Quel être humain peut prétendre se présenter devant l'amour le cœur totalement vierge ? Même dépourvu d'amour parental. Tout le monde aime en fonction de son passé. Steve en est la preuve. Le miracle, c'est de pouvoir encore aimer malgré tant d'absence et de silence. Malgré toute la violence morale que le vide absolu d'amour peut entraîner. Depuis quand le langage de la vengeance serait-il celui de l'amour ? Aimer pour haïr, ce serait vraiment inventer la réaction la plus déviée possible à la violence de sa mère.

Pourquoi est-ce si difficile pour elle d'admettre que sa mère a mal agi ? Qu'elle l'a négligée, qu'elle lui en a trop demandé ? Serait-ce si humiliant de se rendre, de déposer les armes et de dire : « Je n'y arrive pas, c'est trop, j'étouffe. J'ai besoin qu'on me laisse un peu d'air pour être, exister, même si mon existence vous déplaît et vous enrage » ? Yolande le comprendrait de n'importe qui, alors pourquoi ne pas l'avouer pour elle-même ? Pourquoi la norme serait-elle plus haute pour elle et pour elle seule ? Qui fixe la norme ? Sa mère malade, en larmes, effondrée ? Cette pauvre chose défaite qui crache son venin, déteste et rejette en implorant pour de l'amour, comme si tout ce qu'elle hurlait ne comptait pas ? Mais pas son amour à elle. Jamais le sien.

« Remets-moi sur pied que je coure aimer quelqu'un d'autre que toi ! »

Et elle, comme une imbécile finie, comme une tarte, une affamée, qui s'exécute et qui a la certitude qu'il est normal de courir loin d'elle quand on va mieux et que l'envie d'aimer nous prend.

« Ahhghr ! » Elle hurlerait. Elle déteste les victimes. Elle les méprise, elle les regarde d'un œil incrédule. Comment peut-on croire que quelqu'un sera ému ou touché par une victime ?

Ne pas être victime. L'orgueilleuse réponse, peut-être, mais un filon pour s'en sortir, pour courir loin des mains qui s'agrippent et qui cherchent à nous noyer.

Bon, elle panique, elle reprend le chemin de l'hyperventilation. Elle prend son sac en papier et respire dedans jusqu'à ce que son souffle se calme. Et ça se calme. Voilà. Elle pose le sac sur ses genoux. Voilà. Le jour se lève, elle a survécu à la nuit, elle est sauvée. Elle n'est pas aussi folle que sa mère. Un peu désaxée, c'est certain, mais était-ce possible de faire autrement ?

Elle aimerait pouvoir aller trouver Steve dans sa chambre et lui parler et l'entendre lui répondre que « capotée comme elle, c'est juste parfait et normal ».

Steve, *son pareil, son frère…* Un exclu. Un infirme. Mais pas une victime. Un affamé de vie déchiré, un orgueilleux intransigeant pour les autres, mais aussi un enfant et quelqu'un qui n'a pas peur de la vérité.

Elle pourrait lui dire tout ce qu'elle vient de découvrir et il ne serait ni étonné ni dégoûté. Il hausserait les épaules : « Pis ? Si tu l'as aimé pour baiser ta mère, c'est quoi, le problème ? Tu l'as aimé pareil. Tu l'as baisé pareil. Pis t'as faite chier ta mère, c'pas ça que tu voulais ? »

Il y a des nuances qui, pour Steve, ne servent qu'à obscurcir le propos.

Yolande se lève, calmée à la seule pensée de l'amour totalement accordé de Steve. Sans jugement, injustement offert, sans raison valable ni condition préalable, quand Steve aime, c'est comme dans la chanson, c'est pour toujours.

Le ciel pâlit. Elle pose son front contre la vitre froide. L'aurore. *La Promesse de l'aube*, ce titre est si beau. Rien ne la touche comme l'aurore. Tout est possible, neuf, intact, à l'aurore. Contrairement aux êtres humains qui viennent au monde chargés de signes et pesants des sentiments de leurs géniteurs. Elle était brune et ne ressemblait pas tellement à sa mère. Être désirée, attendue ou se balancer entre le sens du devoir et l'obligation d'une mère — un enfant tout neuf arrive avec un lourd bagage. Ariane, son bébé rieur, sa victoire et son aurore, Ariane est quand même arrivée au monde avec son poids de scandale. Comment la violente Lilianne a-t-elle pris l'arrivée de cette enfant ? Avec le même désespoir que celui de Vivi, sans doute. Ou peut-être pas. Lui a-t-elle dit que c'était l'enfant de Francis ? Maintenant qu'elle se rappelle la nature dépressive de sa mère, Yolande croit que jamais elle ne lui a révélé qui était le père de sa fille.

Elle soupire. Une buée se forme sur la vitre. Comme elle aimerait retrouver sa fille ! Pourquoi la mémoire froide et haineuse de sa mère lui est-elle revenue et pas la mémoire chaude de son bébé ? Probablement parce que la colère est plus facile à vivre que le chagrin. Et pourtant, pour que vive l'aurore, pour pouvoir aimer encore, il faudrait que le chagrin mange toute sa colère. Comme le sel sur la neige. Un glacier, ce n'est que de l'eau gelée, finalement.

* * *

« Ce n'est pas pour imiter Steve, mais l'idée de famille, le concept, juste le mot… ça me donne envie de partir en courant. Ce n'est pas un jugement sur ta famille, Jean-Louis, je ne les connais pas, mais c'est vraiment pas le moment. Pas avec mes dernières découvertes sur ma mère. »

Jean-Louis, ni surpris ni insulté, hésite entre sauter les célébrations du jour de l'An pour pouvoir rester avec Yolande ou offrir aux siens le plaisir de le voir en forme. Sa famille n'est pas un fardeau, elle a même été d'un grand secours pendant son deuil. Maintenant que leurs parents sont morts, les frères et sœurs ne se voient qu'au jour de l'An, seule tradition qui a survécu.

« Jean-Louis, vas-y donc ! Je vais rester avec toi jusqu'à ce que tu partes et je rentrerai chez moi pour travailler, comme si c'était un jour normal. C'est un jour normal… sauf que je prends une pause. Je sais, j'ai dit que j'ai fini, mais je veux tout relire. Je lui dois bien ça, à Raymond Labrie. À quelle heure, le souper ?

— Si je reste avec toi, tu prends congé jusqu'au 2, non ?

— Tu vas le faire pour ma santé, c'est ça ? Tu vas te sacrifier pour moi? Pauvre toi! Tu sais comme j'aime les sacrifiés, les martyrs, les immolés… Viens, que je te fasse mal, la pitié m'excite toujours!»

Elle le chatouille, le mord, le cloue sur le divan et il ne se débat pas tellement pour échapper aux sévices.

«Un homme abusé… j'aurais jamais dit ça de moi! Ni que ça risquait de me plaire.

— C'est de l'ouvrage, par exemple! Pas sûre de toujours te traiter aussi mal!»

Elle s'étire vers la table basse, lui tend son scotch et prend son verre de vin: «À cette année qui finit dans la seule violence acceptable. À nos débuts, Jean-Louis, à nous, en souhaitant qu'on arrive à rester libres tout en restant deux.»

Elle a le teint rose, les yeux brillants et la lèvre luisante — il boit à tout ce qu'elle dit et à la vie.

«Jean-Louis, penses-tu qu'on en veut aux gens, juste pour se justifier de ne pas les aimer?

— Avant que je m'embarque pour l'enfer… à qui tu penses, exactement?

— À Vivianne, ma seule sœur, qui a soixante-neuf ans et que je n'ai jamais revue… depuis je ne sais même pas combien de temps! 1969, peut-être.

— As-tu décidé de postuler pour la succession de mère Teresa? Bon. Alors, t'as ma réponse. Pourquoi ça t'inquiète? Elle aurait pu venir vers toi, si elle y tenait tant que ça, à vos rapports. Pourquoi tu serais responsable de tout? Non, moi, je m'en fais pour autre chose et, puisqu'on est au jour des résolutions, je ne détesterais pas te demander une promesse.»

Silence en face de lui. Elle hausse les sourcils et attend la suite.

«Annie. J'ai toujours peur que tu y ailles et que t'essaies de l'aider. Et, franchement, ce que je viens d'apprendre sur ta mère ne me rassure pas du tout. C'est vrai que tu as un fond de mère Teresa, non?»

Il ne pensait pas la jeter dans une telle réflexion. «Yolande?

— T'as raison et tort en même temps. Pour parler net, ma mère m'a dégoûtée des dépressifs, et c'est exactement ce que je ressentais tout le temps avec Annie depuis l'accident. Une pitié froide, sans compassion. Bizarre à mes yeux, comme dénaturée. Je dis ça à cause de sa confiance totale en moi, en une réaction sympathique à sa cause.

— Ça, c'est si j'ai tort de m'inquiéter. Et si j'ai raison?

— Je le sais pas! C'est la grande question. Le bout où tu as raison, c'est pourquoi ai-je élevé Annie comme ça? Pourquoi l'ai-je laissée devenir une victime si j'haïs ça?

— Parce que t'avais pas le contrôle là-dessus! Tu parles d'une question!

— Pas certaine. Et puis, première des choses, pourquoi ai-je accepté ce contrat-là?

— Lequel?

— Élever sa fille.

— Parce que tu l'as marié… est-ce que je comprends mal ta question?

— Non, je me suis mariée pour élever Annie.

— Pardon?

— C'est ce que je pense.

— Tu t'en souviens, de ça?

— Du tout. C'est ce qui me vient spontanément. Gaston a compté à cause d'Annie… et j'en ai fait une victime.

— Tu me dis sérieusement que tu as épousé le père pour pouvoir élever la fille? Tu crois que, sans ça, Gaston aurait refusé?

— Ou moi, je le croyais. Je ne sais pas. C'est un grand mystère pour moi, ce mariage. En fait, ma vie d'avant l'accident est un immense mystère pour moi: ma mère, ma sœur, Francis, ma fille…

— Ce serait pas plutôt ça, la raison? La perte de ta fille… Gaston avait une fille… de quel âge? Est-ce que ça concorde?

— Ça serait odieux! Tellement primaire…

— Arrête de te taper dessus! Me trouves-tu primaire, moi?»

Elle sourit: «Ben… des fois! Juste dans le bon temps.

— Six mois après la mort de Françoise, je rencontre une femme dont je tombe follement amoureux. Pas un peu, là, la totale. C'était effrayant comme je l'aimais, comme il fallait qu'elle m'aime…

— Quoi? Elle avait le même âge que Françoise? La même couleur de cheveux? Pour que tu sois primaire…

— Françoise… elle s'appelait Françoise. Et je n'ai rien vu. Garanti. Rien de rien. C'est-tu assez primaire?

— Ma fille aurait trente-huit ans, Annie en a trente-quatre. Elle est née en 1974.

— Tu vois bien: tu n'arrives pas à être primaire.

— Je ne suis pas sûre que j'ai des raisons d'être fière pour autant.

— Dis-moi que tu n'iras pas voir Annie? Est-ce que je peux l'avoir, ma promesse?

— J'ai pas envie d'y aller.

— Avec toi, je me méfie: tu pourrais te sentir obligée d'y aller… Mère Teresa, tu sais?

— C'est très pratique, ce qui se passe: tu me fais promettre exactement ce que je désire, mais sans avoir à me sentir coupable. Si c'est le fondement du masochisme, j'embarque! Contrains-moi.

— Je te ferai remarquer que c'est du côté sadique que te placent tes violences de tout à l'heure.

— Mes violences, oui…»

La revoilà partie dans ses pensées. Jean-Louis se lève, se rhabille: «T'as pas faim, toi?»

Elle l'entend remuer les casseroles. Elle enfile ses vêtements en considérant sans amitié son corps qui vieillit — quel dommage d'offrir à quelqu'un de si bien les résidus d'une jeunesse qui étaient autrement plus attrayants!

Elle soupire en entrant dans la cuisine où Jean-Louis est en pleine action : « Pourquoi tu soupires ? Tu n'as pas ce que tu désires ?

— Pourquoi c'est si long d'apprendre à vivre, Jean-Louis ? Pourquoi on ne sait pas à vingt ans ce qu'on sait à cinquante ?

— Sérieusement ? Pour que ça reste intéressant de vivre !... et pas trop déplaisant de vieillir.

— On en perd, du temps.

— Parle pour toi...

— C'est bien ce que je fais ! »

* * *

« Dites-moi une chose, docteur : quand vous aviez peur que je m'occupe de Steve, est-ce parce que je m'étais occupée d'Annie pour ne pas m'occuper de moi-même ? »

Cantin est plutôt surpris : « Je vois que je vous ai manqué. Bonne année, Yolande. Envisagez-vous de vous asseoir ? »

Yolande éclate de rire, corrige son entrée en matière et repose sa question. Ce à quoi Cantin répond par une question.

Faire le récit de ses découvertes du temps des fêtes prend toute l'heure ou presque. Cantin n'a que le temps de s'informer si Francis est demeuré à sa place ou s'il s'est immiscé dans sa vie sexuelle avec Jean-Louis que Yolande l'arrête : « N'en parlez pas ! Ça va tellement bien de ce côté-là, je ne voudrais pas tenter le sort. Ma vie sexuelle avec Jean-Louis est uniquement avec Jean-Louis et elle s'en porte très bien, croyez-moi !

— Je vous crois sans peine. C'est d'ailleurs un des rares aspects de votre vie qui me semble être toujours resté intact.

— Si on croit Lili... et je la crois.

— Pas seulement : vos premiers rêves, c'était déjà une certaine réussite sexuelle avec Francis.

— Pour être très freudienne, docteur, je vous dirais que le

sexe m'a gardée en vie. Même quand le cœur n'y était pas, je suis certaine que j'avais du feu pareil.

— Moi aussi. »

Elle l'observe, prête à partir, mais un doute la tient là : « Quoi ? Des réserves ? Un commentaire informulé ?

— Je vous retrouve très en forme, Yolande… malgré la gravité de ce que vous avez découvert.

— Je ne devrais pas ?

— Non, non… Mais je constate que vous avez beaucoup d'affinités avec Steve. Vous êtes une survivante parce que vous êtes extrêmement douée pour la vie. Vous avez trouvé le bon allié avec lui.

— C'est Steve qui m'a trouvée, c'est lui qui s'est allié. Honnêtement, je pense que je n'aurais pas eu le génie de passer par-dessus mes préjugés. »

* * *

Lili l'accueille avec chaleur, et ce n'est pas uniquement parce qu'elle a terminé le travail dans les temps. Yolande la trouve toujours aussi pimpante et débordante d'énergie. Ce jour-là, pour rester dans l'esprit des fêtes sans doute, elle porte du rouge. Lili feuillette le manuscrit en papotant, mais Yolande l'interrompt pour lui dire à quel point elle a apprécié le roman de Labrie. Surprise, Lili lève la tête : « Vraiment ? Son style ne t'a pourtant jamais vraiment plu. Ni ses thèmes, d'ailleurs.

— Ah oui ? Je ne peux pas savoir pour avant, mais celui-ci, c'est un très bon roman.

— Je vais le lui dire. J'ai peur de l'avoir un peu découragé avec mes remarques. Ça va rééquilibrer l'affaire. »

Yolande se dirige vers la bibliothèque où elle prend quatre autres titres de Labrie. Elle les feuillette, tous sont très courts, à peine deux cents pages. Lili l'invite à les garder si elle en a envie. Yolande hésite : « J'en ai déjà révisé un ?

— Tous. Tu les as tous révisés ou corrigés. Raymond ne jure que par toi.

— C'est drôle… j'ai révisé ces romans-là, et je les lirais sans me souvenir de quoi que ce soit. Je vais me décourager s'il y a des fautes.

— Il en reste tout le temps, tu sais bien! Prends-les… Mais j'ai autre chose pour toi… »

Au lieu de lui tendre un manuscrit, c'est un paquet joliment enveloppé que Lili pose devant une Yolande interdite.

« Quand je l'ai vu, j'ai pensé à toi… Ouvre, tu vas comprendre. »

Le cadre fait peut-être huit pouces sur cinq. La gravure est ancienne, ou alors, il s'agit d'une parfaite imitation. C'est un paysage de marais avec de longues herbes penchées, un ciel d'orage menace et les deux arbres, l'un rond et l'autre élancé, ont l'air de faire sentinelle. En avant-plan, les pattes dans l'eau, toute droite et comme si elle prenait la pose, une aigrette blanche. Yolande sourit, ravie. Elle lève les yeux et rencontre le regard plein d'expectatives de Lili: « Je suis censée la reconnaître, c'est ça? » Elle repousse le cadeau. « C'est un jeu que je n'aime pas, Lili, je pensais avoir été claire!

— Non! Te connaissant, c'est vrai que j'étais plutôt certaine que ça te plairait. Mais ça n'a rien à voir avec le passé. Pas du tout. Je suis juste contente de ne pas m'être trompée. Quand je suis tombée dessus, je cherchais un cadeau pour ma filleule. Je te garantis que ça n'a rien à voir avec un test.

— Excuse-moi, j'ai vraiment pas de manières. Ça me rend nerveuse de savoir que tu sais ce que j'ai oublié. Je deviens soupçonneuse.

— Peut-être que je sais, mais… cela ne me concerne pas. Viens, on va manger ensemble, tu vas me raconter ce que le père Noël t'a apporté.

— J'ai rien à raconter, j'ai travaillé comme une folle. »

Lili l'entraîne, trop contente de pouvoir enfin la forcer à lui parler un peu. Ce cadeau « trouvé par hasard », elle l'a tellement cherché qu'elle en a négligé ses propres amies. Pour être sûre de ne pas se tromper dans son choix, elle a longuement repensé à tous ceux que Yolande lui avait offerts pendant leur liaison. Lili ne s'illusionne pas sur le genre de relation que peut désirer Yolande, elle se sait incapable de détrôner Jean-Louis… ou qui que ce soit d'autre si elle n'a pas détrôné Gaston, mais elle se convainc que c'est d'amitié qu'il s'agit. La preuve : elle écoute Yolande lui dire que Jean-Louis est un cadeau du ciel dans sa vie et elle n'éprouve pas la moindre jalousie.

Steve regarde Yolande ouvrir l'enveloppe d'un nouveau manuscrit : « Tu le casheras pas ? »

Yolande range son manteau, met le nez dans le chaudron dont une vapeur odorante s'échappe.

« Yo ! Dis-moi pas que tu le casheras pas, le cent mille ?

— Je le sais pas, Steve, je suis en train de divorcer. Faut que je parle à mon avocate avant.

— Tu penses qu'y veut te crosser, toi aussi ? C'est ça que j'ai pensé, moi : j'dis que tu peux avoir pas mal plus. Combien y vaut, ton gros crisse ?

— Beaucoup, beaucoup d'argent. On peut-tu parler d'autre chose ? Veux-tu que j'épluche les carottes ?

— Dans l'évier. »

Elle constate que tout est déjà prêt.

« T'es pas de bonne humeur, Steve ?

— Non.

— Regarde ce que la fille de chez Robinson m'a donné. Sur mon bureau. »

Il revient avec le cadre sur ses genoux. « C'est à cause de Jean-Louis qu'a t'a donné ça ? »

Yolande ne comprend pas.

« Allume, Yo ! L'oiseau ! Y en a un pareil dans son bureau. À droite sur le mur vert. »

Il a raison, elle se souvient. Ce n'est pas le même paysage, mais l'oiseau est semblable. «On peut dire que t'as l'œil…

— Vas-tu y aller, rester avec?

— C'est ça qui t'inquiète?

— Ben non! Lâche-moi un peu!»

Elle ne se le fait pas dire deux fois. Le repas est presque terminé quand elle voit son escogriffe poser sa question apparemment anodine: «Es-tu jalouse? Genre, avec Jean-Louis…»

Genre, oui! Genre avec qui d'autre que Jean-Louis! Elle répond prudemment, sans poser de questions: «J'ai pas encore de raison… en tout cas, je suis pas jalouse en partant.

— Mais si y en regarde une autre… là, c'pas pareil, tu capoterais?

— Disons que ça m'énerverait un peu, oui. Tu l'as vu faire, c'est ça?

— Fais là, crisse! Jamais dit ça!

— Toi? Si Sylvie…

— Je le tuerais, crisse! J'y arracherais l'autre bras!»

Yolande admire la transparence de Steve. Donc, c'est en physio et c'est un patient amputé d'un bras dont Sylvie s'occupe. Elle laisse un peu de silence régner, au cas où Steve se déciderait à ajouter quelque chose, mais il est sombre et rumine sa rage.

«Qu'est-ce qu'elle dit, Sylvie?

— Qu'y a rien là, quesse tu penses?

— Pourquoi tu la crois pas?

— Sais-tu c'qu'y fait, dans vie? Y travaille à Bourse! Y brasse du *cash*! J'ai une petite crisse de pension qui bougera pas de toute ma vie!

— T'es pas obligé. T'as une tête, rien t'empêche d'étudier, de travailler.

— Pis j'ai deux bras, crisse! M'a y péter la gueule!

— Bon! C'est assez! Ça sert à rien de parler avec toi quand t'es de même. Veux-tu me dire ce qui s'est vraiment passé? Pas ce que t'as peur qu'y se passe.

— J'ai pas peur !

— Steve…

— Y arrive avec une crisse de boîte de chocolats… aussi large que ma chaise. Pas du Laura Secord, là, du cher ! »

Et ça continue… le gars qui est tellement bien habillé qu'il en a presque l'air beau, la BMW, la coupe de cheveux, la reconnaissance « téteuse », Yolande constate les ravages du manque de confiance en soi et l'enfer que ce sera pour Sylvie, si Steve n'arrive pas à surmonter ses doutes. Quand tous les méfaits et les probables dangers ont été décrits par Steve, Yolande profite d'une pause : « Quand on est jaloux, Steve, c'est pas toujours la faute de l'autre. C'est parce qu'on se trouve pas assez. Parce qu'on a peur que l'autre le voie, le sache. Je sais pas comment on a réussi à cacher à l'autre qu'on se trouve minable. C'est plate, mais c'est ton problème, pas celui de Sylvie ni celui du gars. Si tu ne peux pas croire Sylvie, ça va être l'enfer.

— Je le sais.

— Tu peux pas la croire ? »

Il hausse les épaules, très mécontent. Yolande se souvient avec une cruelle précision des questions qu'elle posait à Francis quand il revenait de chez sa mère. Faire confiance à quelqu'un représentait déjà un tel danger… se mesurer aux autres femmes — les étudiantes de Francis, ses collègues, sa mère — à leur expérience des choses de l'amour, c'était trop.

« Quand j'ai aimé Francis, c'était la première fois de ma vie que j'aimais quelqu'un. Je pensais que de le dire, ce serait assez. C'est après que j'ai compris que ça ne s'arrêtait pas là. Y faut faire confiance… et avoir confiance qu'on est aimables, nous autres aussi.

— Facile pour toi !

— Tu penses ? T'es pas en train de me dire que c'est l'amputation qui change quelque chose ?

— C'tait moins compliqué avant.

— Ça doit : t'aimais personne ! Tu te sauvais en courant dès qu'une fille avait envie de t'aimer.

— Dans ce temps-là, j'avais des jambes.

— Pis pas de tête ! »

Enfin, un sourire. Contraint, pas franc, mais un sourire.

« T'as faite quoi, avec Francis ?

— Pas mieux que toi avec Sylvie : je l'ai fait chier. »

Et ça le réjouit ! « Attends ! Un jour, il m'a dit que si je recommençais mon interrogatoire, il ne reviendrait plus.

— Tu t'es fermée la gueule ?

— Pire : j'ai pleuré en disant qu'il ne m'aimait pas, qu'il ne pouvait pas m'aimer. Que j'étais rien et que je le comprenais d'aller ailleurs. Une vraie victime, comme on aime. Ce qui m'a sauvée, c'est que Francis n'a pas marché. Il m'a dit que si je ne pouvais pas le croire, il devrait comprendre qu'il était incapable de m'aimer assez. Si je ne le croyais pas, c'est qu'il n'était pas crédible, malgré tout l'amour qu'il avait pour moi. »

Steve se tait. Elle sait bien qu'il procède à une révision de tout ce que Sylvie lui a dit.

Yolande a menti : jamais elle n'a avoué à Francis toutes les craintes qu'elle nourrissait. Ou alors, elle ne s'en souvient pas. Cette conversation qu'elle a inventée pour aider Steve aurait pu avoir lieu, mais ce n'était pas le cas. Vaguement, elle croit se souvenir d'un autre homme à qui elle aurait tenu ce langage, mais c'était l'autre, le jaloux, pas elle. L'autre qui pleurait, se lamentait d'être indigne d'amour, de n'être pas assez : « Si t'es pas assez, essaye de l'être avec bonne humeur. T'es sinistre avec ta jalousie de téléroman ! » Seigneur ! A-t-elle vraiment déjà dit ça ? Faut-il que l'attitude des victimes la révulse. Incroyable de répondre si durement à quelqu'un d'effondré. Une chance qu'elle ne peut se rappeler à qui elle a déjà parlé sur ce ton, parce qu'elle lui devrait des excuses.

Steve a dû être assez cinglant avec Sylvie, parce qu'il affiche son air piteux des grands écarts de conduite.

Yolande évoque la possibilité de regarder le film qu'il a loué, mais Steve est plongé dans ses réflexions. Elle fait la vaisselle, range la cuisine.

« Toi, Yo, à vingt-cinq ans, t'avais fini d'étudier ? »

Elle confirme, sans ajouter qu'à cet âge-là sa vie était brisée et que toutes les études du monde ne l'aidaient pas à survivre.

« Crisse ! Chus trop vieux !… J'vas avoir l'air d'un cave.

— Ça se passe plus comme tu penses. Demande à Jean-Louis. C'est mélangé, maintenant. On étudie à tous les âges.

— À l'université, ça se peut. J'veux pas aller là, moi !

— Où tu veux aller ?

— J'veux être chef !

— M'en doute, oui, mais chef de quoi ?

— De cuisine, crisse ! Faire rouler une cuisine, ça serait *hot* ! Toute à ma hauteur… j'flyerais, ma fille ! »

En tout cas, elle ne peut pas accuser Steve d'être lent ou de ne pas avoir compris de quoi elle parlait.

* * *

Celui que la perspective de voir Steve étudier réjouit le plus, c'est Jean-Louis. Yolande le met en garde contre un enthousiasme trop incitatif qui risquerait d'avoir l'effet contraire. Jean-Louis la trouve très protectrice : « J'ai pris mes leçons, madame. Je t'ai vue à l'œuvre avec lui. J'ai compris ton saumon. »

Devant son air ébahi, il lui décrit la pêche au saumon et les ruses de « liberté » qu'il faut déployer pour enfin gagner sa prise.

« Il faut donner du fil jusqu'à presque plus le sentir au bout, et après, tchak ! Coincé !

— Sais-tu quoi, Jean-Louis ? Je ne te savais pas si féroce.

— Y t'en reste des découvertes à faire… Tu t'en vas ? Ça te décourage ? »

Elle ne s'est arrêtée que pour lui dire bonsoir, le but réel étant la promenade et l'exercice. Mais ces « bonsoir », Jean-Louis adore les étirer jusqu'à « bonjour ». Yolande ne se laisse pas corrompre. Elle met ses bottes et, subitement, elle s'arrête pour les enlever, à la grande surprise de Jean-Louis.

« Je veux voir les gravures d'oiseaux dans ton bureau. » Elle lui décrit la gravure qu'elle a reçue de Lili. Intrigué, Jean-Louis propose de la raccompagner pour jeter un œil.

Très impressionné, il lui rend le tableau : « Mais c'est pas une reproduction ! C'est… je pense que c'est un cadeau très… écoute, ça vaut une petite fortune !

— Tu penses ?

— Presque certain. Je ne peux pas croire qu'un antiquaire l'ait vendu au prix d'une copie. Ce serait une chance incroyable.

— Je ne me vois pas lui demander combien elle l'a payé.

— Non, évidemment. Est-ce qu'elle te doit quelque chose ? Aurait-elle une raison de te faire un cadeau aussi important ?

— Non. On était amies avant. Un jour, elle m'a dit qu'elle regrettait un évènement qui s'est passé entre nous. Qu'elle voudrait s'expliquer si je retrouve la mémoire. Rien qui vaut ça, je pense. »

Jean-Louis reprend la gravure, l'examine : « J'espère que tu as eu l'air contente, sinon elle va être déçue.

— J'ai eu l'air et je suis très contente. Ce n'est pas ce que ça vaut, c'est joli, c'est tout. »

Jean-Louis s'approche de la photo d'Ariane au bain, comme l'appelle Yolande. Elle côtoie celle de Francis et du bébé. Yolande l'observe en silence. Elle lui avait montré celle avec le canard, pas celle avec Francis.

À son grand étonnement, Jean-Louis est très ému. Elle s'approche de lui : « Quoi ?

— Avec une photo comme ça, même sans mémoire, tu peux être certaine d'une chose : cet homme-là adorait sa fille. Et sa fille l'adorait. » Il l'attire contre lui. « Et la mère aussi l'adorait.

— Toi, en tout cas, t'es pas jaloux.

— Pas des morts qui nous ont appris à aimer. »

Yolande revoit les photos de Françoise qui, quoique peu nombreuses, témoignent que Jean-Louis a été heureux et amoureux dans sa vie.

« Francis n'est peut-être pas mort. On n'en sait rien.

— Tu voudrais le revoir ?

— Pas si je ne me souviens pas. »

Jean-Louis se prépare à partir. Même si Steve est chez Sylvie, il sait que Yolande ne l'invitera pas à partager son lit — ils n'ont jamais fait l'amour chez elle, comme si elle craignait d'ajouter des souvenirs à son environnement. C'est le genre de décisions que Jean-Louis ne discute pas. Du moment qu'il existe un endroit où ils peuvent s'aimer. Il indique sa table de travail : « Tu commences ce soir ? »

Yolande l'embrasse : « Non…

— Tu fais quoi, là ?

— Je suis amoureuse… »

Il commence à trouver la partie assez réjouissante : « Mets ton manteau, on va prendre un taxi ! »

Mais Yolande a l'air décidée à transgresser ses propres lois : elle l'entraîne sur le lit, glisse ses mains sous le cachemire… Jean-Louis est encore incertain : « T'es sûre ? Tu joues à quoi, exactement ?

— À ferrer mon saumon. »

Pas très combattif, son saumon. Pas besoin d'être rusée pour l'attraper.

Vers une heure, alors qu'elle allait s'endormir, son saumon s'enfuit pour lui permettre de travailler dès le petit matin.

* * *

En février, Steve entre dans une colère monstre : pour être admis à l'École de gastronomie et de haute cuisine, il doit absolument terminer son école secondaire... qu'il a abandonnée au niveau trois.

« Crisse ! Y veulent pas que j'y retourne à l'école pis c'est vrai ! As-tu besoin d'savoir ton français pour brasser une sauce ? *No* ! Qu'y aillent chier ! J'irai pas certain ! *No way* ! »

Yolande a beau le raisonner, argumenter, Steve est implacable : pas question d'aller s'asseoir à côté d'enfants qui vont rire de lui. Il va « s'asseoir sur son chèque d'infirme, pis ça finit là ! ». Sylvie est découragée. Yolande essaie de tempérer Steve, qui ne faiblit pas : *no way*, c'est *no way*.

Jean-Louis s'informe, effectue quelques recherches, appelle au Ministère, et il arrive avec une solution : au lieu de s'énerver, Steve peut terminer son cours par Internet ou par correspondance et il n'aura qu'à passer les examens du Ministère.

« Je te propose de t'aider et de t'expliquer la matière, disons, trois matinées par semaine, de neuf à midi, chez moi. »

Ébaubi, Steve regarde les documents que Jean-Louis lui a apportés : « T'es sûr ? Ça va marcher ? Y veulent ? » Ce « y » qui résume l'ennemi, les autres, ce « y » qui symbolise l'adversité que Steve a affrontée toute sa vie, fait mal à entendre pour Jean-Louis : « Y trouvent même que ton idée est fantastique. Y veulent que ça marche.

— Crisse ! J'en reviens pas. T'as-tu vu ça, Yo ? M'as le faire icitte. Tu vas me corriger mes fautes, pis bingo ! On commence quand ? »

Jean-Louis a bien sa petite idée, mais il laisse Steve entreprendre les démarches. Ce soir-là, il parle à Yolande de l'excursion au bord de la mer qu'il se propose de faire la semaine suivante. Yolande est débordée, les contrats se multiplient et elle a accepté de réviser deux autres romans pour la rentrée du printemps. Impossible de faire marche arrière. « En mars, Jean-Louis, c'est pas trop tard. Ce sera encore l'hiver et c'est presque maintenant... Dans un mois, non, cinq semaines ! »

Jean-Louis n'hésite pas longtemps. Ils s'entendent pour

annoncer le voyage quand Steve aura complété son inscription. Yolande trouve qu'ils ont l'air de parents modèles «avec un petit pas facile».

«Essaye pas, Yolande, tu l'échangerais pas contre un ange, ton pas facile.

— Je ne suis pas sa mère, Jean-Louis, c'est mon ami, mon *bodyguard*, mais pas mon fils. D'ailleurs, Cantin dit que j'ai deux gardes du corps: Steve et toi. Prends tout le côté parental que tu veux avec Steve: mère Teresa ne postule pas! J'ai assez donné avec Annie. Et j'ai assez échoué avec elle pour m'enlever le goût de recommencer.»

Depuis qu'Annie est entrée à l'hôpital dans une aile psychiatrique, Yolande est déchirée. Les discussions avec Cantin sont épiques. Ce n'est plus du passé qu'il est question entre eux, mais d'Annie et du problème qu'elle représente pour Yolande. Autant Yolande voudrait pouvoir faire quelque chose, autant elle est certaine d'être en partie la racine du mal. Elle se juge coupable tout en sachant que la culpabilité n'est pas une forme dérivée de l'amour.

«J'ai mauvaise conscience, comprenez-vous? J'ai la sensation d'avoir profité d'elle, de l'avoir utilisée pour mon profit personnel sans égard pour elle ou pour ses problèmes à elle. Et maintenant, elle craque et je ne fais rien pour l'aider. C'est insupportable!»

Les questions de Cantin ont beau pleuvoir, elle n'en démord pas: depuis dix jours, Annie est quelque part dans un hôpital, seule avec son délire, seule avec sa détresse, et elle devrait pouvoir faire quelque chose.

Cantin insinue que c'est le rapport à sa mère malade qu'Annie ressuscite. Yolande refuse l'hypothèse: «C'est à moi que ça a rapport! Avec moi! Pas à ma mère. Je détestais quand Annie se comportait comme elle. Mais aujourd'hui, ce n'est pas ça, c'est l'hôpital, l'exil…

— Êtes-vous certaine que votre mère n'a pas eu d'épisodes

d'hospitalisation? Même quand vous étiez toute petite? Quand votre père est parti?»

Yolande hoche la tête: non, personne ne l'a laissée seule avec sa sœur. Quand son père est parti, les deux femmes avaient ri ensemble. Elle ne voit pas.

«Quand Francis est venu habiter avec vous, à la naissance d'Ariane, où est allée votre mère?

— Comment voulez-vous que je le sache? Je ne me souviens même pas de la naissance de ma fille! Qu'est-ce qui nous dit que Francis habitait avec moi? C'est une impression, ça ne compte pas. Et ça ne donne rien à Annie.

— Bon, regardons ça autrement: que pouvez-vous apporter à Annie? Que pouvez-vous lui donner aujourd'hui?»

Elle se tait, dépassée par l'ampleur de son impuissance.

Cantin attend patiemment.

Yolande relève la tête: «Pablo Neruda.»

Les larmes se mettent à couler sur ses joues et elle ne les essuie pas. «Pouvez-vous croire que toute l'histoire avec ma mère ne m'a pas fait pleurer une seule fois et qu'Annie… j'ai tellement de peine pour elle…

— C'est elle qui avait apporté ce disque quand vous étiez dans le coma. Neruda.»

Yolande fait oui, se mouche: «Et vous savez ce que représentent les poètes pour moi. À ce moment-là, c'était le seul refuge de ma vie.

— C'était Francis.

— Dans ce qu'il avait de plus beau… Je ne sais pas si j'aurais pu m'en sortir sans ça.

— Vous voulez maintenant lui rendre la pareille? Être le Neruda d'Annie?

— C'est ridicule!

— Peut-être que vous l'aimez?

— Honnêtement, je ne le sais pas. Je l'ai élevée… Elle était si petite. Je devais bien l'aimer un peu.

— Comme ça, sans fouiller, qu'est-ce qui vous semblait aimable chez elle ?

— Sa confiance absolue.

— Et détestable ?

— L'aveuglement de sa confiance. Le refus de voir qui j'étais vraiment. Son besoin de ma perfection.

— Trop vous en demander, quoi. Cette façon de penser que vous ne flancherez jamais, que vous ne lui ferez pas défaut… c'est votre mère et sa dépression. »

Yolande hausse les épaules : s'il le dit ! Elle regarde sa montre, c'est rare qu'elle ait envie de s'en aller, mais là, elle est au-delà de la fatigue.

Cantin se tait. Elle finit par dire, pour occuper le vide du silence : « Avoir besoin, ce n'est pas aimer. C'est nourrir le monstre qui nous tue.

— Vous parlez d'Annie ? »

Yolande fait non. Elle porte son index à sa bouche et coupe une bribe de peau sur le bord de son ongle.

Cantin parle avec beaucoup de douceur : « Racontez-moi ce que vous voyez.

— Elle… ma mère. En jaquette trop ouverte… qui veut que je lui donne…

— Quoi ?

— Vivianne… sa vie d'avant… avant.

— Son passé. Votre mère vous réclame son passé. Et vous…

— Je voudrais qu'elle attache ses boutons et qu'elle soit moins folle.

— Un peu de retenue.

— Un peu, oui.

— Pour vous. Par politesse, par égard pour vous, si ce n'est par amour.

— Rêvez pas, docteur ! Même moi, j'ai jamais pensé par amour.

— Avez-vous déjà pensé qu'après le départ de Francis elle a pu retomber dans une grave dépression?

— Évidemment que j'y ai pensé! Comme j'ai pensé qu'après la mort d'Ariane elle a pu retrouver Francis parce qu'il m'a quittée. Mais s'il a fait ça, pourquoi ne pas avoir reconnu sa fille? S'il l'aimait au point de me quitter quand elle est morte, pourquoi ne pas la reconnaître?

— Il s'est peut-être retenu?

— Pour elle? Pour ma mère? Encore elle? Après moi, c'est Ariane qui allait payer?

— Ça vous fâche beaucoup.

— Beaucoup? Mettez-en! J'ai peut-être pas de mémoire, mais je sais une chose: j'aurais quitté Francis s'il se préparait à faire endurer à notre fille la folie de ma mère. J'avais donné. Je ne l'aurais jamais laissé faire. Pas avec ma fille!»

Yolande se lève comme si la discussion était encore d'actualité et que sa colère risquait de lui faire dire des énormités: «Vous allez m'excuser, mais je vais m'en aller.

— On a encore du temps.

— Non. Pas pour elle. Elle m'a assez pris de mon temps!

— Et Annie?

— Annie a placé sa confiance au mauvais endroit. C'est elle qui va se sauver. Elle toute seule. Nous le savons tous les deux.»

Elle ne dit même pas au revoir.

Cantin ne s'en formalise pas, il sait déjà combien le prix à payer pour apprendre à devenir son propre allié est élevé.

Mais le dilemme demeure entier pour Yolande. Surtout que Gaston a abdiqué toute forme de combat pour le divorce et qu'il s'apprête à signer les papiers d'une entente «tout à fait convenable à son égard», selon les mots de son avocate. Cette jeune beauté volontaire n'aurait jamais laissé partir Yolande sans sa part légitime de l'empire financier de Gaston: «Que vous vous sentiez coupable, en colère ou excédée importe peu. Ce sont des émotions. Mon travail consiste justement à vous mettre à l'abri des émotions et à vous aider à penser à votre avenir. Dans dix ans, vous aurez plus de soixante-cinq ans et vous serez incapable de tenir le rythme de travail que vous vous imposez. Ce n'est pas une bonne idée de conclure un divorce sur la seule base des émotions. C'est difficile à croire pour vous, mais avoir envie de partir et ne rien devoir à personne, ce n'est pas assez. Ce serait injuste pour vous et vous ne le ferez pas. Ce n'est pas parce que vous ne vous souvenez pas de votre passé qu'il n'existe pas. »

Yolande voudrait bien que l'avocate la mette à l'abri de ses émotions pour les autres aspects de sa vie. En attendant, Gaston ne désespère pas d'arriver à quelque chose pour sa fille, et il donne des nouvelles à Yolande en espérant la convaincre de lui venir en aide.

Depuis qu'il est sobre, Gaston a revu ses priorités. Il s'en veut beaucoup d'avoir offert si peu à sa fille. Il élèverait une statue à Yolande si elle le laissait faire. Parce qu'elle a pris le relais pendant toutes ces années de beuveries plus ou moins contrôlées.

Grâce à Steve, à Jean-Louis et même à Cantin, Yolande réussit à ne pas aller à l'hôpital, mais cela lui coûte beaucoup d'efforts et sa concentration s'en ressent. Quand Gaston l'informe qu'Annie est sortie de l'hôpital et qu'elle passera sa convalescence chez lui, loin d'Yvon et de Corinne, cela ne la soulage qu'à moitié, mais du moins peut-elle se remettre à l'ouvrage l'esprit plus tranquille.

Elle fait livrer la première partie du roman auquel elle travaille et annonce à Lili qu'il y aura un retard pour la deuxième partie.

Lili est très ennuyée et ce n'est pas à cause du délai. Yolande l'évite. Depuis janvier, elle s'arrange pour ne pas la voir ou lui parler. Sinon, pourquoi laisserait-elle ses messages le soir ? Elle pourrait l'appeler pendant la journée. Ce n'est pas comme si elle avait manifesté de l'impatience. Si quelqu'un s'est montré capable de la comprendre, c'est bien elle ! Lili se demande si

Yolande n'a pas retrouvé une partie de leur passé — et une partie de sa légitime rancune.

L'idée de perdre de nouveau l'amitié avec Yolande, de redevenir un employeur comme les autres, torture Lili. Elle est prête à admettre tout ce qu'on veut, mais elle est déterminée à garder Yolande dans sa vie. Ce silence qui s'installe entre elles depuis janvier, c'est comme un acide qui ronge l'élan vital de Lili. À la fin février, alors que le travail de Yolande est en retard de cinq jours, Lili laisse un troisième message dans sa boîte vocale : « Qu'est-ce qui se passe ? Ça n'a rien à voir avec le roman, mais je voudrais qu'on se parle. En toute amitié. Je suis inquiète et, vraiment, je me demande si ta mémoire est revenue. Si c'est le cas, laisse-moi une chance de m'expliquer. Rappelle-moi, O.K. ? »

Ce n'est pas le message en soi, mais le ton, la tension sous-jacente dans la voix de Lili et, surtout, la répétition qui énervent Yolande. Ce n'est tellement pas le temps de venir la déranger avec son passé ! Tellement pas le temps des explications et des justifications.

Si Lili savait à quel point elle n'en a rien à foutre du passé de leur belle amitié ! Au lieu d'effacer le message, Yolande se trompe et le fait repasser.

C'est la note faussement enjouée ou légèrement implorante du « rappelle-moi, O.K. ? » qui fait scintiller quelque chose dans le trou noir. Le ton qui fait pitié. Le ton dont elle a tant ri avec Steve quand ils ont fait ensemble le tour des manifestations désagréables de la jalousie. Steve était trop drôle quand il lui faisait le coup du « gars jaloux qui fait genre y a rien là ! ».

Elle demande à Steve de venir écouter le message sans lui faire part de son soupçon. Il fait une grimace : « Yark ! » Elle lui demande de développer un peu. Steve est positif : « A t'a crossée pis a l'a la chienne !… Tu t'en souviens pas ? »

Yolande ne voit vraiment pas.

« D'après moi, a t'en doit une… pis une crisse de grosse ! Genre, est partie avec le *cash*. » Au moins, Yolande se dit qu'elle n'est pas folle, qu'il y a bel et bien de l'implorant chez Lili. Steve retourne à la cuisine en se moquant : « En toute amitié ! En toute amitié ! Ça va être long en crisse, ses explications, Yo. Prépare-toi ! »

Elle se rassoit à son bureau : justement, elle n'a pas le temps.

Quand bien même elle ne comprendrait pas tout… Comme c'est là, les souvenirs qui lui reviennent ne sont pas seulement minces, mais ils ne concernent jamais ce qui l'intéresse. Ariane, c'est Ariane qu'elle veut retrouver, pas les crosses de Lili. Pas les crises de sa mère. Pas même les raisons de son mariage avec Gaston. Juste sa petite fille. Et c'est elle qui lui échappe le plus.

… on a le cœur trop vieux pour penser un enfant.

Elle relève la tête soudain : Rilke ! Le poète de la vérité, le poète de la solitude infinie. Comme elle l'a aimé, celui-là. Comme il l'a consolée après la perte d'Ariane.

Elle se lève, cherche le volume de la Pléiade dont certaines pages sont tellement froissées. Le signet se trouve déjà sur *Vergers*, ces poèmes écrits en français. *Ce soir quelque chose dans l'air a passé…*

Elle se rend à la fin du poème qu'elle connaît presque par cœur :

Ce n'est pas tant que la vie soit hostile ;
mais on lui ment,
enfermé dans le bloc d'un sort immobile.

Voilà exactement comment elle se sent. Elle pose le livre près du sulfure, ce bloc immobile qui enferme le manuscrit rejeté… Ces manuscrits sur lesquels elle planche, les *Chants* de Francis, elle se rappelle tous les mots des autres, pourquoi pas un seul mot de son amour enfui ne lui revient ?

Est-ce qu'elle se ment ? Yolande a tendance à donner raison aux poètes, à leur accorder toute sa confiance. Cantin et elle ont beaucoup discuté de Neruda et de tous les autres. Ces poètes qui tiennent son passé entre leurs mains — et Francis, le poète qui s'est tu.

« Tu te tais, Francis ? » « Tu t'es tu ou tu l'as tuée ? »… cette inquiétude sournoise qui rampe à travers chaque souvenir récupéré. Cette inquiétude qui la paralyse, qui l'empêche même de retrouver la mémoire, elle le craint. S'il l'a fait, s'il a fait une chose pareille, alors elle a dû le tuer.

Elle se secoue, range le volume à côté d'une vieille édition de ce même Rilke. Qui le lui a offert ? À l'intérieur, une des pages de garde manque, celle sur laquelle elle écrit toujours son nom et la date de l'acquisition ou le nom de la personne qui a offert le livre. En fait, elle est déchirée. Il ne subsiste que le bord dentelé de la page arrachée. Fallait-il qu'elle soit furieuse pour massacrer un livre de Rilke ! Qui a pu être l'objet d'une telle exclusion ? Elle imagine que ce devait être très grave, mais pas assez pour jeter le livre. Elle a gardé Rilke et mis le rejeté à la poubelle. Tant pis pour lui !

Curieuse, Yolande passe ses livres en revue : au total, quatre pages de garde arrachées. Ça ne devait pas être quelqu'un qui est resté longtemps dans sa vie. Ce n'est pas Francis : son Baudelaire et tous les autres ont conservé leurs pages de garde. Il n'y a rien de sa mère, ce qui ne l'étonne pas. Systématique, elle examine chaque livre de la bibliothèque. Ce n'est pas très long, ce sont les livres qu'Annie lui a rapportés de chez Gaston quand Yolande s'est installée boulevard Gouin. En tout, quarante ouvrages. Et là-dessus, trois noms de donateurs qui lui restent inconnus : Bertrand, Serge et Luc. Quoique Bertrand… oui, celui-là, Lili l'a identifié pour elle sur la photo. Elle range les livres. Il ne reste que deux inconnus, ce qui n'est pas si mal. Plus, bien sûr, les livres aux pages arrachées. Tous des poètes. La colère du poète…

Elle doit retourner travailler, cesser de perdre du temps, sinon Lili va venir cogner à sa porte au lieu de laisser des messages.

Yolande reprend son crayon. « Espèce de dégénérée ! »

Stupéfaite, elle se redresse : cette phrase, elle l'a dite ou on la lui a dite ? D'où ça vient ? « Espèce de dégénérée ! », ce n'est quand même pas anodin !

Son esprit est comme une aiguille affolée sur un cadran : il ne se pose sur aucun chiffre. Troublée, agacée, elle est incapable de se concentrer sur son travail. Elle est dans un état d'impatience qui fait grimper sa tension.

Elle pose son crayon, prend sa tasse et se replie sur la cuisine et la cafetière. Steve lève la tête tout de suite, ravi de la distraction : les participes passés lui sont extrêmement antipathiques.

« J'sais pas comment tu fais, Yo. Moi, après vingt minutes assis à étudier, j'ai des idées de cul qui me passent par la tête, ça arrête pas. Ça te fait-tu ça, toi ?

— Sais-tu, j'haïrais pas ça !

— Tu prends un *break* ?

— J'avance pas. Tout se mélange dans ma tête et ça bloque mon travail.

— On s'en va-tu ? On crisse toute là pis on sort ! »

Il suffit qu'il le dise pour qu'elle refuse. Mais elle se sauverait très vite et très loin. Plus loin qu'au club vidéo où il propose d'aller louer un film.

Elle l'abandonne à ses mauvaises pensées et s'enferme dans sa chambre. Elle se rassoit, bien décidée à terminer son quota minimum de vingt-cinq pages.

Parce que la phrase lui revient et pour s'en débarrasser, elle cherche le mot « dégénéré » dans le dictionnaire. Au sens strict, c'est « qui a perdu les qualités de sa race, son caractère originel ». En dehors de sa concentration originelle, Yolande ne voit pas.

Elle corrige toute une page, reprend péniblement son rythme tout en sachant pertinemment que son esprit fébrile cherche encore, scanne fiévreusement. C'est tellement excédant et désagréable ! Elle a l'impression de se battre contre elle-même.

Elle s'applique pendant une heure interminable et se redresse enfin... pour constater qu'elle a laissé filer une erreur, qu'elle n'y est pas. Devant son incapacité à travailler et comme elle ne voit aucune raison à autant de résistance, elle appelle Lili. Elle va au moins régler une des choses qui l'énervent.

Rien pour la calmer : Lili est tendue, embrouillée, elle parle d'une rencontre pour clarifier les choses. Yolande coupe son élan : « Lili, je ne sais pas ce que tu as dans la tête, mais il ne s'est rien passé de mon côté. Et je ne veux rien savoir de ce dont je ne me souviens pas. Je pensais qu'on avait une entente, là-dessus ?

— Oui, bien sûr... Mais comme tu ne me parlais plus, j'ai pensé...

— Te parler ? De quoi ? De quoi tu veux que je te parle, Lili ?

— C'est vrai. Excuse-moi.

— Qu'est-ce que t'as ?

— C'est ridicule, j'ai eu peur que mon cadeau te choque, finalement.

— Et pourquoi ? C'est lié à quelque chose ? Lili ?

— Non.

— Je sais que c'est un cadeau hors de prix. Es-tu en train de me refaire le coup des indices, Lili ?

— Non ! »

Yolande est trop énervée et elle le sait. Inutile de s'en prendre à Lili parce que son travail n'avance pas et que sa mémoire lui résiste. « Bon, je vais te laisser, j'ai du travail en retard.

— Yolande, excuse-moi, mais tu as un peu raison. Pour le cadeau... C'était semblable à une autre chose que je t'ai déjà offerte. »

Voilà exactement le genre de détours qui énervent Yolande au possible ! Elle soupire et n'a plus qu'une envie : raccrocher. « Bon, maintenant que tu l'as dit, j'espère que tu vas mieux. *Bye !*

— Attends ! Raccroche pas de même, c'est pire !

— Pire que quoi ?

— Ne plus avoir de nouvelles. »

C'est quoi, ce langage ? C'est quoi, ce ton ? On dirait Annie ! Où est passée la pétillante Lili, la fille colorée et de bonne humeur ?

« Je... Yolande ?

— Oui ?

— Est-ce qu'on peut se voir ? Vers cinq heures. Juste un café. »

Non. Yolande n'en a aucune envie. Ni le temps. À cinq heures, elle veut courir chez Jean-Louis et oublier tout le reste. « Je vais passer au bureau. »

Elle ne sait pas si elle a accepté pour que cesse la complainte de Lili. Elle ne restera pas longtemps dans ce bureau si Lili n'apprend pas à respecter leurs règles. Avant de se remettre au travail, elle va décrocher le cadeau de Lili et le fourre dans un sac. Elle va le lui rapporter et ça finit là ! Non, mieux que ça : elle va l'offrir à Jean-Louis. Chez lui, la gravure ne fera pas tache, elle s'harmonisera à l'environnement. Elle ne perdra pas sa « qualité originelle » comme ici, à côté du visage joyeux d'Ariane.

Finalement, Yolande constate que le retrait de la gravure la soulage et semble à lui seul permettre enfin à son esprit de se concentrer. Elle abat davantage que ses vingt-cinq pages et elle s'annonce pour six heures à un Jean-Louis ravi de l'entendre.

La rencontre aux éditions Robinson est très brève, parce que Lili s'est calmée. Elle a eu le temps de ramener ses attentes au point de départ de ses nouvelles relations avec Yolande, à ce qui est acceptable pour une femme qui ignore tout de leur passé.

Yolande trouve quand même l'affaire inutile : Lili n'a rien à dire de neuf, pourquoi ce rendez-vous ?

« Sans vouloir te brusquer, Lili, pourquoi tu voulais me parler au juste ? »

Lili montre les paumes de ses mains en signe d'impuissance : « On annule, O.K. ? Cela ne te concerne pas. J'ai fait une erreur. »

Le silence persiste. « Tu ne veux pas ? Oublier tout ça ?

— Ne me parle pas d'oublier, Lili. De toute façon, t'as rien dit. »

Lili patine, parle de l'automne au programme très chargé. Yolande est assez sèche : « Je vais te laisser. Moi, je suis encore au printemps et j'ai vraiment pas envie de parler de l'automne. *Bye !* »

Lili la laisse partir et se déteste d'être devenue aussi accro en si peu de temps. Si elle ne se retient pas, elle va hériter du sort que Yolande réserve aux pitoyables : l'expulsion.

* * *

Jean-Louis l'accueille divinement : « Laisse-moi te débarrasser. » Cette phrase anodine est un code entre eux. Et ce dont on est débarrassé n'est certainement pas uniquement son manteau ou ses sacs. Toute forme de fardeau doit être déposé dans les mains de celui qui s'offre. Et Yolande est enchantée de le faire, surtout après sa démarche inutile.

Sans un mot, elle laisse son homme prendre le contrôle des opérations et l'emmener carrément vers la chambre. Il y a pourtant un feu qui crépite, mais elle n'a aucune envie de rouspéter. Elle laisse Jean-Louis la dévêtir. Chaque pièce de vêtement retirée l'entraîne ailleurs, la réveille, et elle voudrait bien s'y mettre et participer à cette célébration, mais Jean-Louis n'a pas l'air d'humeur à partager l'action. C'est maintenant les soucis, les contrariétés, les agaceries de la journée qui glissent hors de son esprit à mesure que la bouche de Jean-Louis glisse sur sa peau. Elle écoute attentivement ce langage muet qui la fait murmurer que ça va, qu'elle est bien débarrassée. Cet homme a une science de la caresse qui la subjugue : impossible de résister, de ne pas se tendre, se rendre, capituler. Elle se laisse dévorer avec abandon.

« Toujours bon de s'annoncer avec toi… »

Jean-Louis a l'œil vainqueur de celui qui a battu son propre record. Pour l'instant, elle lui concéderait n'importe quelle victoire, tellement la langueur qui l'habite est soûlante.

« Y a des jours, comme ça, où on dirait que le sexe est partout. »

Elle trouve qu'il a nettement eu une meilleure journée qu'elle. Quand il demande des détails, elle refuse : « T'as effacé tout le désagréable. Je vais en profiter, si tu permets. »

Elle s'étire et se blottit, le nez dans le creux de l'épaule offerte. Il ferme les bras sur elle. Il sent l'homme douché et l'amour. Elle le lui dit, et il confirme joyeusement que son odorat est parfait : c'est exactement ce qu'il a fait.

Elle sourit, engourdie, et coule dans le sommeil quand le téléphone la fait sursauter.

Jean-Louis s'éloigne vers le salon, mais ébranlée, le cœur battant, elle n'arrive plus à s'endormir.

« Espèce de dégénérée ! »

Vivianne, sa sœur. C'est elle qui avait surgi dans son appartement pour les surprendre nus, au lit, Francis et elle.

Tout lui revient : leur gêne à eux deux, pris en flagrant délit, et les mots répugnants, les épithètes qu'elle ne croyait pas possible d'entendre de la bouche de sa sœur. Vivianne lui avait lancé une robe de chambre en hurlant : « Je t'attends dans le salon. Lui, le salaud, je ne veux pas le voir ! »

La scène avait duré… La violence déchaînée de Vivianne, l'horreur de ce qu'elle disait, tout ce qu'elle prétendait que Yolande leur avait fait endurer, à sa mère et à elle. Ça sortait par vagues, longue séance d'exorcisme où tout le passé était condamné en même temps que le dernier fait d'armes. Quand Francis était intervenu, Yolande n'avait plus de mot ou d'argument, elle avait l'impression d'être à terre, en miettes, écrabouillée. Et Vivianne continuait, rageait, attaquait. Francis l'avait giflée. Le silence avait été instantané et presque plus bruyant que la diatribe qui l'avait précédé. Yolande se souvient d'avoir porté la main à sa joue, comme si la gifle l'avait atteinte également.

Le ton cassant, Francis avait interrogé Vivianne et ne l'avait laissée parler que pour obtenir les renseignements qu'il désirait. Quand elle laissait un mot brutal lui échapper, un jugement, il lui ordonnait de se taire. Et quand elle avait refusé d'en dire plus, il l'avait saisie par le bras en crachant presque ses mots : « Si c'est vraiment pour ta mère que t'es venue faire ta scène, tu vas nous dire ce qu'elle sait et comment elle le sait. Tu ne sors pas d'ici sans

avoir parlé. Sais-tu pourquoi? Pour la protéger, pour ta mère!»
Il avait lâché sa prise en la repoussant. Mais c'était trop tard.
Sa mère savait. Elle avait appelé Vivianne parce qu'elle savait.
Vivianne n'était que son messager maudit.

Yolande pose les mains sur son ventre. Elle était enceinte
de quatre mois. C'était en février 1970. Elle avait eu tellement
peur qu'elle avait craint de perdre son bébé. Francis était reparti
avec Vivianne. Il refusait totalement de laisser sa sœur consoler
Lilianne.

Il s'était penché vers elle pour lui dire qu'il l'aimait, de ne
pas s'en faire, qu'il s'en occupait.

Jean-Louis arrive dans la chambre: «Lucien qui veut jouer au
tennis… Ben voyons! Qu'est-ce que t'as? Yolande, c'est quoi?»

Elle était si bien, pourquoi être encore attaquée par les fantômes? «Encore un bout qui vient de se détacher… T'es pas
tanné de fréquenter quelqu'un d'aussi troué?

— Trouée? C'est ça, le mot qui te vient? T'es pas mal
drôle… Quel secteur de ta vie?

— Vivianne, ma mère, Francis…

— Hou! Le bout tordu, si je comprends bien.»

Elle passe une robe de chambre: «Tu comprends très bien.
Je vois Cantin demain matin, alors, on se met à l'abri et on fait
l'impasse, comme disent les Français.

— Sûre?

— Certaine! Viens, j'ai faim. Et j'ai un présent pour toi.»

La gravure est acceptée «en consignation», jusqu'à ce que
Yolande sache en quoi elle détonne dans son intérieur.

L'impasse est nettement plus facile à déclarer qu'à faire. Vers
huit heures, ils décident d'aller au cinéma.

Même le beau Clive Owen n'arrive pas à la distraire de ses
fantômes, ce qui veut dire que c'est peine perdue.

Elle allait enfin s'endormir quand elle sursaute. Du coup,
Jean-Louis se réveille: «Quoi?

— Je viens de me rappeler le nom de ma sœur : Villeneuve. Vivianne Villeneuve. Vivi, c'était la contraction des deux. Ma mère trouvait cela très euphonique.

— C'était un méchant numéro, ta mère.

— Ouain… T'as malheureusement raison. Dors. »

* * *

Décevante, la rencontre chez Cantin. Et ce n'est pas la compétence de son médecin qui est en cause, Yolande le sait. Depuis janvier, elle éprouve des difficultés à regarder franchement son passé, elle résiste à retrouver certains moments, comme si elle voulait choisir ce qui devrait revenir et écarter ce qui ne lui convient pas. Comme si elle se comportait avec lâcheté.

Elle agit avec sa vie comme avec ses livres : elle en déchire quelques pages, histoire de pouvoir en profiter sans avoir à payer le prix de la lucidité. Cantin a peut-être l'indulgence de croire que ces mécanismes sont involontaires et qu'ils ont des causes profondes ainsi que des effets de protection nécessaires, Yolande n'aime pas ce qui se passe. Depuis maintenant quatorze mois, elle reconstruit sa santé physique et mentale. Depuis quatre mois, elle forme avec Jean-Louis ce qu'ils devront bientôt appeler un couple.

Elle a divorcé, s'est éloignée d'Annie, mais elle ne sait toujours pas pourquoi elle s'était approchée de ces deux-là au départ.

Quand elle regarde le résultat de ses efforts, il lui semble avoir rebâti un édifice de bric et de broc, avec des bouts dont les ficelles s'échappent et d'autres au fondement instable qui vont céder dès la première tempête. Cantin a beau prétendre que la plupart des gens font leur vie en occultant le passé ou en l'adaptant à ce qu'ils croient être, cette norme ne peut pas être la sienne. Et ce n'est pas de l'orgueil, c'est de la survie. Yolande sait bien que si elle a été pendant vingt-cinq ans de sa vie une résidante du bungalow de banlieue luxueux et ennuyant de Gaston, ce n'est pas parce qu'il l'avait enlevée. C'était de son plein gré. Ce n'est pas exactement réconfortant à ses yeux de se découvrir capable de s'enfermer en retrait de la vie. Même si elle a de bonnes raisons de le faire. Cantin sait de quoi il parle quand il dit que l'être humain est un animal d'habitudes. Yolande craint justement que ces habitudes ne se réinstallent dans sa vie à son insu, pour la simple raison qu'elle ne se souvient pas de ce qu'est sa vie. Depuis Noël, elle voit bien qu'elle baisse la garde, qu'elle coule dans le plaisir dont Jean-Louis sait si bien jouer et ses souvenirs se calment, et s'endorment. Sa mémoire se repose.

Peut-être Cantin a-t-il raison en prétendant que, par nature, elle se méfie du bonheur et du bien-être. Elle est pourtant convaincue d'une chose : ce n'est pas Jean-Louis qu'elle remet en question, ce n'est pas ce couple qu'elle forme avec lui. C'est pour éviter une rupture qu'elle veut fouiller sa mémoire et en finir avec les sursauts de l'inconscient. Elle y tient, à cet homme. Si lui a pris le temps de faire son ménage et son deuil avant de venir vers elle, pourquoi lui imposerait-elle son amnésie et le goutte à goutte des souvenirs ? Ils ne sont pas construits sur les mêmes fondements, lui et elle, ce n'est pas l'objet de ses réticences, mais si, toute sa vie, elle a fui, aujourd'hui, pour cette deuxième vie qu'elle estime être sa deuxième et dernière chance, elle est déterminée à vivre en pleine lumière et en pleine vérité. Quel que soit le prix à payer.

À ses yeux, ses vingt-cinq ans de tranquillité avec Gaston et Annie représentent vingt-cinq ans de détention préventive auxquels elle se serait elle-même condamnée. Si elle a payé pour un crime, elle veut connaître la nature de ce crime. Elle n'était pas amnésique quand elle a dit oui à Gaston.

Yolande constate qu'elle met en procès maintenant ce qu'elle ne mettait même pas en question avant l'accident. Elle y voit une amélioration de sa liberté : si être libre, c'est choisir en toute conscience, elle veut avant tout être libre pour choisir vers qui elle ira et avec qui elle partagera sa vie. Pas que Gaston soit susceptible de la revoir, mais pour éviter une éventuelle fuite du « bien-être ». Yolande sent confusément que pour accéder au bien-être, il faut qu'elle passe par le feu de sa mémoire. Elle refuse de laisser les hasards d'un poème ou de la vie décider ou non du retour de son passé.

Elle veut en finir, se provoquer, se confronter avec son passé. Et elle veut le faire seule, loin de ses trois gardes du corps, puisqu'elle inclut aussi Cantin parmi eux. Le plancher de sa vie sur lequel elle marche est mou, incertain, elle veut que ça cesse et, pour cela, il faut lever les lattes et voir ce qui cloche.

C'est à Jean-Louis que Yolande expose son projet, parce que c'est lui qu'elle décevra le plus. Le 15 mars, ils doivent partir pour la mer en compagnie de Steve. Elle aura alors terminé tous ses contrats. L'excursion doit durer cinq jours. Yolande annonce à Jean-Louis qu'elle ne les accompagnera pas. Ce qu'elle souhaite, c'est profiter des cinq jours de solitude, s'enfermer avec son cahier noir et plonger : écrire ce qu'elle sait du passé et remplir les trous laissés par l'amnésie.

Jean-Louis pèse longuement le pour et le contre du projet avant de parler. « Ton plan... c'est comme si tu croyais que tu as les moyens de briser l'amnésie et que tu ne les prenais pas. Comme si Cantin ne t'y aidait pas non plus... Ce serait une question de volonté à ton avis ?

— Cantin me donne de l'assurance... mais je pense qu'il m'aide à résister à ma mémoire. Comme si, sans le savoir, il m'aidait à fermer la porte à ce qui fait mal.

— Tu veux avoir mal ?

— Je vais avoir mal : nuance !

— Comme un coup à donner... une dent à arracher ?

— Comme la mort de quelqu'un qu'on aime, Jean-Louis. Je veux identifier mes morts et les enterrer. Je veux arrêter de leur parler à travers mes vivants. »

Jean-Louis comprend tellement bien de quoi elle parle.

Impossible de s'opposer à un tel projet — même si s'éloigner pendant ce temps lui semble une mauvaise idée.

« Et si tes morts ne sont pas au rendez-vous ? Si, malgré toute ta bonne volonté, tu n'y arrives pas ? Tu ne te souviens pas ? As-tu pensé à ta déception ? Qu'est-ce qu'il dit, Cantin ?

— Je ne lui en ai pas encore parlé. Je ne passerai pas le reste de ma vie sans mémoire, Jean-Louis ! Et si ça ne marche pas, au moins, j'aurai essayé. Et je prendrai d'autres moyens pour y arriver. Comme l'hypnose ou l'enquête systématique. Tiens, je prendrai l'argent du divorce pour engager un détective qui recherchera tout ce que j'ai fait pendant toutes ces années et où sont les vivants. Je ne sais pas, Jean-Louis, mais mon dernier contrat, j'ai eu du mal à le finir. Ma concentration fuit de partout, et je sais que c'est à cause de ma mémoire qui veut revenir. C'est là, dans ma tête, ça pousse pour sortir… et je cours comme une dératée pour y échapper. C'est assez.

— Et tu penses que toute seule, sans Cantin, sans moi…

— Écrire… écrire et voir. Cinq jours, ce n'est quand même pas l'enfer.

— Fais-le après notre voyage. Je prendrai Steve ici. Au moins, tu seras reposée. »

Elle sourit de le voir se débattre avec la déception et l'inquiétude : « C'est maintenant, Jean-Louis, je le sais. Je pense même que tu le sais. »

Il se tait. Elle a raison. Depuis quelques semaines, il remarque qu'elle s'éloigne, qu'elle est plus silencieuse et inquiète, distraite aussi. Avant, quand elle avait des retours de mémoire, des flash-back, elle les partageait, les amenait dans leur présent. De plus en plus, elle se tait et s'absente mentalement. Et il voit les démons gagner et la prendre en otage.

Les cercles de feu, voilà comment il appelait la traversée de certains moments de manque si cruels qu'ils nous vident du désir de vie. Jean-Louis est certain de ne souhaiter à personne de devoir passer au travers de ces cercles — et voilà que la femme qu'il aime lui demande de partir pendant qu'elle s'apprête à sauter. Elle ne s'est pas toujours battue, Yolande, mais aujourd'hui, c'est du courage qu'il a devant lui. Et de la détermination. Ce qu'il peut faire pour elle, c'est avoir confiance et partir, comme elle le demande.

Il la prend dans ses bras : « Et je suppose qu'on ne pourra même pas s'appeler.

— Le but, c'est pas de gâcher ton voyage : alors, une fois par jour, je t'enverrai un courriel pour te dire que je suis toujours vivante, que je me souviens que tu existes et que je t'aime.

— Non. Je ne veux pas être celui qui te force à sortir de ta retraite. Fais une chose : donne mon numéro de cellulaire à Cantin. Si quelque chose arrive, dis-lui de m'appeler. Parce que tu vas l'appeler, lui, si ça ne se passe pas comme tu veux ?

— Si je capote ? Oui. Mais je ne capoterai pas. »

Steve se montre beaucoup moins facile à convaincre : « Pourquoi tu te mettrais dans marde exprès ? Ça va te donner quoi ? »

Évidemment, Steve a l'art de réduire les plus jolies phrases à leur sens le plus cru. Elle explique du mieux qu'elle peut, mais le résultat est un doute colossal que Steve ne laisse pas planer : « Tu veux qu'on te laisse capoter en paix ? Quesse tu dirais si je te demandais de me laisser faire ça ? » Il ne lui laisse pas le temps de trouver une esquive. « Tu dirais non, crisse, pis t'aurais raison !

— Sauf que je ne te demande pas de permission.

— Ben non : pas folle ! Pis Jean-Louis marche là-dedans ? J'haïs ça quand tout le monde capote, moi ! J'pars pas si c'est de même.

— Ça changera rien, Steve, je vais aller à l'hôtel, mais je vais le faire quand même.

— Tu trouveras rien.

— Ça se peut.

— T'es maso.

— Ça se peut.

— Tu m'énarves avec ton petit air de fille qui sait toute.

— Lâche-moi, aussi. Tu te vois pas : t'es pas mon père !

— T'en mangerais une maudite si je le serais.

— L'étais.

— Han ?

— Si je l'étais. Les "si" ont pas des "rais".

— Yo : va chier ! »

La porte de sa chambre claque assez fort pour faire trembler le mur. Yolande estime qu'elle ne l'a pas volé. C'est tellement difficile de s'expliquer avec Steve aussi ! Elle va dans sa chambre et commence à ranger en prévision de son « excursion privée », comme elle l'appelle. Le bureau est net, le nouveau cahier noir en place, ses dictionnaires sortis. Elle place la boîte et le sac remplis de ses affaires personnelles tout près de sa bibliothèque. Elle les a rapportés de chez Cantin et ne les ouvrira que si elle en a besoin ou envie.

Yolande pose la main sur le nouveau cahier qu'elle a acheté : il a raison, Steve, ça ne marchera peut-être pas. Elle a le trac. C'est idiot, mais c'est ce qu'elle ressent : peur et hâte en même temps.

Demain, dès l'aube,

En finir avec la peur et ne garder que la hâte, ce serait bien.

Steve frappe à la porte — il entre sans se presser et il parle sans s'énerver : « Si j'avais réglé ça tout seul, l'affaire d'Andy, tu m'aurais trouvé mort.

— C'est pas pareil, Steve.

— Comment tu le sais ? Tu t'en souviens même pas ! T'as p'tête promis de quoi, toi avec, pis tu t'en souviens pas.

— Je vais te promettre d'attendre de te parler avant de faire quoi que ce soit.

— Tu peux même pas promettre ça : ça va vite, des fois, se tuer.

— Je ne me tuerai pas, juré.

— Tu sais pas de quoi tu parles, Yo. Andy, c'tait comme mon frère. Ta fille, c'est ben pire.

— Ma fille a pas fait de pacte avec moi, arrête de dramatiser.

— Yo : t'arrêtes pas de te demander comment est morte. C'pas ça que tu veux savoir encore ?

— Oui… entre autres.

— Pis si tu trouves que c'est toi qui l'as tuée, quesse tu vas faire ?

— Moi ?

— Ben oui ! Pourquoi pas ? Toute se peut !

— Non : j'étais sa mère !

— La mienne aurait pu me tuer facile ! Pas la tienne ? »

Elle n'aime pas beaucoup la direction que prend la conversation et elle le lui dit. Ce qui ne démonte pas du tout Steve : « C'est jusse pour que tu voies où tu t'en vas avec tes histoires.

— Tu penses que j'ai tué ma fille, Steve ? Sérieusement ?

— T'as l'air de dire qu'on sait pas parsonne qui que t'es. Tant qu'à pas le savoir, on peut penser ce qu'on veut.

— Raison de plus pour savoir qui je suis au plus sacrant.

— Pas tu-seule.

— Mais qu'est-ce que j'ai fait pour que vous vouliez tous me protéger de même ?

— Tu fais des niaiseries, Yo, c'est toute ! J'en ai assez faites pour les reconnaître quand y passent.

— T'en es pas mort, laisse-moi faire les miennes !

— J'suis pas mort parce que t'étais là, Yo. »

Il est tellement honnête, tellement brave à la fixer de ses beaux yeux sombres. Elle s'assoit face à lui, découragée.

« J'ai un psy à qui je fais confiance, j'ai vous deux que je peux appeler quand j'en aurai besoin. T'avais besoin d'autre chose que moi, Steve. T'étais isolé, enfermé avec ton pacte. Moi, je veux m'isoler pour… défaire les nœuds qui m'empêchent de faire ma vie comme je veux. C'est pour me libérer, pas pour m'emprisonner. Et je suis certaine de ne pas avoir tué ma fille.

— Comment tu peux l'être ?

— Penses-tu que je pourrais te faire du mal volontairement, Steve ?

— Penses-tu que je te laisserais faire ?

— Tu comprends ce que je te dis : mes secrets sont probablement pesants, mais pas meurtriers. T'es pas mon fils et jamais je laisserais quelqu'un te faire du mal. Imagine Ariane…

— Bon, O.K., disons que c'pas toi, j'haïs ça pareil.

— Je le sais. Mais ma porte de sortie à moi, Steve, c'est pas le suicide, c'est l'oubli.

— Tu trouves-tu ça rassurant de me dire ça ? Crisse ! Tu veux pas te souvenir ! C'est comme de dire que tu veux te tuer.

— Non, je veux être chez moi dans ma vie. »

Il n'y a pas quatre routes pour aller à la liberté.

Elle le sait aussi bien que le poète qui a dit cette phrase et dont elle cherche le nom.

Le chemin est devant nous, simple comme aujourd'hui,
Il n'y a pas quatre routes pour aller à la liberté.

Même les poètes, il faut les faire taire. Il faut qu'elle entende sa voix à elle, son souffle et ses pauvres mots. Ensuite, une fois sa vie réappropriée, elle pourra les relire et les laisser nommer toutes les prisons et tous les murs qu'elle a mis tant d'ardeur à élever entre elle et la vie.

Steve est bien silencieux devant elle… et bien partagé. Elle prend sa main : « Y a des bouts qu'on fait tout seul, Steve, tu le sais. »

Il retire sa main, mécontent : « Je me demande pourquoi Jean-Louis te laisse faire !

— Parce qu'il m'aime et qu'il me fait confiance.

— Ah ouain ? Ben, y va falloir qu'y m'explique ça ! »

La conversation sera musclée… mais elle comprend que Steve accepte de partir.

« Crisse t'es pas reposante, Yo ! »

Elle est d'accord avec lui et promet d'essayer de le devenir.

Chapitre six

Dire

Premier jour

Je ne sais pas si je peux retrouver mon passé. Peut-être a-t-il été englouti, comme le vaisseau de Nelligan. L'esprit de Nelligan.

Peut-être l'ai-je tué pour ne pas mourir.

Peut-être tant de peut-être qui ne m'avancent pas gros.

Je sais que je dois essayer.

Une dernière fois.

Et au matin, comme la chèvre de monsieur Seguin, je me coucherai dans l'herbe tendre et laisserai le loup de l'oubli me dévorer.

Non — j'ai l'impression de ramper dans ma vie depuis si longtemps.

> ramper de honte
> ramper de peur
> ramper pour m'insérer entre le sol et le plancher
> il y a ce poème qui commence par *Laisse-moi ne plus te voir*
> eh bien, moi, je veux voir
> je veux me voir
> je veux voir ma fille son origine
> > sa naissance
> > sa mort
>
> je veux voir
> savoir

Pour ne pas voir dans l'épaisseur des ombres
Lentement s'entrouvrir et tourner
Les lourdes portes de l'oubli

Pauvres poètes que je ne sais pas nommer. Leurs mots me traversent comme des souvenirs volatils, comme des éclairs de lucidité qui s'éteignent dès que je veux les saisir.

Ma vie a commencé avec la poésie. Sans elle, je serais disparue. Pas morte, mais éteinte. Endormie dans le champ stérile de l'ignorance.

Je suis née à dix-sept ans, quand j'ai aimé Francis. Je suis née à dix-huit ans, quand Francis m'a prise sur la céramique blanche et noire de la salle de bains.

La première fois, une femme est souvent prise. Ensuite, elle prend.

Malgré le remords d'avoir touché l'homme de ma mère, de m'en être éprise, c'est lui qui m'a prise.

> Je joue avec les mots pour perdre du temps
> Les réviseurs peuvent se permettre
> cette distraction
> Pas les poètes.
> Les poètes vont droit au but et nomment
> implacablement chaque meurtre
> et chaque renoncement. Chaque oubli.
> Ils ne perdent pas de temps — les mots sont
> rares, la parole, mesurée.
> Les poètes jouent ailleurs, sur d'autres
> instruments que les mots.
> Les corps, les cavités du corps — les spasmes du
> plaisir charnel
> Francis savait.

Je pense que Francis aimait mon corps, ma passion, ma jeunesse, mon total abandon de jeune animal dompté par son seul maître.

Mais il n'aimait pas qui j'étais.

Et je n'aimais pas qui j'étais.

C'était donc une parfaite entente.

Collusion — lui et moi contre moi, et non pas lui et moi contre ma mère.

Il retournait la voir. Au début, il venait me voir, moi, la fille de Lilianne, la dégénérée.

Après, quand il était avec moi, il allait la voir, elle.

Et quand notre fille est née... je ne sais pas.

Je reprends.

Je suis née à dix-sept ans, nommée par la bouche de Francis posée sur la mienne, affamée de la mienne.

Ma mère me haïssait. Bien avant les baisers brûlants que Francis posait sur toutes mes lèvres.

Ma mère me détestait. La fille ingrate qui n'a pas su la sauver. La moins belle que l'autre, moins vive, moins scintillante. Moins bébé aussi, moins égocentrique, mais quel intérêt pour une égocentrique qui ne s'en souciait pas, de toute façon?

Et quand Vivianne l'a quittée, elle m'a haïe de rester.

Et quand Francis l'a quittée, elle a voulu me tuer.

Elle doit avoir voulu me tuer.

Ce serait normal qu'elle l'ait voulu.

J'ai cherché ma place dans les bras de Francis. J'ai écarté ma mère de ces bras et m'y suis couchée sans remords.

Alors que je savais ma mère vacillante, fragile, mourante de l'affront de Francis.

Affront, j'ai écrit *affront*...

comme si le cœur était une affaire d'orgueil

comme si être désertée veut dire seulement être humiliée.

Pour ma mère, oui.

le cœur et l'orgueil — même muscle qui pompe à même le regard de l'autre.

Pourquoi est-ce que je nie que cette victoire sur ma mère n'ajoutait pas à mon plaisir?

La vengeance m'enlèverait beaucoup de mérite, je pense.

Je n'ai pas eu conscience de me venger d'elle.

Ni de mon père enfui à cause d'elle. Tout appartient à ma mère, c'est donc elle qui me dépossède, elle qui me vole.

Tu m'as volé mon enfance.

Tu m'as retiré mon père.

Tu m'as saccagé mes quinze ans à force de te plaindre et de pleurer?

Alors, je te ferai mal à mon tour et tu regretteras de ne pas m'avoir vue.

Le plus petit que soi peut faire mal, tu verras, Lilianne.

Faire mal ne fait pas de bien.

Je le sais. Faire mal fait mal.

Quand Francis est apparu dans ma vie, je ne savais pas aimer.

C'est lui qui m'a montré.

Le rire de Francis.

C'est lui qui m'a montré.

Mon père, mon Œdipe? Je m'en fous, ça ne me dérange pas, même si c'est ça. Je l'ai aimé.

J'ai assez transgressé en volant ma mère, ce n'est pas l'image du père absent qui va me faire reculer.

Je l'ai aimé comme on peut aimer un homme qui nous fait femme.

Rien d'enfantin, rien de soumis, rien d'aliénant. J'ai su comment le rendre fou, monter à l'assaut de ses désirs, le faire trembler, le faire juter, le mener au cœur de ma peau de femme heureuse.

Francis me rendait heureuse.

Pour quelqu'un qui ne s'aime pas, être enfin envahie, submergée, noyée de plaisir, c'est comme être aimée.

Par la vie

Par le plaisir

Et par l'homme qui nous donne ce plaisir.

J'ai toujours aimé le plaisir.

Je n'ai, je crois, jamais aimé avant l'accident… mais j'ai beaucoup joui.

Ceci vaut bien cela.

Dans aimer, il y a immoler pour moi.

Abraham se tient toujours près du verbe « aimer ». Ce père infâme qui accepte de tuer son fils parce que Dieu le lui demande, je le méprise et je ne l'accepte pas.

Barbares, dégénérés, vicieux, obscènes : voilà ce que je pense d'Abraham et de Dieu. Même si Dieu nous le demande poliment, on ne tue pas son enfant.

J'ai été un enfant.

J'ai eu un enfant.

Pour rien au monde, pour aucune autorité divine ou humaine, je n'aurais sacrifié ma fille. Personne. Et surtout pas cette enragée qui rue dans les brancards parce que je suis partie avec Francis.

Je me trompe encore, c'est Vivianne qui rue, pas ma mère. Vivianne qui hurle, pas Lilianne. Les deux s'amalgament, finissent en une seule entité : une mère-sœur haineuse qui veut ma mort. Disparais ! Éteins-toi ! Oublie-nous !

Étrangère à notre race, tu n'es pas des nôtres.

Eh bien, savez-vous quoi ? Je n'y tiens pas. Pas du tout. Je serai ravie de m'apprendre d'une autre race.

Francis n'était pas de la race de Lilianne. Il s'est égaré avec elle — s'est perdu et s'est fait prendre à ses malheurs, à ses complaintes.

Élégies. Tu te souviens, Francis, tu disais d'elle : « L'élégie

Lilianne» et tu contredisais Musset et son… *Les plus désespérés sont les chants les plus beaux,*

N'avons-nous eu que des guerres? Celles que ma mémoire consent à me transmettre?

Guerre contre le désir, l'attirance.

Guerre contre la reddition du désir.

Guerre contre Vivianne
> contre Lilianne
> contre Ariane?

Que s'est-il passé quand elle s'est annoncée?

As-tu voulu fuir, me renier, m'abandonner?

As-tu voulu ta fille que tu n'as pas reconnue, espèce d'Abraham!

Bon, je n'insiste pas.

Nous y reviendrons, Francis, tu n'y échapperas pas. Je n'ai pourtant jamais été fière de notre histoire. Ça puait la tragédie. Et même si Andromaque m'est restée en mémoire, je n'aime pas tellement la tragédie.

> *Songe aux cris des vainqueurs, songe aux cris des mourants*

Je viens de nulle part

Je n'ai nulle part où aller

Mon père n'était rien aux yeux de ma mère

Et je t'ai aimé, toi qui étais tout à ses yeux.

C'est avec ma mère que je voulais coucher? Je vois d'ici Cantin nous régler ça pour un inceste par procuration. Pas plus cher.

Voilà qui serait une tragédie.

Notre histoire est plus mesquine et plus vraie: en entrant chez ma mère, tu es entré dans ma maison et je t'ai aimé. Et tu ne me voyais pas.

Je te l'ai (non, me suis) montré(e) dans un baiser.

Et tu t'es mis à me voir et à me désirer.

Je n'ai jamais voulu que ma mère le sache. J'en suis sûre. J'en jurerais. Jamais.

Même quand elle l'a su, je voulais que tu le démentes.

Quitte à partir. Quitte à retourner chez elle.

Le jour où Vivianne est venue nous mépriser, nous accuser et nous condamner, je t'ai laissé partir vers ma mère parce que je ne voulais absolument pas qu'elle le sache.

Voilà pourquoi ce n'est pas une tragédie.

Se venger, ce serait souhaiter que l'autre ait mal et sache par qui elle a mal. D'où vient le couteau qui la tue.

Je ne le voulais pas. J'en suis sûre. Non, je n'ai pas de souvenirs qui le prouvent.

Mais je vais le prouver et tuer le doute et l'étau que la seule pensée d'avoir voulu tuer ma mère provoque.

Peut-être que, sans l'aimer, c'était ma mère quand même.

Aussi injuste, cruelle, vindicative et exténuante qu'elle ait été, c'était ma mère.

Et peut-être que l'aimer autant était dangereux.

Mais je ne peux quand même pas prétendre avoir aimé quelqu'un que j'ai trahi à ce point ? Elle rirait bien, Lilianne, d'entendre ça !

Moi-même, si je n'étais pas si confuse, je rirais.

Deuxième jour

Songe, songe, Céphise, à cette nuit cruelle
Qui fut pour tout un peuple une nuit éternelle
Deux alexandrins, deux fois douze pieds bien comptés.
La tragédie, c'est aimer et haïr à la fois.

J'ai relu *Andromaque* — elle voulait coucher avec l'homme qui a tué son mari et qui voulait tuer son fils et sa race.

Elle le voulait et le haïssait.

Devoir de haïr. Puissance d'aimer.

Lilianne, ma mère.

Vivianne, ma sœur.

Ces femmes, ma famille, mon peuple, mon origine.

Devoir de les aimer.

J'ai trahi. Et ceux qui trahissent seront trahis.

Ma mère m'a maudite. Je m'en souviens, c'est un fait.

Avant Francis, avant de savoir que je l'achèverais, elle m'a maudite.

J'avais treize ou quatorze ans, elle était en pleine dépression, soûle de peine, incontrôlable. Vautrée dans le chagrin, comme un chien se roule dans la neige.

Égarée, absente, voilée de dépression, elle ne me cachait rien, n'avait honte de rien devant moi, et elle m'expliquait à quel point j'étais incompétente et inutile.

Vaine.

Et je rêvais de partir, de la planter là et de m'enfuir.

Comme c'est étrange, je me sentais coupable, mauvaise de vouloir l'abandonner.

Comme mon père avait fini par faire.

Mon père, l'exclu, celui qui ne convenait pas. Tu n'es pas des nôtres.

Et je suis restée. L'orgueil sans doute — il faut bien hériter de quelque chose — l'orgueil de ma mère dans mon entêtement à rester près d'elle. Alors que rien venant de moi ne pouvait l'aider.

Je ne suis pas née à dix-sept ans.

Je suis morte à douze ans. Morte de dépression — pas la mienne — la guerre de ma mère

Morte de ma mère

Tuée par la négation

Tu n'es pas — signé, ta mère.

Tu nais pas — celle qui nous met au monde ne peut pas nous reprendre du monde.

Quel que soit l'enfer de ce monde, ce serait cruel, absolument pas humain.

Je suis née

Je suis morte à douze ans

Je suis née à dix-sept ans

Je suis morte à vingt et un ans

Je suis née à cinquante-sept ans

Je ne veux plus mourir.

Il manque quelques années. De zéro à vingt et un ans, à la mort d'Ariane, ça va, je pense que j'ai le croquis. De vingt et un à trente-deux ans, mystère. Et de trente-deux à cinquante-sept, je suis retournée dans le purgatoire des dépressifs. Gaston, Annie, que pouvaient-ils donc représenter comme bouées à mes yeux?

Ne pas voir avec mes yeux d'aujourd'hui.

Regarder avec mes yeux désenchantés, ceux d'une fille maudite, anéantie, dont la fille est morte.

Tuée.

On l'a tuée. *C'est eux qui m'ont tué…* encore un poète… *Il y a certainement quelqu'un qui m'a tuée…* Saint-Denys Garneau. Non, Anne Hébert, plutôt… ou les deux… elle a associé deux poèmes. Oui, il y a quelqu'un qui m'a tuée et le fantôme est allé dormir dans des bras indignes parce que ces bras avaient une enfant et que n'importe quelle enfant, n'importe quelle peluche pouvait faire illusion? Étais-je si perdue? Si morte que je n'ai pas vu? Pas vu qu'Annie était comme ma mère — dépressive, aliénée, fille d'alcoolique et marquée par le besoin?

Je ne suis pas allée vers Ariane en allant vers Annie, je suis allée vers moi.

Si quelqu'un m'avait tuée en tuant ma fille, je me ressusciterais en sauvant une autre abandonnée. Une désespérée qui n'était pas née.

Une comme ma mère.

Pas comme Ariane.

Une semblable à ma mère que je sortirais du trou, cette fois? Quelle inconscience!

Comment ai-je pu le croire? Quel orgueil de recommencer encore la même erreur en pensant que, cette fois, j'y arriverais.

Qu'est-ce qu'on peut pour notre ami
Qui souffre une douleur infinie.

Rien! Quand est-ce que je vais le comprendre? Me le clouer dans la tête et dans le cœur? Rien. Je ne peux rien pour les sauver, les épargner. Je n'ai pas pu sauver l'être le plus rieur, la fille la plus succulente, la plus ravissante du monde — je n'ai rien fait pour l'extraire de mains ennemies, pourquoi aurais-je pu sauver une enfant triste? Pour m'extirper de ma tristesse?

Je n'étais pas triste. Absente. Morte. Lointaine et protégée — oui.

Triste — non.

Je me suis glacée, je suis devenue froide, inatteignable, inaltérable.

Voilà pourquoi être avec Gaston ne me dérangeait pas.

J'étais avec Annie. Je l'ai trompée, je l'ai abusée, autant que son père et sa mère.

Ce que la fuite éperdue peut nous faire faire !

On se croit sauveur, en mesure d'aider — on camoufle notre impuissance en massacrant un enfant. Un autre enfant qui paie pour nos illusions, pour notre course effrénée à la réparation.

Réparer la mort d'Ariane par la vie d'Annie ? Étais-je naïve ou désespérée à ce point ? Ai-je cru un instant que ça marcherait ? Dieu du ciel, faut-il vouloir s'aveugler ! C'était ma mère, cette enfant. Encore et toujours ma mère. Qui veut que je la sauve pour pouvoir courir vers Vivianne, sa vie. Annie qui me veut et qui veut m'appeler maman, et tout ce temps, elle appelle l'autre, la vraie, celle dont on ne se remet jamais.

Maman. Je ne dis jamais ce mot. Ce mot est à ma fille.

Maman. Le premier « ma-man » d'Ariane. Elle pleurait, ses dents poussaient, ses joues étaient roses de fièvre. « Ma-ma » ! en mordillant la débarbouillette gorgée d'eau qui soulageait ses gencives. La joie. La joie comme la pluie dans le désert. Merveille de ces yeux bleus qui me nommaient, me reconnaissaient. Petite merveille d'Ariane que j'ai bercée, enveloppée d'amour. Je n'étais qu'amour avec elle. Je n'étais que beauté dans ses yeux. Ariane, ma fille, mon adoration, ma perfection absolue. Je t'aurais suivie au bout du monde pour te protéger, t'aimer et te rendre heureuse.

Toutes ces promesses que l'on fait au-dessus d'un berceau, tous ces engagements que l'on prend en se penchant vers la tête humide de son bébé naissant, je les ai faites, je les ai pris, et je me suis montrée incapable de les tenir. Impuissante. Indigne.

Traître. J'ai trahi ma fille.

J'ai trahi ce que j'avais de plus précieux, de plus vrai, de plus vivant.

J'ai laissé la mort te piétiner. Quelle importance que j'en sois morte ? Ça ne t'a rien donné, Ariane. Ça ne t'a pas réconfortée du fond du tombeau que quelqu'un frappe la terre de ses poings. Je peux m'exciter tant que je veux, je n'y pourrai jamais rien.

Rien.

Rien — encore et toujours rien.

Une statue, une roche — du calcaire — le cœur rigide.

Pourquoi ne me suis-je pas tuée?

J'étais morte.

Il n'y avait plus rien — ni sang, ni salive, ni larmes — sèche et stérile.

Vidée de ma substance, vidée d'Ariane. J'étais morte et je ne me suis pas tuée. Pourquoi? Pourquoi tenir, s'accrocher, pourquoi serrer les dents et rester là à me vitrifier, à m'entêter? Que restait-il à prouver, à prendre? Pourquoi rester?

J'espère que je le savais, parce qu'aujourd'hui, vu d'ici, c'est insensé.

On se tue pour moins que ça.

Ma mère et ses menaces continuelles, ses visions morbides, ses projets inachevés.

«Un jour, tu vas me trouver morte en rentrant de l'école.» Morte ou vivante, c'était pareil. Le mal était fait. Elle m'avait eue dans ses filets.

Me suis-je dit que morte ou vivante, c'était pareil? Endurer de perdre Ariane, de vivre dans un monde éteint, sans vie, un monde glacé où la douceur et l'odeur de mon bébé seraient disparues à jamais — ce n'était pas pareil!

J'ai cinquante-sept ans et je sens encore le trou dans mon ventre. Je sens encore le manque d'elle!

Comment ai-je pu me dire que ce serait du pareil au même? C'était atroce. C'était un supplice de tous les instants. Comme si mes os s'effritaient en hurlant son nom! Des acouphènes qui hurlent «Ariane» sans arrêt. Pourquoi rester? Vivre cette torture? Pour prouver quoi? À qui?

Encore aujourd'hui, je l'entends mon «pas question de me

tuer». Cela aurait été accorder une victoire à quelqu'un! À qui? Encore à elle? Ma mère?

Peut-être… peut-être que j'avais envie de me démarquer, de ne pas être de sa race à elle. Ne pas faire ce qui lui aurait donné raison. Peut-être s'est-elle tuée, finalement. À la naissance d'Ariane. Pourquoi pas? Et alors, à la mort de ma fille, pour ne pas concéder une victoire supplémentaire à celle qui a dû maudire ma fille, je suis restée debout à attendre que la vie passe et me recouvre de sable. Debout. Morte, rigide — mais debout.

Une forme achevée de désespoir. Rester vivante, quel que soit le supplice. Ne jamais adopter la solution maternelle.

Où était Francis? Le 3 juin 1972, où était le père d'Ariane?

Je me revois accroupie par terre, en train de ramasser des jouets. Le joyeux désordre d'Ariane.

Il est au-dessus de moi — il arrive avant l'heure. Avant son heure.

Il n'est pas allé au parc. Il m'a menti. Je hurle: «Tu m'as menti!», je hurle et je le frappe et je veux le tuer! Je ne veux plus jamais le voir. Je ne veux plus voir personne.

Je me souviens d'avoir compris qu'elle était morte avant qu'il ne me le dise, d'avoir lutté à même son corps en le cognant, le martelant — jusqu'à ce que je coule par terre.

Une flaque. Un ruisseau, liquéfiée, j'ai pleuré mon sang, j'ai pleuré tout le liquide de mon corps et je me suis statufiée.

Fini. Plus rien. Ne pas me tuer — seule règle. Seule obsession: ne pas me tuer.

Je ne me tuerai jamais. Cantin peut écrire dans mon dossier: absolument pas suicidaire. Tout le contraire. Je suis une obstinée de la survie. À n'importe quel prix. Il n'y a rien pour l'achever, celle-là! N'est-ce pas, ma chère mère? Rien. Surtout pas toi. Jamais. N'y compte pas.

Vous avez eu Ariane, vous n'aurez pas le reste. Je témoignerai jusqu'à ma mort.

De quoi? Contre qui? Contre toi, Francis?

Quand Ariane est morte, tu es mort pour moi. Je n'ai plus eu d'amour, il n'y avait plus rien que de la haine et de la rancœur contre toi. Tu as disparu de ma vie. Je l'ai exigé. Es-tu retourné avec elle, ma mère? Je m'en fous encore. Sans savoir pourquoi, je te hais encore. Tu as dû la tuer. Tu as dû la laisser courir vers une voiture, se casser le cou en tombant de la balançoire. Ton incompétence est en cause. Sûrement.

L'as-tu tuée? Réponds-moi!

Comment pourrais-je témoigner si je ne me souviens pas?

Trop lourds. Il y a des souvenirs qui sont trop lourds. Des entraves aux mains et aux pieds. J'ai profité du coma pour échapper à ma tâche. La rescapée des camps qui trahit les siens — ceux qui sont morts — en oubliant. Le devoir de mémoire. Trop lourd pour mon dos.

J'ai consenti à oublier. J'ai trahi, moi aussi. Aussi traître que toi, Francis. J'ai fait vingt-cinq ans de travaux de réparation, et ensuite, je me suis retirée du monde des vivants en devenant un des morts de la mémoire. Un suicide permis. Un détour, une entourloupette: je vis, mais je n'y suis plus. Après le cœur, la tête. Et je me déshabiterai ainsi, pièce par pièce, organe par organe. Et je serai morte, et personne n'y verra rien. Astuce digne de ma mère. Elle est morte et je n'en éprouve aucun soulagement. Aucune joie. Dommage que je la laisse vivre librement au fond de moi. Elle gambade. Elle va à l'aise, plus contente qu'elle ne l'a jamais été. Vainqueur. Elle m'a vaincue.

Songe aux cris des vainqueurs, songe aux cris des mourants

Pauvre idiote que je suis, vivre comme ça, c'est encore lui donner raison, c'est encore lui accorder de l'importance.

Je voudrais qu'à partir d'aujourd'hui elle meure à jamais.

Qu'elle s'enfonce dans la nuit des temps, et que rien en moi ne subsiste pour témoigner d'elle. Étrangère à sa race, adoptée, mésadaptée, je ne veux plus tenir quoi que ce soit d'elle.

Ni amour, ni haine, ni abandon, ni pardon. RIEN.

Me détacher d'elle, la lâcher et la laisser crever.

On m'a arraché ma fille, on m'a arraché ma vie, qu'on retire le cadavre de ma mère de mon cœur. Il pue. Il se putréfie. Il m'empoisonne.

Laissez-moi ma fille — rien en elle ne pue ou ne tue — ma fille était l'aurore.

« Si on n'avait pas gaspillé à jamais ce prénom ici, on l'appellerait Aurore. » Oui, je me souviens de ce prénom qu'on adorait, sauf pour la suite qu'on lui avait donnée au Québec : l'enfant martyre. C'était donc bien son prénom, finalement. On lui avait épargné le vocable, mais pas le destin.

Francis était totalement envoûté par sa fille. Un père adorateur. Un père incapable de résister au moindre pleur, à la plus petite supplique de son Ariane. Il aimait sa fille. Et je l'aimais de l'aimer. Ces deux ans ont été des années de rire et d'émerveillement. Francis savait répéter tous les sons incompréhensibles d'Ariane, dans l'ordre et sur le même ton. Et après, il lui tenait de longs discours dans la même langue. Les séances du souper ! Le temps qu'il mettait à la regarder manger toute seule, répandre partout son repas et n'en grappiller que des miettes. « Laisse-la faire, elle veut régner sur sa vie. Régner sur nous, c'est pas assez ! »

Régnante, elle l'était, notre fille. Sur le cœur de son père, sur le mien. Les souvenirs de ce temps heureux me reviennent enfin par centaines. Francis qui habille sa fille, l'enveloppe de couvertures et l'emmène en traîneau au parc Lafontaine. Francis endormi, lunettes sur le nez, Ariane collée sur lui, un livre ouvert que sa main alanguie laisse tomber. Francis qui contemple « sa félicité », en me regardant nourrir Ariane.

Félie, il m'appelait Félie — pour absolue félicité, pour féline. Je ne peux pas croire que j'ai été cette féline. Et pourtant…

Tigre adoré, monstre aux airs indolents… sa voix me murmurait ces mots des autres — après l'amour, dans la lumière qui baissait sur mon corps.

Un soir, c'étaient ses mots, je m'en souviens, « Féline félicité », et tant d'autres… Comment ai-je pu écrire qu'il ne m'aimait pas vraiment ? Par pure méchanceté. Pour ne rien lui reconnaître, comme une malveillante. Il faut donc que ce soit tout l'un ou tout l'autre, dans mon esprit ? Je m'aimais peu. Il m'aimait et, du temps où Ariane vivait, j'ai bien failli succomber et me mettre à m'aimer. Un cocon de félicité, voilà ce qu'était notre appartement avec Ariane. Elle hurlait, et il chantait « Toi, ma p'tite folie, mon p'tit grain de fantaisie… » Je revois Ariane avec sa lippe qui le regarde, stupéfaite d'être si peu prise au sérieux dans sa détresse.

Francis était heureux. Totalement. Et il me protégeait. « Va dans les bras de ta tigresse de mère et je vais aller répandre la poésie sur les enfants endormis du cégep. Quelle honte, Félie, tu as presque leur âge ! Ton père est un monstre, Ariane, un monstre monstrueusement heureux ! » Et adoré. Je l'adorais. Je prenais ma fille et elle jouait avec les crayons, les mangeait, bavait dessus, pendant que je faisais mes travaux d'université.

Il y avait toujours un peu de bave sur mes pages. Je me souviens de ses dents comme d'une interminable goutte sur le menton de ma fille. Ça en fait du jus, une seule dent ! Ma gigoteuse qui voulait toujours mettre ma feuille dans sa bouche. J'avais beau te donner une belle feuille neuve, c'est celle sur laquelle je travaillais qui t'intéressait.

Je revois les chaussures que Francis t'a rapportées après tes premiers pas. Tu les as faits en mon absence ! « Pour moi tout seul. Excuse-nous, Félie, on avait très envie de courir, ici. La reine fait ce qu'elle veut, mais elle a dit maman avant de dire papa ! »

Et on l'a attendu, ce « papa » : après « lait » et « jus ». Francis disait que « maman », c'était une sorte de liquide pour elle.

Viens sur mon cœur, âme cruelle et sourde,
Tigre adoré, monstre aux airs indolents ;

Et il me buvait — « Je vais te déguster jusqu'à la dernière goutte ! » Et si Ariane se réveillait, tu allais la chercher et la posais dans notre lit, sur mon corps encore humide de tes baisers

— « indécente félicité » — et notre fille s'endormait toujours très vite, « gagnée par la torpeur de ses parents », voilà ce que tu disais.

Pourquoi avoir oublié des moments si heureux qui font tant de bien ? Ont-ils été déchirants à cause de leur fuite ? Était-ce assez pour les effacer ? Il fallait que je te haïsse totalement, je suppose. Me souvenir de toi heureux, c'était encore trop t'accorder ? Comment, par quoi as-tu mérité tant de rejet ? Je vais te dire, Francis, je ne veux pas m'en souvenir aujourd'hui. J'aime trop ce que je me rappelle pour ternir tout cela avec encore de la haine. Et si tu m'as dit d'horribles choses, aujourd'hui, je ne veux pas me les rappeler.

Attendons à demain pour la destruction, veux-tu ? Aujourd'hui, le temps est doux, un peu de gris étouffe la ville et il va neiger. Je vais aller me promener et penser à vous deux et profiter de cette douceur inespérée — le temps d'Ariane a été un temps parfait… pour nous trois.

Je comprends très bien qu'on ne se remette pas de perdre cette félicité. Félie, ma Félie… Félie. Tu m'as tout appris, Francis, toute la puissance du corps, sa terrifiante capacité de jouir, de s'imploser. Tu m'as intoxiquée d'amour. Non, c'est toi qui disais ça ! Pas moi. « L'intoxiqué, l'affamé, l'assoiffé, ma source, mon miel »… j'essuyais ton menton quand tu remontais de la source, ivre de moi — « Félie, je suis soûl de toi… le bateau tangue. »

Qu'ai-je fait de toi ? Francis… regarde-moi. Où es-tu ? Mort ? Parti ? Enfui ? Où es-tu ? Il n'y a qu'une personne au monde qui devrait me dire comment elle est morte, et c'est toi.

Et je te haïrai encore une fois. Et je t'abandonnerai encore une fois.

Je sais, c'est probablement injuste, mais je n'y peux rien. Tout ce que tu es me hurle mon échec. Et t'aimer serait accepter l'inacceptable.

Le pire, Francis, c'est que je suis sûre que tu l'as compris. Et accepté.

La fin de la félicité. L'aurore s'est éteinte et le soleil n'était pas levé. Le soir, ce jour-là, est tombé très tôt. Et il a régné comme, avant, Ariane et le soleil régnaient.

Tu ne l'as pas tuée.

Tu ne l'as pas protégée du danger.

Tu l'as emmenée loin de sa tigresse de mère et tu l'as laissée mourir. Je ne me le suis jamais pardonné. Comment pourrais-je te le pardonner? J'ai tenu sans toi. Je suis restée debout sans toi. Et sans elle.

Pourquoi l'hiver et la neige me semblent-ils régner sur ces souvenirs? Elle est née l'été. Elle est morte deux semaines avant son deuxième anniversaire, encore l'été — pourquoi est-ce qu'il neige toujours sur Ariane?

Je sais pourquoi nous ne l'avons pas appelée Aurore, mais pourquoi Ariane? Non, pas aujourd'hui. Je sens que ce prénom fait partie du côté moins lumineux. On n'appelle pas sa fille Ariane quand on a une mère et une sœur qui s'appellent Lilianne et Vivianne. C'est vouloir qu'elle leur appartienne.

Je n'ai jamais désiré une telle horreur, Francis?

Non, je vais marcher. Je me sauve et je le sais.

Il est tard. J'ai beaucoup marché, je suis transie. J'ai froid plus loin que ma peau ou que mes os. J'ai froid à l'âme. À toi. Je me suis souvenue du jour de décembre où je t'ai annoncé que j'étais enceinte. Il neigeait et tu parlais de l'été, le plein été où cet enfant naîtrait. « Félicité accouche de la joie. » Ce décembre où tu t'es installé définitivement — tu n'as pas parlé d'elle, tu as quitté cette mère amère pour la félicité. « J'ai assez donné à la culpabilité. » Tu as si souvent cité ces vers dont j'ai oublié l'auteur:

Nous nous sommes montrés
Plus glorieux de nos blessures
Que des victoires éparses
Et des matins heureux

Fini, le règne de la mélancolie: tu accueillais l'aurore sans nostalgie de la nuit. Francis heureux. Je me souviens combien tu tenais à m'enseigner à être heureuse. Le premier devoir d'une mère. Comme j'étais d'accord! Je voulais exactement cela pour notre fille.

Et puis Vivianne est survenue. Notre mère savait aux mains de qui elle avait perdu Francis. Et tu es allé la voir, essayer de la calmer. Dieu sait ce qu'elle t'a dit — tu as eu peur. Je l'ai vu dans tes yeux quand tu es revenu.

Tu m'as fait promettre de ne pas essayer de lui parler. « Ta mère est folle et c'est de ma maudite faute! »

Oui, ma mère était folle et j'avais honte. Pourquoi est-ce qu'on s'imagine toujours qu'on peut faire quelque chose contre la honte? S'excuser, reculer, expliquer, demander pardon. Je me souviens d'avoir totalement partagé ta culpabilité et de t'avoir laissé aller vers elle de temps en temps. Tu revenais blême de rage, convaincu de l'inutilité de ces visites. C'est moi qui insistais. Moi qui le demandais. Je ne pouvais pas devenir mère en voyant ma mère se noyer. J'avais besoin de paix. Je voulais en finir avec cette interminable lutte. Quand je t'envoyais près d'elle, j'achetais ma paix.

Après sa visite surprise, je n'ai jamais revu Vivianne non plus.

Je ne les ai jamais revues.

Je ne sais pas pour toi.

Je ne pense pas.

Deux mois avant la naissance de notre fille, tu as cessé d'aller voir ma mère. Je n'arrive pas à me rappeler pourquoi, comment ça s'est fait.

Tu t'es fâché — je me souviens que c'était une chose rare, exceptionnelle entre nous — tu t'es fâché et tu as dit: « Ni toi ni moi. Ça suffit! »

Quand elle est née, Ariane me ressemblait et elle avait tes yeux. Quand j'ai dit: « Ariane », j'ai été étonnée. Toi, tu as refusé.

Je voulais le faire, lui donner quelque chose de mon bonheur. Ça a tellement l'air idiot, vu de maintenant. Je m'en voulais, je suppose, d'être si heureuse, alors qu'elle, ma mère... je ne vois pas comment j'ai pu le faire, sinon. J'ai insisté. Tu as accepté parce qu'Ariane est celle qui savait sortir du labyrinthe dans la mythologie, et que ça prendrait une magicienne comme elle pour nous extraire du labyrinthe de nos erreurs.

Et j'ai refusé que tu la reconnaisses. Francis, j'ai refusé. Ce n'est pas toi, c'est moi qui ai dépossédé ma fille de son nom. Pour elle. Pour ma mère. Pour que personne ne sache son indignité. Que personne ne sache que son homme était parti avec sa fille. Et qu'il lui avait fait un enfant. Que tu avais fait un enfant à son enfant.

Personne ne savait, sauf ma mère et ma sœur.

Tu as accepté parce que tu ne voulais plus avoir rien à te reprocher. Le prix à payer. Tu avais trente-sept ans et tu ne savais pas que la paix ne s'achète pas, comment aurais-je pu le savoir à dix-neuf ans? La paix avec une femme aussi atteinte ne se négocie même pas. Elle est impossible. Mais j'ai toujours aimé les paris impossibles, Francis. Regarde où j'ai mis les dernières années de ma vie! À réparer les pots cassés d'une autre mère dépassée par sa misère. Et je n'ai fait que du tort. À toi. À Ariane. À Annie.

Si tu existes quelque part, Francis, je te demande pardon. Ce qui me tue, ce qui m'écœure profondément, c'est que c'est en demandant pardon à ma mère que j'ai appelé notre fille Ariane. Même avec ma mémoire entière, je me trompais tellement, j'avais si peu de lucidité. Pourquoi est-ce que je n'étais pas capable d'accepter ma mère comme elle était, de fermer le dossier et de m'enfuir loin d'elle avec toi et notre fille? Pourquoi toujours en rajouter et argumenter?

Elle ne m'aimait pas.

Elle t'aimait.

Elle me haïssait encore plus, j'en suis certaine. À quoi servait de lui faire une offrande pareille?

Ça ne me rentrait pas dans la tête, c'est ça? Il fallait que je fasse un Abraham de moi-même et que je sacrifie mon seul bonheur à l'amour du malheur de ma mère ? Quelle conne ! Imbécile, idiote !

Pourquoi m'as-tu laissée faire, Francis ? Toi qui pouvais tomber amoureux d'un nom.

« À l'énoncé de son nom. »

Quoi ? Pourquoi j'écris ça ? Je délire, maintenant ? Comme elle ? Tu m'as dit ça… à cause de Vivianne et de Villeneuve… Tu disais : « Ta mère ne connait pas l'euphonie : Vivianne Villeneuve, c'est un massacre pour l'oreille. Ça ne s'est pas arrangé avec toi : elle a vraiment tout fait pour fréquenter des hommes aux noms antipoétiques. Alors qu'à l'énoncé de son nom, Lilianne Grandbois, la poésie frissonne. »

Alain Grandbois, le poète des vers sur les matins heureux. Ma mère s'appelait Grandbois. Ma sœur, Villeneuve. Moi, Mailloux. Et Francis… Élie. Ariane Mailloux. Ariane Élie.

Il a eu raison de rouspéter, Francis. Ce n'était pas terrible, ce Mailloux qui coiffait Ariane. Encore un héritage de ma mère, cette faute de son ! Fallait-il que tu m'aimes pour me laisser faire.

Tu adorais Grandbois et tu pouvais être ébloui par une apparence poétique. Voilà comment tu as résumé ton histoire avec ma mère. Je n'aimais pas que tu en parles. Je détestais que ça ait existé.

En fait, j'étais malade de jalousie. Une horrible jalousie, méfiante et questionneuse.

« Ne la laisse pas saper ta confiance. Ne te montre pas indigne de toi. » Tu jugeais ma mère beaucoup plus sévèrement que je ne le faisais. Je pensais que c'était parce que tu avais mauvaise conscience. Non. Tu connaissais son peu de cœur pour moi, tu savais.

« Être incapable de t'aimer ne veut pas dire qu'elle a raison de ne pas t'aimer. Regarde-moi : j'ai tout fait pour ne pas t'aimer, regarde, je suis à tes pieds. Et tu te soucies encore de son amour à elle ? Monstre ! Inconsciente ! Viens qu'on conjugue le verbe "aimer", femme de peu de foi ! »

J'étais encore une enfant. Une affamée d'amour qui revenait constamment vers sa mère pour se faire confirmer digne d'amour et qui repartait, tête basse, cœur lourd, parce qu'elle lui répondait : tu es haïssable.

On ne donne pas un enfant pour acheter l'amour d'une mère. On ne sacrifie pas sa vie dans l'espoir de racheter une faute originelle. Être — exister. À ses yeux, je ne devais pas exister.

Après avoir pris Francis, c'était encore pire.

Je n'ai donc jamais appris ? Quel être pitoyable que cette rampante. Je trouve que j'ai bien raison de me haïr.

Troisième jour

Mal dormi — peu dormi.

Je n'aime pas ce que j'écris. Je ne trouve rien de neuf. Ou presque.

Entreprise de démolition, ce n'est pas une entreprise de mémoire.

C'est étrange, je n'ai plus peur. J'ai cette impression insensée qu'on ne peut plus me faire de mal. Comme quelqu'un qui se sent statistiquement mis à l'abri après un accident.

Si j'ai été le un sur huit, je ne peux pas devenir le un sur deux !

Raisonnement, argumentation oiseuse, niaiseuse. Je perds du temps avec les mots, pour ne pas parler de mes morts. Félie et folie.

Quelquefois, ma mère riait. De bon cœur. Avec un art des mots, une finesse, un humour tout à fait surprenants. Une embellie. Francis disait cela : « Ta mère avait des embellies », et c'est vrai qu'avant que je ne sois obsédée par lui, les mois que ma mère a vécus avec Francis ont été joyeux. C'était agréable de vivre dans cette maison.

Rieuse Ariane — petit poussin qui caquette, qui bavasse, fait son bruit de bébé heureux.

Essayons encore. Je devais écrire pour trouver d'où je viens, et je n'en finis pas de m'égarer. Quelle importance, ma mère ?

Il neige sur Montréal. La nuit est encore pesante sur le paysage et je vois qu'il neige.

Je ne veux pas me souvenir du 3 juin 1972.

Je ne veux pas perdre Ariane encore.

Je ne veux pas qu'il neige à jamais dans ma vie.

Je songe à la désolation de l'hiver

Saint-Denys Garneau m'habite depuis si longtemps. De tous les poètes, on dirait bien que celui-là parlait pour moi. Il savait mon cœur. Il entendait ma peine et il trouvait les mots pour l'apaiser. Quelqu'un t'entend. Quelqu'un dira pour toi. L'indicible. L'invisible. L'inaudible. Mon amour de petite fille. Hector de Saint-Denys Garneau. On peut dire qu'il l'avait, le nom, lui ! Hector… et revoilà *Andromaque.*

Dois-je oublier Hector privé de funérailles,
Et traîné sans honneur autour de nos murailles ?

Je ne t'ai pas privée de funérailles, Ariane, mais j'ai voulu y être seule. Comme sur ton acte de naissance. Comme sur ton acte de mort. Je sais qu'on dit « décès », mais c'est de mort quand même. Je suis seule et entière responsable de cette catastrophe. Encore l'orgueil. Et allez donc ! Seule responsable, seule punie, seule idiote et vaniteuse !

Je n'avais ni père, ni mère, ni famille à ces funérailles. J'étais seule avec ton minuscule cercueil. J'avais repoussé ton poète de père. Le sang maternel a gagné, repoussons les pères ! Pour être bien certaine que la noirceur serait intense. Parce que ça m'arrangeait. Quand on n'est rien, on s'organise pour naître à tout prix. Accouchée par le drame, elle fait couler le sang. Race maudite pour sept générations. Ma mère au nom si poétique venait de nulle part. Une perdue. Une orpheline sauvée du rien par Émile, l'homme parfait. Une enfant abandonnée sur le parvis de l'église, comme dans les romans. Une orpheline élevée par les sœurs pour servir avec les Métis du coin, les filles des Indiennes qui se sont accouplées avec des Blancs. Les traîtres qui abandonnent les enfants métis parce qu'ils ne sont pas purs. Ou parce qu'elles ont été violées? Qu'est-ce qu'on sait des ravages des Blancs chez les Indiennes? Ma mère se trouvait bien supérieure, elle était si blanche, si blonde, impossible de se méprendre. Elle a été adoptée très tard. Par les gens qui l'employaient. Elle a toujours prétendu que le mari de celle qui a insisté pour l'adopter était déplacé avec elle. Déplacé. C'était son mot. Et sa bouche devenait petite et étroite — et ses yeux regardaient au loin — déplacé... Les points de suspension étaient interprétés avec un grand art par Lilianne.

Encore elle! Elle revient toujours. M'en fous d'elle.

Les funérailles d'Ariane — en juin, le lendemain. Dès le lendemain. Je voulais faire vite, si vite. Pour ne plus le voir. Pour ne plus le savoir. Sortez ce cadavre, ce n'est pas ma fille, ce n'est pas mon sang. Pas cette inanimée si petite.

J'ai chaud, j'ai envie de partir. Je veux m'en aller.

J'ai posé moi-même la boîte blanche dans le trou — je l'ai posée en écartant les hommes payés pour le faire. Le prêtre avait cet air stupéfié des hommes dépassés, ou de ceux qui se sont trop masturbés. Tous des acteurs. Le prêtre, les employés des pompes funèbres tous habillés pour un bal, déguisés en chagrinés, ces airs absents, un peu accablés qu'ils se donnent. Déplacé.

Et ce prêtre enveloppé de mauve et d'or qui ose parler de résurrection!

Revenir? Se relever d'entre les morts? Jamais! Pour mourir encore? Pour se faire assassiner de nouveau? Jamais. Je ne laisserai jamais faire ça encore.

Sans moi, vous m'entendez? Je ne veux plus jamais entendre parler de naître encore. Une fois, c'est plus qu'assez. Une fois, pour en crever et se massacrer, ça suffira, merci.

Je l'ai enterrée et je suis rentrée. Francis avait tout vidé. Plus rien d'Ariane. Plus rien de lui. Des murs éteints. L'été se taisait. C'était l'hiver. Je suis sûre qu'il a neigé ce jour-là. Le 3 juin 1972. Et les autres jours.

Je te l'avais demandé — ordonné — j'avais parlé durement, je ne sais plus ce que j'ai dit.

Oui, je le sais : « Tais-toi ! Garde-le pour toi ! J'en sais assez ! »

Je n'ai jamais voulu savoir comment ça s'est passé. Les détails sordides. Les détails qui impriment à jamais les erreurs. Je ne voulais pas le savoir. Le mal est fait. Ça ne peut pas être pire.

Oh ! que c'est faux ! Comme c'est pire, ces fantômes du « peut-être » et du « si ».

Comme elle est aiguisée, la lame qui fouille le passé qu'on ignore. Je le sais aujourd'hui, qu'on le veuille ou non, on marche accompagné des fantômes, on a intérêt à les rendre amicaux, à faire la paix.

Pas avec elle. Jamais. Pas avec cette femme qui m'a tuée. Je ne me tuerai pas.

Combien de fois dois-je le répéter pour m'en convaincre ? Tant que la nuit durera. Tant que la neige m'enveloppera. La neige, le sable, tout ce qui étouffe et tue.

Les mains de ma mère. Les mains de ma mère. Les mains qui ne m'ont jamais aimée, caressée, les mains de ma mère ont touché Ariane.

Tu la lui as donnée ? Tu me l'as volée et tu es allé la lui donner ?

Tu es fou ! Tu es le criminel ! Tu l'as emmenée chez elle. Elle l'a tuée.

Elle l'a tuée. De ses mains. Elle me l'a tuée. Tu l'as laissée faire ! Tu l'as laissée faire. Elle a repris son bien. Elle s'est enfuie avec ma fille. Emmenée par toi, offerte par toi, Francis. La meilleure personne au monde pour lui donner un tel cadeau ! Voici l'insupportable bonheur de ta fille, la voleuse. Voici notre œuvre. Massacre-la en paix.

J'espère qu'elle s'est tuée avec. J'espère qu'elle s'est tuée avec Ariane. Parce que si elle ne s'est pas tuée, j'ai dû la tuer. J'aurais dû la laisser crever ! J'aurais dû la tuer ! Tu aurais pu la tuer, Francis ? Avant qu'elle n'y touche. Avant qu'elle… je ne sais pas ce qu'elle a fait.

Je te vois, ce 3 juin, défait — tu n'as rien dit et quand tu as voulu parler, expliquer, j'ai hurlé. Je t'ai hurlé de t'en aller mourir ailleurs que sous mes yeux.

Tu n'as plus rien dit. Tu m'as empêchée de bouger en me tenant contre toi. Et j'ai laissé le froid et le gel me prendre et me statufier.

« Tu es sûr ? Tu es sûr qu'elle l'a tuée ? »

« Je ne l'ai pas vue, Félie. J'ai rien vu. C'était trop tard quand j'ai vu. »

C'est si facile à tuer, une petite fille.

C'est si difficile à tuer, le souvenir d'un jour de glace.

Je ne t'ai pas demandé pourquoi ni comment. Je n'ai pas voulu de détails. Je ne voulais plus rien. Le vide. Je voulais du vide — dehors comme dedans. Le vide intégral.

Je ne me souviens pas du reste. C'est l'hiver, voilà tout ce que je sais.

Ma meurtrière de mère — morte pour moi.

Son complice — mort.

Ma stupide sœur — morte.

Et moi, morte parmi les morts, qui place une boîte blanche dans un trou noir — entourée de pingouins mauve et noir.

Ici repose Ariane, enfant du labyrinthe, perdue aux mains de ma mère que je m'engage à haïr pour l'éternité.

Je ne me tuerai pas. Je ne lui donnerai pas ça en plus !

« Elle ne le saurait même pas, Félie. »

Ta voix. C'est ta voix désenchantée, ta voix brisée qui m'appelle. J'ai refusé de jamais te revoir. Je t'ai puni si durement. Aussi cruellement que je me suis punie. Tu n'as rien dit, Francis. Tu m'appelais. Je te répondais. Sèchement, ça me faisait du bien de te maltraiter, de te faire mal. La pure méchanceté. Depuis quand la souffrance autorise-t-elle la méchanceté ? Tu aurais dû raccrocher, m'envoyer ne pas crever, comme je le prétendais. J'avais beau jeu : j'étais morte. Promesse facile à tenir. J'entends ta voix dans la nuit. Minuscule lueur jaune de vie dans l'océan de nuit qui m'enveloppait. Lueur d'une maison chaude au loin, si loin, vague lueur sur le blanc spectral de la neige. Tu m'appelais. Tu veillais, comme une lumière veille à ce que la nuit ne soit pas triomphante dans sa victoire. Tu as veillé longtemps.

Tu m'as aimée longtemps.

Tu as laissé ma mère prendre notre bonheur, mais tu n'as pas fui. Je t'ai repoussé et tu as accepté mes conditions. Tu es resté tout près, à me guetter, à repousser les obstacles et à aplanir ma route déjà rude. Tu ne m'as jamais laissée complètement seule. J'en suis sûre. Je le sais. Pas comme mon père, pas comme les hommes de ma mère, tu m'as accompagnée de loin, tes yeux bleus, ceux de ma fille, de notre enfant ne m'ont pas lâchée d'un clignement. Je voudrais toucher ton visage aimé et te remercier. Je suis arrivée, Francis. Tu peux t'éloigner sans crainte. Grâce à toi, malgré tout, tu m'as donné confiance et les hommes ont adouci ma vie avec leurs corps. L'amour, c'est autre chose, tu le sais, je te vois sourire, l'amour, c'est autre chose.

Qu'est-ce qu'on peut pour notre cœur
Qui nous quitte en voyage tout seul

Mon cœur qui m'a quittée, mon cœur écrabouillé qui ne savait plus battre ni aimer. Mon cœur gaspillé à haïr, à maudire, à détruire ce qui est déjà mort. Et toi qui attends, qui sais qu'il faut attendre, ne pas presser le temps, ne pas pousser sur mon cœur. De peur de l'achever. De peur de le briser. Je suis heureuse que tu ne l'aies pas tuée. Quoi que j'aie pu dire, tu ne l'as pas tuée. Tu l'as aimée, notre fille.

On ne pouvait rien contre la haine de ma mère. Et si tu es coupable, je le suis autant.

Peu importe, maintenant. J'ai perdu bien assez de temps.

Car la maison meurt où rien n'est ouvert —
Dans la maison close, cernée de forêt

Forêts noires pleines
De vent dur

Dans la maison pressée de froid
Dans la désolation de l'hiver qui dure

Je mélange les poèmes. Tu as empêché la mort totale, comme dans le poème. Tu m'avais laissé ce livre, la page du poème «Qu'est-ce qu'on peut pour notre ami», tu l'avais cornée. Tu m'as laissé ton poète préféré pour me soutenir dans la désolation de l'hiver qui dure. Tu m'as donné tout ce que tu possédais de consolation. Un poète pour bercer la mère dépossédée. La femme à qui l'on a arraché le ventre.

J'étais si jeune, si absolue. Comment aurais-je pu savoir qu'il fallait céder et mourir un peu si je voulais vraiment vivre? Mourir un peu et continuer, bancale, infirme, boiteuse à jamais, amputée de toi, amputée d'elle, notre été lumineux aux yeux bleus profonds.

C'est si difficile à apprendre, Francis, à quel point il faut savoir mourir à certaines choses pour pouvoir vivre. Tu en savais plus que moi. Tu étais poète — les poètes savent. Ils se font discrets, ils donnent leur science de la vie et de la mort, du dit et de l'oubli aux êtres humains terrassés de peine qui n'ont plus de mots. Plus de mots pour mourir. Plus de mots pour vivre. Dépossédés jusqu'à la mœlle du langage, comme Steve, comme moi qui corrige les mots des autres sans créer, sans ouvrir la fenêtre et prendre des risques. Les poètes sont lucides: ils regardent pour nous dans l'abîme et ils s'arrangent pour en parler doucement afin de ne pas nous effrayer. Ils viennent de l'ombre et restent dans l'ombre. Ils ne veulent ni être reconnus ni être admirés… seulement être lus et consoler notre cœur *qui se tourmente et se lamente.* En sachant bien combien il faut mourir à sa peine pour vivre un seul éclat de rire.

Francis, me voilà vieillie, usée, mais pas désenchantée. Je ne sais pas si tu vis encore, mais je voudrais te dire merci d'avoir insisté et de m'avoir protégée contre ma haine. Ma peine. Cantin répète sans cesse: «Il faut bien que quelqu'un vous ait aimée pour vous apprendre à aimer.» C'est toi. Toi qui m'as aimée assez pour que j'aille au bout de mon hiver. Assez pour renoncer à m'aider autrement que par la confiance. Pas étonnant qu'Ariane ait fait ses premiers pas vers toi! Petite boussole qui connaissait son nord.

Le jour est levé — encore barbouillé de brume — c'est rose et gris, il veut neiger. Il va neiger. Je revois les arbres dénudés du parc Lafontaine, l'appartement vide où je me tiens souvent debout à la fenêtre. J'attends. J'attends que l'envie de vivre me reprenne. J'attends que l'âcre goût de la mort s'atténue et desserre mes dents, mes mâchoires.

Cet appartement, je l'ai quitté parce que ses murs ne faisaient qu'attendre. Je suis trop fatiguée pour me souvenir de l'endroit où je suis allée ensuite.

Mais ça va venir. Le pire est fait.

J'ai admis avoir perdu notre fille. Et toi, Francis. C'est comme ça, pas de raisons, pas de justifications infinies. La perte, la coupure, la fin. La peine. Bien sûr... ce serait quoi, sinon? Je suis qui je suis et il est temps d'enterrer les morts — et d'être un peu soulagée. Et légère, pourquoi pas?

Plus tard

Je me suis endormie. Je suis allée près de mon lit chercher des mouchoirs — évidemment que je pleurais. J'écris «évidemment», comme si c'était une habitude chez moi. Pas du tout. Je ne pleure pas si facilement. Sauf avec Steve quand on regarde des films tristes, faits pour pleurer. Mais pleurer pour de vrai, non. Je ne savais pas comment. J'aime mieux étouffer. Hyperventiler. Tasser le chagrin, le compacter comme des déchets et attendre qu'il m'étouffe. Désarmer le passé, le rendre inoffensif — il s'agit de pleurer sa peine. Jusqu'à la fin, jusqu'au bout, jusqu'au moment où, libéré, le rire revient.

Écrire est aussi difficile pour moi que pleurer. Écrire, c'est l'affaire des autres. Ceux que je révise, que je discipline du haut de mon savoir. Le savoir qui comprime le sentir. Je dois écrire des sottises, je vais avoir honte en me relisant. Mais j'ai fait un pacte avec la honte : j'écris comme ça vient, fautes et impropriétés incluses, je tue la réviseure, la reine de la censure, et je laisse la honte régner sur la page. Cela est entre moi et moi. Que cette page soit sublime ou stupide, j'en serai seul témoin et seul juge. Même chose pour ma vie. Pour la vie de qui que ce soit, d'ailleurs. Seul acteur et seul juge. Qu'on applaudisse, qu'on recule d'horreur, ou qu'on s'apitoie sur le récit d'une vie, on est quand même seul à la vivre, à la juger et à s'en arranger.

N'est-ce pas, Lilianne ? Aux yeux des autres, tu seras ce que tu seras, peu m'importe — une pauvre chose inoffensive ou un danger criant. Pour moi, tu es une morte à qui j'ai accordé trop d'importance. Rendue vivante et menaçante par ta survie dans ma tête. Dans ma vie était ta survie qui ne tenait qu'à ma mémoire.

C'est fini. Ni larmes ni haine. Je ne veux plus de toi. Ni par dépit ni par dédain : par indifférence, celle qui se gagne à même la paix qu'on fait du fond de sa vie. Pas celle qu'on achète. Pas de *bargain* avec la paix. C'est cher et long à obtenir. Se paye comptant. En pas trébuchants.

J'ai dormi et je n'ai pas rêvé. Un sommeil lourd aux yeux mouillés. Fatigant, pleurer. Je n'ai pas trouvé mon Saint-Denys Garneau, je suis sûre qu'il est dans le sac d'Annie. Je vais l'ouvrir ce soir. Ou demain. Ça va dépendre. Pour une fois, je ne me pousserai pas, je ne fouetterai pas le cheval qui titube de fatigue.

Qu'il était fort, le petit cheval blanc
Tous derrière et lui devant.

Non, c'est Paul Fort, le poète, et c'est du courage qu'il avait, le cheval. Et le cheval que je suis ira doucement. Ça a été long, mais j'y viens, je suis un peu moins dure à ma monture... je veux probablement aller loin.

Pareil pour les années manquantes entre la mort d'Ariane et mon mariage avec Gaston. De vingt et un à trente et un ans. 1972 à 1982. Qu'ai-je fait avant d'aller m'endormir en banlieue, croyant sans doute réparer mon passé ? Dix ans, ce n'est pas rien, c'est du temps.

C'est fou : j'aurais pu avoir tué ma mère et avoir fait dix ans de prison que ça ne m'étonnerait pas. Ça pourrait aussi être cela : je suis prête à tout, au sublime, à l'indigne et au grand rien.

J'ai faim.

Il y a une chose que je ne fais jamais et que, depuis trois jours, je fais : le désordre. Je laisse le désordre m'envahir et ça ne m'agace pas. Mon lit est défait, les draps ouverts. La vaisselle est rangée près de l'évier, mais elle n'est pas lavée. Même la baignoire — alors que c'est un règlement strict pour Steve — je ne l'ai pas lavée après mon bain. Je le ferai avant de prendre le prochain. Comment se fait-il que je supporte des choses qui, d'ordinaire, sont infiniment dérangeantes à mes yeux ? Même les livres qui sont éparpillés près de ma bibliothèque : rien. Pas ramassés, épars. Quel joli mot, « épars », si près d' « éperdu ». « Éperdu » qui contient « se perdre » et que j'aime tellement moins. Parce que ça voisine avec « fou ». Félie, ma folie, ça aussi, c'était près, Francis. Jouer avec le feu de l'éperdu.

On s'est brûlés aussi. Épars, éparpillé, en désordre — j'ai soigneusement évité ces choses dans ma vie. Et le retour du coma a vu ma poursuite de l'ordre revenir à toute vitesse. Mon métier, c'est faire de l'ordre dans la phrase, dans la pensée écrite.

La guerre au chaos. La peur d'être envahie, ensevelie vivante sous le chaos.

Tout cela est très sensé, vu de maintenant. Dans le chaos, on peut facilement trébucher, s'effondrer et perdre son contrôle. J'ai tenu les rênes bien serrées. On ne m'aurait pas deux fois !

Je suppose donc que je ne suis plus jamais tombée amoureuse non plus. Ni éperdument, ni chaotiquement, ni un peu seulement… Gaston, assurance tous risques, le pauvre. Impossible d'imaginer autre chose que de rassurantes habitudes avec lui. L'ordre incarné, l'ordre enfin! Le seul autre homme dont j'ai une trace physique, c'est ce Bertrand sur la photo avec Lili… et les dires de Lili sur mes infidélités apparemment nombreuses. Ça n'a pas dû peser bien lourd. Ma mémoire est comme un grand sac vide qui ballotte au vent. Rien pour le remplir. Tout juste de quoi l'agiter vaguement, paresseusement.

Donc, j'ai eu des aventures. Ça fait un peu désordre — dieu merci! Un peu d'originalité dans tant de platitude. L'honneur est sauf, si j'ai gambadé un peu dans la clairière interdite. Comment ça s'appelait déjà, le livre de l'auteur si attaché à ma personne? *Matins divins*? Ou câlins, ou mutins. Non! *Matins mutins*, on l'aurait remis en selle, on ne l'aurait pas laissé errer à ce point! Pauvre romancier! Si convaincu de son importance. Il ne reste rien de ces matins. Rien. Même pas une morsure sur ma peau ou sur celle de ma mémoire. La trace de tes dents qui me déchirent le cœur. Non, pas ça! — ça, c'est à Francis. Ma sanguinaire, mon assoiffée, féline Félie… Tes mots me reviennent comme des sanglots. Tes mots, des éclats de beauté sur ma peau, plus bienfaisants que tes baisers, et dieu sait qu'ils étaient troublants!

Trop, bien sûr. La leçon a porté. J'ai dit adieu aux « éperdument », sans doute. Pas pour moi, la passion. Pas après la bombe qui a pulvérisé ma vie.

Je viens d'aller revoir ma bibliothèque: à part les pages déchirées — qui sont à toi, Francis — il me reste un Luc et un Serge.

Donc, Bertrand, Luc et Serge pour dix ans. D'accord, c'est mieux qu'un Gaston de vingt-cinq ans, mais il n'y a rien là pour justifier une réputation sulfureuse, on est loin de l'enfer et de la damnation tels que je les conçois! Lili est peut-être scrupuleuse ou romantique? J'ai eu tendance à m'entourer de gens comme ça avant l'accident: Madeleine, Annie, Gaston, même.

Jean-Louis peut-il être une référence fiable pour mon passé? Je pense que non. Avec lui, le sexe est nommé, lié à l'émotion et à qui nous sommes. Comme avec Francis, finalement. Lui aussi a besoin de voir : « Regarde-moi ! », ce son étouffé d'homme au bord de la jouissance, ce son pressé, hachuré, cette demande urgente. Regarde-moi ! Je me demande s'il ne m'a pas gagnée avec cette phrase. Ne bascule pas sans mes yeux, sans t'accrocher à moi. Ne sois pas seule dans ce vertige infini. Je t'y mène, tu m'y emmènes, restons ensemble — et on touche le fond du plaisir en perdant pied, en perdant accessoirement l'autre, mais tellement grâce à l'autre que ce n'est pas si grave… Un peu de chaos, de menton mouillé et d'odeur voluptueuse.

Bon, je perds le fil. Jean-Louis est aussi à part que Francis. Disqualifié par l'amour. Les deux apportent quelque chose à ma personne, à plus que mon corps. Les autres… mon corps et seulement mon corps. Ce qui n'est pas rien, bien sûr.

Brave corps qui s'alimente, s'ébroue, court chercher ce dont il a besoin. Brave corps qui laisse le chaos du frisson passer, vibrer et s'évanouir sans s'égarer ou s'abîmer. Pauvre corps que j'ai malmené, traîné, forcé à aimer ce qu'il n'aimait peut-être pas ou pas tant que ça. Corps mal-aimé. Le vide ne s'oublie pas si aisément. Et quand on baise violemment, c'est presque certain qu'on a envoyé son cœur en voyage, le temps de faire vibrer la coque du bateau. Ça, c'est encore Saint-Denys Garneau. Et les poètes célèbrent les corps qui vibrent avec les mots de l'âme — pas les mots de la queue.

Francis a écrit ces chants pour célébrer « chaque pore de ta peau bénie ».

Je suis fatiguée — l'hiver me rentre dedans — le jour sombre déjà. Je vais aller marcher pour cesser de malmener mon corps.

Quatrième jour

Hier soir, probablement que l'angoisse revenait, j'ai rangé mes livres de poésie. Et j'ai ouvert le sac d'Annie. Tu étais là, Francis, vibrant de mots. Les *Chants* et les *Élégies* à Félie.

J'ai tout lu. Doucement. En chronologie.

Et l'été est passé dans ma nuit. Et le voyage maudit de l'adieu.

Et tes yeux et les siens. Et le « bouton de rose de sa bouche », le souffle sucré de notre bébé.

Tout était là, si près, qui attendait que je veuille bien sortir du labyrinthe.

Tes mots — éclats de baisers sur ma peau.

Comme tu m'as aimée, Francis, comme tu m'as aimée.

On ne rend pas de l'amour comme on rend des baisers, mais pour moi, longtemps, ça a été du pareil au même. Je te rendais baiser pour baiser, amour pour amour.

Te lire, c'était comme te retrouver — ta voix, ton regard.

J'ai entendu ton rire, vu tes dents qui font semblant de dévorer les pieds d'Ariane, notre bébé qui s'étouffe à force de rigoler.

Tes mots auraient pu me tuer si je ne les avais pas cachés.

Je croyais les avoir remis à Madeleine, cette amie que je m'étais faite autour de... oui, 1976, l'année des Olympiques. J'avais révisé les programmes. Elle avait un emploi là-bas. C'était sous sa supervision. On aurait dit qu'elle tenait beaucoup à notre amitié. À l'époque, il fallait courir après moi longtemps

531

si on voulait m'attraper. Madeleine a couru. Attirée par le vide, sans doute. Parce que je n'étais pas très drôle. Très fermée. Extrêmement sévère. Je travaillais sans arrêt. Enfermée dans un projet et un autre. Toujours absorbée par les mots des autres. Indifférente à leurs propos et rigoureusement exigeante pour la manière de les formuler. Je jouais avec la perfection, je m'imaginais qu'elle devait exister et que mon devoir était de la faire régner. La perfection. Je me suis longtemps imaginé que ce devait être le but de tout effort, de toute existence.

L'ennemie du poète. L'opposée de transgression — la perfection. Putréfaction, plutôt. Le rêve des faibles et des pusillanimes. Tes mots, Francis, pas les miens. La perfection qui sangle les mots, les étrangle et censure l'élan libérateur ou meurtrier. Mais il faut arracher quelque chose pour libérer, n'est-ce pas, Francis? Libérer sans rien tuer ou blesser… vivre sans rien perdre, ce n'est pas de la perfection, c'est de l'illusion. Du feuilleton.

Madeleine sortait avec moi « en filles ». Elle était mal mariée et s'en plaignait. Je l'écoutais. Rien dans sa vie ou dans ses discours ne me touchait vraiment de près. Alors, l'écouter ne m'était pas pénible. Je parlais peu, cela lui convenait, je pense.

Un jour, j'ai parlé de toi. Elle s'est montrée si intéressée que je me suis tue. Je n'ai jamais voulu intéresser qui que ce soit avec mon passé, ma mère, ma sœur ou Ariane. Encore moins avec toi.

Quand tu m'es revenu en mémoire après l'accident, j'ai raconté à Steve comment on s'est aimés. Je crois que c'était la première fois de ma vie que je disais à voix haute notre histoire. Je n'ai pas été bavarde, on ne peut pas m'accuser d'avoir cherché la pitié, ça c'est sûr. Je détestais quand Madeleine le faisait. Se plaindre, être pitoyable, Annie est la seule qui ait eu ce droit avec moi. Parce qu'Annie était petite et qu'elle me rappelait tellement ma mère et moi. C'est Madeleine qui m'a présenté Gaston. Non, elle m'a présentée à la femme de Gaston, je me rappelle maintenant. La mère d'Annie. Une femme ravagée. Maganée. Du dedans comme du dehors. Et totalement incapable de supporter sa fille : pour elle, on aurait dit des ongles sur un tableau noir. Dès qu'Annie se montrait, elle s'impatientait, devenait agacée, brusque. Je ne sais pas pourquoi elle buvait, mais elle avait ce qu'on appelle une bonne descente. Je ne sais plus en quelle année, je crois que c'était en 1978 ou en 1979. Annie avait quatre ou cinq ans quand je l'ai vue la première fois. Plus vieille qu'Ariane, j'en suis sûre. Et ce n'est pas Ariane que j'ai vue en elle.

C'est moi.

Moi, dans la partie qui ressemblait à ma mère.

Annie n'avait qu'un but dans la vie : sa mère.

Et sa mère ne nourrissait qu'un espoir : que cette enfant la lâche un peu.

Je suppose que ça ne m'en prenait pas davantage pour que je m'attache à elle. Au début, Madeleine m'a tout raconté, heureuse de voir que ça m'intéressait. Puis, elle a trouvé que je lui accordais bien peu de temps. À l'époque, je vivais avec Bertrand et je travaillais toujours autant. Alors, mes moments libres consacrés à Annie et à sa mère, Madeleine ne les appréciait pas du tout. Je me souviens qu'elle était jalouse de mon amitié pour… je ne me souviens pas du tout du prénom de la mère d'Annie. Mais je me rappelle parfaitement bien que Madeleine prenait une attitude que je n'ai jamais supportée chez les hommes que je fréquentais : la possessivité. L'exclusivité. Je sortais d'ailleurs d'une autre relation qui avait pris des allures de fin d'opéra avec les grands airs qui n'en finissent pas. Je ne sais plus avec qui. Pas Bertrand, en tout cas. Peu importe, ça m'énervait. Madeleine a donc été mise en veilleuse. Je me suis retrouvée très présente dans la vie d'Annie. Je n'avais qu'elle en tête. Je voulais la sauver, je pense. Rien que ça ! La sauver de sa mère. Est-ce assez pitoyable ? Qui parle, ici ? Celle qui a si bien aidé sa propre mère à sortir de la dépression ? Celle qui lui a volé son homme. Celle qui a perdu sa propre fille aux mains de sa divine et si saine mère. Est-ce que j'ai vu le *pattern* ? Du tout. Je devais me croire invincible pour m'attaquer à un tel morceau sans rien voir.

Inconsciente jusqu'au trognon, j'ai foncé. Annie s'est attachée à moi, comme le chaton perdu qu'elle était. Mais c'était aussi la fille de sa mère. Allaitée à l'alcool, dépendante, aliénée, incapable de se voir exister si quelqu'un ne lui jurait pas qu'il resterait cousu à ses côtés. J'avais besoin de me sentir indispensable et Annie, comme ma mère, avait besoin de quelqu'un. Contrairement à ma mère, Annie aimait que ce quelqu'un soit moi. Double gain pour l'inconsciente que j'étais : je soignais mon mal de mère et mon mal d'enfant. J'ai épousé Gaston en 1982, et je l'ai fait pour ne jamais perdre Annie. Je me suis toujours fichée de Gaston. Il n'y avait qu'Annie qui m'intéressait. Mon obsession… et la sienne. Nous étions en parfait accord, elle et moi. Elle s'est mise à s'épanouir, à dormir, à rire. Rassurée, je l'avais enfin calmée et rassurée. Et je faisais tourner ma vie autour de sa petite personne. Ce n'était pas ma fille comme Ariane, mais dans mon esprit, à l'époque, je devais être persuadée que ma fille était morte par ma faute : je m'étais attachée à un homme qui appartenait à ma mère — le pacte avec l'interdit, le diable — cette passion avait donné un enfant condamné dès le départ par mes actes indignes. Ma mère n'avait que repris son bien à la fille haineuse que j'étais. Avec Annie, j'étais à l'abri de toute forme de punition : son père ne m'était rien, sa mère se fichait d'elle. Je ne volais personne, je ne serais pas volée. Ariane venait des entrailles de ma vie, du plus profond et du plus tabou, Ariane était mon sang mêlé au sang de mon amour — c'était trop moi dans ce que j'avais de plus condamnable pour ne pas être condamné. Annie, c'était la rédemption offerte sur un plateau d'argent. Et comme je ne lui faisais aucun tort, j'ai pensé ne lui faire que du bien. Détacher quelqu'un pour l'attacher ailleurs, ce n'est pas le libérer. Trop besoin d'elle pour l'aimer vraiment. Moi qui avais tant eu besoin d'une mère, je n'avais jamais haï un être comme ma mère. La mère orpheline n'élève que des enfants morts. Et ma mère dépossédée s'était emparée de ma fille. Comme Annie ne possédait rien d'Ariane, ni son rire, ni son regard, ni sa disponibilité au plaisir, j'ai cru me préserver de mes démons et m'employer à aider quelqu'un dont l'enfance était massacrée par une mère indigne. Ah! l'indignité… J'allais tout arranger, bien sûr… et la mienne aussi, du même coup, ce que je me suis bien gardée de voir. Incapable de guérir ma mère, incapable de l'empêcher de s'enfoncer, incapable de mettre ma propre fille en sécurité, je courais vers une autre mission impossible en m'imaginant que mes erreurs passées seraient effacées par ma nouvelle compétence. Et tout ça sur le dos d'Annie! Comme s'il était si large, son dos de petite fille morte de peur, de honte et d'asservissement.

C'est une époque où je crois avoir beaucoup fréquenté des gens aliénés. Probablement ma manière de me sentir hors du danger de l'aliénation. Une aliénée. Asile d'aliénés. J'étais bien près de ma mère encore pour quelqu'un qui s'imaginait si affranchie. Physiquement affranchie, j'étais une obsédée qui poursuivait un seul but: réparer, m'amender.

Mais pour une Ariane morte, combien aurait-il fallu arracher d'enfants aux mains assassines de leur mère? Pour moi-même morte, combien de fois être une bonne mère pour me pardonner de survivre à tant d'aveuglement? J'ai cherché le pardon avec un acharnement peu commun. Et il était là, au fond de moi. À côté de mon cœur que j'avais remisé dans le sous-sol de l'oubli.

Annie… c'était tellement un pari impossible. Comme ma mère. On ne peut pas sauver avec tant de hargne si ce n'est qu'on cherche à se sauver soi-même. Mon apparente générosité reposait sur un cœur coupable et asséché.

Ariane et Francis — ceux que j'ai aimés et perdus.

Annie et ma mère — celles que j'ai voulu sauver et que j'ai enfoncées dans leur maladie.

Ma mère — son cas est réglé, et il y aura toujours une petite froideur pour elle au fond de moi. Ce n'est plus la haine pure, mais c'est quand même l'hiver.

Annie — pauvre Annie, je l'ai si peu aidée. Si mal aidée. Ce n'était ni haine ni mépris, c'était tout ce que je pouvais : m'accrocher à elle en pensant que je l'aidais à s'accrocher. Peut-être ai-je réussi à lui démontrer assez d'intérêt pour qu'elle y voie de l'affection. C'est inutile de me faire plus dure que je ne suis, j'avais de l'affection pour elle. Une affection malade. Encore une fois boiteuse. Je n'avais pas confiance… et ça ne l'a pas beaucoup aidée d'être élevée par une hyper protectrice qui protégeait en elle et sa mère et sa propre enfance ratée. Trop lourd pour Annie. Petite Annie qui a tout porté sans dire un mot, sans rouspéter. Sa mère, la mienne et moi-même. Pourvu qu'elle m'envoie promener !

Je ne crois même pas qu'évincer la mère d'Annie, la tasser, la repousser ait compté à mes yeux. Ce n'était pas l'objet de mon combat. Je voulais tirer une enfance hors du danger, prouver que ce n'était pas obligatoire de mourir avant de vivre.

Je comprends pourquoi Cantin résistait tant à mon amitié avec Steve — il me voyait repartir en croisade. Sauf que Steve est celui qui s'en sort, celui qui n'en meurt pas. C'est lui qui m'a tirée de mon trou. Avec ses pirouettes, son appétit de vivre, sa dérision et son côté cru qui me plaisent tant. Pas de pitié de son côté. Pas d'apitoiement. Le cœur aussi peu enclin à céder et à aimer que le mien. Pour Steve, c'est trouver la sortie qui est difficile, mais il cherche avec une intensité et une ironie uniques. Pour Annie… s'enfermer dans l'obsession, taire les appels à la liberté, frayer avec la perfection et mériter — mon dieu ! mériter ! Tout Annie dans ce verbe — mériter l'amour, l'acheter à prix fort, deux fois sa valeur s'il le faut. L'amour n'a pas de prix, n'est-ce pas ? Oh oui, Annie, l'amour a un prix. Comme la fausse fourrure — c'est doux et inaltérable, et ce n'est pas vivant. C'est ce que tu achetais à prix d'or. Du faux, du chiqué. Les enfants d'alcooliques ont besoin d'amour comme leurs parents ont besoin d'alcool : désespérément. Qui n'a jamais entendu ces histoires d'alcooliques qui buvaient de l'eau de toilette ? Voilà à quel amour Annie se frottait avec moi.

Je suis sévère, je le sais. J'ai toujours ce petit besoin d'absolu qui me porte à me lacérer. Une mauvaise fréquentation, un reste de désir de perfection que je vais bientôt abandonner.

C'est étrange, je n'ai jamais transmis à Annie mon vestige d'appétit de vivre. Ce résidu d'effronterie, ce goût pour la volupté, pour le corps qui palpite, mouillé, enfoncé dans un autre corps. Aucune sensualité pour Annie. Elle détestait mes aventures. Je me cachais plus avec elle qu'avec Gaston. Encore le regard accusateur de ma mère, j'imagine. Les hommes ne m'ont jamais fait mal, ils ont juste abandonné la partie — mon père en tout cas... Et Francis ne m'a pas abandonnée. Je l'ai fait toute seule, comme une grande fille. Et après, j'ai abandonné tous les autres. Ceux que je baisais, qui me baisaient. Mon péché de chair, ma désobéissance à l'ennui. Ma révolte personnelle. Mon tribut à moi-même dans cet océan d'abandon et de déni : baiser. Sauvagerie du corps indomptable, magie du corps qui impose sa loi, déchire le corset bienséant des échanges affectueux et si tranquilles du mariage (ou serait-ce de Gaston ?). Baiser. L'oubli sublime au fond du précipice de la jouissance. Aveugle. Je baisais en aveugle. Yeux fermés, cœur absent, corps puissant, sourde à moi-même. J'épuisais ma rage en baisant comme on se bat, comme on guerroie, comme on s'anéantit.

J'en ai baisé, des imbéciles, mais je ne leur ai jamais demandé d'être brillants. J'en ai passé sous silence, des excès, je me suis dépêchée d'oublier leurs noms, leur nature. Le stupre qui n'édifie personne, qui dépasse la quête, écrase et humilie. Ma nature profonde, mon envie de me punir en oubliant pour toujours de regarder l'homme contre lequel je m'écrasais comme contre un mur. Il me semble que je serais incapable de me livrer encore à ce genre de jeux — si on peut appeler ça un jeu.

« Regarde-moi ! » Ce n'est pas seulement tes yeux, c'est toi dans toute ta splendeur d'homme fragile, puissant et au bord de l'effondrement consenti — s'abîmer dans le corps aimé — se trouver et se nommer au fin fond du vertige. Ne jamais perdre l'autre de vue… Comme tu savais nommer ces choses, Francis, ton chant de mes dix-neuf ans, comment ne pas mourir de désir en te lisant ? Tous tes chants, Francis. Tout cet amour.

Est-ce à cause de l'amnésie ou de cette longue abstinence causée par l'accident ? Jean-Louis et son regard ne se sont pas dissous dans le plaisir, dans ma quête du plaisir. Jean-Louis s'impose à moi au-delà du plaisir. Et, comme avec Francis, je n'ai plus envie de fuir dans l'excès, les débordements qui fouettent les sens et les déséquilibrent.

Francis a fait de moi une amoureuse délurée, ravie de connaître, d'explorer. Quand il n'a plus été là, quand la traversée du désert a commencé, j'ai avili cette science de l'amour et je l'ai trafiquée pour m'en lacérer. L'amoureuse malicieuse, la Félie féline était disparue.

Morte comme sa fille, comme sa vie. Que sait-on de soi tant qu'on n'a pas traversé les cercles de feu ? J'avais l'apparence d'un être vivant et j'avais une sexualité débridée pour créer un sas de décompression entre la violence de ma haine et la stérilité de ma vie. Francis serait bien désolé de voir ce que j'ai fait de tant de bonnes dispositions.

Annie ne s'y est pas trompée, elle qui levait le nez sur chacun de mes « pas de côté », comme je les appelais. Et Gaston… en homme inquiet, il n'avait besoin que d'habitudes. Et le dimanche matin était son habitude — je n'en ai pas sauté beaucoup, d'ailleurs.

La sexualité de Steve pourrait devenir comme la mienne — un peu malade, pas très connectée — mais il y a cette gourmandise joyeuse, cette façon de se pourlécher les babines qui me portent à croire qu'il possède une bonne santé sexuelle, celle qui fait l'enchantement des femmes. Il avait le cœur mis de côté, mais Sylvie est en train d'apprivoiser la belle bête. Il sera heureux. Je le pense. Et j'y tiens.

Annie… c'est un autre problème. Qu'est-ce que je peux faire, sinon lui dire ma vérité ? Ce serait la moindre des choses.

Pour ce qui est de Madeleine… je ne comprends pas encore comment ce que je lui avais confié a abouti dans les mains d'Annie. Des exercices de français! *Francis*, voilà ce qui était écrit sur l'enveloppe! Je l'avais remise à Madeleine, sachant qu'elle ne l'ouvrirait pas. Elle ne l'a pas ouverte. Tout comme elle a gardé scellée la boîte contenant les archives d'Ariane. Elle a consolé Gaston pour se consoler de mon éloignement. Je n'ai jamais été une bonne amie pour les femmes. Elles ne m'intéressent pas. Je ne sais même pas si Vivianne vit encore. Amnésie ou résistance? En tout cas, j'assimile Vivianne à mon incapacité à entretenir des amitiés féminines. Je n'ai pas confiance aux femmes. C'est presque génétique. Et terriblement compréhensible: je n'ai qu'à me revoir à quatre ans dans mon lit, alors que ma sœur et ma mère complotent, chuchotent et s'entendent à merveille. Mon père aurait quand même pu réapparaître de temps en temps. Ç'aurait été un peu soulageant. Mais non: parti sans laisser d'adresse. «Entre nous. On est entre nous.» Elles disaient cela. «On reste entre nous.» Et j'avais hâte d'échapper à cette complicité dont, de toute façon, je me sentais exclue. C'est drôle, je n'ai jamais, mais jamais été déçue d'avoir une fille. Pas la plus petite hésitation. Je l'ai aimée sans restriction, sans crainte. Parce qu'elle venait de Francis? Parce que c'était si sûrement un couple, notre couple? Pourtant, le départ de ce couple n'avait pas été solide — si on se place du point de vue de la normalité, parce que, si je me place du point de vue de l'attirance, alors, nous avons été un couple exemplaire!

Pour moi, Ariane est la fille de cet homme et de notre amour. Même si je l'ai écarté à la mort d'Ariane. Même si, à mes pires heures, j'ai nié l'avoir aimé. Fallait-il être folle! Jusqu'où est-ce que j'étais prête à aller?

Non, je n'ai pas été une bonne amie. Ni pour Madeleine, ni pour Lili, ni pour tout autre qui voudrait réapparaître dans ma mémoire.

Tout n'y est pas, dans cette mémoire, mais je me sens

tranquille, plus du tout inquiète ou perdue. Solide, me revoilà solide. Ce qui a existé et que j'ai oublié, les Luc, les Serge, ou même les conflits que Lili voudrait tant m'expliquer, ça ne m'intéresse plus beaucoup. Si ça peut lui faire du bien, je la laisserai dire ce qui l'inquiète, mais je suis ailleurs. Au-delà de mes efforts de haine et d'oubli, de réparation ou de répétition.

Là, maintenant, je ne voudrais qu'ouvrir ce livre de Saint-Denys Garneau et m'y plonger comme je l'ai fait, il y a longtemps. Et m'y déchirer encore sur ses mots sublimes et m'y consoler. Comme sur les mots de Francis, la nuit passée.

J'ai l'impression d'avoir refait l'amour avec Francis. Toute la nuit passée. En pleurant dans ses mots caressants. Ses mots me le rendaient intact. Amoureux... et sans espoir de me sauver de ma détresse. Sans espoir de pouvoir quoi que ce soit pour moi.

Je voudrais relire ce poème de Saint-Denys Garneau sur la maison vide et froide, sur l'hiver qui règne, l'intolérable hiver. Je voudrais retrouver cette maison dont j'ai rêvé. Cet hiver interminable où je me tenais au cœur de la forêt, où j'ai marché, marché, et où j'ai vidé mon cœur du poison. C'est comme une maison minuscule. Une pièce chaude et sombre, à l'odeur de bois qui brûle. J'en ai rêvé. J'ai l'impression d'y avoir habité et, étrangement, j'ai l'impression que le poème que je cherche la décrit. Un havre. Un oasis. L'endroit où l'on peut s'arrêter et se refaire avant de repartir. Trier les décombres.

Il me manque toujours des bouts de mon passé. Après un an, Cantin me l'a dit, certaines choses ne reviendront pas.

Mais je vais aller de ce pas acheter un autre livre de Saint-Denys Garneau et m'offrir le plaisir de relire le poème en entier.

Et après, pour me récompenser d'avoir si bien travaillé, je vais appeler Jean-Louis pour lui dire que l'idée de m'enfermer avec moi-même était bonne et que je n'en suis pas morte. S'il le veut, demain, pour leur retour, je les attendrai et j'aurai même cuisiné.

Chapitre sept

Vivre

Yolande inspire profondément et frappe un coup discret à la porte, qui s'ouvre tout de suite. Comme si Francis se tenait derrière, prêt à répondre.

Il la fait entrer dans la pièce unique, plutôt vaste, mais rendue exiguë par l'abondance de livres sur les murs.

Francis a vieilli en maigreur. Autant certaines personnes boursouflent avec l'âge, autant lui s'est comme aspiré vers l'intérieur. Il a l'air d'un arbre long et sec. Son visage n'est pas très marqué. Vieilli, avec deux longues crevasses qui vont des ailes du nez aux commissures des lèvres. Son regard est toujours aussi perçant et d'un bleu à peine pâli.

Ça sent le feu qui crépite dans le poêle et il la fait asseoir à la table de bois rustique sur laquelle il pose une théière en métal lourd et foncé. Un faible relent de jasmin s'échappe quand il verse le thé dans les gobelets de Duralex. Yolande sourit : elle avait oublié qu'il adorait boire dans ces verres courts et larges. Du vin fin, de l'eau, du thé, Francis aimait qu'un seul objet fasse tout le travail.

Après avoir fait le tour de la pièce, les yeux de Yolande reviennent à ceux de Francis. Soixante-quinze ans, non, soixante-seize, maintenant. Il ne les fait pas.

« Ça t'en a pris, du temps. »

La voix est plus belle qu'au téléphone. Il a parlé sans reproche, comme une constatation tranquille. C'est tellement lui !

«Ça a changé ici.

— Plus confortable que dans ton temps! Il y a même une salle de bains digne de ce nom, maintenant.»

Cette maison existait donc vraiment. Au tout début de l'hiver 1972, alors qu'elle perdait pied peu à peu, alors que la stricte ordonnance de sa vie n'arrivait plus à contenir la détresse qui suintait de partout, il l'avait emmenée ici. À l'époque, c'était un *shack*, une cabane avec des toilettes chimiques comme sur un bateau, et de l'eau qu'il fallait pomper et chauffer sur le poêle à bois ou sur le poêle au propane. Un endroit sommaire au confort grossier, une maison enfoncée dans les bois, à l'abri de tout regard. Le domaine de Francis. Il avait acheté la terre, puis il avait construit cette maison petit à petit, pendant des années. C'était son endroit pour écrire. Il ne le partageait pas : Lilianne n'y était jamais allée. «Ni aucune femme», seulement la poésie. C'est là qu'il avait écrit son premier livre. Sur cette table. Là qu'il se réfugiait pour marcher de longues heures dans le bois et réfléchir, mâchouiller sa phrase, comme une gomme de sapin. Là qu'il lui avait résisté pendant des semaines entières, alors qu'il luttait entre quitter Lilianne — et risquer de ne plus la voir jamais, elle — et lui avouer qu'il l'aimait. Sur cette table marquée, les *Chants*, ou une partie des *Chants*, avaient été écrits.

Quand, en octobre 1972, il l'avait emmenée là, ils ne s'étaient pas revus depuis la mort de leur fille. Francis appelait régulièrement, s'informait et, comme elle parlait de moins en moins et qu'à la fin elle ne répondait même plus, il avait pris la bête par les cornes et l'avait conduite au seul endroit possible. Il l'avait assise là où elle se tient maintenant, et il lui avait promis de ne pas venir la surprendre ni la forcer à parler. «C'est un abri, Félie, c'est ici que tu vas rester jusqu'à ce que tu aies envie de partir. J'ai rempli les armoires, le frigo. Tout marche au propane. Je vais venir chaque semaine, le samedi matin. Pour t'apporter des draps propres, de la nourriture et ce que tu mettras sur une liste. Si tu ne veux pas me voir, tu n'as qu'à sortir pour deux heures. Je viendrai entre neuf et onze heures, le matin. Tu mets les choses à laver dans un sac, tu laisses ta liste sur la table et tu ne t'occupes de rien d'autre que de toi. Félie, regarde-moi, c'est pour t'aider à ne pas mourir, tu comprends? Pour te donner un répit. Si tu veux me voir, me parler, tu n'as qu'à rester à la maison. Sinon, tu sors. Tu vas jusqu'au lac ou à la montagne. La carte accrochée au mur est très précise. Tu vas vite savoir t'orienter. Tu dis quoi, Félie?»

Sa main qui caressait ses cheveux. Elle s'en souvient comme si c'était hier. Sa main secourable contre son visage sec. Elle n'avait même pas pu prononcer le «Toi?» qui l'avait pourtant effleurée. Elle avait dit: «Merci.»

Il était parti en laissant les *Élégies* et le livre de Saint-Denys Garneau — avec la page cornée sur le «Qu'est-ce qu'on peut pour notre ami» — sur la table.

Francis avait trouvé ce qu'il pouvait faire.

Il la laisse se souvenir en silence. Francis a toujours eu l'art de se taire. Son silence était leur langage, obligé par la clandestinité de leurs débuts, il était toujours demeuré leur allié.

«Tu habites ici, maintenant?

— Depuis ma retraite. Ça fera treize ans cette année.

— Tu vis seul?

— Pas toujours.»

Ce sourire d'homme si séduisant, ce sourire d'homme capable d'être seul mais qui ne se prive pas des plaisirs de l'amour.

«Toi?

— J'ai fait pas mal d'erreurs... Perdu pas mal de temps. Mais ça va mieux.

— Bon!

— Après trente-sept ans, c'est à peu près temps!»

Il la regarde avec douceur. Il sait pourquoi elle est venue.

Elle sourit — un petit sourire vacillant — et le fixe: «Dis-le. Dis-moi comment elle est morte.»

Il y a eu un temps dans la vie de Francis où il a cru qu'il

pourrait enterrer ce moment, qu'elle ne viendrait jamais demander quoi que ce soit. Que c'était fini. Mais au fond de lui, il a toujours espéré pouvoir le lui dire et, en même temps, pouvoir y échapper.

« C'est Vivianne qui avait repris contact avec moi. Dix-neuf mois après la naissance d'Ariane. Elle le faisait à contrecœur, avec toute la mauvaise volonté possible. Elle m'a appelé au collège et elle m'a strictement fait le message de Lilianne : elle allait mieux, elle s'était soignée et elle voulait que je sache qu'elle ne m'en voulait plus. J'ai dit que c'était très bien, et j'ai raccroché. Évidemment, la fois d'après, c'était Lilianne qui appelait. Pour savoir comment tu allais, pour s'excuser des mots extravagants et des formules blessantes qu'elle avait eus avec moi quand je l'avais quittée et quand elle avait su que tu étais enceinte. Tout était très cordial, léger, sans mesquinerie. Je n'ai pas eu un soupçon. Pas l'ombre. Et puis, elle allait vraiment mieux : pas d'hostilité, pas de petites remarques dures, rien de ce qu'elle avait l'habitude de dire avant. Elle s'informait beaucoup de notre fille, elle disait "ma petite-fille". J'ai fini par lui envoyer la photo qu'elle réclamait depuis son premier appel. Et bien sûr, c'était tellement toi qu'elle pouvait difficilement faire semblant. Elle s'est montrée très heureuse qu'elle te ressemble autant. Quand elle m'a demandé si je pouvais la lui emmener, juste pour qu'elle puisse la prendre une fois dans ses bras, elle m'a présenté cela comme un acte de paix, une sorte de… geste d'acceptation. Je sais que ça a l'air idiot d'avoir marché, mais tu te souviens comment elle pouvait avoir des élans fantastiques quand elle était bien ? Elle comprenait tout : tes craintes, tes reproches, elle était la première à admettre ses torts, ses excès et son attitude épouvantable après la rupture. Comment voulais-tu que j'en rajoute ? Je l'avais trompée avec sa propre fille. C'est à cause de moi qu'elle ne pouvait plus te voir, que vous étiez si fâchées. Ariane était sa seule petite-fille. Vivianne n'avait jamais réussi à mener une seule grossesse à terme. L'hôpital psychiatrique avait changé beaucoup de choses pour ta mère. Alors, évidemment, je n'étais pas fier de moi quand elle disait qu'elle te comprenait de ne pas lui pardonner, mais qu'elle voudrait tellement embrasser une seule fois sa petite-fille…

— Ça va, Francis, je comprends.»

Il hoche la tête. Évidemment, elle a eu trente-sept ans pour accéder à toutes les bonnes raisons qu'il avait.

«Ta mère habitait le même appartement, rue Marquette. Je suis passé par le parc avec Ariane et j'ai continué jusque chez elle. Elle était excessivement contente. Un peu mal à l'aise. C'était un peu trop, mais pas comme avant. On est entrés, mais Ariane dormait dans sa poussette. Je l'ai installée sur le sofa, je lui ai enlevé son chapeau qui l'énervait toujours, j'ai échappé sa suce, comme toujours. J'ai parlé un peu avec Lilianne. Elle chuchotait pour ne pas réveiller notre fille. Elle revenait tout le temps à elle. Une vraie séance d'adoration. Au bout d'un quart d'heure, j'ai voulu partir. Ta mère a insisté pour que je reste jusqu'à ce qu'Ariane se réveille. J'ai refusé, j'étais mal. Je suis allé à la cuisine pour rincer la suce d'Ariane. Je suis revenu et ta mère la tenait dans ses bras, serrée contre elle, et elle chantonnait une berceuse.»

Il se tait, la regarde avec la même consternation qu'il avait eue ce jour-là.

«Elle avait l'air complètement folle. Elle répétait: "C'est tellement beau, un enfant qui dort." Je lui ai arraché Ariane… Étouffée. Elle l'avait étouffée, le temps que j'aille rincer sa suce… Ta mère s'est jetée sur moi pour la reprendre et je l'ai frappée. Si je n'avais pas eu Ariane dans mes bras, je l'aurais égorgée. Y a des jours encore où je regrette de ne pas l'avoir fait. On n'a jamais pu savoir si elle l'avait embrassée à l'étouffer ou si elle l'a fait volontairement. Froidement, je veux dire.

— Elle l'a fait délibérément. Ma mère n'a jamais embrassé personne à l'étouffer.

— Vivianne a dit le contraire.

— Toi?»

Il hoche la tête, incapable de dire que l'accusé à cette enquête du coroner, c'était lui dans son esprit. Sa naïveté, son inconscience. Bien sûr qu'il croyait au meurtre. Mais s'il y avait eu meurtre, il était complice.

«Francis… ça a été quoi, le verdict?

— Tu ne te souviens pas?

— De rien. Je ne me souviens de rien après sa mort. Juste toi, quand tu es arrivé dans la cuisine.»

Il pose sa longue main sur la sienne et il fait ce «Shh!» pour qu'elle ne dise rien de plus.

«Cinq ans dans un asile de fous. C'est ça qu'elle a eu. Ça faisait deux mois qu'elle avait arrêté de prendre ses médicaments. Alors, évidemment, une schizo qui ne prend pas ses pilules… elle n'était plus responsable. Elle n'était plus elle-même. Elle n'est jamais redevenue elle-même.

— Elle-même? C'était qui, tu penses, elle-même?»

Comment savoir qui était la véritable Lilianne — l'égarée violente, la vitupérante, l'excessive, ou celle qui s'agite avec un rien de trop gai? Elle-même… Quand était-elle en congé de l'agresseur qui obscurcissait son esprit? Schizophrène ou maniacodépressive en pleine dérive psychotique. Comment tracer la ligne quand l'esprit divague tellement?

Lilianne était-elle en congé d'elle-même quand, légère, soulagée, elle devenait agréable à vivre?

Yolande ne dit plus rien. Étouffée. Elle se revoit respirer dans son sac en papier. Elle revoit sa mère, sa sœur… Elle frissonne, prend une gorgée de thé: «Quand est-ce qu'elle est morte?»

Francis n'en revient pas: «Tu l'as vraiment rayée de ta mémoire?

— Elle s'est tuée, c'est ça?

— Pneumonie. Une banale pneumonie. Deux ans après la mort d'Ariane. Elle n'est jamais sortie de l'asile.

— Et Vivianne?

— Tu l'as jamais revue?

— M'intéresse pas.

— Vivianne a perdu son mari il y a… je pense que c'était ma dernière année au collège. Ou l'avant-dernière.»

Yolande sourit: «Toi aussi, ta mémoire en a effacé des bouts.»

Francis hausse les épaules. Il va ajouter une bûche dans le poêle — pour échapper à Félie et aux souvenirs qui ne s'effacent pas aussi bien qu'il le voudrait.

De toutes les menaces qui avaient rôdé autour de Félie et de sa fragile paix, Vivianne avait été la plus difficile à contrôler. Cette femme avait été ignoble à la mort d'Ariane. Horrifiée par ce que lui et Yolande avaient fait subir à sa mère, elle avait essayé à plusieurs reprises de faire sortir Lilianne de sa prison. À chaque requête déposée par Vivianne, Francis avait répondu par une contre-requête et avait bloqué du mieux qu'il pouvait l'inconscience de Vivianne. Laisser sortir Lilianne de l'asile, c'était, il le savait, remettre Félie en danger. Ce qu'il n'avait pu épargner à leur fille, il l'épargnerait à Félie, quitte à revoir cette folle finie qu'était Lilianne et cette fêlée qu'était sa fille aînée. Il les avait revues. Il s'était imposé comme seul interlocuteur valable auprès de Vivianne et, cette fois-là, il s'était montré beaucoup moins naïf. Il faisait mine de comprendre sa position, de saisir l'ampleur de l'erreur judiciaire, il la laissait parler et il grappillait le moindre indice pour contrer ses ruses.

Ce n'était pas si difficile de lui faire comprendre et admettre que sa mère était perdue et profondément dérangée: elle avait l'air d'un zombie. Comme elle ne s'animait qu'en présence de Francis et que Vivianne aurait donné sa vie pour voir sa mère un peu moins atteinte, la négociation avait été assez simple. Francis irait voir Lilianne tant que Vivianne cesserait de s'acharner à la faire sortir de l'hôpital. Pour son propre bien. Pour ne pas qu'elle se tue. C'était le leitmotiv apparent de Francis: tout ce qu'il faisait était pour que Lilianne aille mieux. Jamais il n'avait parlé de

Félie. Sa sœur l'avait condamnée sans appel : si Yolande n'avait pas existé, sa mère n'aurait aucun problème de santé mentale, et jamais elle n'aurait perdu la tête en voulant embrasser un bébé indigne, né d'une union répugnante.

Francis la laissait dire. Ce qui lui importait, c'était la paix de Félie. De toute façon, jamais Vivianne ne trouverait de mots aussi durs que les siens propres pour condamner ce qui était arrivé à Ariane.

La question de Félie lui parvient, mais il ne sait plus de qui elle parle.

« Tu l'as revue ? »

Il revient s'asseoir près d'elle, scrute ses yeux : « Qui ?

— Ma mère. »

Il hoche la tête lentement. Oui. Ils ne sont pas assis là pour se mentir. Ils ne se sont jamais menti l'un à l'autre. Quand ils l'ont fait, c'était à eux-mêmes qu'ils mentaient.

Félie met sa main dans la sienne. Elle est chaude et douce.

Quand il la voit détourner les yeux, il se rappelle que la vision de leur fille étouffée est nouvelle pour elle. Quand elle parle, elle le fait sans se tourner vers lui, d'une voix assourdie : « Dis-moi qu'il faut avoir mal, très, très mal pour faire une chose pareille. Dis-moi qu'on ne pouvait rien contre tant de souffrance.

— C'est une maladie, Félie, c'est même pas elle. C'est une terrible maladie. Aujourd'hui, après des années, on a les médicaments et la capacité de diagnostiquer. Mais Lilianne refusait tout quand la chimie de son cerveau se mettait à dérailler.

— Pourquoi elle ? Pourquoi Ariane ?

— Pour nous atteindre, tous les deux. Parce qu'elle voulait nous séparer.

— C'est là que je la trouve moins malade, tu comprends ?

— Arrête. C'est tellement inutile.

— Je sais. »

Dans la pièce, le feu est le seul bruit qu'ils entendent.

« Est-ce qu'elle s'est rendu compte qu'elle l'avait fait ?

Pendant les deux ans, Francis, quand t'allais la voir… est-ce qu'elle s'en souvenait ? »

Difficile de percer le regard d'une femme sous l'effet de puissants psychotropes. Francis parlait peu et la laissait délirer. Quelquefois, elle avait une hésitation, elle le fixait, surprise, étonnée de le voir là, et elle demandait toujours des nouvelles d'Ariane à la suite de ces pauses : « Quel âge elle a, ta fille ? » Il la voyait se débattre à travers les brumes de son esprit, sans jamais parvenir à discerner ce qui clochait. Immanquablement après cette question — à laquelle il répondait toujours par l'âge d'Ariane le jour de sa mort — elle enchaînait avec une amertume insultée : « Tu sais que Yolande n'a pas donné de nouvelles ? Je ne sais pas ce qu'on lui a fait, à cette enfant-là ! »

Dans l'esprit de Lilianne, sa fille avait toujours dix-huit ans. Dans l'esprit de Lilianne, sa fille n'avait rien à voir avec Francis.

Yolande le regarde, muette. Il se rend compte qu'il n'a pas répondu. Il fait non de la tête.

« Tu l'aimais ? Tu l'avais aimée… moi aussi, remarque…

— Quand elle n'était pas malade, elle était très aimable, ta mère…

— Tu te souviens comme j'étais jalouse ? »

S'il se souvient ! Une féroce Félie. D'ailleurs, au début, Francis n'avait vu que le féroce dans cette fille ombrageuse, silencieuse et introvertie. Une sauvage qui ne laissait jamais percer ses sentiments. Toute cette première année où il fréquentait Lilianne, il n'avait rien vu venir. Cette fille était un mystère total pour lui, et Lilianne s'en montrait si insatisfaite, si découragée qu'il n'avait jamais cherché plus loin que ce jugement. Jusqu'à ce qu'elle se jette sur lui pour l'embrasser. Il peut encore sentir ce corps frémir contre le sien, ses seins fermes, ses cuisses… et cette bouche impudique qui prenait la sienne. Stupéfait, tétanisé, il s'était laissé prendre comme un enfant par cette amazone enragée.

Électrisé, il l'avait vue claquer la porte avant d'avoir

seulement pu la goûter. D'un coup, sa vie s'était scindée : il y avait avant et après ce baiser.

Tout ce qu'il avait écrit avant n'était qu'une pâle projection de ce que deviendrait pour lui le verbe « brûler ». Comment lui répondait-il déjà, quand elle lui demandait de la rassurer, de calmer sa jalousie en prétendant n'avoir jamais aimé personne ? Il avait presque quarante ans ! Il n'était pas resté tranquille dans son coin en l'attendant.

« Ma vanité avait besoin d'être le petit jeune de quelqu'un avant de devenir ton petit vieux. »

Elle rit encore en l'entendant. Il n'aurait pas aimé admettre qu'être adoré lui plaisait. Lilianne l'adorait, elle se montrait chaude, prévoyante, enveloppante. Elle comprenait tout : les exigences de la poésie, de son enseignement, ses absences. Elle le laissait libre et elle s'affichait libre… au début, du moins. Comme une vraie femelle, elle avait tout de suite senti son énergie fuir, être drainée ailleurs après le baiser de Félie. Et, comme il l'avait toujours fait avec les femmes de sa vie, il lui avait menti et lui avait présenté toutes les raisons capables de masquer la vérité.

La vérité, c'est qu'il avait perdu pied. Ce baiser le ravageait, traçait une ligne profonde en lui et le métamorphosait. Jamais auparavant il n'avait connu cette inquiétude, cette terreur de ne plus jamais pouvoir poser sa bouche sur elle, s'en approcher, la sentir seulement. Et ce n'était même pas la situation anormale dans laquelle il se trouvait qui le frappait, mais bien de constater qu'il n'avait encore jamais aimé. Alors qu'il se croyait si aimant, si ardent. Elle s'était dressée devant lui, avait imposé son baiser sauvage et l'avait laissé étourdi, sonné, affamé et réveillé à jamais.

Que la personne qu'il aimait soit la fille de sa maîtresse, qu'elle ait dix-huit ans de moins que lui, qu'elle soit en révolte contre sa mère — tout s'effaçait devant l'impératif besoin de la saisir, de retrouver la brûlure de sa bouche.

Parce qu'il savait que c'était risqué, dangereux, il avait essayé de ne pas céder. Il avait résisté. Mais que savait-il de plus qu'elle au sujet de l'amour? Rien. Toutes ces années où il avait fait palpiter son cœur à coups de corps enfiévrés ne lui avaient rien appris.

Devant lui, à mesure qu'il prenait ses distances, à mesure qu'il érigeait son rempart, Yolande s'ouvrait, se révélait. Étrange fleur au bourgeon piquant, agressif, qui s'épanouit brusquement dans une magnificence prodigieuse.

Francis n'a qu'à fermer les yeux pour la revoir si jeune, si rebelle. Éblouissante de vérité brute. Et il s'était mis à l'aimer passionnément, totalement.

Son cœur n'était pas savant — un ignare qui s'est ankylosé à force de sommeiller. Jusque-là, jusqu'à elle, il avait été un apprenti en tout.

C'est sans elle qu'il avait pris la pleine étendue de son amour. Après la mort de leur fille. Quand il avait fallu renoncer à elle pour ne pas la briser davantage, pour lui permettre de se remettre en piste — maman chevreuil aux flancs percés, animal affolé qui brame sa perte. Sans elle, sans l'écran aveuglant de leur entente charnelle, il avait compris enfin toute la dimension de ce qui les unissait. Aimer. L'aimer, elle, sans plus jamais lui nuire, sans plus jamais lui dire. S'il le fallait, ce serait comme ça. C'était sa deuxième révélation — aimer ne nécessite pas deux cœurs et toute cette soupe sur le partage et la réciprocité. Aimer peut se faire seul, dans un silence monacal, dans une simplicité et même une solitude consenties. Il n'avait besoin que de la savoir en paix, enfin vivante et rieuse au milieu de sa vie. Francis ne sait pas si c'est l'âge, mais il y a eu dans sa vie ce moment de reddition infinie à l'amour de Félie, et depuis, il est habité sans être torturé.

«T'étais jalouse, oui. Tu t'es perdue comme ça de temps en temps dans des niaiseries… mais t'en reviens toujours.

— De temps en temps, comme tu dis. Pas toi?»

Il rit de bon cœur: «Et comment! Avant de te connaître, c'est tout ce que je savais faire. Prétentieux… orgueilleux…

— On se demande comment j'ai fait pour t'aimer…

— On se le demande, oui!»

Il apprécie beaucoup l'humour qu'il y a dans ses yeux. Ça brille et ça réveille tout son visage.

«Est-ce que tu écris encore, Francis?»

Comment sait-elle qu'écrire est le plus proche voisin d'aimer? Et que le cœur durci de haine ne crache pas beaucoup d'encre? «Comme je respire.»

Elle est vraiment contente de l'entendre, celle-là. C'était dans le Chant 7 — le «Chant à celle qui s'en vient».

«Comment t'as fait pour savoir que c'était une fille? Tu as toujours dit «elle», pendant neuf mois.

— Six.»

C'est exact. Elle ne lui avait annoncé sa grossesse qu'à trois mois. Parce qu'elle avait peur qu'il ne veuille pas de l'enfant, qu'il lui demande d'avorter. Alors que la nouvelle l'avait ravi, bouleversé. Elle l'avait mal jugé et l'avait blessé.

Francis ne la laisse pas s'égarer dans ses pensées: «Tu as toujours été très protectrice avec elle. Dès le début.

— Sauf que je me suis trompée de danger.

— Va pas par là, Félie.

— Te sens-tu encore coupable, toi?

— J'ai fait des erreurs. J'en ai fait une terrible, et on doit vivre avec. Si tu me demandes si j'aimerais mieux avoir agi avec plus de discernement, c'est oui. Mais je ne l'ai pas fait. Et y a rien qui va changer ça. Rien, et surtout pas la culpabilité.

— L'erreur par-dessus l'erreur… tu m'as dit ça il y a longtemps.

— La mise en abyme de l'erreur, c'est la culpabilité. La meilleure façon de ne jamais s'en débarrasser.

— Tellement compliqué…

— Pour en finir avec une erreur, il faut l'admettre et essayer de se pardonner.»

Elle se tait. Elle n'en est pas loin. Mais elle n'y est pas encore tout à fait. Elle le sait. Prudente, elle change de sujet: «J'ai apporté quelque chose.»

Il la retient, l'empêche de se lever : « Félie !... Attends. Regarde-moi. Ce que je dis, c'est pardonne-toi. Ça suffit. C'est fini. Pardonne-toi, Félie. Ariane, sa mort, notre histoire, ta mère, son incapacité à t'aimer, ton père parti... admets et pardonne. Tu n'y peux rien. Tu n'y pouvais presque rien.

— Me pardonnes-tu, toi ?

— Je n'ai rien à te pardonner, Félie. Toi, tu as à me pardonner.

— De l'avoir emmenée...

— ... à ta mère, oui. »

Elle attend de pouvoir parler sans éclater en sanglots : « Pourquoi c'est plus facile de te pardonner à toi qu'à moi ?

— C'est un vieux truc, ça. C'est quand on a été amoureux que ça arrive.

— Menteur ! C'est quand c'est notre mère qui a tué. Tu sais que, tant que j'avais perdu la mémoire, j'ai eu peur d'apprendre que c'était toi qui l'avais tuée ?

— Parce que c'est aussi moi. On le sait.

— Et moi. On le sait aussi. Moi et ma maudite obsession de protéger ma mère, de la mettre à l'abri de ce que je lui avais fait. J'ai quand même quelque chose pour toi et je ne suis pas en train de changer de sujet. »

Elle se lève et sort une enveloppe de son sac. Elle pose un formulaire sur la table. Francis se penche. Elle n'a jamais compris pourquoi le voir chausser ses lunettes l'émeut autant. Quand il les retire, il ne la regarde pas. Elle est incapable de deviner ce qu'il pense.

« Francis... je sais que ça ne change rien, que c'est un peu tard. Beaucoup trop tard. Mais ça, c'était mon erreur. Et je voudrais... non pas la réparer, mais... Ça, c'est à toi de me le pardonner. Ce n'est même pas certain qu'on l'obtienne. »

Si elle savait comme il y a longtemps que c'est fait. Il pose ses doigts sur l'intitulé du formulaire.

« Requête à la Cour en réclamation d'état »

Elle lui explique qu'il est trop tard pour une déclaration tardive de filiation, qu'elle a essayé de faire inscrire son nom à côté du prénom d'Ariane, mais que rien dans la loi ne prévoit un cas comme le leur. Selon la loi, il y a plus que prescription, il n'y a pas lieu de procéder, point. Seul un juge peut changer cet état de chose pour des raisons à caractère humain. Francis peut signer la requête à la Cour, et elle fera le nécessaire, même si ce n'est pas gagné.

Francis effleure de ses longs doigts le nom sur le formulaire —

Ariane Élie. Sa fille.

Leur enfant, enfin.

Il a l'impression étrange qu'elle lui remet leur petite fille dans les bras. Comme s'il ne s'était pas montré indigne de la porter, de la protéger. Comme s'il avait fait de son mieux, au meilleur de sa défaillante connaissance des êtres humains et de leurs démons.

Il se souvient de ce jour de mars 1973 quand, en entrant dans cette pièce, il l'avait trouvée à l'attendre.

Pour la première fois depuis six mois d'exil, depuis la mort d'Ariane, elle avait parlé avec lui. Ils avaient parlé et pleuré et parlé et pleuré encore jusqu'à se tenir l'un l'autre, tremblants, défaits, déchirés. Lavés dans l'âpreté de la douleur de perdre Ariane et de se perdre. C'était la dernière fois qu'ils faisaient l'amour, et ils le savaient parfaitement. Ils faisaient l'amour à leur fille perdue, à leur amour rendu plus impossible par le deuil que par toutes les autres règles qu'ils avaient enfreintes. Leurs corps s'étaient pardonnés bien avant que leurs cœurs ne se rendent.

La main de Félie se pose sur son épaule : « Ça, j'aurais pu et j'aurais dû le faire avant. »

Il touche sa main sans rien dire.

Il ne veut pas de ça entre eux, pas de « j'aurais dû ».

Il prend la feuille, la signe, la replie et la range. Il affirme qu'il n'a aucun besoin qu'un juge décide de la validité de leur décision.

Il se lève, la prend par les épaules et l'entraîne sur le sofa où ils s'assoient confortablement, serrés l'un contre l'autre. Il lui demande de lui raconter ce qu'elle a fait depuis ce jour de mars où il l'a laissée devant la porte de son appartement à Montréal.

Ils ne font pas le tour complet des trente-six ans d'absence, mais ils se retrouvent, à la fois vieillis et intacts.

Beaucoup plus près l'un de l'autre qu'ils ne l'auraient prévu.

Le vin remplace le thé dans les verres et le soir tombe autour de la maison. Félie propose d'aller jusqu'au lac, avant qu'il ne fasse complètement noir. Ils marchent en silence, d'un pas vif, accordé. Francis connaît les bois par cœur. Elle les retrouve pareils à il y a trente-six ans, préservés. En arrivant à l'éclaircie du lac gelé, tout blanc, comme une lune tombée entre les montagnes noires, Yolande sourit : voilà exactement son rêve. C'était un souvenir vrai, et non pas du réel déguisé par l'inconscient.

« Tous les soirs, je venais ici. Je regardais le jour mourir. C'était jamais pareil et ça me rentrait toujours dedans.

— C'est jamais pareil. Mais des fois, ça rentre moins durement. »

Ils mettent presque une heure à revenir. Il fait nuit noire quand ils regagnent le sofa auprès du poêle. Ils mangent et savourent beaucoup plus que les mets et la conversation. Le ton, le rire, la légèreté pétillent et les réchauffent autant que le feu.

Il est près de deux heures du matin quand elle enfile son manteau pour partir. Francis voudrait la voir attendre le matin. Mais elle est très éveillée et elle n'a bu que du café depuis deux heures. Elle ne s'endormira pas. Elle sera prudente et tout. Il n'insiste pas.

« Tu vas revenir, Félie ?

— Tu sais bien que oui. »

La longue main sèche contre son manteau. La longue main qui presse son dos. Si elle reste, elle ne sait pas ce qu'il trouvera pour la faire dormir dans ses bras. À soixante-seize ans ! Elle n'aurait jamais dit une chose pareille. Il rit, la devine très précisément, et chuchote à son oreille : « Tu vois bien qu'il te reste de très belles années avec ton Jean-Louis !... Profite de tout, Félie. Laisse rien pour le quêteux ! »

Cette dernière remarque la fait sortir au plus vite : c'était ce qu'il lui disait quand, aux dernières limites du plaisir, il recommençait à la faire jouir.

Elle rentre lentement, apaisée. Le seul projet qu'elle avait pour Francis et qui ne se réalisera pas, c'était de publier les *Chants* et les *Élégies*. « On dirait bien que je suis l'homme d'un seul livre, Félie — comme je suis l'homme d'une seule femme. »

Il peut bien prétendre ce qu'il veut, il a écrit beaucoup d'autres poèmes et de bien meilleurs que ceux qu'il a publiés. Pour ce qui est des femmes... il y en a eu beaucoup aussi, mais là, elle a une certitude : Ariane, sans jamais devenir une femme, sera la seule à l'habiter aussi absolument.

* * *

Elle a changé, Annie. Yolande trouve si étrange de revenir dans cette maison où elle l'a élevée et de si peu la reconnaître. Annie a déposé les armes. C'est vraiment comme cela que Yolande décrirait la jeune femme qui s'assoit dans le grand salon où rien n'a été déplacé depuis son départ. Ça ne fait que quinze mois et l'impression est de quinze ans.

Annie suit les yeux de Yolande : « Ça a pas grand bon sens, trouves-tu ? Ben que trop grand pour lui tout seul !

— C'est pas pour ça que tu restes ici ?

— Non. C'est fini, ce temps-là... C'est pas pour faire comme toi, mais moi aussi, je vais m'en aller d'ici. »

Yolande l'observe attentivement. Contrairement à ses manières habituelles, Annie s'était montrée très succincte et directe dans sa dernière lettre. Rien que le ton et le style donnaient envie d'en savoir plus long.

«Tu sais, Annie, je serais venue te voir de toute façon : j'attendais que nous puissions avoir cette conversation, toi et moi.

— Tu veux dire sans que je capote ?

— Je veux dire avec ma mémoire revenue. Et sans te faire encore du mal.

— Tu te souviens de tout ?

— Pas mal, oui. En gros. Il manque des détails, mais le dessin principal est là.

— Le dessin de ta vie. Quand j'y pense, j'aurais presque préféré que tu te rappelles pas de tout. J'ai été assez… épouvantable avec toi.

— Je ne t'ai pas beaucoup aidée, Annie. Et je le regrette.

— T'as failli mourir. T'avais autre chose à faire que de t'occuper d'une fille de mon âge.

— Je parlais d'avant l'accident.»

Les yeux d'Annie sont vissés aux siens. Yolande y retrouve la même tristesse qu'elle y a vue quand Annie avait cinq ans. Une tristesse résignée. Qu'est-ce qu'elle donnerait pour la rendre plus combattive !

Annie parle sans se plaindre, avec un soupçon d'ironie : «Tu sais comment ma thérapeute m'a décrite ? Un crochet qui se précipite sur tout ce qui passe près d'elle dans l'espoir de se tenir après. C'est loin de la locomotive…

— On peut aussi être un wagon…

— Moi, c'est pas l'image que j'avais… Je te voyais comme une bouée que je ne voulais pas lâcher, même une fois sortie de l'eau.

— Pas pratique pour marcher, non plus ! Sans métaphore, Annie, tu vas mieux ?

— Oui. Parce que j'arrive à voir les mécanismes. Tu sais, ici, j'ai vraiment la paix. Papa est devenu très soucieux de moi. Très paternel… même si j'ai moins besoin de ça. Il a arrêté de boire. Je le laisse faire, mais je… je m'en fiche pas, c'est pas ça…

— Je pense que t'as le droit de t'en ficher un peu, Annie. Il est assez grand pour se débrouiller.

— Mais il m'aide ! Il veut m'aider. »

Yolande se tait, parce que la nuance est grande et qu'Annie l'a apportée d'elle-même.

Annie soupire : « Tu te souviens quand t'habitais boulevard Gouin, dans le tout petit appartement ? Tu me choquais beaucoup avec ta nouvelle indépendance. Je t'écoutais pas. Je jugeais tout ce que tu disais en fonction de mes attentes. Et comme tu ne disais rien qui me semblait rassurant… Je paniquais, Yolande. Je paniquais tellement. C'est ça qui me frappe maintenant : comment on peut se fermer et juger quand on espère autant… quelque chose d'impossible. »

Annie se tait et continue de réfléchir. Yolande attend, elle ne veut pas la précipiter. Elle est venue l'écouter et peut-être lui parler, si elle est prête à l'entendre.

Annie a un sourire triste : « Maintenant, je pense que quand tu t'es réveillée après l'accident, t'étais toi. Juste toi. Et quand je me suis réveillée à l'hôpital, après la fausse couche, j'ai eu l'impression d'avoir passé ma vie à jouer un rôle. T'étais pas là, près de moi. T'étais pas là, et je savais que tu ne serais pas là le lendemain, ni jamais. Ceux qui étaient là, Yvon, papa… j'en voulais pas. Y arrêtaient pas de vouloir que j'aille mieux, que je reprenne mon rôle, tu comprends ? Moi, j'avais plus de rôle, j'avais plus le goût… à toi, je peux le dire, même si c'est gênant… mais Corinne, rien que l'idée de m'en occuper, c'était trop. Yvon… j'étais pas capable de l'entendre. Y m'énervait ! T'as pas idée. Y m'énerve encore, d'ailleurs. C'est pas de sa faute, je pense que c'est le même homme qu'avant. C'est moi qui n'est plus du tout la même. Je vais le laisser, j'attends juste d'avoir assez de force pour le lui dire.

— Attends d'être solide : y en a dedans, Yvon.

— Sans oublier Ginette. Important, ça, maman Ginette… Indispensable pour Yvon.

— T'as l'air de pouvoir t'en passer, toi?

— Tu sais pas à quel point! Des fois, je regarde comment je me suis pilé dessus sans rien dire, comment j'ai laissé faire les autres… j'en reviens pas!

— Mais c'est fini, ce temps-là, si je comprends bien?

— Oui. C'est fini, si je tiens le coup. Si le crochet se met pas à courir après quelqu'un à qui se prendre… C'est plus facile quand on n'aime pas les gens. Le pire, c'est quand on les aime. Ça a l'air fou à dire, mais pour moi, le danger, y est là: quand je les aime. Y a quelque chose dans moi qui veut disparaître dans l'autre. S'infiltrer, rentrer dedans. Être à l'abri de tout dans la personne que j'aime.»

Le ventre de sa mère. Retourner dans le ventre de sa mère. L'idée est repoussante pour Yolande, exécrable. Mais l'idée que son ventre à elle, son ventre vide, ouvert, béant de mort, puisse de nouveau abriter une petite fille, la protéger, la garder du danger… quelle bénédiction ça a dû être dans sa vie. Quelle complicité dangereuse elles ont vécue ensemble… Chacune comblant le vide de l'autre, chacune s'illusionnant sur la guérison… le piège s'était refermé, et Yolande sait maintenant qu'elle aurait pu tuer Annie en croyant la sauver.

«Quand t'as plus voulu que je t'appelle maman après l'accident, c'est là que j'ai commencé à perdre les pédales. C'est ridicule, je sais, ça a l'air niaiseux, mais c'était comme si tu me jetais. T'avais failli mourir — ce qui, en partant, m'avait pas mal secouée — et là, une fois réveillée, tu voulais plus que je sois ta fille. C'est comme ça que je le voyais…»

Yolande estime que c'est strictement ce qui s'est passé: elle a brutalement brisé le code entre elles, elle s'est mise à vivre avec la vérité sans avertir Annie, qui, du coup, perdait son nid protecteur et ses repères dans le grand mensonge organisé qu'était leur vie de famille. Même s'il est majeur, on ne précipite pas quelqu'un hors du nid avec autant de désinvolture.

«Je savais bien que tu n'étais pas ma mère, je ne me faisais pas accroire le contraire, mais je t'avais choisie pour la remplacer… la pas bonne. La mauvaise. Celle qui m'avait rejetée. Tu comprends, ça pouvait pas se répéter avec toi parce que je t'avais choisie. Je pouvais pas m'être trompée, pas à ce point-là! Alors, j'ai cru ce qui faisait mon affaire, pas ce que tu disais. J'ai cru que je ne valais pas la peine. Que j'étais un gros rien et que tu t'en étais enfin rendu compte. J'ai pas voulu t'entendre, évidemment, et je me suis mise à me battre pour ne pas te perdre — même si ce n'était pas ce que tu demandais.

— T'étais pas en mesure de comprendre… et j'ai rien expliqué.

— Tu pouvais pas! Y avait pas de place dans ma tête pour comprendre une chose pareille. Ça me menaçait tellement. Y a fallu que j'invente des responsables, des raisons, une armée de menteries pour ne pas t'entendre. Comme papa quand y était chaud et qu'y comprenait tout de travers. Tu te serais décidée à mes cinquante ans et ça n'aurait pas fait mon affaire non plus. Je voulais pas que ça change. Je voulais rester à l'abri dans tes bras. Tenir mon rôle de mère de famille et jamais te lâcher. Tout un cadeau à faire à quelqu'un! Quand j'ai été enceinte, je l'ai dit à personne d'autre que toi. C'est à toi que je voulais faire plaisir, à toi que je voulais prouver quelque chose. »

Yolande voit se dessiner à nouveau le spectre de l'enfant-offrande, le syndrome d'Abraham, comme elle l'appelle. Mon dieu! Tous les enfants mis au monde sont-ils des trocs pour compenser un manque, un abîme? Pour acheter un peu d'attention qu'on maquille en amour? Elle revoit sa sœur annoncer fièrement à Lilianne qu'elle est enceinte: elle aussi, elle a été reçue froidement. Et elle n'a jamais eu d'enfant. Hasard?

Ariane… Yolande se souvient de sa crainte que Francis n'en veuille pas. Normal: personne ne s'était réjoui d'elle enfant, et sa mère avait été on ne peut plus claire sur le sujet. L'enfant de Francis, c'était un trésor convoité pour elle-même, et elle ne l'aurait jamais sacrifié à quoi que ce soit. Jusqu'où son désir d'enfant était un refus de sa mère, une déclaration d'indépendance et une profession de foi — jamais je ne partagerai ton dédain des enfants parce que ce serait partager ton refus de ma personne!

Je prends ton homme et je fais ce que tu hais: un enfant. Et ce n'est pas tout, il ne sera pas de trop, nous allons l'aimer.

Mais sa mère s'était montrée pas mal plus forte qu'elle à ce jeu. Sa réponse avait été terrible.

L'enfant d'Annie… pas plus que Lilianne, Yolande ne s'était montrée intéressée. Évidemment: elle avait eu besoin d'un enfant à bercer, à consoler, pas d'une descendance! Annie seule pouvait combler son vide, pas sa suite. Yolande voit bien que l'artifice, le leurre s'arrêtait à Annie. L'art d'être grand-mère était un art impossible pour elle. C'est là que la vérité frappait dur. Ariane n'aurait jamais de bébé à son tour et Annie n'était pas sa fille. Un rôle encore, un rôle qu'elle lui avait fait endosser. Quel égoïsme que le sien! Quelle cruauté envers quelqu'un d'aussi déshérité qu'Annie. Yolande voudrait lui demander pardon à genoux.

«As-tu remarqué qu'on prend ce qu'on veut des autres, Yolande? On s'organise pour prouver notre point de vue. C'est comme Steve… je savais bien qu'il n'était pas dangereux. Mais je voyais qu'il voulait sa place dans ta vie et je me disais que s'il la prenait, il allait m'enlever la mienne. Alors, j'ai prétendu que c'était sale, malsain. Papa a marché parce qu'il n'avait jamais vu quelqu'un d'aussi délinquant de sa vie. Y avait peur qu'il vole ton argent! Pauvre papa… lui pis son argent. Yvon est pareil. J'ai pas pris de chance avec les hommes, j'en ai pris un pareil à papa.»

Là-dessus, Yolande se rappelle avoir tout de même combattu. Une fois établi qu'aucune attraction physique ne servait de base au mariage d'Annie, Yolande avait tout fait pour attirer son attention et l'inciter à réfléchir.

Annie a l'air de suivre ses pensées: «Tu te souviens comme t'as essayé de me le faire comprendre? Je peux bien te le dire, maintenant, j'ai toujours méprisé ton goût de… du…

— … sexe. Je ne dirais même pas de la sensualité. C'est du sexe que je parlais.

— Oui… et j'aimais pas ça. Parce que tu trompais papa et que ça me faisait peur. Peur que tu partes. Peur de te perdre. Tout ce qui me menaçait s'appelait sexe… alors, j'avais pas envie de m'en approcher. Et j'avais pas du tout tes dispositions. Quand tu as essayé de m'expliquer en quoi ça pouvait être agréable… je serais partie en courant. Ça m'écœurait !

— T'es partie en courant ! C'était un sujet tabou entre nous.

— J'ai jamais compris… Ça, le sexe.

— T'étais encore une enfant et tu ne voulais pas grandir. Tu voulais qu'on te cajole, tu ne voulais rien d'autre que de la tendresse. T'étais trop petite encore pour le reste.

— Avoue que c'est pas très normal d'avoir un enfant et d'être encore vierge dans sa tête. En tout cas, pas réveillée sexuellement…

— Tu sais, Annie, ce qui est normal ou pas dans la tête des gens… Ce que tu me dis aujourd'hui t'aurait semblé épouvantable à penser il y a seulement un an. Je te trouve très courageuse. Tu vas mieux. C'est déjà beaucoup. Ce que je veux le plus, c'est que tu ne te fasses plus de mal… et que je ne puisse plus t'en faire non plus, même sans le vouloir. Tu étais très petite, Annie, et je ne t'ai pas aidée à grandir.

— Je ne voulais pas.

— On était deux, ça ne t'a pas aidée.

— Tu te souviens, au début, tu restais près de moi tous les soirs jusqu'à ce que je m'endorme ? Les histoires que tu me racontais ! Les ombres qui me faisaient peur au plafond quand les lumières étaient éteintes, tu disais que c'étaient des oiseaux et des lutins qui préparaient le matin et les jeux qu'on jouerait.

— Non… je me souviens que tu avais peur du noir et des fantômes.

— J'avais peur que ma mère revienne et qu'elle m'emmène

loin de toi. Je voulais même pas le dire, j'avais peur que tu me trouves ingrate.

— Ingrate?

— Oui. Je voulais te plaire, tu comprends? Te plaire assez pour que tu restes, que tu ne fasses pas comme ma mère. J'essayais tout le temps de me comporter comme tu voulais. Je peux pas te dire le temps que je passais à tâcher de deviner ce qui te ferait plaisir, ce qui te ferait m'aimer. J'avais tellement l'impression d'avoir manqué mon coup avec ma mère! Je voulais pas manquer ma deuxième chance... Les cours de ballet, les cours de piano... j'ai jamais aimé ça. Je les ai suivis pour que tu me trouves aussi bonne que Lucie Arsenault.

— Qui?

— La fille qui habitait en arrière de chez nous. Une fois, t'avais dit qu'elle était gracieuse. T'avais dit que c'était probablement son tempérament artistique. Ça m'en prenait pas plus pour vouloir être une ballerine ou une pianiste.

— Et t'aimais pas ça?

— Non. Mais je ne peux pas te dire ce que j'aimais, je ne me suis jamais préoccupée de ça.

— J'ai rien vu, Annie... j'espérais seulement que ça ne te décevrait pas trop de ne pas faire carrière en ballet. Je voyais bien que ça ne serait pas possible: tu n'avais aucun rythme! Ni au piano ni en tutu. »

Le rire d'Annie est rassurant. « Tu sais ce que j'aimais le plus? C'était faire mes devoirs à côté de toi pendant que tu travaillais. Ça, c'était le bonheur total.

— T'étais bonne à l'école. T'aimais ça vraiment? Je veux dire, c'était pas pour moi?

— J'aimais ça doublement quand ça te plaisait. Toute ma vie était centrée sur toi. Tous mes choix étaient faits en fonction des tiens. Et quand ça ne faisait plus mon affaire, c'était de ta faute. Pratique...

— Pas tant que ça.

— Pourquoi tu penses que je suis allée en littérature si ce n'était pas pour faire comme toi ? Évidemment, si j'avais pu, je serais devenue poète. Mais comme il n'y a pas de cours… tant mieux, parce que j'en aurais arraché. C'est un peu comme le ballet, la poésie, j'ai jamais rien compris là-dedans.

— Question de rythme, là aussi. Tu trouves ça drôle ?

— Tant qu'à pas savoir ce que je voulais… au moins, ça nous faisait des sujets de conversation. Tu ne te rappelles pas tous les travaux que tu m'as aidée à faire ? T'aurais été un prof fantastique. Tu lisais les livres, et on discutait. Le nombre de fois que j'ai obtenu des « A » grâce à toi…

— Et ça ne t'intéressait pas plus que ça ? Les livres ?

— Non. Toi, par contre, quand t'en aimais un… j'avais d'affaire à me forcer et à pas dire n'importe quoi ! "On dit pas de niaiseries sur les auteurs et on fait pas de fautes d'ortho-graphe." Grâce à toi, je ne fais pas de fautes, mais je dis encore des niaiseries.

— Qu'est-ce qui t'aurait intéressée, Annie ? Le sais-tu ?

— Du tout. Je commence à me le demander. Je te l'ai dit : c'est toi, te plaire à toi qui m'intéressait. Tu ne m'as jamais demandé d'aller en littérature, d'ailleurs. Et quand j'ai rencontré Yvon, c'est pas pour rien que je voulais me marier aussi vite : c'était pour échapper à mes cours, me sauver de mes études.

— Celui-là, par contre, c'était pas pour me plaire !

— Non… c'était pour t'enlever un peu de pouvoir. J'étais pas folle, je voyais bien que j'étais trop sage, trop soumise. Alors, quand j'ai eu envie de faire à ma tête, j'ai pas hésité. Yvon, c'était comme une crise d'adolescence — fallait pas que ça te plaise, jus-tement ! Moins y te plaisait, plus y me plaisait. J'avais la certitude de me choisir ! Fallait-tu être niaiseuse.

— T'étais pas habituée à contester. C'est tout. Mais tu ne t'es pas trompée, y me plaisait pas.

— Lui, par contre, y savait contester. C'était sa mère contre la mienne. Enfin, contre toi. Ça a pas été long que je me suis retrouvée en train de te défendre. Je l'ai jamais laissé rien dire contre toi.

— J'en souffrais pas, tu sais.

— Moi, ça me faisait souffrir. Personne avait le droit de parler contre toi. Papa non plus… Y a une chose que j'ai jamais comprise, Yolande : pourquoi t'es restée avec lui quand je me suis mariée ? »

Peut-elle lui avouer que son père avait la même hantise qu'elle, qu'il était incapable d'envisager la séparation ? Même en sachant qu'ils n'étaient plus un couple, qu'elle avait une vie sexuelle très active ailleurs, Gaston refusait de la voir partir. Il la suppliait de rester. Après avoir fait chambre à part, ils ont vite fait vie à part. La situation arrangeait Yolande pour la simple raison qu'elle lui servait de fuite quand ses liaisons lui pesaient. Et puis, Gaston lui faisait un tel numéro quand elle parlait de partir, ça devenait lourd de s'exécuter. Toute l'histoire de Gaston avec Madeleine, la liaison, l'envie de vivre avec elle, c'était la dernière trouvaille de son orgueilleux mari pour ne pas être laissé. C'était si enfantin et si méprisable que Yolande avait haussé les épaules sans rien dire : s'il voulait vraiment se payer un psychodrame, ce n'est pas elle qui jouerait le public. Ça faisait déjà longtemps qu'elle ne répondait plus aux arguments de Gaston. Mais cette fois-là, elle lui avait fait remarquer qu'utiliser Madeleine pour ménager son orgueil de mâle, c'était assez vulgaire et indigne. « T'es un vrai trou de cul, Gaston », voilà la dernière phrase qu'elle se souvient d'avoir prononcée dans la voiture. Et elle est bien certaine qu'il a répliqué par l'accident. Yolande a tellement envie de rire au souvenir de sa phrase qu'elle déguise la vraie raison de sa bonne humeur : « Je m'en fichais, Annie. Ton père et moi, ça n'a jamais commencé. C'est toi qui m'intéressais. Tu peux te vanter de m'avoir poussée au mariage. Et j'en avais aucune envie. Tu vois, moi non plus je ne voulais pas te perdre ! »

Elle n'en revient pas, Annie. Elle est soufflée.

« Mais… pourquoi ? »

Parce que ma mère avait tué ma fille.

Parce que ta mère était en train de te tuer.

Parce que ma mère voulait encore me tuer.

Parce que penser que je te sauvais alors que je t'étouffais devait me faire du bien.

Pourquoi? Comment répondre sans lui dire de quel naufrage elle provenait? Annie a bien assez de son propre massacre. Elle n'a certainement pas à prendre en compte les vagues des autres. Prudente, Yolande essaie de répondre sans évoquer ce qui ne concerne pas Annie: «Je pense qu'en prenant soin de toi je me consolais de certains chagrins. Et je pense que je me suis trompée en faisant cela. C'est ce qui t'a fait croire que tu n'étais pas assez. Et ce n'était pas vrai.

— Non. J'avais eu des années en compagnie de ma mère pour savoir que je n'étais pas assez.

— Disons que ma confusion n'a pas dû aider. Tu es quelqu'un de bien, Annie. Et tu es sur la bonne voie.

— Ma mère… ma vraie mère… penses-tu qu'elle me haïssait?

— Je ne l'ai pas beaucoup connue. C'est pas à moi de répondre à cette question-là, Annie.

— L'autre matin, je regardais Corinne jouer. Je l'ai trouvée tellement inventive, débrouillarde. J'avais pas vu ça avant d'être malade. C'est effrayant: j'aurais pu passer à côté d'elle sans savoir, sans la voir…

— Tu penses que ta mère a fait ça? Elle est passée près de toi sans te voir, sans savoir?

— Peut-être?

— Ça se peut.

— J'ai failli faire la même chose à ma fille.

— Tu ne l'as pas fait.

— Non? Y est pas trop tard?

— Est-ce qu'il était trop tard pour toi, à cinq ans? Quand je suis arrivée?»

Comme elle est bouleversante avec sa franchise émue et son « non » murmuré.

Yolande ouvre les mains en souriant : « Alors ? Tout n'est pas gagné, Annie, mais doucement, petit à petit, tu vas y arriver.

— Le pire, c'est… comment on est seul, finalement.

— Oui. C'est vrai.

— Quand je m'accrochais à toi, je n'avais pas autant la sensation d'être seule. J'avais peur que tu m'abandonnes, mais je ne me sentais pas encore seule.

— Maintenant ?

— Je suis seule… et personne ne peut plus m'abandonner.

— Mais tu peux aimer encore, Annie. Aimer sans t'abandonner, sans te perdre.

— J'ai du chemin à faire parce qu'aimer, pour moi, c'est me mettre à courir en arrière de quelqu'un.

— Un jour, ça va être marcher à côté de quelqu'un. J'ai confiance en toi. T'es peut-être pas moins seule que tu penses, mais t'es plus belle que tu penses. »

Les yeux d'Annie sont pleins d'eau. Elle agite les mains comme pour les sécher ou pour supplier les larmes de ne pas couler : « Excuse… »

Yolande s'approche, la prend dans ses bras. Annie a un gros soupir : « Fais pas ça ! Je vais pleurer pour de bon.

— Tu n'es plus obligée de me faire plaisir. T'as le droit de pleurer. Après, on rira. »

* * *

Dans la chambre qui était la sienne, les boîtes dûment étiquetées attendent Yolande. Elle ne les ouvre pas. Elle passe en revue les livres — elle cherche toujours son Saint-Denys Garneau, l'édition offerte par Francis. Elle retrouve certains titres qu'elle place dans un sac, en tout, une quinzaine de livres dont un exemplaire de celui de Francis.

Celui-là contient la dédicace de l'homme qui était encore avec sa mère. Celui qui est chez elle, c'est le deuxième exemplaire, qu'il lui avait offert avec un poème supplémentaire en guise de dédicace. Entre les deux dédicaces, il y avait eu son baiser, leur étreinte sur le plancher de la salle de bains et le mariage avec Lilianne. Entre les deux, le cataclysme de leur passion.

Yolande se rend compte que Francis, tout comme elle, s'est marié pour de mauvaises raisons : pour empêcher quelque chose et non pas pour clamer un amour véritable.

Quelle sorte d'impies sont-ils donc à malmener ainsi le mariage ? Comme si c'était une planque, un bouclier. Comme si c'était un fard de luxe pour camoufler de mauvaises intentions.

Yolande descend retrouver Annie au salon.

« C'est tout ? Tu ne prends rien d'autre ?

— Non. Dis à Gaston de donner le reste. Mes livres, mes vêtements, tout ce qui est là.

— Est-ce que je peux prendre quelques affaires… en souvenir ?

— Ne t'alourdis pas, Annie. La route est longue et tes vrais souvenirs sont là, dans ta tête et dans ton cœur.

— Oui, mais si je perds la mémoire, un jour ?

— C'est pas des objets qui vont te la rendre, tu peux me croire. »

Elle réentend les bribes de poésie qui faisaient surface dans son esprit embué. Les paroles parfaites des poètes ou les imparfaites qui en disent encore davantage dans leur inachèvement. Ces paroles qui viennent nous réveiller le cœur et nous rappeler combien vivre n'a rien à voir avec la perfection et tout à voir avec le courage.

« Tu sais, Annie, quand j'étais dans le noir total, quand le coma m'a laissée absente, c'est toi qui m'as apporté ce qui pouvait m'aider à en sortir. Tu m'as fait entendre des poèmes de Pablo Neruda. Tu as su m'aider. Merci. »

Annie ne dit rien. Elle sourit, heureuse.

Yolande renonce à lui poser la question qui la trouble depuis que sa mémoire est revenue. Elle est certaine de n'avoir jamais parlé d'Ariane à Annie ou à Gaston. Jamais. Elle s'est rappelé qu'Annie lui avait dit qu'«elle savait ce que c'était de perdre un enfant». Mais poser la question à Annie maintenant, c'est risquer de la voir s'assombrir et se sentir coupable.

Elle embrasse Annie sans rien ajouter, et part. Elle saura bien trouver toute seule, inutile de troubler la frêle paix d'Annie.

* * *

Ce soir-là, sur sa bibliothèque, Yolande pose une photo qu'elle a retiré de l'album qui était dans le sac d'Annie : installée dans un fauteuil confortable, Annie blottie contre elle, Yolande fait la lecture d'un immense livre pour enfants. Âgée de sept ou huit ans, Annie a le pouce gauche dans sa bouche, et sa main droite tient une mèche de cheveux de Yolande qu'elle tortille. Le nirvana absolu, voilà comment elle avait intitulé ce moment.

Et c'est vrai que, là-dessus, elles ont toutes deux l'air d'être dans un paradis où l'attente s'est enfin éteinte.

Elles s'étaient trouvées, le temps de reprendre leur souffle, à l'abri des cyclones et des ouragans, et elles avaient bien failli oublier de vivre.

Quand Steve — qui suit de près tous ses efforts de récupération — lui demande qui est l'enfant sur la photo, il n'en revient pas de sa réponse.

«Ah ouin ? On dirait jamais. Est presque belle, quand a l'a l'air bien. Quand on est petit, on est-tu toujours beau, tu penses ?

— On est moins marqué, en tout cas. Toi, tu devais être pas mal… »

Il la fixe, incrédule : « Ris-tu de moi, Yo ? Jamais été beau !

— Tu fais semblant ou quoi ?

— Ouain… pis ça marche : sont toutes après moi !

— C'est pour ça que tu laisses pousser tes cheveux ?

— C'est Sylvie, là… a voulait ça. »

Quand il est gêné, Steve fait pivoter sa chaise roulante, comme s'il se dandinait.

« Bon, arrête de venir à la pêche aux compliments : t'es beau, on s'entend là-dessus. D'ailleurs, on devrait prendre une photo pour que je t'installe sur ma bibliothèque.

— Pourquoi ? Tu vas déménager chez Jean-Louis, c'est ça ? Tu vas aller rester avec lui ?

— Veux-tu me dire ce que t'as avec le déménagement ? J'ai jamais parlé de partir d'ici !

— Tu l'aimes pas ? T'es pas sûre ?

— O.K., Steve : Sylvie, tu l'aimes ? Tu déménages pas pour autant.

— Oui, mais j'ai pas ton âge !

— Qu'est-ce que tu veux dire, exactement ?

— Je le trouve parfait pour toi, Jean-Louis.

— C'est quoi, le rapport avec mon âge ?

— Ben… t'as moins de chances de t'en trouver un autre si tu le lâches. Je veux pas dire que t'es vieille…

— T'as peur de quoi ? D'être obligé de t'occuper de moi ? Viens ici, Steve, on n'a pas fini !

— On peut parler en faisant à souper. Tu manges-tu ici ?

— Oui. C'est quoi, Steve ?

— Ben… t'as un *chum*, t'as de l'argent, t'as même de la mémoire…

— Oui ?…

— Jean-Louis dirait pas non. On en a presque parlé l'autre fois…

— Presque, oui…

— Tu sais ben ! Pis là, tu veux une photo de moi !

— Tu dis ça comme si c'était l'argument final ! C'est quoi, le problème, Steve ? Vas-tu le dire ?

— C'pas un problème… c'est jusse que les affaires s'organisent autrement. J'vas étudier, pis tu vas aller avec Jean-Louis…

— Un : t'étudies déjà, deux : je suis déjà avec Jean-Louis. C'est quoi, le problème ?

— Yo : fais pas semblant. On est rendus ailleurs, pis c'est toute ! »

Elle le regarde hacher des oignons avec une dextérité époustouflante… et une vitesse qui la fait grimacer. Elle a toujours peur qu'il se coupe un bout de doigt. Elle ne le dit plus, parce qu'il rit d'elle et qu'il se met à accélérer pour la défier. Elle réfléchit aux indices que Steve lui a donnés. Pas facile à décoder, le champion du couteau !

« Comme ça, tu penses que notre amitié a fait son temps ? Parce qu'Annie a pris du recul, parce que Jean-Louis m'aime, c'est le temps de se séparer, nous deux ? Tu vois ça comme une parenthèse, notre amitié ? Une sorte de service de dépannage en attendant de trouver mieux ? »

Bon, les carottes, maintenant. Les rondelles se détachent dans un bruit de mitraillette. Pas content de ses hypothèses, c'est certain.

« Steve ?…

— Pourquoi tu veux une photo si tu m'as dans face ? Pourquoi Jean-Louis resterait si tu veux pas aller avec lui ?

— Pourquoi tu vas pas chez Sylvie si c'est ce qu'on fait quand quelqu'un nous aime ? »

Il hausse les épaules, lui tend le céleri — elle comprend tout de suite et va laver les branches. « Qu'est-ce qu'elle dit de ça, Sylvie ?

— Sylvie, est comme toutes les filles, sauf toi : a veut se marier ! A veut qu'on reste ensemble, pis si je dis non, c'est parce que je l'aime pas. Dans sa tête, c'est de même. Pourquoi t'es pas comme elle ?

— Parce que je suis vieille !

— Même pas vrai ! T'as pas marié celui que t'aimais pis t'as marié le gros crisse. »

Elle pose les branches de céleri devant lui : « Doucement, O.K. ? Arrête de me terroriser avec tes couteaux. »

Ça le fait bien rire, et il coupe encore plus vite, comme prévu.

Elle sort une sauteuse de l'armoire. Steve fait non de la tête, et elle sort une poêle en fonte. Il sourit. Elle est devenue un marmiton exemplaire qui obéit au doigt et à l'œil.

Une fois le plat mis à mijoter, Yolande remplit les verres de vin et met cartes sur table : « On va commencer par nous deux. On s'occupera des autres après. J'ai jamais pensé que tu serais là pour mes vieux jours. J'ai jamais rêvé que tu me tiennes compagnie parce que j'étais une pauvre femme sans mémoire. Je me suis attachée à toi pour ce que tu es, pas pour avoir un garde du corps. Peux-tu comprendre ça ? Après, comment on vit, comment on continue à se voir, ça dépend de deux choses : ton envie et mon envie. On est toujours d'accord ? Dans ta tête, Steve, ça se peut pas être avec quelqu'un longtemps. Mais c'est juste parce que t'as jamais essayé. Ça existe. Y a des tas de gens qui ont un père et une mère, qui ont des amis depuis toujours. Nous deux, c'est juste un peu spécial. Regarde Jean-Louis, regarde Sylvie : ils ont des parents qui sont très bien. Tout le monde passe pas par des familles d'accueil et, dieu merci, toutes les mères sont pas dépressives et schizos comme les nôtres.

— Pourquoi tu parles de ça ?

— Parce que c'est ce qu'on a en arrière qui nous pousse à agir différemment aujourd'hui ! Moi, ce qu'il y a en arrière de moi, c'est juste assez pour ne pas me donner envie d'emménager chez Jean-Louis. Même si je l'aime. Parce que je l'aime, je vais essayer de vivre selon mes normes… si on peut trouver un arrangement qui lui convienne. Toi, Steve, c'est pas parce que rien a jamais duré dans ta vie qu'il faut que ça s'arrête, nous deux. Ou Sylvie. Ou même Jean-Louis et toi…

— Mais Sylvie va s'tanner.

— Bon ! Il est là, le problème ?

— A veut s'marier, crisse! A vient d'avoir trente-trois ans pis a se trouve vieille! Est vraiment pas comme toi.

— Vraiment pas… Pis?

— J'veux pas qu'a parte en marier un autre.

— C'est-tu ta manière de dire que tu l'aimes?

— Pourquoi y faut toujours que ça se complique?

— Ça change, Steve, ça se complique pas. Toi? Tu dis quoi?

— Yo : j'commence à étudier, j'en ai pour trois ans avant de gagner ma vie, on est pas pour capoter avec les bébés!

— Attends un peu, là… Ça fait partie des projets ou…?

— On en refera un autre! C'est quoi, l'idée?

— Sylvie est enceinte? Tu me fais le coup du gars qui veut pas que je déménage alors que ta blonde est enceinte? Steve!

— C'tait réglé! On avait décidé que c'tait non! Pis là, ben, a trouve pas ça *cool*… »

Yolande boit en silence. Steve est vraiment comme un labyrinthe à lui tout seul. Jamais capable d'aborder les choses directement, c'est quand même inouï. Elle n'est pas très contente.

« Yo ? Toi aussi, tu trouves ça capoté, han ?… Genre… l'avoir ? »

Oh! Elle connaît le ton et la manière. Ce n'est pas loin de l'aveu, ça. Lui non plus ne trouve pas ça *cool* de s'en débarrasser. Yolande constate que Sylvie prêche un converti.

« Ça dépend… »

Elle ne comprendra jamais ce qu'il y a dans le regard de Steve qui la bouleverse autant. C'est de l'enfance pure, intouchée, et une confiance qui devrait être effacée depuis longtemps. Une confiance qui est toujours là, intacte, comme un déni de violence, comme un défi à la turpitude, à la trahison qui auraient dû la vaincre depuis si longtemps. « Si t'as un enfant, Steve, tu le laisseras jamais tomber.

— Jamais, crisse!

— Ça veut dire que tu vas l'aimer comme un fou.

— Mets-en!

— Et que ça va durer toute ta vie… C'est long, une vie.

— Ça sera jamais assez long, crisse! Yo? C'est-tu trop fou? J'ai-tu le droit d'y faire ça? J'veux dire, pas courir avec lui, rien! Genre, un père infirme… y va p'tête avoir honte? J'peux pas dire ça à Sylvie, tu comprends? Si y a honte de son père…

— "Y"? C'est un garçon?

— Ça m'fait "y", mais ça peut être "a"! Pas de différence.

— Si t'as pas honte, y aura probablement pas honte. Pis si y a honte, tu l'élèveras, tu y montreras qu'y a pas juste les jambes qui comptent.

— Va falloir que je me trouve des arguments.

— Tu viendras me voir. Tu le veux, Steve. C'est évident que tu le veux. Je t'ai jamais rien vu vouloir de même.

— T'es sûre, Yo? Sérieux, là… c'est *big*. J'pourrais?…

— Si tu passes à côté de cet enfant-là, je te parle plus, Steve!»

Il lève son verre et attend qu'elle lève le sien. Il est extatique, sans défense, ses yeux sombres sont braqués sur elle, exigeants: «Jure que tu me lâcheras jamais, Yo.

— Pas avant mon dernier souffle. Et j'ai l'intention de rester un bon bout de temps. Je veux le voir, cet enfant-là!»

Il porte le verre à ses lèvres — ses dents cognent, il n'arrive pas à boire, tellement l'émotion le fait trembler. Il pose le verre et cache ses yeux dans sa main: «Crisse! As-tu déjà vu ça? J'braille d'être content!»

* * *

Le mijoté est resté sur le comptoir. Steve a voulu aller parler à Sylvie en personne — tout de suite n'était pas assez vite!

Yolande est si heureuse, si excitée qu'elle s'habille et sort marcher dans le printemps hâtif. Il faut qu'elle parle à Jean-Louis, qu'il le sache! Elle a même envie de le dire aux gens qu'elle croise. Elle essaie de se calmer, mais elle court jusqu'à l'appartement de Jean-Louis.

Elle le savait bien que ça lui ferait la même joie qu'à elle. Depuis leur voyage aux États-Unis, le lien entre les deux hommes s'est renforcé. Jean-Louis s'est encore plus attaché à Steve. Il débouche du champagne : « En espérant que le père va réussir son secondaire avant la naissance du petit ! »

Il pose sa flûte, l'embrasse : « C'est pas loin de la perfection, ça ! T'aimeras pas ça.

— Je vais l'endurer pour ce soir. Je ne peux même pas te dire pourquoi ça me rend aussi heureuse. Si tu l'avais vu ! Pas capable de parler directement du vrai problème… toujours à faire le tour du pot. Le petit maudit !

— Je sais pas ce que tu en penses, mais moi, je vais me considérer comme grand-père.

— Ah oui ? Tu vois ça de même ?

— Pas toi ?

— Je sais pas… c'est pas mon fils. En tout cas, ce le serait moins qu'Annie et pourtant… j'ai jamais eu le quart, qu'est-ce que je dis, le centième de bonheur à savoir Annie enceinte. C'est presque honteux : Steve m'annonce qu'il va avoir un enfant, et j'ai l'impression que l'été vient d'arriver, que la vie a gagné.

— C'est ça aussi : la vie vient de gagner un point. »

Elle croise ses doigts avec les siens : « On va l'aimer, on va être gagas et on s'en fiche ?

— Moi, je serai pas gaga.

— Tu penses ?

— Je suis déjà gaga de toi, je vais essayer de me retenir un peu. Sinon, tu vas me lâcher, comme dit Steve.

— Veux-tu me dire ce qu'il a à s'en faire avec nous deux, lui ? »

Il lui coule un regard curieux, remplit sa flûte : « Je t'annonce que tu couches ici. Je te soûle et je profite de toi.

— Si tu ne te soûles pas !

— Pas fou : je sais où se cache le vrai plaisir.

— Alors ? C'est quoi, cette histoire avec Steve ?

— T'as pas un psy pour t'aider à décoder tous ces mystères-là?

— Les miens, pas ceux de Steve! Allez, le grand maître, accouche!

— Steve a tellement peu de références solides qu'il pense que si on tient le coup comme couple, il va tenir de son côté. Si tu viens t'installer ici, il peut aller chez Sylvie…

— Y est mêlé pas mal… parce que si c'est une figure parentale qu'il cherche en moi, c'est un incestueux qui a commencé par vouloir coucher avec moi.

— Avant toi, Steve a toujours confondu coucher et s'attacher. C'était un réflexe… d'ignorance!

— Es-tu rendu comme lui, Jean-Louis? Tu passes par un autre pour me parler de nous deux?

— Non, non! Je t'explique les inquiétudes légitimes de Steve. Je passerai aux miennes ensuite.

— Steve va faire son chemin tout seul et il va se calmer avec nous quand il aura son bébé dans les bras. C'est quoi, tes doutes?»

Jean-Louis soupire et fait une grimace. De toute évidence, il n'a pas envie de parler de ses doutes. Elle se penche vers lui, souriante, invitante. «T'en as ou c'est du bluff?

— Petits… de tout petits doutes…

— Comme… genre?

— Je ne détesterais pas dormir avec toi tous les soirs.

— On n'en est quand même pas loin.

— Vivre avec toi… On pourrait s'acheter quelque chose ensemble si t'as pas envie de venir vivre ici.

— Qu'est-ce qui t'énerve dans notre façon de vivre ensemble? On est ensemble, Jean-Louis! Tu veux une seule adresse, c'est ça? C'est nouveau. C'est depuis ton voyage avec Steve que tu as commencé à en parler.

— Non.»

Intriguée, elle attend les détails. La façon dont il la regarde l'intrigue encore plus.

« C'est depuis que tu as rendu visite à Francis… et que tu m'as dit être rentrée au petit matin. Je suis sûr qu'il s'est rien passé de… de… je sais pas, le genre de choses que tu garderais pour toi, mais, c'est con… je m'excuse, je pense que je suis un peu jaloux.

— Pas du tout ! C'est pas con. S'il fallait que tu puisses aller retrouver Françoise au fond d'une forêt et que tu reviennes à quatre heures du matin, je ne suis pas sûre que je le prendrais avec beaucoup de légèreté. Pas sûre non plus qu'aucun doute ne me passerait par la tête. En plus… »

Alors là, le silence l'achève. Il la fixe : « En plus, quoi ?

— Tout se pouvait ! Je ne savais pas vers qui j'allais et je ne savais pas ce que ça me ferait. Je pensais t'en avoir raconté assez pour ne pas que tu t'inquiètes… Alors, je vais réparer et être très claire : je n'ai pas couché avec Francis.

— Mais…

— Je l'ai retrouvé. Intact. Troublant. C'est bizarre de retrouver ses vingt ans d'un coup. Ça donne envie d'y revenir, de se couler dedans. Mais le temps a quand même passé. Et ça, ça ne s'oublie pas. C'est plus du tout pareil et ça s'adonne que je suis amoureuse de toi… même si j'ai eu vingt ans avec Francis. Si Françoise revenait demain frapper à ta porte, tu serais ébranlé, non ? »

Il reste songeur. Quand il vient pour parler, Yolande l'interrompt : « Je pense que je ne veux pas le savoir. Je viens de sentir exactement ce à quoi tu faisais allusion et je m'en excuse. Je ne t'ai pas beaucoup épargné, ces derniers temps.

— Je serais comme toi : ébranlé, conscient d'avoir un passé et sûr d'être amoureux de toi.

— Tu sais ce qu'il m'a dit quand je suis partie ?

— Le beau poète ?

— De soixante-seize ans, oui. Il a dit que j'avais encore de belles années devant moi. Et j'ai l'intention d'en profiter jusqu'à la dernière goutte. Avec toi, Jean-Louis. »

* * *

Il dérivait lentement vers le sommeil, le nez sur l'épaule de Yolande. « Jean-Louis ? »

Il grogne vaguement, en espérant qu'elle ne lui demandera rien d'autre.

« Et si j'investissais à la campagne, comme une bonne vieille retraitée ?… Une maison assez grande, aménagée pour une chaise roulante. Une maison où les enfants de Steve viendraient…

— Les ?

— Moi, je pense qu'il va en avoir plusieurs.

— Tu veux prendre ta retraite ?

— Si tu savais comme mon métier s'adapte bien à la vie à la campagne ! T'en reviendrais pas.

— Pas dans le coin du poète ?

— Non. Dans un coin à nous. C'est grand, le Québec.

— Je me souviens… »

Il se tait, comme s'il avait dit toute une phrase. Elle se retourne, le bouscule un peu : « De quoi ?

— On dort, O.K. ? C'est juste ton histoire d'amnésie, ça m'a toujours fait penser à notre devise *Je me souviens*. Je pense qu'y a pas un endroit dans le monde où les gens oublient autant qu'ici !

— Cout donc, toi, es-tu soûl ? »

Il rit, se retourne et se rendort.

* * *

Yolande ne pensait pas faire autant plaisir à Madeleine en l'appelant. Elle s'assoit devant elle et se dit qu'encore aujourd'hui elle va se reprocher son manque de sympathie à l'égard de ses anciennes amies. Si elles n'avaient pas été liées pour colmater le manque, aussi, ce serait plus facile de les estimer.

Elle arrête d'une main le déluge d'explications : « Inutile,

Madeleine, je sais très bien pourquoi et comment on en est arrivées là. On commande, O.K.? On parlera après.»

C'est drôle, Yolande voudrait pouvoir sauter l'étape des nécessaires aveux qui encombrent leurs retrouvailles. En fait, elle voudrait pouvoir dire à Madeleine combien elle s'en fiche de ses aveux et de Gaston. Mais ce serait aussi avouer qu'elle n'a plus du tout envie d'être son amie. L'odeur sucrée, ancienne de son parfum la gêne encore autant qu'à l'hôpital.

Le thé est posé devant elles, les sucreries aussi. Madeleine grignote, inquiète du silence imposé par Yolande.

«Ça va faire trente-trois ans qu'on se connaît toutes les deux, c'est ça?»

L'introduction égare un peu Madeleine: «Oui…

— Tu étais ma voisine d'en bas. On habitait un immeuble dans la Petite-Patrie.

— Tu te souviens de tout?

— Pas mal, oui. Y a encore des trous… des bouts moins précis. Mais je me souviens des choses importantes ou qui semblent importantes.

— Tu veux vérifier avec moi, c'est ça?

— Ça te dérangerait que je le fasse?

— Du tout!

— Je me souviens de la mère d'Annie qui venait te voir souvent. Annie était avec elle. Vous parliez sur le balcon. La petite s'ennuyait pendant que vous discutiez. Une fois, je l'avais emmenée chez moi, pour vous laisser tranquilles. Tu te souviens?

— Tu l'as fait souvent. La petite courait chez toi automatiquement! Je me souviens de la fois où tu n'étais pas là: une vraie crise! Mireille était repartie sans qu'on puisse se parler.

— Mireille… oui, son nom m'échappait. Elle avait des problèmes.

— Elle avait surtout un gros problème, tu veux dire? Elle s'était juré d'arrêter de boire à la naissance d'Annie. Pas capable. Je peux pas te dire combien de fois elle a essayé.

— Je le sais. Je me souviens d'avoir gardé Annie toute une fin de semaine. C'est Gaston qui était venu la chercher le dimanche.

— Tu nous avais dépannées : Mireille et moi, on devait aller dans une auberge ensemble… c'était pour qu'elle arrête sans avoir à s'occuper de sa fille ou de Gaston. Mais lui, il a eu un problème sur un chantier, dans le bout de Québec. Il ne pouvait plus garder Annie et j'ai pensé à toi. La petite était ravie. Cette enfant-là t'a adorée tout de suite. Je ne sais pas comment tu t'y prenais, mais vraiment, ça a été le coup de foudre. »

Yolande évite de lui répondre, l'heure n'est pas aux évidences. « J'ai jamais revu Mireille.

— Ben… c'était délicat. Gaston a été un peu comme Annie : ça a pas été long qu'y voyait rien que toi.

— Ah oui ? C'est ce bout-là qui est vague. Dans mon esprit, quand Annie a eu six ans, j'étais celle qui a organisé la fête.

— C'est exact. La fête était chez eux, et Mireille était chez moi. Soûle morte, à pleurer et à parler contre toi.

— Mais je n'avais pas encore déménagé… oui ? En 1980 ?

— Non. Un peu… En fait, t'avais encore ton appartement et tu restais aussi avec Gaston. C'était compliqué.

— Je vois ça, oui.

— À cause de Mireille… Gaston n'a jamais su rompre, c'est le genre de choses qu'il n'est pas capable de faire. Alors, il le fait mal, gauchement.

— Il l'a jetée dehors ?

— Disons qu'il a choisi un moment où elle n'avait pas tous ses moyens. Quand elle est arrivée chez moi, tu habitais encore l'immeuble… ça a été quelque chose !

— Si je comprends bien, tu m'as évité d'être assassinée ?

— Tu ne t'en rappelles pas ? Elle s'est rendue chez toi, elle s'est jetée sur toi comme une furie. C'était épouvantable. Elle te traitait de voleuse, de salope, de… des mots que je ne peux même pas répéter ! »

Les mots, Yolande s'en souvient. Mais dans son esprit, c'était sa sœur Vivianne et non Mireille qui les lui avait criés. Comment a-t-elle pu confondre les deux évènements?

« Je me souviens que je suis restée très calme…

— Calme? Glaciale. Tu l'as poussée sur le palier et tu as fermé la porte. Un sang-froid comme j'avais jamais vu. Quand on en a reparlé, tu m'as juste dit que les hystériques, t'avais déjà donné. T'as essayé de me convaincre de ne pas perdre mon temps avec Mireille. Tu y tenais beaucoup. Mais je ne pouvais pas la laisser tomber dans un moment pareil. Surtout pas pour rester ton amie. Et tu l'as compris. »

Bien sûr. Là-dessus aussi, Yolande avait fait une croix depuis sa sœur : ceux qui protégeaient les hystériques ne pouvaient pas rester près d'elle. « Je pensais que c'était mon mariage avec Gaston qui nous avait éloignées une de l'autre. C'était plutôt ta… fidélité à Mireille.

— Fidélité… faut le dire vite! J'ai jamais été d'accord avec ce qu'elle faisait. Quand elle a voulu t'enlever la petite, j'étais pas d'accord. Et pas juste parce que je savais qu'elle perdrait. Pour toi. Pour Annie. C'était évident que la petite allait mieux, qu'elle voulait rester avec toi. Mais on ne peut pas s'empêcher de comprendre sa mère de se battre pour la ravoir, trouves-tu? Qu'est-ce que tu voulais qu'elle fasse contre les avocats et l'argent de Gaston? L'aide juridique, c'était pas assez.

— L'alcoolisme non plus, ça n'a pas dû aider devant le juge.

— Non, non : elle était sobre depuis quatre mois. Pas une goutte. Je te jure. Elle a arrêté pour montrer combien elle y tenait, à sa fille. Je ne dis pas qu'après le verdict elle est restée sobre. L'entente, c'était que tant qu'elle ne buvait pas, elle avait la petite une fin de semaine sur deux. Après un an de sobriété, elle aurait eu droit à une révision du jugement. Gaston et elle étaient pas mariés, mais Gaston a versé une pension. Pas mal d'argent. Elle l'a bu. Ça a été fini. »

Yolande se souvient de la première visite de Mireille. Annie avait hurlé, elle s'était couchée par terre et avait refusé de suivre sa mère. Yolande les avait laissées ensemble à la maison pour permettre la visite. À son retour, Annie s'était jetée sur elle et elle avait refusé de quitter ses bras. Comme rejet, c'était difficile de faire mieux. Et Mireille ne pouvait rien contre le refus de sa fille.

« Je me suis mariée avec Gaston pour qu'Annie puisse rester avec moi s'il arrivait quelque chose à son père. Je ne voulais pas que Mireille puisse la reprendre. C'est ça?

— Je ne le sais pas, Yolande. On ne se voyait plus dans ce temps-là. J'essayais de m'occuper de Mireille… Ça aurait du bon sens, parce qu'elle t'haïssait en maudit, elle ne te l'aurait pas laissée si Gaston n'avait plus été là. Dans son esprit, tout ce qui lui arrivait était de ta faute. Même son alcoolisme.

— Pas très nouveau comme théorie. Tu l'as aidée long-temps?

— On s'est perdues de vue en 1983 ou 84.

— J'espère que tu t'es tannée.

— Quand on s'est revues, nous deux, c'est exactement ce que tu m'as dit: "J'espère que tu t'es tannée."

— Ça a pas l'air: t'as même ramassé Gaston quand il s'est mis à boire.

— Y a jamais été comme Mireille! Tu sais qu'y boit plus une goutte?

— Oui, oui… pourquoi tu t'occupes encore d'eux autres? »

Madeleine demeure surprise du côté abrupt de la question. Elle sursaute presque: « Tu me trouves niaiseuse?

— Non. Je trouve que tu mérites mieux que Gaston.

— J'ai jamais été comme toi, Yolande, j'ai jamais intéressé personne. Même toi, je ne t'ai pas intéressée longtemps. Quand je suis revenue dans le portrait, des années après, c'était jamais une vraie amitié. Tu m'as écoutée, tu m'as aidée quand j'ai perdu ma job, mais je savais bien que ma place était pas grande. Gaston, quand je me suis mise à travailler pour lui, il me considérait, tu comprends? Il m'écoutait, me trouvait pleine de bon sens. Il me demandait mon avis, t'as jamais fait ça.

— C'est vrai.

— J'ai été toute seule longtemps, mon mariage était tellement raté, vide…

— T'as pas peur de recommencer la même chose avec Gaston?

— C'est fini, Gaston! Je te l'ai dit.

— Pour moi? Pour une amitié même pas si grande ou si vraie?

— Pas après ce qui s'est passé. Pas après l'accident. T'oublies que c'est de chez moi qu'il est parti, soûl comme une botte, pour aller vous écraser dans le décor?

— O.K., Madeleine, on va faire le ménage là-dedans. Je suis partie en voiture avec Gaston, même si je savais qu'il était soûl. T'as rien à y voir. Si y avait pas couché avec toi, Gaston aurait couché avec quelqu'un d'autre. En tout cas, je l'espère pour lui. Je ne peux même pas te dire la date, mais ça faisait au moins dix ans que je ne couchais plus avec lui. Et ce n'était pas pour tester sa fidélité : je le trompais avec qui je voulais et depuis longtemps. Je me fichais de ce qu'il faisait. Arrête de t'inventer des drames. La vérité, c'est que je n'ai jamais été sa femme au sens strict du terme et que je n'ai jamais été ton amie non plus. J'ai été une connaissance qui t'a rendu service. Et qui a profité de ton dévouement quand j'en ai eu besoin. Et si tu ne veux pas que ça t'arrive encore, t'as intérêt à te demander si les gens que tu aides t'intéressent et si tu les intéresses vraiment. Arrête de penser que je suis la victime de tes sentiments illicites pour Gaston. C'est pas vrai, et ça ne le sera jamais!

— Ouais… c'est assez clair.

— Je sais que ça a l'air brutal.. que ça l'est, mais réveille-toi! Ton mariage était tellement plate, je peux pas croire que tu veux remettre ça avec Gaston!

— Gaston, pour l'instant, il voit rien qu'Annie.

— Profites-en pour prendre de l'air.

— T'es drôle, Yolande, tout le monde est pas aussi indépendant que toi! J'ai jamais intéressé personne. Toi, t'as juste à claquer des doigts, on dirait. Dans le temps de la Petite-Patrie, y avait du trafic chez vous.

— J'avais pas encore trente ans!

— Moi aussi: y avait pas de trafic chez nous, tu peux me croire! À l'époque, j'ai jamais compris pourquoi tu laissais le beau Bertrand pour Gaston. Y était beau vrai, lui...

— Bertrand Dumas? Son nom me revient tout d'un coup... mais pas le reste. Il était beau?

— Habillé comme une carte de mode. Mais sans rien, y devait être pas mal non plus. Tu l'as oublié? Je peux pas croire. T'étais avec lui et pas rien qu'un peu!

— On habitait ensemble?

— Oui... mais pas tout le temps. Il travaillait pas toujours à Montréal. Tu te rappelles pas?

— Vaguement.

— Y avait la fille aussi qui venait souvent...

— Lili?

— Oui! Elle, c'était vraiment ton amie.»

Yolande revoit la photo d'anniversaire — Lili, le beau Bertrand et elle. «C'est quelqu'un que j'aime bien, mais je pense qu'à l'époque je n'avais pas d'amis. Des amants, des connaissances, mais je ne voulais pas d'amis.

— En tout cas, en ce qui me concerne, tu t'es rapprochée à cause d'Annie.

— J'étais l'amie de personne, je te dis.

— Mais Annie, tu l'aimais? Tu t'es battue pour elle.

— Je me suis même mariée pour elle!

— C'est à cause de ta fille, sans doute...

— Madeleine, qu'est-ce que je t'ai dit à propos d'Ariane?

— Rien. Son nom, et que tu l'avais perdue à l'âge de deux ans dans un accident.

— C'est tout ?

— C'était évident que t'étais pas capable d'en parler. Tu m'as dit ça, le jour où tu m'as confié ta boîte d'archives et ton enveloppe de lettres et t'as jamais voulu en reparler. Tu m'avais dit que l'enveloppe, c'était ton testament et la boîte, ce qui ne devait jamais sortir de chez moi.

— C'est toi qui l'as dit à Annie ? »

Madeleine est si estomaquée que Yolande s'excuse tout de suite. Elle obtient la même réponse outrée quand elle essaie de savoir si, sur l'oreiller, Madeleine n'a pas laissé échapper cette information auprès de Gaston.

« Jamais ! Pourquoi j'aurais fait ça ? Gaston voulait pas savoir des choses sur toi ! Annie, oui, mais pas lui. Et j'ai jamais rien dit à Annie.

— Alors pourquoi mes lettres étaient chez elle ? »

Madeleine lui fait le récit des efforts d'Annie pour retrouver l'amour de Yolande et elle se donne beaucoup de mal pour ne pas la dépeindre de façon négative. Yolande l'assure qu'elle sait combien Annie pouvait être difficile dans ce temps-là. « Si moi, je l'ai envoyée promener, imagine comme elle était pas du monde ! Alors, si c'est pas toi, Madeleine, qui lui a dit ?

— Gaston ?

— Je ne lui en ai jamais parlé, j'en suis certaine.

— Qui le savait ? À part moi ? »

Yolande réfléchit. À part Francis, il n'y a que Lili à qui elle aurait pu en avoir parlé à l'époque. Les hommes qui ont partagé son lit n'avaient pas accès à ce genre de secret. Yolande hoche la tête : « Personne... ou j'ai encore oublié.

— L'enveloppe ? Les lettres ? Je ne les ai pas lues, mais peut-être qu'Annie a été moins scrupuleuse...

— Oui, c'est sûr qu'en lisant attentivement... mais pas vraiment, non. En me les remettant, Annie a fait une erreur : elle a cru que c'étaient des devoirs de français. Elle n'a pas su de qui elles étaient, elle a confondu Francis et Français.

— Francis?

— Le père d'Ariane. Les lettres étaient des poèmes.

— Seigneur! Ça doit être quelque chose que quelqu'un écrive un poème juste pour nous.

— Oui. Mais y avait rien de spécifique dedans, rien pour apprendre qu'Ariane était ma fille.

— Qu'est-ce que ça peut faire? C'est un détail, non?

— Oui, mais ça m'agace. C'est comme mon mariage: tant que j'ai pas compris que c'était à cause de Mireille que j'étais allée jusque-là, ça m'énervait. Qu'est-ce qu'elle est devenue, Mireille?

— Aucune idée. Si elle a continué à boire au train où elle allait, elle doit être morte.

— On ne sait pas, Madeleine, elle a peut-être arrêté. Mais si c'était le cas, me semble qu'elle serait revenue voir Annie. Tu vois, ça c'est dur à regarder en face: lui avoir enlevé son enfant.

— Dans le temps, son enfant, ça pesait pas lourd à côté d'une bouteille, faut dire ça!

— On ne saura jamais, de toute façon.

— Quoi?

— Si on a évité une catastrophe ou si on en a provoqué une. »

Juste avant de quitter Madeleine, Yolande se penche vers elle pour l'embrasser. Elle a un mouvement de recul:« Madeleine, je vais être encore brutale, mais c'est un conseil d'amie: ton parfum, même si tu l'aimes beaucoup, tu devrais l'abandonner.

— Ah oui?

— Cette odeur-là te vieillit… et tu en mets trop.

— Tu penses? Ça fait quarante ans que j'ai le même!

— Justement, t'as changé en quarante ans.

— Dis-moi pas qu'on va se revoir si je change de parfum, ce serait trop stupide!

— Non. Mais si tu revois Gaston — parce que tu l'aimes et que tu y tiens, et seulement pour ces raisons-là — ça se peut qu'on reprenne un thé ensemble. Ma vie est ailleurs, Madeleine, j'ai tourné beaucoup de pages.

— Ta vie a toujours été ailleurs. Merci… pour ma page dans ta vie. »

Quand l'honnêteté règne, c'est fou comme Yolande trouve les gens plus aimables.

∗ ∗ ∗

Cantin prétend éprouver le paradoxe du plaisir arrachant.

« Voir un client aller mieux, c'est le voir partir. »

Et là-dessus, ils sont bien d'accord, elle va mieux. Quand ils font ensemble le compte des choses incertaines, des approximations de sa mémoire, Cantin n'hésite pas à déclarer que le rétablissement est parvenu à son point optimal : « 85 %, Yolande, c'est beaucoup mieux que beaucoup de gens qui n'ont jamais fait d'amnésie. »

Elle le sait et elle est consciente de sa chance : la majeure partie de son passé a mûri en passant par l'oubli.

« C'est comme si ma mémoire me servait de passoire pour garder les morceaux signifiants et laisser filer le petit jus d'ambiance.

— Le petit jus d'ambiance, comme vous l'appelez, c'est le quotidien de bien des gens. Le croquant de la vie de bien des gens. »

Yolande soupire pour eux. Ce qui fait sourire Cantin : « L'envergure, ce n'est pas le rêve de tout le monde, vous savez. Une vie tranquille, ça a ses charmes.

— Je ne crois pas aux vies tranquilles. Je crois que, même sans drames, sans déchirements excessifs, la vie est un long processus d'appropriation… de soi. C'est long, apprendre à vivre bien. Même à vivre bien tranquille. Rien qu'apprendre à s'aimer, c'est long, vous le savez. À combien de gens on demande de nous aimer avant de se le demander ? Vous voulez encore un peu de poésie ? *Comme un enfant qui part en mer pour un voyage en plein soleil, mais la mer sonne déjà sourd.* Et ça, c'est pour tout le monde.

— Maintenant que vous allez bien, allez-vous écrire, Yolande ? »

Elle est très étonnée de sa question. Elle n'a jamais parlé d'écrire, elle a seulement évoqué ses poètes. Pourquoi apprécier la poésie signifierait-il éprouver des velléités d'en produire soi-même ?

Cantin a l'air de tenir à sa question : « C'est peut-être une forme de travers professionnel, mais j'ai pensé que vous vous teniez dans l'ombre des écrivains à cause de Francis. C'était lui, le poète, et vous, la muse. Avec les livres que vous révisez, vous êtes encore derrière les auteurs, vous les aidez à terminer, à peaufiner leur œuvre. Et vous ? Quand est venu le temps de regarder le fond des choses, vous avez fait quoi ? Vous vous êtes enfermée avec votre cahier noir pendant cinq jours. Vous avez écrit.

— C'est pas pareil. C'était… je sais pas…

— Ça ne vous dit rien ? Vraiment ?

— Être un bon réviseur, vous savez, c'est justement ne pas se prendre pour l'auteur. C'est connaître sa place, comprendre où l'auteur va, et l'aider à y aller. À partir du moment où on se trompe sur son travail, on fait des erreurs, on triche. Vous savez ce que je déteste le plus ? Les gens frustrés, ceux qui feraient tellement mieux que tous les autres et qui ne lèvent jamais le petit doigt. Ceux qui ne bougent pas pour essayer, mais qui n'arrêtent pas de critiquer. Les éditeurs frustrés qui publient des livres qu'ils n'aiment pas et qui ont le culot de penser qu'eux-mêmes, s'ils écrivaient, feraient tellement mieux ! Ceux qui s'imaginent avoir un peu écrit les livres qu'ils aiment, parce qu'ils les ont publiés. Faut pas s'illusionner : les éditeurs ne sont pas loin des souteneurs… je vous laisse finir la métaphore. Si aujourd'hui je me rendais compte que j'ai été réviseure par frustration, ça me décevrait beaucoup. C'est un métier ardu, exigeant et humble… et quand on le fait bien, personne ne peut voir où on est intervenu. Quand on reprise une phrase, le point ne doit pas paraître. Ça me plaît de travailler dans l'ombre, ça me convient. Aujourd'hui, tout le monde veut occuper le devant de la scène, tout le monde veut son quart d'heure de gloire, moi, vraiment, je préfère la coulisse. Je n'ai pas l'envergure, comme vous disiez tout à l'heure. Ou plutôt, mon envergure, c'est de ne pas laisser passer d'erreurs. Mon métier, c'est la règle, la censure parfaite! Quand j'ai écrit dans mes cahiers, il fallait que mes fantômes soient bien sauvages pour éteindre la lumière crue de la réviseure.

— Personne ne le lira jamais, ce cahier?

— Non. Ou alors...

— Oui?

— La seule personne qui a vraiment intérêt à me connaître sans censure: Jean-Louis.

— Et Francis?

— Francis sait déjà tout ce qui est dans le cahier noir. Ce que je regrette, c'est que lui ne publie pas les *Chants* et les *Élégies*. Ça, c'est du gaspillage et du vrai. D'ailleurs, vous vous êtes trompé tantôt, je n'étais pas sa muse. Francis n'aimait pas ce mot-là. J'étais sa musique. Ce n'est pas loin, remarquez, la musique, c'est l'art des muses. Quand on sait l'importance du rythme pour lui, j'étais pas mal importante. J'ai eu mon heure de gloire et je suis seule dépositaire de ce qui ferait la gloire de Francis. Mais lui non plus ne court pas après la gloire. Ça en fait deux de moins dans la course. »

Ils se sourient, vraiment contents d'être arrivés au point de séparation et, en même temps, ils contemplent dans le regard de l'autre le chemin parcouru.

C'est Cantin qui brise le silence: « Alors, je ne sors pas mon livre de rendez-vous...

— Non. Et j'efface votre numéro de cellulaire. Je vous remercie. De tout. »

Juste avant de sortir, elle se retourne, revient et pose un livre sur le bureau: « J'ai failli l'oublier! Comme je ne serai plus là pour vous donner des bouts de poésie, je vous ai apporté un de mes poètes préférés. Celui-là, je vous l'ai cité pour la peine. Je vous laisse les mots des autres. Après toutes mes lamentations, ça va vous faire du bien !

— *Qu'est-ce qu'on peut pour notre ami…*

— Page 84.

— Merci. Pour la poésie et pour vos mots. »

Elle referme doucement la porte.

Cantin n'a jamais aimé ce moment que toute sa science recherche pourtant dès l'entrée du patient dans sa vie : le voir repartir, léger, prêt à vivre le voyage.

Il feuillette le Saint-Denys Garneau et s'arrête à un poème qui résume à lui seul toute l'essence de son travail :

Je ne suis plus de ceux qui donnent
Mais de ceux-là qu'il faut guérir.
Et qui viendra dans ma misère ?
Qui aura le courage d'entrer dans cette vie à moitié morte ?

Qui me verra sous tant de cendres,
Et soufflera, et ranimera l'étincelle ?
Jusqu'à la fin :
Quelle voix pourra se glisser, très doucement,
sans me briser, dans mon silence intérieur ?

* * *

Yolande s'est accordé une semaine : si au bout de ce laps de temps, la question la taraude encore, elle se permettra d'appeler Gaston et de lui demander comment Annie a su pour Ariane. Elle évalue le risque de lui apprendre la nouvelle elle-même à presque zéro. Elle est certaine qu'Annie n'a pas pu obtenir cette information d'elle-même. Et puis, même si elle n'arrive à rien avec Gaston, au moins aura-t-elle essayé de ne pas importuner Annie. Après… ce sera après, et elle verra, voilà son raisonnement.

Gaston est très étonné de l'entendre. Et ravi. Yolande ne le laisse pas se demander bien longtemps ce qui lui vaut cet appel. Dès qu'il a répondu aux politesses d'usage, elle y va carrément : « Écoute, Gaston, il y a une chose qu'Annie m'a dite et que je ne me souviens pas de lui avoir apprise. Lui as-tu déjà dit que j'avais eu un enfant ? »

Le silence est si parfait à l'autre bout qu'elle se demande si la ligne n'a pas été coupée : « Gaston ?

— Je suis là. »

Son premier réflexe a été de mentir : faire l'étonné et jouer l'innocent. Mais, depuis qu'il ne boit plus, Gaston s'est promis de rester du côté de la vérité. Chose extrêmement difficile à faire pour lui... et qui a des conséquences lourdes : « On peut se voir, Yolande ? Je ne veux pas parler de ça au téléphone. »

Agacée, Yolande croit à une ruse et son ton est très sec : « Regarde, c'est pas compliqué. Est-ce que c'est toi qui lui as dit et, si oui, depuis quand tu le sais ? Et comment ?

— Oui. C'est moi qui l'a dit. Et je le sais depuis 1982, un peu avant notre mariage. Pour le comment, j'aimerais mieux te voir. »

Parce qu'il l'a bien eue, parce que, vraiment, elle est convaincue de n'avoir jamais dit un mot au sujet de sa fille avant de se marier avec lui, elle accepte de le rencontrer à son bureau.

Deux choses fondamentales ont changé chez son ex : les poches qu'il avait sous les yeux et son regard. Pour l'aspect physique, Yolande se dit qu'il a eu recours à la chirurgie, mais le regard direct qui n'évite pas le sien, elle ne l'a pratiquement jamais vu en vingt-cinq ans de mariage. Et, là-dessus, la chirurgie esthétique ne peut rien.

C'est un homme d'affaires qui ne perd pas son temps qui la reçoit.

Dès qu'elle est assise devant lui, il attaque : « Deux mois avant notre mariage, quand tu es venue t'installer à la maison, j'ai reçu une lettre dans laquelle on me disait que tu avais perdu un enfant.

— De qui?

— Anonyme. Une lettre anonyme que j'ai reçue ici, au bureau. Sans rien pour identifier l'expéditeur, évidemment.

— Pourquoi tu m'en as pas parlé?

— C'était anonyme parce que c'était méchant. J'avais pas envie que tu voies une chose pareille. Et il ne s'agissait pas de Mireille. Un : je connaissais son écriture, et deux : elle ne pouvait pas savoir les choses qu'on disait dans la lettre.

— Ben voyons donc… Pourquoi? Pour quoi faire?

— Deux mois avant notre mariage… on voulait sans doute me décourager de le faire. C'est pour ça que j'ai pensé à Mireille. Mais c'était pas elle.

— L'as-tu encore?

— J'aimerais mieux ne pas te la montrer.

— Voyons donc, Gaston! Ça fait tellement longtemps, penses-tu que… »

Il lève la main pour l'interrompre. Il la connaît : il n'a pas pensé que sa parole suffirait jamais à empêcher Yolande de lire cette lettre. Il sort la lettre de son tiroir et la lui tend : « C'est vraiment pas le genre de choses que je voulais que tu saches. »

Monsieur,

La dépravée que vous laissez vivre avec votre fille est une voleuse et une criminelle. Elle a déjà perdu sa fille parce qu'elle était trop occupée à commettre des actes immondes. Elle n'a aucune dignité. Aucun cœur. C'est une dégénérée aux mœurs dégoûtants. Elle a tué sa mère. Elle devrait être enfermée. Ne la laissez pas s'approcher de votre enfant, elle va la salir et en faire une putain comme elle. C'est une menteuse, une folle, une salope.

Pour votre bien, éloignez-la!

Yolande replie la lettre, la pose sur ses genoux : « Tu m'as épousée après avoir reçu ça ? Je ne te savais pas si courageux.

— Courageux, mais pas téméraire : j'ai quand même vérifié si tu avais un dossier criminel. Et puis, en publiant les bans… j'ai fait un arrêt à l'état civil et j'ai vu que tu avais eu une fille. De père inconnu. Tu devais être très jeune. J'ai pensé que le père… ou la femme de cet homme-là avait voulu me décourager…

— Pourquoi tu m'en as pas parlé ?

— Parce que c'était méchant. Je ne voulais pas que tu saches que quelqu'un t'haïssait autant. Pour l'enfant… tu ne m'en avais jamais parlé et j'ai pensé que ça viendrait en son temps. J'ai jamais cru un mot de cette lettre-là.

— Mais tu l'as gardée.

— Au début, je voulais te la montrer le jour où tu me raconterais pour ta fille. Après… j'avoue que je l'avais un peu oubliée au fond du coffre. Pour ce qui est d'Annie, c'est une indiscrétion que j'aurais pas dû faire et je m'en excuse.

— Quand ? Tu lui as dit quand ?

— Je sais pas trop… J'ai pas toujours eu l'esprit clair.

— Gaston…

— Bon, O.K. : à seize ou dix-sept ans, Annie a découvert qu'on avait une vie de couple assez spéciale… que t'avais des aventures. Elle s'est inquiétée. Et tu la connais : quand Annie s'inquiète, c'est grave ! Pour la calmer, la rassurer, je lui ai dit que tu ne pouvais pas partir à cause d'elle. Parce que t'avais déjà eu un bébé et que tu ne supporterais jamais de t'éloigner d'elle. J'ai dit qu'on avait nos accords et que ça ne la regardait pas, mais que tu resterais dans sa vie. Yolande ?

— Excuse-moi, je cherche qui a pu… T'as jamais rien reçu d'autre ?

— Rien ! L'écriture ? Tu la reconnais, toi ?

— Non. Mais on a pu faire écrire la lettre par quelqu'un d'autre.

— C'est pas vraiment important, maintenant. Ça fait tellement longtemps. Tu ne peux rien faire avec ça.

— En 1982… je vois seulement deux personnes qui auraient pu…

— Deux? Deux qui t'en voulaient à ce point-là?

— C'est écrit dans un moment de rage. C'est… bizarre.

— J'ai pensé que c'était le père de l'enfant qui était jaloux… à cause des suppositions sexuelles.

— Non. C'est une femme.

— Sa femme?»

Yolande réfléchit. En 1982, selon ce que Francis lui a dit, sa mère était morte. Mais pas Vivianne et sa rancœur. La seule autre personne possible, ce serait Lili. Pas à cause de sa nature, mais à cause de ce qu'elle lui a dit concernant un acte répréhensible sur lequel elle voudrait s'expliquer si jamais il lui revenait en mémoire. Mais s'il s'agissait de cette lettre, Lili ne pouvait pas espérer avoir la moindre chance de s'expliquer.

«Reviens pas là-dessus, Yolande, c'est inutile. Comment elle est morte, ta fille?»

Yolande le regarde un long moment, sans rien dire. C'est un homme étrange, quand même, qui lui a fait totalement confiance, malgré les sous-entendus grossiers, les accusations dégoûtantes de la lettre.

«Un accident. Rien à voir avec mes mœurs. Juste un accident. T'as jamais eu peur pour Annie? Peur que je la maltraite? T'as jamais cru ce qu'on disait là-dedans?

— Moi, Yolande, je croyais ce que je voyais. La mère d'Annie était tout le temps soûle, et quand Annie t'a trouvée, c'était comme si elle avait trouvé la Sainte Vierge. J'ai toujours eu un esprit pratique et je t'ai vue faire avec ma fille: j'ai compris assez vite que c'était la meilleure chose qui pouvait lui arriver. J'ai mieux compris ton attachement quand j'ai su pour ta petite. Mais avoir peur? Me méfier pour Annie? Jamais! Pis, si y a de quoi, j'ai eu ben raison. Pour le reste, tes aventures, tes mœurs, tes goûts sexuels, tu m'avais averti. Pourquoi tu m'as jamais parlé de ta fille ? »

Yolande hausse les épaules — elle n'a aucune envie d'expliquer quoi que ce soit à Gaston. Elle se lève, garde la lettre dans sa main : « Je peux ?

— Qu'est-ce que tu veux en faire ? Jette ça !

— Je vais la jeter.

— On le fait tout de suite. Donne.

— Non. Je veux quand même la montrer à quelqu'un.

— C'est inutile, et tu le sais : après tant d'années, c'est prouvé que ce quelqu'un-là avait tort.

— Je veux juste être certaine que je ne fréquente pas encore cette personne-là !

— Ah ben, là… je te comprends. Yolande… ça a l'air niaiseux, mais je voudrais profiter de l'occasion pour te dire que si ma fille a de l'allure, si elle s'en est sortie, c'est grâce à toi. Pis je le sais. M'as y en écrire une lettre, moi, à ce quelqu'un-là ! Quand tu sauras c'est qui, je vais me faire un plaisir de lui répondre. Et je vais signer ! »

* * *

Ça ne peut pas être Lili, et elle le sait. Outre les accusations qui concernent sa vie sexuelle, il y a le « *Elle a tué sa mère* », suivi de près par l'idée d'« *être enfermée* ». Ça, c'est Vivianne. C'est du délire à la Vivianne, c'est exactement ça qu'elle avait dit quand elle avait surgi à l'appartement du parc Lafontaine pour l'agonir de bêtises. Et puis, Yolande a tout de suite écarté Lili à cause de la faute d'orthographe : « mœurs » est féminin, et ça, jamais Lili n'aurait laissé passer une faute pareille. On ne se refait pas : même furieuse, jalouse, enragée, Lili ne perdrait pas son génie de l'orthographe.

En 1982, leur mère était morte depuis huit ans. De toute évidence, Vivianne n'avait pas encore repris le dessus. Est-ce possible qu'après tant d'années Vivianne n'ait pas réussi à admettre que Francis l'ait aimée? Traiter encore leur histoire comme une liaison sordide, c'est bien sa sœur, ça! Toujours à prendre la défense de leur mère, à nier ses dépressions, à l'accuser, elle, de tous les maux de la terre. Elle aurait pu réussir à faire peur à Gaston. Il aurait pu trouver très étrange qu'elle ne parle jamais de sa fille morte.

Et puis quoi? Vivianne la suivait, l'espionnait? Elle n'avait rien d'autre à faire de sa vie que de la traquer? Tant de haine, de dégoût… ce n'est pas normal. C'est aussi malade que leur mère, ça. «Elle a tué sa mère»… ce serait plutôt le contraire. Ma mère m'a tuée. En tout cas, une chose est sûre, c'est Lilianne qui a tué ma fille. Ce n'est ni le salaud qui m'a fait l'enfant ni la dégénérée qui a volé sa mère. Mais ça, Vivianne n'a pas dû s'y arrêter longtemps.

Yolande s'aperçoit qu'elle argumente et se scandalise depuis maintenant deux heures. Elle n'a pas arrêté de marcher dans la ville, en proie à une colère et à une rage qu'elle n'a pas éprouvées depuis longtemps. Que sa sœur ne la porte pas dans son cœur ne la dérange pas tellement, elle est elle-même assez peu encline à lui faire la moindre place, mais ce tissu de mensonges, cet appel à la dignité fait dans l'indignité d'une lettre anonyme, elle n'en revient pas!

Se pourrait-il que sa sœur ait hérité des excès de leur mère? Une tendance à la paranoïa, à la schizophrénie ou à la dépression? Jamais Yolande ne s'est inquiétée de cette possibilité, mais ça expliquerait au moins la lettre. Sa sœur avait-elle pensé, ne serait-ce qu'un instant, qu'elle pouvait nuire à Annie? Avait-elle vraiment cru que, pour se venger, elle avait expédié sa mère à l'asile dans l'unique but de la rendre folle de douleur?

Francis lui a dit que le mari de Vivianne est mort et qu'elle n'a pas eu d'enfant. Yolande se souvient avec précision du jour où, folle de joie, Vivianne était venue annoncer qu'elle était enceinte… et de la réaction de leur mère. Aurait-elle pu être assez cinglée pour subir un avortement dans le seul but de ne pas déplaire à leur mère? Qu'avait-elle dit, de quoi l'avait-elle accusée quand elle s'était présentée chez elle en sachant qu'Ariane était conçue? N'avait-elle pas évoqué la possibilité de ne pas l'avoir? « Ça va tuer maman! Tu ne peux pas faire ça! » Yolande n'y avait vu que la condamnation de sa liaison avec Francis…. mais pour sa sœur, si jamais elle avait volontairement avorté pour plaire à leur mère, c'était la naissance d'Ariane qui allait tuer Lilianne, pas la liaison. Sa sœur aurait-elle pu faire une chose pareille? Ne pas avoir d'enfant pour obéir à sa mère ou même pour la protéger… Pourquoi pas? Annie était bien prête à le faire pour lui plaire à elle. Encore l'enfant-troc, l'objet de négociations. Elle-même n'avait-elle pas caché sa grossesse pour éviter qu'on l'invite à s'en débarrasser? Le sentiment prêté à Francis n'avait pas beaucoup de dignité non plus…

Si elle se met à la place de Vivianne, si elle regarde les choses de son point de vue, la mort d'Ariane était un châtiment mérité, une juste vengeance de sa mère. Vivianne comprenait très bien le meurtre d'Ariane. Leur mère avait rétabli l'égalité entre les deux sœurs. Aucune n'aurait le bonheur de bercer un enfant, aucune ne serait une mère. Lilianne serait la dernière mère de la lignée.

Et voilà que Yolande s'associe à un homme qui a déjà une petite fille! Et si jamais Vivianne les a vus ensemble, si elle s'est renseignée le moindrement — et tout porte à le croire — elle savait que l'enfant considérait Yolande comme sa mère, qu'elle l'appelait « maman ». Si, comme le dit Francis, sa sœur est restée traumatisée par la mort de leur mère et surtout par le fait que ses dernières années de vie se sont déroulées chez les fous, l'empê-cher d'obtenir Annie par n'importe quel moyen n'était pas ven-geur. Ce n'était que justice aux yeux de Vivianne. Elle continuait à protéger sa mère. À honorer sa mémoire. À la limite, elle pro-tégeait généreusement Annie d'une influence néfaste. Yolande est convaincue que sa sœur l'a toujours jugée inapte et beaucoup plus dérangée mentalement que leur mère. Il suffit d'ajouter à cela la dimension sexuelle explicite de sa vie, et Vivianne était certaine d'agir pour le bien de tous. Dénoncer sa sœur dégénérée l'avait sans doute rendue héroïque à ses propres yeux.

Vivianne voulait des enfants. C'était clair. Elle y avait renoncé pour l'amour malade de Lilianne. Encore l'amour malade. Le coup d'Abraham : je sacrifie mon fils à l'amour de Dieu !

Yolande n'y peut rien, Abraham et son esprit de sacrifice, c'est franchement trop pour elle !

Sa pauvre sœur est folle. Sa sœur, si elle vit, conçoit encore son existence en fonction du regard de leur mère morte depuis… trente… trente-cinq ans ! Sa sœur la hait parce qu'elle a osé désobéir sur toute la ligne : une fois leur mère morte, malgré le terrible verdict de mort qu'elle a exécuté sur Ariane, Yolande s'est attachée à une autre enfant et a repris un rôle de mère. Alors que Vivianne, une fois leur mère morte, ne s'est jamais autorisée à passer du côté de la vie et à enfanter. Elle avait quoi, en 1974 ? Trente-cinq ans. Peut-être a-t-elle essayé et que ça n'a pas marché ? En 1982, par contre, il était un peu tard pour Vivianne. Yolande peut maintenant imaginer sa sœur en train de l'épier et de la jalouser. Parce qu'elle avait une vie. Alors que jamais la chose ne lui avait paru possible auparavant, alors que tout au long de son enfance, sa mère et sa sœur avaient agi comme si rien de ce qu'elle vivait ne pouvait lui être envié, tellement elle était le maillon faible de la chaîne, la « pauvre fille de son père ».

Voilà que Vivianne se révélait jalouse et envieuse. Cette année, sa sœur aura soixante-dix ans. Un peu tard pour s'amender ou se rendre compte de ses erreurs. Encore une qui va mourir victime !

Yolande consulte sa montre et s'arrête net : elle a oublié qu'à cinq heures elle devait aider Steve et Jean-Louis ! Elle a tout oublié, tellement la lettre l'a troublée et fâchée. Elle saute dans un taxi en se rappelant que Lili devait également passer à l'appartement lui porter un manuscrit vers six heures.

De mieux en mieux! Elle se croirait revenue au temps où elle sortait du coma et où sa mémoire était si fragile qu'y mettre deux éléments la faisait vaciller. Bien sûr, il y a du trafic et le taxi se traîne. Ce n'est pas que sa présence soit essentielle, elle est certaine que Jean-Louis peut à lui seul emballer et mettre les quelques affaires de Steve dans sa voiture — surtout que presque tout le travail est déjà fait — mais c'est aujourd'hui que Steve emménage officiellement chez Sylvie, et ça, c'est un moment trop important pour l'oublier.

Elle arrive alors que ses *bodyguards* sont occupés à prendre une bière en nettoyant la chambre vide de Steve. Ils sont tous deux de très belle humeur.

Steve agite son chiffon: «Salut Yo! T'arrives juste dans le bon temps. Tout est dans l'auto. C'est faite!»

Jean-Louis l'embrasse: «Ça va? T'as été retardée?

— Vous aviez même pas besoin de moi! Vous avez tout fait?»

Steve va baisser le volume de la musique: «Nous prends-tu pour des infirmes? J'avais pas quinze boîtes! Je voyage léger, moi.»

Le salon a l'air un peu désert, une fois la télé enlevée. Steve ne voulait pas la prendre, mais Yolande a insisté: s'il y a un cadeau qui a été signifiant, c'est bien celui-là. D'autant plus que celle de Sylvie était proche de sa fin. Steve tend à Yolande un verre de bière et ils s'installent dans la cuisine: «Ça va faire biz en crisse de pas m'en venir ici tous les jours!» Il fait un clin d'œil à Jean-Louis. «Qu'est-ce que tu vas faire avec ma chambre, Yo? Vas-tu te prendre un autre coloc?

— Non. Je vais l'arranger en chambre de bébé. Je connais quelqu'un qui va avoir besoin d'une gardienne.

— C'tu vrai? Tu vas pas rester ici, Yo? C'est...

— Oui? C'est quoi?

— Temporaire! Me semble ça fait temporaire.

— Ah oui? Ben moi, je l'ai aimé, notre temps ici. À nous deux, Steve!

— Moi, Yo, j'haïrais pas ça que tu m'annonces que tu déménages dans mieux. Tant qu'à n'avoir de collé.»

Pour Steve, la part du patrimoine familial que Yolande a touchée à son divorce et la généreuse pension que lui verse Gaston la rendent millionnaire. Le «tant qu'à n'avoir de collé» est devenu la nouvelle formule pour l'inciter à dépenser et à vivre plus luxueusement. Ce qui la fait toujours rigoler: «Toi, Steve, dans quel secteur tu me verrais déménager?

— Tu pourrais t'acheter de quoi... dans Outremont. On pourrait demander à Jean-Louis de tchéquer si jamais y a un condo à vendre dans son bloc... Ça serait pratique ça, Yo: pas trop proche, mais pas loin. Pas mariée, mais collée. Genre... parfait!

— Genre, oui... Je viens de divorcer, je peux-tu respirer?

— Toi, Steve, au lieu d'organiser le mariage des autres, vas-tu le faire?

— Es-tu fou? As-tu vu ce que ça coûte de divorcer? Y faut cracher en crisse... Non, moi, je vas faire des p'tits. Après lui, on va en avoir deux autres.

— Lui?»

Steve fait bouger sa chaise d'avant en arrière, comme s'il dansait: «C'est Sylvie qui dit ça! Pas moi! Un gars... un bébé-bouddha. Un bébé-bouddha-dans-bedaine, c'est son nom quand j'y parle. Pas de farces, je l'entends rire dans sa bedaine quand j'y dis ça. Y a le sens de l'humour en crisse!

— Elle a une bedaine? Ça commence à se voir?

— Plus de seins que de bedaine... mais ça s'en vient. J'surveille.»

Ils sont certains qu'il surveille de très près. Steve est si heureux qu'il en est transfiguré. Jamais Yolande n'aurait imaginé qu'un jour cet enfant sombre, empli de tristesse pourrait devenir si léger et joyeux.

Steve pose sa bouteille vide, fait le tour de la place et revient devant Yolande : « Tantôt, quand je parlais d'aller dans mieux, je disais n'importe quoi. J'avais jamais eu un si bel appart dans ma vie… ni une coloc aussi *cool*. Quand le p'tit va venir rester dans ma chambre, des fois, j'vas venir aussi.

— Essayes-tu de me faire pleurer, Steve ?

— J'te dis merci, crisse ! »

Yolande hoche la tête en souriant : message reçu. Elle va dans sa chambre : « J'ai quelque chose pour toi…

— Jean-Louis fait dire qu'y a pus de place dans l'auto ! Ah ! Yo ? Ta directrice, là, la fille des éditions, est venue porter une enveloppe. Est sur ta table. Tu nous avais pas dit qu'a était aux femmes ! »

Yolande prenait le présent sur sa table de nuit : « Quoi ?

— Ben là ! Si c'fille-là est pas aux femmes… han, Jean-Louis ? »

Yolande revient juste à temps pour voir Jean-Louis hocher la tête : « Me semble, oui. Tu savais pas ?

— Première nouvelle. »

Yolande tend à Steve le sulfure qui le fascinait tant à l'hôpital : « Je te donne ce qui nous a rapprochés quand on s'est connus, Steve. C'est pas seulement parce que tu le regardais tout le temps, c'est parce que, pour l'écrivain, c'est ce qui ne convient pas. Ce qui est rejeté. Ça s'appelle la "rage du poète", mais pour nous deux, c'est un objet d'art fait avec ce qui devait être jeté. Ce qui n'était pas censé être beau.

— Tu me le donnes ? »

Elle ébouriffe ses cheveux pour distraire son émotion. Il ne la laisse pas faire. Il prend sa main et la pose sur sa joue : « Crisse, Yo… »

Elle va pleurer s'il ne la lâche pas. Elle lui embrasse le serpent, maintenant camouflé sous ses cheveux, et murmure : « Tu vas me manquer, mon beau *bum*. »

Jean-Louis les regarde en souriant, pas pressé. Steve dégage sa chaise : « Venez-vous-en ! Sylvie nous attend. Elle va penser que j'ai changé d'idée ! »

Jean-Louis prend ses clés : « Ça doit, oui… Elle doit être tellement inquiète ! »

Yolande les met à la porte sans les accompagner. Elle leur dit tout net qu'elle a besoin de se faire à l'idée d'être seule, toute seule.

« Tu seras pas tu-seule ben longtemps, Yo ! Parce que Jean-Louis va revenir coucher ici. Pis c'coup-là, y va rester toute la nuitte. J'y ai promis. Pas de trouble, han, y peut revenir ?

— Pas de trouble. »

Yolande ferme la porte doucement. Finalement, elle et Jean-Louis sont surveillés d'aussi près que la bedaine de Sylvie. Steve ne lâche pas des yeux ce qu'il aime.

Elle s'assoit dans le salon silencieux. Il a raison, Steve, c'est à elle de bouger, maintenant. Vers sa vie. L'appartement est tellement celui de leur vie à eux deux qu'il faudra aller ailleurs porter ses pénates.

Elle revoit Steve à l'hôpital en train d'apprendre à marcher avec les prothèses, elle sent encore le poids de sa tête sur sa main quand il s'endormait, elle le revoit dans ce salon dans le noir, en octobre, la veille de ses vingt-cinq ans. Octobre… le mois où naîtra ce fils qui lui donne déjà envie d'atteindre ses cent ans.

Sa sœur Vivianne peut dire et penser ce qu'elle veut, il y a des moments où les dégénérés aux mœurs dégoûtantes ont réussi quelque chose de beau — et ce soir en est un. Il y a des moments où le bout de papier froissé qui ne sera jamais un poème sera satisfait d'être une ébauche de poème — et ce soir en est un.

Yolande se lève et va chercher la lettre dans la poche de son manteau. Elle ne la relit pas. Elle fouille dans l'armoire, prend une casserole indigne, comme Steve appelle ces chaudrons peu épais, et elle y brûle la lettre. En un instant, le papier se recroqueville et noircit. Il ne reste que quelques confettis noirs au fond.

En entrant dans sa chambre, Yolande s'étonne de ne pas

l'avoir vu tout à l'heure : à côté de la photo d'Ariane au bain, Steve a collé le plus gros de ses post-it. Elle estime qu'il en sait beaucoup sur elle s'il sait qu'elle ne va jamais au lit sans regarder cette photo.

Yo, on est une sorte de team tous les deux. Ensemble, on a gagné les games les plus roffes. C'est pas parce que je m'en vas former une autre équipe que j'oublie que j'ai eu un coach écœurant. Un coach qui m'a toute montré. Si je deviens un bon coach pour mon équipe, c'est parce que tu me l'as appris. Merci, coach! S.

Elle aurait dû garder la lettre de sa sœur et y coller le post-it de Steve : ceci infirme cela. Mais elle préfère garder le mot de Steve seulement, elle ne veut pas le contaminer avec le langage haineux de sa sœur.

Yolande ouvre son cahier noir, y place le post-it, appose la date. Elle tourne la page et écrit.

Aujourd'hui, Steve est parti vers sa vie. Sa première vraie famille.

Aujourd'hui, j'ai découvert qu'il y a vingt-sept ans ma sœur a essayé de m'empêcher de reformer une famille, essayé de me tuer aux yeux des gens qui m'estimaient.

La haine pure de ma sœur, et celle beaucoup plus malade de ma mère ne me concernent plus.

Je ne peux pas les empêcher de me haïr, je peux seulement me tenir loin du cercle vicieux de la haine.

D'où qu'elle vienne, quelles qu'en soient les raisons, la haine ne sera jamais mon alliée.

Elle ne fera jamais partie de mon équipe.

Je choisis d'aller ailleurs, loin de l'amertume, loin de l'envie, loin de la peur.

Aujourd'hui, tout comme Steve, j'enterre les fantômes du passé et je me tourne vers les vivants.

Je ne verrai jamais plus ma sœur — elle n'avait qu'à honorer son prénom et demeurer vivante. Tant qu'elle ne sera qu'un amas de haine, je la fuirai.

Elle entend quelqu'un entrer dans l'appartement. Jean-Louis frappe doucement à la porte de sa chambre. « Je te dérange ? »

Yolande ferme le cahier, lui fait signe d'entrer. « Jean-Louis, ça te décevrait beaucoup de ne pas coucher ici ?

— On le dira pas à Steve : c'est lui que ça dérange le plus. Ça va ? Ça sent le brûlé dans la cuisine. Tu brûles tes vieilles lettres d'amour ?

— Vieille de vingt-sept ans. Tu ne penses pas si bien dire ! Si tu m'invitais, je dormirais chez toi, ce soir.

— Laisse-moi y penser.

— Pour t'influencer favorablement, j'ai des révélations à te faire.

— Concernant les lettres d'amour d'il y a vingt-sept ans ?

— Ça, et autre chose.

— Cahier noir ? Tu penses vraiment que j'ai besoin d'être favorablement influencé ?

— Je pense que j'ai très faim, qu'on va aller manger au restaurant et qu'ensuite on va rentrer à pied chez toi pour se coller.

— Et plus, si affinités ?

— Et plus, parce qu'il y a affinités. »

* * *

De toutes les réactions que Lili avait prévues, celle de la bonne humeur moqueuse de Yolande ne lui était pas venue à l'esprit. Elle a l'air de trouver toute l'affaire très comique. Lili en est presque froissée.

« Franchement, Lili, on ne va quand même pas faire un drame parce que tu as séduit un de mes amants ! Il savait à qui il avait affaire, puisqu'on y a goûté ensemble. Est-ce que je t'ai fait une scène à l'époque ? Si j'en ai fait une, je ne m'en souviens pas.

— Non. C'est bien ça, le pire. Je voulais te provoquer : ça a rien donné. Dans le fond, t'as jamais été amoureuse de moi.

— Ça, c'est vrai : ni de toi ni de Bertrand. T'aimais Bertrand, toi ?

— Tu sais bien que non ! J'aime pas les hommes. Je l'ai fait pour toi.

— Je t'en demandais pas tant. Je m'arrangeais très bien avec lui tout seul. Et c'est ça qui te choquait.

— Pourquoi t'as couché avec moi ?

— Seigneur, Lili, je ne le crois pas ! On n'a pas quatorze ans ! Tu le demandes avec un ton de jugement dernier. Pour le fun. Pour voir. Parce que tu te mourais pour moi et que t'étais parfaite pour moi à ce moment-là ! Par pur égoïsme, je l'avoue. Pas par amour, pas par vocation sexuelle. Par… je ne sais plus quoi te dire !

— Quand même pas par distraction ?

— Un peu, oui. Mais maintenant que je m'en souviens, t'étais pas toujours drôle ou d'une grande légèreté. T'es-tu calmée ?

— Y a bien fallu ! Personne voulait sortir avec moi.

— T'étais jeune, Lili, je pense que tu trouvais ça dur d'avoir envie des femmes… même si tu faisais la fille que ça dérangeait pas. T'étais jeune et j'étais un peu perdue.

— Si tu me permets de te le dire, t'étais pas mal moins drôle que maintenant.

— Je te crois sur parole, donne-moi pas d'exemples précis. J'étais pas du monde, et je le sais.

— Bon, on va dire qu'on a eu chacune nos moments difficiles. Franchement, Yolande, je suis vraiment contente que ça soit enfin clair entre nous. Et *cool*.

— *Cool*, oui ! On s'est jamais reparlé quand t'es rentrée ici, chez Robinson ? Je me trompe pas ?

— Pas un mot. T'étais assez glaciale, merci.

— J'étais passée à l'ennemi… »

Au moins, Lili en rit : « Quand t'es arrivée après ton accident, j'ai failli me mettre à espérer… que, peut-être…

— Que le choc me ferait revirer de bord ? T'es drôle… Autant le choc ne pourrait pas te faire changer d'envie, autant je suis une irrémédiable hétéro.

— Si tu ne m'en veux pas à cause de Bertrand, si on peut continuer à être amies, moi je vais te prendre comme tu es.

— Et tu ne sauteras pas sur Jean-Louis ? T'as quand même du culot, Lili : la première chose que tu m'as dite après l'accident, c'était que tu pourrais avoir eu une liaison avec moi et que je ne m'en souviendrais pas !

— As-tu une idée comment je pouvais être mal, pour dire ça ? Je savais plus où me mettre ! Tu me regardais avec tes yeux neufs, pas de passé, pas de références. Moi, je savais qui tu regardais : une fille pas très nette. Parce que je t'en ai tellement voulu de ne pas m'avoir aimée, tu peux pas savoir…

— Je pense que je peux, Lili : t'es restée huit ans avec un homme que t'aimais pas, juste pour me punir. Maintenant, je vais te faire un aveu : quand Bertrand est parti pour toi, ça faisait mon affaire. J'étais occupée ailleurs.

— Ton mari. Tu t'es mariée l'année d'après.

— Et pour mettre toutes les cartes sur table, j'ai revu Bertrand. Plusieurs fois. Pendant que vous étiez ensemble.

— Tu l'as… vraiment revu ?

— Vraiment ! Sans que tu le saches et sans que mon mari le sache. »

Yolande laisse Lili digérer la nouvelle, puis elle l'empêche de se jeter dans une spirale d'hypothèses : « Lili, on était juste trois personnes perdues, dépassées par ce qui leur arrivait. Tu m'aimais en ne voulant pas être aux femmes, j'aimais un homme auquel je renonçais parce que ma fille était morte, et Bertrand… courait après sa queue ! Une bande de mésadaptés qui allaient bien ensemble. Dis-moi qu'on n'en parlera plus jamais sans rire. Et dis-moi qu'il y a quelqu'un dans ta vie.

— Y a personne d'important dans ma vie, mais t'as raison pour le reste. Une vraie gang de malades !

— Tu ne vas pas te mettre à parler comme Steve ?

— Je l'ai vu, ton Steve ! Y a l'air d'un dur, même en chaise roulante. Une belle petite brute sombre, comme tu les aimes. Silencieux et dur à cuire.

— Tu penses ?

— Dans le temps, c'était ton style, ça !

— J'ai changé, parce que c'est pas du tout le profil de Jean-Louis. Sais-tu quoi, Lili ? C'est pas mauvais de changer, ça permet de recommencer à neuf. »

Ce qui fait sourire Lili : « Tu l'aimes, celui-là ?

— Jean-Louis ? Oui. Occupe-toi de tes amours, maintenant, et laisse les miennes tranquilles. C'est moi qui t'invite. Non, non ! J'insiste : c'est avec l'argent du divorce. Symboliquement, c'est comme ça que ça doit se passer. »

Lili la laisse payer. Ce n'est pas la conversation qu'elle espérait, mais Yolande a quand même raison : elles étaient jeunes et il est temps de cesser d'épiloguer sur l'impossible.

* * *

Jean-Louis désire organiser une grande fête chez lui pour célébrer Steve : le secondaire terminé avec succès, l'acceptation à l'école d'hôtellerie, le déménagement avec Sylvie et le bébé.

Yolande l'arrête en riant : « Grande comment, ta fête ? On est rien que quatre, Jean-Louis ! Mais c'est une idée magnifique, surtout que Sylvie a fini d'avoir mal au cœur !

— Non, non : plus que quatre. J'ai calculé vingt-neuf ou vingt-sept personnes.

— Excuse-moi ? T'invites l'immeuble au complet ?

— Non : les familles au complet. Tu connais pas la mienne, on connaît pas celle de Sylvie. Me semble que nous deux, on pourrait se présenter comme les grands-parents du côté de Steve… il détesterait pas ça, tu sais.

— Tout le monde en même temps?

— Oui, oui: tous ensemble. Pas de silence dans un grand repas plate, pas de présentations guindées, juste un beau buffet que j'installerais sur la terrasse, début juin.

— C'est pour atténuer le choc des présentations ou parce que tu sais que c'est une étape difficile pour moi?

— Ils vont te trouver… super *cool*! Ma famille a juste une envie et c'est que je sois heureux. On est très conventionnels, chez nous. Dis oui! On peut inviter qui tu veux de ton côté aussi.

— Mon côté? J'en ai pas de côté!

— Annie, Francis, le docteur Cantin, Gaston, Lili, tes auteurs préférés… tu le dis: on invite. De mon côté, ils sont neuf depuis le divorce de mon frère, mais avec les enfants, ça fait quinze. Chez Sylvie, j'ai compté cinq, mais c'est peut-être six, faut demander. Plus nous quatre, plus… qui?

— Pas mon côté, Jean-Louis, Annie n'est pas encore assez bien et Francis, oublie ça!

— Tu penses? Ça lui plairait peut-être de rencontrer Steve… ou même moi.

— Sûrement!

— Alors? Tu le gardes encore juste pour toi? T'aimes pas mon idée? Ça te déplaît?

— J'adore ton idée. Je trouve que c'est parfait pour rencontrer la famille de Sylvie qu'on va revoir, c'est sûr, à cause du bébé. Ta famille aussi, c'est le temps que je les rencontre, et j'en ai envie. En plus, Steve va apprécier. T'as une date?

— Faudrait pas qu'y fasse trop froid pour la terrasse. Un buffet-brunch le 3 juin me semblerait…

— Non. Pas le 3 juin.

— T'as quelque chose?

— C'est mon 17 janvier à moi. »

D'un coup, le regard de Jean-Louis se voile: le 17 janvier,

date anniversaire de la mort de Françoise, est un jour férié et esseulé à jamais dans sa vie. Yolande n'avait aucun mal à le comprendre et à le respecter, sauf qu'elle n'avait pas spécifié la date de la mort d'Ariane. Elle ne le laisse pas s'excuser : « Tu ne pouvais pas le savoir. C'est pas grave.

— Maintenant, on le sait. Le 10, alors ?

— Parfait. D'autant plus que l'échographie de Sylvie est le 7. On va fêter en sachant si c'est un ou une.

— C'est pas trop proche du 3 ?

— Ça va faire trente-sept ans cette année, Jean-Louis. C'est pas aussi frais que pour toi. Je trouve ton idée extraordinaire de gentillesse et de délicatesse. On va avoir du mal à empêcher Steve de cuisiner.

— On va le laisser faire un peu, on va partager nos plaisirs généreusement ! »

* * *

Le 3 juin au matin, alors que l'aurore pointe à peine, Jean-Louis sent Yolande se lever et quitter le lit. Il ne bronche pas avant qu'elle ne soit partie. Elle l'avait averti qu'elle désirait aller chez elle pour travailler très tôt.

Quand la porte se referme très doucement, Jean-Louis se lève. Sur le comptoir de la cuisine, à côté de sa tasse, il trouve le cahier noir, accompagné d'une note.

3 juin 2009
Jean-Louis,
Ceci est mon dernier 3 juin passé toute seule… et encore, je suis, je serai beaucoup avec toi. Voici mes mots, mes fantômes et ma vie passée. Tout y est mêlé, ce n'est pas une œuvre d'art. C'est ma façon de partager mon cœur avec le tien.

Quand tu auras fini, tu me trouveras chez moi, et je serai heureuse de te voir arriver.

Je suis toujours heureuse de te voir arriver.
Je suis heureuse.
À tantôt. Yo.

Il n'est pas midi quand Yolande lève la tête de son travail, retire ses lunettes, et regarde Jean-Louis entrer dans sa chambre.

Il pose un livre devant elle. Son sourire est déjà un commentaire rassurant. Yolande touche le Saint-Denys Garneau : « Le mien ? Je l'avais laissé chez toi ?

— Tu t'en souviens pas ? Boulevard Gouin, le soir où on a décidé de s'éloigner, de ne pas se revoir… tu l'as laissé sur le banc. J'ai jamais pensé que tu l'avais oublié.

— Je t'ai laissé ce livre-là ? Je ne le crois pas ! J'ai fait ça ?

— Oui. Le livre de Francis, le livre où la page est toujours cornée sur :

Qu'est-ce qu'on peut pour notre ami
au loin là-bas
à longueur de notre bras

Qu'est-ce qu'on peut pour notre ami
Qui souffre une douleur infinie.

— Tu le sais par cœur ?

— Tu sais que j'ai longtemps pensé que c'était pour moi que la page était marquée ? Que tu me parlais à moi ? »

Elle ouvre le livre à la page du poème, la page qui, de toute façon, s'offre d'elle-même tellement elle a été ouverte.

« Maintenant que j'ai lu ton cahier, je sais que chaque mot du livre était pour toi.

— Pour toi aussi, Jean-Louis, les poètes parlent à tout le monde. Je t'ai offert le livre que Francis m'a laissé pour sortir de la mort. Ça a beaucoup de bon sens. Ce qui en a moins, c'est que je l'aie oublié. »

Elle feuillette le livre, se rend à la page de garde où 1972 figure, puis elle va à la toute fin, là où le poème de Francis est écrit en lettres minuscules. Elle lève les yeux vers Jean-Louis.

« Le F. de la signature et la date, je me suis demandé longtemps ce que ça voulait dire. Pour le poème… je l'avais lu la première fois, mais quand j'ai voulu le relire tantôt, j'ai été gêné, je n'ai pas osé. »

Yolande remet ses lunettes et lit à voix haute.

Comment réparer la plaie du cœur
quand la lame du couteau est l'amour
Comment faire cesser le cœur
de palpiter dans la plaie
quand la plaie est au cœur.

Mon amour
qui souffle sur son faon
qui s'arrache à souffler
sur son poitrail déshabité

Je souffle sur la vie
pour qu'elle traverse à toi
je souffle sur la vie
pour qu'elle t'atteigne au cœur.

le 3 juillet 1972, un mois après la mort d'Ariane.

Yolande retire ses lunettes.

Jean-Louis la prend par la main pour qu'elle se lève et qu'il puisse l'enlacer.

La bouche près de son oreille, il murmure : « Les mots de ton cahier noir sont plus faciles pour moi que ceux des poètes. Je comprenais tout, tout de suite. Comme si tu me parlais franchement, directement. C'est un très beau cahier et un très beau cadeau.

— T'es sûr que t'as pas de préjugé favorable ?

— Absolument certain. Mais j'avoue quand même une pointe de jalousie : j'aurais aimé trouver la phrase de Francis, celle qui souffle sur la vie pour qu'elle t'atteigne au cœur.

— Tu pouvais pas l'écrire…

— Je sais.

— Tu pouvais pas l'écrire parce que tu l'as fait… tu le fais. »

Fin

Tout comme pour le personnage principal du roman, la poésie occupe une place à part dans ma vie. Puisque j'ai emprunté les vers de plusieurs poètes et que l'envie d'aller y voir plus à fond prendra peut-être le lecteur, voici une liste des principaux poèmes cités.

M.L.

Jacques Brel, « Madeleine »
Pierre de Ronsard, « Quand vous serez bien vieille, au soir, à la chandelle », *Sonnets pour Hélène*
Jacques Brel, « Voir un ami pleurer »
Louis Aragon, « Est-ce ainsi que les hommes vivent ? »
Gaston Miron, « J'avance en poésie », *L'Homme rapaillé*
Alain Grandbois, « Les frais matins d'été »
Rainer Maria Rilke, « Ce soir… », *Vergers*
Émile Nelligan, « Soir d'hiver »
Hector de Saint-Denys Garneau, « On dirait que sa voix »
Charles Baudelaire, « Harmonie du soir »
Guillaume Apollinaire, « L'adieu »
Paul Verlaine, « Le ciel est par-dessus le toit »
Louis Aragon, « Que serais-je sans toi »
Charles Baudelaire, « Spleen »
Hector de Saint-Denys Garneau, « Accompagnement »
Hector de Saint-Denys Garneau, « Cage d'oiseau »
Gilbert Langevin, « Ange animal »
Gaston Miron, « Au sortir du labyrinthe »
Gaston Miron, « La marche à l'amour »
Louis Aragon, « L'amour qui n'est pas un mot »
Jacques Brel, « Mon enfance »
Jean Racine, *Andromaque*, acte III, scène 8

Gérard de Nerval, « El Desdichado »
Guillaume Apollinaire, « Le pont Mirabeau », *Alcools*
Fernando Pessoa, *Le Livre de l'intranquillité*
Victor Hugo, *Les Contemplations*
Hector de Saint-Denys Garneau, « Qu'est-ce qu'on peut »
Jean Racine, *Phèdre*, Acte I, scène 3
Charles Baudelaire, « Le Léthé »
Charles Baudelaire, « L'invitation au voyage »
Marceline Desbordes-Valmore, « Les séparés »
Alain Grandbois, « Avec ta robe… », *Les Îles de la nuit*
Alfred de Musset, « La nuit de mai »
Hector de Saint-Denys Garneau, « C'est eux qui m'ont tué »
Anne Hébert, *Le Tombeau des rois*
Alain Grandbois, « Que la nuit soit parfaite », *Les Îles de la nuit*
Hector de Saint-Denys Garneau, « Maison fermée »
Paul Fort, « Complainte du petit cheval blanc »
Hector de Saint-Denys Garneau, « Lassitude »

Table des matières

Chapitre un • Ouvrir les yeux   13

Chapitre deux • Se mouvoir   137

Chapitre trois • S'émouvoir   249

Chapitre quatre • Savoir   307

Chapitre cinq • Voir   399

Chapitre six • Dire   495

Chapitre sept • Vivre   541

CRÉDITS ET REMERCIEMENTS

Les Éditions du Boréal reconnaissent l'aide financière du gouvernement du Canada par l'entremise du Fonds du livre du Canada (FLC) pour ses activités d'édition et remercient le Conseil des Arts du Canada pour son soutien financier.

Les Éditions du Boréal sont inscrites au programme d'aide aux entreprises du livre et de l'édition spécialisée de la SODEC et bénéficient du programme de crédit d'impôt pour l'édition de livres du gouvernement du Québec.

Conception graphique de la couverture : Louise Laberge

Photo de la couverture : © Marie Laberge

Ce livre a été imprimé sur du papier 100 % postconsommation,
traité sans chlore, certifié ÉcoLogo
et fabriqué dans une usine fonctionnant au biogaz.

MISE EN PAGES ET TYPOGRAPHIE :
CHRISTIAN CAMPANA

ACHEVÉ D'IMPRIMER EN OCTOBRE 2010
SUR LES PRESSES DE TRANSCONTINENTAL GAGNÉ
À LOUISEVILLE (QUÉBEC).